TROUBLE MAKER

LAURA SWAN

TROUBLE MAKER

TOME I

BMR

Hachette Livre, 58 rue Jean Bleuzen, 92170 Vanves.

Ce roman contient des thématiques et des scènes susceptibles de perturber certains lecteurs. Il s'adresse à un public averti. Trigger warnings : maltraitance domestique physique et émotionnelle, harcèlement, vol à domicile, mention de viol, syndromes post-traumatiques, tentative et pensées suicidaires, meurtre.

PLAYLIST

3 am walk | daniel.mp3
Leeches | Melanie Martinez
Unfair | The neighborhood
Suffocation | Crystal Castles
Can you hear them sing ? | Cemeteries
Poison Tree | Grouper (*instrumental*)
Daddy Issues | The neighbourhood
All the things she said | t.A.Tu
Cry | Cigarettes After Sex
Battle of the larynx | Melanie Martinez
(dream) | Salvia palth
Snowfall | Øneheart, reidenshi
Softcore | The neightbourhood
Fourth of July | Sufjan Stevens (*Instrumental*)
Love You Again | Plaza
Drowning | Vague003
Sodus | Cemeteries
FAERIE SOIRÉE | Melanie Martinez
You Get Me So High | The neighbourhood
Older | Isabel larosa
Transgender | Crystal Castles
Gilded Lily | Cults
There is Hope | Kochetkovv

Dark snowy night | daniel.mp3
Crash | Plaza
Violent dreams | Crystal Castles
Hurts | daniel.mp3
The night we met | Lord Huron

Certaines personnes sont à la fois le poison et le remède.

PROLOGUE

J'ai encore fui.

Comme si ça arrangeait la situation.

Fuir, c'est seulement retarder l'inéluctable. Prendre le risque que le problème revienne en boomerang pour frapper dix fois plus fort.

J'aurais mieux fait de rester enfermée dans ma chambre, à fixer ma peau virer au violet au fil de la nuit. À force, je connais toutes les nuances de couleurs qui suivent le premier coup et leur ordre d'apparition. C'est toujours le même rituel : une fois sa crise passée, s'assurer que personne n'a entendu les claquements secs et répétitifs, ranger l'objet, me détruire du regard parce que je suis encore la cause de sa colère et quitter la pièce. Je peux alors appliquer de la glace pour soulager la douleur, avec l'espoir que ce soit la dernière fois. Mais c'est comme demander à la Terre d'arrêter de graviter autour du Soleil.

Impossible et inconcevable.

Demain matin, j'enfilerai un sweat-shirt à manches longues même si les journées de juin sont de plus en plus chaudes et je descendrai dans la cuisine. Je les saluerai en prétendant que ces énormes bleus sur mon corps n'existent pas.

Ce ne sera qu'un jour de plus à faire comme si tout allait bien.

Les mains enfoncées dans les manches de mon pyjama, je traîne mes Converse vertes sur le gravier poudreux du square. Il n'est qu'à un pâté de maisons. Je ne devrais pas m'y aventurer à cette heure-ci, au risque de croiser des camés qui se piquent sur les balançoires, entourés de packs de bières bon marché. Mais je n'entends rien en m'approchant des buissons. Le petit portail est resté entrouvert et ne cesse de claquer à cause du vent. Il y a toujours un lampadaire pour éclairer l'aire de jeu de fortune, deux balançoires et un tourniquet rouillé. Malgré son grincement strident, les enfants l'adorent.

Je m'assois sur la balançoire, laissant le vent me porter. J'ai trop mal aux jambes pour prendre de l'élan. Une image de maman en train de me pousser me revient à l'esprit. J'ai encore la sensation de voltiger dans les airs, pendant que nos éclats de rire résonnent.

Mon estomac se serre.

C'était il y a longtemps.

Je raffermis ma prise sur les chaînettes, les pieds au ras du sol. Un long soupir m'échappe quand je pense à la journée de cours qui m'attend demain. Je n'ai jamais particulièrement apprécié le lycée, mais ces derniers temps mon ennui s'est transformé en aversion.

— Tu ne devrais pas rester ici la nuit.

Dans mon dos, une voix à l'accent américain vient de percer le calme environnant.

Je tourne la tête dans sa direction et j'inspire brutalement. Éclairée par le lampadaire, la silhouette se tient derrière moi, les mains fourrées dans ses poches.

— Je veux dire, je ne laisserais pas ma sœur traîner dans un square pourri à 3 heures du matin.

Il se rapproche. Ses traits ciselés par la nuit, sous la capuche de son sweat-shirt noir, rendent l'identification difficile. Je cligne des paupières en tentant d'évaluer le danger, tout en restant figée sur le siège en caoutchouc.

Dans un crissement, il s'assoit sur la balançoire à côté de la mienne. Je m'attends à ce qu'il plaque une main sur ma bouche afin de me réduire au silence pour me violer dans la pénombre du parc. Le souffle coupé par cette image affreuse, j'agrippe les lanières de la balançoire jusqu'à me faire mal.

Mais rien.

Il sort simplement une cigarette de sa poche et la coince entre ses lèvres. J'observe avec effroi la flamme du briquet qui s'approche de cette bouche bien tracée, avant que la fumée qu'il aspire en tordant légèrement les lèvres s'estompe dans l'obscurité.

— T'attends ton mec ou ton dealer ? demande-t-il, tournant son visage vers moi.

La noirceur de la nuit se confond avec ses yeux. Il est plus âgé que moi. Et à ce que je vois, objectivement bien plus beau que la majorité des gens.

— J'attends de me réveiller.

Il pince la cigarette entre ses doigts, hausse un sourcil, l'air curieux.

— De te réveiller ?

Puis, toujours sur le même ton insouciant :

— Ah, je comprends mieux. Tu fais du somnambulisme.

Un maigre sourire étire mes lèvres, mais je le ravale aussitôt en me souvenant que je m'adresse à un inconnu. Même s'il ne semble pas avoir de mauvaises intentions, je dois rester sur mes gardes.

J'ai appris il y a longtemps que les apparences étaient trompeuses.

— Tu devrais partir avant de tomber sur les mauvaises personnes, m'avertit-il en désignant du menton les bouteilles d'alcool qui jonchent le sol.

Le parc a déjà reçu de la visite. Demain matin, des parents désespérés jetteront les preuves dans la benne à ordures au bout de la rue, pour éviter qu'un enfant ne se blesse avec des éclats de verre.

— Peut-être que je les ai déjà rencontrées.

Chez moi.

Ce qui est dangereux se trouve chez moi.

— T'as juste l'air d'une merdeuse qui fait le mur pour faire chier ses parents. Ou qui attend un mec pour baiser sur la banquette arrière de sa Polo. Je pencherais plutôt pour la première option. T'es encore en pyjama.

— Je ne suis pas..., tenté-je de me défendre.

Mais il écrase le mégot sous la semelle de sa chaussure en ne m'écoutant déjà plus et se lève. Après avoir rougeoyé pendant encore une seconde, la cigarette à peine consumée meurt sur le gravier. Je remarque qu'il est beaucoup plus grand que ce que je pensais.

— La prochaine fois, ne traîne pas dehors à cette heure-ci.

Ce ton péremptoire m'intrigue autant qu'il m'agace.

— Eh, je lui demande. Est-ce que c'est toi le dealer ?

Ses lèvres s'étirent en un sourire narquois.

— Pire que ça.

Pire que ça...

— C'est quoi ton nom ? m'interroge-t-il à son tour.

Il se tient maintenant face à ma balançoire, et j'ai l'impression que ses yeux pourraient m'engloutir.

— Tu n'as pas besoin de le savoir.

— Ouais, je crois que t'as raison.

Il m'adresse un dernier regard moqueur et disparaît par l'autre portail de l'aire de jeu.

I met this guy on a swing last night...

I couldn't really see his face but now I can't stop thinking about his eyes

1

« Celui qui faute doit s'attendre à en subir les conséquences. »

June

Elle ne me rattrapera pas.

Elle ne le fait jamais.

C'est inutile de courir jusqu'à s'en briser les tibias si personne ne nous poursuit. Pendant que je la fuis, elle est à la maison. Paisiblement assise sur le sofa, elle caresse les cheveux de papa qui repose sa tête sur ses genoux après une longue journée au bureau. Et quand Gaby devient trop bruyant en enclenchant une guerre entre ses figurines, elle le réprimande.

Tous les trois, ils forment une famille.

Je ne suis qu'un membre fantôme.

Amputé, mais toujours un peu là.

Dehors, il pleut à torrents.

J'ai l'impression d'être la seule à regarder par la fenêtre. La pluie violente et épaisse s'écrase sur le béton dans la cour, s'ajoutant aux grattements de papier de mes camarades. La classe est plongée dans un silence monacal. Personne n'ose bavarder dans le cours de M. Allan, mais cette attention n'est qu'une façade. Depuis le fond de la salle, je vois souvent la lumière d'un téléphone jaillir de sous un bureau.

Le lycée de Sherborn ne tolère pas le non-respect des règles.

Du moins, c'est ce qui est écrit dans le règlement intérieur.

Je pousse un soupir ennuyé. J'ai toujours détesté les sciences. Dommage que ce soit les trois matières que j'étudie pour obtenir mon diplôme : les maths, la biologie et la physique-chimie. Mon père a au moins eu la bonté de me laisser choisir une mineure en arts plastiques l'année dernière, lors de nos choix d'orientation. « Tant que ça ne te prend pas trop de temps », m'a-t-il répondu d'un ton évasif quand je lui ai suggéré l'idée.

Il était en pleine conversation téléphonique avec un collègue. Il m'a demandé de partir d'un signe de main lorsque je lui ai demandé s'il m'avait bien entendue. J'ai saisi l'occasion pour lui faire signer les papiers et je suis sortie de son bureau.

Papa est quelqu'un d'occupé dès qu'il s'agit de moi. Je m'estime déjà heureuse quand nous parvenons à échanger plus de trois mots ne se limitant pas à « salut », « merci » et « désolée ».

— Mademoiselle Grey. Pouvez-vous répéter ce que je viens de dire ?

La voix de M. Allan porte depuis l'estrade. Je me redresse de mon bureau, où je m'étais avachie, pour le voir qui me fixe avec austérité. Mais je n'ai aucune idée de ce qu'il déblatère depuis que j'ai mis les pieds dans son cours.

La voix enrouée, je tente quand même :

— Hum, les rayons lumineux… les rayons lumineux sont… probablement quelque chose…

Il pousse un profond soupir, provoquant le gloussement des filles autour de moi. Je n'y prête plus attention. Les moqueries sont devenues partie intégrante de mon quotidien depuis avril dernier. En trois mois, j'ai eu le temps de m'y faire.

La capacité d'adaptation de l'humain est parfois effrayante.

— Non, mademoiselle Grey. Ça, c'était le chapitre précédent.

C'est déjà un miracle que je m'en souvienne, alors.

— Je ne comprends pas ce qui vous empêche d'apprendre vos cours comme les autres. Vous faites partie de la famille royale ? Une arrière-petite-fille cachée de la reine Elizabeth ?

— Très bien cachée, alors ! s'exclame une voix dont j'ignore la provenance.

— Ils ont dû la renier parce que c'est une salope, ajoute Aubrey, provoquant une effusion de rires.

Au premier rang, Holly se retourne pour me transpercer du regard. Je l'ignore, replongeant mes yeux dans mon carnet afin de concentrer mon attention sur les magnolias que j'ai gribouillés dans la marge.

— Assez ! ordonne Allan pour mettre fin aux débordements. Terminez votre exercice avant la sonnerie, et dans le silence. Et vous, Taylor, donnez-moi votre carnet avant de partir.

Aubrey proteste qu'elle n'est pas la seule à avoir pris la parole, mais il la fait taire d'un signe de main las. Même si je ne le porte pas dans mon cœur, je lui suis reconnaissante de ne pas faire de favoritisme. C'est assez rare dans ce lycée où le portefeuille de vos parents influe directement sur vos relations avec le corps enseignant.

Enfin, la sonnerie retentit et les élèves se lèvent en trombe, pressées de profiter de leur pause-déjeuner. Je suis normalement la première à me lever : la sonnerie n'a même pas encore sonné que mes affaires sont déjà rangées et que je suis prête à m'élancer hors de la salle. Mais cette fois, je traîne. J'entends Aubrey qui bataille encore avec le prof, mais elle finit par accepter la défaite et me foudroie du regard en sortant. Je comprends déjà ce que cela me coûtera, mais je décide d'ignorer cet avertissement en observant le dessin que j'ai distraitement ébauché dans un angle de mon carnet l'autre jour.

Au cours de la semaine, j'ai pensé à ces yeux sombres et à ce visage partiellement dissimulé derrière une capuche plus de fois que je ne voudrais bien l'admettre.

Je finis moi aussi par me lever. Hormis Allan qui range rapidement son bureau, la salle est désormais vide. Je m'avance vers lui sans savoir comment aborder le sujet. Il relève lentement les yeux en s'apercevant de ma présence, et j'y lis aussitôt une contrariété évidente.

— J'imagine que c'est à propos de votre devoir maison ?

Je n'ai pas l'habitude de quémander auprès des profs pour qu'ils m'accordent un délai supplémentaire. En temps normal, je me contente d'essuyer les remarques désobligeantes et d'accepter les sales notes parce que j'ai rendu page blanche.

C'est donnant-donnant.

— J'ai eu un empêchement.

Un empêchement du nom de Suzan.

— J'avais vraiment l'intention de vous rendre ce devoir. D'ailleurs, je l'ai presque terminé. Mais… hier…

— Il y a toujours un « mais » avec les élèves, m'interrompt-il, de fines ridules se formant autour de ses yeux marron.

— J'avais une obligation familiale.

Suzan se réjouirait de me voir dans cette position délicate. C'est bien pour cette raison qu'elle s'est emparée de mon devoir quasiment bouclé sur mon bureau pendant que je prenais ma douche et qu'elle l'a fait disparaître. Je m'en suis aperçue en sortant de la salle de bains, à 23 h 30.

Le prix à payer pour avoir oublié de fermer la porte de ma chambre à clé.

Allan semble se radoucir durant une seconde et pousse un nouveau soupir, contrit cette fois.

— J'aurais pu comprendre si c'était exceptionnel, à la rigueur… mais ce n'est pas le cas, June.

Je suis étonnée qu'il m'appelle par mon prénom. Il a tendance à mettre de la distance entre lui et ses élèves.

— Je ne sais pas ce que vous avez cette année, mais il serait temps de vous reprendre. Vos résultats n'ont jamais été brillants d'après ce que j'en sais, mais là, vous passerez en terminale de justesse.

J'imagine qu'il s'est renseigné en salle des profs. Ils sont marrants, ceux-là. Toujours à cogiter à propos de futilités, mais lorsqu'il s'agit de voir les choses, il n'y a plus personne.

Ce sont des aveugles sur commande.

— C'était le dernier devoir noté. Je ne peux pas tirer sur le fil pour vous faire plaisir. Et entre nous, ça ne sert à rien de venir négocier à la fin des cours. Tant que vous ne travaillerez pas dans ma matière, mon opinion sur vous ne changera pas.

Une légère expression de culpabilité traverse son visage, comme s'il s'en voulait de me réprimander aussi sévèrement. Je dois lui faire pitié, mais pas assez pour qu'il m'accorde un délai supplémentaire. L'heure tourne et j'empiète sûrement sur sa pause-déjeuner. Alors je tourne les talons après l'avoir tout juste salué par politesse. Inutile de batailler. Je ne suis qu'une élève de plus. En outre, une cancre qui ne mérite pas qu'on s'attarde sur son cas.

J'aimerais parfois être un livre ouvert. Peut-être que ça me sauverait ?

Ou cela me ferait-il sans doute plonger plus profondément.

Les couloirs se transforment en véritable fourmilière humaine avant la pause. Je les parcours en défaisant les nœuds dans mes écouteurs, sans oublier de maintenir mon sac contre mon flanc, consciente du risque que quelqu'un me l'arrache en guise d'énième plaisanterie douteuse.

Les élèves les moins intéressées par le repas de midi traînent encore en bavardant. Dans un coin de l'atrium, l'une d'elles se remaquille près d'une fenêtre pour bénéficier de la lumière du jour. Ici, elles aiment se pomponner, bien qu'il n'y ait aucun garçon à impressionner dans les couloirs de Sherborn. C'est Suzan qui a choisi que j'irais dans un lycée pour filles après le collège. Elle disait que c'était la seule solution pour parfaire une éducation, si fragile durant l'adolescence. Je soupçonne sa propre expérience de gymnaste de haut niveau, enfermée dans un internat sportif féminin, de l'avoir assez traumatisée pour qu'elle veuille me faire subir la même chose.

J'emprunte la cage d'escalier pour accéder au dernier étage. L'humidité a fait gonfler mes cheveux et j'ai la chair de poule à cause de cette pluie estivale. J'ai espoir que nos uniformes changent durant les grandes vacances ; que quelqu'un de sensé prenne enfin la décision de nous commander des pantalons pour remplacer ces stupides jupes vert sapin. Depuis toujours, j'ai l'impression qu'elles se marient affreusement mal avec mes cheveux auburn.

Je ralentis le pas en arrivant près de la bibliothèque. C'est devenu le seul endroit où je peux manger en paix. Quand je me fais trop pitié, je me rassure en me disant qu'au moins ce ne sont pas les toilettes. Le jour suivant cette tragique soirée, j'ai eu la bêtise de croire qu'Holly écouterait ce que j'avais à lui dire. Qu'après avoir digéré les photos reçues, elle se calmerait et me laisserait une chance de m'expliquer.

J'ai eu tort.

Et elle n'a pas manqué de me le faire savoir.

Alors que je me rapproche des portes de la bibliothèque, Aubrey, Holly et Emilia surgissent d'un couloir attenant pour me bousculer. Je sens mon corps s'affaisser. Elles n'étaient jusque-là pas au courant de ma planque, mais elles ont dû me suivre quand je n'y prêtais pas attention. Aubrey ouvre la page « comportement » de son carnet, où trône le mot récent de M. Allan. Elle le brandit sous mes yeux pour me cracher :

— C'est ta mère qui va le signer, sale pute ?

— Elle en a pas, ricane Emilia, fière d'elle.

— On va sur le toit, leur ordonne Holly, soucieuse de ne pas attirer l'attention des adultes.

Mais à cette heure-ci dans cette partie du bâtiment, les couloirs sont déserts.

Aubrey et Emilia me saisissent alors par les bras. Je me force à ne pas grimacer à cause des bleus déjà présents sous mes manches. Je n'ai d'autre choix que de les laisser faire. À force, j'ai compris que crier était inutile. Nous empruntons la cage d'escalier la plus proche. Les marches sont glissantes et des feuilles mortes s'y sont collées, elles dégagent une odeur d'humidité terreuse.

Les portes s'ouvrent sur le toit et je suis relâchée si violemment que je manque de perdre l'équilibre. Les battants se referment dans un grincement de ferraille. Il ne pleut plus autant qu'avant. Lorsque je relève le menton, elles m'encerclent comme dans un mauvais film.

— Mais il faut te faire quoi pour que tu changes de lycée ? C'est quand même dingue que tu te montres ici tous les jours.

— Je sais pas comment elle fait. J'aurais trop honte à sa place.

— Laissez tomber, réagit enfin Holly avec sa voix de velours. Elle tient ça de sa mère. Indigne de confiance et le feu au c…

— Ferme-la un peu, je réplique avant qu'elle ne puisse en dire plus.

C'est le problème quand la personne dont vous étiez le plus proche se met à vous détester du jour au lendemain. Elle connaît vos moindres failles, racontées dans l'intimité, sans se douter qu'elles finiraient par être utilisées à vos dépens. Je regrette de lui avoir confié des choses au sujet de ma famille durant ces dernières années, même si j'ai toujours veillé à livrer les informations au compte-gouttes.

J'en disais juste assez pour qu'elle ne me pose pas trop de questions.

— Bah quoi, ça te gêne ? rebondit Emilia, se délectant de ce sujet qu'elle sait inépuisable. Ta mère s'est cassée de la maison à cause d'un autre homme. Et ce sont les parents de Holly qui devaient t'accueillir chaque fois que ton père se bourrait d'antidépresseurs et pouvait à peine s'occuper de toi.

— Elle se tapait l'incruste, ouais !

— N'empêche, les pauvres, compatit Emilia. S'ils avaient su comment tu finirais par traiter leur fille… Ils t'auraient sûrement laissée devant la porte.

Je repense à nos après-midi passées ensemble sur le canapé de son salon, à faire semblant de réviser pendant que sa mère multipliait les allées et venues pour nous surveiller. Holly disait qu'elle craignait qu'on échappe à l'attention du Seigneur, mais ce flicage me convenait très bien. Ça s'apparentait plutôt à de la protection. Et puis, il y avait toujours quelque chose à manger, là-bas. Sa mère avait une préférence pour des scones moelleux achetés dans une pâtisserie de renom à Marylebone. Elle nous les servait avec des smoothies de fruits frais qu'elle faisait elle-même en écoutant la radio dans la cuisine. Ça me changeait du frigo vide, du lait caillé oublié sur la table et de la vaisselle sale que je retrouvais chez moi en rentrant de l'école.

— T'es toujours là ? me provoque Holly. Non. On l'a perdue…

— Va te faire foutre. Et arrête de raconter ma vie aux gens.

Elle ouvre exagérément les yeux, dissimulant à peine son petit sourire. Elle trouve drôle de me titiller. Elle le fait pour me rappeler que cette fin d'année a été longue et qu'elle continuera de l'être jusqu'aux vacances d'été. Ma libération approche à grands pas ; dommage pourtant que je quitte une prison pour en rejoindre une autre, plus pénible encore.

— T'as pété les plombs, ma pauvre, ricane-t-elle.

Holly.

Quel prénom étrange pour une envoyée du diable.

Il n'y a rien de sacré chez elle. La preuve : elle s'est toujours moquée de la foi de ses parents, et de leurs vaines tentatives de la lui transmettre. La bible sur l'étagère au-dessus de son lit ne l'empêchait pas de se tirer une ligne de coke quand l'envie lui en prenait. Une fois, m'avait rapporté Heize, elle avait suggéré de s'en servir de support pour sniffer, sans pour autant oser le faire.

Elle a surtout le genre de physique qui n'éveille pas le moindre soupçon chez les adultes. Un mètre soixante-dix d'obéissance, de bonté et de politesse. Ses anglaises qui lui arrivent au-dessus des épaules soulignent son air angélique, tandis que ses yeux bleus confèrent à son regard une certaine honnêteté. Et quand personne ne regarde, elle remonte l'ourlet de sa jupe pour que cette dernière lui tombe bien au-dessus du genou.

Mais ce petit écart assumé ne suffirait pas à révéler ses tendances borderline. Qui croirait qu'elle a sucé un surveillant dans les toilettes et qu'elle m'a demandé de faire le guet pendant quinze minutes, lorsqu'on était en seconde ?

— Tu veux qu'on fasse un tour dans les chiottes pour te rafraîchir la mémoire ? me demande-t-elle.

— Ne t'embête pas.

J'ai l'air calme, mais un frisson m'a traversé la colonne vertébrale. Elle ne s'est jamais privée de me maintenir la tête dans les lavabos, sous le jet d'eau glaciale, malgré mon évidente difficulté à respirer.

— Mais arrête un peu de faire la maligne, Grey, m'ordonne Emilia, de plus en plus agacée.

Aubrey s'approche pour me tirer les cheveux si fort que je penche la tête sur le côté, secouée par une vive douleur dans le cuir chevelu. J'enfonce mes ongles dans son avant-bras en cherchant à me défendre, ce qui l'irrite davantage :

— Aïe ! peste-t-elle. Je n'en peux plus de voir sa sale gueule !

Elle lève alors la main pour frapper, mais Holly l'interrompt sèchement.

— Ne la touche pas au visage. Si elle a des marques, on aura des problèmes.

L'infime espoir quant à sa rédemption est aussitôt anéanti.

L'une me relâche tandis que l'autre s'approche pour rôder autour de moi, tel un charognard.

— Ah… j'ai mieux, lance Emilia. Quelqu'un a un marqueur ?

Je n'aime pas la tournure que prend cette réunion. Avec un regard entendu, Aubrey fait glisser son sac Victoria Hyde sur son avant-bras rachitique et fouille à l'intérieur de sa trousse, avant de mettre la main sur un feutre indélébile rouge. L'odeur d'alcool atteint mes narines lorsqu'elle l'approche de moi avec une intention bien précise.

Je tente encore de fuir mais j'ai bien conscience que c'est peine perdue, et ça les fait rire. À force de me faire reculer, elles m'ont coincée contre le garde-fou.

— À toi l'honneur, suggère Emilia à Holly en lui tendant le feutre.

Mais Holly plisse le nez pour lui déléguer la tâche, et ça ne semble pas déranger Emilia, bien au contraire. Elle fait mine de réfléchir à ce qu'elle va m'inscrire sur la peau, mais je sais déjà que ça tiendra en peu de mots.

Elles ne se sont jamais montrées très innovantes.

— Bordel, enlève tes cheveux, ils me gênent, s'agace Emilia.

Je soutiens son regard en me convainquant que ça préserve un peu ma dignité. Aubrey dégage mon cou et tire aussi sur le col de ma chemise blanche pour laisser plus de place à Emilia.

La pointe du marqueur s'enfonce alors violemment dans ma peau, et je tente de rester impassible pour ne pas leur donner la satisfaction d'avoir réussi à me faire mal.

— *Salope*..., lit Aubrey à mesure que les mots s'inscrivent. *Déloyale*... Salope déloyale ! Ouais, c'est bien ça !

Emilia insiste sur la dernière lettre, comme si elle allait me trouer la gorge et nous envoyer ainsi en première page des faits divers du prochain numéro du *Guardian*.

Je ferme les yeux.

Ce n'est rien que je ne puisse endurer.

— Bonne chance pour nettoyer ça avant la reprise, se moque-t-elle en reculant lorsqu'elle a terminé.

Je vais devoir frotter jusqu'à m'arracher la peau.

Peut-être que c'est une solution.

J'envie les chenilles, qui se libèrent de leur cocon une fois qu'il est devenu trop lourd. Moi aussi, j'aimerais renaître avec des ailes pour m'envoler loin d'ici et repartir de zéro, là où personne ne viendrait me rappeler mes erreurs.

— Tu veux vraiment nous faire croire que ça ne t'atteint pas, continue Holly. Mais ça doit craindre d'être la victime du lycée... Je n'arrive vraiment pas à comprendre pourquoi tu restes. Tu aimes souffrir ou quoi ?

Ma gorge se serre. Je ne sais pas quoi lui répondre.

— Ou mieux, tu crois qu'accepter ton sort te permettra de te racheter auprès de moi ?

Peut-être qu'elle a en partie raison. Même si c'est minable.

— Tu pourrais te tenir sur le rebord de ce toit en me suppliant de te pardonner que ça ne me ferait ni chaud ni froid.

— Eh, mais c'est une bonne idée, ça ! se réjouit aussitôt Aubrey.

Elle s'amuse à me pousser dans cette direction, parcourue d'un éclat de rire, et mon dos meurtri bute contre les barrières de sécurité.

— Vas-y, Grey, m'encourage-t-elle en me montrant le garde-fou du doigt. Monte sur ce parapet et fous-toi en l'air. Tu ne manqueras à personne.

— Si elle le fait vraiment, tu auras ça sur la conscience, la prévient Emilia, rattrapée par un peu de bon sens.

— Comme si j'en avais quelque chose à faire.

Holly continue de se tenir devant nous sans interrompre leurs propos, qui vont pourtant trop loin. Pourquoi le ferait-elle ? La rancœur qui brûle dans ses yeux me prouve qu'elle ne verserait pas une larme si je venais à me jeter du toit. Ce qui restait de ma meilleure amie s'émiette un peu plus chaque jour, et je commence tout juste à me faire à cette idée.

— Tes yeux brillent, June… tu vas pleurer ?

Je réalise qu'ils me piquent à force d'être rivés dans la même direction. Elles pensent avoir réussi à m'atteindre.

— Il ne faut pas pleurer…, me nargue Emilia, avec une fausse moue de compassion. Il fallait juste y penser avant.

Elle m'assène un violent coup de coude dans le ventre pour mettre fin à leur tirade de rappel. Je m'effondre silencieusement sur le sol, l'estomac contracté. Mes genoux s'éraflent sur le béton et je devine que mes collants se sont filés.

— C'est là qu'est ta place, se moque Aubrey en faisant exprès de buter dans mon sac, qui a fini à mes pieds.

Je vois mon rouge à lèvres préféré glisser sous un des parapets et je me dis que je peux définitivement lui faire mes adieux.

— Tu l'as à peine touchée qu'elle s'est jetée par terre !

Elles disparaissent par la porte du toit en riant que je devrais m'inscrire au théâtre. Je reste agenouillée sur le béton détrempé pendant un moment, sans trouver la force de me relever. Leurs mots se heurtent continuellement à moi.

Les gens qui vous frappent s'étonnent de vous voir tomber. Il faudrait en plus ne pas ciller, car ça les dérange de savoir que leurs actions ont des conséquences.

Quand j'ai digéré cette énième humiliation, je me relève pour épousseter ma jupe et je ramasse le bazar autour de moi. Je n'irai pas me plaindre aux professeurs. Personne ne me viendrait en aide. C'est frustrant, mais la vie n'est pas réputée pour être juste.

Elle est seulement ce qu'elle est.

2

« Tes fréquentations en disent plus long sur toi que ta carte d'identité. »

Shayn

Qu'est-ce que tu fous... ?

J'observe mon reflet dans le miroir. J'ai des cernes violacés, accentués par la lumière terne du matin. Une respiration lente et régulière s'élève de mon lit, là où une silhouette est encore trop confortablement enroulée entre mes draps. J'ai oublié son prénom. Je ne suis pas sûr de le lui avoir demandé, mais l'alcool a sûrement effacé le souvenir de quatre-vingt-dix pour cent de nos maigres interactions.

Mon portable vibre sur la commode. Je regarde brièvement le nom qui s'affiche à côté de la notification : Caleb. Je ne prends pas la peine d'ouvrir le message, je sais déjà ce qu'il m'a demandé et je n'ai pas encore de réponse à lui apporter. Je remarque aussi les cinq nouveaux appels manqués de Sarah et j'éteins mon téléphone principal.

Ça fait longtemps que mes nuits sont courtes et agitées ; que le soir je finis toujours par errer dans les rues au lieu de me coucher. J'ai besoin de distraction, car dormir, c'est laisser la porte ouverte aux fantômes. Et je ne veux plus voir de fantômes dans mon sommeil.

J'ai déjà assez payé, même s'ils refusent de me laisser partir.

— *Tu ne vas pas lui répondre ?*

Mon corps se tend au son de sa voix. Je devrais avoir l'habitude, maintenant. Mais non, elle réussit toujours à me surprendre. Je tente d'ignorer sa présence dans mon dos, jusqu'à ce qu'elle s'impose à moi dans le reflet du miroir. Aucun cheveu ne dépasse de son carré noir.

Elle était toujours sophistiquée au possible.

— *Arrête de m'ignorer*, murmure-t-elle en se glissant derrière moi.

Elle pose une main sur la commode, juste à côté de la mienne. La manche de son chemisier est d'un blanc immaculé. Il n'y a pas de sang. À force, j'ai fini par comprendre que le sang n'était là que dans les mauvais jours.

— Casse-toi, Lucy.

J'ai parlé entre mes dents. Je ne veux pas que l'autre fille m'entende.

La vraie fille.

— *Tu devrais répondre à Caleb et lui dire que tu ne le feras pas. Parce que tu ne le feras pas, pas vrai ?*

— J'en sais rien.

Je n'ai pas envie d'accepter sa proposition. Je ne suis pas venu à Londres pour tomber dans ses plans foireux. Je devais seulement fuir Long Island en attendant de trouver une solution à mon problème. Mais plus les semaines passent et moins j'ai l'impression que cette solution existe, contrairement à mon problème.

— *Tu n'y arriveras pas, me susurre-t-elle à l'oreille. Tu n'es pas lui.*

Je soutiens son regard dans le reflet du miroir. Les commissures de ses lèvres sont à peine retroussées dans un sourire pervers. Elle le fait exprès ; me provoquer pour que je perde mes moyens.

— *Tu n'es pas lui, Shayn*, insiste-t-elle. *Toi, tu es juste toi. Le raté de la famille. C'est pour ça que tout le monde le choisissait. Il rendait votre mère fière.*

Je serre les mâchoires alors qu'elle penche la tête sur le côté, pour observer le fruit de son travail.

— *Regarde-toi mieux. Tu es un délinquant. Caleb ne s'en est pas encore rendu compte, c'est pour ça qu'il a bien voulu t'aider. Tu peux remercier la distance d'avoir permis de conserver votre amitié. Il ne voit pas à quel point vous êtes devenus des personnes différentes.*

Je sais qu'elle a raison.

Je repense à Caleb dans son beau costume d'avocat, qui m'attendait à la table d'un pub trop guindé. Pendant qu'il me racontait ses journées bien remplies passées dans un gratte-ciel du quartier de Square Mile, la Rolex à son poignet n'arrêtait pas d'attirer la lumière. Elle semblait vouloir m'aveugler de sa richesse. Durant tout le rendez-vous, je me suis demandé où était passé le lycéen boutonneux avec qui j'avais grandi. Comme d'habitude, il parlait beaucoup, et moi j'écoutais. Je n'ai jamais été très loquace, mais c'est ce qui créait une bonne dynamique entre nous. En repartant, il était euphorique. Il m'a même donné une accolade comme si on était encore de vieux amis que le temps et la distance n'avaient pas réussi à éloigner.

Je ne peux pas lui en vouloir d'être aussi optimiste.

Son opinion de moi est biaisée par le souvenir de nos parties de Game Boy sur le tapis Mario Kart de sa chambre, quand on n'était encore que des gamins. Mais il ignore tout de ce que j'ai commencé à faire après le lycée. À Long Island, quelques rumeurs me précèdent, mais il semblerait qu'elles soient restées coincées aux portiques de l'aéroport.

— *N'accepte pas ce poste, Shayn. Tu n'as rien à faire là-bas et tu le regretteras.*

Elle retire alors sa main de la mienne et m'adresse un sourire sincère, plein de compassion répugnante. C'est ce qui finit de me faire enrager. Avec les restes d'alcool et le manque évident de sommeil, le sang me monte à la tête.

— *Même si tu essayes, tu n'atteindras jamais la perfection d'Adam…*

Incapable de l'affronter davantage, je frappe dans le miroir pour la faire disparaître. Le verre se fissure, segmentant mon reflet en plusieurs morceaux indistincts.

Et elle n'est plus là, reléguée au statut de divagation qu'elle a toujours été.

Mais dans mon dos, la vraie fille s'est réveillée en sursaut. Elle se lève du lit, prise d'un spasme incontrôlé. J'observe son corps nu dans les morceaux de verre restés accrochés au cadre.

— Ça… ça va ? s'étrangle-t-elle, le visage déformé par la stupeur.

Je serre le poing en remarquant que des éclats sont venus se loger entre mes phalanges, regrettant déjà mon impulsivité. Elle me coûtera ma dextérité quand j'en aurai le plus besoin.

— C'est bon, dégage.

Je me tourne enfin. Les lèvres entrouvertes, elle fixe ma main avec effroi. Elle doit penser qu'elle est tombée sur un taré instable.

La pauvre fille n'est pas loin de la vérité.

— Et rhabille-toi.

Blessée dans son ego, mais surtout terrifiée, elle se penche aussitôt pour ramasser sa robe froissée au pied du lit. Je fronce les sourcils en l'observant. Ce n'est même pas mon style de fille ; ses cheveux blond platine, ses cils trop fournis et recourbés pour être naturels. Le clou du spectacle, ce sont ses lèvres gonflées par l'acide hyaluronique et son cul étrangement disproportionné par rapport à ses cuisses. Je jette un coup d'œil à l'oreiller écrasé de son côté du lit. Son fond de teint trop foncé pour sa peau naturellement rose a laissé des traces pendant que je la baisais, et je me demande si ça partira au lavage.

Ça m'apprendra à boire et à ramener n'importe quelle fille chez moi.

Je quitte la chambre pendant qu'elle rassemble ses affaires. Des gouttes de sang tachent la moquette du couloir sur mon passage et je rince ma main sous l'eau froide, une fois dans la cuisine. Le sang inonde l'évier en inox. Il y en a tellement que ça donne l'impression qu'il coule directement du robinet.

Je saisis le premier torchon à ma portée pour panser ma blessure avant de me questionner sur sa propreté. Je ne peux pas me permettre une infection avec le travail qui m'attend bientôt.

Un semblant de culpabilité me traverse quand je me remémore ma soirée. Suis-je vraiment venu à Londres pour ça ? *Voler, sortir, baiser ?*

Je dois arrêter les conneries.

J'aurais très bien pu continuer de merder à Long Island. Les filles sont plus jolies là-bas. Elles ont l'air joviales et, même si ce n'est pas la Californie, aucune d'elles n'est en manque de soleil au point de ressembler à un Cullen. Mais surtout elles ne se coltinent pas ce foutu accent avec lequel je n'arrive pas à me familiariser.

Mais je ne peux plus rentrer chez moi.

J'arrête de songer à l'impossible en entendant des bruits de pas dans le couloir. L'inconnue apparaît dans l'encadrement de la porte. Je parierais que son prénom se termine par « sy ». J'ai un vague souvenir, maintenant, dans lequel elle me le murmure à l'oreille.

— Alors..., commence-t-elle d'une voix mal assurée. Au revoir.

— C'est ça, au revoir... Tressy, dis-je sans la regarder, occupé à chercher des yeux la télécommande de la télévision.

Le gémissement qui lui échappe signifie que je me suis trompé. La porte claque. Je me laisse tomber sur le canapé en poussant un long soupir. Je tire mes cheveux pour essayer de faire passer la migraine et la gueule de bois, avant de complètement relâcher ma tête en arrière.

Une goutte froide tombe sur mes lèvres. Je constate qu'il y a une fuite d'eau au plafond fissuré de ce HLM merdique. Je me décale dans un grognement en attendant de mettre un seau. Si je ne le fais pas rapidement, la moquette finira par s'imbiber et moisir.

J'ai besoin d'argent.

« La vie coûte cher à Londres, m'a assuré Caleb en remuant son thé au lait fumant. *Tu vas vite t'en apercevoir. »*

Je m'en aperçois déjà.

J'augmente le volume de la télévision en réalisant que je fixe des images muettes depuis tout à l'heure. C'est un reportage sur la reine Elizabeth. Je me demande si elle a enfin clamsé en rallumant mon portable par automatisme. Sarah a laissé un énième message. Elle finira par se lasser. Ça ne fait que six semaines que je suis parti et je n'ai pas l'intention de revenir de sitôt.

Après vingt minutes à fixer distraitement la télé, je vois le nom de Marlon apparaître sur l'écran de mon autre téléphone, prépayé. Je réponds à la cinquième sonnerie, quand il est sur le point de raccrocher.

— T'es toujours partant pour ce soir ? me demande-t-il d'une voix pressante.

— Pourquoi je ne le serais plus ?

Je dévisse le bouchon de ma bouteille d'eau en attendant sa réponse. Je l'imagine, téléphone collé à l'oreille, occupé à surveiller d'un œil attentif ses petits frères jouant dans le parc de sa cité. Peut-être qu'il a menti, peut-être qu'il ne s'appelle pas vraiment Marlon. Après tout, moi, je ne m'en suis pas privé. C'est un milieu d'imposteurs.

— Je ne sais pas. Dan nous a lâchés au dernier moment.

— Dan ? Pourquoi ?

— Tu suis les infos ou quoi ? me sermonne-t-il. Les flics nous ont à l'œil depuis l'accident. En fait, je dirais même qu'ils nous collent au cul. On devrait faire gaffe.

— L'accident..., répété-je d'un ton creux.

— Tu sais ce que j'en pense. Chase n'aurait jamais dû tirer.

— Mais il l'a fait, et ce type est mort.

Manque de chance, il s'avère qu'il y avait quelqu'un dans la maison, contrairement à ce que le guetteur nous avait assuré.

Mais, d'un commun accord, on avait décidé qu'ils le maintiendraient bâillonné dans la cuisine pendant qu'on s'occuperait de vider les coffres.

J'entends encore la détonation étouffée par les murs qui nous séparaient. J'étais en train de fouiller dans les tiroirs du bureau à l'étage quand j'ai entendu l'impact. J'ai d'abord pensé que la police venait de faire une descente et que les autres s'étaient fait serrer. Mais alors que je tentais de m'enfuir par une fenêtre, Chase m'a appelé du bas des escaliers. Quand je suis redescendu, sur mes gardes, le carrelage était inondé de sang. Le malheureux propriétaire était adossé à l'îlot central de la cuisine, les jambes étendues devant lui, les yeux encore écarquillés par le choc.

Et, juste comme ça, je venais de me rendre complice d'un meurtre.

— Dan a eu peur, finit par dire Marlon. Et je le comprends, putain. Je n'ai pas signé pour cette merde.

Moi non plus.

J'ai assez de sang sur mes mains pour savoir qu'il est dangereux de continuer à les faire macérer ainsi. D'ailleurs, mon bandage de fortune est déjà imbibé.

— Chase répète que c'était un accident. Que le proprio était en train d'appeler la police, et qu'il était obligé.

— On n'est jamais obligés de rien, Marlon. Il a tiré parce qu'il en avait envie.

— Je crois aussi, admet mon coéquipier en soupirant. Je connais Chase depuis plus longtemps que toi. Dernièrement, il a pété un câble. Il veut donner un nouveau tournant à son business. Montrer aux autres qu'on est sérieux pour régner sur tout le territoire.

— Que ce fils de pute aille jouer les Peaky Blinders ailleurs, alors, parce que je ne tomberai pas avec lui.

Marlon étouffe un rire nerveux contre le combiné, puis j'entends des cris d'enfants derrière lui. Sa voix devient alors lointaine.

— Marcus, descends de ce foutu toboggan ! Et arrête de faire peur aux autres gamins, on va avoir des problèmes !

— Dis-moi la vérité, dis-je quand je sens que j'ai regagné son attention. C'est ton gosse ou ton petit frère ?

— Et toi ? Tu t'appelles vraiment Kurt ?

J'esquisse un maigre sourire en observant les gouttes d'eau qui s'écrasent sur la moquette, avec des *plop* incessants. Au moins, c'est crédible. Je l'ai emprunté à un camarade de classe de l'école primaire, Kurt McDermott, en guise de petite revanche personnelle. Ce connard parlait trop de ma mère et de sa tendance à avoir des enfants avec des hommes différents.

— Je serai là ce soir, finis-je par répondre.

— Très bien. Alors on dit 21 heures au point de rendez-vous habituel.

Je visualise notre destination. Une banlieue huppée, tout près de Londres, entre Richmond et Kingston upon Thames.

Soudain, j'ai une pensée pour cette fille en pyjama dans ce square, tristement assise sur sa balançoire, à attendre que le vent la pousse. Je me demande ce qui la rendait aussi morose.

Une peine de cœur ?

— Au fait, Chase sera là.

— *Super*. Alors cette fois, essayons de ne pas buter quelqu'un, dis-je avant de raccrocher.

Je déteste travailler avec Chase. Il n'a pas l'air comme ça, avec ses faux survêtements de marque, mais ce mec est dangereux, et c'est lui qui nous tient par le pantalon. Je n'ai pas vraiment mon mot à dire sur ses méthodes de travail si je veux continuer à manger. L'argent doit bien rentrer, d'une façon ou d'une autre.

Mieux vaut être réaliste, les semaines s'écoulent et mes ressources s'épuisent. Je n'ai plus d'emploi fixe pour couvrir mes activités. Que de l'argent au noir qui finit dans mon loyer trop cher et mes dépenses quotidiennes, en plus des virements fréquents destinés à Sarah.

J'ouvre le message de Caleb et je le relis jusqu'à oublier son sens.

« Arrête de faire le difficile et réfléchis encore. Ce sera juste des remplacements. Tu as largement les qualifications. »

Mon téléphone en main, je me poste devant la fenêtre du salon. Il existe un Londres de privilèges, mais ce n'est pas le mien.

Moi, j'ai droit à des blocs de béton à perte de vue, sur un fond gris et sans vie. Des âmes déprimées, traversant les chaussées aux bouches d'égout infiltrées par les rats. Des familles qui fuient le quartier par crainte des agressions et de vieilles seringues de toxicos qui recouvrent le sol.

Mon appartement est situé dans l'une des pires banlieues de Londres, East Croydon. Ça ne fait pas rêver, mais la porte de sortie que Caleb me propose non plus. Je suis coincé, et finalement je commence à me dire que choisir Londres pour venir me perdre n'était pas une si bonne idée que ça.

J'ai peut-être fait une erreur.

Ce ne serait pas la première fois.

I know I can do it

Only one year left until I'm free

3

« Tout le monde est heureux au royaume des aveugles. »

June

J'ouvre la porte d'entrée en ressassant les mots de M. Weber, le proviseur. En début d'après-midi, alors que je m'apprêtais à retourner en classe après avoir réussi à m'isoler quelques minutes à la bibliothèque, tout le lycée a été convoqué en salle de conférence.

Il nous a appris que M. Moore s'était suicidé. Il n'a pas spécifié de quelle manière, mais la rumeur s'est propagée dans les rangées de sièges : il se serait pendu à son domicile.

La raison de son absence depuis quelques jours.

Weber nous a fait savoir qu'à son plus grand désarroi, personne n'assurerait nos cours de maths jusqu'à la rentrée prochaine. Ça paraît fou, mais j'ai entendu des filles se réjouir de cette nouvelle. Elles se moquent bien de savoir que quelqu'un soit mort, si ça leur permet de passer plus de temps à flâner dans les artères de Covent Garden.

Moore était la seule personne du corps enseignant qui me fichait la paix quand je m'assoupissais sur mon bureau au dernier rang. Il ne m'en voulait pas d'échouer dans sa matière. Il était bienveillant et m'encourageait quand j'avais une meilleure note que la précédente – même s'il s'agissait seulement d'une augmentation de cinq pour cent.

Parfois, il perdait le fil de son cours et commençait à nous parler de sa fille. Dans ces moments-là, il avait des étoiles dans les yeux. Tout le monde l'adorait. Les jours où j'étais au plus bas, j'étais contente d'assister à son cours et de savoir que j'aurais le droit de m'éteindre au fond de la salle en toute impunité.

C'était mon seul allié dans cette école.

Je retire mes chaussures lentement, j'ai encore mal aux genoux. Lorsque je me redresse pour ranger ma veste sur le portemanteau, je tombe nez à nez avec la sienne. Son parfum entêtant me prend à la gorge.

Est-ce possible de détester quelqu'un au point d'avoir envie de vomir ?

Heureusement, ils sont déjà partis chez ses parents pour le dîner. Elle est seulement revenue se changer, ce qui explique cet effluve encore récent dans le couloir.

J'avance jusqu'au salon. L'horloge murale indique qu'il est près de 19 h 30. J'ai fini les cours il y a longtemps, mais j'ai traîné au centre commercial de Westfield pour être certaine de ne pas les croiser en rentrant. Un mot est posé sur la table en verre. L'écriture est tremblante ; elle le pressait sûrement.

« *Ne nous attends pas pour le dîner. On est chez la mère de Suzan. Ne te couche pas trop tard.* »

« On ».

J'ai toujours trouvé ce pronom indéfini intéressant. Il désigne une structure dont je suis complètement exclue.

Papa, Suzan et Gabriel.

Ils forment un tout alors que moi, je ne suis que la rescapée de son ancienne vie. Je suis sûre qu'il aurait préféré qu'elle m'emmène avec elle pour pouvoir complètement l'oublier.

Je froisse le papier entre mes doigts et le jette à la poubelle, en espérant au fond de moi qu'il le verra au-dessus des autres ordures. *Pas besoin de faire semblant de se soucier de mon nombre d'heures de sommeil.* Dans un soupir, je m'empare des nouilles instantanées achetées tout à l'heure et, après avoir rempli le gobelet d'eau jusqu'au trait, je les mets au micro-ondes. Je me laisse distraire par le plateau qui se met à tourner dans un bruit assourdissant.

Qui écrit encore sur des bouts de papier, de nos jours ? Un SMS aurait suffi.

Tout ce qu'il fait m'énerve.

Le bip du micro-ondes me ramène à la réalité et je m'en vais m'asseoir sur le canapé avec ma nourriture. Je n'ai rien mangé à midi, mon altercation avec Holly m'avait coupé l'appétit, et le milkshake pris au centre commercial était en fin de compte un peu léger. Le bol est chaud sur mes cuisses, j'allume la télé sans me soucier des gouttes qui pourraient gicler sur son précieux canapé importé d'Italie.

Mais je n'arrive pas à me concentrer sur ma série. Le visage de M. Moore se superpose aux images. La dernière fois que je l'ai vu, la fin du cours avait dérivé sur notre programme pour les vacances d'été. J'ai oublié qui avait lancé la conversation, mais tout le monde partageait sa future destination luxueuse en bord de mer. Entre les Cornouailles et la côte méditerranéenne, personne n'aurait le temps de s'ennuyer.

Plus modeste, M. Moore nous avait confié qu'il adorait l'été parce qu'il avait la garde de sa fille durant cette période.

Quand je suis sortie de la salle avant tout le monde parce que ce sujet m'agaçait, il m'a demandé si ça allait. En toute sincérité. Je me suis presque sentie mal.

Il ne pouvait pas se douter que je déteste les vacances d'été plus que tout au monde. Ce sont les plus longues. Suzan prend toujours quelques semaines de congé pour passer du temps avec Gaby, qui n'a pas école, et, même si ça paraît impossible, la maison se transforme un peu plus en enfer pour moi.

Passer une seconde avec mon frère devient un véritable casse-tête. Elle craint qu'il ne s'attache trop à moi, mais c'est déjà le cas. On partage le même sang, qu'elle le veuille ou non.

Je coupe le son de la télévision et je me penche par-dessus l'accoudoir pour atteindre mon journal, encore rangé dans mon sac. La reliure est désormais tout abîmée. Ce ne sont que des pages noircies par l'encre de mes dessins. Quelques phrases, parfois, s'y sont glissées. Mais j'ai toujours trouvé que dessiner était plus facile que parler.

J'en ouvre une au hasard.

8 novembre 2010

« *Suzan a recommencé.*

Elle avait assuré à papa qu'elle viendrait me chercher.

Je la déteste.

Je la déteste.

Je la déteste !!!!

Je veux que maman revienne et que tout soit comme avant. »

Je me souviens clairement de cette sortie scolaire en sixième. Le car nous avait ramenés à 19 heures du Muséum d'histoire naturelle. Trente minutes plus tard, tous les élèves étaient partis, et j'étais encore sur le parking du collège avec Mme Salinger, qui n'arrêtait pas de soupirer. Le vent froid soufflait sur nous. Papa et Suzan étaient injoignables. La mère de Holly n'avait pas réussi à convaincre la prof de la laisser me raccompagner : Salinger ne pouvait pas me laisser partir sans autorisation parentale. Alors nous avons attendu dans sa salle jusqu'à ce que quelqu'un donne signe de vie. Elle m'a demandé si tout se passait bien à la maison. Si je m'entendais bien avec ma « nouvelle belle-mère ». Je n'ai rien osé lui dire. Papa recommençait tout juste à être heureux. Je ne voulais pas tout gâcher.

Je ne voulais pas qu'il replonge là où personne ne pourrait le rattraper.

Un peu comme un chien abandonné, il avait perdu pied après le départ de ma mère. Il laissait le linge sale s'accumuler dans la buanderie, oubliait de payer les factures et de faire les courses. Je me retrouvais à chercher quoi manger dans les placards, le soir à 23 heures, quand je ne parvenais pas à m'endormir le ventre vide. Sa barbe poussait et ses yeux s'enfonçaient plus profondément dans sa boîte crânienne, soulignant son extrême fatigue. Il arrivait en retard au bureau, faute de réussir à se réveiller à cause du Valium. Ses cachets le rendaient léthargique, et mes tentatives pour l'apaiser ne fonctionnaient pas. Il semblait à peine capable de prendre soin de lui-même.

Et puis Suzan était arrivée et avait réussi là où moi j'avais échoué.

Elle lui avait rendu son sourire tout en m'arrachant le mien. Drôle de contrepartie.

Suzan s'est finalement pointée à 21 heures, la bouche en cœur, bonne comédienne. Elle s'est confondue en excuses, apparemment, il y avait eu un malentendu avec mon père. Il était censé venir me chercher.

Puisque je ne disais rien pour la contredire, Salinger a gobé ses mensonges. C'était une jeune maman, après tout ; elle avait le droit d'être débordée. La prof nous a quand même observées d'un air étrange pendant que je replaçais mon sac sur mon épaule douloureuse. Nous sommes finalement sorties de l'établissement, avec Suzan. Son expression a aussitôt changé. Elle s'est mise à me crier dessus en cherchant compulsivement ses clés dans son sac.

— Tu aurais pu rentrer toute seule. Mon Dieu, comme c'est ridicule. Tu as douze ans, pas besoin d'en faire toute une histoire. Ta prof me regardait comme si elle allait appeler la police !

— Tu aurais dû signer le papier d'autorisation si tu ne voulais pas venir me chercher, ai-je répondu avec rancœur.

Elle a levé les yeux vers moi. La noirceur de son regard m'a aussitôt frappée, et j'ai regretté de lui avoir parlé sur ce ton.

— Tu n'es pas contente, June ?

J'ai reculé par instinct, et mon dos a heurté la carrosserie de sa voiture. Elle me faisait peur. Il y avait cette sévérité dans son expression que je n'associais qu'à son visage. Fermé et haineux quand elle regardait dans ma direction, doux et bienveillant lorsqu'il s'agissait de mon père ou de son nouveau-né.

Le visage de la duplicité.

— Si tu n'es pas contente, tu peux toujours aller vivre chez ta mère.

Elle m'a souri pendant une demi-seconde, pour mieux remuer le couteau dans la plaie.

— Oh non, c'est vrai. Elle ne veut pas de toi.

— … Tu es méchante.

Plongeant ses yeux bleus dans les miens, elle a ignoré mon commentaire.

— Pourquoi ton père ne répondait pas au téléphone, à ton avis ? Il en a assez d'entendre parler de toi. Tu es le portrait craché de cette traînée qui l'a trompé. Plus tu restes ici, moins il est heureux. Alors, fais un effort. Si tu ne peux pas partir, fais-toi petite.

— Ce n'est pas vrai…, ai-je répondu d'une voix ténue.

Mais, au fond, je la croyais. Ses mots s'imprégnaient déjà en moi, ne faisant que confirmer cette théorie que j'avais depuis qu'il m'accordait bien moins d'attention.

— Ce n'est pas vrai. Papa m'aime. Je sais qu'il m'aime. Tu dis n'importe quoi !

— Alors quoi, ma chérie ? Il m'aime aussi. Même plus que toi. Et entre toi et Gabriel, qui tu penses qu'il choisirait si je lui demandais ?

J'ai inspiré en songeant à Gaby qu'il berçait patiemment, tard dans la nuit. L'air qui traversait ma gorge semblait constitué d'éclats de verre.

— Ce n'est pas vrai…, ai-je répété si bas qu'il m'était moi-même difficile d'y croire.

— Tu es tellement idiote, June. Juste bonne à faire tes stupides dessins et à pleurnicher quand je te dis la vérité. Grandis un peu.

— Je ne t'ai rien fait, ai-je répondu en sentant le sanglot monter. Alors pourquoi tu me détestes à ce point ? Ce n'est pas juste !

— Mon Dieu, qu'est-ce que tu es agaçante. Je viens de te le dire !

J'ai pincé mes lèvres pour retenir mes pleurs, mais ce fut un échec. Essayer de les contenir ne faisait qu'empirer les choses. Je hoquetais désormais si fort que j'en avais la respiration coupée. Elle a levé les yeux au ciel, poussant un soupir qui venait souligner son agacement contre moi.

— Tais-toi un peu. Et je ne veux plus rien entendre sur le trajet du retour. Sinon…

Ses yeux ont suivi le mouvement de mon épaule. Elle n'avait pas besoin de terminer sa phrase.

Je savais très bien où elle voulait en venir.

Nous sommes montées dans la voiture. Je me suis collée contre la portière, la mâchoire tremblante, et je n'ai pas dit un mot du reste de la soirée.

Je ferme mon journal d'un coup sec.

De ce que je sais, papa n'a jamais eu vent de cette histoire, pas plus que de beaucoup d'autres. Suzan fait toujours en sorte que nos différends restent entre nous. Elle m'a connue trop jeune et a fait de moi un pantin manipulable, au point qu'aujourd'hui, je ne sais plus vraiment qui je déteste le plus de nous deux.

Je me lève en décidant que c'est assez de mélodrame pour la soirée. J'éteins la télé et les lumières du salon après avoir pris soin de jeter les restes de mon dîner. Je sais que je payerais cher un oubli. En voyant l'évier débordant, je lave la vaisselle afin qu'elle n'ait rien à me reprocher demain matin.

Dans le hall d'entrée, j'observe les escaliers en bois que Suzan a récemment fait repeindre en blanc. Même l'employé semblait ennuyé de devoir abîmer l'acajou original. Mais elle ferait faire n'importe quoi à mon père, qui se plie toujours à la moindre de ses suggestions. La maison n'est plus aussi belle que durant mon enfance. Suzan l'a ternie avec son mauvais goût. Après le départ de ma mère, puisque nous n'avons pas déménagé, elle en a habité le moindre recoin pour définitivement tirer un trait sur la femme qui l'avait précédée.

La maison était plus grande dans mes souvenirs. Désormais, les meubles encombrent les pièces, atténuant la lumière qui entre par les baies vitrées du rez-de-chaussée. Suzan a un mode de vie si sain et cliché qu'on a du mal à croire son obsession pour les bibelots kitsch et les statuettes de Bouddha, qu'elle utilise comme décorations. Il y a aussi ces cadres Ikea qui envahissent la moindre parcelle de mur, pour afficher les photos de sa famille parfaite.

Moi, je ne suis jamais sur ces photos.

Dans sa tête, papa en a conclu que je détestais les sorties familiales et que je m'étais isolée moi-même. Je me demande parfois s'il est vraiment aveugle ou s'il a seulement trop peur de s'avouer la vérité.

Enfin, c'est sûrement que je n'en vaux pas la peine.

À l'heure qu'il est, ils doivent en être au dessert. Mais ils ne rentreront pas tout de suite. Quand elle est chez ses parents, Suzan profite de l'occasion pour s'attarder autant qu'elle peut. Elle se plaint sûrement de mon incapacité à créer un lien avec elle. Je l'imagine s'apitoyer, une main sous le menton, comme elle sait si bien le faire : « June a encore refusé de venir. Je suis tellement désolée de cette situation. Son frère ou sa sœur arrivera dans quelques mois, et il n'y a aucune amélioration… »

L'envisager me donne mal à la tête.

Je monte dans ma chambre, retirant enfin ces collants qui commençaient à me gratter. Je déboutonne la chemise de mon uniforme et la jette sur mon lit, puis je regarde autour de moi, heureuse d'avoir au moins une pièce dans laquelle je me sens en sécurité.

Plus tard, dans la salle de bains, je recouvre mon corps d'une serviette et j'essuie du coude la condensation qui s'est formée sur le miroir. J'essaye, mais je ne parviens pas à aimer ce que je vois.

Mes cheveux sont une vraie plaie, car mes ondulations font des caprices, et j'ai la sensation que mes yeux bruns reflètent toujours ma colère. Gaby dit aussi que mes lèvres ont la forme d'un cœur à cause de mon arc de Cupidon marqué. Mais ce n'est pas ce qui me pose problème.

Je n'aime pas ce qu'il y a en dessous de mon visage.

Car, après les coups, viennent les bleus.

Quand j'étais plus jeune, Suzan ne craignait pas que je parle et me battait davantage. Mon corps était parfois entièrement couvert d'hématomes. Elle privilégiait toujours les endroits qu'on ne voyait pas pour être certaine que, si la manche de mon sweat-shirt remontait par mégarde, on ne les remarquerait pas.

Sa colère créait des ecchymoses.

Mon ventre était bleu.

Mes cuisses, mauves.

Mon dos et mes genoux viraient au jaune, puis au vert.

Comme un arc-en-ciel maudit.

Aujourd'hui, c'est différent. Elle me frappe toujours, mais jamais au point de rendre mon corps violacé. Juste ce qu'il faut pour me rappeler que je n'ai aucun droit sous son toit, et qu'elle y fera toujours régner ses règles.

— Tout va bien, susurré-je dans la glace. Plus qu'un an à tenir…

Le plus dur est passé. J'ai réussi à vivre sept ans en sa présence, alors que représentent douze mois ? Bien sûr, jusqu'à mon départ, elle s'acharnera par peur de perdre son jouet préféré. L'idée que je parte à l'autre bout du pays lui hérisse le poil. Que fera-t-elle de ses journées lorsque son punching-ball humain disparaîtra ?

Mais je sais aussi qu'elle est soulagée. Sans ma présence pour gâcher la fête, ils pourront enfin assouvir son petit fantasme de famille idyllique.

Elle aura peut-être une fille. La sienne, cette fois. Pas une enfant de onze ans qui venait tout juste d'être privée de sa mère et qui lui avait été imposée. Cela sera bien plus confortable.

Oui. Suzan sera heureuse et je serai loin, très loin. Si loin qu'elle oubliera qu'elle m'a détruite pendant des années.

Et moi, est-ce que je pourrai l'oublier ?

Ces pensées me nouent la gorge. Je remonte ma serviette pour cacher l'énorme ecchymose qui recouvre la moitié de mon sein gauche. C'est affreux. Tout est devenu affreux chez moi. Il semblerait qu'elle ait transposé sa laideur sur ma chair à force de me frapper.

Dans ma chambre, j'enfile mon pyjama puis je m'allonge entre mes draps et je ferme les yeux. Je suis si épuisée que j'ai mal à la tête. Plongée dans le noir, je fantasme ma future vie à l'université tout en me laissant sombrer dans le sommeil.

Mais, alors que je me suis presque endormie, j'entends soudain des bruits provenir du rez-de-chaussée.

Et mon instinct me dit qu'il est trop tôt pour que ce soit eux.

4

« Les plus jolies sont souvent déprimées.

Shayn

En voilà un quartier de bourges.

La tête tournée vers la vitre ouverte, je tends l'ore ronronnement du moteur est le seul signe de vie dans c silencieuse. Quelques lampadaires parsèment l'avenue r tielle, mais il fait relativement sombre et les haies dél le pourtour des maisons mangent les derniers rayons d

Au volant, Chase surveille un passant qui promè chien. Marlon zieute les environs d'un air grave depuis quette arrière. Il n'y a que Mikey qui semble agité, le la voiture bruisse sous ses mouvements nerveux.

— Tu as quoi à la main ?

Chase a rompu le silence. Il fixe mon bandage fai rache avec des compresses qui prenaient la poussière d salle de bains.

— Rien d'important, réponds-je du bout des lèvr

Sa bouche se tord alors en un simulacre de sourire. J pas ce mec. Je sais que, dans des circonstances différe en serait probablement déjà venus aux mains. Il a t tendance à vouloir exercer son autorité sur les autres.

— Rappelez-moi chez qui on va ce soir, ordonne-t-il en coupant le moteur.

Il le sait, mais c'est pour le plaisir d'entendre à nouveau le nom des malchanceux qu'il est sur le point de dépouiller. Je parierais même que ça le fait bander. Alors que Mikey s'apprête à lui réciter sa leçon apprise sur le bout des doigts, j'observe ce qui est visible de la maison par-dessus l'immense portail.

— Chez les Grey, lui indique-t-il en s'accrochant à l'appui-tête de mon siège. M. Grey est un chef d'entreprise qui s'en sort plutôt pas mal. Il exporte des textiles. Trois millions de chiffre d'affaires annuel.

— C'était plus dans mes souvenirs, grince Chase. On aurait mieux fait d'aller à Chelsea.

— On a surveillé les allers-retours de la famille depuis une semaine, comme tu nous l'as demandé, poursuit Mikey sans se laisser décourager par son pessimisme. Chacun notre tour. J'ai également fait du repérage. Le quartier était aussi figé que ce soir quand j'ai croisé cette désespérée dans le square au bout de l'allée.

— Là, ils sont tous à un dîner. On mise sur un retour aux alentours de 22 heures.

— Tous ? s'enquiert Chase. Vous êtes sûrs ?

Il a l'air amusé. Un silence de plomb s'abat sur la voiture. Personne n'a envie de rire. Je repense à ces traînées de sang devenues orange sur le carrelage du couloir. Aux crissements de nos pas pressés alors que nous quittions la scène de crime, et à ce sentiment constant de lourdeur qui me suit depuis que c'est arrivé.

— Détendez-vous, les gars, ricane alors Chase, conscient du malaise qu'il a créé. Ils sont combien ?

— Trois, dit Mikey en déglutissant, comme s'il prenait conscience de ce qu'il s'apprêtait à faire. Le père, la mère et le gosse sur sa petite moto électrique.

Je m'humidifie les lèvres en étudiant la maison une nouvelle fois. Toutes les lumières sont éteintes, il est près de 20 h 30. C'est trop tôt pour se coucher, mais qui sait ? Les cambriolages en période pleine sont risqués.

— Bon, on y va ? suggère impatiemment Marlon, que nous entendons pour la première fois de la soirée.

Dans le rétroviseur, ses yeux marron se plantent dans les miens, dans l'attente de mon approbation. Sa peau noire prend une teinte jaunâtre sous la faible lampe de la voiture.

— Du calme, ricane Chase avec mépris. On ira quand je l'aurai décidé.

— Ouais, enfin, insiste Marlon en tapant nerveusement sur sa cuisse. Ce quartier est mort. Si on reste trop longtemps au même endroit, on risque de se faire remarquer.

Le meneur n'a pas l'air d'apprécier cette remarque. Je me demande vraiment de quoi il est capable depuis qu'il a buté quelqu'un de sang-froid. J'ai entendu dire qu'il avait fait de la taule, mais j'ignore pourquoi.

Mikey ouvre soudain sa portière pour sortir de la voiture.

— Qu'est-ce que tu fous, putain ? lui siffle Chase. Reviens ici tout de suite.

Mais le gamin brun reste tendu, debout sur le trottoir. Il proteste ? Plus courageux que ce que je pensais. J'ouvre ma portière pour le rejoindre. Quand j'entends Chase grincer des dents en signe de réprobation, je m'accoude à la vitre de la voiture pour lui dire :

— Soit on y va maintenant, soit je me casse. On aurait peut-être dû débriefer avant de garer la voiture devant cette putain de maison.

— Nom de Dieu, c'est quoi votre problème ? Vous voulez me lâcher comme Dan ?

Sa barbe mal rasée accentue son air négligé. Je croise son regard bovin, animé par la rancune d'un trentenaire raté. Je ne veux pas finir comme lui ; devenir un imbécile qui tue sans en mesurer les conséquences, et qui n'aura que ses yeux pour pleurer le jour où tout lui reviendra en plein visage.

— Je ne sais pas comment vous procédez ici, ironisé-je. C'est peut-être différent des États-Unis. Mais là-bas, on évite de se faire repérer par les voisins avant même d'avoir posé un pied dans la propriété.

Mikey et Marlon ricanent. Il lève alors les mains, vaincu :

— OK, OK…

Il sort de la voiture, mais je vois à son expression qu'il est profondément agacé que je ne sois pas resté à ma place. Marlon se hisse alors sur le siège passager et s'agrippe au volant pour le remplacer.

Je me penche par la vitre pour saisir trois cagoules dans la boîte à gants. En dépit de la douceur du mois de juin, un vent frais incite Mikey et Chase à enfiler les leurs sans broncher. J'ai noté leur tendance à *oublier* de les mettre lorsqu'ils sont persuadés de l'absence de caméras.

— Éloigne-toi avec la caisse, ordonné-je à Marlon. Reviens dans douze minutes. Ni plus, ni moins.

Ce dernier acquiesce et la voiture démarre au quart de tour.

Que la chasse commence.

Je ne perds pas une seconde et saute par-dessus le portail, suivi de près par mes coéquipiers, qui retombent lourdement de l'autre côté de la grille. La maison, désormais entièrement visible, n'est pas si grande que ça. Elle ressemble à toutes celles que nous avons aperçues dans cette allée. Seulement deux étages, avec une cour avant de taille moyenne. Je ne sais pas ce qu'il en est de l'arrière. Pour un chef d'entreprise, je m'attendais à bien mieux.

On l'aurait surestimé ?

Enfin, ce qui m'intéresse, ce n'est pas la taille de sa maison, mais ce qu'il y cache.

— Ils ont un chien ? demandé-je à Mikey alors que nous approchons du porche.

— Un clébard… ? Non… Je ne sais pas. Personne ne m'en a parlé.

Je l'attrape brusquement par l'épaule, le bousculant par la même occasion. Pendant une seconde, il me regarde comme le lycéen qu'il était encore l'an dernier.

— Tu ne sais pas ? J'imagine que ça deviendra clair si quelque chose t'arrache soudainement les couilles.

Je le relâche pour m'occuper de la porte d'entrée, alors qu'il marmonne dans sa barbe.

Chase se charge d'éclairer la serrure pendant que je vérifie son état avant de la forcer. Même un génie du crochetage n'y arrive pas si elle est rouillée. Dans le même temps, Mikey brouille le signal radio de l'alarme de sécurité avec le *jammer*.

Dès que j'ai son feu vert, je brandis ma clé de tension et je la fais glisser dans l'extrémité de la serrure. Deux secondes plus tard, la porte cède dans un cliquetis familier.

— Propre, me lance-t-il, admiratif, en me suivant à l'intérieur.

Les gens ne s'imaginent pas à quel point c'est facile d'entrer chez eux. Ils ont beau acheter des systèmes d'alarme à des prix exorbitants, aujourd'hui, avec tout ce dont disposent les cambrioleurs, c'est un jeu d'enfant à désactiver. Ils se font en fin de compte baiser trois fois : par les vendeurs, par les voleurs et par les assureurs qui leur raccrochent au nez en cas de cambriolage.

— On s'occupe du rez-de-chaussée, tu fais l'étage, m'ordonne Chase avant de disparaître au fond du couloir.

J'observe le Glock rangé dans la poche arrière de son pantalon avant de baisser les yeux sur le mien. Étrangement, il me paraît peser plus lourd ici qu'à New York. Mikey le suit d'un air incertain, détestant probablement l'idée de se retrouver seul avec lui.

J'avance dans le hall d'entrée étroit, gêné par le portemanteau croulant sous les vêtements. Un escalier occupe une bonne partie de la pièce et semble faire un angle lorsqu'on atteint la première plate-forme. Je gravis les marches et une odeur de peinture fraîche s'infiltre dans mes narines.

Dans le couloir à l'étage, toutes les lumières sont éteintes. J'approche lentement, par prudence, avant de pointer ma lampe torche devant moi. Les murs sont recouverts de photos de famille gênantes. Ils sont toujours trois ; au parc, au musée, à l'aquarium, s'adonnant à toutes sortes de réjouissances plus clichées les unes que les autres. La mère, une blonde approchant la quarantaine, déploie chaque fois le même large sourire en fixant l'objectif.

Avec un lieu de vie aussi niais, je compte sur leur négligence. J'espère qu'ils ont laissé traîner l'or dans les boîtes à bijoux et qu'on pourra au moins en tirer quelques milliers de livres.

Plus détendu, j'allume les lumières du couloir sans me soucier de mes semelles qui grincent sur le plancher en bois. Il fait très chaud par rapport à l'extérieur, et j'étouffe déjà sous ma cagoule, mais je résiste à l'envie de la retirer.

Je rentre dans la chambre des parents, la première du couloir, sans me soucier de mes baskets qui laissent de la boue sur la moquette grise. Cette pièce me prouve une fois encore que la maison n'est pas au goût du jour. *Monsieur Grey* doit être du genre à privilégier le bonheur intérieur aux biens matériels, si on se fie à l'exposition de sa petite vie parfaite sur tous les murs de sa maison. Sans m'attarder davantage sur son profil psychologique, j'ouvre les tiroirs de la coiffeuse et y trouve quelques bijoux intéressants, que je fourre rapidement dans mon sac à dos. Je ressors après avoir fouillé le dressing.

Rien de concluant.

Je donne une chance à la chambre de l'enfant. Elle croule sous les jouets high-tech. Je me demande quel intérêt il peut trouver à ces figurines qui se ressemblent toutes. J'écrase par mégarde une structure en Lego et je devine que quelqu'un pleurera bientôt en faisant cette découverte.

Blasé, je tente la dernière porte, au fond du couloir. C'est une chambre de fille, vu le couvre-lit rose poudré et les coussins en fourrure. C'est le seul indicateur que je vois, le reste est plutôt neutre. Dans le genre Ikealand, mais en moins bien. Sur le bureau blanc, une pile de dessins et des fusains sont éparpillés à droite et à gauche.

Je prends une esquisse au hasard avant de l'éloigner pour mieux l'observer sous la lampe de chevet laissée allumée.

L'artiste de la famille est plutôt douée.

Mais sûrement dépressive.

Ses personnages ont l'air tristes. Toujours en noir et blanc, avec des visages émaciés et entourés de fumée. Le plus étonnant reste leurs yeux… on dirait des puits sans fond. Comme s'ils avaient tout vu et que plus rien ne pouvait les étonner.

Comme s'ils étaient déjà morts à l'intérieur.

Je la repose. Sur l'étagère murale, il y a aussi un cadre photo. Le même gosse sourit en dévorant sa glace. De profil, on entrevoit toute juste la propriétaire de cette chambre. Une fille aux cheveux d'un brun presque roux, ou plutôt l'inverse…

Je marque un temps d'arrêt. Qui est-elle et pourquoi personne n'a mentionné son existence ? Peut-être l'aînée partie à la fac ?

Je repose mon regard sur la lampe de chevet, lorsque j'entends un bruissement venant du placard dans mon dos.

Suivi d'une respiration choquée.

Je me fige.

Putain.

Je jette un coup d'œil par-dessus mon épaule, m'assurant que personne ne m'a suivi à l'étage. L'idée que Chase rapplique alors qu'il y a quelqu'un dans ce placard me retourne l'estomac.

Je m'approche lentement de la porte. Le plancher grince sous mes pas et j'imagine combien c'est anxiogène pour la personne de l'autre côté du battant. J'espère encore qu'il s'agit d'un chat quand j'ouvre d'un coup sec.

Mais c'est la fille de la photo.

Recroquevillée sous les tringles de vêtements, elle a son téléphone collé à l'oreille. Je le lui arrache violemment et constate qu'elle est en train d'appeler la police, mais j'ai le temps de raccrocher avant qu'elle soit mise en relation avec un opérateur.

On a frôlé le drame.

— Prenez tout ce que vous voulez, me dit-elle d'une voix étranglée par le choc.

En la regardant mieux, ça me frappe.

Avant d'être la fille de la photo, c'est la fille de la balançoire.

Elle tremble. Ses yeux noisette plongent dans les miens avec hostilité, comme la première fois que je l'ai aperçue dans ce square. Elle est effrayée, mais sur la défensive.

Étrange mélange.

Je la tire par l'avant-bras pour la sortir du placard, ce qui lui arrache un gémissement de douleur. Son exagération lui vaut un regard noir. J'ai à peine touché cette putain de comédienne.

— Un conseil, je lui susurre durement. Ferme-la si tu veux rester en vie.

Elle est trop effrayée pour me répondre.

Sans la quitter des yeux, je reste attentif aux bruits alentour, m'assurant que personne n'est en train d'approcher de la chambre. À travers la porte restée entrouverte, on entrevoit l'angle du couloir.

— Tu ne veux pas qu'on te fasse de mal, pas vrai ?

Mon pouls s'accélère en imaginant Chase la surprendre. Je serre plus vigoureusement son poignet, et elle proteste encore.

— Ferme ta gueule. Tu veux crever à ce point ?

— Vous me faites mal…

Je me rends alors compte que mes doigts sont enfoncés dans sa chair. Je l'examine de haut en bas sans desserrer ma prise, me demandant si sa nuance de roux est le résultat d'une coloration. Une petite tresse latérale surplombe cette masse de cheveux ondulés et s'harmonise à ses traits délicats. Dans son pyjama satiné noir, elle est étrangement attirante.

Nous entendons quelqu'un monter l'escalier.

Elle écarquille les yeux, mes avertissements prennent enfin sens. Lentement, très lentement, pour éviter que le plancher ne nous trahisse, je plaque ma main sur sa bouche et je la pousse contre l'armoire.

— Maintenant, reste silencieuse.

— Kurt ? me demande Mikey en arrivant à l'étage. T'as déniché quelque chose d'intéressant ?

J'observe ma trouvaille. Ses pieds nus contrastent avec mes baskets qui pourraient l'écraser comme un vulgaire moucheron. Son expression se fendille un peu plus. Je remarque alors ce qu'elle fixe avec autant de stupéfaction : l'arme dans ma poche.

— Non, pas grand-chose, je rétorque sans la lâcher du regard.

Elle retient son souffle contre ma paume bandée.

Les pas de Mikey progressent dans le couloir.

Quel âge a-t-elle ? Dix-huit ans ?

Ou moins ?

J'espère que non, ou on pourrait me coffrer pour les pensées qui me viennent.

Je la libère d'un coup sec pour la pousser dans le dressing et je lui souffle :

— Pas un bruit jusqu'à ce qu'on soit partis.

Elle hoche la tête, mais je vois à ses yeux qu'elle n'est pas encore certaine que je ne lui ferai aucun mal.

— Ne fais pas de cauchemars, Grey.

J'ai droit à un regard horrifié.

Je referme les battants en prenant soin de ne pas faire de bruit et, la seconde suivante, je quitte sa chambre en éteignant la lumière derrière moi. Je tombe nez à nez avec Mikey, qui a imprudemment retiré sa cagoule.

Avant qu'il ne puisse songer à rentrer dans la pièce, je le pousse pour qu'on fasse demi-tour.

— Il n'y a quasiment rien dans cette maison de merde, se plaint-il sans trouver mon geste suspect. Chase est fou de rage.

Je le presse pour qu'on redescende, espérant que Chase ne voudra pas revérifier toutes les pièces de l'étage. Notre temps est presque écoulé.

— J'ai trouvé quelques bijoux, dis-je en ne songeant qu'à cette fille dissimulée entre les piles de vêtements.

— Moi, de la porcelaine de valeur. Et j'ai aussi cassé une statuette de Bouddha.

Face à son air penaud, je lui donne une tape sur l'épaule.

— Garde ça à l'esprit. Les vrais riches planquent tout à la banque.

Il hoche la tête, clairement déçu.

De retour en bas, Chase tourne en rond dans le salon. Sous la lumière tamisée, son dégradé à blanc disparaît, ce qui le rend presque chauve. Lui non plus ne porte plus sa cagoule, et l'évidence me frappe.

Je travaille vraiment avec des bons à rien.

— On s'est déplacés pour rien, bordel !

Il renverse une étagère de livres puis s'en prend à la télévision, qu'il envoie valser contre le mur. Je vérifie l'heure sur mon téléphone. Plus qu'une minute avant que Marlon revienne nous chercher avec la voiture, et ce lunatique n'est bon qu'à vandaliser la maison.

— Calme-toi, je lui demande en essayant de cacher l'irritation dans ma voix.

Il relève la tête, essoufflé, et retrousse sa lèvre supérieure, comme un chien prêt à mordre.

Sans prévenir, il braque son arme sur moi.

— Arrête avec tes putain d'ordres ! T'es arrivé il y a seulement six semaines et tu te permets d'inverser les rôles !

À côté de moi, Mikey n'en mène pas large, je l'entends presque retenir son souffle. On croirait que l'arme le menace, lui. Ce n'est qu'un gamin qui ferait mieux de poser son cul sur les bancs de la fac, mais qui s'est retrouvé là à force de côtoyer les mauvaises personnes.

Ça me semble familier…

— Désolé, dis-je d'un ton qui se veut détaché. Mais Marlon sera là dans quelques secondes.

Je lui montre les bijoux que j'ai récoltés pour désamorcer la tension. Sa pomme d'Adam se soulève alors qu'il les contemple, le regard brillant de cupidité.

— On va bientôt devenir plus sérieux que tu ne le penses, me fait-il savoir d'un ton qui ne présage rien de bon. (Il baisse son arme.) C'est la dernière fois que tu me parles comme ça, menace-t-il en me frôlant dangereusement.

Et ce sera bientôt la dernière fois que je travaillerai avec toi, mais tu ne le sais pas encore.

Nous sortons enfin de la maison. J'inspire une grande bouffée d'air en réalisant que le pire a été évité.

— Tu parlais avec quelqu'un, dans la chambre ? me demande soudain Mikey à voix basse.

J'observe Chase, qui marche de dos devant nous, trop occupé à ressasser son cambriolage raté pour nous entendre. Et je lui réponds :

— Au chien imaginaire, connard.

but didn't he really just save himself?

He said he saved me

5

« C'est trop tard lorsqu'il sait où tu dors. »

June

Deux mois plus tard

Comme d'habitude, j'ai trop tardé en me préparant et je suis en retard.

Je dévale les escaliers en donnant une caresse à Pato, qui les remonte pour rejoindre sa couchette à l'étage. Mon bus arrivera à l'arrêt dans moins de huit minutes et je dois encore parcourir cinq cents mètres pour l'atteindre. Heureusement, mon père est déjà parti au travail ; il aurait certainement souligné ce problème récurrent de ponctualité.

J'aurais mieux fait de dormir au lieu de passer la nuit à cogiter sur l'inévitable. Mais le stress pré-rentrée m'a volé mes heures de sommeil. Depuis que j'ai lu le mail annonçant les listes des classes de terminale, j'ai redouté le jour où je devrais me lever pour retourner à Sherborn. Cette année, j'ai encore la chance de me retrouver avec Holly, Aubrey et Emilia. On croirait presque qu'elles ont écrit une lettre au proviseur pour demander à être ensemble, comme à l'école primaire.

Mais je sais aussi qu'il n'y a que deux classes de terminale, ce qui réduisait considérablement mes chances d'échapper à l'une ou à l'autre. Les trois en même temps, ça reste un mauvais coup du sort.

Dans la cuisine, je me hisse sur la pointe des pieds pour saisir un paquet de cookies dans le placard. À l'instant où je fais volte-face, j'entre en collision avec Suzan. Cette dernière est parfumée et apprêtée, ce qui contraste avec mes paupières nues et encore alourdies par le sommeil. J'ai eu le temps de me laver et de me coiffer, mais je me maquillerai sur le trajet. Vivre aussi loin du centre de Londres a quelques avantages, même si je les trouve de plus en plus rares.

Son regard redescend sur moi, me happant de façon désagréable. J'en déduis qu'elle a pris un jour de repos et qu'elle va voir des amies. Elle est méconnaissable dans son chemisier ajusté sur sa forte poitrine. La plupart du temps, elle met des vêtements amples pour aller au bureau. Ce matin, son ventre commence à devenir visible.

Déjà cinq mois de grossesse.

— Je suis pressée, lui dis-je entre mes dents.

— Pas moi, me répond-elle en souriant.

Elle est bien moins belle que l'était maman.

Sa peau vire au rouge au moindre rayon de soleil, elle a d'ailleurs souvent des traces de lunettes lorsqu'ils partent tous les trois en virée le week-end. Elle n'est pas très grande, à peine cinq centimètres de plus que moi, et je mesure seulement un mètre soixante-cinq.

— Laisse-moi passer, je lui répète calmement.

L'étau se resserre. Je ne pense qu'à mon bus que je vais inévitablement rater.

— En retard même le jour de la rentrée. Je vois que tu prends déjà de bonnes habitudes.

Puisque je ne trouve rien à lui dire pour me défendre, elle poursuit avec une moue qui ride son visage.

— Ton père paie le lycée une fortune et regarde comme tu le remercies. Tu es toujours en retard, et ne parlons même pas de tes notes. Sale ingrate.

— C'est sûr que tu n'aides pas quand tu fais disparaître mes devoirs de mon bureau.

— Je ne vois pas de quoi tu parles, nie-t-elle pour me faire enrager. Tu t'es bien amusée cet été, mais c'est fini tout ça. Tu vas rester coincée ici. Plus de job saisonnier. Tu avais l'air d'y tenir. Il y avait quoi de si spécial là-bas ? Des garçons ?

Des garçons, comme si j'aimais vivre à travers le regard masculin. Elle sait très bien pourquoi je me suis tenue éloignée de la maison durant les vacances. J'ai travaillé à temps plein dans un restaurant de brochettes sur Piccadilly Circus et, avec le débit qu'il y avait à cause des touristes, je n'avais pas une minute à moi. Ça m'a servi d'excuse lorsqu'ils sont partis tous les trois dans la résidence secondaire des parents de Suzan, à Southampton, et que j'ai dû décliner l'invitation. Papa n'était pas serein à l'idée de me laisser seule ici après le cambriolage du mois de juin. Ou du moins c'est ce qu'il a dit avant de partir, sans doute pour être en paix avec sa conscience. Suzan, qui déteste pourtant que je sois dans ses pattes durant leurs moments familiaux, semblait davantage détester l'idée de me laisser ma liberté.

Moi, j'ai adoré ça. Même si, au moment de me coucher, la même angoisse croissait toujours dans mon estomac. Je m'assurais que toutes les entrées étaient bien fermées et que la nouvelle alarme était activée. Je me convainquais que des cambrioleurs ne reviendraient pas deux fois au même endroit. Comme me l'avait dit la police la nuit des faits ; c'était très probablement la bande organisée qui sévissait depuis des mois à Londres et dans ses environs. Tout le monde était une cible potentielle. Je m'étais retrouvée là au mauvais endroit, au mauvais moment. Et j'avais surtout eu de la chance de m'en être sortie indemne après qu'on m'avait repérée.

Pendant ma déposition, on m'a demandé si j'avais remarqué des mouvements suspects dans le quartier. J'avais des soupçons concernant l'identité du cambrioleur qui m'avait fait taire. Il s'agissait du type croisé dans le square quelques jours plus tôt, il inspectait sans aucun doute le territoire avant de passer à l'attaque. Mais mon père n'était pas au courant de mes petites escapades nocturnes, et je savais qu'il m'abreuverait encore de son hypocrisie en voulant assouvir son autorité parentale. Alors j'avais assuré que non. Quitte à ralentir leur enquête.

Enfin, l'été a filé à la vitesse du vent, et nous revoilà en septembre. Cette accalmie estivale est terminée. Je peux recommencer à compter les jours qui me séparent de la remise des diplômes.

— Tu ne réponds pas, hein ? J'espère que tu n'as ramené personne pendant notre absence. Évite d'être une petite traînée et baisse cette jupe. Je n'aime pas ça.

Elle décide pour moi et tire sur l'ourlet de tartan, ses ongles lisses et froids effleurent mes genoux. Ce contact forcé me paralyse, comme chaque fois qu'elle me touche. Pas besoin qu'elle me frappe pour que mon corps la redoute. Je retiens mon souffle tout en me souvenant des minutes qui se sont écoulées, réduisant peu à peu mes chances d'avoir mon bus.

— S'il te plaît, m'entends-je lui demander d'une voix diminuée.

Mais je sais qu'elle continuera de m'obstruer le passage par esprit de contradiction.

Elle regrette de ne pas avoir pu me frapper ces dernières semaines. Je me mords l'intérieur des lèvres et, sans attendre qu'elle se décale de son plein gré, je la pousse brusquement. Sa hanche bute contre l'angle de la table de la cuisine. J'ignore son gémissement de douleur, le cœur battant à toute vitesse. Elle hurle quelque chose alors que je m'enfuis déjà par la porte d'entrée. Dans le jardin, mon regard tombe sur la caméra de surveillance installée par mon père pour dissuader qui que ce soit de s'inviter sur notre territoire. Mais je sais qu'elle ne se déclenche que lorsqu'une entrée est forcée et que la nouvelle alarme est activée.

Tout n'est que paraître dans cette maison.

J'emprunte l'étroit chemin menant jusqu'à l'arrêt de bus en sentant encore l'adrénaline de ma conduite prohibée couler dans mes veines. Alors que je le traverse en courant, et que les feuillages griffent la veste de mon uniforme, je me promets que cette année sera différente.

Quand j'arrive enfin à quelques mètres de l'arrêt, le bus aux fenêtres embuées redémarre sans moi. Je le regarde s'éloigner sur la chaussée.

J'ai vingt minutes de retard.

Essoufflée d'avoir monté les escaliers jusqu'au troisième étage, je m'autorise une courte pause devant la salle. Les locaux de Sherborn sont restés inchangés, il y règne toujours la même odeur de neuf et de produits ménagers floraux. Je colle mon oreille contre la porte, cherchant à savoir si des bavardages pourraient camoufler mon arrivée. Mais je ne perçois que la pluie qui bat délicatement sur la toiture en verre. Alors je redresse les épaules pour me donner l'air sûre de moi, et je toque et j'entre après avoir entendu quelqu'un m'en donner la permission.

Je suis d'abord surprise de ne pas voir M. Moore appuyé à son bureau. Pendant une seconde, je crois m'être trompée de salle. Avant de me rappeler ce qu'il en est vraiment. La triste réalité s'enroule autour de moi, parant la pièce d'un aspect encore plus grisâtre. À sa place se tient son remplaçant. Il n'a pas encore daigné se tourner vers moi, mais j'ai vue sur son profil parfaitement structuré. Et je dois admettre que je suis surprise par ses cheveux platine, dont la décoloration est trahie par des racines foncées.

Il tourne légèrement le visage vers moi. Quelque chose attire son attention, et voilà qu'il m'observe avec insistance. Son regard change au point de me rendre mal à l'aise.

Ses lèvres s'entrouvrent, mais je n'entends que la moitié de ce qu'il dit. Ça ressemblait à : « Tu es élève ici ? » Presque agressif. Je réalise que j'ai encore mes écouteurs dans les oreilles et je les retire en sentant tous les regards sur moi. Quand je m'apprête à ranger mon téléphone dans mon sac pour paraître plus sérieuse, il me glisse des mains et finit presque à ses pieds. Cette interaction ridicule fait fuser quelques rires dans la salle.

Sans une once de pitié, il ne juge pas utile de se baisser pour me le rendre et me fixe même pour m'inciter à le faire.

Alors je m'approche pour le ramasser tout en me détestant de leur donner matière à se foutre de moi dès le premier jour.

Heureusement, quand je le retourne, l'écran ne s'est pas fissuré. Mais je sens ma peau s'échauffer à cause de l'embarras.

— Je peux savoir pourquoi tu es en retard ?

Cette voix...

Je relève les yeux, encore accroupie. Il n'y a qu'un mètre entre nous.

— J'ai... raté mon bus, dis-je après un instant de flottement.

La tendance s'est inversée et c'est désormais moi qui le dévisage sans me cacher, alors qu'il ne cille pas.

— Tu nous fais quoi, June ? se moque Aubrey. Une demande en mariage ?

Ramenée à l'instant présent, je me redresse en sentant des fourmillements dans mes jambes.

— Lève-toi plus tôt la prochaine fois, lance mon interlocuteur en les ignorant.

Son accent américain est si différent du nôtre, pourtant il titille mes tympans avec une étrange sensation de familiarité.

— Tu comptes t'asseoir ? Sinon, ferme la porte derrière toi. J'aimerais poursuivre mon cours.

Je m'exécute en essayant de rassembler mes pensées, qui s'éparpillent dans tous les sens. Quelque chose me trouble, mais je n'arrive pas à mettre le doigt sur ce que c'est.

— Il faut toujours qu'elle se fasse remarquer, se plaint bruyamment Aubrey lorsque je passe près de son bureau.

J'ignore sa pique en m'installant à ma place. Je commence à sortir mes affaires lentement, ralentie par mes tergiversations. Quelques secondes plus tard, une boulette de papier atterrit sur mon bureau, provenant de ma droite. Personne n'a rien remarqué. Je la considère quelques secondes avant de me décider à l'ouvrir. Je me doute bien de ce qu'elle renferme et je fais tout pour garder une expression impassible en la défroissant.

« Tu as supprimé tes réseaux ? C'est trop dommage. T'as pas pu voir nos posts de joyeux anniversaire. ☹ »

Ma vision se trouble. Pendant les vacances, quand elles n'avaient pas l'occasion de se défouler en vrai, leur harcèlement continuait en ligne. Elles se cachaient derrière de faux profils pour me rappeler que je ne pouvais jamais leur échapper. Et, quand j'arrivais enfin à les oublier, leurs commentaires ou leurs messages virulents ressurgissaient pour gâcher ma journée.

J'avais constamment mal au ventre, alors j'ai fini par désactiver tous mes comptes.

Mais mon anniversaire était en juillet. J'avais espoir qu'elles se lasseraient d'ici la rentrée, que le temps atténuerait la rancœur de Holly. Je comprime la boule de papier et la fourre dans ma poche avant d'entendre le rire éraillé d'Emilia fuser près de moi. On a mangé à la même table des centaines de fois, discuté par politesse sans jamais se rapprocher. Inconsciemment, je devais percevoir qu'une personnalité cruelle se dissimulait derrière la blondeur de ses cheveux et son sourire affable.

— Monsieur. Vous venez d'où, aux États-Unis ? lui demande quelqu'un sans lever la main.

— De New York.

— Wouah ! Du Bronx ? devine Leanor.

— Long Island.

Maintenant qu'il le dit, je discerne une légère inflexion qui lui fait accentuer certaines consonnes.

Appuyé contre son bureau, ses traits affichant un profond désintérêt, il paraît si antipathique. On voit clairement qu'il n'est lui-même pas convaincu de l'utilité de sa présence dans cette classe, mais mes camarades sont suspendues à ses lèvres.

Je dois admettre sa beauté. On n'attend pas ce genre de physique d'un enseignant, et il contraste avec celui si rassurant et banal de M. Moore. Ses sourcils plus sombres s'accordent à son regard noir intense. Très grand, les épaules larges mais finement dessinées, il force le respect.

— C'est quoi votre prénom, M. Scott ? s'aventure Holly.

Son audace n'étonne personne. J'imagine l'air mielleux mais affreusement sensuel qu'elle affiche depuis le premier rang.

Il lui adresse un demi-sourire plus que condescendant.

— On n'est pas encore assez proches pour que je te le dise.

Et, alors que les autres s'esclaffent face à sa réponse cinglante et qu'elle se renfonce dans sa chaise, il clôt la parenthèse :

— Tâchons de passer une bonne année ensemble, énonce-t-il comme une formalité.

La voix du cambrioleur me revient tout à coup en tête.

Elle concorde parfaitement.

« Maintenant, reste silencieuse. »

Je ferme les yeux et je suis de nouveau enfermée dans mon armoire, à retenir ma respiration parce que la personne qui est entrée dans ma chambre m'a entendue. Son regard est la première chose qui me frappe lorsqu'il ouvre les battants brusquement, me trouvant entre les rangées de cintres.

Je rouvre les paupières pour inspecter les épaules larges de celui qui prend place devant le bureau de M. Moore. Ils ont exactement la même stature. Mais je me convaincs que ça ne peut être qu'une coïncidence. La pénombre masquait les traits du cambrioleur sur cette balançoire et aurait pu fausser mes sens. En plus, c'était il y a des mois.

Je serais folle de l'accuser sans preuve.

Il a été troublé quand je suis entrée dans la salle, mais il ne m'a pas regardée une seule fois depuis que je me suis assise. S'il était coupable de quoi que ce soit, ne serait-il pas nerveux de m'avoir reconnue ?

J'essaye d'imaginer ce qui se passerait si je prétextais avoir besoin d'aller aux toilettes. Est-ce qu'il me retiendrait ? Ou est-ce qu'il me laisserait filer parce que je suis en train de me faire des films ? Je n'ose pas songer à ce qui se dirait sur moi si je venais à avoir tort. Histoire de commencer l'année en beauté : « Grey est devenue folle. Elle a accusé le nouveau prof de s'être introduit dans sa maison. »

Je n'arrive pas à me résoudre à bouger, malgré mes soupçons qui se renforcent à mesure que je l'observe. L'appréhension me cloue sur ma chaise. Le cours a déjà repris quand je me rends compte que je le fixe sans interruption depuis tout à l'heure. Alors que les mêmes pensées absurdes ricochent dans ma tête, j'entends encore les chuchotements d'effervescence autour de moi. D'autres élèves sont incapables de se concentrer sur ce qu'il explique sereinement au tableau. Mais la raison de notre inattention est bien différente.

Le reste de l'heure me paraît interminable. Visiblement ce n'est pas le cas tout le monde, si j'en crois les mains qui se lèvent avec tant d'enthousiasme que les filles pourraient se démettre une épaule. Certaines se sont visiblement passionnées pour les mathématiques pendant l'été. Dans mon carnet, je fixe le dessin que j'ai fait du type sur la balançoire, tentant de me remémorer ses traits, de combler les espaces manquants. Il faisait si sombre… et il portait une capuche.

Mais sa voix…

Une ombre se dessine tout à coup au-dessus de moi.

— Qu'est-ce que tu fais ?

Je relève les yeux. Ce regard charbonneux me condamne d'un air désapprobateur avant de glisser sur mon esquisse, qu'il fixe longuement. D'aussi près, la ressemblance est frappante. Je referme le carnet en sentant mes doigts brûler.

Mais c'est trop tard.

Il m'adresse alors un sourire si détestable que j'en ai l'estomac retourné.

— Tu viendras me voir à la fin de l'heure, conclut-il en traversant la rangée.

Je ne réponds rien, espérant qu'il ne remarque pas le crayon que je serre si fort entre mes doigts que je pourrais le briser. Autour de moi, cet échange a suscité la curiosité. Alors, il se justifie avec une ironie humiliante :

— Quand vous arrivez avec vingt minutes de retard, veillez au moins à ne pas gribouiller en classe.

Gribouiller.

Ce n'est pas le premier à me reprendre sur ma ponctualité approximative ou mon manque d'attention. Elles retournent donc à leurs occupations, comprenant qu'elles n'ont rien de nouveau à se mettre sous la dent. Il nous donne des exercices puis s'assoit derrière son bureau. Plus les minutes s'égrènent dans cette salle de classe, plus je commence à la détester. Quelque chose me dit que l'époque où elle était ma préférée parce que je l'associais à un instant de pause est définitivement révolue.

Le moment fatidique arrive lorsque la sonnerie retentit. Certaines élèves traînent pour lui poser des questions qui n'ont pas de rapport avec le cours, les plus raisonnables s'en vont rejoindre notre prochaine matière. Je les envie de pouvoir s'échapper.

Après un instant de prostration et de doute, je me lève moi aussi. Je ne suis pas assez idiote pour rester ici, avec ce malaise qui croît en moi. En bonne déléguée, Holly lui donne son mail académique pour les prochaines informations qu'elle se chargera de transmettre à la classe. Peut-être qu'il m'a oubliée. Il l'écoute, mais quelque chose dans son regard trop honnête m'indique qu'il se demande quand elle va se taire.

Être mignonne ne l'empêche pas d'être agaçante.

Profitant de son inattention, je me faufile entre les élèves. Je crois m'en être sortie lorsque j'atteins l'encadrement de la porte, mais sa voix m'interpelle tout près du but :

— Je t'ai demandé de rester.

Il me rejoint, laissant Holly en plan devant son bureau.

— Les dernières, sortez. Vous avez cours.

Elles lui souhaitent poliment une bonne journée. Holly m'ignore et passe entre nous pour se mêler aux retardataires, sans manquer de le saluer également.

— Rentre, m'ordonne-t-il alors que je reste dans le couloir, comme une invitation à ce qu'on discute ici.

Je m'exécute à contrecœur, tout de même soulagée de constater qu'il ne ferme pas la porte derrière lui. Rien dans son langage corporel ne traduit de l'anxiété, sous quelque forme que ce soit. Tout cela me fait douter de ce qu'il a vraiment à me dire, ainsi que de son implication dans ce dont je suis intérieurement en train de l'accuser.

Il s'adosse de nouveau contre son bureau tandis que je laisse deux bons mètres de distance entre nous.

— Tes copines sont toujours comme ça ?

— Mes copines ? répété-je sans comprendre.

— Les filles de ta classe. Elles sont toujours aussi excitées et bruyantes ?

Sa posture a changé, maintenant que nous sommes seuls. Il paraît moins sévère, mais plus dangereux, exactement comme l'était l'homme du square. Je me sens mal à l'aise, alors je préfère écourter la discussion.

— Si c'est à propos de ma ponctualité, désolée, je ferai plus attention.

— C'est à propos de ta ponctualité ? me demande-t-il d'un ton neutre.

J'ai la sensation que l'air cesse de circuler entre nous. Ou peut-être que ça ne concerne que moi. Il n'a pas l'air affecté du tout par ce sous-entendu, et son assurance ne fait que me confirmer ce que je craignais. *Bien sûr que c'est lui.* Même si ça paraît impensable. Je n'ai aucune idée de ce qu'il a l'intention de faire, mais je n'ai certainement pas oublié l'arme qu'il gardait dans la ceinture de son pantalon. Il aurait pu l'utiliser contre moi si je lui avais désobéi, et cette réalité m'envoie une décharge électrique dans le bas du dos.

Quand je réalise que mon silence s'est étiré jusqu'à devenir étrange, je cligne des yeux, malgré la fièvre qui se propage sur mon visage. Il faut que je garde une contenance et que je sorte d'ici, quitte à jouer l'idiote jusqu'au bout.

— Qu'est-ce que ça pourrait concerner d'autre ?

J'ai senti mon sourire gêné en posant la question.

— Je ne sais pas, Grey, ment-il sans me quitter des yeux.

Il vient d'admettre à voix haute.

Derrière lui, il tapote le trombinoscope de notre classe posé sur son bureau. Je remarque alors la légère cicatrice qu'il a sur la main gauche. Je me souviens du bandage qui s'était pressé contre ma lèvre, imbibé du goût métallique de son sang. Je recule par réflexe, impressionnée par cette confrontation frontale, loin de ce que j'avais imaginé.

Mon cerveau tourne à mille à l'heure.

— Il y avait des caméras, m'entends-je bluffer, surprise par la rapidité avec laquelle ce mensonge est sorti.

— Menteuse.

— C'est la vérité.

J'ai fourni un effort surhumain pour masquer le tremblement dans ma voix.

— Ah, ouais. Alors comment tu expliques que je sois là ?

Mon silence l'incite à continuer, faute d'arguments.

— Je suis entré dans cette maison et je peux t'assurer qu'il n'y en avait aucune.

— Je dois juste… sortir d'ici, marmonné-je. Je ne me sens pas très bien.

— Tu me prends pour un con ? Tu vas t'empresser de me dénoncer en sortant de cette classe.

Jouer la proie ne marche pas avec lui. Il a conscience de mon avantage en tant que jeune fille correcte, contrairement à lui qui est un malfrat. Il me suffirait de parler pour lui créer des problèmes, peut-être même mettre la justice de mon côté. Je me rends compte de l'impasse.

Sans un mot, il fait un pas en avant. Je fais un pas en arrière.

Mon dos bute contre le bureau derrière moi, dont les pieds crissent sur le carrelage.

— Je t'ai sauvée et c'est comme ça que tu vas me remercier ?

M'a-t-il sauvée ? Ou s'est-il sauvé, *lui*, des complications qui auraient pu découler de ce cambriolage ?

— Tu sais que je sais où tu dors ?

Cette réalité angoissante alourdit l'air.

— J'ai vu les photos de famille. C'était difficile de les rater. Ils sont mignons. Dans le genre roses, blonds, aisés et aussi chiants qu'un épisode de *Good Morning Britain*. Tu veux absolument que je rappelle les types de l'autre soir ?

— Non…, m'étranglé-je.

— Que ce soit bien clair, si tu me dénonces, je serai enfermé. Mais pas les autres. Et ton petit frère…

Mes narines frémissent. Je tente de maîtriser la peur qui voile mes yeux, mais c'est évident que je ne contrôle plus rien.

— Ce que tu as surpris n'a rien à voir avec… tout ça.

Il balaye la salle du regard, jette un coup d'œil à l'embrasure de la porte.

— Est-ce que tu as compris les enjeux, maintenant ? me demande-t-il d'une voix tranchante.

Ma frustration se coince dans ma gorge.

— J'ai compris.

Il ne relâche pas mon poignet et m'observe, dans l'attente de quelque chose. Ses doigts se resserrent autour de la manche de ma chemise, qui glisse de plus en plus sur ma peau douloureuse. S'il continue, il pourrait voir des restes de bleus. Cette idée me rend si mal à l'aise que je préfère abréger l'instant, quitte à y laisser ma dignité.

— Je veux dire : oui…

J'essaye de me souvenir de son nom, que j'ai pourtant entendu sur toutes les lèvres.

— Monsieur Scott.

C'est si humiliant.

— Ici, insiste-t-il avec un sérieux effrayant, tu es juste une élève et je suis ton professeur. N'essaye pas de me la faire à l'envers.

Ses mots s'imprègnent douloureusement en moi, précédant ma fureur. J'aimerais sortir de cette salle de classe et le dénoncer au commissariat le plus proche. J'aimerais aussi appeler mon père pour lui dire de venir me chercher et de me sortir de cette situation.

Mais je ne peux pas. Je suis coincée, comme toujours.

Il me laisse enfin mon espace, satisfait de son guet-apens. Je prends une longue inspiration incrédule. Des nuages sont venus obscurcir le ciel, rendant la lumière plus terne qu'elle ne l'était déjà.

— Tiens-toi tranquille, ou je ferai de ton année un cauchemar.

Un cauchemar ?

Inutile de lui dire qu'avec ou sans lui, elle le sera.

Son regard me traverse, s'attarde sur l'ouverture de ma chemise. Je baisse aussitôt les yeux pour voir ce qui le fascine autant.

Et je me rends compte que j'ai mal enfilé mon uniforme en partant ce matin.

— Les boutons de ta chemise sont ouverts. Ferme ça avant de sortir, je ne voudrais pas qu'on se fasse des idées.

6

« Il y a des choses qui brillent au milieu de la pourriture. »

Shayn

— *Tu menaces les adolescentes de les tuer, maintenant ?*

Cette connasse me surprend toujours quand je m'y attends le moins.

Accoudé à la fenêtre de ma salle de classe, j'observe les cendres de ma cigarette qui se désagrègent dans l'air avant de s'écraser sur le bitume, six mètres plus bas.

Étonnant que je n'aie pas encore cédé à l'envie de fumer un joint. Passer une journée entière retenu contre mon gré dans la peau d'un prof s'est avéré plus long que je ne le pensais. Mais le shit laisse une odeur, et je ne peux pas me faire virer dès le premier jour.

On a déjà atteint le seuil de drames quotidiens avec cette mauvaise surprise matinale.

Lucy me pousse pour enjamber la fenêtre. À son contact, j'ai la sensation désagréable que des milliers d'insectes courent sur ma peau. C'est récurrent, mais je ne m'y suis toujours pas habitué, et je crois bien que c'est l'aspect le plus perturbant de sa présence non désirée. Elle disparaît momentanément avant d'émerger sur le rebord de la fenêtre, où elle se penche dangereusement à la frontière du vide. Au moins, elle ne risque pas de glisser et d'y rester : c'est déjà l'équivalent d'un fantôme.

Je fixe ses contours flous, conscient qu'elle n'est que le fruit de mon imagination.

J'ai commencé à la voir quelques années après l'accident. J'ai toujours soupçonné cette putain de pilule qu'on m'a refilée une fois, en soirée, d'avoir déclenché les hallucinations. J'ai aussi lu, quelque part sur Google, que les gens qui ont vécu des traumatismes peuvent développer des genres de syndromes post-traumatiques. C'est assez vicieux. On pense que tout va bien et puis, un jour, on se réveille avec une morte étendue à côté de soi sur le lit.

Mais je n'ai jamais consulté.

Premièrement parce que le système de santé aux États-Unis est la raison pour laquelle notre pays est en tête du classement des personnes atteintes de maladies mentales.

Deuxièmement parce que je n'avais pas envie de payer pour qu'un connard en blouse blanche me dise que j'étais fou. La vie était déjà assez merdique pour ne pas s'infliger de telles réjouissances.

Alors, depuis trois ans, je vois une fille censée être morte. Lucy est l'épine dans mon pied. Mais je peux gérer. Tant que j'ai conscience que tout ça est dans ma tête, je suis certain que ça peut aller.

— *Elle est jolie*, commente-t-elle d'un ton approbateur. *Elle ressemble à un renard.*

Drôle de façon de décrire mon nouveau problème.

Un problème qui ferait mieux de prendre mes avertissements au sérieux.

Elle ne peut pas se douter que je bluffe. Elle tremble encore à cause du Glock qui aurait pu la tuer ce maudit soir. Si j'en crois son regard horrifié dans la salle de classe, elle n'osera jamais prendre le risque de me dénoncer. Mais les filles à papa comme elle sont imprévisibles et pourries gâtées, en plus d'être travaillées par les hormones de l'adolescence, alors le doute persiste.

Je me penche par la fenêtre, là où Lucy me fait de la place. Ses jambes longilignes se balancent dans le vide, elle pousse un soupir contrit.

— *La poisse te colle à la peau comme un vieux chewing-gum, Shayn. Ton élève, sérieusement ?*

— Je sais. J'aurais encore préféré l'avoir baisée après une soirée.

— *Mais tu as fait mieux. Toi et tes petits amis, vous avez cambriolé sa maison…*

Je retiens un grognement rageur, m'accroupissant et appuyant mon front contre le bord métallique de la fenêtre. Le matériau froid fait redescendre la pression qui monte en moi par vagues de plus en plus puissantes, mais ce n'est pas suffisant pour me calmer.

Il fallait vraiment que la dernière personne sur laquelle je voulais tomber étudie ici.

— *Quand c'était, la dernière fois que tu as merdé à ce point ?*

Mon regard est happé par ses genoux. Ses bas noirs luisent malgré la lumière terne.

Sûrement lorsque je me suis laissé tenter par le fruit interdit.

— Tout ça, c'est à cause de Caleb, marmonné-je.

Je n'aurais jamais dû accepter sa proposition d'enseigner en tant que vacataire. J'aurais dû supprimer sa dizaine de messages et lui conseiller d'aller refiler ses plans douteux à quelqu'un d'autre. Mais je ne l'ai pas fait. Parce que, pour la première fois de ma vie, je voulais me ranger.

Ça n'a pas fonctionné.

Cette fille est devenue le reflet de mon passé, une ombre qui planera au-dessus de moi en permanence.

— *Tu n'étais pas obligé de lui faire peur à ce point*, me sermonne Lucy lorsque je me redresse.

— Ah, non ? Tu dois te foutre de moi. Je ne sais même pas ce que je fais encore ici, peut-être que ce soir on viendra me perquisitionner.

Dire que j'avais réussi à me débarrasser de Chase. J'ai arrêté de donner des nouvelles après avoir bossé avec lui cet été. Mon téléphone réservé aux cambriolages a sonné trois jours de suite, j'ai fini par l'éteindre pour que le message soit clair. Il pensait peut-être que j'allais rester avec eux jusqu'à la nuit des temps ? S'il n'avait pas tué ce pauvre mec à Notting Hill, j'y aurais peut-être songé. Mais c'est allé trop loin et je ne veux pas être mêlé à leurs affaires sordides. J'ai laissé son business prendre « un autre tournant » sans moi.

J'ai tout fait pour qu'il ne me retrouve pas, à commencer par lui fournir un faux nom, un faux numéro, et je n'ai jamais mentionné mon adresse. J'allais juste aux points de rendez-vous et je n'acceptais que le cash. Les rares fois où Marlon a proposé de me raccompagner, je m'arrangeais toujours pour qu'il me dépose à un endroit très éloigné afin de ne pas éveiller les soupçons.

J'avais fait en sorte que Kurt disparaisse, mais cette June Grey représente un risque qu'on remonte jusqu'à Shayn.

— *Je ne pense pas*, rétorque Lucy. *Tu lui as fait peur. Dès que tu as mentionné son petit frère… oh, tu as bien vu son expression.*

— D'accord, Mère Teresa. Elle s'en remettra. Je te rappelle que c'est moi qui suis dans la merde. J'aurais dû menacer de lui faire trancher la gorge, j'ai été trop sympa par peur qu'on nous surprenne.

Je dois me montrer prudent, même si ce lycée est grand au point de sembler à moitié vide. On n'est jamais à l'abri d'une erreur.

Si je m'en souviens bien, Caleb me l'avait vendu comme un endroit tranquille. Une école privée à l'effectif réduit, où des élèves dans leurs uniformes parfaitement taillés et repassés incarnent le privilège londonien dans toute sa splendeur. Cette fracture sociale, je la vois encore mieux maintenant qu'elle s'impose à moi.

— *Peut-être que tu aurais dû la laisser filer sans rien dire.*

— C'était inévitable. Elle a su qui j'étais à l'instant où j'ai ouvert la bouche. J'aurais dû faire quoi ? Faire semblant d'être muet devant les élèves ? Putain…

Peut-être que j'ai tort.

Peut-être que j'aurais dû me taire ?

Ça me rend fou.

Tout le reste de l'heure, sa présence m'a rendu nerveux. Elle réagissait bien trop calmement pour une fille qui m'avait sans doute reconnu. J'ignorais à quoi elle pensait : ses yeux me scrutaient en posant des questions silencieuses. Allait-elle faire part de ses suspicions à ses parents, puis en parler au proviseur ? J'ai bien cru qu'elle allait m'échapper à cause de la déléguée qui m'a pris à part à la fin du cours.

Il suffirait d'un soupçon pour me faire tomber. J'ai le profil de quelqu'un qui finira derrière les barreaux si on fourre trop le nez dans ses affaires.

— *Ça doit être le destin, Shayn,* murmure Lucy, pensive.

— Appelle ça le destin… la malchance ou ce que tu veux. Mais quelqu'un va payer pour tout ça, et ça ne sera pas moi.

Elle sourit avec ironie et, avant que je ne le réalise, elle a déjà disparu du rebord de la fenêtre. J'ai le réflexe idiot de regarder en bas, l'estomac serré, comme si j'allais la voir écrasée sur le bitume, noyée dans une mare de sang. Mais je me souviens que c'est trop tard, son corps est déjà putréfié sous terre.

— C'est interdit de fumer en classe. Moi, je vais dans le parking de derrière.

Cette voix claire me surprend. Je délaisse la fenêtre pour découvrir qu'une blonde plantureuse se tient dans l'encadrement de la porte. Elle n'a pas pris la peine de frapper.

Je l'analyse brièvement, soulagé de constater que ce n'est pas une élève. Quelques heures avec ces pots de colle, et je n'en peux déjà plus. Sa jupe crayon retombe élégamment sur ses hanches développées. Elle me fait les yeux doux, attendant que je lui adresse la parole. Sa queue-de-cheval est si serrée que je me mets à compter le nombre d'années qu'il lui reste avant d'avoir le front dégarni.

Je finis par me désintéresser d'elle et récupère mes affaires. Séduisante ou non, je n'ai pas l'intention de m'éterniser pour discuter.

— On ne t'a pas vu en salle des profs, persévère-t-elle malgré mon long silence.

Ça ne risque pas.

Je me contente de hausser les épaules.

— Et tu es ? lui demandé-je.

— Ivy Watson, se présente-t-elle d'une voix qui révèle qu'elle n'attendait que ça. J'enseigne la biologie. Les autres voulaient te rencontrer pour savoir qui remplacerait Ernest. Enfin, M. Moore, se corrige-t-elle en comprenant que je ne la suis pas. Mais tu n'es pas venu…

Elle me tend une main que je saisis avec méfiance. Elle sent le parfum hors de prix, ceux que Sarah rêve de pouvoir s'acheter – pour le moment, elle se contente de contrefaçons marchandées à quelques dollars à Chinatown. Ses yeux verts me scrutent avec un intérêt qui ne trompe personne, mais je sens que c'est calculé.

Sur le coup, je me demande si coucher avec ses collègues est vraiment si mal que ça.

— Les formalités, ce n'est pas trop mon truc, dis-je en mettant fin à notre poignée de main.

Je ne suis pas venu ici pour me faire des amis, encore moins s'il s'agit de ces profs que je détestais et qui me détestaient en retour il n'y a encore pas si longtemps. L'idée de boire un thé Earl Grey Twinings avec des quarantenaires dépressifs de l'Éducation nationale me donne envie de me défenestrer.

Mais si toutes mes collègues sont comme cette Ivy…

— Je viens ici pour remplir les formalités, pas par plaisir, me répond-elle, visiblement froissée par mon désintérêt.

— Alors on est sur la même longueur d'onde.

Je me dirige vers la porte.

— J'ai fini mes heures… alors à moins que tu veuilles rester là.

Je lui désigne la sortie d'un signe de tête. Elle lève les yeux au ciel, vexée de se faire congédier. Mais elle s'exécute et me double par la même occasion. Elle l'a sûrement fait exprès pour que je voie son cul, histoire de me faire comprendre ce que je risque de rater en la traitant ainsi.

Ça doit fonctionner au moins un peu, parce que je m'entends lui demander :

— T'es prof de quoi, déjà ?

— De biologie. J'ai vingt-cinq ans, et j'enseigne ici depuis deux ans… J'ai été mutée de Newcastle, mais…

— Je n'en demandais pas tant.

Elle s'arrête et croise les bras sur sa poitrine généreuse, se demandant probablement si je flirte ou si je suis simplement un connard arrogant, avant d'en déduire qu'il y a un peu des deux. Une lueur malicieuse s'allume alors dans son regard.

— Et toi, tu as quel âge ? Tu travaillais où avant ? C'est ton premier poste, peut-être ?

— Vingt-quatre ans, je rétorque sèchement, ennuyé par la tournure que prend cette discussion.

Elle devrait réserver sa langue à d'autres activités. J'en ai déjà assez de l'entendre jacasser comme une commère ; et me faire subir un interrogatoire digne d'un commissaire de police est vraiment une mauvaise idée. J'ignore si c'est un rite d'entrée chez les profs, mais il ne me plaît pas.

Des cris provenant des toilettes des filles l'empêchent de me poser une nouvelle question. Je m'arrête par réflexe. Elle continue de marcher, jusqu'à ce qu'elle se rende compte que je ne l'ai pas suivie dans la cage d'escalier, et se tourne vers moi pour m'interroger du regard. Ça semble plutôt violent. Les voix se déchaînent, accompagnées de claquements sourds que j'ai du mal à interpréter.

— Il y a quoi, là-dedans ?

Je regarde fixement la porte des toilettes.

— Oh, ça doit juste être les élèves qui s'amusent.

Elle a parlé d'un ton faussement détaché. On entend de nouveaux rires hystériques traverser les murs. Et puis, enfin, une phrase intelligible : « Pousse-la ! Vas-y ! »

Je comprends alors ce qui se trame.

— Drôle de façon de s'amuser.

— Ce n'est rien de sérieux..., m'assure-t-elle, pressante. On ferait mieux de descendre. Les femmes de ménage vont bientôt passer avec leurs chariots et on risque de les déranger.

Alors que je l'observe en me questionnant sur sa capacité à comprendre une situation aussi simple, elle détourne le regard, gênée d'admettre qu'elle ne veut pas s'interposer dans leurs différends de gosses de riches. Je me demande ce qu'elle aurait à y perdre. Si c'est une question d'indifférence personnelle, ou s'il s'agit d'enjeux plus politiques.

Les cris résonnent de plus belle et une première élève sort des toilettes avec un air plus que suspect. Je reconnais la fille qui m'a retenu contre mon gré pour se vanter de sa fonction de déléguée, ce matin. En nous apercevant dans le couloir, elle ne parvient pas à masquer sa surprise. Son air de première de la classe réduit à néant, elle baisse la tête pour s'occuper sur son téléphone avant de s'éloigner trop rapidement, sans doute gênée d'avoir été prise sur le fait.

Ça ne m'étonne pas. Les filles à l'allure la plus innocente sont souvent à l'origine des desseins les plus machiavéliques.

— Tu ne comptes rien faire ?

Ivy pousse un soupir qui la fait sembler un peu moins détachée de la réalité.

— C'est toujours comme ça, ici. Il faut juste s'y faire.

Pour appuyer ses propos, elle me désigne l'affiche accrochée quelques mètres plus loin dans le couloir. C'est typique des campagnes de sensibilisation qu'on voit partout. Un numéro d'urgence à appeler et des phrases toutes faites qu'on n'oserait même pas dire à son chien. « Le harcèlement, c'est non », écrit en gros caractères rouges, avec en illustration une fille encerclée et pointée du doigt.

— L'année dernière, Weber en a fait poser dans tout le lycée pour sensibiliser les élèves. Mais, honnêtement, tout le monde sait qu'elles continuent de faire ce qu'elles veulent.

D'autres rires nous parviennent malgré la distance.

— Vous avez peur d'une bande de gamines ?

Des pisseuses en uniforme.

Je fais un pas en avant, mais elle passe un bras devant moi pour m'arrêter.

— C'est plus compliqué que ça. Elles pourraient t'avoir dans le collimateur. Un coup de fil à leur papa et tu serais viré. Tu vois ce que je veux dire ?

J'avais oublié où je me trouvais. Malgré la frustration, je ne cherche pas à aller plus loin. J'ai assez de problèmes pour ne pas vouloir m'en créer d'autres.

— C'est hors de notre portée. Si quelqu'un ose dire quelque chose, il y aura au mieux une réunion parents-professeurs, mais après un chèque, ça se tassera. Et la procédure n'aura aucun impact sur les harceleuses. En revanche, pour les harcelées…

La porte s'ouvre de nouveau sur un groupe de trois élèves. Elles sont encore en train de rire, au point qu'elles ne nous remarquent pas et qu'elles s'empressent de descendre les escaliers pour quitter la scène de crime.

— Pour les harcelées, ce sera pire que tout, termine Ivy lorsque le silence est revenu dans le couloir. La seule solution pour elles est de quitter le lycée. C'est déjà arrivé… enfin je ne t'apprends rien, c'est comme ça partout.

Résigné, je fixe la porte en attendant que la victime en sorte. Moins de six heures de cours à Sherborn et ils ont réussi à me lobotomiser. Avec les bons arguments, cela dit. Je ne peux pas me permettre de perdre mon seul revenu stable parce que j'ai regardé au mauvais endroit.

Quand les toilettes s'ouvrent pour la troisième fois, je fais une découverte surprenante.

C'est cette fille.

Trempée jusqu'aux os. Ses cheveux auburn sont en désordre et son uniforme vert goutte dans son sillage, lui collant à la peau. La lutte a fait remonter sa jupe, révélant un peu plus ses jambes au galbe séduisant. Elle est dans un sale état.

J'observe sa poitrine qui se soulève et qui s'abaisse difficilement, pourtant rien sur son visage n'indique qu'elle a pleuré. Pas de mascara dégoulinant, ni de nez rouge et gonflé. Ce stoïcisme est assez impressionnant. Il y a la même petite tresse dans ses cheveux, celle que j'avais aperçue lors du cambriolage. Je ne parviens pas à détourner le regard de cette vision chaotique. C'est la première fois que j'ai l'occasion de l'observer aussi attentivement.

Et je comprends quelque chose qui me fait me détester pendant un millième de seconde.

Elle incarne tout ce qui m'attire chez une femme.

Se sentant épiée, Grey relève la tête. Nos regards se croisent. À son expression, je devine qu'elle déteste que je la surprenne dans cette position de faiblesse. Mais elle se ressaisit vite et emprunte elle aussi les escaliers pour disparaître de mon champ de vision.

— Je me doutais que ce serait June, marmonne Ivy, restée en retrait contre le mur.

— June Grey.

— Tu la connais ?

— C'est une de mes élèves.

Elle fronce les sourcils, sans cacher sa perplexité.

— Tu connais déjà le nom de toutes tes élèves ?

Je retiens un sourire amer.

Si elle savait…

— Qu'est-ce qu'elle a fait pour mériter ça ?

Ivy pince les lèvres sans se rendre compte que je viens d'éviter sa question.

— Elle n'est pas vraiment défendable si on en croit les rumeurs. Disons qu'elle a fait une crasse à sa meilleure amie.

— Une crasse ?

On dirait que le syndrome du concierge déteint déjà sur moi.

— Elle a couché avec le copain de cette fille… Holly, soupire-t-elle d'un air presque peiné, qui contraste avec l'impassibilité permanente de son visage. Je te laisse imaginer les dégâts.

Alors c'est une chienne déloyale ?

J'esquisse un sourire malgré moi.

On a peut-être plus de points communs que je ne le croyais.

— Elle doit vraiment regretter d'avoir redoublé il y a quelques années. Elle devrait être à la fac. Franchement, je la plains. Holly est une sale peste derrière ses airs de fille bien rangée.

Un an de plus que les autres. Je ne l'aurais pas deviné.

Finalement, peut-être que la bouche d'Ivy sert à quelque chose. J'apprends plus de choses intéressantes en dix minutes passées avec elle qu'en une journée entière séquestré dans une salle de classe.

— J'ai espoir que ça se calme, mais je ne me fais pas trop d'illusions. C'est toujours moche quand ça concerne un garçon. On t'a déjà fait visiter le lycée ?

Elle recommence à marcher en m'enjoignant implicitement de la suivre. Je le fais sans prêter attention à sa voix qui déblatère sur les règles de base de Sherborn. Mon esprit s'est concentré sur autre chose : j'ai trouvé une brèche chez cette fille. Une brèche que je dois exploiter si je veux m'assurer un avenir serein ici.

Elle, tout ce qui m'attire chez une femme ?

Je me promets d'oublier cette pensée idiote.

Parce que je vais la faire dégager de ce lycée.

Et il semblerait bien que le contexte puisse me faciliter le travail.

Dad, are you really that blind?

I wish things were different

7

« Pourquoi les autres te verraient si les tiens en sont incapables. »

June

— Je suis rentrée, soufflé-je en émergeant dans le hall.

Épuisée, je garde mes clés pressées dans ma paume en refermant la porte derrière moi. Je ne peux pas me permettre de les laisser sur le repose-clés de la console de l'entrée, au risque de les voir disparaître et de rester coincée dehors le jour où il n'y aura personne pour m'ouvrir.

Mon moral tombe encore plus bas en découvrant les affaires de Suzan accrochées au portemanteau. Le trajet en bus et en train intercités d'une heure entre Richmond et Greenwich n'aura pas réussi à faire sécher mon uniforme, qui est encore trempé et gelé. Ce soir, je hais papa d'avoir voulu vivre en dehors de Londres parce qu'il détestait « l'agitation des capitales ». Je suis convaincue qu'on aurait pu habiter dans une rue paisible de Kensington. Son salaire lui aurait largement permis d'acheter une maison raisonnable, et peut-être que l'emplacement en plein centre-ville n'aurait pas incité des types comme ce « M. Scott » à nous prendre pour cible parce que la bâtisse était trop isolée.

Dans le calme de la maison, tout me retombe dessus.

J'ai été menacée. Humiliée au point de douter de mon envie de rester dans ce lycée. J'ai beau retourner la situation dans tous les sens, je n'arrive pas à comprendre comment c'est arrivé. Comment le type qui a mis ma vie en danger durant un cambriolage se trouve être également l'homme qui remplace dorénavant M. Moore ?

J'ai encore mal au ventre en ressassant ses mises en garde. L'envie de tout raconter à mon père pour me décharger de ce poids me démange. Ce serait sans doute la première vraie discussion qu'on aurait depuis un moment, avec un bon prétexte. Avant-hier encore, je l'entendais batailler avec l'assurance en tournant en rond dans son bureau. À travers l'interstice de la porte, j'ai aperçu son expression furieuse quand on lui a appris qu'il ne verrait pas l'ombre d'un penny parce qu'il n'avait pas fait les démarches nécessaires pour être couvert en cas d'effraction sur sa propriété.

Mais je sais que je n'ai pas le droit. Ce type a été clair avec moi. Si j'ose parler de ce que je sais à qui que ce soit, les répercussions seront violentes et nous mettront tous en danger.

Je devrais envisager un changement de classe afin d'avoir un autre enseignant dans cette matière. Ce serait plus facile de l'ignorer, et de le rassurer ainsi sur mon silence. Je veux terminer cette année en vie et partir loin d'ici. Quand je serai enfin à l'université, rien de tout cela n'aura d'importance.

Oui, ce sera juste comme un mauvais rêve.

Je m'accroupis pour défaire mes lacets et suis frappée par la douleur dans mes genoux. Les filles n'y sont pas allées de main morte aujourd'hui. C'était leur cadeau de rentrée. Elles m'ont traînée dans les toilettes avant d'actionner les douches et de me garder sous le jet d'eau glacial pendant cinq bonnes minutes.

Chaque fois que l'eau s'épuisait, elles recommençaient. Holly en a profité pour me couper une mèche de cheveux. Les lames de sa paire de ciseaux sont passées si près que j'ai failli perdre un œil. Elle m'a craché d'arrêter de faire l'intéressante quand j'arrive en retard et traité de « salope en manque d'attention qui aurait mieux fait de se faire transférer ».

Je sens que je vais tomber malade. J'ai déjà le nez qui coule, et des frissons dans la nuque.

À l'instant où je me redresse, des éclats de voix résonnent au premier étage. Je reconnais les cris de Suzan et de mon père. La curiosité me fait tendre l'oreille. Ils ne se disputent jamais ; enfin, jamais pour quelque chose de sérieux. Cette acrimonie dans l'air me pousse à espérer qu'il s'est passé quelque chose de grave. Peut-être qu'il la trompe à trois mois du terme. Ou bien c'est elle.

Avant que l'idée ne se matérialise complètement dans mon esprit, on dévale furieusement les escaliers. À bout de souffle et rouge d'avoir hurlé, mon père me fait face ; Suzan sur les talons, descendant les escaliers avec bien plus d'indolence. Face à son air qui ne me dit rien qui vaille, ma lueur d'espoir s'évanouit.

— June. Tu tombes bien, me dit-il d'un ton sec et inquiétant.

Son regard s'attarde sur ma tenue débraillée, passant de la colère à l'inquiétude pendant une trop courte seconde. Je me surprends à vouloir qu'il me prenne dans ses bras pour me dire que ça va aller, que je n'ai pas à m'inquiéter parce qu'il ne laissera personne me faire de mal. Mais ce n'est pas arrivé depuis des années, je m'en veux aussitôt de fantasmer sur l'inaccessible.

— Pourquoi tu es trempée comme un chien ?

Je baisse les yeux sur mon uniforme poisseux et humide, ne rêvant que d'une douche brûlante. Elle pourrait momentanément effacer la honte, la faire glisser dans le siphon.

— Ah, ça..., réponds-je en essayant de paraître détachée. C'était juste une mauvaise blague au lycée.

Ce soupçon d'inquiétude disparaît lorsque Suzan pose une main sur son avant-bras. Il m'observe de nouveau froidement, ses lèvres formant une ligne droite. Face à cette proximité écœurante, je comprends tout à coup l'objet de leur dispute.

J'ai poussé Suzan contre l'angle de la table ce matin.

Putain d'impulsivité.

— Tu me déçois beaucoup.

Derrière lui, elle exhale un soupir gêné, comme si elle n'avait pas encore fomenté son coup pour monter mon père contre moi.

— Chéri, arrête. Je t'ai déjà dit que ce n'était pas si grave...

— Bien sûr que c'est grave ! aboie-t-il en postillonnant, hors de lui. On ne pousse pas une femme enceinte, merde !

— Ce n'est vraiment rien qui mérite qu'on en fasse toute une histoire. Je sais qu'elle ne voulait pas en arriver là. Tu sais comment est June...

Je les regarde tour à tour et plaque une main contre ma bouche pour contenir un rire nerveux. Mon père écarquille les yeux, mais je ne peux pas faire autrement. Si je ne ris pas de cette triste comédie, je vais fondre en larmes.

— Non, la contredit-il en engloutissant la distance entre nous, comme pour me punir d'avoir osé rire de la situation. Arrête de la défendre quand elle est en tort. Elle ne le mérite pas ! Cette fois, elle est allée trop loin.

Malgré son corps qui cherche à me bloquer la vue, je ne parviens pas à détourner les yeux de Suzan. Sa mine déconfite montre qu'elle s'est convaincue de son propre mensonge. Mes lèvres tremblent de rage, et j'espère qu'elle ne le remarque pas sous la lumière jaunâtre du hall.

— Papa, tenté-je en reportant mon attention sur lui. Ce n'est vraiment pas ce que tu crois.

— Ah, maintenant, tu vois de quoi je parle ?

Je ne perçois que la déception dans son regard. Ça accentue la mienne. Pourquoi ne s'intéresse-t-il toujours qu'à une seule version de l'histoire ?

— J'espère que tu as honte de toi. Tu as mis en danger non seulement Suzan, mais aussi ta sœur.

— Ric, je t'assure que ça n'en vaut pas la peine, le tempère-t-elle encore.

— Ça fait des années que ça dure ! poursuit-il en levant le bras pour la faire taire. Malgré tous ses efforts, tu la rejettes sans arrêt. Je pensais que c'était normal au début, que tu agissais comme ça parce que ta mère te manquait…

Je dois retenir le sanglot qui monte. Ils vont me rendre folle.

— Mais j'ai arrêté de te trouver des excuses. Tu ne fais plus rien avec nous. Gab espère toujours te voir, tu sais. C'est grave. On dirait que tu nous en veux d'être une famille.

… Une *famille* ?

Les larmes s'amoncellent au ras de mes cils, mais ne coulent pas.

Nous ne sommes même pas un simulacre de famille.

— Ta mère a choisi de partir. Alors, arrête de me le faire payer tous les jours avec ton comportement. Et arrête aussi de blâmer Suzan, parce qu'elle, au moins, elle est là pour moi.

Oh, oui. Elle est là pour lui. Elle est venue mettre de l'ordre dans sa vie, sans manquer au passage de foutre le bordel dans la mienne. Mais il ne peut pas avoir conscience de cette réalité. Elle lui a mis des œillères pour édulcorer son monde, s'assurant qu'il m'attribue le mauvais rôle.

— Allez, Ric, chéri. Ça suffit, lui souffle-t-elle d'une voix apaisante.

Il se pince l'arête du nez et recule. La tension est palpable dans la pièce, il relève le menton, affichant une sévérité qu'il ne réserve qu'à ses employés et à moi.

On en a peut-être fini avec les jérémiades.

— Donne-moi ton téléphone, m'ordonne-t-il en tendant la main. Dépêche-toi.

— Quoi ?

— Et j'aimerais que tu te concentres davantage sur tes études cette année. Je laissais passer tes trois en maths parce que j'étais gentil mais c'est terminé. Tes conneries, ça commence à bien faire !

— Quoi ?! je répète comme une idiote.

— Arrête de jouer les étonnées ! Tu sais ce que je te reproche. Tu ne vas pas aller loin si tu ne penses qu'à tes foutus dessins. La vraie vie, ce n'est pas ça, June.

Sachant que le combat est perdu d'avance, je lui lance mon téléphone. L'objet le frôle et se fracasse sur le carrelage. Je n'ai aucun mal à imaginer qu'il s'est fissuré, contrairement à ce matin, mais je me convaincs que je m'en moque en refusant de baisser les yeux pour vérifier son état. Lorsque Suzan s'agenouille pour le récupérer et qu'il la stoppe pour le faire lui-même, ma peau se met à me démanger.

— Tu te soucies de ma scolarité, maintenant ? C'est nouveau. Tu as dû te cogner la tête.

— Parle-moi autrement !

— Je ne fais que dire la vérité !

Il ne se souvient de mon existence que lorsqu'il veut exercer son autorité sur moi.

Mais c'est inutile de le souligner. Mon indignation me desservira lorsque je me retrouverai seule avec Suzan. Et puis, je n'ai plus la force de batailler contre lui. La conclusion restera inchangée : je suis en tort et j'ai tout intérêt à l'admettre. Si je pouvais rétrécir et disparaître, ce serait mieux pour tout le monde.

— Tu as fini ? je lui demande calmement. Je suis fatiguée. J'aimerais aller me doucher.

— Attends un peu, je…

Je l'ignore pour monter les escaliers, consciente que je ne tiendrai pas une seconde de plus sans éclater en sanglots. Il m'attrape brusquement le poignet avant que je ne puisse gravir la première marche. Un gémissement m'échappe, il a appuyé sur un bleu sans le savoir.

Il me relâche en détournant les yeux.

Restée au pied des escaliers, Suzan observe la scène. Sa fébrilité m'atteint, c'est rare qu'elle se sente en danger, parce que c'est rare qu'il s'intéresse à moi. Mais il ne m'interroge pas sur ma douleur. Elle est sans doute illégitime.

— Monte dans ta chambre et ne sors que pour le dîner.

Je laisse échapper un petit rire cynique. Je préfère rater ce repas où je ne suis qu'une intruse, puisqu'ils ne mentionnent que les souvenirs qu'ils ont créés ensemble, tous les trois, se racontent leur journée, puis s'étonnent que j'en dise si peu sur la mienne. Il n'y a que Gaby qui me fasse me sentir la bienvenue, mais Suzan ne manque jamais de me fusiller du regard quand j'interagis avec lui. Alors, en sa présence, nos échanges se raréfient.

Il apparaît d'ailleurs sur le seuil de la porte du salon. Cet apaisement momentané lui a donné le courage de se montrer. Il atteint désormais la poignée. Il a grandi, ces derniers mois. Il reste muet, ses yeux bleus sont le miroir de toute sa frustration et de sa tristesse. Il n'est pas idiot. Il sent toutes les mauvaises ondes dans cette maison.

Je suis désolée pour lui.

— Je n'ai pas faim, je marmonne enfin à mon père, la gorge serrée.

Je lui tourne définitivement le dos pour monter dans ma chambre. Il ne cherche pas à me retenir, cette fois. Sur le seuil de ma chambre, je les entends encore :

— June, reviens ! Je n'en avais pas fini avec toi ! Présente-lui des excuses !

— Richard, ça suffit. Elle est déjà de mauvaise humeur. Vous en reparlerez demain.

— Mais elle t'a fait un hématome ! Tu trouves ça normal ?!

— Je ne suis pas en sucre. Allez, viens… Je vais te préparer quelque chose à manger. Tu as eu une longue journée. Et tous ces cris font peur à Gab.

Je cesse d'écouter et je ferme la porte à clé derrière moi avant d'avoir envie de tout renverser dans la maison. Au fond, je sais que j'en serais incapable. Je crains trop le changement et ses conséquences. Je reste collée à la porte, les yeux si brillants qu'ils me brûlent comme si des milliers d'aiguilles venaient s'y piquer.

Des hématomes, si tu savais combien elle m'en fait, papa.

N'y tenant plus, je me laisse tomber sur mon lit et j'étouffe mes sanglots dans mon oreiller. J'en ai assez que le monde entier soit ligué contre moi ; qu'on se méprenne constamment à mon sujet.

Personne ne prête attention à ma douleur, on ne fait que souligner mes erreurs.

Il y a des jours comme celui-ci où je suis épuisée par mon existence.

Quand je n'ai plus de larmes à verser et que ça semble idiot de pleurer pour une cause perdue, je m'allonge sur le dos et je fixe le plafond. Transie de froid, je me repasse ma journée en me demandant ce que j'aurais pu faire de mieux. J'avais espéré une année différente.

À l'évidence, elle le sera.

Pire que toutes les précédentes.

***

Chaque fois que Holly s'en prend à moi, la totalité du lycée est au courant dans l'heure qui suit. Les rumeurs se propagent à la rapidité d'un courant d'air dans une école de moins de cinq cents élèves. Je n'ai plus mon téléphone pour vérifier, mais je sais d'ores et déjà que des vidéos de moi en train de me faire martyriser circulent. Je préfère ne pas les voir. Ce sera le divertissement de la journée, avant qu'elles trouvent autre chose pour combler leur ennui. C'est la boucle sans fin à Sherborn.

Assise au fond du banc, j'observe la cour du lycée pendant que le vent glacial m'ankylose le visage. Je suis arrivée en avance ce matin. Greta, de l'accueil, semblait étonnée de me voir si tôt devant la grille. Normalement, c'est elle qui m'ouvre et qui atteste de mes retards répétés.

La vue est apaisante lorsqu'il n'y a personne. Les feuilles orange, bien que noircies par la boue, cherchent à se décoller du béton et finissent par tourbillonner au pied de la rangée de platanes.

Hier soir, à seulement 19 heures, je me suis endormie tout habillée sur mon lit. J'ai ouvert les yeux au beau milieu de la nuit, mon uniforme n'avait séché que partiellement et recouvrait ma peau d'un film d'humidité. Quand je l'ai retiré pour prendre une douche discrète, je me suis rendu compte que mon pull-over était complètement déchiré au niveau du col. Hier, j'étais dans un tel état que ça m'a échappé. Mais je ne parvenais pas à mettre la main sur mon uniforme de rechange, sûrement au sale, alors j'ai dû me résigner à renfiler celui-ci malgré ce trou béant qui laisse passer l'air. J'ai fermé le col de ma veste jusqu'en haut et prié pour que personne ne me fasse de remarques.

La lourdeur que je ressentais dans l'estomac réapparaît quand je pense à mon premier cours de la journée. C'est *lui* qui l'assure. J'ai détesté la façon dont il m'observait quand je suis sortie des toilettes. La scène était déjà assez embarrassante comme ça, et le semblant de pitié que j'ai paru lui inspirer pendant une demi-seconde a fini de m'achever. Je ne veux pas de leur pitié. Et encore moins de celle de mon tourmenteur.

J'hésite à sécher, mais cela accentuerait sans doute ses soupçons. Imaginer le visage furieux de mon père parce que j'ai de nouveau défié son autorité fait définitivement pencher la balance. Alors je mets de côté mes envies irrationnelles.

Quand c'est enfin l'heure d'entrer en classe, je constate que l'euphorie qui règne autour du phénomène Scott est encore à son apogée. Certaines filles, apparemment dépourvues de dignité, ont eu le temps de monter une chorale en moins de vingt-quatre heures. Elles le saluent d'une voix chantante, avec une synchronicité exemplaire.

Devant son bureau, il a l'air de se demander si ce cirque va devenir quotidien. Je le fixe en sortant mes affaires. Il n'a rien à faire ici, dans cette école privée. Tout chez lui m'indique qu'il est aux antipodes de ce que devrait être un enseignant. Si j'en crois les traits de son visage, il est au milieu de la vingtaine. Est-ce qu'il était prof avant ? Ou bien est-ce son premier poste ? Il paraissait à l'aise devant notre classe. Ce qui signifierait qu'il est sans doute mêlé à ces cambriolages depuis un moment, parallèlement à son emploi fixe.

J'ignore qui il est réellement, mais qu'il ait été embauché ici me surprend moins que ça ne le devrait.

Sherborn a la mauvaise réputation d'engager des profs contractuels afin de réduire les frais salariaux, sans forcément regarder ce qu'ils valent en matière d'enseignement. Il y a deux ans, un remplaçant en arts appliqués avait été viré pour attouchements sur une élève de seconde. On a par la suite appris qu'il avait un casier judiciaire. Mais, comme chaque fois, cette négligence ne s'est sue qu'en interne. Weber travaille dur pour étouffer les scandales qui viendraient ternir la réputation de son précieux lycée élitiste.

— J'aime bien cette asymétrie, June. C'est très avant-gardiste, se moque Aubrey en passant près de mon bureau avant de regagner le sien, à l'autre bout de la salle.

Je baisse le regard sur mes cheveux pour découvrir une mèche plus courte que les autres au niveau de mon épaule. Je la repousse comme si de rien n'était, la forçant à se fondre parmi ses semblables. Heureusement, elle n'est pas si épaisse que ça ; dans la précipitation, Holly a fait moins de dégâts qu'elle ne l'aurait sans doute voulu.

— Je ne suis pas d'accord, la contredit une voix dont j'ignore la provenance. C'est l'inverse. Mais t'es jolie quand même.

Je tourne la tête pour voir qui a fait ce commentaire. Deux bureaux plus loin, une fille que je n'avais jamais vue est tournée dans ma direction, visible car les élèves qui nous séparent ne sont pas encore arrivées. J'ignore si c'était un compliment ou un moyen de m'enfoncer davantage. Je la fixe sans rien dire, détaillant ses bottes à plate-forme marron qui lui arrivent mi-genoux et allongent ses jambes brunes, et se marient si bien à notre jupe en tartan. En comparaison, mes Converse salies font peine à voir. Je finis par revenir aux gribouillages sur mon bureau, ne sachant pas quelle réponse lui donner, ni même si elle en attend une.

Ça doit être une nouvelle, elle s'est peut-être présentée aux autres hier. Mais ça fait déjà quelques mois que je ne fais plus attention au monde qui m'entoure.

En attendant que la classe se remplisse et que les élèves s'installent, je mets ma tête entre mes bras et je ferme les yeux pour m'accorder un dernier instant de répit. Quelques secondes passent dans un calme sécurisant. Je peux presque entendre la voix chaude de M. Moore qui nous demande si nous avons bien apporté notre manuel, et Holly se mettre à rire parce qu'elle a encore oublié le sien et que c'est son excuse pour rapprocher son bureau du mien.

— Dors pas dans mon cours, Grey.

Cet ordre paraît si lointain que je ne relève pas les yeux tout de suite.

— Eh, crétine.

Cette phrase, prononcée plus bas que la précédente, est suivie d'un mouvement sur le côté de mon bureau. Somnolente, je rouvre les paupières sans me redresser. Il est penché, une main à plat près de mon classeur fermé. Je me relève précipitamment en réalisant qu'il est trop proche.

Comme une menace.

— Je répète, dit-il sans détourner le regard. Dors la nuit, pas pendant mon cours.

Il retire sa main et s'éloigne entre les rangées de bureaux. J'observe son dos large sous son tee-shirt noir, bien trop léger pour la fraîcheur de la saison. Il doit être habitué aux températures de la côte Est américaine. Le temps s'est dilaté et tout le monde est installé à sa place, m'observant avec curiosité. J'ignore quand le cours a commencé ; apparemment, j'ai laissé les secondes se transformer en minutes. Sa présence m'enveloppe encore alors qu'il est déjà retourné sur l'estrade.

— Au passage, retire ta veste. Et fais au moins semblant d'ouvrir ton classeur pour suivre comme les autres.

J'ai envie de soupirer mais je m'abstiens. Il s'acharne depuis hier, j'imagine qu'il a le droit de le faire sans craindre de faire naître des soupçons. Je nourris sans le vouloir ma réputation de mouton noir de Sherborn avec ce comportement. Pour autant, je n'esquisse pas le moindre geste. Mon pull est déchiré, je refuse de me donner en pâture à ces pestes qui attendent la moindre occasion de me dévorer.

— On n'a pas toute la journée, insiste-t-il avec nonchalance.

Quelques regards hostiles s'abattent sur moi car je refuse de l'écouter. Je sens le sang affluer dans mes joues, mais j'ai la chance de ne pas rougir. Elles sont pourtant si brûlantes que j'en viens à douter de cette aptitude.

— Nom de Dieu, mais fais ce qu'il te dit ! peste Holly en se dévissant la nuque pour me dévisager depuis le premier rang. Tu nous fais perdre du temps.

— Tu veux qu'il te remarque ou quoi ?

Aubrey est visiblement fière de sa théorie.

Ces regards accusateurs commencent à me peser. Si j'en crois ses yeux défiants qui restent rivés aux miens, il ne compte pas lâcher l'affaire. Les mains moites d'embarras, je redoute les réactions, mais je ne m'exécute toujours pas.

J'en ai assez de les laisser gagner.

— Je vois, marmonne-t-il en comprenant que je n'ai pas l'intention de céder.

Un rictus mesquin naît sur ses lèvres.

— Tu peux la garder. Mais tu viendras faire quelques heures de colle, ça calmera peut-être ton insolence.

Sur cette sanction qui en étonne plus d'une, il décide que j'ai assez monopolisé l'attention et reprend son cours sur les fonctions exponentielles. J'oublie de l'écouter. Il m'a vraiment mis une retenue ? Je tente de ne rien laisser transparaître pour convaincre les autres que ça ne m'atteint pas, mais je suis étonnée par ce revirement soudain. J'entends quelques chuchotements interloqués ; on ne le pensait pas aussi sévère. Ce n'est pas vraiment le genre qu'il donne, quand on le voit comme ça.

Mais la surprise s'estompe rapidement et, lorsqu'il pose une question, de nombreuses mains se lèvent. L'esprit de compétition est rude ici. Je me doute que cet enthousiasme est surtout lié à l'envie d'attirer son attention.

Je fixe la tache de café sur le carrelage scintillant au cas où il interrogerait quelqu'un au hasard, bien consciente que le hasard risque d'être une notion subjective dans son esprit. Et, alors que la nausée monte dans ma trachée, il donne la parole à Holly, qui en profite pour faire le lien avec une partie du cours. Elle a sûrement passé dix minutes de sa soirée à l'apprendre devant son miroir. Contrairement à moi, elle a toujours eu des facilités de mémorisation, surtout quand il s'agit des chiffres.

Après sa brillante participation, je fais l'erreur de laisser mon regard s'attarder sur lui en me croyant tirée d'affaire. Ses yeux s'arrêtent sur moi et je crains qu'il m'interroge aussi. Si je réponds maintenant, l'étalage de savoir de Holly ne fera que souligner mon ignorance.

Heureusement, il se contente de passer à la suite.

Have I become the teacher's pet?

8

« Idiot est celui qui se fie aux imposteurs. »

June

La bibliothèque est plongée dans un silence religieux, hormis le cliquetis incessant de la responsable qui tape sur son ordinateur, quelques allées plus loin. Il n'y a que les étudiants sérieux qui se réfugient ici pour étudier. Ceux qui viennent dans l'espoir de papoter dans un endroit chaud, avec un café et des sucreries du distributeur – comme Holly et moi à une époque révolue – déchantent bien vite à cause de l'austérité ambiante.

Trop absorbée par ma colère, je ne prête pas attention aux livres que je repose brusquement sur les étagères sans même avoir lu les résumés.

Je suis passée à l'administration avant de venir ici. La secrétaire a bien failli ne pas me recevoir pour partir déjeuner. Mais elle a patienté et a laissé filer ses collègues avant de m'inviter à m'asseoir à son bureau, même si elle gardait ses clés en main et les tripotait distraitement tout le long de notre courte entrevue. J'ai demandé un changement de classe. Elle m'a informé que cette démarche nécessitait d'écrire une lettre à Weber et de prendre un rendez-vous avec au moins l'un de mes parents. Je ne sais pas à quoi je m'attendais. Quand je lui ai demandé si c'était vraiment nécessaire, elle m'a souri avec perplexité et m'a dit : « Ma chérie, ce n'est pas rien, un changement de classe. »

Alors j'ai abandonné l'idée. Je ne peux pas expliquer les raisons de cette requête à mon père. Il me posera forcément des questions et, même si je dois omettre une partie de la vérité, il apprendra ce qui se passe depuis quelques mois et se dira que la pomme ne tombe jamais loin de l'arbre. Je n'ai pas envie de lui expliquer que je ne peux plus mettre un pied nulle part où se trouve Holly, en dehors des salles de classe où ma présence est obligatoire. Il ne peut pas savoir que chaque jour qui passe est pire que le précédent, parce que leur haine ne s'apaise pas malgré l'événement qui s'éloigne. Je ne veux pas savoir ce qu'il penserait, s'il savait que de nombreuses toilettes sont taguées avec mon prénom et des variantes d'insultes qui me traitent toujours plus ou moins de sale pute qui devrait se suicider.

La première fois que j'ai vu l'une de ces inscriptions dans une cabine, j'ai essayé de l'effacer avec de l'eau et du papier toilette, mais j'ai gâché tellement de papier à tenter de faire partir le marqueur indélébile que j'en ai eu mal au poignet. Quand j'ai compris que ça ne servait à rien, je me suis rendu compte que j'en pleurais de frustration. Voir le nom de ce monstre associé au mien faisait remonter des souvenirs encore trop frais.

« June, la queue de Heize en valait la peine ? #pastellement »

Un peu plus bas, quelqu'un avait ajouté :

« Pauvre Holly… dire qu'elle lui faisait confiance »

Je me frotte les paupières, réalisant que je suis restée figée devant la même étagère depuis maintenant cinq minutes. Mes yeux font le point sur le livre à la couverture rouge qui se trouve sous mon nez et je l'ouvre par automatisme, avant de me laisser glisser le long du mur juxtaposé à la bibliothèque et de m'asseoir en tailleur. Je dois faire semblant de réviser si je ne veux pas me faire virer par la responsable, qui n'aime pas qu'on occupe le centre de documentation sans raison précise. Je sors un roulé à la cannelle de mon sac et je tente de m'intéresser au texte, mais j'ai beau survoler la ligne plusieurs fois, mon manque de concentration rend la tâche impossible et j'abandonne à la troisième tentative.

Je le pose à côté de moi, sur la moquette verte, et profite de l'absence d'élèves dans mon allée pour appuyer mon front contre mon genou replié. Le silence que je trouve d'ordinaire apaisant ne fait que renforcer mes angoisses.

Je suis coincée dans cette classe pour une année entière, sans savoir jusqu'où iront les petits jeux de ce Scott. Il m'a collée, alors qu'il aurait tout simplement pu m'ignorer. Je pensais que notre accord tenait sur le silence, *mon* silence. J'aurais dû retirer ma veste… au point où j'en étais, un lynchage supplémentaire n'aurait fait aucune différence.

À la fin de l'heure, il m'a vaguement informée qu'un surveillant me transmettrait ma retenue dans la journée. J'ignore ce qu'il a exactement en tête, mais le message d'aujourd'hui s'accorde à celui d'hier : il va me pourrir si je le laisse faire.

Froissant l'emballage entre mes mains, je colle ma tête contre le mur. Les fenêtres mansardées vibrent sous l'effet du vent, plus violent au dernier étage à cause de toute la végétation qui entoure le lycée. Mon ventre qui gargouille réclame plus de nourriture, mais je suis condamnée à rester ici et à priver mon corps de repas substantiels.

J'ai tout perdu durant cette nuit d'avril.

Ceux que je croyais être mes amis, et ma vie paisible au lycée. C'était ma dernière bouée de sauvetage.

Je suis en partie à blâmer.

Mais à lui, pourtant… elle lui a pardonné.

***

Je relis de nouveau le papier donné par le surveillant en arrivant devant la salle 309.

Caché derrière l'écran de son ordinateur, sans doute occupé à regarder une série en l'absence de sa responsable, il n'a pas su m'en dire plus concernant l'objet de la retenue. Je le dérangeais clairement avec mes questions. « Je n'en sais rien, moi. Ton enseignant veut que tu y sois à 15 h 30. Tu verras bien. »

Sur l'avis de retenue n'est inscrit que mon nom et le numéro de sa salle de classe. Je ne pensais pas qu'une heure de colle pouvait avoir lieu en privé. Je ne suis pas sûre que ce soit légal. Mais ai-je vraiment le choix ? À force de cogiter, j'ai pris cinq bonnes minutes de retard sur ce qui était convenu.

Avant de frapper à la porte, je repense à son interpellation trop familière de ce matin, et à la lueur malhonnête dans ses yeux noirs pendant qu'il s'appuyait à mon bureau.

Crétine…

Je tente d'ignorer la pierre dans mon estomac alors que sa voix autoritaire m'invite à entrer.

La salle est plongée dans la grisaille. Il n'a pas allumé les lumières et ne compte que sur celle du ciel, qui n'est pas au rendez-vous. Assis à son bureau, l'écran de son téléphone éclairant son visage, il ne daigne pas lever les yeux. J'entends la porte claquer dans mon dos, mais la nervosité m'empêche de la rouvrir et voilà que nous nous retrouvons isolés.

J'attends quelques instants sans rien dire, mon angoisse augmente. Je déteste être seule avec lui. Il n'a pas dit un mot et je me sens de trop. Après deux longues minutes à compter les traces de marqueur au tableau, je réajuste nerveusement le bas de ma jupe et je pointe l'évidence :

— Je suis là, monsieur.

— Ouais. T'es en retard.

Il s'intéresse toujours à son portable. Ce manque de considération m'agace, mais je ne suis pas en position de le lui reprocher. Il doit penser que je l'ai fait exprès. Tout comme il s'est persuadé que mon refus de retirer ma veste avait quelque chose à voir avec lui.

— Je suis désolée, m'excusé-je pour rester conciliante. Vous pourriez peut-être me donner du travail, maintenant que je suis là.

Mes efforts ne sont pas suffisants pour couvrir l'agacement qui transparaît dans ma voix.

— Je suis occupé, répond-il sur le même ton.

Il lève enfin les yeux. Ses iris noirs m'aspirent de derrière son bureau. Il ressemble au diable sous sa forme angélique. Je devrais le dessiner pour révéler sa vraie nature et placarder les affiches dans tout le lycée. Peut-être qu'on les lirait, cette fois. Mais ces idiotes trouveraient encore le moyen de l'idolâtrer.

— Alors, pourquoi vous m'avez demandé de venir ?

Ma question légitime lui arrache un sourire tout juste perceptible derrière ce masque d'impassibilité. L'homme qui me fait du chantage prend le pas sur l'enseignant qu'il s'efforce d'être pendant les heures de cours.

— Tu verras. Va t'asseoir.

Le dialogue est difficile avec lui. Mais je l'écoute et prends place à trois rangées de son bureau, pour rester à une distance raisonnable sans tirer sur la corde. On ne peut pas dire que la confiance règne. Cette ambiance de cachotteries me met mal à l'aise. Je sens que, si quelqu'un nous surprenait dans ce huis clos forcé, il demanderait des explications.

— Vous auriez dû me confier au surveillant, lui dis-je.

— Pourquoi ? T'as peur ?

Je ne devrais pas ?

— C'est contraire au règlement.

— Le règlement ?

Il pose les mains à plat sur son bureau, après avoir finalement rangé son téléphone.

— Je ne vais pas te rappeler d'où on se connaît, Grey.

Son regard me transperce du haut de l'estrade, une nouvelle faille dans ce jeu de rôle parfaitement calculé. J'ai conscience que notre relation est spéciale. Quand il n'y a plus personne pour le voir, il redevient ce type qui est entré par effraction chez moi.

Et malgré moi, je ne peux m'en tenir au simple statut d'élève.

Parce que je suis avant tout un témoin.

Il ne dit plus rien et se contente de me fixer, les bras croisés sur son torse, la chaise légèrement reculée pour se donner encore plus de hauteur. Intimidée par cette vision, je sors mon carnet et me mets à esquisser quelques lignes abstraites afin de ne pas croiser son regard.

— Je te l'ai déjà dit. Ne gribouille pas dans ma classe.

J'appuie trop fortement sur la mine de mon crayon, à la limite de trouer la feuille.

— Alors donnez-moi du travail.

Je refuse de lui montrer qu'il me fait peur. Que chaque seconde passée en sa compagnie me plonge davantage dans le brouillard, car j'ignore ce qu'il attend de moi. Je ne vais pas parler. A-t-il l'intention de faire de moi sa petite marionnette pour s'en assurer ?

— Enlève ta veste, répond-il plutôt.

Je jette un coup d'œil à la porte fermée et mon instinct se met sur le qui-vive. Pourquoi s'intéresser à ce genre de détails ? Je pensais que ma veste n'était qu'un prétexte pour me coller. Je n'avais pas envisagé la possibilité qu'il puisse avoir d'autres intentions à mon égard. Mais je me souviens que je ne le connais pas. Il m'a aidée cette fois-là, mais ça ne fait pas pour autant de lui un saint. Bien au contraire.

Je me tends, repoussant les souvenirs qui cherchent à remonter à la surface. Heize verrouillant la porte de cette chambre désordonnée, et mes jambes qui ne me soutiennent plus malgré mes efforts pour les faire avancer. Tout à coup, c'est comme si la température avait chuté de dix degrés dans la pièce.

— J'ai froid, finis-je par lui répondre en espérant qu'il n'insistera pas.

Ce n'est pas un mensonge. Je renifle sans cesse depuis hier et je sens que j'aurai de la fièvre d'ici ce soir.

— Qu'est-ce que tu caches là-dessous ? C'était assez précieux pour te valoir une retenue ?

Les pieds de sa chaise crissent quand il se lève. Je compte les secondes qui nous séparent avant qu'il arrive à ma hauteur, prête à hurler à pleins poumons s'il tentait quelque chose de déplacé. Je me colle au dossier de ma chaise lorsqu'il me rejoint, sans le quitter des yeux pour surveiller le moindre de ses faits et gestes. En contrebas, je me rends de nouveau compte qu'il est vraiment grand. Il s'incline légèrement et je louche sur sa main qui s'approche de la fermeture Éclair de ma veste tout en me persuadant qu'il n'osera pas franchir la ligne.

Mais il saisit l'anneau pour la dézipper jusqu'en bas avant que je puisse protester. Rattrapée par mon instinct, j'intercepte son avant-bras et le presse de toutes mes forces. Il ne cille pas et m'adresse un rictus peu impressionné en découvrant ce que je souhaitais cacher.

— Tout ce cinéma pour un putain de trou dans ton uniforme ?

Je prends conscience de nos deux peaux en contact, ma main entourant encore son poignet alors que la sienne a relâché l'anneau, se targuant de son innocence. Je cesse brusquement de le toucher. De légères traces rouges persistent sur son avant-bras hâlé.

— Comment tu t'es fait ça ? Ah… C'était peut-être quand ces filles t'ont prise à part dans les toilettes ?

— Ne me touchez pas, sifflé-je, sur la défensive.

Dire que j'ai pensé apercevoir de la pitié dans ses yeux. J'aurais dû me douter que les gens comme lui n'éprouvent aucune compassion.

— T'en fais pas. Je suis pas un pointeur.

Il recule à peine pour me rassurer, pas gêné le moins du monde. Il est très honnête. C'est déroutant. Je me concentre sur l'air qui passe désormais à travers les mailles serrées de mon pull et je sens son attention dériver sur mon blason. Il le fixe, mais n'émet aucun commentaire en scrutant le cerf doré surmonté de l'inscription brodée « Sherborn ». Ce signe ostensible de notre richesse doit lui sembler ridicule. J'ignore d'où il vient, mais c'est facile de comprendre que nos mondes sont différents.

Des gloussements résonnent tout à coup dans le couloir, interrompant son observation. La conversation devient audible à mesure que les pas se rapprochent. Comme moi, Scott se tend à l'idée qu'on vienne frapper à la porte, conscient de l'ambiguïté de la situation dans laquelle il nous a coincés.

— C'est sa salle… ! fait remarquer une voix qui vibre d'effervescence.

— Et alors ? rétorque une autre plus blasée. Dépêche-toi, Cameron m'attend !

— Ça va, détends-toi. Tu penses qu'il est là ?

Elle glousse. Scott jette un regard nerveux par-dessus son épaule, fixant la poignée qui pourrait s'abaisser si l'élève venait à se montrer trop curieuse. Ses méthodes de punition en tête à tête pourraient lancer des rumeurs compromettantes, autant pour lui que pour moi.

— Ces sales merdeuses…, marmonne-t-il alors que mon pouls s'accélère.

On se regarde dans le blanc des yeux. Je ne pense qu'à ma réputation déjà ternie, et à ce qui se dirait sur moi :

« Elle se tape même les profs, maintenant. »

— Mais on s'en fout, sérieux ! Tu me casses les oreilles avec lui depuis hier.

Un prof pareil dans une école pour filles, c'était la voie royale pour les fantasmes. Il est au centre de toutes les conversations. Elles en savent si peu sur lui mais l'ont déjà placé sur un piédestal.

— Eh, je l'ai cherché sur Instagram, confie la première dans un nouvel éclat de rire.

— Et alors ? Ça a donné quoi ?

— Rien. Il a sûrement pas de réseaux. Il est trop beau pour ça. À moins que ce soit un queutard sans photo de profil.

Cette description fait hausser les sourcils au concerné. La seconde fille se joint à la première pour ricaner, avant de la rappeler à l'ordre :

— Allez, viens ! Cameron va finir par se lasser. Il est à Westfield.

— London ?

— Stratford.

— Mais… je voulais…

— Allez viens, je te dis !

Leurs pas précipités s'éloignent de la salle. À l'instant où il est certain qu'elles ont quitté le périmètre, son visage se détend. Mains croisées derrière sa nuque, il pousse un long soupir de soulagement.

Je peine à respirer.

— Ne prenez pas de risques si vous craignez les conséquences, je lui conseille d'une voix dure. Je n'ai pas envie de faire l'objet de rumeurs bizarres.

En réponse, je n'ai droit qu'à son silence insupportable. Je me lève car ça devient oppressant d'être dominée par sa grande taille. Elle semble me rappeler que nous ne sommes pas au même niveau et que nous ne le serons jamais, et que je devrai me plier à ses règles, qu'elles soient justifiées ou non.

Une bouffée de haine me submerge.

— Et je vous ai déjà assuré que je ne dirais rien ! Je ne comprends pas ce que vous me voulez !

Il paraît peu affecté par la façon dont j'ai haussé la voix.

— Eh, me siffle-t-il, et son expression suggère que je suis une idiote. Je vais te faire une petite mise en situation. Admettons qu'il y ait quelque chose que personne ne doive savoir sur toi. Que je l'apprenne d'une façon ou d'une autre et que maintenant, avec ma sale bouche, je risque de tout faire foirer pour toi. Ça te mettrait dans une situation compromettante, pas vrai ?

Il se rapproche de quelques centimètres, m'adressant un sourire qui n'atteint pas ses yeux.

— Tes mots n'ont aucune valeur pour moi, Grey. Je te fais pas confiance.

J'inspire profondément, inhalant son parfum par la même occasion. Et ça me frappe. L'odeur d'agrumes, de notes cendrées sèches et d'encens. C'est Bleu de Chanel.

Le parfum de Heize.

Je bats les paupières, nauséeuse. La dernière fois que cette odeur a envahi mes narines, c'était cette nuit-là.

Je contourne le bureau pour le fuir avant de vomir à ses pieds. Il en décide autrement et me bloque le passage. Tout mon corps se raidit, et les scènes se mélangent sous mes yeux.

— Ta retenue n'est pas finie. En fait, elle n'a même pas commencé.

Mais, alors qu'il me fait face, je n'arrive plus à le voir. Ni même à l'entendre. Des images horribles l'ont occulté. Je me revois entre ces draps froids, cherchant à me débattre alors que son corps me cloue sans cesse au matelas. Mes protestations rendues inintelligibles par l'alcool s'envolent vers le plafond, là où elles n'ont plus aucune importance. Je fixe une tache sur la surface lisse, pour me prouver que je suis encore en vie et que ça va bientôt se terminer. Mais les va-et-vient brutaux s'apparentent à des coups de couteau qu'il m'inflige sans relâche.

C'est comme mourir tout en restant prisonnière de son corps.

Hors de la chambre, la fête atteint son apogée, et ces gens qui hurlent d'excitation ignorent que je descends tout droit en enfer.

— Tu n'as pas compris ? me questionne Scott.

La tache sur le plafond se dissout et je suis de nouveau capable de le voir. Je sens que mes yeux sont sur le point de s'humidifier. J'ai encore cette sensation de brûlure entre les cuisses ; le mal n'est jamais vraiment parti.

Il fait juste semblant de dormir pour me laisser croire que je vais mieux.

— Je ne veux pas te voir dans ce lycée. Mon but est de te faire dégager avant la fin du mois. Alors si tu me trouves lourd et acharné, ne sois pas étonnée. Je compte te pousser à bout.

Quoi… ?

— Ça nous serait bénéfique à tous les deux si tu partais, non ? demande-t-il sans attendre de réponse. Je ne t'aurais plus dans les pattes et toi, tu éviterais de prendre ta douche journalière dans les toilettes.

Ses mots me frappent de plein fouet.

C'est si minable de faire pression sur moi avec mon harcèlement scolaire.

— Vous finirez par en avoir marre de me persécuter quand vous me verrez revenir tous les jours.

— T'en es sûre ? Je prends le pari. Tu vas dégager d'ici plus vite que tu ne le penses.

Son sourire de connard arrogant s'élargit en me laissant voir des dents parfaitement alignées. Je relève le menton pour lui montrer que je ne compte pas me laisser faire, mais quelque chose au fond de ses yeux me dit que ce n'est que le début du supplice qu'il me réserve.

— Au fait, Grey, j'ai appris qu'on avait un point commun.

Je ne vois pas où il veut en venir.

— On est tous les deux des voleurs, précise-t-il en faisant un mouvement avec son index entre lui et moi.

Mes joues s'embrasent. Je savais que les rumeurs circulaient en salle des profs, mais j'avais espoir que le corps enseignant ferait preuve de plus de discernement que les élèves. Eux aussi m'ont attribué le rôle de la traîtresse.

Personne n'a de compassion pour les traîtres.

— Alors comme ça, tu t'es tapé le mec de ta meilleure amie. C'est pas très malin. C'est pourtant en tête de la liste des choses qu'il ne faut pas faire, d'après le code des filles, non ?

— Ce ne sont pas vos affaires, je lui crache, la contrariété faisant battre mes tempes.

— Étonnant. Tu ne nies pas ?

Il ne récolte que mon silence.

J'ai honte de me faire passer pour une créature malfaisante, mais je préfère ça à la triste histoire d'une fille qui s'est réveillée embrumée dans un lit qui n'était pas le sien, avec un mec qui n'était pas le sien. Peut-être que, si je me convaincs que ce n'est jamais arrivé, ça finira par s'effacer de mon esprit.

Il se met à me dévisager, clairement amusé par cette version de moi que je lui offre.

— Bien, fait-il lorsque mon mutisme a confirmé sa version des faits. On va pouvoir passer aux choses sérieuses.

J'ignore ce à quoi je m'attendais quand il m'a collée ce matin, mais ce n'était certainement pas à finir assignée au ménage. Après qu'on est sortis de sa salle, il m'a envoyée au local de maintenance pour que je récupère le matériel adéquat auprès du responsable. Depuis maintenant une heure, je suis priée d'effacer les graffitis et autres tags infestant les tables du troisième étage.

Il y a du travail. Les élèves de Sherborn sont spécialistes dans l'art de répandre leur venin de façon anonyme. Elles savent que les sanctions ne tombent jamais ; tout ici est fait pour nourrir leur appétence. Weber investira dans des pots de peinture pour recouvrir leur méchanceté et s'assurera que Watson, notre enseignante référente, nous fasse un discours sur le harcèlement et que ses affiches merdiques soient bien lisibles dans les couloirs.

Mes bras sont douloureux. Dans mon malheur, j'ai la chance que le lycée soit désert à cette heure-ci. Il est près de 17 heures et seuls les membres du personnel déambulent encore dans les couloirs. Au moins, aucun élève ne me surprend avec mon seau et mon éponge, en train de jouer les boniches pour « M. Scott ».

J'essuie la sueur sur mon front et je passe à une autre table de l'aire de repos. L'agitation m'a donné si chaud que j'ai fini par retirer ma veste et mon pull ; je ne porte plus que ma chemise blanche. Encore une demi-heure à tenir avant de pouvoir rentrer chez moi. Je me réjouis d'avance d'enlever ces gants en caoutchouc étriqués.

Je me penche au-dessus d'une table, lisant les restes d'une inscription au stylo bille qui a bavé. Je frotte le graffiti qui profère des insultes à l'égard d'une certaine Sophia, issue d'une promotion précédente, mais l'écriture me résiste. Alors, je la fixe en me demandant ce que cette pauvre fille a fait pour mériter une telle virulence.

— Qui t'a autorisée à prendre une pause ?

Sa voix me fait sursauter. Je tourne la tête pour le découvrir appuyé au mur du couloir. Pensant qu'il était parti depuis longtemps, j'ai fait le tour de l'étage et je suis revenue près de sa salle sans craindre de le recroiser.

— C'est bientôt l'heure.

— Ouais, bientôt.

Il me désigne quelque chose de l'index, tenant une cigarette éteinte entre ses doigts :

— Frotte bien cette tache, là, ce serait dommage que tu doives revenir demain pour continuer.

— Pourquoi vous êtes encore ici ?

Loin d'être curieuse, j'attends qu'il s'en aille pour pouvoir respirer sans qu'il empoisonne mon oxygène.

Il m'étudie d'un air inexpressif. Sa nonchalance et son accent américain m'agacent. Il a le charme d'un brun qui s'est décoloré les cheveux dans la salle de bains de ses parents il y a quelques années et qui a continué de le faire malgré la réprobation générale. Même si je le voulais, je ne pourrais pas dire que c'est laid ni que son physique est aussi repoussant que son comportement. J'ai toujours trouvé inutile de se voiler la face.

Je passe à une autre table en regrettant ma question indiscrète, mais il me répond laconiquement :

— J'attends quelqu'un.

Au lycée ? Étrange lieu de rendez-vous.

À moins que…

— Vous savez, ironisé-je en commençant à cerner le personnage. C'est illégal de fréquenter les élèves.

Un claquement d'escarpins familier résonne dans le couloir, comme pour me donner tort, et Watson émerge de derrière le mur du couloir. Elle me lance un regard surpris en m'apercevant, mais m'oublie bien vite pour se concentrer sur son collègue, plus intéressant. Sa voix habituellement autoritaire se fait très douce :

— Désolée, Shayn. Je t'ai fait attendre ?

Shayn.

Je me souvenais pourtant qu'on l'appelait autrement durant le cambriolage. Par un prénom plus… commun. Mais c'était il y a longtemps, j'ai dû me tromper.

— C'est bon, j'ai trouvé de quoi m'occuper.

Il me lance un bref regard.

J'essore mon éponge en faisant mine de m'intéresser à l'état de la table que je viens de lustrer sans manquer de laisser traîner mes oreilles. Je me demande ce qu'ils font ensemble. Il l'a déjà attrapée dans ses filets, comme toutes les autres ?

— Super. Alors, on y va ? s'enquiert-elle de ce ton mielleux qui ne lui ressemble pas. La réunion ne devrait pas tarder à commencer.

J'ai toujours trouvé qu'elle dégageait de l'assurance, avec ses cheveux lissés en toutes circonstances et sa façon de se tenir si droite qu'on la soupçonne de porter un corset. En ce moment, je ressemble à un chiffon qu'on a jeté dans une flaque, mes cheveux sont relevés en un chignon fouillis et je suis certaine que ma peau luit à cause de la sueur.

— Qu'est-ce que tu fais encore là, June ?

Elle me fixe, sceptique, mais ne se départ pas de son sourire cordial.

— Je...

— Je l'ai collée. Travaux d'intérêt général, me coupe-t-il de façon expéditive. Allez, continue de frotter. Et ne pars pas en avance, je vérifierai demain à l'accueil.

Sur ces mots, ils s'éloignent sans m'accorder plus d'attention. Il lui dit quelque chose qui n'a peut-être pas de rapport avec moi, mais elle rit aux éclats en se rapprochant de lui.

Je laisse mon éponge retomber dans le seau d'eau que la saleté a rendue grisâtre et quelques gouttes m'éclaboussent.

J'ai décidément touché le fond.

Gaby <3

I hate her
I hate her
I hate her!

9

« Dans les maisons de poupées, il faut sourire. »

June

Assise sur mon lit, mes écouteurs enfoncés dans les oreilles, je fixe les trois 0 %[1] qui s'alignent dans la marge de mes copies de mathématiques. En deux semaines, Scott a réussi à détruire ma moyenne et à réduire à néant mes chances d'avoir un avenir.

Je n'ai jamais été douée avec les chiffres. Depuis le collège, mon esprit s'emmêle et ne trouve aucun intérêt à calculer. M. Moore avait pitié de moi et me surnotait pour mes efforts, je m'en tirais donc avec 30 %, presque la moyenne, parce que j'avais appris la méthodologie que j'appliquais tant bien que mal.

Mais… maintenant, c'est différent. Quoi que j'écrive sur ma copie, c'est toujours faux.

Et j'ai toujours zéro.

J'ai eu droit à toutes sortes d'attaques mesquines en l'espace de quinze jours. Ce connard ne s'est pas arrêté après ma

---

1. Au Royaume-Uni, le système de notation fonctionne de la manière suivante : les examens sont notés de 0 % à 100 %. Pour avoir la moyenne, il faut 40 %.

première retenue. Il m'avait prévenue. Au moins trois soirs par semaine, j'ai arpenté les couloirs du lycée mon seau à la main – je suis maintenant connue du personnel. J'ai même gagné la sympathie de Ted, l'un des hommes de ménage, qui me salue chaque fois qu'il me croise dans les couloirs.

Scott a toujours de bonnes raisons pour me coller : mes retards répétés, l'exercice qu'il a donné la veille et que je n'ai pas fait, le devoir maison que j'ai oublié de rendre.

Je lui tends des perches, alors je ne peux m'en prendre qu'à moi-même. J'ai abandonné. Je sombre dans ma propre misère sans en craindre les conséquences. Holly m'a laissée tranquille dernièrement, sûrement trop occupée à surveiller Heize pour me prêter la moindre attention. J'ai eu 40 % en physique-chimie avec Allan, et un inespéré 60 % en biologie. C'est médiocre, mais c'est mieux que rien. Je sais quand même que ces notes ne conviendraient pas à mon père s'il s'y intéressait de nouveau. Je ne veux pas prendre le risque de perdre mon téléphone que je viens de récupérer ; légèrement fissuré sur les bords, mais toujours fonctionnel.

On pourrait croire qu'une fille de mon âge aurait plus de liberté.

Je bâille en m'emparant de mon fusain. Du papier à grain est étalé sur mon lit, j'ai un devoir à rendre en arts appliqués. C'est la seule matière qui me permet de remonter ma moyenne générale. Heureusement que j'ai de l'inspiration en ce moment.

Il semblerait que moins ça aille, plus je m'accroche à mes dessins.

— June ?

La poignée de ma porte s'abaisse, en vain, j'ai fermé à clé. Gaby retente de sa voix fluette :

— June ! Ouvre-moi !

Je me lève en espérant que ce n'est pas un piège de Suzan pour m'amadouer. Elle déteste que je m'enferme dans ma chambre. Mais elle déteste encore plus nous voir ensemble, alors j'en déduis que c'est peu probable.

Mon petit frère attend sur le pas de la porte, armé de ses figurines *Toy Story*. C'est l'un des rares enfants de six ans de la planète qui se tient loin des écrans. Suzan les lui interdit formellement. Depuis des mois, il demande la dernière console de jeux à la mode, mais ses plaidoiries incessantes sont sans effet.

Sans même me regarder, il fonce sur mon lit et s'allonge entre les feuilles qui craquent aussitôt sous son poids. Je pousse un soupir exaspéré en devinant qu'il a froissé l'ébauche que je venais de terminer après une dizaine d'essais foireux.

— Attention, Gaby !

Il rit à gorge déployée, mais continue de m'ignorer, trop occupé à agiter Woody et Buzz l'Éclair, qui s'adonnent à un combat sans pitié. Je suis étonnée par la violence avec laquelle il les fait s'entrechoquer l'un contre l'autre.

— Gaby, s'il te plaît.

Je me penche au-dessus de lui, tentant de le prendre dans mes bras pour le calmer. Il se débat en poussant des cris de cochon qu'on égorge, comme si cette tentative de le maîtriser l'amusait. Alors, profitant de cette ouverture, je me mets à le chatouiller sans pitié. Je me suis résignée à l'idée que mes dessins sont désormais inutilisables et que Mme Carr ne les touchera même pas avec un bâton. Quand je sens qu'il est sur le point de se faire pipi dessus tant il s'esclaffe, je lui rends sa liberté.

— Si je fais pipi sur ton lit, c'est toi qui devras changer les draps !

Son regard bleu me transperce avec malice. Il a les yeux de sa mère, mais son regard est différent.

Il ne me voue aucune aversion.

— Tu ne joues plus avec moi, me reproche-t-il alors que son sourire s'affaisse.

Je le sonde puis caresse affectueusement ses cheveux blonds. Leurs reflets bruns leur valent d'être qualifiés de « blond sale » par la coiffeuse, ce qui agace fortement Suzan. Il ressemble beaucoup à notre père, avec ses lèvres minces et son nez droit.

Il m'arrive de détester qu'il soit leur parfait mélange.

Avant de me souvenir qu'il n'y est pour rien.

— Je sais. Désolée, Gaby. Le lycée me prend du temps.

— L'année prochaine, tu ne seras plus là, me blâme-t-il en se rasseyant, loin de mes feuilles.

— Eh oui…

— Tu viendras nous voir ?

— Pendant les vacances.

Je me triture les doigts. Il n'y a que lui qui me manquera au point que je m'inflige ce sacrifice.

— Tu promets ?

— Bien sûr.

— Même si… tu n'aimes pas être ici.

— Ce n'est pas vrai, nié-je en mettant de l'entrain dans ma voix. J'adore être ici.

Il lâche brusquement ses jouets sur le plancher.

— Menteuse.

La frustration me prend à la gorge. Je me déteste de lui faire subir ça, mais je ne peux pas lui imposer la triste vérité.

Je prends sa main et je la serre dans la mienne tout en essayant de capter son regard.

— Tu as faim ?

Il baisse les yeux sur le plancher. On dirait qu'il est sur le point de pleurer, mais je refuse de rester sur cette défaite.

— Et si on se faisait des paninis ? Avec du Nutella ? Juste comme tu aimes ?

— Tu as du Nutella ? s'étonne-t-il en oubliant qu'il est supposé m'en vouloir.

C'est une denrée rare ici.

Parce que Suzan a tendance à grossir depuis son premier accouchement, elle fait tous les efforts du monde pour garder la ligne, éliminant le gluten, les sucres transformés et le gras de notre alimentation. Ses rayons préférés du supermarché sont le bio ou le « spécial régime ». Mon père est le seul qui échappe à ce supplice.

De mon côté, je rapporte de la nourriture normale que je cache dans ma chambre et que je partage avec Gaby quand l'occasion se présente en échange de son silence.

— Où est Suzan ? je lui demande.

Il comprend qu'on ne doit pas se faire attraper et ses yeux s'écarquillent de joie.

— Elle est partie à la poste il y a cinq minutes.

En espérant qu'il y a du monde à l'heure de la sortie des bureaux, il nous reste encore un peu de temps avant son retour.

— Viens avec moi, je lui dis sur le ton de la confidence.

Il me suit dans le couloir, sa main toujours dans la mienne, l'air rassuré. Nous passons devant Pato qui ronfle dans son panier. C'est un vieux labrador au pelage beige et raide. Suzan le déteste et n'attend qu'une chose : se lever un beau matin pour le trouver raide dans ce même panier et pouvoir s'en débarrasser. Si elle ne craignait pas le jugement de son cher et tendre, elle l'aurait déjà battu à mort depuis longtemps. Il se réveille après quelques caresses puis se recouche dans un glapissement exténué.

La cuisine est baignée d'une lumière apaisante. Une petite fenêtre rectangulaire surplombe l'évier, donnant une vue directe sur notre jardin à la végétation luxuriante. Le comptoir américain en marbre noir est large et les rayons striés du soleil de fin de journée s'y couchent. J'y passerais plus de temps si je n'étais pas perpétuellement consignée dans ma chambre.

Pendant que j'étale la pâte à tartiner sur une tranche de pain de mie, Gaby me parle de ses disputes à l'école, de la maîtresse qui l'a engueulé hier car il a frappé Vince, son camarade de classe. Quand je lui demande la raison, il hausse les épaules :

— J'étais en colère. Il m'a énervé.

Devant son air buté, je ressens une gêne au creux de mon ventre.

— Et donc ? Tu l'as frappé ?

— Oui, marmonne-t-il, une ombre traversant son visage gracile.

— Gaby. On ne résout rien par la violence, je le réprimande en lui tendant son sandwich.

Sans que je le veuille, mon ton s'est fait plus dur. Mais ce penchant m'attriste. Je ne veux pas le regarder et la voir *elle*, parce qu'il aurait hérité de sa personnalité en plus de son physique.

Il ne répond pas et se contente de croquer dans le pain brioché, s'étalant du chocolat sur les coins de la bouche. Un silence pesant s'ensuit. Peut-être que je suis la seule à percevoir le malaise. Il enchaîne avec des rumeurs de cour de récréation pendant que je regarde par la fenêtre en ressassant son comportement.

Après un moment, nous entendons la porte d'entrée s'ouvrir.

Mon regret est immédiat ; je savais pourtant qu'on ne tarderait pas à dîner.

— Gab, je suis rentrée ! s'exclame Suzan en entrant dans le hall.

Elle marche jusqu'à la cuisine. Ses clés retentissant dans sa main au rythme de ses pas enthousiastes. Je ne cherche pas à me lever ni à ranger la nourriture en catastrophe. Je sais que c'est inutile. Quand elle nous trouve tous les deux, son regard réprobateur se concentre sur son fils qui a le visage barbouillé, puis se pose sur moi.

Ses lèvres s'incurvent alors avec sévérité.

— Gab, essuie-toi et va dans ta chambre.

— Mais..., proteste-t-il d'une petite voix, bien plus docile que lorsqu'il s'adresse à moi. Je n'avais pas fini...

— Gabriel.

Elle fait parfois preuve d'une autorité effrayante. Ses yeux bleus se glacent, lui donnant l'air d'une coquille vide. Il se lève et, lançant un timide regard dans ma direction, se risque à me remercier :

— C'était trop bon, June.

Il ne fait que m'enfoncer en voulant m'aider. Je lui souris quand même. Suzan referme la porte derrière lui et prend une profonde inspiration, de dos. J'observe attentivement ses omoplates, visibles sous son tee-shirt, consciente de ce qui va suivre. Et ça ne manque pas. Elle fait volte-face et me gifle violemment, les yeux révulsés par la colère.

— Qu'est-ce que je t'ai déjà dit cent fois ?

Ma joue brûle mais je ne la touche pas.

— De ne pas lui donner de sucre, réponds-je alors sans ciller.

— Idiote ! Tu le sais, non ? Ne donne pas tes cochonneries à mon fils !

— C'est aussi mon frère.

— Demi ! s'égosille-t-elle.

— D'accord. C'est juste un peu de sucre, ça ne va pas le tuer.

Dernièrement, j'ai du mal à garder le silence.

Elle approche pour me donner une autre gifle mais je recule et ses ongles m'éraflent la joue. La griffure me fait grimacer.

— Ne me réponds pas ! Bon sang, qu'est-ce que tu peux être agaçante !

Je ferme les paupières pour ne pas exploser. Tenter de la raisonner est inutile. Elle aura toujours raison, et j'aurai toujours tort.

C'est ce qui arrive aux adultes abreuvés de pouvoir.

Je me concentre sur son jus de kombucha qui moisit dans un coin de la cuisine pour continuer de me canaliser. La seule et unique fois que j'ai répondu à ses assauts, il y a quelques années, ça s'est mal terminé. Je n'ai pas pu dormir sur le dos pendant deux semaines.

— Nous n'avons pas rediscuté de notre incident depuis la dernière fois.

Je rouvre les yeux en entendant le bruit familier du tiroir qui s'ouvre dans un grincement. Elle a sorti le rouleau à pâtisserie. Je déteste cet objet. Il fait vraiment mal. Les coups sont secs et le manche arrondi si lourd que je crains toujours qu'elle me brise quelque chose en l'utilisant.

Je recule avec appréhension, comme si j'avais une chance de lui échapper.

Elle s'échauffe, battant le bois rugueux contre sa paume. J'observe le mouvement méthodique de ses doigts, ses ongles qui résonnent en rythme. Elle commence toujours à frapper du même côté puis son regard se vide, comme si c'était un rituel intérieur pour se défouler plus qu'une réelle volonté de me faire du mal. Quoi qu'elle cherche à en tirer, le résultat est le même.

Malgré moi, je suis devenue son purgatoire.

— Ne lève plus…

Le premier coup tranche l'air.

Épaule.

— Jamais…

Cuisse.

Je me plie, les dents serrées, cherchant à renforcer ma résistance. Ce n'est rien. Ça va bientôt s'arrêter. Je peux tenir sans que mes genoux lâchent, je peux le faire car j'y suis habituée.

— La main…

Estomac.

Ça me brûle à l'intérieur. Comme une plaie qui ne s'est jamais refermée et qu'on continue de labourer pour s'assurer que les tissus ne cicatriseront pas.

— Sur moi !

Estomac.

Je cède à la douleur et m'effondre à genoux, privée de souffle. Je cherche l'air dans mes poumons, mais il s'est raréfié et j'étouffe sur le carrelage froid, les mains à plat sur mes cuisses. L'une d'entre elles est toujours chaude des sévices qu'elle a reçus.

— Tu as peut-être eu dix-huit ans, mais tu vis encore sous mon toit.

Son visage est rougi par l'effort. Elle reprend sa respiration, l'arme du crime entre ses mains crispées et veineuses, et se baisse pour être à ma hauteur. À travers ma vision brouillée, j'entrevois son imprudence.

Elle ne devrait pas me frapper lorsque Gaby est tout près. Un jour, il pourrait la surprendre, et les enfants parlent.

— Tu te sens pousser des ailes en ce moment. Qu'est-ce qui t'arrive, June ? Tu ne veux plus habiter ici ?

Je ne lui réponds pas. Je sais que je ne suis pas invitée à le faire.

— Mais il te reste encore un an pourtant. Tu devrais faire attention à ton comportement avant que je persuade ton père de te mettre à la porte. Et qui s'occupera de toi ? Hein ?

Satisfaite d'avoir touché la même corde sensible, qu'elle use à outrance depuis des années, elle laisse un sourire sauvage venir illuminer son visage.

— D'ailleurs, si tu crois que je n'ai pas compris ce que tu faisais, tu te mets le doigt dans l'œil. Tu mets de l'argent de côté pour te payer une école d'art, pas vrai ?

Après m'avoir jeté un regard noir pour me blâmer d'avoir voulu lui cacher la vérité, elle pince violemment mon cou. Cette habitude qu'elle a gardée depuis que je suis petite me met hors de moi. Pourtant, je la laisse faire.

Un énième bleu.

— Pas vrai ? insiste-t-elle.

Puisque je garde les lèvres serrées, elle capitule et me relâche brusquement.

— Ton père a toujours l'espoir que tu fasses médecine. Il s'intéresse si peu à toi qu'il t'en croit capable. Le pauvre. Tu as eu des notes, dernièrement ?

Son expression dédaigneuse s'accentue en comprenant que c'est le cas et qu'elles ne sont pas brillantes. Elle pousse un soupir excédé.

— Oui, tu fais bien d'économiser. Parce que je le convaincrai de ne rien te donner quand toutes les universités décentes de ce pays auront refusé ta candidature.

Elle se lève en s'appuyant d'une main sur le carrelage. Elle commence à être gênée dans ses mouvements à cause de la grossesse. Je l'observe, sonnée, en essayant de disséquer le mal qui réside en elle. Ça m'arrive parfois. Même si je me suis habituée à l'idée que je ne saurai jamais ce qui lui passe par la tête : folie ou simple haine incoercible ?

— Ton père rentrera tard ce soir. On va dîner dehors avec Gabriel, m'annonce-t-elle en rangeant le rouleau comme si de rien n'était. J'espère que tu réfléchiras à ton comportement.

Le son de ma respiration couvre tout le reste. La porte se referme dans un claquement sec.

J'ai perdu encore une fois, faute d'avoir cherché à gagner.

This time band-aids won't heal it.

10

« Ton ennemi ne devrait jamais connaître tes faiblesses. »

June

J'ai tellement de mal à me concentrer que j'ai coupé la voix entêtante des London Grammar dans mes écouteurs.

Toutes les pages de mon carnet finissent arrachées et jetées en boule sur un coin de la table à laquelle je me suis installée, au troisième étage. Je ne compte plus le nombre de fois où j'ai recommencé le projet de Mme Carr. Je pensais que le blocage passerait après le week-end. Elle veut qu'on lui rende une représentation « artistique et personnelle » de la théorie des couleurs. Un concept mêlant les arts et la science ; ce que j'aime allié à ce que je déteste. Cette théorie consiste à penser que les couleurs envoient des messages subliminaux que nous comprenons en fonction de notre culture. Mais tout ce que j'ai tenté jusque-là me paraît fade. Puisque je dessine toujours en noir et en gris, cette consigne a du mal à s'imprimer dans mon esprit. J'ai l'impression de ne pas avoir saisi l'intention du projet, d'être à côté de la plaque.

Et je déteste échouer quand il s'agit de la seule chose dans laquelle je suis vraiment douée. Ces feuilles raturées s'empilent pour illustrer ma défaite. Je finis par fermer les yeux en maudissant Carr de donner des consignes aussi vaseuses.

— Tu t'es fait griffer par un chat ?

Cette question posée avec désinvolture me fait rouvrir les paupières.

Un sac Michael Kors flotte d'abord au-dessus de mon visage, avant que la banquette sur laquelle je suis assise s'enfonce sous un poids qui s'additionne au mien. Amara – j'ai fini par apprendre son prénom pendant l'appel – vient de se joindre à moi avec un naturel qui laisserait entendre que c'est ce qui était convenu. On ne s'est pourtant pas adressé la parole depuis sa remarque sur l'asymétrie de ma mèche de cheveux en classe.

— Là, spécifie-t-elle lorsque je la regarde sans comprendre ce qui lui prend.

Elle approche son index manucuré de mon visage, le survolant sans le toucher, et je me souviens de la marque laissée par mon altercation avec Suzan. J'ai appliqué du correcteur mais la faire complètement disparaître relevait de l'impossible, malgré mes connaissances en colorimétrie.

Je replonge mon nez dans mes feuilles en espérant que ça la dissuadera de me parler.

— Je n'essayais pas d'être méchante, marmonne-t-elle, visiblement déconcertée.

— Ah ouais ?

Je n'ai rien contre elle, mais je ne suis pas née d'hier. Holly doit se cacher derrière ce soudain intérêt pour moi. Personne ne m'a parlé pour de bonnes raisons depuis la rentrée, je suis une pestiférée.

— Pourquoi tu es tout le temps collée ? Je veux dire, M. Scott en a après toi, non ?

Oh.

Je comprends mieux. Je pose mon crayon et lance un regard circulaire à la salle de repos, mais je ne vois personne. On l'a envoyée en mission pour récolter des informations sur leur prof préféré. C'est si ridicule que je me surprends à sourire, peu impressionnée par ces stratagèmes tout droit venus du collège.

— Ce n'est pas parce que M. Scott en a après moi que je le connais plus que ça. Désolée.

Elle émet un rire amusé et un rayon de lumière se reflète sur ses cheveux d'un brun profond.

— Oh non… tu n'y es pas du tout. Disons que… c'est pas vraiment mon genre.

J'ai du mal à la croire parce que Scott semble être le genre de tout le monde, mais je lui accorde le bénéfice du doute.

Elle tire sur ses bas côtelés noirs pour les faire remonter sur ses cuisses. Des petits nœuds blancs bordent chaque liseré et ses nombreux bracelets en or cliquettent autour de son poignet. Elle remarque que je l'observe et se met à sourire presque amèrement.

— Il faut bien essayer de se démarquer, non ? On ressemble à des clones.

— Il n'y avait pas d'uniforme dans ton lycée précédent ?

— Si, j'étais dans un lycée à Oxford. Il était vraiment moche, d'ailleurs. Le bleu ne m'allait pas au teint. Putain, j'ai hâte d'entrer à l'université. Là-bas, on pourra enfin respirer.

Elle ne croit pas si bien dire.

— Pour en revenir à M. Scott. Je veux bien qu'on soit dans une école pour filles, mais là elles ont juste la dalle.

Même si je suis d'accord, je ne rétorque rien, son attitude avenante pourrait être un piège. Pas freinée par mon silence, elle tire un poudrier de sa trousse de toilette Dior matelassée et en sort un gloss qu'elle étale généreusement sur ses lèvres brunes. Elle est jolie. Dans le genre propre sur elle, à l'affût des dernières tendances.

— Je suis sûre qu'elles pensent à lui pour s'endormir.

Son sourire s'élargit et elle poursuit avec les sous-entendus :

— Peut-être même qu'elles font plus que juste y penser.

— Elles ne devraient pas, je réplique finalement du bout des lèvres. C'est dommage de gaspiller son énergie pour un connard pareil.

Ma franchise la fait rire. Elle découvre que j'ai une langue et une opinion. C'est difficile de s'en douter puisque j'évite toutes les interactions sociales que l'on ne m'impose pas depuis le début de l'année.

— En tout cas, bon courage avec Scott. (Elle laisse traîner ses yeux sur mon calepin en se relevant et hausse un sourcil.) Sympas, tes dessins.

Je la regarde s'éloigner en oubliant de la remercier.

Mon ventre gargouille. Il me reste encore une heure à tuer avant de terminer par mon cours de biologie et je n'ai presque rien mangé hier soir. Ma dispute avec Suzan m'a coupé l'appétit, comme bien souvent. Je devrais écouter mon corps et acheter quelque chose à la supérette en face du lycée, mais la simple idée de me lever me donne le tournis. Alors j'observe la pluie à travers la fenêtre. Des nuages tachent le ciel, ils sont si bas qu'ils paraissent sur le point de s'écraser sur les quelques fumeuses dans la cour.

J'aime ce climat autant que je le déteste.

Il n'aide pas beaucoup lorsqu'on est déprimé.

La sonnerie retentit et des élèves passent dans le couloir attenant à la salle de repos pour rejoindre leur prochain cours. Le raffut se dissipe après quelques minutes, laissant place au calme qui règne dans un lycée lorsque tout le monde est en classe. Comprenant que je ne cernerai pas la théorie des couleurs aujourd'hui, je ferme mon carnet de croquis et j'étends mon bras le long de la table pour m'affaler sur l'épaule qui ne me fait pas mal.

Je me suis réveillée avec de nouveaux bleus.

Et j'ai sommeil.

J'ai tout le temps sommeil.

— Je te vois pas frotter, là.

Cette voix me crispe et je me redresse immédiatement, ignorant les étoiles qui flottent devant mes yeux.

Scott se tient à deux mètres de moi, adossé à la porte d'un local de maintenance. Je ne devrais pas traîner au troisième et dernier étage, même si j'aime beaucoup cet endroit. Il est plus calme que les autres, mais c'est prendre plus de risques de le croiser.

— Je suis en permanence, pas en retenue.

— Quel dommage.

Il m'adresse un sourire hypocrite et jette un coup d'œil perplexe aux crayons encore étalés devant moi.

— Tu ferais mieux d'étudier tes maths. Est-ce que tu sais faire une division ? Parce que j'ai un doute en corrigeant tes copies.

— Vous n'avez pas cours ? je lui demande d'un ton las.

— Ma classe est en sortie scolaire alors j'ai du temps libre. Pourquoi ? Je te dérange ?

Je commence à ranger mes affaires pour les fourrer dans mon sac. Le semblant de paix que je ressentais depuis la sonnerie s'est évaporé. Mon empressement le fait rire.

— Du calme, je vais pas te coller parce que tu existes.

Il tord légèrement le cou. J'entrevois pour la première fois l'encre noire qui dépasse du col de son tee-shirt. Mais sous cet angle, le dessin est indéfinissable.

Je me demande si c'est une rose, un tatouage tribal ou s'il a une personnalité.

— Ça commence à devenir évident que vous avez un problème avec moi, dis-je en me levant. Les élèves le remarquent.

Il regarde d'un côté puis de l'autre, s'assurant que personne ne m'ait entendue.

— Si c'est trop évident, tu sais ce qu'il te reste à faire.

Il me menace subtilement du regard.

Je suis obligée de le frôler en me faufilant par le passage étroit pour sortir de l'open space. Avant de m'en aller, je m'arrête devant lui en ignorant la nausée qui me serre l'estomac.

— Je ne compte pas partir de ce lycée.

— Alors tu dois être maso ou un truc du genre, suggère-t-il en se penchant pour être plus proche de mon visage.

Le Bleu de Chanel titille mes narines et je crains que cette odeur ne me replonge dans le même état lamentable que l'autre fois. Mais j'ai la surprise de remarquer que le parfum est différent sur sa peau.

Il est plus… énigmatique.

Tranchant.

Cela fait deux semaines que nous n'avons pas eu la moindre proximité. Pendant mes travaux d'intérêt général, il a eu l'intelligence de se tenir loin de moi pour ne pas éveiller les soupçons.

Je l'ai pourtant surpris en train de m'observer en fumant depuis la fenêtre de sa salle, la semaine dernière, alors que je ramassais les déchets dans la cour.

Mais, dans cette position, il ne respecte pas la distance autorisée.

Comme cette-fois-là contre ma penderie.

Je recule en réalisant que c'est inapproprié. Ce geste rapide réveille mes vertiges, et je me sens soudain faiblir. Le sol tangue sous mes pieds, je fronce les sourcils pour contenir mon mal de tête mais il persiste et s'intensifie même. Tout tourne autour de moi. J'ai le temps de faire quelques pas dans le couloir avant de m'effondrer contre le mur et de toucher les plinthes du bout des doigts, faute d'avoir réussi à retrouver l'équilibre.

— Eh, l'entends-je m'appeler. Qu'est-ce qui t'arrive ?

Je ne parviens pas à lui répondre. Je suis repliée sur moi-même, mon épaule et mon genou vibrent encore de l'impact qu'ils viennent d'amortir. Je le sens hésiter, debout derrière moi.

— Putain, Grey, susurre-t-il avec ennui.

Il me saisit par la taille pour m'aider à me relever, ignorant qu'il appuie contre un hématome. La douleur est si intense que j'en oublie de me plaindre. Ma tête sous son épaule, je le laisse me guider en me tenant par les hanches à travers l'étage silencieux. Je ne suis plus maître de mes actes.

Nous nous arrêtons devant une porte. Ma vision encore partiellement obscurcie me permet quand même de reconnaître l'infirmerie, dans laquelle il nous fait entrer sans s'annoncer. Dans la petite pièce, une femme que je devine être l'infirmière enfile son manteau en catastrophe.

— J'ai une élève qui a fait un malaise...

— Qu'elle s'assoie sur le lit en m'attendant, lui indique-t-elle en nous dépassant. J'ai une urgence. Une seconde s'est ouvert l'arcade sourcilière en se balançant sur sa chaise. Je dois attendre l'arrivée des secours en bas.

Dans sa précipitation, elle manque de me bousculer en sortant. Rattrapée par sa conscience professionnelle, elle se tourne quand même dans ma direction pour vérifier :

— Tu as mangé, ce matin ?

Je secoue faiblement la tête, humidifiant mes lèvres desséchées. Elle me lance un regard qui dit : « Et voilà, j'en étais sûre ! »

— Donnez-lui de l'eau et du sucre, il y a aussi du pain dans la corbeille sur le lavabo. Si ça ne va pas mieux, donnez-lui du paracétamol ! nous lance-t-elle avant de claquer la porte.

Cette entrevue mouvementée me contraint à reprendre mes esprits tant bien que mal, et je prends conscience de nos corps encore collés l'un contre l'autre. Ma peau se met à brûler. Quand on m'approche de trop près, je perds le contrôle.

Chaque contact est devenu dangereux.

— Elle se fout de moi ? demande-t-il en m'inspectant comme si je n'étais pas un être vivant. Qu'est-ce que je vais faire avec ça, moi ?

— C'est bon, ça va, marmonné-je.

Sa prise sur ma taille se desserre et je m'écarte de lui en espérant qu'il ne remarquera pas à quel point je suis gênée.

— J'ai juste eu un coup de chaud.

Pour lui montrer que je suis de nouveau opérationnelle, je mets la main sur la poignée pour m'apprêter à sortir. Mais il a d'autres projets pour moi.

— Tu restes là.

Il me saisit fermement par le poignet et me force à m'asseoir sur le lit d'appoint. Je serre nerveusement les genoux en le foudroyant du regard, encore affaiblie. Avec un soupir qui sous-entend que je suis une plaie, il se tourne pour inspecter les lieux et trouver ce qu'a mentionné l'infirmière.

Je lève les yeux au plafond. Je n'étais jamais venue ici, pour une raison évidente.

Les étagères semblent avoir pris l'eau, le bois peint en blanc est gonflé et gondole par endroits. Le lycée a été rénové il y a une dizaine d'années, mais l'infirmerie ne figurait à l'évidence pas parmi les pièces prioritaires. Elle est minuscule : un évier en inox et un modeste plan de travail aux couleurs de notre école, le vert et le blanc, derrière un bureau submergé par la paperasse. Pour parfaire ce décor négligé, des sachets de thé secs oubliés traînent dans des mugs çà et là.

Après avoir trouvé un verre qui semble propre dans le placard en dessous du lavabo, il le remplit d'eau. Je me concentre sur le jet intense pour ne pas laisser aller ma tête contre le mur. Un courant d'air frais passe par la petite fenêtre dans mon dos.

— Qu'est-ce qui t'arrive ? demande-t-il en revenant vers moi. T'es malade ?

Sa nonchalance contraste avec mon embarras évident. Je suis seule avec lui dans l'infirmerie, et nombreuses sont celles qui seraient prêtes à échanger leur place avec moi. Mais si ce genre de scénario satisfait l'imagination, la réalité est tout autre. Je ne me suis jamais retrouvée dans un espace aussi confiné avec quelqu'un exerçant de l'autorité sur moi.

Mais je sais qu'il n'est pas celui qu'il prétend être, et je ne devrais pas me laisser impressionner par une racaille dans son genre.

— Tu me fais quoi, là ?

Il secoue le verre sous mon nez pour me ramener sur terre. Quelques gouttelettes giclent sur ma jupe. Son regard se pose brièvement sur mes jambes et j'ai l'impression d'être complètement nue.

Sans se laisser ébranler par mon anatomie, il ouvre un sachet de sucre et le verse dans l'eau avant de le dissoudre d'un mouvement de poignet hypnotique. J'observe le tourbillon et les minuscules bulles blanches qui remontent à la surface, étourdie par la façon dont il a pris les choses en main.

Il me tend le verre. Je le bois d'une traite, sans un regard pour lui. Je ne veux pas lui être redevable de quoi que ce soit, et j'ai bien l'impression qu'il se servira tôt ou tard de cet instant de faiblesse contre moi.

— Merci, je marmonne quand même pour rester courtoise. Mais vous pouvez partir.

Mon regard est encore rivé sur ses baskets quand il s'éloigne. Si j'en avais quelque chose à faire, je serais vexée qu'il s'exécute aussi vite. Mais je me rends compte qu'il est allé chercher un chiffon dans le placard et qu'il l'humidifie en silence.

Je reste interdite lorsqu'il revient vers moi, tire la chaise du bureau pour la placer face au lit et s'assoit. En le voyant tendre le bras pour effleurer mon visage, je recule prestement.

— Je peux le faire toute seule. Pas besoin de…

— Ça t'arrive de la fermer ?

Il paraît si agacé que je ne trouve rien à répliquer. Même si je redoute son contact au point de sentir mon cœur se serrer, je le laisse jouer à l'infirmier en me disant que lutter rendra cette épreuve plus longue. Mais je ne me fais pas d'illusions, sa bonté cache forcément des intentions plus perfides.

Il passe le chiffon glacé sur mon front, mes joues et mon nez, avec indifférence. C'est sûrement un test. Il cherche à m'intimider sans en avoir l'air, à voir jusqu'où il peut aller et ce que je suis prête à endurer avant de craquer et de partir. J'essaye de paraître aussi peu impressionnée que lui mais, ainsi confrontée à son regard, je retrouve le type qui s'est assis à côté de moi dans le parc. Pas le cambrioleur, ou celui qui se fait passer pour un prof.

Le premier des trois.

Le plus intéressant.

J'en suis déstabilisée. Le tissu glisse sur mes lèvres et y reste deux secondes de trop. Il les fixe. Ce soudain intérêt pour ma bouche me fait perdre mes moyens et je prends conscience qu'elles sont très sèches. J'ai envie de les réhydrater en les humidifiant avec ma langue, mais je sais que c'est une mauvaise idée. Ma respiration est trop étudiée pour une personne qui ne veut pas paraître nerveuse, je fais des efforts pour ne pas bouger, mais mon traître de poing se referme sur mon genou. Et comme s'il s'était fait prendre sur le fait, il plonge ses yeux dans les miens pour me sourire avec raillerie.

Je ne sais pas à quoi il joue, mais ça me semble aussi illégal que lorsqu'il est entré chez moi par effraction.

Il détourne finalement le regard et rapproche les pieds de la chaise. Une main s'enfonce dans le matelas tandis que l'autre continue de me rafraîchir le front.

— Tu t'es fait quoi, là ?

Je comprends vite qu'il fait référence à mon égratignure. On ne va pas me laisser tranquille aujourd'hui, je regrette ma transparence habituelle.

— Mon chat, je réplique sobrement, fixant l'étagère derrière lui.

— Arrête tes conneries. Ce sont des ongles.

— Alors si vous le savez, ne gaspillez pas votre salive.

— Les filles, vous êtes tellement hypocrites entre vous.

Je rive mon regard sur lui.

— Elle te fait la misère parce que t'as baisé son mec. Mais lui, elle l'a quitté ?

Le terme « baiser » me surprend moins qu'il ne le devrait dans sa bouche, mais je bloque sur sa perspicacité.

— Tu vois ? fait-il en comprenant qu'il a deviné. Tu ne devrais pas te laisser faire.

Estomaquée, je le contrains à retirer le chiffon de mon visage. L'ironie de la situation est déplacée. Pourquoi jouer les fins psychologues alors qu'il est le premier à se servir de cette situation pour me faire du mal ?

— Je veux dire..., commence-t-il en percevant ma méfiance. Ces filles continuent parce que tu ne fais rien pour les arrêter.

— Comment je suis censée faire si le problème ne vient pas que d'elles ? je lui rétorque avec mépris.

Il sourit légèrement.

— J'admets que c'est hypocrite de ma part. La vérité, c'est que je n'aime pas qu'on touche à mes jouets.

C'était prévisible. La surprise me fait quand même écarquiller les yeux.

Il a bien travaillé son rôle. Pour un peu, lorsqu'il est en classe, je me laisserais prendre au jeu et j'en oublierais presque ses *activités extrascolaires*. Derrière son bureau, il a juste l'air d'un type qui fait son travail et qui n'est là que pour toucher son chèque à la fin du mois. On ne peut pas lui reprocher son manque de passion. Rares sont les enseignants pour qui ce métier est une vocation.

— Vous êtes vraiment un sale…

Il m'interrompt en reposant son chiffon sur mon visage, et ses genoux qui me bloquent presque contre le lit m'indiquent que notre discussion n'est pas terminée.

— Je dois admettre que t'es amusante.

— Amusante ? m'entends-je répéter par automatisme.

Ça sonne comme une insulte dans sa bouche.

— Ta façon d'envisager les choses, précise-t-il sans se laisser déconcentrer. J'avais prévu de te faire fuir en une semaine, mais t'es du genre tenace. Une vraie putain de sangsue… accrochée à cette école comme si ta vie en dépendait.

Son expression change lorsqu'il observe mon cou. Il se rapproche alors que je me liquéfie, me souvenant du fond de teint que j'ai appliqué sur mon hématome ce matin. Mon pouls pulse dans mes oreilles. Il semble apercevoir ma mèche de cheveux plus courte que les autres, mais m'épargne un nouveau commentaire et la repousse de mon épaule pour mieux voir.

— C'est quoi, ça… un bleu ? questionne-t-il, sans attendre de réponse de ma part, à en juger par son expression.

Je me lève en esquivant ses genoux.

Il ne peut pas découvrir la sinistre vérité qui se cache sous mes vêtements. Même si je doute qu'il se soucie de ma sécurité.

— À votre avis, qu'est-ce que c'est ?

J'ai parlé d'un ton qui ne me ressemble pas. J'essaye de ne pas penser à l'image que je donne en sous-entendant ce genre de choses.

Ça ne ferait que confirmer ce qu'on voit déjà.

Une lueur de doute traverse ses pupilles.

— Et je vous ai déjà dit de ne pas me toucher.

Après ces mots cinglants, je lui tourne le dos pour sortir de l'infirmerie. Quand j'ai parcouru plusieurs mètres et que j'arrive enfin au détour du couloir, je m'autorise une longue inspiration.

J'ai vraiment eu chaud, cette fois.

11

« Chaque prétexte est bon pour se détourner du vrai problème. »

Shayn

— Tu couches avec ta collègue ?!

La voix incrédule de Caleb résonne au-dessus des coups que je porte à mon punching-ball. Ils créent un écho sec et entêtant, rompant le silence qui règne dans la salle de sport déserte à cette heure tardive. Il ne reste plus que deux types près des machines à poids. Elle a fermé depuis précisément quatorze minutes, mais Royle, le responsable adjoint, nous laisse souvent rester bien au-delà des horaires d'ouverture au public.

— Ouais, soufflé-je après avoir donné un dernier coup.

Sans plus de cérémonie, je retire mes gants en cuir noir et les coince sous mon bras, reniflant après l'effort. L'air est chaud, lourd de transpiration. Je sens une goutte de sueur couler le long de ma tempe.

— Attends, tu es sérieux ? s'étonne Caleb en me suivant à travers les tatamis.

On y voit encore des traces brillantes de mains et de pieds laissées par les athlètes.

— Je ne vois pas le problème, dis-je en poussant la porte de sortie d'un coup d'épaule. T'es amoureux de moi ?

— Non, glousse-t-il. Mais tu es là-bas depuis seulement deux semaines et tu fricotes déjà avec tes collègues… C'est…

— Fricoter ? Où tu as appris ce mot ?

— Tu as un plan cul, OK. Si tu préfères.

— Eh, t'es américain, lui rappelé-je. Alors arrête de prendre du thé et des scones chez la grand-mère de ta fiancée. Tu commences à me faire peur.

Vaincu, il met les mains derrière sa nuque et pousse un grognement amusé. Nous entrons dans les vestiaires. Je m'empresse de ranger mes affaires dans mon sac, je me laverai chez moi. J'ai les douches communes en horreur. Je déteste l'idée de partager mon espace avec des types que je ne connais pas, quant à Caleb, on est comme frères mais je n'ai pas envie de voir les traces de son cul mouillé sous une serviette de bain.

— Elle en vaut la peine au moins ? demande-t-il pendant que j'enfile mon sweat-shirt.

— Plutôt.

Je repense au corps nu d'Ivy sous le mien. C'est la quatrième fois qu'on se voit. Toujours chez elle ; un appart huppé de Richmond, croulant sous les paquets de flocons d'avoine et les paires d'escarpins. C'est assez sympa, sur le principe.

Je pars toujours avant son réveil. Mais ses regards sont insistants quand elle me croise dans les couloirs, elle tente désespérément de me faire la conversation. Je vais devoir prendre mes distances. C'est risqué d'avoir un plan cul sur son lieu de travail ; les femmes sont collantes. Et surtout, elles pleurent lorsqu'on les jette.

— Ça ne te fatigue pas, tout ça ?

Caleb étire sa jambe bronzée sur le banc tout en entortillant sa serviette de bain autour de sa nuque.

— Les histoires sans lendemain, précise-t-il. Coucher avec des inconnues rencontrées en soirée. Ne jamais les rappeler. Et recommencer… encore et encore.

— On n'a pas tous envie d'être casés à vingt ans.

— J'ai rencontré Lihn à dix-neuf ans, déjà. Et je dis seulement que depuis Lucy…

Mon regard noir l'interrompt dans son élan.

— Ne parle pas de ça, lui ordonné-je en jetant mon sac sur mon épaule.

Ce n'est jamais le bon moment pour évoquer Lucy.

C'est un gros dossier. Même quand je suis bourré, au bord du gouffre, les mots restent coincés dans ma gorge. Je les laisse s'imaginer ce qu'ils veulent à propos d'elle et moi.

— J'y vais.

— Tu sais, c'était il y a longtemps.

Pas assez.

Parce qu'Adam est sorti sans avoir purgé la moitié de sa putain de peine.

— En tout cas Shayn, dit-il pour changer de sujet en voyant que je me suis assombri, je suis content que tu aies accepté le poste. C'est tranquille là-bas. Je te l'avais dit.

Il ne pourrait pas se douter que j'ai rencontré une difficulté d'une certaine envergure dès le premier jour.

— … Ouais.

Je lui adresse un signe de tête et je sors. Dehors, l'air froid me brûle le visage, il contraste avec mes muscles bandés et encore chauds d'avoir tant frappé. Il pleut quelques gouttes.

Je n'ai jamais aimé la pluie.

Je n'étais pas de ces gosses qui pataugent dans les flaques d'eau en bas de leur immeuble lors des averses. Je préférais rester au chaud et observer depuis ma fenêtre les crétins comme Caleb qui se dandinaient durant une partie de foot ruisselante puis attrapaient une bronchite. Oui, pendant l'enfance, j'étais plus malin que les autres. Je me préparais à un brillant avenir, c'est en tout cas ce qu'assuraient mes professeurs.

Ils ne pouvaient pas être plus loin de la vérité.

Je me demande pourquoi on est encore amis avec Caleb.

C'est le seul gars respectable qu'il m'ait été donné de fréquenter. Il est si… parfait. Il a réussi là où j'ai échoué ; a fait des études prestigieuses tandis que j'ai gâché mon potentiel, s'est dégoté une fiancée en partant pour la fac et je suis sûr qu'il m'annoncera bientôt la date de leur mariage.

Je devrais le détester parce qu'il me rappelle Adam. Mais je n'y arrive pas.

Sûrement parce que lui ne m'a jamais rien volé.

J'arrive chez moi après avoir perdu du temps dans les embouteillages. Il pleut tellement que je suis déjà trempé en rentrant dans la cabine de douche. Je ferme les yeux quand l'eau devient brûlante. Pour la première fois depuis mon arrivée ici, ma situation me revient en plein visage.

J'ai tout laissé à Long Island et j'ai arrêté de répondre au téléphone. Mais la réalité est restée la même. Maman est toujours dépressive, mon beau-père est un parasite, Sarah se contente de vivre comme si nous n'étions pas une famille de merde.

Et Adam… Ce sale chien n'a pas eu la punition qu'il méritait.

Je baisse la température de l'eau avant d'avoir envie de tuer quelqu'un, moi aussi. Mais je repense à Grey. À la sensation de ses cheveux auburn effleurant mon avant-bras alors que je lui humidifiais le visage. Elle luttait pour ne pas paraître gênée, ça m'amusait.

Dommage qu'elle me prenne encore pour un con. *Des suçons ?* C'est ce qu'elle a insinué lorsque j'ai remarqué son hématome. Il faudrait être sacrément idiot ou inexpérimenté pour confondre les deux, et ça m'étonne qu'elle ait pensé que son mensonge était crédible. J'imagine que dans la panique, on tente le tout pour le tout.

J'avais en tout cas sous-estimé la violence de ses camarades. Je devrais arrêter et la laisser tranquille, elle n'a apparemment pas besoin de moi pour se faire pourrir l'existence. Mais les enjeux me dépassent trop pour que je me laisse attendrir. Je dormirai sur mes deux oreilles le jour où elle ne sera plus un risque pour ma nouvelle vie. Elle a plusieurs options, avec tous les lycées privés de cette ville. Moi je n'en ai qu'une.

Et puis, je dois aussi l'admettre. Elle m'intrigue.

Je n'aime pas ça.

***

Un pied contre le mur, j'observe d'un œil morne le parking du lycée. Ma cigarette presque consumée meurt entre mes doigts. J'ai les yeux rivés sur ma voiture depuis le début de ma pause, tenté de prendre le volant et de partir loin d'ici.

Tout ça me gave. Je regrette l'époque où je séchais sans craindre les conséquences. Le lycée, ce n'était pas fait pour moi. Je détestais qu'on m'enchaîne à un bureau pour me réciter des leçons que je connaissais déjà. J'étais un petit connard dissipé, mais j'avais des capacités, et c'est ce qui agaçait sans aucun doute le corps enseignant.

On ne peut pas complètement taper sur quelqu'un qui agit mal mais qui est assez doué pour compenser. Alors ils s'accrochaient aux miettes que je leur jetais, allégrement, parce que personne à la maison ne se souciait assez de moi pour m'empêcher de foncer droit dans le mur.

J'étais toujours mêlé à la merde qui régnait dans mon lycée. L'ambiance était bien différente de Sherborn. Pas d'uniformes pompeux ni de locaux dernier cri. La drogue circulait entre les élèves, dans un circuit pyramidal, et j'avoue avoir pris part au relais plus de fois qu'il ne l'aurait fallu pour que ce soit considéré comme une sortie de route momentanée. Enfin, ce n'était rien de trop sérieux. Un peu de beuh, de mauvaise qualité, que les délinquants qu'on était refilaient aux élèves des quartiers huppés.

Il fallait bien que quelqu'un le fasse.

Ça n'aurait pas pu être l'œuvre d'Adam. Il n'était pas du genre à se salir les mains avec ces bassesses. Occuper le premier rang à la maison lui prenait déjà tout son temps, en plus de devoir exceller dans ses études de médecine.

Sept ans nous séparaient. Et un père différent.

Adam était le soleil et j'étais la lune. Ses boucles blondes, souvent qualifiées d'angéliques, contrastaient avec mes cheveux bruns. Ses yeux clairs rendaient les miens plus sombres. Il captait la lumière en entrant dans une pièce alors qu'elle semblait décliner avec mes échecs.

— *Je te sens nostalgique.*

Sa voix me surprend, je crispe mes doigts autour de la cigarette et je me brûle. Il n'en reste plus rien. Dans un juron, je la jette avant de la piétiner sur le sol mouillé. Il pleut encore. Ça ne s'arrête jamais dans cette ville de merde.

— *Tu m'ignores ?* me demande Lucy en s'appuyant au mur.

Elle porte les mêmes vêtements que le jour de sa mort. Ce chemisier blanc taillé sur mesure, avec des manches resserrées aux poignets, et cette jupe crayon noire qui la distinguaient bien de mon monde à moi. Mais il n'y a pas de sang pour tacher le tissu. Ni de trous. Rien. Aujourd'hui, elle s'est encore figée dans une version enjolivée de la réalité.

— *Alors tu m'ignores.*

— Tu me fais chier, je lui crache en regardant au loin. Dégage.

— *Tu comptes rentrer à Long Island bientôt ?*

— Pas pour le moment.

— *Personne ne sait où tu es. Sarah n'a pas arrêté de t'appeler.*

Je repense à ses deux mille appels manqués depuis mon départ, il y a déjà plus de quatre mois, et j'aspire l'intérieur de ma joue. Mon absence la fera peut-être grandir. C'est une adulte qui joue à la gamine dans le seul but de s'accrocher à moi.

— *Tu comptes fuir tes responsabilités encore longtemps ?*

— Et tu comptes me harceler encore longtemps ? Va te faire foutre, Lucy.

Je lui lance un regard noir.

— *Impossible,* me répond-elle calmement. *Mais tu le sais déjà. Toi et moi, on est pareils.*

La cloche sonne, me sortant de mon hallucination, et elle n'est plus là. Je bats des paupières dans l'espoir de la voir réapparaître pour développer le sujet mais ça ne marche pas. Je suis de nouveau plongé dans la réalité, et j'ai un cours à assurer.

Je devrais être plus vigilant. Si quelqu'un me voyait parler tout seul contre le mur, il se poserait des questions légitimes.

J'entre dans le lycée. Dans les couloirs tamisés du rez-de-chaussée, quelques groupes d'élèves me saluent quand je les dépasse. Elles rient comme des dindes à propos de blagues que je n'entends pas, et la perspective de mon après-midi devient soudain plus agaçante.

Je prends le raccourci pour rejoindre ma salle au troisième étage, par des escaliers interdits aux élèves. Quand, arrivé en haut, je pousse la porte coupe-feu, quelqu'un entre en collision avec moi.

C'est Grey.

Grey, dans son uniforme vert sapin. Le même qu'hier, le même que demain. Avec ses yeux noisette qui se sont déjà lassés de moi. Je ne devrais même pas y penser, mais je me demande pourquoi elle est aussi attirante.

— Regarde où tu marches.

— Ça vaut pour vous aussi.

Je hausse un sourcil. Elle aime faire preuve d'insolence pour se convaincre que la situation ne lui a pas complètement échappé. Mon attention est néanmoins attirée par autre chose. Elle va dans la direction opposée à celle de ma salle de classe, alors qu'elle a cours avec moi.

— Où tu vas comme ça ? Tu sèches ? Ça me vexe.

J'ai pris une voix faussement blessée pour l'énerver. Elle lève les yeux au ciel. Elle semble bien remise de sa crise d'hypoglycémie d'hier. Ses lèvres pâlies par la fatigue ont retrouvé leur ton vieux rose.

— Modère ton regard, Grey.

— Désolée, réplique-t-elle avec un sourire hypocrite. Il y a des choses que j'ai du mal à contrôler.

Sa voix cristalline résonne dans le couloir désert. Et son regard, comme je l'avais imaginé, ne se détourne pas du mien. Plus je la côtoie, moins j'ai de certitudes la concernant. Une chose est sûre, cette pisseuse est divertissante.

— Ton carnet, je lui ordonne en tendant une main devant son visage.

Son air fier se dissout instantanément, laissant place à l'incompréhension.

— Quoi ?

— T'es sourde ? Ton carnet. Donne-le-moi.

— Je n'ai rien fait, se défend-elle.

— Tu sèches mon cours, en plus de me répondre comme si j'étais ton chien. Alors ouvre ton sac et donne-moi ton carnet avant que je t'envoie chez le proviseur.

Je dois surtout me résoudre à lui trouver une sanction différente, cette fois, avant qu'on me dénonce pour atteinte aux droits de l'homme. À force de lui faire nettoyer le lycée, il ne restera bientôt plus rien pour les employés. Et puis la méthode douce ne marche pas avec elle. Il faut passer à la vitesse supérieure.

— Je n'étais pas… en train de sécher, m'assure-t-elle, sans pour autant m'avancer une preuve de sa bonne foi.

— Ah bon ? Ce sont les escaliers qui mènent à la sortie de secours, et mon cours commence dans trois minutes. Les toilettes ne sont pas dans cette direction non plus.

— Vous connaissez déjà le lycée dans ses moindres recoins ? s'agace-t-elle.

— Non, mais je sais reconnaître un sécheur quand j'en vois un.

Vaincue, elle pousse un soupir et ouvre son sac. J'observe le sommet de son crâne auburn qui s'abaisse quand elle fouille, à la recherche de l'objet de mes désirs. Elle a toujours cette petite tresse du côté droit, sa signature, j'imagine. Mon regard est happé par ses ondulations qui tombent dans le col de sa chemise, sous laquelle on aperçoit un morceau de son débardeur blanc.

Elle me tend le carnet avec virulence. Je le saisis calmement, pour souligner son manque de maturité.

— T'as l'air énervée. Tu devais avoir des plans plus intéressants.

Elle ne daigne pas répondre, mais la légère dilatation de ses narines m'en dit long sur son état de contrariété.

— Comme aller te faire faire quelques suçons, peut-être.

Je tapote mon propre cou à l'endroit où elle avait un bleu hier, armé de mon sourire le plus ironique.

— Je me demande qui est le mec qui t'a fait ça. Il ne plaisantait pas.

Elle détourne les yeux en comprenant les conséquences de son mensonge. Ça devient addictif de lui faire perdre ses moyens. Je ne devrais pas, parce que c'est aussi dangereux que politiquement incorrect. Mais je ne m'en prive pas pour autant.

Je sais où poser les limites.

— Donne-moi un stylo, je lui ordonne puisque son silence s'étire.

Elle s'exécute, bien qu'hésitante. Je sens qu'elle aimerait me dire le fond de sa pensée, mais elle fait moins la maligne depuis que j'ai son carnet entre mes mains. Je note quelque chose en sentant son regard nerveux sur moi, momentanément distrait par les pages écornées. Elle est négligente avec ses affaires scolaires.

Tout comme je l'étais.

— Tiens.

Je lui rends son carnet, frappé par l'ironie de la situation. Avant, j'étais celui qu'on excluait et qu'on envoyait en conseil de discipline au moindre écart et voilà qu'aujourd'hui je jouis de cette autorité abusive.

— Un rendez-vous… avec mes parents ? balbutie-t-elle en découvrant les lignes.

Elle cligne des paupières, visiblement déconcertée. Cette possibilité ne l'avait pas effleurée.

— Pourquoi ? Qu'est-ce que vous avez à leur dire ?

— Des trucs d'adultes.

— Hein ? Non… s'il vous plaît. Je préfère encore être collée. Collez-moi à la place. *S'il vous plaît.* Je nettoierai la cour…

La panique fige ses traits. C'est un sacré changement de comportement. Je ne m'attendais pas à ce qu'elle me supplie. Elle avait toujours fait de sa dignité une priorité.

Ses parents sont-ils sévères à ce point ?

Je me mets à les imaginer avant de me souvenir que je les ai déjà vus placardés aux murs de leur maison, avec leurs sourires d'imbéciles heureux collés aux lèvres. Un bonheur si ouvertement affiché a quelque chose d'agaçant.

Ma mère ne venait jamais aux réunions parents-professeurs. Et les compliments de mes enseignants traversaient ses oreilles sans qu'elle retienne l'information. Ce n'est que lorsque les louanges se sont transformées en reproches qu'elle a soudain commencé à les écouter.

— Mon père est occupé, se braque-t-elle en comprenant qu'elle doit agir vite.

— Ouais, comme tout le monde. Qu'il se libère ou que ta mère vienne, alors.

— Je n'en ai pas.

Ses épaules se voûtent légèrement après cette confession. Ça me surprend, mais je ne cille pas.

— Une belle-mère, ou quelque chose ?

Elle pince les lèvres, les mots s'empilant certainement derrière. Mais je n'ai plus le temps de composer avec sa lâcheté.

— Écoute, si tu ne veux pas de ce rendez-vous, barre-toi d'ici. Tout le monde sera content, toi la première.

Je lui tourne le dos, j'ai oublié que j'avais cours. Dans une tentative désespérée, elle empoigne mon avant-bras pour me retenir. Je fixe ses doigts frêles qui se resserrent autour de mon poignet, sans oser trop le comprimer. Elle ne devrait pas me toucher comme ça au beau milieu du couloir. N'importe qui pourrait mal interpréter son geste.

— S'il vous plaît…

Mon regard retombe sur son visage. Ses lèvres en forme de cœur sont entrouvertes, et ses sourcils froncés d'incompréhension. Toute trace d'orgueil s'est dissipée, au point que je me demande ce qu'une telle panique cache vraiment. Mais je me souviens du danger qu'elle représente, et de mes propres intérêts à l'évincer une bonne fois pour toutes.

Je retire sa main. Elle ne m'aura pas en jouant les chats effrayés.

Cette fille est un renard dangereux dont je dois me méfier.

— Sèche ce cours si t'en as envie, crétine. Ce sera ta dernière occasion de t'amuser.

Sur ces mots éloquents, je la plante au milieu du couloir.

I'm really
trying my best :(

12

« Il vaut mieux lâcher prise quand tes doigts sont trop écorchés. »

June

— June ! Reviens !

Mon père me hèle à travers le parking tandis que je marche tête basse entre les voitures. Je suis saisie par l'humidité dans l'air. Mes Converse glissent sur les carrés d'herbe séparant les places, encore moites de la bruine tombée plus tôt dans l'après-midi. Sans regarder dans leur direction, j'entends des garçons de Deptford, l'autre lycée privé du coin, chahuter devant les grilles de l'entrée principale. Je les ai soigneusement évités en sortant, sachant que j'étais susceptible de croiser une certaine personne si je m'attardais une seconde de trop.

La voix de mon père résonne encore, plus forte cette fois, et je mets mes écouteurs. Mais je ne lance pas la musique, je sais combien ma tentative d'auto-préservation est pitoyable. Après une semaine, la direction a fini par appeler chez moi, quand Scott a compris que je ne transmettrai jamais sa demande de rendez-vous. Je l'ai su aujourd'hui, en recevant un message furieux de mon père : on est attendus ce soir pour discuter de mon comportement, entre autres.

J'ai tenté de l'esquiver en sortant de classe avec dix minutes de retard, espérant qu'il aille au rendez-vous sans moi. Mais, garé en première ligne du parking, il m'attendait près de sa voiture et m'a directement remarquée quand j'ai voulu le fuir.

— June, bon sang ! On est à la bourre !

Ses cris commencent à attirer l'attention. Je suis finie. Alors je m'arrête. Mon sac trop lourd glisse sur mon avant-bras humide de sueur. Je me retourne en entendant le cliquetis de la porte passager, et sens mon corps s'affaisser en apercevant Suzan qui émerge du véhicule.

Bien sûr qu'elle est venue. Elle n'aurait raté mon enterrement pour rien au monde.

— Dépêche-toi, m'ordonne-t-il sévèrement. Je t'ai appelée trois fois et tu n'as pas décroché !

J'arrive à leur hauteur en sentant toute la tension s'abattre sur moi. Mon père porte sa tenue de travail, un pantalon de costume, un polo et une veste beiges. Il déteste les vêtements trop formels, mais au bureau il n'a pas le choix. Suzan est si parfumée que j'ai l'impression d'être entrée chez Sephora un Black Friday. Dans son pantalon à pinces et sa veste de tailleur crème, elle m'accable de sa présence silencieuse.

— Tu n'as pas honte de me faire venir au lycée à cause de ton comportement ?

— Où est Gaby ? répliqué-je. Puisque c'est apparemment une réunion familiale…

Il m'adresse un regard d'avertissement et me presse pour que j'avance. Il m'en veut de l'avoir arraché à l'une de ses réunions interminables ; il n'y a que Suzan qui ait le droit de le faire. C'est un homme qui a le sens du devoir. Enfin, sauf quand il s'agit de partir en vacances à l'improviste pour faire plaisir à sa femme.

— Gabriel est chez ses grands-parents, précise calmement Suzan. On passera le récupérer en rentrant.

Devant les autres, elle est toujours si pondérée.

Elle me ferait passer pour une tornade.

Nous sommes contraints de nous rapprocher de la grille, là où les groupes ne se sont toujours pas dispersés. Je baisse le regard pour éviter le leur, mais des éclats de rire fusent et je n'ai aucun mal à deviner qu'on nous a repérés. Le flot continu d'élèves s'est interrompu à cette heure-ci, il ne reste plus que les fumeurs qui cherchent à retarder le retour chez eux.

Je relève les yeux pour m'assurer que je ne suis pas paranoïaque, et ce que je vois m'arrête dans mon élan. Parmi les élèves, Heize me fixe en enlaçant Holly par la taille. Contrairement aux autres, il ne s'esclaffe pas. Ses yeux bleus me transpercent avec un sérieux qui me donne la chair de poule, et malgré moi je reste bloquée sur son visage.

Je ne l'ai pas revu depuis ce matin brumeux où je me suis réveillée partiellement dénudée à ses côtés. Avec son odeur horrible qui avait fondu sur ma peau, comme de la cire brûlante dont on ne peut se défaire.

— Bon, tu te dépêches ? s'agace mon père, qui a déjà passé la grille sans rien remarquer.

Je reviens à moi. Mon cœur a ralenti, ça ressemble à un réveil brusque après un cauchemar. Je me détourne de cette vision abominable sans me soucier de leurs rires qui résonnent de plus belle car ils ont compris que j'étais convoquée, ou de l'agacement de Holly parce que j'ai osé poser les yeux sur ce qui lui appartient.

Nous traversons les couloirs dans un silence pesant. Il est trop tôt pour que tous les élèves soient partis, trop tard pour que tous soient présents. Je fais semblant de ne pas voir tous les gens que je croise lorsque nous montons les escaliers.

— Je n'étais jamais venue, commente Suzan, observant les allées de casiers vert profond.

Personne n'est d'humeur à lui répondre. Je lis les chiffres au-dessus des portes, même si je sais très bien où est située cette maudite salle.

— C'est qui, ce prof ? s'enquiert mon père.

— M. Scott.

— Scott ?

— C'est un nouveau, dis-je en gardant les yeux rivés sur la porte de sa salle.

Avec un peu de chance, il se sera lassé d'attendre et aura déjà quitté les lieux.

— Quand est-ce que tu as changé de prof ?

— À la rentrée. M. Moore s'est suicidé l'année dernière.

Il s'arrête de marcher, surpris par la façon abrupte dont je lui ai annoncé la tragédie. Alors je baisse la tête. C'est comme insulter M. Moore. J'aimerais tellement que ce soit lui qu'ils rencontrent aujourd'hui. Je n'aurais pas l'impression de suffoquer.

— En tout cas, j'espère que ce n'est pas un chieur et qu'il ne mentionnera pas cet incident dans ton dossier, marmonne mon père sans poser plus de questions.

Mon cœur rate un battement en l'apercevant.

Scott vient de sortir de sa salle et nous attend dans l'embrasure de la porte. Bras croisés sur son torse, il est vraisemblablement ennuyé. Mon père ne dit rien mais je note la désapprobation dans ses yeux. Il le trouve sans doute trop jeune pour enseigner. Ou plutôt, trop beau pour ne pas devenir source de distraction.

— Désolé pour le retard, s'excuse-t-il en lui tendant la main. Nous étions coincés dans les bouchons. Je suis le père de June et voici ma femme.

— Ce n'est rien. J'ai l'habitude avec votre fille.

Scott lâche sa main et prend celle que lui offre Suzan. Mon père ne semble pas apprécier ce commentaire, mais je ne sais pas contre qui cet agacement est dirigé. Nous entrons dans la salle après ces formalités embarrassantes.

Loin de s'imaginer qu'il est en présence de son cambrioleur, mon père prend place sur l'une des deux chaises faisant face au bureau, pressé d'en finir avec cette réunion. Je me retrouve debout. Suzan s'est assise sur celle qui m'était destinée.

Elle fait semblant de ne pas s'en apercevoir.

Il est trop concentré sur son rendez-vous pour se rendre compte que je me tiens les bras ballants comme une idiote, et que sa femme vole toujours ce qui m'appartient.

— Tu peux prendre une chaise derrière si tu veux, m'indique alors Scott, déjà installé.

— Ça ira. Merci.

Je regrette aussitôt d'avoir laissé parler mon ego.

J'observe le trio insolite qu'ils forment autour de ce bureau alors qu'une idée prend forme dans mon esprit. Qu'est-ce qui m'empêcherait de saisir l'occasion pour révéler toute la vérité ? Mais je connais la réponse et elle s'appelle « conséquences ». C'est d'ailleurs pour cette raison que Scott a pris plaisir à les convoquer. Pour observer ma lente agonie dans cette situation inextricable.

Son regard glisse sur moi avant de se poser sur ses interlocuteurs.

— Si je vous ai fait venir ici, c'est parce que…

— J'ai bien compris le problème, l'interrompt mon père avec cette habitude insupportable de monopoliser la conversation. On en a discuté sur le chemin avec June. Elle m'a promis qu'elle ne recommencerait plus. Et surtout qu'elle s'excuserait auprès de vous pour son comportement.

Il me lance un regard insistant par-dessus son épaule.

— Ce serait mieux pour elle, ouais. Ça fait environ trois semaines qu'elle passe plus de temps en colle qu'en classe.

— En colle…, répète mon père, si froidement que je perçois tout le poids de sa déception.

Encore une chose qu'il ignorait. Il rentre si tard que mes retards quotidiens lui ont échappé, comme tout le reste. Quant à Suzan, elle est toujours sortie avec Gaby et fait des allers-retours entre le domicile de ses parents et son bureau à Islington.

La maison est souvent vide.

— Ce sont surtout ses notes qui posent problème. Avec une moyenne générale pareille, elle ne pourra pas faire ce qu'elle veut l'année prochaine. Sa prof principale m'a dit que ses difficultés s'étaient étendues à toutes les matières.

Mon père acquiesce. Je déteste qu'il ne mentionne pas mes excellents résultats en art pour le contredire. Mais j'ai conscience que ça ne l'intéresse pas. Ce n'est pas assez intellectuel pour lui, alors s'attarder dessus est inutile. Je regarde ses cheveux bruns, devenus grisonnants par endroits, briller sous la lumière des éclairages pendant qu'il se trouve des excuses.

— J'ai été un peu débordé par le travail ces derniers temps.

Ces derniers temps ?

J'émets un petit rire. Ils tournent simultanément la tête dans ma direction, se rappelant ainsi mon existence. Mon père désigne le ventre bombé de Suzan du menton.

— Ma femme est enceinte de notre deuxième enfant...

— Mais ce n'est pas une raison pour oublier le premier.

Je ne m'attendais pas à cette réponse moralisatrice.

— Je n'oublie pas June, dément mon père d'un ton qui laisse entendre qu'il n'aime pas beaucoup ces soudains reproches.

— Tu veux aller où, l'année prochaine ?

Scott s'est adressé à moi directement. Sa question me déstabilise, tout comme ce sérieux et cette crédibilité dont il fait preuve derrière son bureau. Lui et Suzan se valent dans le domaine de l'hypocrisie.

Mon père reprend avant que j'aie le temps de lui répondre :

— Elle va faire médecine.

— Médecine ? ricane-t-il. Pas avec ces résultats-là. Ce serait dangereux pour les patients.

— Je n'aime pas votre ton, monsieur... ?

— *Scott.* Je suis réaliste. Votre fille n'a pas un profil scientifique, et elle a en plus un comportement discutable avec la majorité de ses professeurs.

— Elle va commencer par améliorer cette histoire de comportement. Pas vrai, June ?

Il appuie sur mon prénom, les dents serrées.

— Mais ça ne suffira pas.

— Qu'est-ce que vous êtes en train de dire ?

— La moyenne générale à Sherborn est fixée à 50 %. Votre fille n'est même pas à 20 % dans sa matière dominante.

Mon père prend une longue inspiration, bras croisés, quand Scott étale mon relevé de notes sur son bureau. Je pense à toutes ces copies que j'ai jetées dans une poubelle publique pour m'assurer que personne ne les trouverait dans ma chambre, où je n'ai aucune intimité.

— Sa professeure référente m'a fait parvenir son relevé du semestre. Il vient à peine de commencer. Je vous laisse constater par vous-même…

Je sens le sang affluer à mes joues. Je n'ai pas besoin de croiser les yeux de mon père pour savoir qu'il a perdu toute foi en moi. Alors je fixe Scott, qui me fixe en retour. Même sans sourire, je sens qu'il me nargue.

Tout est dans ses yeux.

— 60 % en biologie, 45 % en physique-chimie et 20 % en maths.

— Je sais lire, vous savez…, marmonne mon père, dont la patience diminue à chaque nouvelle prise de parole.

Je remarque qu'il remue nerveusement la jambe sous la table. Comme moi, Suzan reste spectatrice de cette bataille d'egos courtoise. Je ne doute pas qu'elle jubile intérieurement.

— Je veux simplement vous aider, assure Scott d'un ton horriblement crédible. Si elle continue comme ça, elle aura des problèmes.

— C'est-à-dire ? Soyez plus précis, s'agace mon père.

— Elle risque une exclusion définitive de l'établissement.

Une exclusion définitive ?

L'air quitte mes poumons. Il ment, pas vrai ? Il guette ma réaction et, cette fois, un sourire en coin lui échappe. Mais mon père et Suzan sont trop occupés à s'échanger un regard atterré pour le remarquer.

— Définitive ? répète mon père.

Scott hoche la tête.

La porte s'ouvre derrière nous. Je sens le piège se refermer sur moi en découvrant Watson, venue se joindre aux festivités. Et je comprends soudain toute cette mascarade.

Il ne pouvait pas m'atteindre en s'en prenant à moi, alors il est allé chercher à la racine. Il faut dire que depuis le début du semestre j'ai tendu le bâton pour qu'on me batte, avec mes retards répétés, mes absences et mes heures de colle.

Des barbelés s'enroulent autour de ma gorge.

Il ne m'a réellement laissé aucune chance.

Elle se présente et s'excuse d'être en retard, mais je me suis déconnectée. Je les observe comme si je n'étais pas la principale concernée. De toute évidence, les choses se font sans moi.

— J'imagine que mon collègue vous a informés de la situation avec June. Ça fait déjà quelque temps que ses notes sont en chute libre. J'ai pensé que cela avait quelque chose à voir avec la... *querelle* qui a eu lieu entre sa camarade Holly et...

— Holly ? l'interrompt mon père en se tournant complètement vers moi. Cette fille d'Essex ? Tu t'es disputée avec elle ?

Sa perplexité m'atteint. Je suis étonnée qu'il se souvienne de son prénom, encore plus de sa ville natale. Ça a été ma meilleure amie pendant des années mais j'ai toujours évité de l'emmener chez nous, même si ça soulevait en elle quelques questions légitimes. Les rares fois où il a mentionné son nom dans une conversation, c'était pour comparer l'excellence de ses résultats avec la médiocrité des miens, car il avait eu accès au classement semestriel de notre classe.

— Comme c'est dommage, murmure alors Suzan, qui prend la parole pour la première fois. Elle avait l'air gentille… Tu devrais t'excuser. Je suis sûre que ça s'arrangera.

Cette façon de m'incriminer sans même connaître l'objet de la dispute fait monter en moi une rage sourde et indescriptible. On me fait un procès public avec de faux chefs d'accusation.

Incapable de me défendre, je sens des larmes de rage poindre au coin de mes yeux. Je devrais fuir avant de pleurer devant eux, devant lui. Mais ce serait encore pire, alors je plaque ma langue contre mon palais pour bloquer l'arrivée des larmes. J'ai appris ça il y a quelques années, en cherchant comment réprimer les émotions qui voulaient déborder.

J'ai alors appliqué cette technique chaque fois que Suzan me battait.

Et ça marche. Ça marche toujours.

— On devrait revenir à June…, conseille Watson en nous adressant un sourire pincé, comprenant qu'elle a exposé un sujet trop intime.

— Qu'est-ce que vous suggérez ?

— Qu'elle augmente sa moyenne au plus vite. Ou… ou elle devra partir. Je suis navrée.

Mes bras retombent le long de mes hanches. Elle ne s'aventurerait jamais à avancer des propos pareils s'ils n'avaient pas été validés par Weber au préalable.

— Vous avez une idée du prix que je paye à l'année pour cette école ? crache mon père, furieux. Et c'est comme ça que vous nous traitez ?!

— Nous avons été indulgents pendant très longtemps…

— Je suis désolée, m'entends-je dire d'une voix enrouée.

Je fixe le sol lustré pour me donner du courage.

— Je devrais juste partir.

Le silence se fait, toute l'animosité retombe. Oui, je devrais juste saisir cette occasion et m'en aller. Je ne veux plus rester ici, alors que Heize traîne encore dans les parages pour me provoquer, et que tout le monde s'est ligué contre moi pour rendre mon existence plus sordide qu'elle ne l'est déjà.

— Qu'est-ce que tu racontes, June ? me reprend mon père d'une voix tendue.

Je n'ose pas relever les yeux, je sais combien il désapprouve mes propos. Mais la honte à l'idée de perdre la face devant les autres ne m'anéantit plus. Je préfère encore être leur perdante, si ça me permet de retrouver une vie un peu plus acceptable.

— Je pense que ce serait mieux pour tout le monde.

Parmi les regards qui m'assaillent, celui de Scott semble plus insistant, mais je n'accorde mon attention qu'à Watson. Elle semble prise de pitié, son visage se radoucit. Je sais pourtant qu'elle ne m'a jamais réellement appréciée. Je m'en sors dans sa matière, mais elle fait partie de ces gens qui préfèrent suivre l'opinion générale. Et s'il y a autant de remous autour de moi, pour elle, ce n'est pas anodin.

— Tu peux encore redresser la barre, mais si c'est vraiment ce que tu souhaites…

— Non, intervient mon père en me tournant le dos. Je ne suis absolument pas d'accord.

Son ton est sans appel. J'anticipe les remontrances qui suivront en privé.

— Dans ce cas, tranche Watson en accordant plus d'importance à ses mots qu'aux miens. Le plus urgent reste les maths. June devrait prendre des cours particuliers. On fera un point avec son enseignant à la mi-trimestre.

— Je suis de cet avis aussi, l'appuie-t-il. On va faire le nécessaire.

— Nous avons de très bons élèves qui pourraient t'aider. Je pense à Amara, dans ta classe, qui a d'excellents résultats dans cette matière…

Comprenant que ma tentative a échoué, je hoche la tête par automatisme, mais ces nouvelles questions glissent sur moi sans vraiment m'atteindre. Elle conclut avec un sourire qu'elle veut compatissant :

— Alors c'est réglé pour le moment. Je suis sûre que ça ira.

***

— Tu vas prendre des cours et je ne veux même pas t'entendre contester.

Je garde les yeux fixés sur la vitre de la voiture, où déferlent des gouttes de pluie. À côté de moi, Gaby gigote sur son siège. La mauvaise humeur a envahi le véhicule. Il y règne une ambiance de dimanche soir, traînante et oppressante, à laquelle on ne peut échapper.

— Je n'arrive pas à croire que tu me foutes la honte à ce point ! s'agite mon père, les mains agrippées au volant.

— Ric, le reprend Suzan en jetant un coup d'œil à Gaby.

Depuis que nous sommes montés dans cette voiture, ma seule envie a été d'ouvrir la portière pour me jeter sur la voie détrempée. Je crois que je ne l'ai jamais vu autant en colère contre moi.

— Ils ont menacé de te virer ! Mais tu es quel genre d'élève, putain ?

Suzan expire bruyamment alors que les essuie-glaces balayent l'eau qui inonde le pare-brise. L'air triste, Gaby joue sans conviction avec ses figurines. Je replie mon genou sur le siège en cuir, sans me soucier des traces blanchâtres que laisseront mes semelles boueuses, et continue d'observer la bordure de l'autoroute.

— Je t'avais demandé d'arrêter les conneries, June. Pourquoi tu es un tel nid à problèmes ?! Tu ne pouvais pas... merde, tu ne pouvais pas être un peu plus normale ? Non ! Tu as eu dix-huit ans et je dois encore m'assurer que tu fasses ton travail correctement ! Combien de temps je vais encore devoir être derrière ton dos ?!

J'ai envie de lui crier que c'est un sale menteur. Il fait semblant de se soucier de moi pour avoir bonne conscience. Tout ce qu'il a fait ces dernières années, c'est me regarder avec un voile devant les yeux.

— Réponds-moi !

Je croise son regard dans le rétroviseur et, lassée de l'entendre, je rétorque du bout des lèvres :

— C'est toi qui m'as forcée à choisir cette filière.

— June ! Ne commence pas à m'énerver !

— Quoi ? C'est vrai.

— Tu voulais faire quoi ? Une école d'art ? s'esclaffe-t-il, moqueur. Ce n'est pas comme ça qu'on gagne sa vie. Il y a des millions de gens qui dessinent sur terre. Et il y en a des bien plus talentueux que toi.

Sa méchanceté me fait l'effet d'un coup de poignard.

Gaby remarque ma lèvre inférieure tremblotante et m'attrape la main en la faisant glisser sur le siège. Pendant un instant interminable, nous n'entendons que le sifflement des voitures qui nous dépassent sur la voie.

— Ce que je veux dire c'est que tu ne peux pas compter là-dessus pour gagner ta vie, ajoute-t-il, sans doute rattrapé par la culpabilité.

Je ne lui réponds pas. C'est trop tard pour se repentir. On ne peut pas ravaler les mots qu'on a crachés pour blesser et espérer que tout le monde les oubliera.

— Tu es trop sensible, June ! explose-t-il face à mon silence culpabilisant. Arrête de faire ta mijaurée ! C'est toi qui pourris l'ambiance dans cette maison, mais on ne peut rien te dire !

— C'est toi qui es en train de crier, là ! je lui rétorque finalement, les doigts agrippés à ma ceinture de sécurité.

— Je crie parce que tu es invivable ! Et en plus de ça, tu te permets d'avoir un dossier scolaire catastrophique ! Tu fonces droit dans le mur !

Il se retourne furieusement sur son siège, oubliant la route pendant un instant. Je sens Suzan se tendre contre le repose-tête.

— Tu penses que mon argent t'achètera tout ? C'est ça ?! Que je peux te changer de lycée au gré de tes envies, parce que tu ne veux pas faire d'efforts ?

Je n'en reviens pas qu'il m'accuse d'être cupide. Je ne demande jamais rien, hormis pour mon matériel de dessin. C'est lui qui a décidé de me mettre dans une école à la hauteur de ses moyens.

— Je m'en fous de ton argent ! Je n'en ai vraiment rien à foutre !

— Très bien, grince-t-il parce qu'il sait à quel point il est en tort. Alors va vivre chez ta mère. Pourquoi tu n'irais pas vivre chez ta mère, hein ? Tiens, tu devrais vraiment faire ça. Tu es son portrait craché !

Mais il sait bien que c'est impossible. Nous sommes devenues des étrangères depuis que l'océan Atlantique nous sépare. Là-bas non plus, je ne suis pas la bienvenue.

Ça fait longtemps que je n'ai plus de chez-moi.

— Papa ! s'écrie soudain Gaby de sa voix haut perchée. Arrête ! Tu es méchant !

Son éclat nous replonge dans un silence méditatif. Mon père enroule alors nerveusement ses doigts autour du volant avant d'expirer avec irritation. Son alliance capte mon regard et je sens des picotements courir le long de ma peau.

— Merci, j'articule silencieusement à l'intention de Gaby.

Je lui adresse un maigre sourire auquel il répond tristement dans la pénombre de la voiture.

— Tu n'as pas besoin d'en faire tout un plat, dis-je après un long moment. Je vais prendre des cours de soutien.

Il ricane, amer.

— Parce que tu pensais avoir le choix ?

Je ferme les paupières et colle ma tempe contre la vitre. Le reste du trajet se déroule dans un silence absolu.

Now look at me, being used again

That's funny for the first time he really acted like a teacher.

13

« Les escrocs trouvent du bon dans chaque situation. »

June

Le lendemain, après la pause-déjeuner, je suis assise dans le petit salon du troisième étage, occupée à fixer le tableau d'annonces des objets trouvés. Autour de moi, les élèves vaquent à leurs occupations, se lèvent, se rassoient, jettent les emballages de leurs repas en chahutant, mais je ne les entends ni ne les vois. J'ignore tout, occupée à ressasser le rendez-vous d'hier.

Je n'ai pas cours avec ce connard aujourd'hui.

C'est une bonne chose, car je ne pourrais pas l'affronter après qu'il a orchestré ma mise à mort. Je revois encore sa satisfaction pendant qu'il me détruisait devant mon père. Je pensais que je le détestais, mais je me rends compte qu'il m'a fait découvrir le véritable sens de ce mot en envenimant ma situation familiale. Je n'ai adressé la parole qu'à Gaby depuis notre retour du lycée, et je suis partie très tôt ce matin pour ne croiser personne.

Je déteste l'ambiance qui règne à la maison.

Je remarque qu'il n'y a plus personne autour de moi quand je cesse de divaguer ; la pause-déjeuner s'est terminée il y a cinq minutes, mais j'ai encore une demi-heure de libre avant mon prochain cours.

Je lève les yeux en entendant quelqu'un traverser le couloir attenant au salon, et me crispe aussitôt en découvrant de qui il s'agit. Il m'a vue aussi. Je sens qu'il s'apprête à m'aborder mais je me lève et le fixe avec toute la haine qu'il m'inspire. Sans attendre une seconde de plus, je quitte la pièce et m'enfonce dans le couloir. Je ne devrais plus rester à cet étage.

Même si je l'aime bien, c'est aussi le sien.

Je l'entends me suivre et je serre les paupières en me demandant quelle issue prendre. Puisque je n'ai pas le temps de réfléchir, je choisis la première sortie au coin du couloir : les escaliers réservés aux professeurs, et je monte jusqu'au toit en retenant mon souffle. Le changement de température est brutal et la fin du mois de septembre se fait sentir. Je n'étais pas revenue depuis que Holly m'y a traînée de force, l'année dernière.

Je m'appuie à la rambarde en reprenant ma respiration, pensant qu'il s'est résigné à me laisser filer. D'ici, la vue sur Greenwich est saisissante. On peut voir les rives de la Tamise, ainsi que le quartier d'affaires, situé sur l'autre berge. De mon côté, il y a la cour du Old Royal Naval College et son étendue de platanes aux nuances ondoyantes.

Mes yeux s'humidifient. C'est injuste que je doive quitter Londres pour l'université. Mais on ne peut pas guérir si on continue de baigner dans son malheur. Je dois m'éloigner de cette famille si je veux espérer aller mieux un jour.

J'entends la porte d'accès se refermer dans mon dos et j'essuie précipitamment la larme qui a coulé sur ma joue, priant pour que mes yeux n'aient pas eu le temps de rougir.

— Eh, m'interpelle-t-il d'une voix lointaine. Je voudrais te parler.

Je serre mes mains sur la rambarde, gardant les yeux rivés sur un ensemble de buildings bleuâtres.

— Pas moi.

J'entends le son de ses chaussures crisser sur les graviers décoratifs. Lorsque je comprends qu'il est tout proche de moi, je fais volte-face. Mon indifférence vole aussitôt en éclats :

— Vous ne pensez pas que vous êtes allé un peu trop loin ?

Le chagrin m'étrangle. Il plante ses yeux noirs dans les miens, visiblement pris de court.

— Vous n'aviez pas besoin de faire tout ça ! m'écrié-je sans me soucier qu'on puisse m'entendre ou me voir.

Cette partie du toit donne sur l'extérieur du lycée.

— Je t'avais prévenue, Grey, me répond-il impassiblement. Mais tu ne m'as pas écouté.

— Je n'ai fait *que* vous écouter depuis le début ! Je n'ai rien dit ! Je n'avais pas l'intention de le faire !

— Arrête de crier. Tu vas attirer l'attention.

— C'était amusant, hein ? l'ignoré-je.

— Tu t'es fait engueuler parce que tu n'étudies pas et maintenant tu rejettes toute la faute sur moi ?

— Vous ne comprenez rien.

J'ai l'impression de parler à un mur. Depuis un moment, ça arrive chaque fois que j'ose m'exprimer. J'essaie de le contourner pour retourner à l'intérieur, mais il me barre la route et en sentant son corps puissant se dresser contre moi, toute ma colère rejaillit. Je le repousse brusquement, me moquant bien des conséquences de mon geste.

Mais c'est à peine s'il bouge. Nos regards se croisent alors qu'il maintient fermement mon avant-bras.

— Que ça vienne de moi ou de quelqu'un d'autre, cette exclusion te pendait au nez. T'as de sales notes. Je ne t'apprends rien.

Le plus frustrant, c'est qu'il a raison. Il n'y a aucun pan de ma vie auquel je puisse me raccrocher avec la certitude que ça me sauvera. Je m'assure un avenir catastrophique avec de tels résultats scolaires, mais j'ignore par où commencer pour rattraper la situation.

J'ai laissé les choses se détériorer pendant trop longtemps. Maintenant, j'en viens à me demander si c'est même envisageable qu'elles aillent mieux.

— Qu'est-ce que vous me voulez, de toute façon ? Je ne peux pas partir. Vous l'avez entendu, vous aussi. Ce que je pense n'a pas vraiment d'importance chez moi.

Je secoue gravement la tête, consciente que ça ne rime à rien de lui exposer mes faiblesses, si ce n'est à lui donner l'occasion d'appuyer dessus.

Nos regards se rencontrent et j'ai la confirmation qu'il n'est pas spécialement attendri par ma réalité familiale.

— Vous allez me lâcher ? je lui demande, sentant la rancœur émerger dans ma voix.

— J'avais une proposition à te faire.

J'attends la suite en me perdant dans ses iris. À la lumière du jour, je remarque qu'ils sont si sombres qu'on ne les distingue pas de la prunelle. J'ignorais que des yeux pouvaient être aussi noirs naturellement.

Je me souviens alors de la raison pour laquelle je les avais dessinés la première fois.

Ils me rappelaient des puits privés de lumière.

— Je te donne des cours.

— … pardon ? finis-je par réagir, certaine d'avoir mal entendu.

— Je te donne des cours, répète-t-il. Tu remontes ta moyenne et tu peux garder ta place ici. Je me fais de l'argent. Tout le monde y trouve son compte.

Me donner des cours ? J'ai envie de rire mais je suis trop abasourdie pour le faire.

— Vous plaisantez ? marmonné-je après l'avoir longuement dévisagé. D'abord vous me harcelez et maintenant vous voulez m'aider ?

— Je ne veux pas t'aider. J'ai besoin de thunes. Et vu tes lacunes en maths, je peux t'assurer que ce n'est pas une étudiante qui réussira à faire ce miracle.

Il me lâche enfin. Je lui arrive à peine aux épaules et je dois lever la tête pour capter la moquerie dans son regard.

— Tu ne veux pas rendre ton *papa* fier ?

Son intonation douteuse finit de m'agacer. Voyant que je m'apprête à le contourner une nouvelle fois avant d'en entendre plus, il me devance :

— Je plaisantais pas, hier. Tu n'iras nulle part avec ces résultats.

— Je ne comprends pas. Vous vouliez que je parte.

— J'ai changé d'avis.

Sans qu'il ait besoin de le formuler, son plan me semble soudain évident. S'il n'arrive pas à me chasser d'ici, autant tirer profit de la situation. L'approche a changé mais ses intentions malsaines sont restées les mêmes.

— Tu étudies où, hors du lycée ?

— Je…

— Tu n'étudies jamais ? s'impatiente-t-il. Même pour tes examens ?

On avait pour habitude de réviser à la London Library avec Holly. Mais c'est trop fréquenté. J'ai cessé d'y aller en la croisant avec Emilia et Aubrey, après notre dispute. J'ai trouvé un endroit plus tranquille, vers Southwark.

— Je ne vois pas en quoi ça vous concerne, je lui siffle en comprenant à quel point il se sert de moi.

Cette façon de me considérer comme un problème ou comme une bénédiction au gré de son humeur commence sérieusement à m'énerver.

— Je crois qu'on s'est mal compris, commente-t-il avec un flegme inquiétant. J'ai donné l'impression de te laisser le choix ?

Il se rapproche. Mon dos heurte la rambarde alors que je cherche une échappatoire qui n'existe pas. Mais il ne s'abaisse pas à me toucher pour me terroriser. Son discours suffit.

— Sois plus intelligente que ça.

Je reste en alerte, inquiète à l'idée que quelqu'un monte sur le toit et nous surprenne en pleine discussion.

— Regarde-toi. Tu as de l'argent. J'ai besoin d'argent. Est-ce que t'arrives à raisonner, ou je dois t'aider encore un peu ?

Le vent glacé, emportant avec lui des feuilles orangées, s'insinue dans le col de mon uniforme. Les cheveux figés par la cire de Scott lui résistent.

— J'ai vraiment été sympa avec toi, contrairement à ce que tu penses. Que ce soit cette nuit-là ou encore aujourd'hui.

Je repense à cette lueur métallique au niveau de son bassin. Il était armé, comme sans doute tous ses collègues durant cette violation de domicile. Ma soirée banale aurait pu se terminer en drame. Le contexte tend à me le faire oublier, mais je ne devrais pas me laisser distraire par son autorité. Il ne l'exerce que grâce à mon uniforme et à son statut dans ce foutu lycée.

— Alors ne me donne pas de raison de rendre cette situation encore pire pour toi, conclut-il froidement sans détourner ses yeux des miens.

Il me faut des cours, mais je n'avais pas envisagé qu'il pourrait m'en donner. Tout de suite, l'inanité de mon refus semble ridicule. Je suis au pied du mur.

Alors je m'entends lui avouer à contrecœur :

— J'étudie au Quartz. C'est une bibliothèque.

Même si je n'avais pas d'autre choix, je regrette aussitôt d'avoir cédé à la pression.

— Alors on se rejoint là-bas à 18 heures, décrète-t-il sans me consulter.

Il rebrousse chemin. Je fixe son dos musclé s'éloigner sans avoir eu le temps d'assimiler ce qui s'est passé.

La porte se referme derrière lui, emportant les restes de notre conversation.

***

Je l'aperçois directement en sortant de la bouche de métro. Il m'attend dos à la façade vitrée de la bibliothèque et a troqué son sweat-shirt noir contre un survêtement gris clair. C'est troublant de le voir en dehors de Sherborn, quand il ne fait plus d'efforts pour brouiller les pistes. Il ne lui manque plus que sa cagoule pour redevenir l'homme de cette nuit-là.

De l'autre côté de la chaussée mouillée, il ne m'a toujours pas remarquée. Je sais que je ne devrais pas être ici, et j'appréhende. Au moment où je me décide enfin à réduire la distance entre nous, une fille sur le même trottoir que lui me devance. Je m'arrête avant de m'engager sur le passage piéton, observant la scène avec curiosité.

Elle doit avoir mon âge. C'est une blonde à la frange rideau et au brushing souple, avec un corps aux proportions avantageuses. Ces atouts lui donnent sans doute le courage d'approcher des garçons plus âgés en pleine rue. Je ne sais pas ce qu'elle lui dit mais j'entends son rire cristallin par-dessus le moteur des voitures, alors qu'elle se triture les mains avec une timidité étudiée.

Contre toute attente, il secoue la tête d'un air blasé et la fille lui tourne vivement le dos pour rejoindre ses copines, qui l'attendaient un peu plus loin. Nos regards se croisent finalement. À cette faible distance, je lis dans ses yeux l'agacement d'avoir eu à m'attendre.

Je traverse alors le passage piéton en sentant des picotements remonter le long de mes jambes. La pluie froide martèle les pavés ainsi que mes cheveux car j'ai oublié mon parapluie, et je ne deviens qu'une ombre parmi les passants. Le temps de rassembler mes esprits, le feu est repassé au rouge et je suis arrivée en face de lui.

— T'es en retard, marmonne-t-il en guise de salutation.

— Il y avait un incident sur la ligne.

Ce n'est pas vrai.

J'ai tellement hésité à venir que j'ai monté et descendu les escaliers de ma station de métro trois fois avant de me décider. Tout cela sous les yeux de gens perplexes, mais surtout sans pouvoir ignorer l'angoisse qui croissait dans mon ventre et qui ne s'est toujours pas apaisée.

— Je suis pas ton chien. Alors apprends à être à l'heure.

— Mais vous avez besoin de mon argent apparemment, alors vous attendrez, je rétorque en lui emboîtant le pas.

Je rentre dans la bibliothèque sans lui tenir la porte. Je peux l'imaginer lever les yeux au ciel et me traiter de connasse entre ses dents pendant que je traverse l'accueil. Sans même m'assurer qu'il me suive, je m'engage dans les escaliers en bois. Lorsque j'atteins la plate-forme du quatrième étage, je m'aperçois qu'il m'a rattrapée. Sa façon de me lorgner m'indique qu'il n'apprécie pas trop mes initiatives, ni ma façon de lui rappeler la réalité.

Nous entrons dans le département de psychologie. C'est mon préféré. Des étudiants sirotent leurs Starbucks sur des tables au centre de la pièce mais je sais qu'il y a des places isolées entre les étagères, un peu plus loin. Je traverse l'allée en prenant soin de baisser la tête, par peur de reconnaître un visage familier. Enfin, après avoir erré durant quelques instants, je trouve un espace libre. Cachée par des étagères et près d'un arbre d'intérieur, une petite table ronde a échappé aux étudiants. Je m'assois sur l'une des deux chaises en poussant un bruyant soupir.

Il prend place en face de moi.

— T'as pris l'argent ? s'enquiert-il en se laissant tomber bien trop nonchalamment contre le dossier de sa chaise.

— Ça paraît évident.

— Je t'ai apporté du travail. Finis tout avant la fin de l'heure. Grâce à ton retard, il te reste quarante-cinq minutes.

Il étale quelques feuilles sur la table puis s'intéresse à son portable, l'esprit déjà ailleurs.

Je veux d'abord lui répondre que j'ai payé pour une heure entière mais je me dis qu'écourter ce supplice est une bien meilleure perspective de soirée. Motivée par cette libération anticipée, je saisis un stylo dans ma trousse et je m'empresse de lire les consignes.

Mais je déchante rapidement. Je ne sais pas ce qui m'a pris de croire que je comprendrais du premier coup les fonctions de référence en m'y intéressant pour la première fois ; c'est un concept toujours aussi abstrait pour moi. Alors que je relève les yeux dans sa direction, je constate qu'il ne me jette même pas un regard pour savoir si je m'en sors.

— Vous n'êtes pas censé m'aider ? je m'agace en posant mon stylo.

— Mmh.

Son attention reste dirigée sur son téléphone. Il tâte le terrain pour savoir s'il arrivera à profiter de moi jusqu'au bout.

— Je ne vous paye pas à ne rien faire.

Bien que notre table soit à l'écart, j'ai parlé trop fort pour quelqu'un qui se trouve dans une bibliothèque. Il m'adresse un sourire qui me fait regretter d'avoir accepté cette situation.

— Je ne peux pas faire les exercices à ta place.

Mon envie de l'étriper s'accentue, mais je prends sur moi pour retenir un commentaire acerbe. Je replonge le nez dans ma copie. Les mots semblent tourbillonner sous mes yeux, dépourvus de sens.

Alors que je ravale la frustration qui monte dans ma gorge, il accomplit l'inattendu en rapprochant sa chaise de la mienne.

Son sweat-shirt m'effleure et l'odeur de sa lessive entre dans mon espace personnel.

— Qu'est-ce que tu comprends pas ?

— Eh bien…, ai-je honte d'admettre face à son ton désabusé. La consigne.

Il se recule avec une expression qui signifie qu'il s'inquiète sérieusement de l'état de mes capacités cognitives. Ça ne m'avait jamais dérangée d'être aussi mauvaise dans cette matière, mais autant de condescendance ne peut que me mettre mal à l'aise. J'en viens à me demander si c'est moi qui ai un sérieux problème de compréhension ou si c'est lui qui manque simplement de pédagogie.

— La consigne ? Je t'ai donné un exercice simple.

— Est-ce que c'est ma faute si je ne comprends pas ? m'irrité-je, les joues brûlantes.

— En tout cas c'est pas la mienne.

Sachant qu'il ne tirera rien de plus de moi, il me prend la feuille des mains pour expliciter l'énoncé. Ainsi concentré, il a l'air aussi sérieux que lorsqu'il fait cours ; ce personnage si différent du délinquant, un alter ego plus agréable car il se tait. Pendant qu'il griffonne, mon œil d'artiste ne peut s'empêcher de disséquer son profil.

Sa mâchoire semble tracée à la serpe, et son nez parfaitement aligné avec son front et ses lèvres lui donnent les allures de quelqu'un qui aurait été modélisé avant sa conception finale.

— Tu ferais mieux de relire ton cours au lieu de me fixer. Je t'assure que t'as du travail.

Prise sur le fait, je détourne aussitôt les yeux.

— Ce qu'on fait… c'est illégal. Je n'aime pas ça.

Il est si occupé à relire les mots qu'il a écrits que j'en viens à douter du fait qu'il m'ait entendue.

— Ouais, c'est illégal, admet-il enfin en pestant sur mon stylo. Putain, passe-m'en un autre. Celui-là est en fin de vie.

Sans le quitter des yeux, je prends le premier qui m'effleure l'index dans ma trousse avant de le faire rouler entre nous.

— Je ne veux pas avoir de problèmes.

Il délaisse la feuille, me gratifiant enfin d'un regard.

— Écoute, je préférerais aussi qu'on ne nous surprenne pas. Mais t'as une meilleure solution que cette bibliothèque pour nos petits rendez-vous ?

L'ironie du terme me percute de façon désagréable.

— Tu veux peut-être qu'on aille chez toi ? Ou chez moi ?

Je sais qu'il n'attend pas de réponse particulière à cette énième provocation. Pourtant, je ne peux pas m'en empêcher :

— Entre nous, vous pouvez me le dire. Vous avez acheté votre diplôme ?

Il fait glisser la feuille sur la table.

— Pas besoin. Tes pauvres parents ignorent qu'on embauche n'importe qui dans le privé. J'ai les qualifications nécessaires pour enseigner les maths à des crétines comme toi.

Ça me contrarie qu'il ait assimilé Suzan à ma mère. Je ne peux jamais lui échapper.

— Mon père, le corrigé-je dans un murmure.

Il y a juste mon père.

— Ah, ouais. C'est vrai que tes parents sont divorcés.

— Vous manquez toujours autant de tact ?

— Désolé, dit-il avec un détachement qui m'indique clairement que c'est le cas. Quelqu'un doit être mort.

— Personne n'est mort.

— Tu vois ? Tu n'es pas spéciale. Un enfant de divorcés, c'est comme la pluie à Londres.

Il lève les yeux vers la verrière, où l'averse se déchaîne, créant des cercles particulièrement hypnotisants sur l'eau. Réel désir de blesser ou simple pragmatisme, Scott se moque bien de manquer de prévenance.

Mais derrière ces mots indélicats, il y a surtout une vérité bien laide. Je ne suis qu'une fille aux parents séparés parmi tant d'autres.

Je me demande quand même si, un jour, quelqu'un pourra voir à travers ma douleur sans la sous-estimer.

— Ça doit être cette année-là que t'as redoublé.

Sa remarque me prend par surprise. Je me rappelle qu'il a accès à mon dossier scolaire, et par conséquent à mon année de naissance. Mon regard noir lui donne la réponse, même s'il n'est pas tourné dans ma direction. Je m'en suis toujours voulu d'avoir échoué ma dernière année de primaire, et d'avoir repoussé sans le savoir la date de ma libération.

Il continue d'observer le spectacle au-dessus de nos têtes, mais moi, c'est lui que j'observe. Je dois admettre qu'il constitue un mystère. Il dit ou fait toujours des choses auxquelles je ne m'attends pas. Un élément m'intrigue plus que les autres.

Ce matin, il m'a dit avoir besoin d'argent.

— Les cambriolages ne payent plus assez ?

Arraché à sa contemplation, il baisse lentement les yeux sur moi. Je regrette aussitôt d'avoir posé cette question indiscrète et inutilement risquée, mais je soutiens son regard.

— T'en poses, des questions, Grey. Je te conseille d'arrêter. La curiosité est un vilain défaut.

Il tapote la feuille.

— Maintenant, concentre-toi sur tes putain d'exercices. T'es vraiment douée pour changer de sujet quand ça ne t'intéresse pas.

Il s'éloigne en faisant crisser sa chaise et mon estomac se dénoue, comme soulagé d'un poids. Grâce à ses annotations, je comprends mieux la consigne mais je ne me fais pas d'illusions pour autant.

Je gribouille des inepties pendant la demi-heure restante, sans y croire, ne voulant surtout pas lui redemander de conseils. Lorsque je lui rends ma copie, il coince sa lèvre inférieure entre son pouce et son index après l'avoir parcourue des yeux, et me demande :

— Tu as eu ton GCSE[1], au moins ?

Je hausse les épaules.

— Oui. J'étais douée en anglais.

— Eh. Tu vas devoir faire mieux que ça si tu veux rester dans ce lycée.

— Je croyais que vous étiez impatient de me voir partir.

— C'était avant que tu deviennes mon portefeuille.

Il tend sa main au centre de la table, dans l'attente de ses billets. J'imagine que l'argent régit son monde. Je le dépose dans sa paume, sans le toucher, avant de refermer mon sac et de me lever dans un soupir.

— On corrigera ça au prochain cours, fait-il en m'observant, les bras croisés.

---

1. Le GCSE : General Certificate of Secondary Education est l'équivalent du brevet des collèges au Royaume-Uni. Les matières évaluées sont généralement la langue et la littérature anglaises, les mathématiques, les sciences et les options diverses.

— D'accord.

— Vas-y. Je partirai après toi.

Il a raison. Mieux vaut rester prudents, et on s'est déjà assez vus pour la journée.

— À demain, alors.

Je lui tourne le dos avant qu'on ne doive s'échanger d'autres politesses gênantes. Je ne sais pas pourquoi je m'en sens obligée, ce n'est clairement pas la dynamique de notre relation.

— Attends, dit-il en reculant sur sa chaise, les jambes négligemment écartées. J'allais oublier. Donne-moi ton numéro.

Il me lance son téléphone que je rattrape au vol, de justesse. Je serre l'objet entre mes doigts, perturbée par cette soudaine initiative. Je sens les fissures du rebord de l'écran sous la pulpe de mon pouce.

— J'en ai besoin si l'un d'entre nous à un empêchement, précise-t-il comme s'il s'agissait d'une évidence. Je compte pas t'appeler la nuit, tu peux dormir tranquille.

Il a déjà ouvert la page contact, je n'ai plus qu'à saisir mon numéro. Alors je le tape rapidement et je repose son téléphone sur la table en veillant à ne pas m'écorcher les doigts.

— Je ne t'attendrai pas la prochaine fois, alors sois à l'heure.

Cette recommandation clôt notre discussion.

Je quitte la bibliothèque en me demandant dans quel jeu dangereux je suis en train de m'engouffrer.

14

« Tout amusement vient avec ses conséquences. »

Shayn

Le parking réservé au personnel est devenu mon nouveau repaire. J'ai l'impression que ma journée finit plus rapidement quand je suis près de ma voiture, une vieille Mercedes achetée d'occasion à mon arrivée à Londres.

Assis sur un pilier à quelques mètres, le type de la maintenance, qui vient de me taxer une cigarette, est absorbé par sa série. Tout en tenant son téléphone d'une main, il la ramène machinalement à ses lèvres sans prêter attention à la pluie qui mouille son écran. Je l'ai laissé taper dans mon paquet parce que contrairement à d'autres, il sait se taire. Je peux laisser mon regard se perdre dans le vague en attendant que la cloche sonne pour me rappeler à mes obligations, sans être contraint d'échanger des banalités.

Lorsque sa clope s'est entièrement consumée, le quarantenaire de type indien se lève avec une expression qui me révèle que je ne suis clairement pas le seul à me faire chier ici et se réengouffre par la porte métallique. Avant de disparaître, il m'adresse tout de même un léger signe de la tête me témoignant sa gratitude.

En dehors de lui, personne ne vient jamais ici. Il y fait trop froid et il n'y a pas d'abri pour se protéger de la pluie permanente. J'ai du mal à croire que les Anglais vivent comme ça toute l'année. C'est sûrement pour cette raison qu'ils ont toujours l'air au fond du gouffre.

La porte se rouvre. Je suppose que le mec a oublié quelque chose, alors je continue de fixer ma voiture sans lui prêter attention quand quelqu'un m'enlace soudain par-derrière. À la manucure parfaite de ces mains qui me caressent l'avant-bras, je devine vite l'identité de celle venue mettre fin à ma quiétude.

— Qu'est-ce que tu fous ? Bouge. On est au travail, là.

Je retire ses mains accrochées à ma taille avant qu'elle ait le temps de dire quoi que ce soit pour se défendre. Lorsque je me retourne pour lui faire face, j'ai droit à une moue offensée.

La dernière fois que j'ai vu son visage, c'était lorsque je la prenais par-derrière sur son lit *king size* et qu'elle se tordait continuellement pour m'observer. M'être barré aussitôt après l'acte aurait dû lui mettre la puce à l'oreille quant à l'état de notre relation.

— Tu es méchant, minaude Ivy en me tapotant l'avant-bras, insistante. Hier soir, tu…

— Hier soir je t'ai baisée.

Ce rappel la refroidit. Offusquée par l'utilisation de ce terme, pourtant indiqué, elle écarquille les yeux. Mais nous avons baisé, ni plus ni moins. Comme le font deux adultes consentants qui n'ont aucun comptes à se rendre.

Et surtout pas sur leur lieu de travail.

— Eh ! m'admoneste-t-elle. Tais-toi ! Des élèves pourraient passer par là…

— Justement, évite de me toucher. Tu veux lancer des rumeurs ?

Elle fait un pas en arrière. Sa queue-de-cheval serrée ne parvient pas à masquer la panique qui altère ses traits. Ivy est la personnification de l'enseignante sérieuse dans son travail. Elle s'efforce d'avoir l'air lisse devant ses élèves, sans cacher le léger mépris que chacun lui inspire, et j'aurais sûrement fantasmé sur elle lorsque j'étais étudiant, juste pour le plaisir d'inverser les rôles.

— Qu'est-ce qui te prend ? je lui demande. On sort pas ensemble. Je croyais que c'était clair.

Elle baisse les yeux et, au lieu d'avoir pitié, je suis agacé. C'est bien pour cette raison que j'évitais soigneusement les histoires au travail. Ou quoi que ce soit qui me demanderait un investissement personnel. Pour moi, les relations s'arrêtent au corps-à-corps charnel. Il n'y a jamais rien eu d'autre.

— J'essayais juste d'être… gentille, marmonne-t-elle, gênée, avant de tourner son regard vers le fond du parking.

— Sois gentille la nuit, c'est tout ce que je te demande.

Elle m'affronte cette fois. Ses yeux verts brillent d'incrédulité. J'y suis allé fort. C'est la seule chose qui marche pour les repousser lorsqu'elles deviennent trop demandeuses.

Elle me rappelle Sarah et sa tendance à tomber amoureuse du premier venu, puis à pleurer dans mes bras quand on ne la rappelle pas. Ma demi-sœur est trop sensible, en plus de toujours s'enticher de mecs qui ne la respectent même pas un peu.

— Connard, me crache-t-elle, le regard lourd de désillusion.

Je reste de marbre. Dans la bouche des filles, j'ai entendu ce mot trop de fois pour m'en formaliser.

— J'aurais dû me douter de quelque chose quand tu as refusé de m'embrasser, dit-elle en riant d'elle-même.

Ce détail peut choquer, mais je trouve les baisers trop intimes. Plus que le sexe. J'y cède seulement quand je suis bourré et que je perds le contrôle de mes gestes.

N'ayant rien à dire pour me défendre, je frotte distraitement la semelle de mes baskets contre le gravier. Ce manque de réaction la heurte :

— Je te jure, Shayn, n'espère pas me toucher à nouveau !

Elle s'éloigne pour regagner l'issue de secours. Ses talons claquent furieusement sur le béton inégal. Je rejette la tête en arrière, me blâmant pour cette erreur de jugement. Elle est collante. Ses nombreuses questions sur ma vie privée auraient dû me mettre la puce à l'oreille, mais j'ai préféré ignorer les signaux pour passer du bon temps. Et en fin de compte, après trois semaines, notre accord fondé sur le « peau contre peau » prend fin.

Dommage. On s'amusait bien.

Mais elle reviendra sans doute quand elle aura compris mon fonctionnement, et je la laisserai faire.

Parce que, franchement, je n'en ai pas grand-chose à foutre.

***

Nos chemins se recroisent plus tôt que prévu.

Je suis devant la photocopieuse, en train d'attendre les papiers qu'une dénommée Maggie a gentiment proposé d'imprimer pour moi, lorsque sa voix tranchante m'agresse :

— Excuse-moi, je dois passer.

Je la regarde du coin de l'œil, trop occupé à vérifier si ma collègue a bientôt fini de batailler avec la machine qui crachote. Mais Ivy fait des caprices pour se faire remarquer, alors je me décale sans un mot et je fronce les sourcils en découvrant un message de Dean, mon beau-père.

Il ne se souvient de mon existence que lorsqu'il a besoin d'argent. Ce bon à rien le dépensera en paris en ligne et se plaindra lorsque ma mère, dans ses instants de lucidité extrême, lui reprochera son addiction. Depuis le départ d'Adam, elle vivait à moitié, trop occupée à ressasser une époque qui n'existait plus que dans ses souvenirs, mais peut-être que son retour a changé quelque chose à la situation.

« Tu es passé où, connard ? Ton appartement est vide. Si tu es mort, cette imbécile de Sarah va se tuer aussi. »

Voilà comment il parle de sa propre fille. Pas étonnant qu'elle se raccroche à moi comme à une bouée de sauvetage depuis ses quatorze ans.

Je relève le nez pour constater qu'Ivy n'a pas bougé d'un millimètre et qu'elle me dévisage comme si j'avais affirmé que la Terre était plate. Cette tarée est coriace. Quand Maggie se tourne finalement pour me tendre les copies en m'adressant un sourire timide, je saisis l'occasion pour me tirer de cette pièce suffocante. Mais Ivy me barre la route, semblant se retenir de dire quelque chose.

Contraint et forcé, je me mets à l'examiner. Elle fait autant tache que moi dans ce décor. Son visage encore juvénile contraste radicalement avec ceux des quarantenaires éreintés qui nous entourent. Certains ont sûrement étudié pendant des années sans penser qu'ils travailleraient pour des pisseuses se croyant au-dessus des lois. La passion pour l'enseignement de leur discipline s'est alors éteinte et ils se shootent désormais au café pour rester éveillés.

En plus de ça, ils ferment les yeux sur les nombreux écarts de comportement par crainte de perdre leur poste.

Ou alors par commodité.

— Ce n'était pas précisé dans le mail, mais tu devras arriver à 6 h 30 vendredi matin, me fait soudain savoir Ivy d'une voix neutre. N'arrive pas en retard.

Elle lève fièrement le menton, sa tasse de thé fumant entre les doigts.

— Hein ?

— Tu as pris connaissance du mail ? demande-t-elle sans se laisser abattre.

Puis, comprenant que ce n'est pas le cas, elle précise :

— Celui sur la course d'orientation.

— Je ne sais pas de quoi tu parles, Ivy.

— Tu ne lis jamais tes mails, ou quoi ? soupire-t-elle avant de boire une gorgée de son breuvage jaunâtre. C'est une tradition annuelle. On a été choisis comme profs accompagnateurs.

C'est quoi ces conneries ?

— Une randonnée ? dis-je, sceptique. On est à l'école primaire ?

— Ce n'est pas une randonnée, c'est une course d'orientation, me corrige-t-elle patiemment.

J'expire. Ce n'était pas prévu dans mon agenda. J'avais juste envie de finir ma semaine tranquillement, mais cette information vient compromettre mes projets.

— C'est quand ?

— Vendredi. Je te l'ai déjà dit.

Plus que deux jours de tranquillité. Et, puisque mon cours avec Grey sautera, ma rentrée d'argent aussi. C'est bien ma chance d'avoir été sélectionné.

— Avec quelle classe ?

— Les deux terminales.

Enfin une putain de bonne nouvelle. Il y aura mon étudiante préférée pour sauver la fête.

J'imagine déjà Grey courir après une balise, essoufflée, alors que j'ai le cul posé sur une chaise pliante. Et, alors que je frappe dans mes mains d'un air faussement enthousiaste, elle me foudroie du regard tout en suant à grosses gouttes.

Cette vision idyllique me fait esquisser un sourire, que j'efface en me rappelant que je ne suis pas seul. Ivy n'en démord pas et me fixe dans l'attente de quelque chose. J'ai très bien compris où elle voulait en venir, alors je lui tourne le dos avant que tout cela ne devienne trop gênant.

Mais elle me devance :

— Tu ne vas pas t'excuser ?

— Tu crois que c'est le moment et l'endroit ?

— Shayn, insiste-t-elle d'une voix blessée.

— D'accord. Tu veux que je m'excuse parce que je t'ai rappelé un fait ? Qu'on ne sort pas ensemble ?

Elle croise les bras sur sa poitrine pour se donner plus d'assurance. Elle aurait dû en rester au premier rejet, deux dans la même journée, par la même personne, ça commence à faire beaucoup.

— T'es vraiment qu'un sale con.

— C'est ça, fais-moi connaître le fond de ta pensée devant tout le monde.

On est clairement épiés, même si chacun fait semblant d'être occupé à ses affaires. Elle ne pouvait pas trouver meilleur endroit que la salle des profs pour me faire son cinéma. Maintenant, les avertissements de Caleb me paraissent sages. Fréquenter ses collègues n'apporte que des emmerdes bien méritées.

— Je n'aurais jamais dû m'abaisser à coucher avec toi, siffle-t-elle avec tant de vigueur que les gens autour de nous l'entendent et ne peuvent faire semblant du contraire.

Il y a un silence. Personne n'a la présence d'esprit de reprendre sa conversation pour dissiper la gêne et la suite est tout à coup prévisible. Mes élèves sont déjà intenables, si elles apprennent pour Ivy et moi, j'ose à peine imaginer l'agitation que ça créera.

Ces filles-là sont plus impliquées dans les ragots que dans leurs études.

— Euh, tenez, vos sujets… et filez en classe.

Une femme en tailleur-pantalon a enfin rompu le silence. Près de la porte d'entrée, elle donne une pile de photocopies à des élèves. Ces dernières échangent un long regard avant que l'une d'entre elles se décide à saisir les sujets et à disparaître dans les couloirs. Je réalise qu'il me reste approximativement dix minutes avant que le lycée entier soit au courant de mes histoires de coucherie.

Ivy s'est décomposée, consciente de son erreur. Ou peut-être que c'est ce qu'elle voulait ? Faire savoir à tout le monde qu'on baisait pour marquer son territoire ?

On ne sait jamais. En amour, les filles sont sournoises.

— Bravo, je lui lance sèchement avant de quitter la pièce.

***

J'aurais dû me douter que ces pestes feraient preuve d'indiscrétion. Depuis que j'ai commencé mon cours, je sens leur agitation s'élever dans la salle comme les vapeurs d'un bain trop chaud. Un véritable téléphone arabe se déroule dans mon dos pendant que j'écris au tableau. Je tente d'ignorer la rumeur désagréable, mon stylo-feutre entre les doigts.

Je n'ai rien dit pour ne pas mettre en lumière l'objet de leurs bavardages mais mon agacement s'accentue avec les minutes. Leur comportement me confirme pour la énième fois que ces gosses de riches sont allergiques à toute forme d'autorité. Sur le papier, elles ont l'air bien gentilles, mais ce sont les pires. Quand j'avais leur âge, je dénichais les filles les plus agitées dans ce genre d'écoles. C'étaient mes meilleures clientes.

Je les rencontrais toujours en soirée. Elles cumulaient : les passes à dix dollars qu'elles me rachetaient sans compter, l'alcool pur qu'elles aspiraient comme de l'eau jusqu'au coma éthylique et les virées entassées dans des voitures pleines d'ados si bourrés qu'ils auraient pu se crasher même sur une ligne droite.

Ces filles-là existent partout. Et elles ne diffèrent pas trop d'un continent à l'autre. L'explication est simple : privez une personne de liberté et elle cherchera à la regagner par tous les moyens. Mais surtout, elle ne connaîtra pas les limites puisqu'on ne les lui a jamais enseignées.

Enfin, il reste quand même des filles sages ici. Celles qui ne sont pas sorties des rangs, malgré la mauvaise influence de leurs pairs. Je les reconnais facilement, elles ne sont pas dissipées et écoutent en classe. D'ailleurs, aujourd'hui, elles détournent les yeux pour ne pas me mettre mal à l'aise.

Et il y a Grey. Elle ne m'a pas adressé un seul regard depuis que je suis entré dans la pièce et a continué à mener sa petite vie depuis la place du fond. Je ne sais pas encore dans quelle catégorie la ranger.

J'admets l'avoir mal jugée. Sa maison était banale, bien que plus grande que celles des lotissements anglais moyens. Et son père est certainement plein aux as, mais il ne le montre pas. Il a surtout l'air absorbé par son futur nouveau-né et sa femme. Cette blonde n'a quasiment pas décroché un mot de tout le rendez-vous, ce qui contrastait avec les photos qui décoraient son intérieur. Sur celles-ci, on ne voyait que ses dents pointues tant elle souriait jusqu'aux oreilles.

Je me demande ce qu'elle faisait là, si c'était seulement pour nous épier. Ils doivent faire partie de ces familles recomposées modernes, celles où les beaux-parents n'ont pas leur mot à dire sur l'éducation de l'enfant né du précédent mariage. Contrairement à Dean, qui met son putain de grain de sel chaque fois qu'il faut me déprécier. Même si ma mère n'a pas besoin de son aide dans ce domaine.

J'avoue, j'ai eu pitié. Grey semblait noyée dans cet océan familial et je pouvais me servir de son désespoir pour arrondir mes fins de mois. Et puis, j'ai dû me faire une raison : cette fille est le genre de vermine dont on ne se débarrasse pas.

Quand Ivy a émis cette idée de cours de soutien, j'y ai vu un compromis intéressant. Cent livres de l'heure : deux cents par semaine, huit cents par mois. C'est moins conséquent que l'argent que je me faisais avec les cambriolages, mais c'est mieux que rien. Mon loyer est encore trop cher malgré l'emplacement pourri de mon appartement et je dois envoyer de l'argent à Dean puisque cet incapable ne prend pas soin de sa famille.

Alors je fais au mieux.

Même si passer du temps avec Grey en dehors des heures de cours est plutôt risqué. Hier soir, j'étais nerveux à l'idée que quelqu'un nous reconnaisse à la bibliothèque. Je n'ai pas envie de me retrouver derrière les barreaux ou, pire, de me faire virer. Caleb n'aura pas un poste à me proposer tous les jours, et retrouver du travail avec le même salaire sera compliqué.

Il ne me restera alors plus qu'à aller toquer aux portes du McDonald ou du Starbucks pour blanchir l'argent des cambriolages, car je serai bien obligé de reprendre mes activités illégales.

Je joue à un jeu dangereux en fricotant avec Grey, mais je suis prêt à prendre le risque.

L'argent est une belle motivation.

Son expression défaite chaque fois que je lui adresse la parole en est une meilleure encore.

— Bon, dis-je pour dissiper la cacophonie qui règne dans les rangs. Quelqu'un pourrait m'expliquer cette histoire de course d'orientation ?

Je sens que j'ai capté leur attention. Elles lèvent des yeux pleins d'espoir dans ma direction, tout à coup très attentives à ce que je dis.

— Pourquoi, monsieur ? s'enquiert Aubrey. Vous nous accompagnez ?

Je hoche la tête pour ne pas faire durer le suspense trop longtemps. Mais la seule réaction qui m'intéresse est la sienne. Occupée à écrire dans son carnet (j'ai remarqué qu'elle trimballait toujours une sorte de journal avec elle), elle fronce soudain les sourcils.

Je me demande si elle est encore en train de dessiner. Elle avait fait une ébauche de moi, sans s'imaginer ce qui suivrait cette rencontre anodine dans le square à côté de chez elle.

Peut-être que je lui plaisais.

Mais c'était avant qu'on se rencontre pour de vrai.

— C'est quoi, le concept ?

Ma question idiote est le seul moyen de les occuper pour le reste de l'heure.

Quelques mains se lèvent. Je jette encore un coup d'œil à Grey pour voir si elle a relevé les yeux mais elle s'y refuse. Sa façon de m'ignorer m'agace plus que je ne veux bien l'admettre. C'est plus amusant quand j'arrive à la faire sortir de ses gonds.

J'interroge une blonde du nom de Shirley au premier rang. C'est l'autre déléguée. Ses cheveux sont coiffés comme dans les années soixante et l'*highlighter* sur le bout de son nez pourrait éblouir le soleil.

— Chaque année, commence-t-elle d'un ton trop dramatique pour ce qu'elle s'apprête à expliquer, Sherborn organise une course d'orientation dans la forêt de Epping. C'est à environ une heure de Londres. Le principe est simple : pendant une demi-journée, les élèves, divisées en groupes de trois, ont quatre heures pour récolter les dix balises disséminées sur le terrain par les profs.

— Moi je déteste cette course d'orientation, commente quelqu'un. On se fait chier.

— Tout dépend de ton groupe, ricane une dénommée Brianna. L'année dernière, on a seulement mangé des Pringles en faisant semblant de chercher les balises.

Encore quelque chose qui m'échappe. J'imagine que tous les pays ont leurs traditions, ou leurs travers. Aux États-Unis, on passe nos années de lycée à redouter le moment où un élève mal dans sa peau nous explosera le crâne avec son AK-47.

Ici, ils sont plus tournés vers la nature.

— Enfin bref. (Je coupe court à la discussion, leurs bavardages me donnent mal à la tête.) Je serai là, alors à vendredi.

Tout le monde commence à ranger ses affaires en comprenant que je les laisse partir un peu plus tôt. Je capte l'expression froissée de Grey, à l'autre bout de la salle. Elle doit détester l'idée de devoir faire une sortie scolaire en ma compagnie.

Dommage pour elle. Il semblerait que nos chemins soient destinés à se croiser pendant encore un moment…

I miss who we were, Holly

15

« Certaines amitiés se transforment en lointains souvenirs. »

June

J'ai les yeux fermés et la tempe posée contre la vitre du car lorsque ce dernier s'arrête sur le bas-côté d'une route forestière. Somnolente, j'observe les environs malgré la condensation qui s'est accumulée sur le double vitrage. Le large sentier est envahi de feuilles autrefois rouges et jaunes, elles ont perdu leur éclat à cause des intempéries incessantes.

L'an dernier, nous sommes descendues de ce car en nous esclaffant avec Holly.

Cette fois, c'est Amara qui est assise à côté de moi. Elle m'a souri et est venue s'installer sans me demander mon avis au début du trajet. Je n'ai pas bronché ; j'ai juste enfilé mes écouteurs avant de m'intéresser au paysage.

Elle se lève après avoir laissé passer tout le monde, pendant qu'elle s'observait dans son miroir de poche. Nous sommes les dernières à descendre et à saluer le chauffeur. Dehors, de la brume embaume l'air mais je suis heureuse de ne plus sentir cette odeur d'humidité retenue par le tissu des sièges. Je jette un regard au ciel nuageux. Il menace de s'effondrer sur nos têtes, et le dense brouillard qui s'enfonce à travers les arbres ne fait qu'accentuer cette ambiance apocalyptique.

— Merde, on se les gèle ici, peste Amara en cherchant désespérément à se réchauffer.

Nos survêtements en coton ne retiennent pas la chaleur. De la buée se forme devant nos bouches à chaque expiration. Je frissonne en regrettant de ne pas avoir apporté de gants.

Rassemblées sur le chemin, les filles ont formé une masse informe et s'agitent, encore excitées par le trajet qui fut bruyant. Celles qui s'assoient normalement au fond pour bavarder ont migré sur les sièges avant pour être proches de Scott, sans dissimuler leurs intentions. Elles n'ont fait que piailler, ignorant Watson qui les reprenait toutes les cinq minutes.

J'étais heureuse de ne pas avoir oublié mes écouteurs.

— Tu as remarqué ? me souffle Amara sur le ton de la confidence. Watson était jalouse qu'il accapare toute l'attention. Elle a passé le trajet à ruminer dans son co…

— Les dernières, dépêchez-vous ! nous ordonne-t-elle justement en nous voyant traîner.

Elle porte aussi un survêtement aux couleurs du lycée. C'est étrange de la voir autrement que tirée à quatre épingles, sans ses jupes crayon et ses talons aiguilles quotidiens.

Je repense au soir de ma première retenue, lorsqu'elle était venue rejoindre Scott pour qu'ils aillent ensemble en réunion. Les rumeurs les concernant ne m'ont pas étonnée. Il n'a pas l'air très sérieux dans ses relations – des penchants de ce genre se voient sur un visage.

À quelques mètres, il s'est assis sur un rocher et traîne sur son portable, peu intéressé par le rassemblement initié par sa collègue. Cette nonchalance fait rire nos camarades, qui préfèrent l'observer qu'écouter les recommandations de notre professeure référente.

— Monsieur, lui demande quelqu'un en se retenant de rire. Vous n'aimez pas le vert ?

Il a opté pour un ensemble de sport noir. C'est sa spécialité de contourner les règles, même les plus banales. Le tissu épouse parfaitement ses épaules, accentuant sa carrure imposante.

— Vous ressemblez à une armée de sapins. Si l'une d'entre vous se perd, je doute qu'on la retrouve.

Ses groupies rient de plus belle. Je baisse les yeux sur mon survêtement en me disant qu'il a raison, même si je déteste l'admettre.

— Bref, dit Watson en le gratifiant d'un regard mauvais. On va prendre quelques minutes pour rappeler les règles de sécurité.

Elle frappe dans ses mains pour obtenir l'attention des plus distraites, bientôt rejointe par la professeure de sport. Mme Delaware, si c'est bien son nom, a la réputation d'être rébarbative, mais je ne l'ai jamais eue en tant qu'enseignante. Sa queue-de-cheval filasse et ses sourcils tatoués durcissent considérablement son visage déjà marqué par les années et l'abus de nicotine.

— Pour celles qui seraient inquiètes à l'idée de se blesser ou de se perdre, je rappelle que des gardes forestiers resteront en bas avec nous en cas de problème.

Je ne me fais pas d'illusions malgré son discours censé nous rassurer. La forêt d'Epping est vaste et les chemins sont sinueux. J'aurais largement préféré rester à Sherborn, quitte à me coltiner de nouveaux travaux d'intérêt général. À bien y penser, je regrette de ne pas m'être fait faire une dispense, à l'instar de certaines absentéistes.

Un rire me parvient du premier rang. Holly chuchote avec Aubrey, dont les cheveux blond-beige sont ternis par l'absence de soleil. L'an dernier, nous avons passé l'après-midi à errer entre les arbres et à nous asseoir sur les premiers bancs qu'on repérait pour discuter. On est arrivées avant-dernières, mais personne ne se souciait moins de la compétition que nous. Je crois n'avoir jamais autant ri avec Holly que ce jour-là.

Je baisse le regard sur le sol boueux en ressentant un pincement au cœur.

C'est étrange comme tout peut changer.

Mais c'est idiot de se laisser attirer dans le gouffre de la tristesse. Rien sur cette terre n'est à l'abri d'un glissement, et je devrais l'avoir compris depuis longtemps.

— Vous avez intérêt à suivre les instructions de sécurité à la lettre, poursuit Delaware de sa voix rocailleuse. Ne vous séparez jamais. C'est dangereux de se déplacer seule…

J'espère simplement tomber sur un groupe correct. La plupart des filles me méprisent, et celles qui ne se sentent pas assez impliquées pour me persécuter se contentent de m'ignorer. Elles craignent de subir les foudres de Holly en me considérant comme autre chose que son ancienne meilleure amie réprouvée.

C'est fou que les gens soient encore si influençables, à notre âge.

Alors que je balaye le rassemblement du regard en cessant de prêter attention aux consignes, je m'aperçois que je ne suis pas la seule à m'être laissé distraire. Scott scrute les environs avec perplexité. Il doit se demander comment et pourquoi il a atterri ici. J'en rirais si je n'étais pas aussi préoccupée par la formation de nos groupes.

Je n'aurai l'esprit tranquille que lorsqu'elles se feront choisir avant moi.

Amara me donne un coup de coude.

— Tu paries combien que quelqu'un va se perdre ?

Je n'ai pas le temps de hausser les épaules qu'elle insiste :

— C'est obligé. Regarde-les. Ce sont toutes des abruties finies.

Sa conception des choses m'arrache un rire, et Holly se retourne pour me fixer comme si ça m'était interdit. Je fais semblant de ne pas l'avoir remarquée, même si ce besoin constant d'être sur mes gardes est en train d'user ma tolérance.

— Enfin : respectez les limites du terrain spécifiées sur la carte. Ne sortez de la piste sous aucun prétexte !

Dans mon dos, des filles sont agacées par ses ordres de plus en plus intransigeants. Tout le monde sait qu'à la seconde où le départ sera annoncé, les élèves jouiront de leur libre-arbitre, sans enseignants pour les surveiller.

Scott se lève et, avec la délicatesse qui le caractérise, arrache presque les cartes des mains de Delaware pour marmonner avec placidité :

— Ne protestez pas à propos des groupes. Ce n'est pas moi qui les ai constitués.

— Et aucun changement n'est envisageable, l'appuie-t-elle en nous regardant d'un air entendu.

Il fait passer les feuilles plastifiées à travers les rangées alors que je croise les doigts dans mes poches. La perspective de me retrouver avec Holly me rend nauséeuse.

— Morgan, Colleen et Brooke, vous êtes le groupe numéro trois, commence-t-il.

Le trio s'empresse d'aller récupérer sa boussole auprès de notre professeure de biologie.

— Leah, Saanvi et Aubrey, vous êtes le groupe numéro sept.

Aubrey exprime bruyamment son mécontentement de ne pas pouvoir concourir avec Holly. Cette dernière en rajoute une couche en s'accrochant à ses épaules puis se résigne finalement à la laisser s'éloigner, mais je suis soulagée qu'elle ne représente plus une menace. Plus tard, Emilia se fait appeler et m'adresse un sourire inquiétant avant de s'éloigner.

Scott continue d'annoncer les groupes pendant un moment qui me semble interminable. J'ai formé un creux dans la terre à force d'y enfoncer la pointe de ma basket. Il ne reste plus que quelques élèves dans le cercle, et Holly et moi sommes toujours de la partie.

— Holly, Amara et…

Il prend une pause en plein milieu de sa phrase. Il n'a pas besoin de me chercher longtemps pour me trouver parmi les élèves restantes.

— June, prononce-t-il enfin sans me quitter des yeux.

Mon estomac se remplit d'acidité. Peut-être qu'on attire une situation à force d'y penser.

Je ne peux pas me retrouver seule dans cette forêt avec Holly prête à me faire la misère. Encore moins alors que nous sommes accompagnées d'une fille que je connais à peine, et dont j'ignore toutes les intentions.

— Heureusement que tu es là, m'alpague Amara avec soulagement, me ramenant sur la terre ferme.

J'aspire ma lèvre inférieure. Je me demande si Mme Watson lui a parlé de mes cours particuliers. Nous n'avons jamais eu l'occasion d'en discuter puisque j'ai décidé de collaborer avec Scott, mais cela pourrait expliquer cette soudaine promiscuité qu'elle veut créer avec moi.

Ou est-ce que tout ça est un foutu guet-apens ?

Mes yeux font le point et je réalise que Holly est allée se plaindre auprès de Scott.

— Je ne veux pas d'elle dans mon groupe, crache-t-elle.

— Je t'ai dit que j'y pouvais rien.

Il la contraint à reculer, sans vouloir prendre part à ce conflit.

Tout le monde nous regarde en faisant des messes basses. Je déteste ce genre de situation. Je sais bien que si, par miracle, un prof acceptait de modifier les groupes, personne ne voudrait échanger sa place avec moi.

Dans un élan de désespoir, je lance un regard suppliant à Scott. Mais il détourne les yeux en feignant de ne pas m'avoir remarquée. Watson s'évertue à fixer un point sur ses chaussures. Je ressens un violent coup au cœur.

Tout le monde ici sait que Holly me harcèle, mais personne ne fait rien.

C'est toujours pareil. Ils ne sont désolés que lorsque le drame s'est déjà produit.

— Les groupes sont formés depuis plusieurs semaines, intervient Delaware, sans se laisser impressionner par les contestations de Holly. On ne peut pas tout changer au dernier moment à cause de vos enfantillages.

Nos enfantillages…

Je ravale la boule de chagrin qui me monte à la gorge.

Holly se calme en comprenant qu'elle n'obtiendra pas gain de cause et va ruminer silencieusement plus loin. Elle ne peut pas se permettre de trop hurler sur le corps enseignant, ça nuirait à son image.

Amara m'entraîne avec elle pour qu'on récupère la carte de notre parcours auprès de Scott, avant de se souvenir qu'il nous manque une boussole et qu'on a déjà pris du retard. Elle s'éloigne alors en me laissant seule avec lui. Je profite de cette occasion pour le regarder à nouveau. Mais j'ai effacé toute trace d'imploration de mes yeux. Il soutient mon regard en me tendant la carte. Je n'arrive pas à savoir ce qu'il pense de la situation.

— Bonne chance, marmonne-t-il. Tâche de revenir en vie.

La lueur d'espoir qui persistait bêtement au fond de moi s'éteint. Je m'en veux d'avoir attendu quoi que ce soit venant de lui ; ce n'est pas parce qu'il me donne des cours que notre relation a changé.

Il n'est pas dans le camp des gens qui pourraient m'aider, et il ne le sera jamais.

— Ouais, c'est ça. Reposez-vous bien sur votre caillou, craché-je assez bas pour qu'il soit le seul à m'entendre.

Je rejoins Amara pour observer les groupes qui se sont approchés de l'orée de la forêt, sur le départ.

— Bougez-vous ! s'impatiente soudain Holly, en première ligne.

— Elle a autant envie de gagner ? s'interroge Amara, notre boussole en main.

— Non. Elle ne veut juste pas perdre contre moi.

— Voici notre point de rassemblement, nous dit Delaware en désignant le sentier lorsque nous avons atteint les autres.

Revenez ici à 14 heures, même si vous n'avez pas terminé votre parcours. Est-ce que je me suis bien fait comprendre ?

— Il est maintenant 10 heures piles…, annonce-t-elle lorsqu'elle a entendu une approbation générale. Vous pouvez y aller !

Dès lors, les groupes se précipitent dans la forêt. Je m'y engouffre à la suite de Holly et d'Amara en me demandant à quelle sauce je vais être mangée.

***

Nous marchons dans le silence depuis deux heures.

Mes muscles sont en feu et je rêve de m'asseoir, mais notre trio est si tendu que nous continuons de traverser les sentiers sans nous dire un seul mot. Holly n'a pas détourné les yeux de son portable et échange des messages, sûrement avec Heize et sans doute pour se plaindre de la situation. On tourne en rond. Il nous manque encore sept balises sur les dix à récolter et, vu notre sens de l'orientation approximatif, ça ne semble pas près d'arriver. Mais Holly insiste pour nous guider à travers la forêt, et je suis trop blasée pour mettre en doute ses indications. Je m'estime déjà heureuse qu'on se soit ignorées depuis le début de la course d'orientation, même si je reste sur mes gardes. Ça me paraît trop beau pour être vrai.

Je commence à fatiguer et Holly ne semble pas prête à faire une pause dans l'immédiat. Amara rompt cette indifférence pesante :

— Je suis morte, les filles, se plaint-elle en cessant subitement de marcher.

Je profite de l'occasion pour m'arrêter aussi.

— Fermez-la et continuez, ordonne Holly sans même se tourner vers nous.

Amara roule des yeux puis scrute le chemin sur lequel nous sommes engagées. Le sentier est étroit et dépourvu d'aire de repos. Cette forêt est un véritable labyrinthe grisâtre et brumeux. Des gouttelettes formées par la condensation de l'air tombent des feuilles au-dessus de nos têtes, trop légères pour couvrir le chant des oiseaux et les clapotis du lac une trentaine de mètres plus bas.

— On devrait manger, dis-je pour soutenir Amara. On sera plus productives après nous être reposées un peu.

— Toi, ferme ta gueule, je ne t'ai pas demandé ton avis, me crache Holly en daignant enfin nous regarder.

J'en ai assez que nos échanges se limitent à des insultes.

— Tu n'en as pas marre de te répéter ?

— Pourquoi j'en aurais marre ? Peut-être qu'à force tu finiras par comprendre que personne ne veut entendre ta putain de voix de menteuse.

Je suis déjà au courant.

Personne ne prête attention à ce que je dis. Je ne suis pas certaine qu'on le remarquerait si je devenais tout à coup muette.

Mais je ne cherche plus à me justifier, c'est peine perdue. Elle n'a jamais voulu entendre ma version de l'histoire et je doute que ça change maintenant, au beau milieu de cette forêt.

Sans prendre part à notre altercation, Amara est partie s'asseoir sur un gros rocher plat, tout près de la barrière séparant le chemin du ravin. On y voit des arbres penchés à perte de vue. Je ne blâme pas sa prise de distance. À sa place, je serais aussi énervée de devoir subir cette ambiance déplorable.

Pensant que notre échange avec Holly en restera là, je laisse tomber mon sac et je sors ma gourde pour hydrater ma gorge asséchée par l'effort. Mais, avant même que j'aie pu prendre une gorgée d'eau, elle m'est arrachée des mains et je me retrouve nez à nez avec le visage furieux de Holly.

J'ai le temps d'apercevoir ma gourde une dernière fois avant qu'elle la balance dans le ravin. Elle n'attendait qu'une occasion de démarrer les hostilités.

— Ne me parle pas de civilités, sale pute !

D'un air de défi, elle s'empare du sac que j'ai laissé à mes pieds. Je tente de la retenir par la veste de son jogging, mais elle se dérobe à moi et s'approche de la barrière. Mon cri de protestation s'éteint quand je vois mes affaires tomber dans le vide. Elle vient de jeter mon repas, et potentiellement mes clés.

Heureusement que mon téléphone est resté dans ma poche.

— Mais va te faire soigner, putain ! T'as quel âge ?!

Elle secoue fièrement le sac en tissu au-dessus du vide, s'assurant qu'elle n'a rien oublié, puis le balance à mes pieds avec un sourire ravi. Je lance un regard en biais à Amara, craignant sa réaction. Attend-elle le signal de Holly pour commencer à m'agresser aussi ?

Mais elle semble tout aussi atterrée que moi et l'observe en affichant un évident désaccord.

— Viens, June. On va partager ma nourriture, finit-elle par déclarer après avoir évalué la situation.

Mais je ne peux pas me résigner à répondre à sa proposition. Je réduis la distance entre Holly et moi et je pousse son épaule pour la faire reculer.

— Si tu me détestes tant que ça, pourquoi est-ce que tu parles encore à Heize ? Hein ?

Ma question la déstabilise. Elle cligne des yeux avant de me pousser à son tour.

— Ne parle pas de Heize.

— Mais si, insisté-je. Il était dans ce lit avec moi, non ? C'est même lui qui m'y a emmenée alors que j'étais bourrée, mais ça, tu n'en as rien à foutre !

Ma voix se brise sur le dernier mot. Lèvres pincées, elle carre les épaules.

— Je lui faisais confiance ! continué-je face à son silence révélateur.

Son visage se tord dans une expression de pur dédain.

— Arrête de jouer les victimes ! Tu as juste sauté sur la première occasion pour coucher avec lui !

— Ce n'est pas vrai !

Je n'aurais jamais fait ça à Holly si j'avais été dans mon état normal. J'admets, j'en pinçais un peu pour Heize. Rien de plus qu'une attirance passagère que je refoulais jusqu'à me convaincre qu'elle n'existait pas. C'était ma seule erreur.

Heize avait le pouvoir de la popularité et un sourire ravageur. Objectivement, c'était un dragueur peu sérieux avec Holly, mais il avait toujours un mot gentil pour les autres. Il vous donnait l'impression d'être spéciale.

Nous formions un trio, malgré moi.

Quand ils ont commencé à se fréquenter, c'est comme si j'avais perdu ma meilleure amie. Holly n'existait plus par elle-même, Heize était devenu sa prolongation. J'avais rendez-vous avec elle au centre commercial, et c'était eux que je retrouvais. Ce qui devait initialement être une sortie entre copines se transformait rapidement en rendez-vous amoureux où j'étais de trop. Elle m'invitait chez lui pour une soirée, m'oubliait sous la pluie en pleine nuit, sans répondre à l'interphone, puis ne m'ouvrait que lorsqu'ils avaient fini de baiser.

Holly a commencé à me délaisser et notre lien s'est dégradé, mais je refusais de renoncer à notre amitié. C'était la seule chose que j'avais. Elle était mon excuse pour sortir de la maison, celle pour retarder mon retour. Je préférais être la cinquième roue du carrosse plutôt que de moisir chez moi, sous la coupe de Suzan.

Suzan…

Si elle ne m'avait pas autant frappée ce jour-là, je n'aurais pas été triste au point de vouloir mourir.

Je ne serais pas allée à cette soirée, et Heize n'aurait jamais remarqué le bleu sur ma tempe.

Je ne l'aurais pas laissé me verser de l'alcool en me prenant à part, dans le jardin de sa villa à Mayfair.

Il ne m'aurait pas donné l'impression d'être la seule personne qui pouvait m'écouter et me comprendre, dans un monde où tous me frôlaient sans me voir.

— Menteuse ! Tu me prends pour une conne ? Il m'a dit que tu lui avais sauté dessus !

— Tu sais quoi ? capitulé-je, lassée de cette discussion sans fin. Persuade-toi de cette version si ça peut soulager ta conscience.

— Soulager ma conscience ? hurle-t-elle, et son cri résonne entre les rangées d'arbres. Tu plaisantes, j'espère ! Je te faisais confiance ! Mais au lieu d'admettre tes torts, tu essayes d'attiser la pitié !

Pour la première fois depuis longtemps, elle fait tomber le masque. Ses yeux bleus débordent de douleur, plus que de ressentiment. J'observe ce qu'il reste de ses anglaises faites au fer à friser et plaquées avec sa laque favorite Schwarzkopf. Tout s'est aplati avec l'humidité.

Et, avant que j'aie le temps de comprendre quoi que ce soit, elle me pousse violemment en arrière. Je m'écrase dans la boue. Mes paumes ont amorti le choc mais sont déjà maculées de terre.

Lorsqu'elle se penche au-dessus de moi pour me gifler, j'attrape son poignet pour la faire tomber aussi. Nos corps s'entrechoquent durement et j'enfonce mes ongles dans sa peau diaphane jusqu'à lui arracher un hurlement. J'en ai assez de me faire frapper.

Je suis aussi un être vivant, putain.

— Salope, jure-t-elle en nous faisant rouler par terre.

Je lui tire les cheveux, ignorant l'élan de douleur provoqué par le coup qu'elle vient de me porter à l'estomac. Il ne reste à présent plus rien de ses boucles, j'ai des feuilles humides partout sur moi. Je frissonne à l'idée que des insectes entrent en contact avec ma peau.

— Arrêtez ! s'égosille Amara.

Je fais basculer Holly pour me retrouver au-dessus d'elle et je charge mon poing pour la frapper. Mais, alors que j'ai l'occasion de lui faire regretter ces derniers mois de coups et d'insultes, je freine brusquement juste avant d'atteindre son nez.

Nos regards se croisent et je me rends compte qu'il ne reste plus rien de ce qu'on était.

Personne ne parle jamais du deuil en amitié.

Je crois qu'il est plus douloureux que celui de l'amour.

— Les filles…, nous interrompt Amara d'une voix blanche.

Holly profite de mon moment d'égarement pour reprendre le dessus et me frapper à la lèvre. La vive coupure ravive mon envie de lui rendre la pareille, mais je n'en ai pas l'occasion, Amara insiste :

— Les filles, putain ! Arrêtez ! Quelqu'un nous observe !

Holly me relâche si brusquement que j'en ai le tournis. Elle se redresse pour regarder derrière moi et ses yeux se révulsent. Je suis trop sonnée pour me relever tout de suite, Holly et Amara se sont figées et fixent un point dans mon dos avec la même panique. J'essuie le sang sur mon menton en comprenant tout juste ce qu'il se passe.

Tout ça n'est qu'une mascarade.

Dernièrement, Amara s'est montrée gentille avec moi et a fait semblant de prendre ma défense devant Holly dans le seul but de m'amadouer. Maintenant, elles profitent de notre isolement dans les bois pour essayer de me faire peur.

— Arrêtez de vous foutre de moi ! je leur crache sans pouvoir ignorer le goût métallique qui se répand dans ma bouche.

Mais personne ne rit pour mettre fin à cette plaisanterie de mauvais goût. Lorsque je me retourne, persuadée qu'il n'y aura personne, j'émets un hoquet de surprise.

Une silhouette masquée se tient à cinq mètres de nous.

J'ai l'impression que c'est un homme. Son horrible masque de tête de cochon ensanglantée m'empêche de l'identifier. Il est plutôt grand, mais sa carrure n'est pas particulièrement imposante. Je me redresse précipitamment, la nervosité me donnant tout à coup chaud.

— Courez ! hurle Amara après une seconde d'hésitation.

On ne se fait pas prier. Nos jambes nous guident dans la direction opposée. Dans notre course effrénée, j'essaye de ne pas glisser sur le sol boueux alors que l'air froid entre dans ma gorge et me brûle les poumons. Je n'ose pas me retourner pour savoir si nous sommes suivies, surtout que la route parsemée d'aspérités rend notre fuite incertaine.

— Par ici ! nous indique Holly en virant brusquement à gauche.

J'obtempère sans réfléchir. Je réalise après coup que nous sommes sorties de la piste et que nous nous enfonçons dans un bosquet de buissons et d'arbres trop rapprochés les uns des autres pour que ce soit sans danger. Des petites branches m'écorchent le visage. Je ne suis pas la seule ; Holly et Amara poussent aussi des gémissements plaintifs.

Quand nous sortons enfin de la végétation, j'observe l'endroit où nous avons atterri, le souffle court. C'est un minuscule sentier qui se situe tout près du lac. On a perdu de l'altitude. Je fais un pas en avant pour reprendre mon équilibre et sens la terre s'effriter sous la semelle de mes chaussures.

— Attention ! s'écrit Amara.

Mais c'est trop tard. Je vois les filles s'éloigner de moi en me sentant chuter. Mon dos heurte brutalement le sol et ma respiration est sectionnée par le choc.

— June ! s'écrie Holly, horrifiée.

Son visage est devenu flou avec la distance. Je comprends que je suis tombée dans le fossé. La soudaine lourdeur de mon corps me donne l'impression de m'enfoncer dans la terre.

— Il faut faire quelque chose !

La suggestion de Amara semble faire hésiter Holly, mais elle finit par lui agripper l'épaule pour l'inciter à la suivre :

— Bouge-toi, on doit partir d'ici !

Sans demander son reste, Holly emprunte le chemin qui longe la crevasse en courant à bride abattue. Je n'arrive pas à discerner l'expression d'Amara. Un point noir recouvre toujours son visage.

— Je suis vraiment désolée, June…, murmure-t-elle en étouffant un sanglot, avant de s'enfuir elle aussi.

Je laisse mes yeux se refermer sur cette image.

16

« Les liens du sang ne préservent pas de la rivalité. »

Shayn

Manhattan, 2010

L'œilleton de la porte semblait me jauger.

Je fixais la plaque dorée où était inscrit le même nom que le mien. Le rendu différait entre la porte d'entrée défoncée de notre HLM à Hampstead et celle de son gratte-ciel de l'Upper East Side. Enfin le sien. Il pouvait surtout remercier le père de Lucy de le leur avoir acheté en guise de cadeau de fiançailles, avant de rendre l'âme.

J'ignorais pourquoi ma mère avait insisté pour que j'aille à sa foutue réception. Elle s'était cassé la jambe et était privée de déplacement, à son plus grand désarroi, mais en temps normal elle faisait en sorte que j'évite de le fréquenter. Cette fois, elle m'avait dégagé de ma chambre et m'avait promis de ne pas me laisser entrer de la nuit si je ne m'y rendais pas. Alors je l'avais écoutée, pour éviter de devoir dormir sur le plancher de Caleb.

J'ai finalement sonné. En bon hôte, Adam m'a ouvert dans la seconde qui a suivi, et le sourire qu'il avait aux lèvres s'est dissipé quand il m'a vu sur le pas de sa porte. Il ne s'y attendait pas. Il s'était senti obligé de me convier pour se faire passer pour le frère aimant auprès d'elle, et maintenant que j'étais vraiment là, ça lui posait problème.

— Tu es venu ? a-t-il marmonné sans couvrir l'agacement que ce constat faisait naître en lui.

Pour toute réponse, j'ai fait un pas en avant dans le hall. C'était la première fois que je venais. Si je ne voyais pas encore les invités cachés derrière le mur de la salle de réception, je les entendais. J'ai fixé les panneaux muraux blancs ; ils créaient des vagues en relief, et le luminaire en cristal imitait des gouttes d'eau au-dessus de nos têtes dans une sorte de pyramide inversée. Le luxe de cet appartement contrastait tellement avec l'entrée croulante de celui où nous avions grandi que ça m'a donné envie de rire.

— Va te changer.

Il désapprouvait mon survêtement visiblement. Il m'a demandé d'aller lui emprunter des vêtements « corrects » dans sa chambre ou de dégager.

— Tu te crois où ? a-t-il sifflé entre ses dents en comprenant que je n'avais l'intention d'écouter aucune de ses propositions. Dans ton lycée de merde ?

— C'était aussi le tien, non ? Ne crache pas dans la soupe. C'est pas ce que t'a enseigné la Bible ?

— Tu n'en as vraiment rien à foutre de rien, hein ! m'a-t-il assené en me perçant de son regard glacial. Je me demande ce qui s'est passé avec maman pour qu'elle n'arrive pas à t'inculquer la notion de respect.

J'ai inspiré. Qu'est-ce qui s'était passé ? Je ne comptais pas. Et il le savait très bien. Ses reproches avaient pour unique but de remuer le couteau dans la plaie.

Notre mère l'avait toujours préféré à moi.

Ce n'était pas un favoritisme banal, comme ça arrive souvent avec l'aîné de la fratrie. C'était quelque chose de plus profond, que j'avais décelé très tôt chez elle. Comme si elle me faisait payer le fait d'être le fils de quelqu'un qu'elle n'aimait pas, ou plutôt qu'elle abhorrait du plus profond d'elle-même.

Lorsqu'elle se retrouvait entre nous, son amour pour Adam ressortait par tous les pores de sa peau. Depuis toujours, ses gestes étaient plus doux avec lui ; elle le servait en premier à table, récitait ses plus beaux versets bibliques pour le féliciter. Quand nous étions plus jeunes, elle rangeait sa chambre pour qu'il dispose de plus de temps pour étudier ou jouer dehors avec ses amis, et lui filait en douce des billets malgré son maigre salaire de secrétaire médicale.

Quand venait mon tour, elle se débarrassait de moi avec un sourire embarrassé, soudain privée de son instinct maternel.

— Va te faire mettre, lui ai-je dit en souriant et en me frayant un passage dans le couloir.

Il avait peut-être eu tout l'amour de notre mère, mais le bâtard que j'étais possédait de meilleurs gènes, et je le dépassais de presque deux têtes.

J'ai eu droit aux regards appuyés des invités quand je suis entré dans le salon. Ils pensaient sûrement que le dealer de shit était arrivé en avance. Naturellement, je ne me sentais pas à ma place. Je savais que ces gens en costume ne pourraient jamais deviner notre lien de parenté, ni l'approuver, tant nous étions différents. Ce beau monde puait l'argent et, si Adam parvenait à oublier qui nous étions et d'où nous venions, ce n'était pas mon cas.

Alors j'ai fini par m'isoler sur un coin de la terrasse. Elle était vide. Le froid du mois de janvier avait l'avantage de décourager les gens. J'ai commencé à fumer en me demandant si j'avais bien rangé l'argent amassé ces derniers jours à l'endroit habituel, dans le trou de mon matelas, quand la porte coulissante s'est ouverte sur Lucy. Elle l'a vite refermée pour étouffer le bruit de leurs mondanités.

Lucy n'était pas mon genre. Elle entrait dans la catégorie des beautés classiques, celles qu'on voyait sur les tableaux. Une sorte de *Joconde* américaine. Son corps était long et élancé, et ses cheveux noirs coupés dans un carré formel venaient parfaire son air de première de la classe. Il n'y avait que ses yeux pour la différencier des autres.

Leur lueur laissait penser qu'elle se moquait un peu de vous. Le doute planait en permanence.

— Tu t'es encore disputé avec Adam ?

Elle m'a rejoint contre la rambarde pour se faire l'avocate du diable.

— Ne lui en veux pas. Il est stressé à cause de la réception. Il y a notre chef de service.

J'ai secoué la tête. Pour ce que j'en avais à foutre. J'allais bientôt partir, de toute évidence.

— Tu fumes trop, m'a-t-elle calmement fait remarquer en me prenant la cigarette des doigts.

Ses gestes étaient toujours délicats et mesurés, quoi qu'elle entreprenne. L'interne en cardiologie prenait le pas sur le reste. Elle m'a lancé un regard d'adulte. Ça n'a pas fonctionné. J'avais presque dix-huit ans et elle en avait vingt-cinq, mais depuis toujours j'étais à un stade plus avancé, autant dans mon corps que dans mon esprit.

Parfois, ça me pesait.

— En quoi ça te concerne, docteur House ? ai-je sifflé avec ennui.

J'en ai aussitôt sorti une autre de ma poche, sans me soucier de son regard mauvais.

— Je n'ai pas envie de t'avoir comme patient un jour.

Le père de Lucy était décédé d'un cancer du poumon quelques mois plus tôt, lui laissant à peine le temps de se fiancer avec Adam. Les médecins n'avaient rien pu faire. Sa famille avait dû se résigner à le regarder s'éteindre à petit feu dans son lit d'hôpital réputé. Depuis, elle avait presque perdu cet éclat de défi qui animait son regard.

J'ai alors cessé de contempler le vide pour lui accorder mon attention. Ses yeux bruns m'épiaient, réprobateurs.

— Adam me prendra en consultation à ta place, ai-je répondu pour la provoquer. Enfin, s'il a le temps. Mais le temps, c'est de l'argent. Et il n'en perdrait pas pour moi.

Elle a soupiré, refusant d'entrer dans mon jeu, elle en connaissait les aboutissants.

— Le mieux serait que personne ne t'ait comme patient.

— Au lieu de te soucier de moi, tu devrais surveiller mon frère. Regarde…

J'ai désigné d'un signe de tête la baie vitrée à travers laquelle on le voyait discuter avec une jolie blonde, nonchalamment appuyé sur la table du salon.

— Il a l'air occupé, là, ai-je insisté.

Elle n'a pas tourné le regard une seule fois pour vérifier. Elle le savait. Adam était un dragueur invétéré ; pas si différent de moi. Au moins, je n'avais pas le culot de dire aux gens que j'étais fidèle. L'anneau à son annulaire n'était là que pour attirer les femmes voulant tester leur pouvoir de séduction, et le sien par la même occasion.

Tout ça sous les yeux d'une Lucy désabusée.

— Parfois, je ne sais pas ce que je fais avec lui.

— Alors quitte-le, ai-je marmonné en tirant une taffe. C'est aussi simple que ça.

Elle m'a observé avec intérêt. Enfin, je n'en étais pas sûr. Je n'arrivais jamais à déterminer ce que ses yeux cachaient. Si c'était une sorte de cynisme de fille plus âgée ou son éternel flegme.

Putain, je ne comprenais pas si je l'appréciais ou si je la haïssais. Les filles étaient pourtant si simples à disséquer. Il suffisait de les traiter avec indifférence pour qu'elles se mettent en tête de pouvoir vous changer. Plus vous vous montriez détestables, plus elles s'évertuaient à voir le meilleur en vous. Même quand vous n'étiez là que pour tirer votre coup.

— L'amour, c'est compliqué, Shayn, a-t-elle finalement répliqué d'un ton distant.

— Vous n'avez pas de gosse. Tu peux encore te barrer.

— Shayn…

— Regarde ma mère. Elle ne s'en est pas privée. Elle a eu tellement d'hommes dans sa vie qu'on ressemble à un foyer d'accueil.

J'ai réussi à lui soutirer un rire. Ils étaient rares.

— Sarah te colle toujours autant aux basques ? a-t-elle demandé avec curiosité.

— Un peu, ouais.

— Je crois qu'elle est amoureuse de toi.

J'ai tellement grimacé à cette idée que ma Lucky Strike a failli me glisser des doigts et atterrir sur le crâne chauve du type qui étendait son linge à l'étage du dessous, malgré l'air glacial.

— T'es malade ? C'est ma demi-sœur, et elle a quinze ans.

— C'est l'âge parfait pour tomber amoureuse du mec mignon qui lui sert de nouveau demi-frère par alliance.

— Pas si nouveau que ça, ai-je rétorqué en tiquant sur le terme utilisé pour me décrire. Dis pas ça. C'est juste une gamine.

Une gamine sans repères.

Avec un père comme Dean, ça n'avait rien d'étonnant.

— En tout cas, a-t-elle dit en souriant, elle me regarde toujours de travers quand je suis dans la pièce.

— Pourquoi elle te regarderait de travers ?

J'ai regretté d'avoir posé la question. Je savais pourtant ce qu'elle sous-entendait : Lucy attirait mon attention, arrachant à Sarah celle que j'aurais pu lui porter. Elle avait conscience de l'effet qu'elle avait sur moi. Mais elle ne s'était jamais aventurée à le dire, ni à se montrer puérile avec une gamine. Est-ce qu'elle avait bu ? J'ai cherché une trace de vin autour de ses lèvres pourpres, me rapprochant inconsciemment de son visage.

Avant de comprendre qu'elle voulait sûrement faire payer à Adam le fait de draguer une autre fille quand elle se trouvait à quelques mètres.

— Tu as déjà été amoureux, Shayn ?

Elle a plongé ses yeux dans les miens. Elle me cherchait. Elle le faisait tout le temps, plus ou moins discrètement. Mais ce soir-là ses intentions étaient claires.

— Non, ai-je répondu du bout des lèvres. C'est une perte de temps. Tout le monde divorce, en plus.

J'ai jeté mon mégot dans le vide après l'avoir écrasé contre la rambarde, puis nous l'avons observé se perdre dans les méandres nocturnes de Manhattan.

Quand il est devenu invisible, j'ai reporté mon regard sur les buildings illuminés, sentant qu'elle me détaillait. L'air était chargé de tension. J'essayais de me convaincre que c'était dû à la chaleur des corps entassés à l'intérieur. On entendait encore leurs voix tonitruantes et le jazz pompeux choisi par Adam pour fêter sa spécialisation en cardiologie. Mais c'était inutile de se voiler la face. On était sur une terrasse en plein mois de décembre et la porte coulissante était fermée.

— Shayn…, a-t-elle murmuré.

Sa main s'est posée sur mon avant-bras d'une façon trop intime.

Adam méritait que je la baise, juste pour lui montrer ce que ça faisait de se faire voler quelque chose de précieux. Une fille contre une mère, c'était encore peu cher payé. Il y avait plein de filles sur terre, mais une seule femme nous avait mis au monde.

L'idée s'est distillée dans mon esprit alors que sa main délicate continuait d'entourer mon poignet.

Avant de commettre une erreur, je suis retourné à l'intérieur sans lui accorder un regard, ne me doutant pas que la machine était déjà lancée.

17

« Le poids de la culpabilité te rattrape toujours. »

Shayn

— C'est pas qu'on se fait chier, mais un peu quand même.

Le rocher sur lequel j'ai pris appui il y a quelques heures devient de plus en plus inconfortable. Je tire une taffe et garde la fumée entre mes lèvres en attendant une réponse qui ne vient pas. Ivy me jette un regard par-dessus son épaule, étonnée que je m'adresse à elle, mais reprend bien vite son observation intensive de la végétation.

Je recrache la fumée et persiste malgré son silence :

— Je veux dire. À quoi on sert, exactement ? J'aurais très bien pu rentrer à Londres avec le chauffeur du car, ce serait revenu au même.

Je me doutais que cette journée serait longue, mais on bat à présent des records. Grey n'est pas là pour me divertir, je dois me contenter des regards appuyés d'Ivy lorsqu'elle ne fait pas semblant de m'ignorer, et de la voix caverneuse de Delaware qui a passé sa journée au téléphone pour régler des problèmes administratifs, paraît-il.

Ivy se tourne complètement vers moi et roule des yeux, faillant à son principe de ne pas m'adresser la parole.

— On est là pour aider les élèves et les surveiller, me fait-elle savoir avec un agacement à peine masqué.

— Les surveiller ? Elles sont seules dans cette forêt… Il pourrait leur arriver n'importe quoi, on serait les derniers au courant. Vous cherchez à les perdre ou quoi ?

Elle pousse un soupir sous-entendant que j'ai raison mais qu'elle a trop de fierté pour l'admettre. Au loin, Delaware fait de grands gestes en parlant au téléphone, visiblement excédée par ce qu'elle entend à l'autre bout de la ligne. Je m'apprête à écraser mon mégot sur la pierre quand Ivy me l'arrache des doigts et le piétine violemment.

Perplexe, je garde les yeux rivés sur la cigarette qu'elle a complètement aplatie sous sa chaussure.

— Qu'est-ce qui t'arrive ? On dirait un cheval.

Elle prend une teinte écarlate en se rendant compte de l'impulsivité de son geste et se remet dos à moi. Je comprends vite que ce n'est pas l'odeur de la cigarette qui la gêne, mais surtout moi qu'elle déteste.

Au loin, des cris hystériques d'élèves se vantant d'être arrivées les premières lui donnent un prétexte pour s'éloigner. Le groupe revient de la forêt en riant à gorge déployée, puis s'écroule sur des rondins de bois bordant la route. Je suis heureux de constater que les autres ne tarderont pas et qu'on pourra enfin se barrer d'ici.

— Il est à peine 13 heures, les filles…, leur fait remarquer Ivy avec méfiance. Vous êtes sûres d'avoir poinçonné toutes les balises ?

Les trois hochent vivement la tête. Quelques mètres plus bas, Delaware leur jette un rapide coup d'œil, toujours occupée à sillonner le sentier, son portable soudé à sa tempe.

— J'étais dans l'équipe gagnante l'année dernière, nous informe Shirley lorsque je me rapproche pour récupérer leurs cartes.

— Mon Dieu, aujourd'hui c'était l'enfer ! se plaint sa camarade. Je ne sens plus mes doigts tellement j'ai froid.

Delaware nous rejoint, zieutant sans dire un mot leur feuille d'instruction dont les cases ont été remplies. Je l'observe lorsqu'un cri strident nous parvient du cœur de la forêt.

— Au secours !

Nous tournons simultanément la tête en direction du bois. Deux élèves en émergent soudain. Je ne mets pas longtemps à reconnaître le groupe numéro dix. Amara tombe à genoux avant d'arriver jusqu'à nous alors que Holly continue de marcher, essoufflée et transpirante.

Ça me frappe directement.

June n'est pas avec elles.

— Qu'est-ce qui se passe ?! s'inquiète Delaware en montrant pour la première fois un quelconque signe d'intérêt pour ses élèves.

— C'est..., hésite Holly.

Elle semble nerveuse, peut-être un peu sonnée. J'observe ses mains, qu'elle triture inconsciemment. De plus près, je remarque les microcoupures encore récentes sur son visage.

— Où est la troisième ? s'impatiente Delaware.

Holly ne répond pas et jette un regard furtif à Amara derrière elle, hésitant quant à ce qu'elle devrait dire. Son silence suscite une appréhension lancinante.

— Quelqu'un nous suivait ! explose Amara avant que Holly se décide à parler. J'essayais d'arrêter leur dispute. On s'est mises à courir et elle n'a pas vu le fossé. Je voulais l'aider… mais j'ai eu peur… je…

Si j'en crois l'expression de mes collègues, personne ne comprend rien à son charabia.

— Exprime-toi clairement, je lui ordonne, fébrile.

June est tombée dans un fossé ?

C'est la seule information que j'ai retenu de son discours décousu. Amara hoche la tête, gémissant péniblement.

— On ne pouvait pas l'aider…, intervient enfin Holly, qui a retrouvé l'usage de la parole. Il y avait ce type derrière nous ! On a eu peur ! Qu'est-ce qu'on aurait dû faire ?

Delaware écrase le dos de sa main sur son front et les premières élèves arrivées se mettent à piailler comme des forcenées.

— Taisez-vous ! leur ordonne-t-elle parce qu'on ne s'entend plus penser. Vous êtes sûres que ce n'était pas un garde forestier ?

— Non… C'était un voyeur. Il portait un masque. Il nous a suivies quand on s'est mises à courir. Peut-être qu'il est encore là-dedans… avec elle…

Amara remue les lèvres mais je n'arrive plus à l'écouter. J'imagine Grey gisant quelque part dans son survêtement vert, en train de se vider de son sang pendant que personne ne lui vient en aide. Cette sale image me donne un point dans l'estomac.

— Vous voulez dire qu'il y a un homme dans la forêt ? s'enquiert Ivy.

Elle jette un regard apeuré vers l'orée des bois.

— Toi, t'es ici. Certaines n'ont pas cette chance.

J'ignore pourquoi je suis si sec. J'évite soigneusement de croiser son regard quand elle tente de capter mon attention pour comprendre ce qu'elle a dit de mal.

— Il faut que tout le monde rentre, déclare Delaware. *Maintenant.*

— Mais June, où elle est ? demande une élève.

Amara hésite en jetant un énième coup d'œil hésitant à Holly puis répond :

— On... on ne sait pas trop. On a pas mal tourné en rond pour retrouver notre chemin.

— Elle est tombée vers quelle heure ? la pressé-je.

— Midi, midi et quart, je dirais...

Je prends une longue inspiration. Ivy pose une main sur mon épaule dans une piètre tentative de cohésion et j'ai envie de la repousser, mais ça ne ferait que rendre la situation plus étrange. Je ne devrais pas leur montrer à quel point j'ai les nerfs à vif.

Et pourquoi j'ai autant les nerfs à vif, putain ?

— Pourquoi est-ce que vous n'avez pas utilisé vos téléphones ? les interroge Delaware d'un ton glacial.

— Je n'avais pas de signal et Holly était à court de batterie.

Holly toise alors sa coéquipière d'un air mauvais, comme si elle en avait un peu trop dit.

— C'est pas de chance ça. Aucune de vous deux n'avait de moyen de nous joindre alors que l'élève la plus détestée de la classe venait de tomber dans un fossé.

Holly écarquille les yeux, regardant autour d'elle comme si je venais de l'accuser de meurtre.

Ivy accentue la pression sur mon avant-bras.

— Ce n'est pas le moment de proférer des accusations à tort et à travers, conseille Delaware en m'adressant un regard d'avertissement. On devrait se concentrer sur June pour pouvoir l'aider au mieux.

Mais je sais qu'elle n'en pense pas moins. Cette situation est très étrange, et je ne vois pas ce qu'un homme masqué viendrait faire dans une forêt pour terroriser des élèves en sortie scolaire. Pourtant, je ne dis plus rien, laissant mes collègues prendre la relève :

— On va avoir besoin de plus d'indications si on veut la retrouver.

Amara renifle mais je ne crois pas à ses larmes de crocodile. Je fixe le mascara qui a bavé sur ses joues mates en me demandant ce qui a bien pu se passer pendant que personne ne les regardait.

— On était près du lac. Dans la précipitation, je n'ai pas vraiment eu le temps d'inspecter les alentours. June est tombée d'assez haut… Peut-être cinq mètres…

L'ensemble du groupe frissonne à cette information. Sauf moi. Je me rembrunis en sentant que des souvenirs refoulés depuis longtemps sont en train d'émerger.

— Il y avait du sang ?

— Je… je ne sais pas…

La tension est insoutenable. Tout le monde se pose la même question, mais elle est si sordide que personne n'ose la formuler à voix haute :

Grey est-elle toujours en vie ?

***

— Shayn… la nuit est déjà tombée depuis longtemps, me souffle Ivy, frictionnant vigoureusement ses mains contre ses bras pour se réchauffer.

L'air sent la terre battue mais la température est remontée. J'ai presque chaud dans mon survêtement. Devant nous, deux policiers avancent dans la forêt en éclairant le chemin de leurs lampes torches. Ils se donnent parfois des indications par téléphone. De nombreux secouristes sont mobilisés depuis le milieu d'après-midi mais, à cause des explications approximatives de Holly et d'Amara, ils n'ont pas pu identifier l'endroit exact de l'accident. Ils ont bien tenté de tracer le téléphone de June, sans succès : il était éteint, ou brisé par la chute.

— Ça fait six heures et ils n'ont toujours rien trouvé. Je ne voudrais pas être pessimiste, mais…

Je la gratifie d'un regard noir qu'elle ne remarque probablement pas dans la pénombre. La situation est trop merdique pour qu'elle en rajoute une couche avec ses remarques encourageantes.

— Je veux dire, se reprend-elle face à mon mutisme, c'est peut-être un peu tard pour aujourd'hui. On devrait continuer les recherches demain, à tête reposée. Il y a plein de gens qualifiés qui vont continuer.

— T'as qu'à rentrer à Londres comme les élèves. Moi, je reste là.

Ivy pousse un soupir. J'ai compris ce qui la rendait aussi impatiente de retourner dans la capitale. Elle doit être un peu jalouse, dans le fond, de voir qu'une élève puisse autant accaparer mon attention. Toutes les remarques qu'elle m'a adressées depuis que nous sillonnons les bois sont étrangement accusatrices.

— Écoute, Shayn, je ne sais pas pourquoi tu t'obstines à la chercher. On ne sert à rien, là. Les professionnels le feront mieux que nous.

Je m'arrête. Les lumières de nos téléphones éclairent à peine son visage anormalement marqué par la fatigue.

— Une élève dont on était responsables a disparu et tu me demandes pourquoi je suis en train de la chercher ? Dis-moi, t'es juste conne ou tu le fais exprès ?

Les policiers qui marchent quelques mètres devant nous se retournent en entendant mon éclat de voix. Ivy semble alors prendre conscience de ce qu'elle vient de dire et ses lèvres se tordent pour tenter de rattraper son absurdité, mais il n'en sort rien.

— Tu sais quoi, rentre. Vraiment.

— Non ! Je suis désolée ! s'excuse-t-elle trop brusquement. Je ne sais pas ce qui m'a pris. Je suis nerveuse, crevée et… il est tard. Je raconte n'importe quoi.

Ses justifications creuses n'apaisent pas ma colère.

— Mets-toi à sa place une seule seconde. Si tu étais perdue et blessée dans une forêt la nuit, est-ce que t'aimerais que les gens te cherchent ou tu préférerais qu'ils s'arrêtent parce qu'ils ont mal aux jambes ?

Elle ne trouve rien à me répondre.

— Je vais chercher de mon côté. Ne me suis pas. Tu me gaves.

— Shayn ! Tu exagères !

Je m'éloigne. Au moins, elle reste à distance comme je le lui ai ordonné.

Dans mon dos, l'un des policiers me met en garde en me voyant partir seul : dans la nuit, je pourrais aussi glisser dans une crevasse.

— Pas de risque, marmonné-je entre mes dents après les avoir distancés de quelques mètres.

Je ne suis pas con, moi.

Je ne peux m'empêcher de blâmer Grey en m'enfonçant dans les sentiers noirs et irréguliers. Elle est tellement distraite. Toujours occupée à griffonner dans son carnet.

Je repense à son père et à sa belle-mère, venus de Londres en urgence. Cette dernière pleurait à chaudes larmes, mais étrangement quelque chose ne passait pas. Je ne ressentais pas sa douleur. Son père était plus dans la retenue, mais je peux lui accorder le bénéfice du doute : il envisageait sans doute les pires scénarios. Comme tout le monde.

— *Je te parie cinquante dollars qu'elle est morte.*

Encore cette foutue voix.

Inutile de tourner la tête pour savoir que Lucy marche à présent à mes côtés.

— *Ma première théorie, c'est qu'elle a succombé à ses blessures. Des insectes sont sûrement en train de la dévorer en ce moment.*

Le dégoût me fait froncer les sourcils.

— Ferme-la.

— *Ma deuxième théorie*, poursuit-elle en m'ignorant, joueuse, *c'est que le type qui les suivait l'a retrouvée et que son corps flotte certainement quelque part entre Oxford et Londres.*

— Ferme-la, putain !

— *La troisième et dernière*, persiste Lucy, *c'est qu'il la garde pour s'amuser quelque part. Mais c'est la moins probable. Vu la chute qu'elle a faite, elle m'a sans doute déjà rejointe.*

— Si tu continues, c'est toi qui finiras dans le lac.

Je me tourne vers elle. Et j'ai un sursaut. Lucy est couverte de sang. Elle a ce trou béant sur la joue, qui la prive du quart de son visage. C'est la Lucy des mauvais jours.

Troublé par cette vision, je perds mon regard dans la noirceur environnante. J'entends le bruit de mes pas contre les feuilles mortes, et le chant des oiseaux nocturnes. Un léger vent souffle, faisant bruisser les branches des arbres.

— *Admets-le,* me souffle Lucy d'une voix doucereuse, *elle t'intéresse alors que personne ne t'intéresse jamais.*

— Je ne vois pas de quoi tu parles.

— *Ça m'attriste que tu me mentes, Shayn. Elle m'a remplacée ? Je me croyais spéciale.*

— Tu ne l'étais pas, je lui rétorque durement.

— *Tu as raison. Tu ne m'as jamais aimée. Tu voulais juste ce que ton frère avait.*

Un liquide presque noir coule sur sa joue. La plaie est encore sanguinolente.

— *Tu sais pourquoi je suis là cette fois, non ?*

Je garde les lèvres serrées.

— *Tu t'en veux,* répond-elle à ma place.

— Pourquoi je m'en voudrais ?

Je revêts mon masque d'indifférence, mais elle m'a pris de court. Elle est toujours la première à me rappeler ce que j'ai fait de mal. Elle agit comme un extracteur de mauvaises pensées.

Je ne peux pas la fuir.

Je ne peux pas *me* fuir.

Jamais.

— *Peut-être parce que tu vois tout ce qui se passe mais que tu joues les aveugles ?*

Touché.

— N'importe quoi, réfuté-je.

La nuit déjà noire semble s'assombrir encore quand elle me met face à mes méfaits.

— *Ça ne sert à rien de la chercher maintenant. Tu aurais dû l'aider lorsqu'elle te l'a demandé.*

La haine me submerge peu à peu, remplissant ma gorge comme du venin.

— *Tu essayes de soulager ta conscience en faisant le maximum pour la retrouver, mais quand elle t'a supplié du regard ce matin... tu l'as ignorée.*

Comment aurais-je pu savoir que cette idiote tomberait dans un ravin ? J'étais en train de la charrier, comme d'habitude. Ouais, j'ai été surpris en lisant son nom sur la liste. Je savais que ça sentait mauvais. Mais je savais surtout que je devais me mêler de mes affaires.

C'est ce que j'ai toujours fait.

Pourquoi ce serait différent avec Grey ?

J'entends le son de l'eau qui s'écoule tout près et je réalise que je suis en train de longer le lac. Pendant une seconde, je crains de voir son corps flotter à la surface. Ce ne serait pas étonnant, puisque je ne fais que ça, voir le cadavre de celle que j'ai tuée malgré moi.

Un bruissement capte mon attention. Je braque la lampe de mon téléphone pour m'apercevoir que, non loin du cours d'eau, un bosquet d'arbres forme un cercle presque géométrique. Je m'en approche. Les feuilles et les branches mortes ont formé un monticule sur lequel on peut voir un reflet auburn dans la nuit. Mon pouls s'accélère en faisant cette découverte.

À moitié ensevelie sous un amas de feuilles, c'est bien une mèche de cheveux qui dépasse.

Les cheveux de June.

I truly don't understand him but he was the only one to help me

18

« Mille bonnes actions n'effacent pas un mauvais geste. »

June

Le ruissellement de l'eau est la première chose que j'entends en reprenant connaissance. J'ai la tête lourde. Allongée dans la terre, j'observe de hautes herbes, qui m'arrivent bien au-dessus du visage, suivre le mouvement impétueux du vent. Lorsque j'essaye de me redresser, je ressens une douleur lancinante qui s'étend de mon avant-bras à mon épaule et je me laisse immédiatement retomber en arrière.

Les rayons du soleil qui transpercent les branches des arbres m'aveuglent, mais il fait un froid glacial malgré leur brève apparition. Les yeux rivés sur le sentier, je me remémore la scène, encore confuse. J'ai glissé et j'ai atterri ici, à quelques mètres du lac.

Holly et Amara… Elles sont parties sans moi.

Je fixe le sentier surélevé sur lequel nous courions en réprimant un frisson. Qu'est-il advenu de l'homme au masque ? Quant à elles, ont-elles pu aller chercher de l'aide ?

Au fond, je sais que je ne peux pas leur en vouloir de m'avoir abandonnée à mon sort. Un type nous poursuivait et je les ralentissais. Elles ont écouté leur instinct de survie.

Et ce n'est pas comme si nous étions proches.

Je pousse un gémissement. Ma jambe est parcourue de picotements intenses mais j'ignore ce qui est le pire entre ces élans que je ressens au mollet ou la douleur sourde qui me paralyse le bras gauche. J'ai dû me casser quelque chose en tombant. J'essaye de le ramener vers moi, sans succès. Je relève péniblement la tête pour observer mon mollet et m'aperçois que du sang a coulé, puis séché le long de mon survêtement. Je n'ai pour le moment pas le courage de remonter le bas de mon jogging pour découvrir la profondeur de la plaie.

Les restes de mon téléphone explosé qui gisent sous ma cuisse contribuent à me démotiver.

Alors je dois me résigner à rester allongée sur le dos, fixant le ciel grisâtre à travers les nuages et les pins hauts de plusieurs dizaines de mètres. Des oiseaux se déplacent de branche en branche et leurs chants rendent la forêt plus vivante, mais ça ne suffit pas à tempérer mon anxiété.

Si on ne me retrouve pas avant la nuit tombée, qu'est-ce qui m'arrivera ?

Je ne veux pas l'envisager.

Avant que je m'en rende compte, le sel de mes larmes a imprégné ma langue. Et étrangement, je ne peux penser qu'à ma mère.

Elle ignore sans doute ce qui m'est arrivé. À New York, il doit être près de 10 heures du matin. Elle a déjà emmené les enfants à l'école, emprunté l'ascenseur de cet immeuble chic à Soho et s'est baladée à travers les avenues gigantesques en sirotant un Starbucks, pour rejoindre sa galerie d'art dans le nord de West End.

Elle a cessé de travailler dans un bureau en partant pour New York.

Elle a changé, irrémédiablement.

Je renifle et essuie les larmes qui ont inondé mon visage, me convainquant que c'est seulement dû à mes blessures, lorsque j'entends des voix retentir plus haut dans le bois. Je me redresse vivement, ignorant la souffrance que me coûte mon enthousiasme. Les filles ont-elles envoyé quelqu'un ? Je suis sur le point d'ouvrir les lèvres pour crier à l'aide quand je déchante.

— Dépêchez-vous, merde ! Je vous dis qu'elle est là !

Je connais cette voix qui s'emporte.

— Si elle est morte, on va avoir de sacrés problèmes !

L'air me manque. C'est Heize qui vient de parler et j'ai peur de comprendre ce que cela signifie.

Si je me fie à mon ouïe, il est encore loin. Je regarde autour de moi à la recherche d'un endroit où m'abriter. Alors que je commence à désespérer, je m'aperçois que quatre arbres rapprochés les uns des autres forment un cercle, cinq ou six mètres plus bas sur le sentier. Je n'ai plus le temps de m'apitoyer sur mon sort. Ignorant la douleur fulgurante qui me traverse, je tente de me relever en prenant appui sur mon bras et ma jambe intacts. Je dois essayer plusieurs fois avant de parvenir à me relever, transpirante et essoufflée, et chaque pas m'arrache un râle de souffrance. Je suis trop lente. J'entends les voix se rapprocher, mais ils ont dû emprunter le chemin indiqué sur la piste, ce qui retarde leur arrivée.

Quand j'atteins enfin les arbres en boitant, je m'aperçois que le cercle est rempli de feuilles et de branches mortes, à tel point qu'on distingue à peine ce qu'il y a à travers. La végétation forme une sorte de creux où je peux me glisser en restant debout sans trop de mal.

Retranchée dans mon abri de fortune, je retiens ma respiration. Une coulée plus sombre sur mon jogging m'indique que ma plaie s'est rouverte mais je suis trop préoccupée par les voix qui se sont désormais nettement rapprochées pour m'en inquiéter.

Mon cœur tombe à mes pieds lorsque je le repère.

Heize se tient au milieu du sentier, avec son masque de porc relevé sur le sommet du crâne. Il fouille les environs du regard, rapidement rejoint par deux autres garçons, également équipés de ces masques ridicules. Mes doigts se crispent contre l'écorce de l'arbre. J'arrive difficilement à tenir sur mes jambes.

— Putain ! explose-t-il. Elle n'est pas là !

— Je te l'avais dit ! rétorque l'un de ses acolytes en le poussant. Holly raconte n'importe quoi ! Et tu lui fais encore confiance après le coup qu'elle nous a fait ?

— C'est pas le moment de se renvoyer la balle ! Si elle est morte, on va avoir de sacrés problèmes !

— Et c'est la faute à qui ça, hein ?! Fils de pute ! Je n'aurais jamais dû te suivre dans tes plans bizarres !

— Calmez-vous, intervient le troisième, un grand blond à la peau laiteuse et parsemée de grains de beauté.

— Que je me calme ? Tu te rends compte de ce qui nous pend au nez ?!

Il se tourne vers Heize pour le pointer d'une main accusatrice.

— Si tu n'avais pas écouté ta salope de Holly, on n'en serait pas là. Les flics ne vont pas tarder à fouiller les lieux. Si on se fait choper avec ces putain de masques, tu crois qu'ils en tireront quelle conclusion ?

— On dira qu'on fêtait Halloween en avance, plaisante le blond pour détendre l'atmosphère.

— Ta gueule ! lui ordonnent les deux autres en chœur.

J'avais raison de soupçonner Holly.

Elle a tout orchestré.

— Mais pourquoi tu les as emmenées dans un endroit aussi dangereux ?! On devait se rejoindre au pied de la balise 64 !

— Combien de fois je vais encore devoir te le répéter, putain ? On *s'était* donné rendez-vous avec Holly au pied de la balise numéro 64, mais elle m'a envoyé plusieurs messages vers 11 heures pour me dire qu'elle ne la retrouvait plus !

— … Elle aurait pu l'atteindre en cherchant un peu plus. Mais apparemment, une fille de leur groupe a tout fait foirer. Elle a insisté pour prendre une pause. C'était pas prévu. Elles ont commencé à courir vers un endroit que je ne connaissais pas, et June est tombée !

Mon corps frissonne sous l'effet d'une rage contenue. Voilà pourquoi elle insistait pour nous guider à travers la forêt, et pourquoi elle semblait si nerveuse et agitée en échangeant des messages sur son téléphone.

— Qu'est-ce qu'on fait, alors ? demande l'autre type. Elle n'est pas là… Putain ! C'est vraiment la merde. Mon père va me tuer si…

— On se casse, tranche froidement Heize. Bye bye, June ! Ça fait déjà un moment qu'on la cherche. Si on reste trop longtemps ici, les flics vont vraiment finir par nous tomber dessus.

J'aimerais pouvoir affirmer le contraire, mais j'ai un pincement au cœur en l'entendant suggérer de me laisser dépérir. Il vient une nouvelle fois de me prouver que tout est pourri chez lui.

— Et si elle est morte ? insiste celui aux taches de rousseur.

Heize se caresse les lèvres, pensif. Il fut un temps où les battements de mon cœur se seraient accentués en sa présence. Tout ce que je perçois aujourd'hui, c'est un garçon dépourvu d'empathie, un manipulateur sans limites. Il ne me montrait que la facette qu'il voulait que je voie de lui.

Je me suis laissé avoir par un mirage.

— Alors ça restera notre petit secret. Holly fermera sa gueule, t'en fais pas. Elle aurait trop à perdre.

— Ça craint, mec…

— June… Son prénom me dit quelque chose. Vous n'aviez pas déjà eu une embrouille avec elle ?

— Je l'ai fait boire un peu à une soirée, et elle a terminé au pieu avec moi.

— Attends, tu l'as baisée alors qu'elle était bourrée ?

— T'es dangereux, je te laisserai plus dire bonjour à ma sœur, s'offusque le blond.

— Oh, arrêtez de faire vos mijaurées ! poursuit Heize en ignorant sa remarque. C'était même pas si bien que ça, elle ne faisait que geindre à propos de Holly. Ça m'a tellement énervé que je lui ai envoyé des photos de nous entre les draps pour lui faire péter un câble.

Je plaque ma main contre ma bouche pour étouffer un bruit qui trahirait ma présence de s'échapper.

— Tu voulais rendre Holly jalouse ? T'es vraiment un queutard, sérieux.

— Non. Je voulais faire payer à cette salope de m'avoir chauffé toute la soirée pour s'arrêter au dernier moment et prétendre qu'elle n'en avait plus envie. Vous auriez dû voir comment elle me regardait depuis qu'on se connaissait. Ses yeux me criaient de la baiser en permanence. Et puis, quand j'ai finalement voulu que ça arrive, elle s'est défilée. Quelle coincée. Dire que j'ai failli rompre avec Holly à cause d'elle.

— T'es vraiment con, Heize. Tu connais la règle pourtant. Toucher aux meilleures amies, c'est foutre le pied dans la merde.

— Tu comprendrais si tu la voyais. June était amusante. Le genre touchée par les petites attentions. Presque mignonne. Mais difficile à baiser, apparemment.

Heize...

Il le remarquait lorsque je portais des manches longues un jour de plein été. Il était le seul.

— Bref, on bouge. Plus un mot sur cette histoire, les gars. Plus un mot.

Après s'être concertés du regard, ses deux complices le suivent en pestant contre leurs chaussures qui s'enfoncent dans la boue. Une lueur automnale forme un halo grisâtre sur les feuilles délavées. Puis ils disparaissent.

Lorsque je suis certaine qu'ils sont assez loin, je me laisse retomber sur le sol. Ma nausée efface toutes les autres douleurs. J'ai juste envie de vomir pour déverser toute l'amertume qu'il y a en moi, mais mon corps n'est même pas en mesure de rejeter cette tristesse. Je reste un long moment adossée contre l'écorce de l'arbre sur lequel j'ai pris appui, la vue brouillée par les larmes.

J'avais tort de penser pas que mon estime pour Heize ne pourrait jamais tomber plus bas.

Mais c'est moi que je déteste le plus. Je me déteste d'être allée à cette soirée. Je me déteste de lui avoir fait confiance et, putain, je me déteste de me sentir aussi sale. J'ai soudain envie de me laver, de décaper ma peau jusqu'à en voir les couches inférieures.

Mais j'ai conscience que ça ne servirait à rien. Je suis bien placée pour le savoir. L'épiderme se régénère mais pas les marques.

Elles deviennent juste invisibles à l'œil nu.

***

La nuit est tombée depuis plusieurs heures.

Mon seul loisir a été d'observer la lumière du jour décliner pendant que la température chutait. J'ai perdu tout espoir qu'on me retrouve. Personne n'est revenu et je commence même à me demander si on me cherche réellement. Heize a mentionné la police, plus tôt, mais elle ne s'est toujours pas montrée.

Dans le noir, chaque craquement devient source de frayeur et, quand la fatigue me pousse enfin à fermer les paupières, je me réveille toujours en sursaut. Alors je tente de rester éveillée de toutes mes forces. Mes yeux se sont accoutumés à la pénombre, quelques éclats de lumière se reflètent sur la surface du lac.

J'entends soudain des bruissements au loin. Je tends l'oreille, essayant de comprendre s'il s'agit d'un animal sauvage ou de quelqu'un qui se rapproche du sentier. L'espoir s'élève en moi mais se fait ravaler par ce silence angoissant.

Terrifiée, je me renfonce dans ma cachette en faisant abstraction de mes blessures, espérant passer inaperçue sous le tas de feuilles, lorsqu'on braque une lampe dans ma direction. Je n'ai pas le temps de comprendre ce qui se passe : quelqu'un attrape une mèche de mes cheveux. Je pousse un cri strident et la personne recule sans baisser la lampe, soupirant de soulagement, il me semble.

— Sale demeurée. Pourquoi tu te caches là-dedans ? J'ai cru que j'allais retrouver ton cadavre.

Je retrouve mon souffle en reconnaissant la voix de Scott. Incrédule, je rassemble le peu de forces qu'il me reste pour émerger partiellement du buisson. Il me détaille derrière la lumière aveuglante de son téléphone, indifférent à la douleur qu'il inflige à ma rétine, mais je ne lui en tiens pas rigueur. C'est la première fois que je suis aussi heureuse de le voir.

Il s'accroupit pour être à ma hauteur, et commente avec son flegme habituel :

— Waouh. En fait, c'est toi le monstre du Loch Ness.

Cette analogie qui m'arracherait normalement un soupir rompt le barrage que j'avais dressé pour lutter contre les larmes. Épuisée par cette attente interminable, je lui offre le déluge, peu soucieuse de ma dignité qui s'évapore avec mes pleurs. Il retire enfin la lumière de mon visage et me saisit doucement par les épaules pour m'aider à me rasseoir dos à l'arbre voisin, comprenant que ma mobilité est réduite.

Il prend ensuite place à côté de moi et ne dit plus un mot jusqu'à ce que je me sois calmée. Au bout d'un moment, nous n'entendons plus que les hoquets que je tente de refréner.

J'ai toujours détesté cette minable réaction corporelle. Elle ne fait que prolonger l'embarras.

— Je plaisantais, Grey, marmonne-t-il en me regardant en biais. T'es trop sensible.

Mon maigre sourire lui échappe à cause de l'obscurité. Il me tend une bouteille d'eau, que je saisis sans résister. Le liquide remplit mon estomac et apaise momentanément ma faim, soulageant surtout ma gorge irritée.

— Est-ce qu'on peut rester ici encore quelques minutes ? je lui demande lorsque j'ai retrouvé une respiration normale.

Je sens son regard me happer mais je n'ose pas l'affronter, tout à coup consciente de l'étrangeté de ma demande. Il se penche au-dessus de moi et pose une main tiède sur mon front sans se soucier du fait que je me crispe.

Il est trop désinvolte.

— Pourquoi tu veux rester ici ?

Sa paume toujours sur mon front m'empêche de penser. Je dois réfléchir quelques secondes avant de parvenir à trouver les mots justes.

— Je veux juste profiter des derniers instants de calme…

Avant de devenir une bête de foire.

Il acquiesce et se cale plus confortablement contre l'arbre. J'en profite pour essuyer ce qu'il reste de mes larmes et je me concentre sur l'odeur de pin humide qui s'élève dans les airs. Maintenant que j'ai quelqu'un pour me tenir compagnie, je trouve presque cette fragrance rassurante.

Mais un malaise persiste. Je me suis déjà retrouvée seule avec lui de nombreuses fois et j'ai toujours agi de façon spontanée. Mais dans l'intimité de la nuit, tout est différent. Il m'a trouvée et je devrais lui en être reconnaissante.

Je le suis. Mais je réalise aussi quelque chose que j'ai occulté depuis son arrivée. Parmi tous ces gens qui auraient pu se mobiliser, c'était bien la dernière personne que je m'attendais à voir prendre part aux recherches.

— Est-ce que les autres sont rentrés ? je demande pour rompre le silence qui s'éternise.

— Ouais. Dès qu'ils ont été évacués de la forêt.

Il attend ma réaction.

Je regrette ma question, plus que sa réponse. Qu'est-ce que j'espérais ? Que toute la classe me cherche, lampe torche à la main, comme dans les séries américaines ? Je déteste ces réalisateurs qui nous mentent délibérément, nous vendant que les années lycée sont les meilleures. C'est un mensonge.

— Je comprends…

Et c'est le cas. Tout le monde a mieux à faire que de chercher la fille qu'on déteste.

Mais ça me blesse d'être la fille qu'on déteste.

— Arrête de mentir. T'as passé des heures à te demander si t'allais crever ici. J'espère que tu leur en veux, sinon ça fait de toi une sacrée idiote.

— Est-ce que qu'ils ont trouvé les coupables ?

— *Les* coupables ? souligne-t-il.

J'en ai trop dit en voulant changer de sujet. Je secoue la tête, parce que le silence est toujours une meilleure réponse quand on est coincé. Son regard qui ne me quitte pas me fait reconsidérer cette théorie, mais il finit par lâcher l'affaire après avoir reniflé avec scepticisme.

— Non, rétorque-t-il du bout des lèvres. Heureusement pour toi… ce fameux cochon s'est volatilisé.

J'aimerais bien.

— Tu vas faire des cauchemars ?

Je tourne la tête vers lui, consciente qu'il se fiche de moi. Ça me renvoie à la nuit du cambriolage.

— J'ai connu pire.

— Quel genre de pire ?

Il me scrute dans la faible lumière de son téléphone, placé entre nous pour nous éclairer. Ce n'est pas la première fois que je perçois cette lueur dans ces yeux ; une curiosité dangereuse.

Des flashs de Suzan m'attrapant par les cheveux et me jetant sur le sol de la cuisine me reviennent en mémoire.

— Vous voir en dehors des cours, par exemple, me justifié-je avant de devenir trop suspecte.

— Arrête un peu de te foutre de ma gueule.

Ses yeux me sondent avec une telle sévérité que je regrette d'avoir eu recours à cette stratégie pour détourner la conversation.

— Elles t'ont poussée, pas vrai ?

Sa question me pétrifie. Tout se brouille, et j'en reste bouche bée.

— Comme par hasard… plus de batterie, plus de réseau. Elles ont attendu une heure avant de nous avertir. Tu ne vas pas me faire croire qu'elles n'ont croisé personne dans la forêt ?

Je ne sais pas si sa clairvoyance m'arrange ou si elle empire les choses. Je pencherais plutôt pour la seconde option.

Mais il est évident que Heize s'en tirera sans encombre. Si je venais à parler, on me demanderait des preuves et je n'en ai aucune. Il n'y aurait comme toujours que mes mots contre les leurs. Tout le monde dans ce lycée sait qu'il m'a gâché la vie avec Holly.

Les accuser serait prendre le risque de passer pour une folle prête à tout pour se venger.

— Vous dites n'importe quoi, rétorqué-je d'un ton inutilement hostile.

— Arrête tes conneries et dénonce-les. Ça va trop loin, cette fois.

Ses mots dégoulinants d'hypocrisie m'irritent au plus haut point. Les rouages de son comportement m'échappent, ce n'est pas la première fois qu'il me sert son petit numéro incohérent.

— C'est vous qui vous foutez de moi. J'ai couru et je suis tombée toute seule, qu'est-ce qui est difficile à comprendre ?

— Tu…

— Vous feriez mieux de vous mêler de vos affaires. Vous êtes exactement comme eux et vous le savez très bien.

Un lâche qui a refusé de m'aider ce matin, et toutes les autres fois.

Il a un froncement de sourcils contrarié. Le coin de ses lèvres s'étire à peine, il se rapproche un peu et le froissement des feuilles se déplaçant sous son poids résonne entre nous.

— T'as raison, susurre-t-il près de mon oreille, et son souffle me caresse presque. Fais ce que tu veux, je m'en branle.

Il reste pourtant plusieurs secondes supplémentaires avant de s'écarter. Sa frustration m'atteint, se matérialise en un contact entre sa respiration maîtrisée et mon lobe d'oreille. Quand je commence à me demander ce qui se passe, il se relève avec une indifférence manifeste et balaye les environs du regard pendant que je tente de reprendre contenance. Le froid a rendu mes mouvements plus lourds. Je m'imagine qu'une couverture m'enveloppe mais cela n'a pas l'effet escompté et je sens mes lèvres vibrer.

Je l'entends alors pousser un soupir. Quelques secondes plus tard, sa veste atterrit sur mes jambes et son maudit parfum se répand aussitôt dans mes narines.

— Qu'est-ce que vous…

— T'as froid, non ? Alors mets-la et tais-toi un peu.

— Merci, dis-je d'un ton que je veux désagréable. Mais ce n'est pas la peine, je ne peux pas l'enfiler.

J'ai espoir qu'en me montrant aussi ingrate il la récupérera. La situation sera moins embarrassante si chacun de nous continue de se comporter comme il l'a toujours fait.

— T'es une vraie plaie, Grey.

Il se penche soudain au-dessus de moi et m'agrippe par la taille pour me relever de force. Je ne fais pas de commentaire sur son attitude déplacée, perturbée par notre position compromettante. Mon corps entier s'est rigidifié en le sentant m'entourer, je dois avoir l'air morte.

Il le remarque et se fend d'un sourire en coin révoltant.

— Quoi ? raille-t-il. T'as peur de finir comme tes copines ?

Étrange façon d'évoquer mes harceleuses, qui craquent sur lui. Sa question devrait englober Watson, dont il n'a fait qu'une bouchée et qui est désormais plongée dans une sorte de léthargie amoureuse.

— Vous vous surestimez. Je ne suis pas une de vos fans.

Pourtant, la façon dont mon ventre se creuse désormais à sa proximité contredit mes propos. J'espère qu'il ne s'en rend pas compte.

— Contrairement à elles, je sais qui vous êtes vraiment.

Ses mains glissent sur ma veste avec l'intention de la lisser, il lève doucement mon bras fracturé pour faire passer la manche de son survêtement par-dessus. Je serre les dents pour ne pas lui étaler ma douleur, engoncée par cette couche de vêtements supplémentaire.

— Tu crois ?

Son regard me met au défi. Je réalise que j'ai tort. Je sais seulement qu'il est mêlé à de sordides histoires de cambriolages, qu'il a besoin d'argent et qu'il me fait taire par peur que ses délits le rattrapent. Quant au reste… c'est une zone floue que je ne me risquerais pas à éclaircir.

Car mon silence lui a donné raison, il se contente de zipper la fermeture Éclair jusqu'en haut et le col trop large pour moi atteint mon menton. Je pense qu'il va s'éloigner mais il n'en fait rien.

— Vous ne comptez pas bouger ?

Son index vient soudain effleurer ma lèvre inférieure, qu'il frotte avec une concentration déroutante. Ce geste presque intime me coupe le souffle.

— Tu as du sang, là, se justifie-t-il.

Son regard bascule de mes lèvres à mes yeux et je lui en veux d'agir comme s'il n'y avait aucune animosité entre nous. J'étais en danger et il est apparu comme mon prince charmant venu me sauver des ténèbres. Mais Scott fait partie de mes ténèbres.

Certaines personnes sont plongées dans le noir et n'hésitent pas à vous brûler pour apercevoir de la lumière.

Je suis encore le défouloir de quelqu'un. Je ne dois rien inspirer d'autre quand on me regarde.

Je suis juste un putain de défouloir.

— Il faudrait peut-être qu'on avertisse les autres, je suggère en détournement le visage. Ils continuent de me chercher.

Il retire alors son index et se décale raisonnablement. J'ai encore la sensation de ses doigts sur ma bouche. J'essaye de ne pas y penser. Je m'apprête à faire un pas en avant mais il pose une main sur mon épaule et me met en garde :

— Fais attention. Tu pourrais le devenir.

— Devenir quoi ?

— Une fan.

Comme s'il n'avait rien dit de compromettant, il m'enserre la taille pour me soutenir et utilise son portable de sa main libre. Il me semble qu'il envoie notre localisation à quelqu'un.

— Il n'y a pas de risque.

— T'en es sûre ? demande-t-il, sans avoir l'air convaincu.

— Ce n'est pas parce que vous m'avez aidée cette fois que j'ai oublié tout le reste.

Je relève les yeux vers lui et je lui rappelle :

— Mille bonnes actions n'effacent pas un mauvais geste.

We were too close for a second

It's dangerous

19

« Un secret n'est jamais vraiment bien gardé. »

June

— June ! Il y a quelqu'un pour toi en bas !

La voix de Gaby a résonné depuis le rez-de-chaussée. À moitié comateuse sur mon oreiller, je tends l'oreille pour m'assurer que je n'ai pas rêvé. Pato dort au pied de mon lit, faisant office de couverture. J'ai dû m'assoupir et rater le déjeuner. Une odeur de nourriture embaume encore l'étage malgré l'après-midi bien entamée, ce qui est inhabituel – Suzan cuisine rarement en semaine. Le mercredi, jour où elle ne travaille pas à cause de Gaby, elle préfère manger chez ses parents, quitte à conduire jusqu'à Sutton et perdre du temps dans les embouteillages. Elle ferait tout pour nous éviter quelques instants supplémentaires sur notre étroite table du salon, avec les informations pour couvrir le bruit de nos fourchettes qui raclent la porcelaine et les soupirs de Gaby qui préférerait regarder des dessins animés.

Mais elle n'a pas pu s'échapper chez ses parents alors que je suis clouée au lit, question d'éthique.

Depuis deux semaines, je passe mes journées à regarder des films et à refermer mon ordinateur pour faire semblant d'étudier chaque fois que j'entends ses pas anxiogènes résonner devant ma porte, ou la voiture de mon père entrer dans le garage, vers 19 heures. Je m'en suis tirée avec une fracture de l'avant-bras gauche et douze points de suture au mollet. La plaie a bien cicatrisé mais je suis encore coincée avec mon plâtre pendant au moins dix jours.

Durant mon passage éclair à l'hôpital, une infirmière, dont les cernes trahissaient ses longues heures de travail, a dû découper mon pantalon pour me recoudre. Elle a remarqué les quelques bleus jaunis que j'avais au-dessus du genou, mais j'ai prétendu être tombée dans les escaliers avant même qu'elle ne pose la question. Il était 3 heures du matin et personne n'avait envie de savoir si je mentais ou non.

Je savais que Suzan se rongeait nerveusement les sangs à l'idée d'être démasquée, devant la salle, et ça me consolait un peu de cette journée épouvantable.

On toque soudain à la porte. Je me souviens alors que Gaby m'a appelée. Je me frotte les yeux avant de les baisser sur mon jogging rose pâle informe en me demandant qui peut bien me rendre visite. Je n'ai pas d'amis qui prendraient la peine de venir me voir durant ma convalescence.

Avant que j'aie l'occasion de me pencher davantage sur la question, la porte s'ouvre sur Amara, venue directement du lycée, si j'en crois son uniforme. J'ai du mal à masquer ma surprise. Elle se tient timidement dans l'encadrement de la porte, avec Gaby qui m'épie derrière ses jambes.

Il est toujours à l'affût.

— Salut, me dit-elle d'un ton bien plus hésitant que d'habitude.

Elle entre avant que je l'y invite, remuant les anses du sachet qu'elle tient du bout des doigts. Ses yeux examinent mon plâtre et mon bandage partiellement visible sous mon pantalon.

— Je voulais prendre de tes nouvelles et puis… je tenais à m'excuser.

— Gaby, le sermonne soudain Suzan en faisant irruption derrière eux. Laisse June tranquille, tu as des devoirs.

À regret, Gaby disparaît, et Suzan nous adresse son sourire de façade. Je comprends pourtant à son regard le message qu'elle me fait passer en refermant la porte : qui que soit ma visiteuse, elle a grand intérêt à ne pas s'attarder.

Le malaise s'instille en moi. Suzan a toujours détesté que j'amène des invités sur son territoire, raison pour laquelle j'allais toujours chez les gens et pas l'inverse. Je redoute déjà sa réaction quand Amara s'en ira, et j'imagine quelle forme tordue pourrait prendre sa punition puisqu'elle ne peut pas me frapper. *Pas en ce moment.* Peut-être qu'elle me confisquera la clé de ma chambre. Quand j'étais plus jeune, elle me forçait à laisser ma porte grande ouverte pour pouvoir me surveiller en permanence.

Je me rends compte qu'Amara se tient toujours les bras ballants au milieu de la pièce.

— Assieds-toi, lui proposé-je, prise de pitié, en désignant vaguement la chaise de mon bureau.

Elle s'exécute et le silence règne pendant une durée embarrassante. Je peux lire sur son visage qu'elle s'en veut de m'avoir laissée croupir dans la terre durant des heures. Mais je ne trouve rien à lui dire pour relancer la conversation. Au fond de moi, il y a toujours un peu d'amertume, et son intrusion m'a prise de court. Je n'ai fait rentrer personne chez moi depuis si longtemps que cette convention sociale me paraît totalement étrangère.

— Écoute, finit-elle par dire en se repositionnant sans cesse sur ma chaise maculée de craie et de feutre, l'autre jour, j'ai paniqué. Je sais que tu ne me le pardonneras probablement pas et que tu vas sans doute jeter ce que je t'ai apporté, mais… je voulais juste que tu saches…

Son hésitation me rend nerveuse. J'ai toujours détesté les excuses. Peut-être parce qu'elles représentent une part d'inconnu.

— … que je suis sincèrement désolée.

Pour sa défense, elle en donne vraiment l'impression.

Elle traîne sous ses yeux des cernes brunâtres qu'elle n'a pas camouflés avec son maquillage habituel. Elle n'en porte pas aujourd'hui. C'est la première fois que je la vois aussi peu apprêtée. Son teint normalement éclatant est terne et j'ai l'impression que ses yeux brillent, mais c'est peut-être juste la lumière.

— Tu n'étais pas obligée, dis-je en désignant le paquet qu'elle tient désormais sur ses genoux.

— Oh, ça… c'est rien, vraiment. C'est un gros roulé de chez Cinnabon.

Elle le pose sur mon bureau en prenant garde de ne pas empiéter sur les quelques dessins qui occupent déjà l'espace. Je me demande comment elle a deviné que j'adorais les roulés à la cannelle. J'en apporte souvent au lycée, mais j'ignorais que quelqu'un pouvait prêter attention à ce genre de détails.

— Tu m'en veux ? ne peut-elle s'empêcher de demander.

Je lui adresse un maigre sourire, radoucie par les efforts qu'elle a déployés pour moi.

— Écoute, on n'est pas amies. Tu ne me dois rien. Tu t'es sentie en danger, tu as couru. C'est tout.

Elle se pince les lèvres, même si ma réponse semble l'avoir soulagée.

— Même Holly ne m'a pas aidée. Ne te prends pas trop la tête.

C'est à elle que j'en veux. Toute cette culpabilité que je nourrissais depuis l'année dernière s'est finalement tarie et s'est transformée en amertume. Elle n'est jamais venue s'excuser alors qu'elle aurait pu me tuer. Si elle n'avait pas le courage d'assumer sa part de responsabilité dans cet accident, elle aurait au moins pu prendre de mes nouvelles.

— Il a quel âge ? demande Amara en parlant de Pato.

— Il est vieux.

Je me suis rembrunie. Je devrai bientôt lui faire mes adieux et je ne suis pas prête.

— Tu as raté des trucs au lycée, dit-elle pour changer de sujet, comprenant qu'elle a touché un point sensible. Les filles ont commencé à taguer les chiottes avec le nom de ce tocard. La direction pète un câble.

— Tu veux dire M. Scott ?

— Ouais, soupire-t-elle, défaite. Il est plus populaire que jamais depuis qu'il t'a sauvée. On ne peut plus faire pipi sans devoir lire leurs inepties sur les portes.

Je pouffe en imaginant ce qu'elles ont bien pu écrire à son sujet. Il a eu droit aux remerciements réservés de mon père, et à la trop grande gratitude d'une Suzan à l'apogée de sa carrière de comédienne, lorsque les secouristes nous ont ramenés.

On ne s'est pas revus depuis cette nuit cauchemardesque. Mes cours particuliers ont logiquement été interrompus après les derniers événements. Il n'a pas cherché à me contacter durant les quinze derniers jours ; j'imagine qu'il a trouvé une autre façon de gagner de l'argent. Quant à mon père, il a pour le moment laissé couler cette histoire de cours particuliers, mais je me doute bien que c'est seulement temporaire.

— Bref, reprend Amara. Tu ferais mieux de revenir avant que le lycée lui remette la Légion d'honneur. J'ai besoin d'une acolyte pour le détester aussi. C'est vraiment angoissant de voir ces connes lui lécher les bottes à longueur de journée.

Je ravale un sourire en l'imaginant devoir supporter l'attention des élèves. Je sais à quel point il déteste ça. Mais il a voulu être prof dans un lycée pour filles, à lui d'en accepter les conséquences.

— Tu ne l'aimes vraiment pas, constaté-je.

— Il m'agace. Je ne peux pas dire qu'il enseigne mal, mais… je ne sais pas. Il ne m'inspire pas confiance.

Ce « crétin » peut compter une fan de moins sur sa liste.

L'ambiance s'est détendue et je me rends compte que je ne m'interroge plus sur les raisons de sa présence dans ma chambre. Lorsqu'elle me sourit comme si elle en avait conscience aussi, ma demande m'échappe avant que j'aie pu y réfléchir :

— J'ai un service à te demander.

Elle attend la suite, une ombre de scepticisme enveloppant son visage.

— J'aimerais que tu dises à Mme Watson que tu as accepté de me donner des cours de maths.

La façon dont ses yeux s'éclairent me révèle qu'elle en avait déjà discuté avec notre professeure référente.

— Alors, tu acceptes que je t'aide ?

— Non, dis-je calmement. Je ne veux juste pas perdre mon temps avec cette matière.

La lumière qui a brièvement éclairé les yeux d'Amara s'est déjà évaporée.

— Je veux bien, mais j'avoue que je ne comprends pas trop. Tu n'as pas envie de t'améliorer ?

— C'est sans espoir.

Cette fois, ce n'est même pas un mensonge.

— D'accord, capitule-t-elle en se relevant.

Elle semble se retenir d'ajouter quelque chose mais ses lèvres s'entrouvrent et elle opte pour des mots plus raisonnables.

— Je ne vais pas te déranger plus longtemps. T'es cool, June. Un jour, je suis sûre que tout le monde s'en rendra compte.

Un semblant de sourire se dessine sur mes lèvres. Je suis touchée mais je n'y crois pas vraiment, et ce n'est pas grave. Je n'ai pas besoin de leur approbation, ni aujourd'hui ni dans quelques mois, quand j'aurai enterré tous ces mauvais souvenirs et qu'ils appartiendront au passé.

Sherborn n'est qu'un passage dans ma vie. Tout comme le sont Suzan et ma présence dans cette maison. En tout cas, c'est ce que je m'efforce de penser pour rendre la situation plus supportable.

Elle s'en va après m'avoir souri une dernière fois.

***

Le lendemain, je suis en train de contempler le plafond de ma chambre, sans trouver comment tuer l'ennui, lorsque je reçois un message. Je me penche par-dessus mon ordinateur laissé ouvert sur ma série pour regarder de qui il provient, mais je ne parviens pas à reconnaître cet alignement de chiffres.

« Cours à 16 h 30 ? »

Je relis le message plusieurs fois, le cœur étrangement comprimé dans ma cage thoracique. J'avais oublié qu'il avait pris mon numéro à la bibliothèque.

« J'évite de me déplacer. »

Il répond après une dizaine de minutes alors que j'attends fébrilement, allongée sur le dos, mon téléphone au-dessus de mon visage.

« Je m'en doute. »
« Je peux venir chez toi. »

Je me redresse subitement en comprenant ce que cela implique. Lui et moi dans un lieu public, c'est une chose. Chez moi lorsqu'il n'y a personne, c'en est une autre.

C'est aussi décupler les risques de se faire surprendre.

Je reste un moment figée devant mon écran, à tenter de formuler une réponse tout en sachant qu'il peut le voir. Je réécris le message plusieurs fois, le contenu étant toujours différent, jusqu'à ce qu'il me devance :

« Tu m'écris quoi là ?
« Oui ou non ? »

Merde.

Parce que ce serait encore plus ridicule de prolonger l'attente, je me décide enfin :

« Vous devez être parti à 17 h 30. »

J'ai l'accusé de réception pour seule réponse. Évidemment, il fait partie de ces gens qui ne le désactivent pas. Il se moque bien que vous sachiez qu'il a lu votre message mais qu'il a décidé de ne pas y accorder d'importance.

Je vérifie l'heure en me levant. Il ne me reste plus que quarante-cinq minutes avant qu'il sorte de Sherborn et se dirige vers chez moi. Je m'observe dans le miroir au-dessus de ma commode : mes cheveux sont sales et j'ai les yeux cernés. Soudain embarrassée à l'idée qu'il me voie dans cet état, je file à la douche en priant pour qu'il n'arrive pas en avance.

Vers 16 h 40, j'ouvre le portail en restant à l'intérieur de la maison. Il m'a déjà envoyé deux messages pour me dire de me dépêcher.

Je lui ouvre la porte sans un mot, alors que mes cheveux encore mouillés gouttent grossièrement dans la capuche de mon sweat-shirt gris. Sur le perron, son regard qui me sonde n'approuve toujours pas mon manque de ponctualité. Nous restons un instant à nous observer en chiens de faïence. Ses racines naturelles ont pris le pas sur la décoloration en une quinzaine de jours, ce qui renforce son charme. Je tente de contrôler mon expression pour ne pas lui montrer que je suis étrangement embarrassée. La dernière image que j'ai de lui n'a pas cessé de me tourmenter.

Il était trop proche de moi.

— Je vois que tu n'as pas profité de tes petites vacances pour apprendre le concept de la ponctualité, finit-il par dire en me dépassant, puisque je ne lui bloque pas complètement le passage.

Pas de politesse au sujet de ma béquille. Mon état physique lui importe peu, et c'est sûrement mieux comme ça.

— Vous devez vraiment être parti avant le retour de ma belle-mère.

Il me lance un regard par-dessus son épaule en entrant dans le salon et sourit, placide :

— Je ne compte pas m'éterniser.

Je le suis, ralentie par mon plâtre. Je déteste l'aisance avec laquelle il se déplace dans la maison, ça me donne l'impression qu'il a mémorisé l'aménagement dans ses moindres détails. Lorsque j'arrive dans le salon, il a déjà étalé des feuilles sur la table et s'est assis sur la chaise adjacente à la mienne.

— On ferait mieux de s'y mettre, tranche-t-il en me lançant un regard presque menaçant. T'as vraiment pris trop de retard sur le programme. Je ne sais pas quand tu reviens, mais on a un examen de prévu la semaine prochaine.

Je m'assois sans plus tarder. Il commence à m'expliquer la notion des sommes de variables aléatoires mais je fixe ses lèvres qui remuent sans comprendre un traître mot de ce qu'il raconte. J'essaye de me concentrer, mais il utilise des termes qui m'échappent, et le pire, c'est que c'est ma faute.

— *Eh*, il remue sa large main devant moi. Tu m'écoutes ?

Je remonte jusqu'à ses yeux, réalisant que j'ai fixé le centre de son visage jusqu'à complètement occulter le son de sa voix.

Il soupire. Il est rarement aussi sérieux que lorsqu'il est lancé dans ses explications scientifiques faramineuses.

— Écoute, Grey. Je vais t'expliquer quelque chose pour ton bien.

Il m'arrache agilement mon stylo des mains, laissant nos doigts s'effleurer pendant une microseconde. Puis, au dos d'une feuille que j'allais utiliser, il commence à dessiner une sorte de schéma approximatif. Je le regarde faire avec toute mon attention.

— Vois les mathématiques comme une partie de Jenga. Si tu places ton morceau de travers, il y a toujours un risque que ta pile s'effondre. Maintenant, si tu retires de plus en plus de morceaux : la pile diminue. Tu ne peux pas construire de gratte-ciel sans avoir les fondations.

Il marque une petite pause, plisse les yeux, coinçant sa langue dans le coin de ses lèvres.

— En gros, je suis pas le bon Dieu, et t'es dans la merde.

— Merci beaucoup pour ces encouragements, réponds-je en récupérant sèchement la feuille.

— Nan, je suis sérieux. Ton retard dans cette matière remonte à loin, si j'en crois le manque de logique que je décèle dans tes devoirs. On va devoir reprendre les bases. J'espère que je ne te surestime pas en me convainquant que tu sais faire une division, donc je propose qu'on passe directement aux équations et inéquations du premier degré.

Les yeux baissés sur ma copie, je redessine les contours de son esquisse pour les rendre plus nets, sans oser lui dire que j'ai complètement oublié le principe même de la notion qu'il vient d'énoncer.

Il se penche vers moi, posant son pied sur un barreau de ma chaise, et dit ironiquement :

— C'est du niveau collège. Troisième, plus précisément. Je pense que tu devrais t'en sortir.

Je me tends, essayant de faire abstraction du point de contact indirect entre nos deux corps. Il ne retire pas son pied durant ses explications détaillées et pose un certain nombre d'équations sur la feuille pour que je les résolve. Je fais au mieux, il a utilisé des mots compréhensibles. Comme le soulignait Amara, on ne peut pas lui retirer ses compétences en matière d'enseignement. Je me demande où est-ce qu'il a appris tout ça. Je n'aurais pas parié sur son excellence académique en le croisant pour la première fois.

Bien qu'il s'occupe sur son téléphone, il me surveille du coin de l'œil et, quand je ne vais pas dans la bonne direction, me fait signe de me relire avec son index. À un moment, je remarque qu'il consulte les messages d'une certaine Sarah. Une centaine au moins sont restés sans réponse. J'arrive à entrevoir une phrase : « Réponds-moi, s'il te plaît », mais je détourne le regard avant qu'il s'aperçoive que je suis en train d'épier ses conversations privées.

Il a déjà oublié sa collègue et ça ne m'étonne qu'à moitié.

Quarante minutes passent ainsi. Quand j'ai terminé la série d'exercices, il les corrige en insistant bien sur mes erreurs et m'en donne une nouvelle. Je suis envahie par un mal de tête intense en lui tendant la dernière série de notre cours.

Il la lit attentivement et ne note que quatre erreurs.

— C'est pas mal, admet-il.

Je ne peux retenir un sourire orgueilleux.

— Tu vois ? T'as un cerveau, quand tu veux.

Je m'étire d'un seul bras en l'ignorant, contente de savoir que le cours touchera bientôt à sa fin, et j'enroule l'une de mes boucles encore partiellement humides autour de mon index. J'ai envie de couper tous les petits cheveux qui dépassent sous la lumière crue du lustre.

— J'ai soif, me fait-il savoir en se relevant.

Il pose son regard sur moi pour me donner un ordre que je ne comprends que trop bien.

— Quelle mauvaise hôte. Tu ne m'as même pas proposé un verre d'eau depuis que je suis arrivé.

Je me lève, sachant pertinemment qu'il se paie ma tête, avant de regarder l'heure sur mon téléphone. Le moment fatidique de son retour approche. Elle arrive toujours vers 17 h 30, après être allée chercher Gaby à l'école et avoir fait quelques courses. Avec un peu de chance, elle sera coincée dans les embouteillages.

— Venez, je lui indique d'un ton blasé en me dirigeant vers la cuisine.

Alors que nous traversons le couloir, Pato descend paresseusement les escaliers. Scott s'arrête pour l'observer et je décèle une sincère surprise sur son visage.

— Attends, t'as un chien ?

Je hausse les épaules, je ne vois pas ce qui est étonnant. Mais il finit par détourner les yeux, me suggérant de laisser tomber, et me devance pour entrer dans la cuisine.

Alors que je lève le bras pour saisir un verre dans le placard, il observe la pièce, bras croisés. J'ai conscience qu'il juge chaque babiole posée sur les étagères. Il semblerait que Suzan ait la phobie des espaces vides, alors elle encombre tout.

— Ta belle-mère a des goûts… particuliers.

Il lorgne la fontaine de kombucha, sur un angle du comptoir, pendant que je remplis son verre d'eau de ma main valide. Je sens son regard traverser les compartiments minutieusement organisés par Suzan, mais qui ne donnent que très peu envie. Ils ne comportent que des paquets de flocons d'avoine, du lait de soja, du tofu, et des baies de goji lorsqu'elle s'autorise une folie calorique.

— Ici, dis-je pour répondre à sa question silencieuse, on ne mange presque aucun produit industriel.

Je lui tends son verre d'eau, puis j'ouvre un placard pour appuyer mon propos. Ne sont exposés que des bocaux remplis d'amandes, des pâtes au blé complet, des lentilles, et d'autres ingrédients qu'elle a passé de longues heures à sélectionner dans le but d'améliorer son régime et d'assurer sa longévité.

Scott esquisse un sourire qui n'atteint pas ses yeux.

— Tu dois bien t'amuser dans cette maison.

Sa remarque anodine m'arrache un pincement au cœur. Parfois, j'aimerais être comprise en un seul regard.

Mais ce serait dangereux.

Dangereux pour tout le monde.

Il désigne la statuette de Bouddha, qui a clairement une portée plus décorative que spirituelle.

— Laisse-moi deviner. Ta belle-mère ?

Sachant qu'il a raison, il ajoute :

— Je vois que c'est un modèle de vertu.

— Ça doit être ça, marmonné-je.

— Je connais quelqu'un comme ça aussi. Quelqu'un qui s'appuie sur la religion pour se convaincre que c'est une bonne personne.

Son regard s'alourdit.

— En général, ce sont les pires.

Sa vérité glaçante résonne en moi. Il s'approche pour poser son verre dans l'évier, alors que je me suis appuyée au comptoir.

Les billets qui lui sont destinés sont fourrés dans ma poche et j'entends leur froissement délicat contre le tissu de mon survêtement.

— On devrait se voir plus souvent si tu veux avoir une chance de réussir tes examens. Quand est-ce que tu reviens en cours ?

— Je ne sais pas.

Je n'ai pas hâte, quand je pense que je vais devoir croiser Holly après ce qu'elle m'a fait. Je ne suis pas certaine de pouvoir me contrôler.

J'en ai assez d'être son souffre-douleur. Je ne pense plus le mériter, même pas un tout petit peu.

— OK, conclut-il. Alors je t'enverrai des notions à revoir en attendant notre prochain cours.

Je sors les billets. Mais, alors que je m'apprête à les lui tendre, il se met en face de moi et lève puissamment le bras au-dessus de ma tête. Certaine qu'il va me gifler, je détourne le visage en fermant les yeux.

Mais sa main ne rencontre jamais ma pommette.

Un sifflement rugit dans mes oreilles, par-dessus ma respiration lourde. Consciente que j'ai eu ce réflexe malgré moi, je rouvre les yeux pour affronter la réalité. Il a simplement refermé la porte du placard que j'avais laissée ouverte en prenant un verre, car je risquais de me prendre l'angle dans un coin de la tête.

Une lueur de doute flotte à présent dans ses yeux noirs.

— Tu pensais que j'allais te frapper ?

Je cherche une excuse pour justifier mon comportement étrange, mais sous le faisceau de son regard intense, les mots me manquent.

— Je suis juste… je suis juste un peu fatiguée, répliqué-je après un trop long moment d'incertitude.

— Ne me mens pas.

Il fait un pas en avant, pressant à peine son bassin contre le mien. J'en ai le souffle coupé. Est-ce volontaire ? Dans cette lumière, ses yeux sont plus obscurs que jamais et sa froideur m'atteint. J'ignore la sensation de brûlure qui remonte dans mon bas-ventre, troublée par sa soudaine colère.

— Pourquoi tu as cru que j'allais te frapper ?

Je n'arrive plus à parler. Il m'impressionne presque autant que la fois où il m'a prise à part dans sa salle de classe pour me menacer.

Je suis sauvée par le bruit de la porte d'entrée qui s'ouvre avant d'avoir à lui répondre.

Dès lors, j'écarquille les yeux, le repoussant brusquement d'une seule main. Il n'a pas besoin d'un autre avertissement. La seconde suivante, il a disparu par la porte coulissante de la cuisine, alors que je suis restée figée contre le comptoir, encore en train d'assimiler ce qui vient de se passer.

— June ! s'écrie Gaby en entrant dans la pièce, la silhouette alourdie par son cartable trop grand. Tu te faisais à manger ? Tu vas mieux ?

Je mets une seconde à revenir à moi. Suzan lui emboîte le pas. La première chose qu'elle remarque est la baie vitrée laissée ouverte.

— Qu'est-ce que tu fais, June ? me demande-t-elle sèchement en fixant l'obscurité du jardin. Ferme ça tout de suite, il fait froid.

Je me rends alors compte de l'air glacial qui a envahi la pièce. Gaby me devance à cause de ma béquille. Elle lui adresse un sourire pincé, agacé qu'il prenne toujours mon parti, puis lui suggère d'aller se doucher avant de passer à table. Il finit par monter à l'étage dans un soupir.

— Quand est-ce que tu retournes au lycée ? me demande-t-elle en agitant ses clés d'un geste nerveux. Ça devient étouffant de te voir ici.

Ce qu'elle déteste par-dessus tout, c'est de ne pas pouvoir me corriger depuis mon accident.

On ne frappe pas une personne déjà blessée, sauf si on veut éveiller les soupçons.

De temps en temps, je me surprends à rêver d'une histoire différente pour nous deux. J'aimerais qu'elle soit la femme qu'elle prétend être devant les autres quand nous sommes seules. Que son sourire soit réellement affectueux, et ses larmes authentiques lorsqu'elle les fait couler pour moi.

Pour qu'enfin je sois un membre de la famille.

Mais ces pensées sont si pitoyables qu'elles me rendent nauséeuses. Je me répugne quand j'espère gagner un peu d'affection de mon tortionnaire.

— Il y a un parfum étrange dans cette maison…, marmonne-t-elle d'un ton suspicieux avant de disparaître dans le couloir.

De nouveau seule, je repense à la question de Scott.

Pour la première fois, je m'en veux d'avoir gardé mes lèvres serrées.

À une seconde près, la responsable de mon malheur se serait trouvée juste sous ses yeux.

20

« Vouloir franchir la ligne équivaut à la franchir déjà un peu. »

Shayn

— Qu'est-ce que vous faites là ?

La voix blasée de Grey résonne dans l'interphone. Je m'appuie contre son portail couleur acier tout en observant les rangées de maisons dans le prolongement de la rue. Elles sont pour la plupart bordées de haies plus ou moins bien taillées. Il n'y a pas un chat. Seulement un vent étrangement tiède pour la saison, qui déplace le gravier sur le trottoir.

— À ton avis ? je réponds sur le même ton.

— Nous n'avions pas rendez-vous.

J'entends toute sa contrariété dans sa voix, ce qui ne fait qu'accentuer la mienne.

— Écoute, je suis là alors contente-toi de m'ouvrir.

Ou je n'aurai qu'à passer par-dessus le portail.

J'espère ne pas devoir en arriver là. J'essaye de me comporter de façon civilisée quand je n'ai pas de cagoule sur le visage. Alors que j'attends une réponse, ou au moins le bruit du portail m'indiquant qu'il va s'ouvrir, je réalise à quel point j'ai mal à la tête. Le piaillement de mes élèves me suit même hors de la salle de classe, une sorte de mélodie maudite qui devient des plus difficiles à supporter. Je ne sais pas si c'est le métier qui m'use déjà ou ma patience qui s'amoindrit lorsque mon divertissement préféré n'est plus dans les parages.

— Grey, s'il te plaît. Je ne suis pas d'humeur.

Il y a un silence et j'attends encore une dizaine de secondes avant que le clignotant du portail s'actionne, suivi du grincement des battants qui ne s'ouvrent que modérément pour me laisser passer. Je traverse les pavés du jardin, où aucune voiture n'est encore stationnée, lorsque la porte d'entrée s'ouvre sur elle.

Elle porte le même sweat à capuche qu'hier. Une partie de ses ondulations auburn sont coincées dans le col de son tee-shirt et je remarque la tache de mascara encore fraîche sur sa paupière. Elle a dû le mettre en quatrième vitesse. Sarah est pareille : les visites improvisées sont son pire cauchemar, raison pour laquelle elle disparaît chaque fois dans la salle de bains pendant la demi-heure qui suit.

— Vous êtes malade ? me demande-t-elle d'une voix mesurée, après m'avoir lancé un regard mauvais. Vous auriez dû m'envoyer un message. C'est dangereux de passer à l'improviste.

— Ton père rentre tard et ta belle-mère revient vers 17 h 30.

Ma réponse la prend au dépourvu.

J'ai aussi regardé par-dessus le portail avant de sonner à l'interphone. Elle oublie peut-être que j'ai été chargé du repérage de sa maison avant le cambriolage.

Je l'observe sans un mot, à l'affût d'une ombre révélatrice sur son visage. Je sais qu'elle est encore gênée par la scène d'hier. Je repense sans cesse à la façon dont elle a évité mon bras, l'expression terrifiée qui déformait ses traits. J'ai retourné la question dans tous les sens, incertain quant à ce que je devais en déduire.

— Rentrez, marmonne-t-elle en ravalant un soupir vaincu.

Je la suis à l'intérieur. Ces photos accrochées partout sur les murs du couloir attirent de nouveau mon regard et je me surprends à les observer longuement. La renarde n'est jamais dessus. Je ne l'avais pas remarqué la première fois que je suis venu ici, parce que je ne connaissais pas son existence. Mais maintenant, c'est assez flagrant. Comme le nez au milieu du visage.

— On ne te voit jamais.

— Pardon ?

Elle se retourne et constate que je me suis arrêté devant un pan du mur chargé de souvenirs. C'est d'un goût douteux. Il y a même un cadre en forme de soleil, avec écrit « Moments de bonheur » en lettres détachées, reliées par des ficelles usées de différentes longueurs.

— Oh, souffle-t-elle en comprenant à quoi je fais référence.

Je concentre toute mon attention sur la belle-mère, qui aspire le reste du décor sur chaque cliché. On ne remarque plus son mari à l'air hébété ni son gosse qui ne sourit qu'à moitié. Il n'y a qu'elle et son expression de satisfaction totale.

— Je n'aime pas vraiment les photos, finit par murmurer Grey.

Sans attendre ma réponse, elle se dirige déjà vers le salon, et je la suis en gardant mes yeux fixés sur son dos. Il y a une pesanteur palpable dans l'air, ou peut-être qu'elle émane de nous.

Je ne suis pas d'humeur à perdre du temps, alors nous nous asseyons aussitôt sur les deux chaises voisines de la table du salon et je sors des feuilles de brouillon que j'ai volées au lycée avant d'y écrire des consignes. Pendant ce temps, elle fixe distraitement son plâtre, caressant du bout des doigts les quelques dessins qui le décorent. La plupart sont des gribouillis d'enfant : un smiley qui sourit, quelque chose ressemblant vaguement à une figurine (Spiderman ou Shrek, je ne suis pas sûr) mais également quelques esquisses faites par elle. Elles sont toujours aussi sombres. Je détourne le regard en la voyant tracer du bout de son stylo une forme encore indéfinissable à ce stade.

— Je t'ai remis quelques équations et inéquations pour t'échauffer, l'avertis-je en faisant glisser la feuille entre nous. Après, on commencera les probabilités.

Elle acquiesce, se met au travail avec une docilité inattendue. Normalement, elle passe les dix premières minutes le nez au plafond, à chercher une quelconque trace de motivation dans son cerveau de non-scientifique. Je l'observe griffonner, hésiter, réfléchir, barrer puis recommencer dans des soupirs aussi frustrés que frustrants.

Pour m'éviter de la voir traverser les cinq étapes du deuil, je me concentre sur ma dernière conversation avec Sarah. J'ai craqué, hier soir, devant son vingt et unième message de la journée.

« Adam se pavane dans le quartier comme s'il était innocent et ta mère a arrêté de prendre ses cachets. Elle est aux petits soins. Ça me donne envie de gerber. »

« Et papa a déjà dépensé tout l'argent que tu lui as envoyé. Une partie devait servir à régler mes frais de scolarité du mois. Je suis dans la merde. »

« Et Isaac se trimballe avec des baskets trouées depuis deux mois. »

« Putain, Shayn. T'es un vrai connard. Qu'est-ce que ça te coûte de me répondre ? »

« J'ai des frissons quand il est dans la pièce. Il fait comme si ça n'avait jamais eu lieu. Comme pendant le procès. Tu t'en souviens ? Je te jure, il me fait peur. »

« S'il te plaît, réponds-moi. J'en peux plus de vivre avec ces tarés. J'ai envie de lâcher les cours et de trouver un job pour me payer un appartement. »

Alors, je lui ai enfin donné des nouvelles après plus de six mois de silence radio.

« Quoi qu'il arrive, n'arrête pas l'université. Je t'enverrai l'argent directement la prochaine fois. »

Après ce message, elle m'a bombardé de notifications que j'ai ignorées. Moins elle en sait sur mon emplacement, mieux c'est. Elle pourrait se ramener, et ça ne ferait que compliquer les choses. Je ne peux pas assumer quelqu'un d'autre dans ma situation actuelle.

— J'ai terminé, me fait savoir Grey en me tendant sa feuille.

Elle ne perd pas une seconde et replie son bras valide pour y poser sa tête le temps que je corrige ses exercices. Elle tourne le visage de l'autre côté de la pièce. Ce geste m'agace sérieusement. Je remarque bien vite les erreurs qu'elle a laissées dans sa copie, faute de concentration. Hier, elle y arrivait. Son faux enthousiasme du début du cours ne servait qu'à me jeter de la poudre aux yeux.

— Concentre-toi. Il y a plein de fautes.

Elle émet un grognement peu convaincu, sans même se tourner dans ma direction. Je saisis alors son bras plâtré, plus proche de moi, où je commence à poser la mine de mon stylo. Elle se retourne avec des yeux effarés mais s'abstient de tout commentaire, sûrement curieuse de savoir ce que j'ai en tête.

Je trouve une place entre un cœur tordu de son petit frère et une énième esquisse déprimante pour écrire en gros : « Crétine ».

— Ça va pas ?! s'offusque-t-elle en découvrant ma contribution à son œuvre d'art.

Elle tente de retirer son bras mais je l'en empêche. Mon regard alterne entre sa copie et le plâtre que je noircis d'une petite croix à chaque erreur. Elle comprend bien vite mon système de notation et roule des yeux si fréquemment que ça en devient amusant.

— Sauve un peu ton honneur, lui dis-je lorsque j'ai terminé. Concentre-toi, putain.

Elle se redresse, frottant ses paupières avec une langueur que j'ai souvent remarquée durant le dernier cours de la journée, lorsqu'elle s'avachit sur son bureau.

Elle a l'air épuisée.

— Je suis fatiguée, admet-elle en sentant mon regard insistant, avant de reporter son attention sur le morceau de papier.

— Et alors ? Moi aussi. Pourtant je suis là.

— Vous avez besoin d'argent, réplique-t-elle du bout des lèvres, sans prendre la peine de me regarder.

— Et toi d'un diplôme.

Elle émet un rire étouffé, teinté d'ironie, retroussant à peine les lèvres. Je repense à son expression horrifiée alors que je l'acculais contre le meuble de la cuisine.

Tout le monde a des réflexes, mais peu ont les siens.

Au lycée, ces salopes la tyrannisent à plusieurs. Peut-être que ça vient de là ; cela expliquerait aussi le bleu qu'elle avait dans le cou, il y a quelques semaines. Quant à ses parents, je ne sais pas. Son père est largué. Ou peut-être qu'il cache bien son jeu. La blonde qui lui sert de belle-mère me semblait pondérée, bien qu'un peu excessive le jour où Grey avait disparu.

Quelque chose ne va pas mais je ne sais pas quoi exactement. Et je ne peux pas arracher des réponses à ses lèvres cousues par le silence.

— Est-ce que je devrais être là pour une autre raison que pour l'argent ?

Elle cesse d'écrire, fixant effrontément la page noircie, perturbée par ma question. Je sens qu'elle retient son souffle. J'aime l'effet que mes questions risquées ont sur son corps. Je marque une pause, fixant l'espace plus large qu'hier entre nos deux chaises. Je pourrais mettre mon pied sur la sienne ou nous rapprocher sous prétexte de mieux voir sa copie. Mais je sais que j'ai déjà franchi les limites pour aujourd'hui.

Doucement.

C'est dangereux de trop jouer, surtout quand il s'agit d'elle.

— On va passer aux probabilités, dis-je puisque je n'attendais pas de réponse.

Elle se rappelle comment respirer et cligne des paupières en saisissant son stylo plus fermement. Elle n'est pas effrontée. C'est rare. Ou inquiétant.

— Tu connais le principe, non ?

— À peu près, dit-elle en évitant mon regard, comme si j'en savais trop à son sujet.

— Je te donne un exemple dans le monde concret. Il y avait une chance sur un milliard qu'on se retrouve à Sherborn tous les deux. Pourtant, c'est arrivé.

— Malheureusement, souffle-t-elle assez fort pour que je l'entende.

— Ouais. Malheureusement.

J'expose les bases, dessinant des schémas brouillons pour illustrer mes propos, mais je perds son attention lorsqu'elle reçoit un message. Ignorant tout à coup mes explications, elle tend le bras vers son téléphone posé plus loin sur la table. Je vois ses lèvres s'ouvrir sous l'effet de la surprise.

Quelqu'un arrive ?

Je me tends sur le dossier de ma chaise, mais elle ne dit rien pendant un moment et ne me demande pas non plus de me lever, alors je comprends que ça ne concerne pas ses parents. Je commence à perdre patience en la voyant relire le message en boucle, perdue dans sa conversation. Je lui tapote l'épaule.

— Je ne vais pas t'expliquer les choses quarante fois, alors écoute-moi quand je te parle.

Elle m'adresse un bref regard et je m'aperçois que ses yeux sont humides. Mais elle verrouille le téléphone une bonne fois pour toutes et cale son menton dans sa paume, tentant par tous les moyens d'avoir l'air normale.

Je reprends mes explications, tout à fait conscient que son esprit est ailleurs. Il n'y a rien de plus agaçant que de la voir dérailler sur son téléphone, surtout que ce dernier a déjà sonné trois fois depuis mon premier avertissement. Elle cède au quatrième message et l'ouvre à nouveau, mais je lui prends des mains avant qu'elle puisse le lire.

Le numéro n'est pas enregistré dans son répertoire.

« Salut June, c'est Heize. J'utilise un autre téléphone parce que je sais que t'as bloqué mon numéro, mais j'ai appris ce qui t'était arrivé et je voulais juste savoir comment tu vas. Si tu me bloques encore, je trouverai un autre moyen. »

Heize…

Qui est ce type, et pourquoi un simple message de lui la met-il dans tous ses états ? Je la croyais plus intelligente que ça.

Je retourne le téléphone avant de le poser à côté de moi.

— Vous n'avez pas le droit de toucher à mes affaires !

Ses yeux rougis me poussent à bout. J'aspire ma lèvre inférieure pour retenir une réponse désagréable.

— Je suis sérieuse, insiste-t-elle sans pour autant oser récupérer son téléphone, sachant d'avance que c'est peine perdue. Ça commence vraiment à m'énerver, cette façon que vous avez de vous mêler de ce qui ne vous regarde pas.

— Écoute, je ne suis pas venu ici pour te voir pleurer sur les messages de tes ex.

— Ce n'est pas…

Le téléphone vibre une nouvelle fois et je me masse la tempe, exaspéré.

— Peu importe qui c'est, il te reste vingt minutes pour finir tes exercices. Si c'est urgent réponds-lui, si ça ne l'est pas, oublie-le.

Elle m'observe, la respiration accentuée par l'agacement.

— Je vais aller boire de l'eau maintenant, si ça ne te dérange pas. Je te demande pas le chemin.

Je disparais dans la cuisine en laissant son téléphone sur la table. Une fois seul, je m'appuie contre le comptoir pour reprendre ma respiration. Je dois me maîtriser. Je ne sais pas ce qu'il me prend, mais tout ce qu'elle fait m'enrage. Par la fenêtre, je regarde la pénombre déjà tombée, à l'affût d'une voiture pouvant surgir dans le jardin.

Mais rien.

Elle est encore en train de fixer son téléphone quand je reviens dans la pièce.

— Vous n'avez touché à rien, j'espère, marmonne-t-elle en levant des yeux réprobateurs dans ma direction.

Elle joue à ça.

Je marche jusqu'à elle, butant volontairement contre sa chaise. Puisqu'elle est assise et moi debout, le zip de mon survêtement se trouve à la hauteur de ses lèvres et pourrait presque l'effleurer si je me penchais un peu plus en avant.

— Je ne sais pas, je lui rétorque durement, tu veux me fouiller ?

Je n'ai pas camouflé le sous-entendu afin de faire disparaître ce putain d'air fier sur son visage. Et ça marche momentanément. Elle ouvre d'abord grands les yeux, surprise par ma franchise, mais finit par m'adresser un regard de chat en colère.

Je saisis son portable et lui ordonne près du visage :

— Maintenant… concentre-toi.

J'ai détaché chaque mot avec une telle conviction qu'elle reste muette pendant un instant. Je pense avoir eu le dernier mot lorsque je vais m'asseoir sur le canapé pour m'éloigner d'elle, mais elle se lève aussi. Avant même que j'aie pu savourer quelques instants de paix, elle me rejoint sans prendre la peine d'apporter sa béquille.

— Même quand j'essaye de me convaincre du contraire, vous me rappelez que vous êtes vraiment insupportable !

Affalé sur son canapé tel un parasite, je la défie du regard.

— T'as toujours une grande bouche quand tu t'adresses à moi, mais où est cette énergie quand tu te laisses victimiser par les autres ?

— Pauvre connard, siffle-t-elle, piquée à vif.

— Ouais, continue de me parler comme si ce n'était pas moi qui allais décider de tes prochaines notes.

J'allume la télévision sans me soucier d'elle et je zappe sur quelques chaînes jusqu'à atterrir sur le programme le moins ennuyeux, sous son regard sidéré. Sky diffuse *Les Simpson* et, même si je n'ai jamais été particulièrement fan, je me dis que c'est une bonne occasion de la faire chier.

Ouais, autant la conforter dans l'idée que j'incarne tous les travers de l'Amérique.

— Vous… plaisantez ?

Je sens à son intonation qu'elle prend sur elle pour encore me vouvoyer. Je cale la télécommande sur mes genoux et je pose son téléphone entre l'accoudoir et l'assise du canapé sans me détourner de l'écran. Homer et Marge se disputent. Leurs éclats de voix retentissent trop bruyamment dans le salon.

— Quoi, je marmonne en gardant mon attention rivée sur eux. Je pensais que ça ne te dérangerait pas. T'as pas l'air décidée à travailler.

Je regrette de ne pas pouvoir la regarder pour me délecter de sa frustration.

— Éteignez ça.

Parce qu'elle sait que son ordre n'aura aucun effet, elle franchit la maigre distance qui la sépare du canapé et se penche au-dessus de mes jambes pour récupérer son téléphone d'une main. Mais il est trop éloigné d'elle et l'inévitable se produit. Elle perd l'équilibre, me tombe dessus et se rattrape de justesse sur l'appuie-tête.

Tout son poids est sur mes genoux et son visage est au-dessus du mien.

— Je suis désolée, s'excuse-t-elle en tentant de se redresser.

Le téléphone vibre encore. Ce con de Heize veut une réponse, alors que la fille qu'il cherche désespérément à joindre est à califourchon sur mes genoux.

— On dirait que tu fais des ravages.

Mon ironie ne parvient pas à détendre l'atmosphère. J'aurais préféré. C'est souvent ce que je fais quand elle est là, pour me rappeler qu'il n'y a rien de sérieux.

C'est juste une fille insignifiante et je garde le contrôle de la situation.

Mais notre position rend les choses trop concrètes. Faute d'être parvenue à se relever d'une main, elle s'est figée. Ses cheveux me chatouillent le visage et ses lèvres pulpeuses ne sont qu'à quelques centimètres des miennes.

La tension entre nous pourrait bien dissiper ma conscience professionnelle.

Je saisis lentement la télécommande et je coupe le son par réflexe. Dès lors, je n'entends plus que sa respiration pesante.

— Tu devrais faire attention, je la mets en garde.

Nos regards s'accrochent.

Je devrais l'aider à se relever, elle doit avoir mal à cause de son bras, mais une force inconnue me cloue au canapé. Sans savoir ce qui me prend, je laisse ma main survoler sa hanche. Je ne la touche pas mais j'imagine ce qu'elle ressentirait si mes doigts venaient soudain la caresser.

Sa respiration s'approfondit encore, dans l'attente de mon geste laissé en suspens. Je lis de la confusion dans ses yeux et je dois me forcer à détourner le regard de ses lèvres, qui m'appellent sans même le savoir.

Elle est tellement frustrante. Si elle n'était pas *elle*, justement, j'aurais laissé la situation dérailler.

— Tu me paieras la prochaine fois.

Je la fais doucement basculer sur le côté et je me lève. Sentir son poids sur mes cuisses était sur le point de me faire bander.

Je quitte la pièce avant d'aggraver les choses.

***

— Ça va, Shayn ?

Caleb émerge de la salle de sport, restant dans l'entrebâillement de la porte. Une moiteur s'échappe alors du couloir, contrastant avec la température extérieure. Il pleut à verse. Je suis à l'abri sous l'auvent, en train de vider ma bouteille d'eau, encore essoufflé par mon entraînement intensif.

— J'ai cru que tu allais décrocher le punching-ball.

Nous entendons des coups de klaxon sur l'avenue Strand, plus loin. Ce ne sont que les prémices de la vie nocturne qui s'éveillera bientôt. Caleb va pouvoir rentrer à Covent Garden à pied, et moi je devrai rouler jusqu'à Croydon.

— Royle a dit que si tu cassais le matériel, il ne te ferait pas de cadeau.

— Dis à Royle d'aller se faire foutre.

— Allez, vieux, me stimule Caleb en venant se glisser à côté de moi, prenant la pluie de plein fouet pendant une seconde. Bon sang, je suis trempé. Qu'est-ce qui t'arrive ?

— Rien, je prends l'air.

— C'est pour ça que tu as défoncé le punching-ball jusqu'à avoir les poings écorchés.

Je baisse les yeux sur mes jointures, où des alluvions de sang se sont déposées. Un soupir reste coincé dans ma gorge. Ça ne sert à rien de lui parler de mon problème. Son sens de la justice aiguisé enverrait mon cul derrière les barreaux s'il savait que je suis en train de me prendre la tête à cause d'une élève.

Une élève majeure, mais une élève quand même.

— Lâche l'affaire, Caleb.

— Je vois. Et tu es encore avec… comment elle s'appelait, déjà ? Tu sais. Ta collègue.

— Ivy ? marmonné-je.

— Ouais, c'est ça.

Je ricane méchamment. Depuis notre dernière conversation dans les bois, je l'ai soigneusement évitée. En dépit de quelques regards gênés dans ma direction, elle a su se faire discrète. Elle a certainement compris qu'elle avait dépassé les bornes.

Face à mon silence prolongé, il devine :

— Tu as déjà une autre proie.

Il jette un coup d'œil à mon paquet de Marlboro, écrasé dans la poche arrière de mon pantalon. Et, dans un geste trahissant son impatience, il me fait signe de le sortir.

— Donne-moi une cigarette.

Je lui lance un regard en biais, surpris par cette demande plus qu'inhabituelle.

— Depuis quand tu fumes ?

— Lihn me prend la tête avec la date du mariage.

Sa fiancée est vietnamienne, comme lui, pour le plus grand bonheur de ses parents. Je ne l'ai vue qu'en photo. Depuis qu'ils habitent ensemble, il n'est plus trop du genre à m'accueillir chez lui pour une soirée bière et jeux vidéo. Peut-être qu'on a juste passé l'âge. Je lui tends la clope, un peu nostalgique.

— Alors ça y est, dis-je d'un ton résigné. T'es bientôt coincé.

Il tire une taffe en inspirant le tabac si profondément que je dois lui rappeler que ce n'est pas du shit. Sa peau est luisante de sueur sous la lumière faible de la ruelle.

— Bon, sérieux, qu'est-ce que tu as ? me relance-t-il en jouant avec une canette de soda qui traîne sur le sol.

Cela crée un crissement insupportable. Il s'arrête en comprenant que personne n'est humeur.

— Le lycée me gave.

— Le côté école privée, non ?

— Entre autres…

J'ai failli embrasser Grey et je commence à me dire que j'ai un sacré grain à la place du cerveau.

— C'est sûr que ça doit changer de notre lycée à nous, se rappelle-t-il en ricanant. Un établissement public à Long Island… j'avais peur de me faire planter quand j'avais une trop bonne note.

— T'exagères.

— Tu as oublié ? On ne me touchait pas juste parce que t'étais mon meilleur ami.

Je réfléchis un instant. Maintenant qu'il le dit, il a sûrement raison. Notre lycée craignait, mais je faisais partie du décor. Lui et Adam étaient différents. Ils ne se laissaient pas influencer par la mauvaise ambiance. Des flèches difficilement déviées de leur unique trajectoire : la réussite.

— Je suis content que tu sois là, Shayn, m'avoue-t-il par-dessus la pluie. Que tu ne te laisses plus entraîner vers le bas par ces sales gosses. Quand on s'est perdus de vue après le lycée, j'ai cru que tu finirais en taule.

Je ne réponds rien. Il serait tellement déçu s'il savait que je n'ai jamais arrêté de me mettre dans la merde. Que cette fois, j'ai fait pire que toutes les précédentes en m'associant à un taré comme Chase.

Mais je ne veux pas y penser. J'ai réussi à m'en débarrasser et je dois faire en sorte que ça reste comme ça. Ouais, je dois continuer de prétendre que je suis capable d'être un prof remplaçant bien sous tous rapports. C'est lui qui m'a trouvé ce taf. Je ne peux pas le décevoir.

— Là-bas, dis-je en parlant de Sherborn, c'est un autre monde. Ils ont des putain de lavabos automatiques dans les toilettes. Comme au cinéma. Les locaux sentent le neuf et il y a des distributeurs partout.

— Ah, ouais ? fait-il d'un ton moyennement impressionné.

C'est vrai que lui s'est acclimaté à la richesse. Même lorsqu'il est en survêtement, comme maintenant, on sent une différence entre nous. Ça tient sans doute à sa posture guindée.

— Sans parler de leurs horribles petits uniformes. La plupart des élèves vivent pour se faire des crasses. Tu n'imagines même pas l'esprit de compétition.

— Tiens bon. Tu y as déjà passé deux mois et demi. De toute façon, tu n'as pas d'autre choix. Tu as refusé la proposition de mannequinat quand tu t'es fait aborder sur Oxford

Street. À moins qu'ils veuillent encore de toi. Tu as gardé leur carte ?

Je repense au quarantenaire qui m'a arrêté en pleine rue quelques semaines après mon arrivée à Londres. Il m'a assuré que son agence cherchait un profil comme le mien et que je serais très apprécié si je passais des castings. Ça ne me disait rien.

— Le type était bizarre, finis-je par répondre en me souvenant de son sourire lascif. À mon avis, il avait d'autres projets pour moi.

Caleb balaye mes soupçons d'un geste de la main.

— La nature t'a gâté, Shayn, mais tu préfères faire le difficile. Et arrête de te décolorer les cheveux, par pitié. Ils vont commencer à tomber.

Je prends une mèche de mes cheveux entre mes doigts pour m'assurer du contraire. Ils sont encore solides. Caleb termine sa cigarette et la garde en main le temps de trouver un cendrier ; loin de lui l'envie de polluer les océans.

— Je vais prendre une douche, m'informe-t-il.

— Je pars directement.

— Alors, à la prochaine.

Il me donne une claque sur l'épaule pendant que je broie ma bouteille d'eau avant de la jeter dans une poubelle. Je marche jusqu'à ma voiture garée quelques avenues plus loin, sous les néons bleutés des vitrines encore illuminées. L'eau glacée me trempe jusqu'aux os, je cherche un numéro redescendu dans mon journal d'appel.

Elle décroche à la troisième sonnerie.

— Allô ?

— 23 heures ? proposé-je sans préambule.

Je reviens comme un chien et elle fait mine de réfléchir. Son hésitation retentit en un « mmh » trop long pour être naturel.

— Je te manque, Shayn ?

Je renifle pour toute réponse. Si elle savait qu'elle n'est qu'un lot de consolation, elle ne prendrait pas ce ton aussi orgueilleux. Mais je ne suis pas assez mauvais pour le lui avouer. Un jour, elle sera assez intelligente pour le déduire d'elle-même.

— Oui ou non ? m'impatienté-je.

— ... d'accord..., finit-elle par approuver, comprenant qu'elle ne tirera rien de sa question idiote.

Je raccroche puis balance mon téléphone sur le siège passager. Une image de Grey agenouillée sur moi me revient en tête. Je démarre au quart de tour, avant de trop repenser à son regard troublé et à ses lèvres brillantes. Mon esprit s'en va ailleurs de plus en plus souvent ; quelque part où il pourrait susciter la controverse.

Pour la première fois depuis une éternité, j'ai eu envie d'embrasser une fille.

Je me suis barré à temps, mais ça devient dangereux. Je dois faire plus attention.

Je ne peux pas tout risquer pour un moment d'égarement.

I'm so tired

end everything?

21

« Le monde est cruel et tu ferais mieux de t'y faire. »

June

— Tu as révisé pour l'examen de maths ? me demande Amara.

Nous marchons dans les couloirs. On me jette quelques regards surpris depuis mon retour au lycée, avec une attelle mais par chance plus de béquilles. Cela fait un peu plus de deux semaines que je n'ai pas posé les pieds à Sherborn et je ne me suis jamais sentie aussi heureuse d'y retourner. Je suis mieux ici qu'à la maison, avec l'ombre angoissante de Suzan planant au-dessus de moi.

— Oui, j'ai essayé, dis-je, me remémorant mes séances de révision de ce week-end.

Elles se sont avérées être un échec. Chaque fois que je me plongeais dans mes exercices, ses yeux noirs me hantaient, comme un mauvais rêve. Je n'arrivais pas à me concentrer. J'ai fini par laisser tomber.

— Tu penses que ça ira ? C'est après-demain, me rappelle Amara en s'observant dans son miroir de poche.

J'ai remarqué ce tic récurrent chez elle.

Je ne sais pas pourquoi on traîne ensemble, mais elle est apparue près de mon casier lorsque je suis venue poser mes affaires. Et ça ne m'a pas dérangée. J'imagine que c'est une bonne chose.

— Que ça aille ou non… je passerai l'examen.

Elle m'adresse un léger sourire, amusée par mon fatalisme. Elle s'apprête à ajouter quelque chose mais s'interrompt à la vue de notre professeur préféré poussant les portes coupe-feu, au fond du hall. Entièrement vêtu de noir, il revient du parking réservé au personnel. Derrière lui, M. Allan fait tache avec son parapluie qu'il peine à refermer correctement et son vieux cabas en cuir. Cette entrée pourtant nonchalante suscite des œillades appuyées dans sa direction.

— Regarde-le, ironise Amara avec une pointe d'amertume dans la voix. La traversée du Messie.

Elle s'intéresse alors aux élèves qui se sont toutes mises à l'observer. Au fond, ça ne m'étonne que très peu. Elles nous rebattaient déjà les oreilles avec un professeur de sport tout juste mignon l'année dernière.

— On est coincées dans un lycée pour filles, lui rappelé-je. C'est juste la loi de l'offre et de la demande.

Scott finit par disparaître de notre champ de vision en empruntant la cage d'escalier des professeurs. Je me rends compte que, comme les autres, je l'ai suivi du regard et je m'en veux immédiatement.

Je ne peux pas adopter un comportement que je déplore, ni me laisser perturber par notre proximité accidentelle de l'autre jour. J'ai déjà assez de problèmes pour ne pas laisser une quelconque attirance pour lui s'ajouter à la liste. J'ai bien compris ce qu'il avait en tête : tenter de me déstabiliser à la moindre occasion, et se réjouir le jour où ça marchera.

Mais je ne laisserai pas ça arriver.

J'aperçois soudain Holly qui fonce droit vers les toilettes. Elle a l'air perdue dans ses pensées. De la bile remonte dans ma gorge et je repense aux mots cinglants mais vrais de Scott : « T'as toujours une grande bouche quand tu t'adresses à moi, mais où est cette énergie quand tu te laisses victimiser par les autres ? »

Je m'excuse auprès d'Amara et je suis Holly dans le couloir. Je lui emboîte le pas lorsqu'elle bifurque dans les toilettes, retenant la porte de mon épaule valide alors qu'elle n'a même pas encore atteint les lavabos. Elle jette un bref coup d'œil derrière elle d'un air encore endormi, mais ses yeux manquent de s'échapper de leurs orbites quand elle m'aperçoit.

— June… ? marmonne-t-elle, prise de court.

Je ne lui laisse pas le temps d'assimiler ma présence et j'ouvre les festivités en la giflant de toutes mes forces. Le visage tourné à cause de l'impact, elle laisse échapper un hoquet surpris. Après une seconde qui me paraît en durer mille, elle me fait de nouveau face, l'expression déformée par le choc. Une de ses soyeuses anglaises recouvre sa lèvre.

— Ça ne va pas ?! s'insurge-t-elle, peinant à reprendre ses esprits.

Je la frappe une seconde fois, si fort que ma paume me lance. Ma gifle est chargée de rancœur et de déception. Elle pousse alors un hurlement strident, prête à se jeter sur moi, mais je la mets en garde :

— Je sais ce que tu as fait.

Mon annonce jette un froid dans la pièce. La respiration hachée, elle s'immobilise en plein mouvement.

— Dans cette forêt, précisé-je d'une voix tranchante. Toi et Heize.

Elle recule d'un pas, les yeux hors de la tête.

— Comment tu…

— Ils sont revenus à l'endroit où je suis tombée et ont commencé à en discuter. Tu sais que Heize a une sale tendance à trop parler, non ?

Elle secoue la tête de gauche à droite, refusant d'admettre cette réalité. La voir dans cet état de tourmente ne fait qu'accroître mon ressentiment. Elle est étranglée par la culpabilité depuis trois semaines mais elle ne l'aurait jamais avoué, en dépit de la gravité des circonstances.

— J'ai tout enregistré. Ça ne sert à rien de nier.

Elle ne pourra jamais savoir que c'est un mensonge. Elle ignore ce qui est advenu de mon portable lors de ma chute.

— Qu'est-ce que… tu comptes faire de cet enregistrement ? balbutie-t-elle, l'air hagard.

Ce n'est que maintenant que je remarque que les vaisseaux sanguins de ses yeux sont éclatés et qu'ils accentuent le bleu de ses iris. Elle est défoncée. Il n'est que 8 heures du matin et la voilà déjà sous l'emprise d'une substance. C'est sa spécialité, de fumer des joints alors que le soleil est à peine levé.

Je ne la comprendrai jamais.

— Tu sais ce qui vous arriverait, à toi et à ton groupe de tarés.

Elle secoue la tête presque imperceptiblement, frissonnante.

— Tu serais virée de Sherborn. Et cet incident figurerait dans ton dossier, malgré l'argent que ton père verserait pour essayer de le faire effacer.

Enfin, je l'espère. Mais plus j'aurai de conviction dans la voix, plus elle me craindra.

— Quant à Heize... c'est lui qui nous coursait. J'ai failli mourir. Ça pourrait aller très loin, Holly. Ça pourrait même se finir devant la justice.

— Qu'est-ce que tu nous veux, bon sang ?! s'écrie-t-elle d'une voix sourde, cédant à la panique.

— Excuse-toi, je lui ordonne, la poitrine comprimée par la douleur.

— Tu plaisantes ?! s'esclaffe-t-elle comme si c'était la dernière de ses préoccupations.

Je la pousse d'une main, regrettant d'être limitée dans mes mouvements, et lui hurle au visage :

— Excuse-toi ! Pour tout ce que tu m'as fait depuis le début de l'année, excuse-toi ! Pour m'avoir laissée croupir dans cette forêt en sang pendant des heures alors que c'est arrivé par ta faute, excuse-toi !

Même si tu ne le penses pas.

Elle lance un coup d'œil paniqué à la porte des toilettes, se demandant si j'ai bien fermé à clé, et si on peut nous entendre depuis l'extérieur. Ce n'est pas le cas.

C'est du moins ce que je veux croire. Quand je me débattais sous leurs coups, personne ne m'est jamais venu en aide.

— OK, je suis désolée ! crache-t-elle, les lèvres crispées par un semblant de remords. Ça n'aurait jamais dû aller aussi loin !

— Ah, bon ? dis-je en tentant de contenir un maigre sourire. Pourtant, tu as décidé de le faire alors que tu connaissais les risques dans cette forêt.

— Ça a juste foiré ! C'était une erreur ! Ça arrive, putain !

— Admets-le ! Que tu me détestes à ce point ! Que ça ne t'aurait pas dérangée si j'étais morte !

Elle recule, se prenant les pieds dans son Valentino. Sa vapoteuse roule hors du sac pour s'écraser sous un radiateur. Elle expulse alors un soupir agacé, mais ne la ramasse pas tout de suite.

Un silence pesant s'installe entre nous.

Elle se tourne brièvement vers l'alignement de miroirs au-dessus des lavabos en porcelaine immaculée, observant sa joue encore rougie par les gifles.

— J'ai attendu, tu sais… J'ai attendu que tu viennes t'excuser. Je me suis dit que peut-être… si tu me montrais que tu t'en voulais, je te pardonnerais. Que je ne dirais rien à propos de l'enregistrement. Mais tu n'es jamais venue.

— J'aurais dû venir ? Pour te dire quoi ? glousse-t-elle d'un rire sans joie. « Désolée » ? Tu penses que ça changerait quoi entre nous ?

— Ça m'aurait montré qu'il y a encore un peu de bon en toi. Tu ne peux pas être devenue aussi pourrie à cause d'un garçon.

Elle s'humidifie les lèvres, jetant à son reflet un regard que je peine à décrypter. Dans cette position, je remarque cette petite bosse qu'elle me disait détester sur son nez. Elle fait pourtant tout son charme.

— Je m'en veux juste que tu sois tombée et que la blague soit allée trop loin. J'aurais dû m'y attendre, venant de toi, June. T'as toujours été un nid à problèmes.

— Ah, parce que c'est ma faute maintenant.

— Je suis sérieuse. En huit ans d'amitié, je n'ai presque jamais mis les pieds chez toi. T'es si… secrète. Tu ne te confiais jamais. On aurait dit que tu ne me faisais pas confiance. La cerise sur le gâteau, c'est que tu t'es tapé Heize.

Ma gorge se noue alors que j'écoute le portrait sans appel qu'elle fait de moi.

— C'est ce que tu penses de moi ?

Poser la question me fait plus de mal que je ne l'aurais espéré.

— Ouais, June. Honnêtement.

Elle se penche enfin pour ramasser sa cigarette électronique, la dépoussière brièvement sur l'ourlet de son uniforme.

Et je sens que nous avons atteint nos limites.

— Très bien, dis-je en retenant le sanglot qui monte. Ne t'approche plus de moi. C'est plus facile de me frapper quand vous êtes plusieurs.

— Tu aurais vraiment dû changer de lycée, me reproche-t-elle d'un ton accusateur.

— Mais je suis toujours là.

Peu importe à quel point ils veulent me faire dégager d'ici, ils n'y parviendront pas.

— En passant, demande à ton obsédé de mec d'arrêter avec ses messages !

— De quoi tu parles ? s'enquiert-elle, la mine aussi agacée qu'inquiète.

— Heize. Dis-lui d'arrêter de me harceler. C'est plus que ridicule.

— Je ne te suis pas, là, putain !

Je brandis mon téléphone sous son nez pour lui montrer la dizaine de messages qu'il m'a envoyés depuis la semaine dernière. Son visage se décompose.

« Réponds-moi, June. Je m'inquiète pour toi. »

« Je regrette qu'on soit en mauvais termes. »

« Arrête de bloquer mon numéro, je vais toujours te recontacter. »

— Mais c'est moi qui lui ai sauté dessus, pas vrai…, ironisé-je.

Elle repousse le téléphone d'une main, visiblement contrariée par cette découverte.

— Cette nuit-là, c'est tombé sur moi. Mais toutes les autres, Holly ? Tu penses qu'il fait quoi en soirée, quand tu n'es pas là pour le surveiller ?

— Ferme-la ! réfute-t-elle, folle de rage. Ce n'est pas un violeur !

— Ouvre les yeux. Le jour où il tombera à cause d'une accusation, j'aimerais bien voir ta tête. Et pas la peine de t'excuser alors, ce sera trop tard !

Je la regarde une dernière fois, la poitrine gonflée et la respiration saccadée, avant de lui tourner le dos pour sortir des toilettes. J'ai envie de pleurer. Mais je réprime les larmes comme si elles étaient de l'acide pouvant brûler mon visage.

Il n'est que 8 heures du matin.

Ça n'en vaut pas la peine.

Je remarque qu'Amara m'attend toujours près des casiers, le regard dans le vide, mais je l'évite pour rejoindre le prochain cours. Je suis un peu gênée mais j'ai besoin d'être seule.

***

En fin de matinée, j'attends devant la salle 309, tête contre le mur et écouteurs enfoncés dans les oreilles pour m'isoler du brouhaha ambiant qui règne dans les couloirs. Je ne fais que ressasser ma dispute avec Holly et les reproches qu'elle m'a adressés.

Étais-je une mauvaise amie sans m'en rendre compte ?

De toute façon, il est trop tard pour se poser la question.

Les bavardages s'estompent à l'arrivée de Scott.

Je sens aussitôt qu'on se dispute son attention et je me colle contre le mur par automatisme, percutée par un souvenir encore trop frais. Je l'observe sortir les clés de la salle, en retrait, alors que les autres s'engouffrent déjà dans la classe. Il reste un instant sur le pas de la porte et, malgré moi, je cherche son regard en passant à mon tour, mais je ne le trouve pas.

Un peu comme le jour de son arrivée, il m'ignore complètement, au point que je me demande si nos cours particuliers ne sont pas le fruit de mon imagination.

Troublée par ce constat, j'avance jusqu'à ma place près de la fenêtre en me demandant ce que j'ai fait de mal. Avant de me souvenir qu'il vaut mieux qu'on s'ignore. Il ne fait aucun commentaire poli sur mon retour en classe, contrairement à ses collègues, et commence le cours sans plus attendre.

J'avais oublié la nature de nos rapports lorsque nous sommes au lycée, et pas seuls, isolés du reste du monde.

J'essaye d'écouter ce qu'il dit mais je me laisse rapidement distraire par les feuilles givrées qui tourbillonnent au gré du vent, dans la cour. Il reste à son bureau, balayant les rangs de son regard perçant quand quelqu'un pose une question. Je redécouvre sa froideur professionnelle. Aujourd'hui, il porte un pull noir encore trop léger pour la saison. Sa tenue est à peine moins décontractée que celles de mes cours particuliers et pourtant, on dirait une autre personne.

Je dois me rendre à l'évidence : il existe deux Scott et j'ai accès à une partie privée. C'est dangereux, si j'en crois l'issue de notre dernière rencontre.

Je devrais m'en tenir à la surface.

Durant la première demi-heure, une fille lui demande de l'aide à la table voisine de la mienne. Il reste debout devant elle, la tête légèrement penchée pour l'écouter lui exposer son problème. Je tente d'ignorer sa présence mais, même sans chercher à le faire, il prend tout l'espace.

Mes yeux s'entêtent dans sa direction et, alors que je suis persuadée qu'il ne me remarquera pas, il tourne la tête. Nos regards s'accrochent. Le sien me traverse et j'ai l'impression d'être de nouveau seule avec lui, nos lèvres dangereusement proches et nos corps maladroitement emboîtés par ma faute. Sa main… j'aurais juré qu'elle gravitait autour de ma hanche, comme s'il s'empêchait de me toucher.

Une chaleur diffuse se répand dans mon estomac et je déteste mon traître de corps d'être aussi faible. Mais ce bref échange prend fin lorsqu'une autre élève l'interpelle. Je fais alors mine de m'intéresser au paysage par la fenêtre, tout en essayant d'ignorer mon pouls qui s'est soudain accéléré.

Quelques minutes plus tard, il quitte la salle de classe parce qu'il lui manque des photocopies. Je profite de cet instant de pause pour gribouiller dans mon journal, mais en l'ouvrant je tombe sur mon esquisse de lui et je me dis que cette situation commence à devenir étrange.

— Eh, me souffle soudain Aubrey en se tournant vers moi. Qu'est-ce que tu dessines ?

Sa question posée sans une once de discrétion me vaut quelques regards curieux dans notre rangée. J'ai le réflexe immédiat de fermer mon carnet. Je n'aime pas l'idée de l'emmener partout avec moi, mais je n'ai pas le choix. J'ai beau fermer la porte de ma chambre à clé quand je n'y suis pas, je soupçonne Suzan de posséder un double.

— Tu passes ton temps à faire autre chose. Tu m'étonnes que tu sois la dernière de la classe.

— Ça te regarde ?

— Je dis ça comme ça.

Elle m'adresse un sourire hypocrite avant de se repositionner correctement sur sa chaise.

Alors que j'ai le regard rivé sur son dos, Emilia en profite pour attraper mon carnet. J'écarquille les yeux et n'ai pas le temps de me lever pour le récupérer qu'elle ouvre déjà une page au hasard.

— Alors… voyons voir ! s'exclame-t-elle en marchant à travers les rangées de tables. Qu'est-ce qu'il y a, là-dedans ?

Je me hisse hors de ma chaise avec quelques difficultés.

— Rends-moi ça !

— *Suzan a encore réussi à le retourner contre moi. Il ne m'adresse plus aucun regard maintenant, j'ai l'impression d'être une déception constante.* Chaud, c'est qui cette Suzan ? Et qui ne te regarde plus ? Tu as encore volé le mec de quelqu'un ?

— Tu exagères, Emilia ! Elle a une attelle, me défend mollement Saanvi depuis sa table.

— C'est intéressant June, très romancé, l'ignore-t-elle. Tu devrais penser à écrire sur internet.

Il y a quelques rires isolés. Holly m'adresse un regard. Elle ne dit rien pour envenimer la situation mais rien non plus pour y mettre fin. Elle replonge le nez dans ses feuilles. J'ai l'impression que la pièce rétrécit, que les murs s'écrasent sur moi à cause de leurs regards de pestes.

— Ah ouais. En fait c'est surtout des dessins. Qu'est-ce que c'est chiant. Tu entretiens vraiment ton image de suicidaire jusqu'au bout.

Pour illustrer ses propos, elle écartèle le carnet face à la classe et je reconnais des esquisses qui commencent à dater un peu. Heureusement, elles illustrent ma conception de la solitude, et pas une situation plus spécifique comme une silhouette en train d'en frapper une autre, par exemple. Mais si elle continue, elle va forcément tomber sur des esquisses de ce genre. Ainsi que sur une centaine de messages compromettants qui auraient un impact non seulement sur ma vie, mais aussi sur celles de Gaby et de notre père.

Cette mise à nue forcée et publique m'enrage.

— Rends-le-moi ! je répète avec plus de conviction.

— D'ailleurs, je ne sais pas si vous avez remarqué ? Elle porte toujours des manches longues. Qu'est-ce qu'il y a June ? Tu te tailles les veines quand personne ne regarde ?

Sa remarque vient souligner le fait que je ne retire jamais mon pull. Même quand je n'ai pas de bleus, c'est devenu un réflexe de me couvrir.

— Si c'est pas le cas, tu devrais peut-être essayer, ricane tout bas Aubrey en se glissant derrière moi.

Emilia ouvre une autre page en m'évitant allégrement, sous les soupirs réprobateurs de certaines de nos camarades. J'ai le malheur de chercher du soutien dans la classe, mais je me heurte rapidement à la réalité. Personne ne m'apprécie assez pour les faire cesser en s'interposant. En plus, durant l'appel de début d'heure, j'ai entendu qu'Amara était absente pour cause de rendez-vous médical.

— Bleus émotionnels..., lit Emilia en déchiffrant péniblement mon écriture.

Non. Pas celui-là.

— *Elle me fait des bleus émotionnels...*, commence-t-elle d'une voix chantante.

— Arrête un peu de faire la connasse, insiste Saanvi, qui s'impatiente mais ne se lève toujours pas.

Je la rejoins sur l'estrade. Mon bras toujours coincé dans une attelle me handicape et mon envie de hurler gagne du terrain. Mais je ne le fais pas, je sais qu'elles se mettraient à rire.

Le combat reste intérieur.

— *Je n'ai pas mal quand elle...*

Scott fait irruption dans la salle avant qu'elle puisse poursuivre. Il nous trouve en plein milieu de l'estrade, moi atterrée par ce que je subis, elle qui s'apprête à lire la suite, l'index pointé vers le haut, comme pour réciter une pièce de théâtre lamentable. Aubrey a eu le temps de retourner à sa place.

— C'est quoi, ce bordel ? demande-t-il sans plus attendre.

J'arrache mon carnet des mains d'Emilia et une page se déchire, se déposant sur le sol lustré avec une délicatesse qui contraste avec l'urgence de la situation. Je n'arrive pas à lui répondre. J'ai des couteaux dans la gorge.

— Emilia lui a volé ses affaires, l'informe Shirley, au premier rang, d'un ton désintéressé au possible.

Je me penche pour ramasser la page et la froisse pour la ranger dans ma poche, tremblante d'humiliation.

— On est en classe là, pas à la garderie, la reprend-il alors durement. Tu te crois où ?

Embarrassée, Emilia émet une sorte de borborygme étouffé, les lèvres légèrement entrouvertes. À quoi s'attendait-elle ? À ce qu'il l'applaudisse ?

— C'était juste pour rire, se défend-elle en faisant les yeux ronds, et son innocence feinte me donne la nausée.

— Arrête un peu tes conneries et va t'asseoir. Vous avez quel âge ?

Il lui désigne sa chaise de la main, ignorant de nouveau ma présence. J'ai l'impression d'être incluse dans sa question, et je n'aime pas cette infantilisation.

Pourquoi personne ne se rend compte de la gravité du problème ?

— Elle passe son temps à gribouiller dans son carnet au lieu de suivre le cours comme tout le monde. Mais nous, on n'a même pas le droit de vérifier l'heure sur notre téléphone.

— Tu n'as pas mieux à faire que de me regarder ? je lui demande pour garder la face, malgré ma trachée qui me brûle.

— Je dis juste la vérité. Je sens un peu de favoritisme, c'est tout. On ne vient pas toutes d'avoir deux semaines de vacances parce qu'on s'est cassé un bras.

— T'es jalouse parce qu'il ne t'a pas retrouvée dans la forêt, ricane Saanvi.

Cette remarque, qui fait rire la classe, crée un malaise entre Scott et moi. Il me regarde enfin. Mais ses yeux me percutent de leur indifférence.

Il tend alors une main devant lui, attendant que je lui remette mon journal.

— Donne-le-moi, décrète-t-il avec autorité.

Je garde le bras le long du corps, avec la sensation que mon carnet pèse une tonne au bout de mes doigts lâches. Voyant que je ne réagis pas, il s'approche pour s'en emparer.

Je jurerais que sa main se pose sur la mienne.

Mais l'instant d'après, il l'a retirée et s'est éloigné. Ma respiration se bloque dans mes poumons.

— Tu le récupéreras à la fin du cours.

Je lui adresse un regard implorant mais n'ai droit qu'à un regard vide en retour. Il pose mon bien sur un coin de son bureau et je me retrouve debout à le fixer en me demandant ce qu'il lui prend. Pourquoi est-il si détestable avec moi ?

Il aurait pu me le laisser. Je n'ai rien fait de mal. Ce sont les autres qui me font du mal.

Tout le temps.

— Rasseyez-vous, ordonne-t-il en laissant entendre qu'il va reprendre le cours. En passant, Emilia, t'es collée.

Emilia lui obéit, retourne à sa place avec un gémissement de frustration. Mais ce spectacle mortifiant a trop duré. Je ne peux pas rester dans cette pièce une seconde de plus. Alors je m'élance vers la porte, nos corps se frôlent presque tant je suis passée près de lui. Si je n'avais pas peur de ce qui pourrait se dire sur nous, je lui aurais foncé dessus.

Mais je suis déjà hors de la salle.

Il ne me rappelle pas une seule fois.

Je peux facilement imaginer son expression neutre et la tranquillité d'esprit avec laquelle il continuera son cours parce qu'il ne ressent rien. Je traverse les couloirs déserts, la boule au ventre. Ce sont des années de douleur, d'injures et de coups reportés sur le papier.

Je mourrais si quelqu'un venait à le lire.

Il ne le lira pas, pas vrai ?

J'arrive devant la porte coupe-feu de la cage d'escalier et la pousse violemment pour accéder au toit. Je monte les marches en ignorant l'élancement persistant dans ma cheville, le chagrin anesthésie la douleur.

Quand j'arrive en haut, un premier sanglot m'échappe. Et un autre en constatant que je n'ai pas réussi à le garder en moi.

Je fixe le *smog* londonien qui s'est élevé dans le ciel grisâtre et m'avance jusqu'au rebord du toit donnant sur l'extérieur du lycée.

Sans savoir ce qui me prend, j'enjambe l'un des parapets à l'angle, peu impressionnée par les difficultés rencontrées à cause de mon attelle, et je m'assois au bord du vide. Ma paume moite glisse contre la pierre et la quinzaine de mètres qui me séparent du sol devraient me convaincre de repasser de l'autre côté, mais ma vision brouillée par les larmes entrave ma capacité à réfléchir.

Si Scott lit mon journal, tout le monde aura des problèmes. Parce que, peu importe combien il me déteste, les gens ont tendance à se mêler des affaires des autres lorsqu'ils veulent jouer les héros.

Il a déjà essayé de me faire parler. Et si une enquête était ouverte à l'encontre de Suzan ? Gaby me détesterait en grandissant, et je perdrais la seule personne qui m'a toujours donné l'impression d'être de mon côté.

Papa… je ne veux même pas penser à ce qu'il ressentirait. Ils attendent un deuxième enfant.

Je déplie la feuille qu'Emilia était en train de lire. Elle est toute froissée et l'écriture a bavé par endroits. Ça rend mon texte d'autant plus ridicule.

Elle me laisse des bleus émotionnels.

Je n'ai pas mal quand elle me frappe.

J'ai mal quand je sais qu'elle le fait.

Ce sont des marques indélébiles.

Qui s'effacent avec le temps, se résorbent en apparence, parce que ma peau cicatrise.

Mais ma dignité ne cicatrisera jamais.

Elle l'a réduite à néant.

Écœurée, je laisse tomber la feuille de l'autre côté du parapet et la regarde être emportée par des bourrasques avant de se perdre quelque part dans l'immensité environnante. Je ferme les yeux, l'estomac retourné par la sensation vertigineuse de mes jambes suspendues dans le vide.

Il me suffirait de me pencher un peu plus pour me laisser emporter moi aussi.

Il y a quelques mois, Aubrey a dit que je ne manquerais à personne si je venais à disparaître. Peut-être que je devrais l'écouter. Ou m'écouter. Parce qu'il y a des moments où mes pensées basculent de l'autre côté.

J'aimerais être indéfiniment plongée dans le noir.

Et si c'était la solution ?

Je me déteste de me braquer chaque fois qu'on veut m'aider. Si seulement j'avais la force d'assumer qu'on me frappe depuis petite, et que je n'ai plus envie de fermer les yeux parce que ça passera, je n'en suis pas morte…

Mais Holly a raison quand elle dit que je ne me confie pas.

Parce que je ne veux pas être prise dans le tourbillon des services sociaux, voir Gaby être séparé de sa mère, devenir un dossier de plus sur une pile infinie, dans un système qui ferme les yeux jusqu'à ce qu'un malheur se produise.

Pire encore, j'ai peur d'être traitée de menteuse en manque d'attention. D'être ignorée, encore une fois, et rejetée car je n'aurais définitivement plus ma place dans une famille dont j'aurais cherché à briser l'équilibre.

J'ai déjà dix-huit ans. J'aurais dû parler avant. C'est ma faute si je suis coincée dans cette boucle infernale et honteuse. Je voudrais que ça aille mieux, mais chaque jour me prouve que ma vie continuera d'empirer.

Je suis épuisée.

Et c'est risqué pour une personne se tenant au bord du vide.

22

« Ne laisse pas les erreurs de ton passé entacher ton présent. »

Shayn

Elle est partie depuis cinq minutes.

Elle est partie depuis cinq minutes et c'est la seule putain de chose à laquelle j'ai pu penser.

J'ai beau réciter mon cours mécaniquement, mon regard revient sans cesse vers le fond de la classe et fixe sa place vide. Ses quelques affaires sont encore étalées sur sa table et son sac à main qui traîne par terre est sur le point de se renverser.

J'essaye de me concentrer, mais mon discours devient parfois décousu et je sens que les étudiantes le remarquent. Je ne suis pas du genre à perdre le fil, surtout pas au sommet d'une estrade. Elle a fui avec ce regard qui me criait que je venais de la blesser. Elle m'a déjà servi ce regard de nombreuses fois, mais il ne m'a jamais rien fait.

Est-ce qu'elle attend quelque chose de moi ?

Mais personne n'attend jamais rien de moi.

Je me tourne pour faire face au tableau avant d'y noter une succession de formules – je n'en ai pas grand-chose à foutre de leur écran interactif, et le stylo-feutre crisse contre la surface à cause de la pression que j'y exerce.

Si je ne regarde pas dans sa direction, je n'aurai plus de problème de conscience.

— Monsieur ? m'interpelle une fille. Vous pouvez utiliser une autre couleur ? On ne voit rien avec la lumière.

Je me rends compte que j'ai écrit en rouge. Ma paume a laissé une trace qui ressemble étrangement à du sang en s'appuyant sur la surface, et ce constat renforce ma nervosité.

— Bien sûr, marmonné-je si bas que je suis le seul à m'entendre.

J'échange mon marqueur rouge contre un noir avant de noter le reste des exemples. Quand j'ai terminé, je vais m'asseoir à mon bureau et mon œil est attiré par son journal dans l'angle. Je le fixe jusqu'à avoir l'impression qu'il est mouvant. Parce que j'ai le sentiment de commettre un crime en pensant à l'ouvrir, je m'assure que je ne suis pas épié par mes élèves ; mais la plupart sont occupées à reporter les formules sur leurs feuilles. J'effleure alors l'objet de malheur du bout des doigts tout en imaginant ce qu'elle me ferait si elle apprenait que j'ai franchi les limites.

— *Tu m'as tuée.*

Cette voix familière résonne à l'autre bout de la salle avant que j'aie eu l'occasion d'ouvrir le carnet. Je relève brusquement les yeux, avale difficilement ma salive. Cette salope de Lucy est assise à sa place et m'adresse un grand sourire. C'est la première fois qu'elle sourit comme ça… elle ne le faisait jamais, avant.

On croirait presque que la belle-mère de Grey a fusionné avec elle.

— *Tu es un meurtrier, Shayn*, m'assure-t-elle en jouant avec ses affaires.

Elle touche à tout. Je déteste la façon dont ses doigts parcourent la surface réservée à Grey, l'endroit où elle a posé ses cheveux en s'assoupissant, le carré d'air qu'elle a respiré. Je ne veux pas qu'elle vienne la pourrir elle aussi. C'est ce que Lucy est. Un présage funeste qui me suit depuis que j'ai avalé ce foutu mélange de pilules à Williamsburg.

Mais oui, putain.

Je me frotte les yeux, pour ordonner à mon cerveau d'arrêter ses conneries. Elle n'est pas vraiment là. Si je l'ignore, elle finira par disparaître. Comme toujours.

— *Tu te souviens de ce jour-là, Shayn ?*

Elle tourne maintenant en rond, juste devant l'estrade, et ses contours sont si flous que je la vois par flashs. Les élèves ont encore la tête baissée sur leurs copies, loin d'imaginer ce qui se passe dans ma tête. Les crises hallucinatoires n'arrivaient jamais en public, avant. Qu'est-ce qui a changé ?

Je devrais prendre des cachets. Aller voir un médecin. Lui expliquer ce que je vois, depuis quand je le vois.

Je m'accroche à mon bureau pour me rappeler que je suis bien réel et que Lucy, elle, pourrit six pieds sous terre.

Par ma faute.

— *Bien sûr que tu t'en souviens !* me hurle-t-elle. *Je suis morte à cause de toi !*

— Désolé, murmuré-je, la nuque imprégnée de sueur. Je suis désolé.

Depuis le premier rang, la déléguée blonde m'adresse un regard inquisiteur avant de sagement retourner à ses occupations. J'essaye de maîtriser ma respiration pour ne pas laisser l'angoisse suinter par tous les pores de ma peau.

Je prends alors conscience de la moiteur qui s'élève dans la salle : leurs parfums de marque se sont mélangés et les notes chaudes et alambiquées ont fini par empoisonner l'air. Je me croirais dans une parfumerie bondée de la Cinquième Avenue à New York, avec Sarah qui me prend la tête pour que je lui donne mon avis sur son futur achat, encore hypothétique. Pour le moment, elle se contentera d'échantillons refilés par la vendeuse grâce à mes beaux yeux.

Je me rappelle que je n'ai pas vu Sarah depuis six mois, maintenant, et que je suis juste dans une salle de classe londonienne à l'odeur nauséabonde.

En train de péter un câble.

— *Tu détruis tout ce que tu touches, Shayn...*, murmure Lucy au creux de mon oreille, désormais penchée au-dessus de ma chaise. *Ta chère petite June... est-ce que tu lui réserves le même sort qu'à moi ?*

Je me demande ce qu'elle fait en ce moment.

Il y avait une lueur différente dans ses yeux. Une lueur qui disait « j'abandonne ».

Elle aurait dû comprendre pourquoi j'ai réquisitionné son journal. Elle est déjà victime de harcèlement, et il faudrait en plus que je montre à tout le monde qu'on a un quelconque lien, après la crise de jalousie d'Emilia ? Pour que ces connes trouvent une nouvelle raison de la persécuter davantage ?

Je réfléchis à un prétexte pour me tirer de cette pièce sans que ça ait l'air suspect, mais c'est quasiment impossible, alors pendant une seconde je me résigne à l'idée de poursuivre le cours sans me préoccuper d'elle.

Mais son regard vide me percute à nouveau et je me lève en prenant son carnet.

— Je reviens, je marmonne à l'attention des élèves. Finissez vos exercices.

J'ignore les regards curieux et je sors dans le couloir. Mes tempes me lancent.

Où est-ce qu'elle a bien pu aller ?

Je regarde à travers une fenêtre qui donne sur la cour intérieure du lycée, où se trouve un saule pleureur. Elle va souvent s'asseoir sur le banc en dessous, tôt le matin ou durant les pauses. Elle n'y est pas cette fois. Je continue ma progression dans le couloir désert, à l'affût d'une ombre en recherche de tranquillité, assise sur un fauteuil du salon réservé aux élèves, mais je suis de nouveau accueilli par une pièce vide. Elle est déjà partie ?

Je doute qu'elle quitte le lycée sans ses affaires.

— Ah, murmuré-je en empruntant un nouveau couloir. Tu me fais chier, Grey.

C'est la première fois que je remarque la tristesse des locaux, quand les élèves ne grouillent pas dans les allées. Elles sont constellées de fenêtres donnant sur des petites cours intérieures, elles-mêmes parsemées de végétation, mais tout est délavé par l'absence de soleil.

Je croise un surveillant. Il marche sans se soucier de moi, occupé à récolter les fiches de présence. J'en profite pour lui demander d'aller surveiller ma salle avant d'avoir des problèmes avec l'administration et je m'engouffre dans l'une des cages d'escalier. Elle ne serait pas la première à s'y cacher. Je me penche par-dessus la rambarde pour vérifier si quelqu'un est assis sur une contre-marche, mais les trois étages, vus d'en haut, me paraissent vides.

Je me souviens alors qu'elle avait fui en direction du toit quand je l'ai poursuivie à travers les couloirs, le lendemain de mon rendez-vous avec ses parents. Je monte les marches deux par deux, tout en pressant son carnet entre mes doigts. Je me demande ce qu'il renferme, hormis les dessins que j'ai entrevus quelques fois en passant dans les rangs.

Elle y déverse sûrement tous les maux que ses yeux suggèrent mais que sa bouche n'exprime pas.

J'imagine qu'elle m'a accordé quelques lignes pour me traiter de tous les noms. Ouais, elle a dû me réserver une sacrée pluie d'insultes bien méritées, mais ça ne me dérange pas.

Là est le vrai problème. Je m'étais promis de garder mes distances et j'ai déjà échoué.

J'arrive sur le toit. La porte métallique est mal refermée, signe d'un passage récent. Le vent s'acharne, pliant les arbres avec tellement de force que je me demande s'ils vont se déraciner et écraser les voitures, garées plus bas sur le boulevard. Je parcours l'étendue bétonnée des yeux en avançant jusqu'au moment où ce que je vois me freine d'un coup sec.

Elle est assise sur l'un des parapets.

Elle veut… sauter ?

De dos, ses cheveux tournoient dans le vent, le tissu de son uniforme flotte autour de son corps maladroitement installé sur la structure. J'aimerais pouvoir dire quelque chose mais pour la première fois depuis longtemps, les mots me manquent. Je me retrouve comme un con à quelques mètres d'elle et je ne me suis jamais senti si impuissant.

Sauf cette fois-là.

Je dois faire quelque chose. Courir jusqu'à elle et l'attraper par la taille pour la ramener au sol. Mais elle pourrait glisser ou se jeter dans le vide au moindre faux pas.

L'image macabre se forme dans mon esprit malgré mes tentatives de la refréner : son corps qui chute, avant de s'écraser sur le béton froid. Ses membres broyés dans une flaque de sang grandissante et nauséabonde. Elle baignera dans l'odeur de la mort.

Comme pour Lucy, il ne restera plus d'elle qu'une enveloppe corporelle privée d'âme.

J'ai entendu que la chute l'avait tellement abîmée que le thanatopracteur avait conseillé à sa famille de ne pas lui rendre visite à la morgue. Son cercueil était fermé durant l'enterrement, auquel je n'étais pas convié.

Aucun Scott ne l'était.

Ma vue fait le point sur June, qui remue ses jambes dans le vide. Cette vision m'extrait de ma torpeur. Je ne peux pas laisser la tragédie frapper une seconde fois.

— June.

Ma voix a résonné avant que je réfléchisse à ce que j'allais lui dire. Elle se tend, sous le coup de la surprise, mais refuse de se tourner dans ma direction. J'observe les muscles bandés de son dos, sa posture plus incertaine maintenant qu'elle se sait observée.

— Descends de là.

Sa main s'ancre sur le parapet mais elle ne se tourne toujours pas, et ne pas voir son expression est un supplice. Je ne peux rien évaluer. Livré à moi-même, je compte les secondes qui séparent mon ordre de la chute que je vais peut-être provoquer. Pourtant, elle ne bouge pas d'un millimètre. Ça me laisse croire que j'ai encore une chance d'arranger les choses.

— Je ne l'ai pas lu, dis-je alors d'un ton neutre. Je ne comptais pas le faire.

J'essaye de me maîtriser mais c'est évident que je mens. J'allais lire son journal et accéder à ses pensées de façon immorale puisqu'elle refuse de me parler. Je sais qu'elle encaisse trop de choses depuis trop longtemps dans ce lycée de merde, et peut-être qu'aujourd'hui est le point de bascule. Mais je ne peux pas m'empêcher de penser qu'il y a quelque chose dans ce journal, quelque chose qui explique pourquoi elle veut se jeter dans le vide en sachant qu'il n'est plus en sécurité dans son sac.

— Menteur.

Elle a parlé sèchement. Quand il s'agit de communiquer, elle préfère elle aussi les lames aux larmes. C'est plus facile de rejeter les autres que de s'apitoyer sur son sort.

— Menteur ! m'incrimine-t-elle de nouveau, un ton plus fort.

Je perds mon sang-froid en la voyant s'agiter sur ce parapet de merde. Je ne sais toujours pas ce qui m'empêche de la rejoindre et de la ramener à moi. Mais j'ai encore cette image macabre derrière mes paupières : celle de son corps écrasé quinze mètres plus bas.

Je n'ai pas droit à l'erreur.

— À quoi tu joues, June ? Bordel !

Je n'arrive plus à maintenir la distance entre nous. Ça devient absurde de se voiler la face. Nous deux, c'est différent. Ce n'est pas que mon élève, et je ne suis pas seulement son professeur.

Depuis ce soir-là, nous sommes devenus une sorte de compromis déroutant.

— Est-ce que vous avez déjà touché le fond ?

Elle se tourne partiellement après cette question surprenante. Ses yeux fatigués me sondent, elle ne fait plus l'effort de cacher la tristesse permanente qui s'y loge. J'ai l'impression de redécouvrir son visage alors que je l'ai observé trop de fois pour que ce soit anodin.

— Plus que tu ne peux l'imaginer.

Mon honnêteté ne la convainc pas, elle refait volte-face pour affronter le vide. Je sais que mes mots semblent opportunistes, que j'incarne de son point de vue un connard qui veut la leurrer pour l'attirer dans son piège.

Un piège se trouvant du bon côté du parapet.

— Descends de là, je reviens à la charge, fébrile. S'il te plaît.

Elle se met à rire. Ça semble aussi faux que ma soudaine prévenance.

— Alors vous avez peur maintenant.

Elle se tourne à nouveau, le visage redevenu grave. Malgré les quelques mètres qui nous séparent, je peux voir les traces des larmes sur ses joues. Et j'aurais espéré rester indifférent, mais je me rends compte que je déteste ça, surtout parce que j'y ai contribué.

Je sais bien le rôle que j'ai joué dans son harcèlement à Sherborn.

— On peut régler les choses autrement. Mais si tu ne me parles pas, je ne peux pas t'aider.

J'ai la gerbe rien qu'à m'entendre. Je ressemble à un conseiller scolaire avec mon discours de psychologie de comptoir.

Ces mêmes aveugles toujours absents lorsqu'on aimerait les voir.

— Où vous pensez être ? rétorque-t-elle, cinglante. Aux États-Unis ? Vous pensez qu'avec un peu de médiation tout ira bien ? C'est de la merde. Rien n'ira bien et vous êtes tous des gros hypocrites. Ça ne va jamais bien nulle part.

Je tente un pas en avant.

— Éloignez-vous ! me hurle-t-elle.

Sa voix s'est fêlée, ses cheveux continuent de tournoyer à cause du vent. Mes nerfs me lâchent :

— Alors descends de là, putain !

Je ne suis pas un fin psychologue et, si elle saute, tout sera ma faute.

— C'est drôle que vous me disiez ça, continue-t-elle. Si quelqu'un se tient au bord du vide et qu'au lieu de l'aider vous soufflez dans le sens du vent, vous serez aussi un meurtrier.

— Tu veux m'entendre dire que je suis un con ? Alors ouais, j'en suis un.

Son regard s'attarde sur moi, évaluant mes prochains mouvements.

— Mais est-ce que sauter de ce toit changera quelque chose à la situation ? Je continuerai d'en être un, et toi, tu seras morte. Tu m'entends ? *Morte !*

Ma façon d'insister sur le mot la déstabilise.

Peut-être que je devrais changer de stratégie, l'effrayer. Cette fille n'a pas les idées en place et ne se rend pas compte de la portée de son geste. Elle peut encore revenir en arrière, ce n'est pas une fatalité.

— Je vais te dire un truc, June. Ça ne sera pas agréable à entendre mais tu me remercieras plus tard.

Ses traits se tirent, elle m'écoute attentivement, même si je peux encore lire la réticence sur son visage.

— La pression exercée sur ton corps quand tu te jetteras suffira à déformer tous tes membres.

À ces mots, elle ne peut retenir une grimace.

— Attends, je viens à peine de commencer. Il y a au moins quinze mètres qui te séparent du sol : tes côtes transperceront tes poumons à l'instant même où tu le frôleras. À cause du choc, de minuscules fragments d'os iront se planter dans tes organes ; la rate, le foie, le cœur… tout va y passer.

Ses yeux se révulsent de dégoût. Pas à pas, la fille apeurée refait surface. J'ai bien cru qu'elle avait définitivement disparu, en haut de ce parapet.

— Fermez-la !

— Va te faire foutre ! Tu veux jouer à ça ? Alors, sois au moins consciente de la réalité !

Je lâche son carnet et donne un coup de pied dedans pour le faire glisser jusqu'à elle, regrettant de ne pas avoir pu le feuilleter.

Je sais qu'elle attend la suite de ma description peu ragoûtante, alors je continue sans me faire prier :

— Ton sang emplira ta bouche, tu ne pourras plus respirer. Tu suffoqueras comme une merde sur le béton, à te demander pourquoi t'as fait une chose aussi stupide !

— Arrêtez…, me supplie-t-elle, désormais beaucoup moins sûre d'elle.

— Sans parler de ton visage. Lui non plus ne sera pas épargné. Entre le cartilage de ton nez qui transpercera ton cerveau et tes yeux qui s'échapperont de leurs orbites… Putain, June, quel gâchis. T'es vraiment belle. Insupportable, mais vraiment belle.

J'ai fait un pas en avant sans qu'elle le remarque, ou du moins sans qu'elle m'en tienne rigueur.

— Tu sais pas ce que c'est, la mort. Je connaissais une fille qui a chuté de quarante-trois étages. Juste comme ça, elle a cessé d'exister. Tu m'entends ? Elle n'existe plus, Grey ! … Toi aussi, t'es prête à cesser d'exister ?

Elle est tellement sous le choc de ce que je viens de lui demander que j'en profite pour passer à l'action.

Je cours jusqu'à elle et je l'attrape fermement par la taille, la tirant vers moi. En une fraction de seconde, elle n'est plus sur le parapet mais de nouveau sur le toit, et nous retombons tous les deux en arrière.

Son dos heurte mon torse, j'amortis le choc. J'emprisonne son bassin de mes bras en la serrant de toutes mes forces, de peur qu'elle m'échappe, alors qu'une partie de ses cheveux s'écrasent sur mon épaule. L'un sur l'autre, nos respirations saccadées se confondent. Mon cœur bat trop vite, je suis sûr que le sien aussi. Maintenant qu'elle est hors de danger, l'adrénaline redescend lentement et le silence règne entre nous.

Je n'arrive pas à la lâcher, même si les secondes s'écoulent en emportant avec elles ce geste qui aurait pu lui être fatal.

Peut-être que c'est moi qui vais lui briser les côtes, finalement.

Quand ce moment s'est trop étiré et qu'elle se rend compte de notre position intime, elle tente de se redresser, mais je la force à rester allongée dans un réflexe irrépressible, repliant ma jambe pour bloquer la sienne. C'est la première fois que je peux la toucher sans avoir à me justifier. J'aurais quand même préféré que ce soit dans d'autres circonstances.

Quelques instants plus tard, je lui souffle dans l'oreille :

— Ne refais plus jamais ça.

from Shayn to June...?

for some reason I kind of like the way it sounds...

23

« Un instant de faiblesse peut te coûter ta tranquillité. »

June

— Il te l'a rendu ? Ton journal, je veux dire.

La question d'Amara résonne au milieu des raclements de couverts, les entrechoquements de plateaux et autres bruits métalliques qui constituent la cacophonie ambiante. J'avais oublié à quel point les cafétérias peuvent être bruyantes. J'en viens à regretter le silence paisible qui régnait dans la bibliothèque à l'heure du déjeuner. J'avais pour seule compagnie le bruit des pages qui se tournent et celui de mon crayon grattant le papier à dessin.

— Ouais, finis-je par avouer en cessant de fixer le vide pour me concentrer sur Amara, qui fait du tri dans son plat fade de haricots verts.

Elle relâche brusquement sa fourchette dans son assiette, me renvoyant à la folie que j'étais sur le point de commettre hier.

J'ai mal dormi. La même pensée récurrente me suivait dans mon sommeil agité. Allongée entre mes draps froids, je repensais au vide qui aurait pu m'avaler si je m'étais laissée allée de quelques centimètres supplémentaires.

— J'ai entendu dire qu'il a quitté la salle en plein milieu du cours.

Une chaleur de nervosité parcourt mon épiderme.

Il est bien vite retourné à son poste après notre étreinte forcée, et je ne suis revenue qu'à la fin de l'heure pour récupérer mes affaires pendant que tout le monde s'élançait dans le couloir. Emilia m'a fait savoir que j'étais une conne de *drama queen* en passant près de moi, mais j'étais encore trop perturbée par ce qui venait de se passer pour réagir.

Nous avons évité de nous regarder, avec Scott, comme si la scène sur le toit n'avait jamais existé. J'ai tenté d'ignorer toute la tension entre nous. Mais c'était difficile, au point que je manquais d'air.

— Les gens pourraient commencer à se poser des questions.

— Des questions ?

— Tu sais…, insiste Amara.

Je vois exactement où elle veut en venir et ça me met mal à l'aise.

— Je parle de toi et de M. Scott.

Je serre les doigts autour de mon verre avant de boire une gorgée d'eau. J'ai la sensation que le liquide va prendre la mauvaise direction. La simple mention de son nom me fait désormais cet effet-là. Il m'a suivie sur ce toit, il a été le seul à se soucier de comment j'allais.

Le seul à savoir que, pendant un instant, j'étais si blessée que j'ai envisagé le pire.

— Et alors ? Il y a quoi avec nous ?

— Sérieux ? insiste-t-elle, l'air peu impressionnée.

Je commence à être agacée, mais le montrer empirerait les choses. J'ignore ce qui lui a fait croire qu'on en était à ce stade dans les confidences.

— Il m'a juste rendu mon journal parce qu'il a vu que ça me contrariait, insisté-je si sobrement que je pourrais presque y croire.

Et il m'a aussi empêchée de commettre l'irréparable.

C'est déjà la troisième fois qu'il me sauve la vie, je dois l'admettre. Mais je veux me convaincre que je n'aurais jamais sauté.

J'ai juste été surprise dans un moment de faiblesse, comme ça arrive parfois. J'aime m'asseoir au bord du vide, sur le toit de la maison, en passant par ma fenêtre mansardée. J'aime regarder le ciel et sentir le vent des arbres me pousser légèrement sur la gouttière tout en caressant les chats errants qui flânent de toit en toit. Tout comme j'aime sortir en pleine nuit, après une dispute avec Suzan, pour respirer un autre air que celui de la maison.

J'ai pris cette mauvaise habitude il y a quelques étés, lorsque j'ai commencé à faire des insomnies. Je déambule dans les rues adjacentes jusqu'à trouver le sommeil. Je sais que c'est dangereux et inconscient, mais ça ne m'empêche pas de continuer.

Je fuis un danger pour en chercher d'autres, c'est une étrange addiction.

— Je me doute bien qu'il n'y a rien, June, me dit-elle gentiment. Mais tu sais comment sont les filles. Elles se font rapidement des idées.

Je croque dans mon morceau de pain pour éviter de lui répondre. C'est la meilleure chose au menu aujourd'hui. Elle lance alors un regard circulaire à la cafétéria. Certaines sont sans doute étonnées de m'y voir après de longs mois à en avoir été bannie, mais la plupart ont mieux à faire que de s'en soucier.

J'en vois qui stagnent dans la file, tandis que celles qui ont la chance d'être déjà assises piaillent allègrement.

— Je te conseille juste de faire attention. Si l'une d'entre elles se met en tête que tu t'intéresses à lui, ça risquerait d'aggraver les choses pour toi.

Je sais qu'elle a raison. Quand ce n'est plus Holly qui me persécute, les autres s'assurent de prendre la relève. Un peu de calme après ces mois de tourmente, c'était trop beau pour être vrai.

Je croise d'ailleurs le regard de Holly, installée quelques tables plus loin, entourée de ses acolytes habituelles. Mais elle ne prend pas part au débat qui anime son groupe et semble étrangement taciturne. Nous restons un temps indéterminé à nous dévisager, malgré la distance qui nous sépare.

Je suis la première à rompre le contact visuel.

— Enfin bon, dit Amara en se raclant la gorge, tu as pensé à remplir les papiers pour le voyage ?

Le voyage.

Je réalise que j'ai oublié, à force de repousser sans cesse la signature des papiers. Mon père est constamment au téléphone, et je n'ai plus envie de mettre les pieds dans son bureau si c'est pour me faire congédier. Les rares fois où j'ai abordé le sujet à table, il m'a promis de s'en occuper si je les lui laissais, mais il a toujours oublié, et les documents sont restés vierges.

— La date limite de retour est la semaine prochaine, je crois, précise-t-elle face à mon expression. Tu as encore le temps, mais ne tarde pas ou Watson ne va pas trop apprécier. En tout cas, moi, j'ai trop hâte de me casser de ce trou à rats pendant une semaine.

— New York…, marmonné-je en me souvenant de la réunion pédagogique du début d'année.

J'étais triste en apprenant la destination du voyage annuel.

— J'ai un oncle qui habite là-bas. Il est en froid avec toute la famille, à cause d'histoires d'argent. Et…

— Ma mère habite là-bas, révélé-je.

Je m'excuse d'un signe de tête en m'apercevant que je l'ai coupée.

— Oh, fait-elle.

Elle me sourit avec réserve, sans connaître l'état de notre relation.

— C'est cool, tu pourras peut-être lui donner rendez-vous pendant les temps libres, s'il y en a.

J'esquisse un faible sourire avant de remuer sans enthousiasme des morceaux du steak insipide gisant dans mon assiette.

Ça ne risque pas.

L'été précédant mon entrée en seconde, j'ai accepté de les rejoindre, elle et sa nouvelle famille. C'était une mauvaise idée. Son nouveau mari était sympa, bien plus que Suzan. Il s'occupait à la perfection de Noah et Taylor, les faux jumeaux, et faisait même en sorte que je me sente à l'aise. Mais je ne comprenais pas ce qu'il avait de plus que nous. Qu'est-ce que ma mère avait bien pu lui trouver pour tirer définitivement un trait sur papa et moi ?

Pendant ces trois semaines interminables, elle me souriait fixement, tentant d'ignorer cette gêne qui existait désormais entre nous. Elle me posait des questions qui ne m'auraient pas dérangée à une époque révolue : pourquoi mes dessins étaient toujours en noir et blanc, si j'avais fini par avoir un copain après une expérience enfantine en primaire, et comment était « cette Suzan ». Mais ça ne fonctionnait plus.

Je lui en voulais d'être partie.

Et puis, je refusais d'être heureuse sous son toit, dans sa nouvelle famille parfaite. Le soleil semblait trop éclatant dans leur appartement du trente-troisième étage. Taylor avait les cheveux dont j'avais toujours rêvé, longs et blond vénitien, qui lui vaudraient bientôt des compliments plutôt que des moqueries. Noah était un petit garçon sympa, bien que réservé, mais je pensais à Gaby qui attendait mon retour avec impatience. C'était dur de la voir aussi impliquée dans la vie de ses nouveaux enfants : accompagner Noah à chacun de ses matchs de base-ball et tresser les cheveux de Taylor pour ses compétitions de patinage artistique. Leur complicité était naturelle. Je me sentais de trop.

Elle avait arrêté d'être ma mère pour pouvoir se consacrer à eux.

Quand je suis rentrée à Londres, elle a commencé à m'envoyer des messages plus fréquemment. Sa tentative de renouer m'a laissée de marbre. Elle nous avait abandonnés pour un autre, papa et moi, et n'avait pas cherché à me contacter en cinq ans, comme si elle craignait que j'empiète sur sa nouvelle vie. C'était trop facile de faire comme si ses choix n'avaient pas été égoïstes et n'avaient pas eu de conséquences sur la mienne, devenue plus dure que jamais. Je la détestais d'être si insouciante dans sa manière de m'approcher ; elle n'en avait plus le droit.

Ma froideur l'a découragée. Elle n'a pas insisté très longtemps ; finalement, peut-être l'avait-elle fait par obligation et s'était-elle sentie rassurée de voir que je ne voulais rien d'elle.

Nous avons fini par faire comme si ce séjour n'avait jamais existé. Nous nous contentons désormais de messages courtois à Noël et pour les anniversaires.

À force, ça ne me fait même plus mal. Enfin je crois.

— Ça doit être une expérience universelle, la bouffe dégueulasse, commente Amara en me voyant triturer ma nourriture.

— Ils devraient investir plus d'argent dans la cantine au lieu de nous envoyer à New York.

Elle ricane en se levant.

— Je vais aller réviser, me prévient-elle. Tu veux venir ?

Elle prend son plateau encore bien garni puis me lance un regard inquisiteur.

— Désolée, j'ai un peu mal à la tête.

Je lui adresse un sourire d'excuse, m'en voulant un peu de la repousser, mais je ne suis vraiment pas d'humeur à réviser avec elle. Il y a le risque qu'elle me pose encore des questions indiscrètes.

Elle hausse les épaules, et, pas le moins du monde vexée, me fait un petit signe de la main avant de s'éloigner pour vider son plateau. Dès lors, j'ai l'impression qu'un vent d'hostilité souffle dans ma direction et j'imagine les chuchotements qui s'élèvent dans la salle : « Regarde, elle a réussi à faire fuir sa seule amie » ou « Amara a enfin compris pourquoi personne ne traîne avec cette salope ».

Je baisse alors les yeux sur mon journal tombé au fond de mon sac – je l'ai gardé sur mes genoux par précaution tout au long du repas. Je me maudis encore d'avoir été aussi négligente hier. Je dois rester sur mes gardes à Sherborn.

En consultant mes notifications, je remarque un message de mon père. J'hésite avant de l'ouvrir, me demandant ce qu'il peut bien me vouloir, lui qui aime principalement communiquer au moyen de petits bouts de papier ridicules, sur la table du salon, hormis en cas de force majeure.

Mon accident ne nous a en aucun cas rapprochés.

J'ai été blessée, il a eu peur.

C'était passager.

« Notre avion pour Madrid va bientôt décoller. Gaby ira finalement dans la maison de vacances de ses grands-parents. Active l'alarme dès que tu rentres. »

Je n'arrive pas à être déçue tant c'était prévisible.

Gaby devait rester avec moi. On aurait regardé son film préféré, j'avais même prévu de lui acheter des sucreries sur le chemin du retour pour l'occasion. Il attendait leur voyage avec impatience. Mais Suzan a encore réussi à convaincre notre père qu'il serait mieux avec ses grands-parents, loin de moi, quitte à manquer deux jours d'école.

J'ai la nausée en me rendant compte que je n'ai pas réfléchi du tout avant de m'asseoir sur ce parapet.

Qu'aurait fait Gaby si j'avais glissé par accident ?

Je suis une idiote.

Et je me déteste.

Je me lève à mon tour en emportant mon plateau presque intact, avant de quitter cette cafétéria qui ne m'avait pas du tout manqué.

***

En fin de journée, j'arpente notre rue après que le bus m'a déposée à l'arrêt.

J'essaye de me remonter le moral en me disant qu'au moins j'aurai droit à un peu de tranquillité ce soir. Je vais pouvoir avancer sur mon projet de rattrapage. Mme Carr m'a enfin donné ma note sur la théorie des couleurs. Elle était déçue, mais pas autant que moi. Elle m'a dit qu'elle ne m'avait pas retrouvée dans ce travail et qu'elle était certaine que j'étais capable de sortir de ma zone de confort si je m'en donnais les moyens.

Elle a refusé de changer de sujet pour me faciliter la tâche. Je dois lui rendre une autre version la semaine prochaine, et j'ai plutôt intérêt à m'y mettre si je ne veux pas encore faire chuter ma moyenne générale.

Alors que les battants du portail ne se sont pas encore refermés, une voiture noire freine brusquement sur le trottoir d'en face. J'entends la portière du véhicule claquer et je presse le pas en appuyant précipitamment sur les touches de la télécommande pour refermer l'accès. Depuis que Heize me harcèle de messages, je suis constamment sur mes gardes.

— Tu ne veux vraiment pas me laisser entrer ?

Je m'autorise une respiration en reconnaissant sa voix railleuse. Quand je me retourne, Scott entre dans le jardin. Mon cœur s'emballe. Je repense à cette impression d'avoir été en sécurité entre ses bras, pendant un millième de seconde.

— On est mardi, dis-je en espérant qu'il n'est qu'une illusion créée par mon manque de sommeil. On n'a pas cours.

— On n'a jamais décidé de nos jours de cours ensemble, Grey. L'examen est demain.

J'avale difficilement ma salive, cherchant mes clés au fond de mon sac tout en me demandant quelle excuse je vais pouvoir trouver pour l'éconduire. Aujourd'hui, je sens bien que son regard me sonde et qu'il me juge. Sa perception de moi a changé.

Il m'a sûrement réduite à la suicidaire qui a tenté de se jeter du toit du lycée.

Cette faiblesse et cette transparence me dégoûtent, mais je ne peux pas me morfondre, pas en sa présence. Alors je continue de chercher mes clés, insensible à ses yeux noirs qui me scrutent. Après de longues secondes à remuer mes doigts dans mon sac, je pousse un soupir exaspéré.

— Qu'est-ce que tu fous ? m'interroge-t-il, derrière moi.

Je fixe la porte d'entrée, fouillant dans ma mémoire. Je ne comprends pas. Je suis certaine de les avoir mises dans mon sac hier soir.

— Une minute.

Mon cœur me lâche quand je constate que ma carte de crédit a elle aussi disparu de mon portefeuille, il ne reste plus qu'un billet de dix livres. Je n'ai pourtant pas laissé mon sac sans surveillance aujourd'hui.

L'évidence s'impose à moi. Suzan a fait en sorte que Gaby dorme chez ses grands-parents, et voilà que je me retrouve sans clés ni carte de crédit, alors que je ne les oublie jamais. Elle ne m'avait rien fait depuis longtemps, ne pouvant pas m'abîmer plus que je ne l'étais déjà. J'aurais dû me douter qu'elle trouverait un moyen pernicieux de m'atteindre à nouveau.

— Qu'est-ce que tu attends pour ouvrir cette porte ? s'impatiente Scott en se rapprochant de moi.

Je peux le sentir m'effleurer. Sa proximité accentue le nœud qui s'est formé dans mon estomac et je dois me résigner à faire volte-face, sans pouvoir jouer la comédie.

— Je ne les ai pas.

Il me scrute d'abord longuement sans réagir.

— Mes clés.

Je regrette aussitôt d'avoir pointé une telle évidence.

Je le vois entrouvrir les lèvres pour dire quelque chose, mais il se retient à la dernière seconde. À la place, il enfonce ses mains dans ses poches, laissant son ombre m'emprisonner. Je me raidis contre la porte en bois. Quelque chose cloche dans son comportement. D'habitude, il ne se gênerait pas pour me faire un commentaire acide car je lui fais perdre son temps.

— Ta belle-mère rentrera bientôt, non ?

— Pas ce soir, lui avoué-je à contrecœur. Elle accompagne mon père à un séminaire.

— Attends, pendant combien de temps ?

— Deux jours.

— Tu dois te foutre de moi, fulmine-t-il en rejetant sa tête en arrière. Tu n'as personne chez qui aller ?

Si j'étais encore en bons termes avec Holly, j'aurais sonné chez elle, à Marylebone, sans que cette déconvenue ne soit un problème. Et si cette idiote n'avait pas balancé le double de mes clés dans la forêt, peut-être que je n'en serais pas là.

Ma soirée tragique se profile déjà.

— Il y a bien…

Les parents de Suzan.

Mais ils sont présentement à Southampton, soit à presque deux heures de Londres. Je doute que Scott accepte de me conduire aussi loin, pas que j'en aie vraiment envie. C'est la famille de Suzan, pas la mienne. Et ils me l'ont bien fait comprendre les rares fois où j'ai été contrainte de leur rendre visite, durant les fêtes. La grand-mère de Gaby est une copie plus âgée de Suzan, la seule différence est qu'elle ne me frappe pas. Elle s'accapare Gaby, traçant une ligne invisible entre nous. Son grand-père, lui, se contente d'éviter mon regard parce que je le gêne.

Depuis que je suis petite, leur maison vieillotte à l'odeur rance me donne des sueurs froides.

— Non, dis-je après un moment. Il n'y a personne.

Il pousse un soupir, m'observant comme si j'étais une cause perdue.

— Tu les accumules, toi, hein ? Tu devrais songer à te faire exorciser.

Je n'ose même pas le contredire.

— Je peux toujours crocheter la serrure, propose-t-il face à mon désarroi.

Il s'intéresse déjà à la porte, avec un professionnalisme qui m'aurait excédée si je n'étais pas aussi abattue par la situation.

— C'est mort. Depuis le cambriolage, mon père les a fait blinder. On ne peut les retirer qu'à l'aide d'une perceuse.

— Je vois, dit-il en reculant pour avoir une meilleure vue sur la maison. Tu tiens particulièrement à la fenêtre de ta chambre ?

— Vous voulez que je me fasse tuer ?

— Écoute, Grey. Tu m'exposes un problème, je te propose une solution.

Il ne me reste qu'une seule option, et je regrette les mots qui vont sortir de ma bouche avant même de les avoir prononcés :

— Désolée de vous demander ça. Mais j'aimerais juste… Est-ce que vous pourriez me prêter, je ne sais pas moi, cent livres ? Je vous les rendrai dans la semaine.

— Cent livres ? Pour aller où ? À l'hôtel ?

— Oui. C'est toujours mieux que rien.

— Hors de question. Toi seule dans une chambre d'hôtel ? Ne me prends pas pour un con.

J'accuse le coup, trop sonnée pour réagir.

Nous y voilà. Il me considère comme une petite chose fragile, en proie à ses tourments intérieurs.

Une fille qui se tuerait à la première occasion.

Lui inspirer pitié est la dernière chose que je voulais. Je donnerais tout pour que notre relation redevienne celle d'avant, quand j'étais capable de le regarder dans les yeux sans craindre qu'il en sache trop sur moi. J'aimerais aussi n'avoir développé aucune curiosité à son sujet. Parce que maintenant je me demande qui est cette fille qu'il a évoquée, et ce qu'elle représentait pour lui, pour que le parallèle de nos deux situations l'ait mis dans cet état.

Je m'assois sur les marches poussiéreuses du porche, fourrageant encore dans mon sac dans l'espoir d'y trouver mes clés. Mais elles ne sont pas réapparues comme par magie.

— Vous pouvez y aller. Le cours est annulé.

J'évite à tout prix son regard. Il verrait que le mien est brillant et j'ai déjà l'air assez misérable comme ça.

— Il va y avoir un orage cette nuit. Tu vas dormir où ? Sur ta pelouse bien tondue ?

Sans attendre de réponse, il m'arrache violemment mon sac pour l'emporter avec lui.

— Eh ! Qu'est-ce que vous faites ?! protesté-je en me redressant.

Je n'avais pas remarqué le portail resté entrouvert depuis tout à l'heure tant j'étais accaparée par notre discussion. Il sort du jardin d'un pas leste, moi à ses trousses.

— T'es un putain de cas, Grey. J'espère au moins que tu t'en rends compte.

Je le rattrape et pose ma main sur son épaule pour le forcer à s'arrêter. Il pousse un soupir qui soulève tout son corps mais je ne me démonte pas. Je veux savoir ce qui lui prend, parce que je ne suis pas sûre de comprendre ce qu'il est en train de faire.

— Pourquoi vous…

Mon hésitation l'encourage à s'éloigner et il traverse la ruelle pour rejoindre sa voiture mal garée sur le trottoir.

C'est lorsqu'il jette mes affaires sur la banquette arrière que je suis frappée par l'urgence de la situation. Alors que je panique à vue de nez, il se cale sereinement contre la portière.

— Une nuit, me fait-il savoir. C'est le temps que je te donne pour régler le problème. J'ai bien compris que tu ne comptais pas prévenir ton père. Je sais pas pourquoi, mais ce ne sont pas mes affaires, de toute façon.

Je le détaille de haut en bas, incrédule.

Voyant que je ne réagis pas, il ouvre la portière de sa voiture et prend place sur le siège conducteur.

— Qu'est-ce que t'attends ? s'impatiente-t-il en démarrant le moteur.

Ma respiration s'accélère. Il faut que je trouve quelque chose pour me sortir de ce merdier, parce que je ne peux pas passer la nuit chez lui.

Nous sommes en train de franchir toutes les limites.

— Je ne peux pas laisser Pato tout seul, dis-je alors dans un éclair de lucidité.

— Pato ?

— Mon chien.

— Ah ouais, le fameux chien.

Il tapote son volant d'un air pensif. Son corps est trop détendu pour quelqu'un qui s'apprête à emmener une élève dans son appartement. C'est à se demander s'il fait ça souvent.

— Je suis sûr que Pato réussira à passer une nuit seul. Ça n'a pas l'air d'être un chien très actif, si ?

Mon mensonge ne prend pas, et il est vrai que Pato est en sécurité à l'intérieur. Ses bacs à nourriture sont toujours pleins. De toute évidence, il mange si peu qu'il est devenu quasiment rachitique ces derniers mois.

— Oublie Sherborn deux minutes, suggère-t-il en regardant droit devant lui. Vois ça comme un service de toi à moi. De Shayn à June.

De Shayn à June…

Cette formulation tord quelque chose dans mon estomac, sans que ce soit désagréable. Les sensations contradictoires qu'il m'inspire deviennent de plus en plus fréquentes. Je me demande quand ce glissement s'est produit.

Il claque sa portière avant de me lancer par sa vitre ouverte :

— Écoute… soit tu montes, soit tu vas te faire foutre.

J'aimerais rétorquer que je préfère encore rester sur le trottoir plutôt que le suivre, mais ça semble ridicule de refuser la seule solution envisageable. Je relève les yeux en direction des nuages filandreux, ils m'indiquent que de la pluie menace de s'inviter dans l'atmosphère. L'eau froide se mettra bientôt à tacheter mes vêtements et je n'ai pas besoin de ça.

Il m'adresse un sourire arrogant à travers sa vitre déjà refermée.

Je le déteste d'avoir gagné.

Aller chez lui, c'est enfreindre toutes les règles. C'est prendre le risque de le regretter tôt ou tard. Mais ai-je vraiment le choix ?

Vaincue, je contourne sa voiture et prends place sur le siège passager. Mes doigts hésitent encore sur ma ceinture quand il démarre. Je marmonne :

— Quand même… ce n'était pas votre problème.

Il tourne à peine la tête vers moi et affirme une vérité effrayante :

— Grey. T'es devenue mon problème à l'instant où t'es devenue mon élève.

He really scared me

[redacted]

I don't like that

24

« On apprend vraiment à connaître les gens dans leur habitat naturel. »

June

Chacun de mes pas semble plus lourd que le précédent.

Derrière Scott, j'observe ce nouveau décor en laissant trois bons mètres de distance entre nous, ce qui a le don de passablement l'agacer, si j'en crois ses coups d'œil meurtriers depuis que nous sommes descendus de sa voiture. En raison de travaux sur le parking de son immeuble, il a dû se garer près des quais d'une station de train et nous marchons désormais à travers East Croydon. L'air sent le diesel et, à l'heure des retours de bureau, nous sommes nombreux à nous entasser sur les trottoirs.

Je ne savais pas à quoi je m'attendais lorsqu'il m'a proposé de venir passer la nuit chez lui, mais j'avais complètement exclu la possibilité que son appartement puisse se trouver à Croydon.

— Tu avances, oui ou merde ? s'agace-t-il en s'arrêtant pour qu'on soit de nouveau à la même hauteur.

Je détache mon regard de la façade bleu délavé et recouverte de tags qui retenait mon attention pour m'intéresser à lui. Il a enfilé un sweat-shirt gris par-dessus son pull avant de quitter le parking, et je comprends enfin pourquoi. Je ne me fonds pas dans la masse avec mon uniforme de l'une des plus prestigieuses écoles de la capitale. J'ai plutôt l'air d'attirer l'attention de certains passants. Assis devant un Tesco[1] défraîchi, un mendiant me lance un coup d'œil hostile lorsque ma chaussure passe trop près de son gobelet où quelques pièces ont été déposées. Je m'excuse mais, dans toute cette confusion, je ne suis pas certaine qu'il m'ait entendue. Quand je me décide enfin à presser le pas, une dame avec une poussette envahit tout l'espace sur le trottoir pour se servir sur des étalages de fruits et légumes. Je perds Scott de vue pendant une seconde.

— Si tu continues de traîner, tu vas te faire voler ton téléphone, et je ne courrai certainement pas pour le récupérer, me siffle-t-il en faisant brusquement irruption sur ma droite.

Dans un soupir, il m'attrape doucement l'avant-bras pour me faire passer devant lui afin de me garder dans son champ de vision. Sa façon décomplexée de me toucher en public m'inquiète un peu, mais me trouble davantage.

— On ne croisera personne, t'en fais pas, ajoute-t-il placidement, comme s'il lisait dans mes pensées.

Je vois mal Holly ou une fille de la classe débarquer dans ce quartier malfamé, à moins qu'elle soit à la recherche de shit, mais ce n'est pas ce qui manque dans de nombreux quartiers à Londres, et je connais sa préférence pour Camden.

Je me laisse alors de nouveau absorber par le paysage peu accueillant : au milieu des nombreux chantiers, des tours qui rasent le ciel sans pour autant l'atteindre, comme un rêve inachevé, et la peinture écaillée de façades qui auraient dû

1. Tesco PLC est une chaîne de supermarchés britanniques très populaire.

être rénovées depuis longtemps, ou encore le sol goudronné présentant fréquemment des crevasses. Il y a aussi des jeunes qui tiennent les murs sans rien demander à personne, mais entre eux, des chiens errants et quelques drogués qui semblent déambuler parmi nous dans ces rues assaillies par les passants, l'ambiance est oppressante.

Une sorte de prison à ciel ouvert.

— C'est pas très chic, hein ? demande-t-il.

— Je n'ai rien dit.

— Tes yeux l'ont fait pour toi.

Je cesse alors de laisser mon regard traîner, me sentant coupable d'avoir affiché mon inquiétude aussi ouvertement.

Nous continuons d'avancer en silence le long de l'artère, sa main n'a toujours pas relâché mon poignet. Je commence presque à m'y faire quand des sifflements retentissent tout à coup, plus loin derrière nous. Je me tends en soupçonnant leur cause : ma jupe n'est pas particulièrement longue et révèle mes jambes recouvertes de chair de poule. Scott tourne la tête pour voir d'où ils proviennent, mais ses yeux qui fouillent les environs ne trouvent pas leur cible.

— Ignore.

J'obéis à cet ordre lancé sèchement. Je devine qu'il n'a pas le temps de s'attirer les foudres de qui que ce soit par ma faute. Mais ce sont désormais des voix qui nous interpellent, et elles ne sont plus qu'à quelques mètres.

— Bah alors, Kurt ! On ne répond plus à son téléphone ?

Nous avons été rattrapés. Et contrairement à ce que j'imaginais, ce ne sont pas des jeunes en survêtement qui nous emboîtent le pas sur le trottoir, mais un groupe de plusieurs hommes d'âges différents. Le plus vieux, un trentenaire, se tient au milieu avec une barre en fer. Son dégradé à blanc et sa peau recouverte de tatouages plus ou moins cohérents incitent des passants à le contourner, quitte à devoir marcher sur la route.

Le visage de Scott s'assombrit, et j'ai droit à un regard en biais avant qu'il me rapproche de lui sans lésiner sur la proximité.

— Désolé. J'avais plus de batterie, lui répond-il sans l'ombre d'un sourire.

J'entends pourtant toute la raillerie dans sa voix. Notre principal interlocuteur nous offre un sourire à peine perceptible et me zieute longuement. Je me sens mal à l'aise face à ce regard qui ne laisse aucun doute sur ses intentions.

— Tu tapes dans des lycéennes mais tu ne veux plus travailler avec nous. Sacré sens de la morale, hein… ?

Cinq paires d'yeux se braquent sur moi. Je me rends compte de ce qu'il vient de dire. « Travailler avec nous ».

— Comment tu m'as trouvé ? lui demande Scott sans ciller.

— Londres, c'est un petit village. Tu ne t'en doutais pas, hein, l'Américain ? C'est pour ça que tu t'es permis de nous lâcher comme une salope ?

Je cesse de respirer en faisant le rapprochement. Ces hommes qui nous ont entourés ne sont autres que les cambrioleurs qui ont vandalisé ma maison en juin dernier. Ces mêmes hommes qu'il jugeait assez dangereux pour m'en protéger lorsqu'il m'a trouvée dans ma chambre, au risque de se les mettre à dos.

Leur vision du travail différait sans doute sur la question de la présence de témoins lors des cambriolages.

— Je ne savais pas qu'on avait un contrat, lui répond-il trop calmement, dans cet échange où la tension est à son comble. J'ai arrêté de travailler avec vous, c'est tout.

— Dis plutôt que tu t'es barré à la première difficulté.

— Difficulté ? Quelqu'un est mort !

— Ouais, et t'étais là.

— En train de fouiller dans les tiroirs. Ce n'est pas moi qui ai appuyé sur la détente.

— Peu importe. Complicité de meurtre. Si on est dans la merde, t'es dans la merde. C'est ça, le travail d'équipe ! On tombe tous ensemble…

Mes lèvres s'entrouvrent et je dévisage Scott en me remémorant la violence avec laquelle il m'a menacée, le jour de son arrivée à Sherborn. Il a tenté de me chasser par tous les moyens car, si je le dénonçais, des enjeux bien plus importants seraient mis sur la table.

Je le fixe encore et une migraine lancinante m'envahit, derrière la tête. Il le remarque et ses narines se dilatent, sa main presse plus fermement mon poignet. Je devine la raison de cet échange tendu entre nous : pendant une seconde, il a oublié que j'étais là.

— Tiens, tiens, t'as l'air un peu choquée, ma jolie, raille le type en m'adressant un sourire méchant. Tu ne sais pas dans quoi il trempe, c'est ça ?

— On en reparlera, Chase, le coupe Shayn avec fermeté.

Oui, c'est bien Shayn qui se trouve devant moi. Pas M. Scott.

Shayn et la montagne de problèmes qu'il traîne derrière lui, comme un mauvais présage.

— Bah quoi ? Elle a le droit de me répondre, non ?

Il me jette un nouveau coup d'œil lubrique.

— Tu n'as pas de putain de langue ? Tu t'en sers seulement pour le sucer ?

Il mime un geste de fellation tout en me dévorant du regard, alors que les quelques idiots derrière lui s'esclaffent. Seuls deux garçons ne rient pas, un jeune homme noir dans la vingtaine bien avancée, qui échange un regard désapprobateur avec un brun qui paraît à peine plus âgé que moi. Mes lèvres demeurent cousues même s'il ne cesse de m'humilier. Il faudrait être idiote pour rétorquer quoi que ce soit à ce type armé d'une barre de ferraille.

Me relâchant pour la première fois depuis leur arrivée, Scott s'approche de lui et pose une main sur son épaule.

— Ne commence pas, Chase. C'est vraiment pas la journée.

Chase ne semble pas apprécier cette fermeté dévalorisante, surtout que Scott le dépasse largement. Il recule et la tension monte d'un cran dans le cercle.

— C'est la bonne journée quand je le décide. Je t'ai déjà dit que je n'aimais pas trop le ton que tu prenais avec moi, sale chien.

Scott ferme les paupières durant une seconde, pour se maîtriser. Je scrute continuellement leurs poches, à la recherche d'un reflet métallique pouvant sceller la gravité de l'instant.

— Tu nous as lâchés comme Dan et tu en subiras les conséquences, le prévient-il, tel un oiseau de mauvais augure.

— Allez viens, me dit Scott en me saisissant de nouveau par l'avant-bras, décrétant que nous en avons assez entendu.

Il bouscule un type à la forte corpulence pour se forcer un passage dans le cercle tout en prenant soin de me garder devant lui, et surtout contre lui. Mais je suis tellement nerveuse à l'idée qu'ils nous sautent dessus par surprise que je ne m'en formalise plus.

Nous commençons à nous éloigner en direction d'une avenue piétonne plus large. Les types nous laissent passer, trop docilement à mon goût. Mon cœur bat des records de vitesse.

— C'est ça, continue de fuir ! le hèle Chase, moqueur.

Seul le bruit de nos pas hâtifs résonne, jusqu'à ce que le meneur réitère :

— En passant, dis à ta copine de venir me sucer quand elle en aura fini avec toi. Je suis sûr qu'elle adore ça. Elle a de ces putains de lèvres…

Je m'arrête brusquement et la main de Scott sur mon poignet agit comme une laisse sur le cou d'un chien. Pensant que je vais craquer, il m'adresse un regard dissuasif.

— Laisse-la parler ! s'exclame Chase, à qui notre échange n'a pas échappé. Je suis sûr que sa bouche sert aussi à autre chose !

Ils éclatent tous de rire. Je me doute qu'il essaye de me soutirer une réaction mais je ne vais pas me heurter au bateau, ou on risquerait de couler. Alors je continue de marcher malgré ses assertions avilissantes. Il est frustré de ne pas avoir réussi à m'atteindre.

— T'as dit quelque chose, salope ? invente-t-il. Tu devrais venir le répéter plus près !

Je l'entends s'avancer vers nous à grandes enjambées et je me serre contre Scott en me souvenant de la barre qui menaçait de nous frapper. Pas impressionné le moins du monde par son accès de rage, Scott fait volte-face et me pousse afin que je ne sois plus au milieu :

— Ouais, elle a traité ta mère de pute, crache-t-il avant de poser une main sur son cœur en signe de bonne foi. Oh, non. Ça, c'est moi qui l'ai fait.

Chase n'attendait qu'une petite étincelle pour tout faire exploser. Il lui sourit d'un air carnassier et lui donne un coup de latte dans l'estomac. Je pousse un cri de surprise et recule davantage, les mains plaquées contre ma bouche.

Scott n'attend pas une seule seconde pour lui rendre la pareille, malgré l'iniquité de leur combat. Son poing droit heurte violemment le nez de Chase et du sang gicle l'instant d'après. C'est le signal. Des cris s'élèvent dans le groupe, qui nous rejoint au pas de course, l'excitation de voir une bagarre est à son comble. Je regarde les hommes former un nouveau cercle, plus large cette fois, et se mettre à crier comme des singes.

— Arrêtez !

Le choc a aspiré toute la puissance dans ma voix. Avec ce chahut, personne ne m'entend. Ma vue est obstruée depuis qu'on m'a forcée à reculer. Je persévère et me fraie un chemin entre ces gens qui se poussent avec hystérie. Entre-temps, des passants ont rejoint le rassemblement pour ne pas rater une miette du spectacle. Quand j'arrive enfin au premier rang, un hoquet m'échappe.

La vision qui se dessine devant moi me fait horreur.

Chase est au sol, complètement rétamé, et encaisse les coups d'un Scott se déchaînant avec la barre qui avait servi à l'attaquer. J'aperçois un couteau maculé de sang, par terre sur le goudron, et j'en déduis qu'il appartient à Chase, qui ne réagit même plus sous l'avalanche de coups. Je crois qu'il a perdu connaissance. Du sang a imprégné le col de son tee-shirt et coule en filet le long de ses dents, de ses lèvres. Scott aussi a ramassé, mais il s'en sort bien mieux. Sa lèvre est fendue et son nez saigne, ce qui ne l'empêche pas de continuer son assaut brutal.

— Arrête ! crié-je une nouvelle fois.

Ma voix se brise tant je hurle.

— Tu vas le tuer !

On me pousse pour que je n'interfère pas.

Mes tremblements redoublent d'intensité et je ne quitte plus la scène des yeux.

Je me vois tout à coup enfant, à la place de celui qu'il est en train de rétamer, recevant les coups de pied que me donne Suzan. Je la supplie intérieurement d'arrêter, mais ce souhait n'est jamais exaucé. Et ça continue jusqu'à ce qu'elle décide que j'en ai eu assez. Le supplice s'arrête seulement lorsque ma peau tuméfiée la renvoie à sa responsabilité, et qu'elle ne peut plus se laisser emporter par la violence.

Shayn a pris l'apparence de mon pire cauchemar.

Mes yeux s'humidifient et je recule dans le cercle, me faisant bousculer jusqu'à perdre l'équilibre. J'atterris les mains à plat sur le goudron. Quelqu'un m'écrase les doigts mais je ne ressens aucune douleur. Je finis par m'échapper de l'attroupement en peinant à respirer. Clouée au sol, je fixe mes mains rougies et piétinées en essayant de ne plus dissocier.

C'est seulement lorsque quelqu'un m'attrape le poignet et me relève de force que je reviens à la réalité. Mon regard se plonge alors dans celui de Scott. Il a enfin cessé de défigurer son adversaire. Ses phalanges sont poisseuses par le sang. J'en ai un frisson de dégoût.

Le groupe se dissout et seuls les types qui étaient là initialement restent au chevet du blessé, qui comate probablement sur l'asphalte. Nous nous éloignons dans un silence de mort, même si, derrière nous, l'euphorie des poings perdure. Trop secouée, je ne me retourne même pas pour m'assurer qu'il n'y a personne à nos trousses.

Les artères principales disparaissent pour laisser place à des ruelles, qui donnent plus tard sur des agrégats de HLM. Je le suis à travers une cour reliant des immeubles, plongée dans un état second. Je sais qu'il ne faisait que se défendre, mais cette facette que j'ai entrevue de lui est effrayante et je ne suis pas certaine de parvenir à l'oublier.

Lorsque nous arrivons finalement devant chez lui, une tour grise haute d'une quinzaine d'étages, il compose le code sur la borne de sécurité et la porte s'ouvre dans un grincement. Je m'apprête à entrer sans le consulter du regard. Je n'ai pas envie de l'affronter après la scène à laquelle je viens d'assister, mais il me bloque l'accès en se tenant dans l'encadrement de la porte.

J'ai toujours les yeux rivés sur mes chaussures. La vérité, c'est que ça m'effraie un peu. Je ne le pensais pas capable d'aller aussi loin.

— June.

C'est la deuxième fois qu'il m'appelle par mon prénom aujourd'hui. Je relève la tête et croise son regard, remarque ses traits tirés par la frustration. De la pulpe de son pouce, il essuie le sang qui s'échappe de sa coupure et s'humidifie les lèvres pour le faire momentanément disparaître. Mais le liquide continue de couler.

Le reste ne vient pas. Quelque chose le retient, et je sais ce que c'est. Je suis écœurée à l'idée qu'il s'empêche de me dire ce qu'il en pense vraiment parce qu'il me croit incapable de l'encaisser. Je préférerais encore qu'il me pousse à bout jusqu'à me voir craquer, cette pitié récurrente dans ses yeux me dégoûte.

Ou peut-être que c'est lui qui me dégoûte, parce qu'il connaît désormais toutes mes faiblesses.

— Quoi ?!

Je hausse le ton, espérant le faire réagir.

— Parlez si vous avez envie de parler. Ou arrêtez de me regarder comme ça. Je déteste la compassion.

— Putain, explose-t-il enfin, les pupilles dilatées par la colère. Mais à quoi je pensais en t'emmenant ici ?!

— Je vous avais dit que c'était une mauvaise idée !

Ses yeux parcourent mon corps avec une évidente désapprobation et j'ai le réflexe de tirer sur ma jupe. Il se fiche bien de me faire me sentir nue en me regardant ainsi.

— Je sais même pas si je dois m'en prendre à toi ou à moi. Je t'ai fait venir ici dans cette tenue…

— Ça va, ce n'est rien, je lui assure, embarrassée.

Il reporte son attention sur mon visage. Son regard reste sévère.

— Tu ne comprends pas, crache-t-il. Tu pourrais avoir des problèmes si tu les recroises. On n'est pas dans ton bled paumé, là. Je connais Chase et j'ai bien compris ce qu'il avait en tête.

Le mot « viol » est si violent, même quand on ne le prononce pas.

Ces intentions révélées à demi-mot me font froid dans le dos, et je m'en veux de ne pas être protégée par des vêtements plus larges. Je tire encore sur ma jupe. Mon réflexe désespéré lui fait lever les yeux au ciel.

— C'est un peu tard pour ça.

Il se décale enfin pour me laisser passer, et nous pénétrons dans le sas d'entrée. Le hall est en meilleur état que ce que laissait présager la façade, bien que le tout ait un peu vieilli. Les murs sont enduits d'une peinture marron et de quelques fissures. Nous passons à côté des boîtes aux lettres, la plupart envahies de flyers publicitaires. Il appuie sur le bouton de l'ascenseur et me tient la porte.

Soixante secondes ne m'ont jamais semblées aussi longues. La cage de l'ascenseur est minuscule, sa moquette vert bouteille si amochée que des peluches de laine dépassent. Avant qu'il n'ait le temps de sélectionner l'étage sur la borne métallique, je mets ma main devant pour le stopper.

Il me jauge du regard, sans rien dire.

— On peut toujours trouver une autre solution.

Une expression mauvaise le traverse. Il passe son bras au-dessus de ma tête tout en maintenant une certaine distance entre nos deux corps, m'emprisonnant tout de même entre la paroi et lui.

— Pourquoi tu stresses comme ça ? Je compte juste te faire dormir sur le canapé.

Il est si proche que j'ai senti l'odeur métallique de son sang.

Il recule déjà, me laissant de nouveau respirer, et se colle contre la paroi face à la mienne.

Quelque chose a définitivement changé entre nous.

Je ne sais pas quoi en penser.

I really shouldn't have done this

25

« Il n'existe meilleur goût que celui de l'interdit. »

June

L'ascenseur s'arrête après quelques nouveaux instants passés dans un silence intimidant, sans qu'on se soit pour autant lâché du regard. C'est comme si nous cherchions à évaluer les limites de l'autre.

Il est le premier à sortir de la cabine et il ne me tient pas la porte cette fois. Dans le hall monotone, les portes d'entrée se suivent et se ressemblent. J'observe son dos, ses vêtements salis par le sang, qui détonnent avec sa démarche sereine. Un flash de l'altercation me contraint à m'arrêter durant une seconde.

Il ouvre déjà la porte de son appartement pour s'y engouffrer et m'adresse un regard inquisiteur. Alors je prends sur moi et le suis sans me faire trop désirer. Du petit couloir étroit, on distingue deux portes très rapprochées dans le fond, mais il m'indique la pièce à vivre : un salon donnant sur une cuisine au plan de travail presque inexistant. Un canapé fait face à une télévision qui commence à dater, si j'en crois son épaisseur, et je remarque un seau censé contenir l'eau gouttant d'une fuite derrière le canapé gris molletonné.

Tout est en ordre. Petit sans être pour autant minuscule. Modeste mais propre. Je ne sais pas pourquoi, j'imaginais un appartement mal entretenu, mais je comprends rapidement que je l'ai mal jugé.

C'est presque… rassurant.

Oui, ça fait longtemps que je n'avais pas eu cette sensation dans un endroit autre que ma chambre, un Starbucks ou la bibliothèque du Quartz.

— Pose tes affaires, m'ordonne-t-il en se débarrassant de son sweat-shirt pour le balancer sur le dossier du canapé.

Muette, j'inspecte les lieux en me sentant comme une intruse dans son univers. Et c'est ce que je suis ; mais, pour une fois, il fait preuve d'éducation et évite de me le faire remarquer.

Sans se soucier de ma présence, ni du fait que je n'aie pas encore posé mon sac, il s'empresse d'ouvrir le réfrigérateur et d'attraper une bouteille d'eau. Sa main écorchée agrippe fermement le plastique qui grince lorsqu'il porte le goulot à ses lèvres. Je l'observe pencher la tête en arrière comme si boire était la seule chose dont il avait vraiment besoin, reposer la bouteille, refermer le frigo, et mon regard est attiré par l'entaille qu'arbore son pull, au niveau de son abdomen.

— Ah, merde, jure-t-il en se souvenant de moi. T'as soif ? J'ai d'autres bouteilles au frais.

— Je crois que vous saignez, dis-je en ignorant sa question.

Il baisse le regard sur son pull, comme s'il savait déjà à quoi je fais allusion, avant de hausser les épaules.

— Il m'a effleuré.

— Vous n'avez pas mal ?

— Ça brûle un peu.

Je me demande quel est son rapport à la douleur. Je ne dis pas que je ne souffre plus quand Suzan me frappe, mais mon corps s'est habitué.

C'est une mauvaise chose.

— Je vais m'en remettre, Grey, raille-t-il en me surprenant dans mon silence méditatif.

Je détourne les yeux, réalisant que je n'ai fait que fixer le trou dans son pull, obsédée par la plaie qui pourrait se cacher en dessous. Je pose enfin mon sac au pied du canapé et prend conscience que la lumière du jour a complètement disparu derrière la fenêtre de son salon.

Il doit être près de 18 heures.

Dans mon dos, je l'entends quitter la pièce, et j'ai un instant d'hésitation avant de le suivre. Je m'engouffre alors dans le couloir que nous avons à peine traversé tout à l'heure pour constater qu'il est allé dans la salle de bains. Il a laissé la porte ouverte derrière lui et remonté son pull sur son torse pour inspecter sa blessure. Je sens mes yeux s'humidifier et une boule de chagrin me monter dans la gorge.

Je ne me savais pas si sensible à la vue du sang. Pourtant, ce n'est qu'une petite ouverture.

— Je vais me désinfecter, m'informe-t-il en me remarquant sur le palier. Tu peux aller t'asseoir.

Mais je ne réponds rien ni ne me décale, et je sens qu'il est frustré par mes silences de plus en plus fréquents.

— Ou pas…, marmonne-t-il en reniflant dans le vide, avant de se tourner et d'ouvrir le placard derrière lui pour en tirer de l'alcool et un paquet de compresses.

Je m'appuie contre la porte et j'observe la lumière crue du spot qui éblouit ses cheveux, les rendant plus clairs encore. Ce genre d'éclairage aurait tendance à souligner les imperfections d'une personne, mais chez Scott, c'est tout le contraire. La régularité de ses traits ou l'éclat de sa peau imberbe deviennent d'autant plus évidents. Pour avoir un meilleur accès à la plaie, il continue de maintenir son pull d'une main mais ne le retire pas complètement. Mon regard s'arrête alors sur son abdomen. Chaque muscle qu'on devinait sous ses vêtements est dessiné avec finesse.

— Tu vas vraiment me regarder ? demande-t-il sans détourner les yeux de sa compresse, qu'il imbibe d'alcool avec parcimonie. Tu caches bien ton jeu.

Il l'applique sur sa blessure et, au contact du désinfectant, grimace pendant une microseconde.

— Je suis désolée, lâché-je.

— Désolée pour quoi ?

Toujours sans me regarder, il pose le bout de coton devenu rougeâtre sur la porcelaine vanille du lavabo, puis en saisit un autre pour recommencer à se nettoyer.

— Parce que vous vous êtes battus.

Il émet un rire soufflé qui me heurte par son indifférence, et nos regards se croisent dans le reflet du miroir.

— Si je n'avais pas été là, ajouté-je, mal à l'aise, il ne m'aurait pas prise comme prétexte pour…

— Ce n'était pas à cause de toi, Grey. Ça devait bien arriver un jour ou l'autre.

J'ai un peu honte en me rendant compte qu'il dit vrai. Alors je change de sujet :

— Vous n'avez pas… peur des représailles ?

— Un peu. Mais qu'est-ce que tu veux que je te dise. Ils ne connaissent pas encore mon prénom.

— Et s'ils l'apprennent ?

— J'imagine qu'ils devront trouver un nouveau remplaçant à Sherborn, à moins que je puisse assurer les cours depuis la prison. Ou depuis ma tombe.

Sa petite blague ne parvient pas à détendre l'atmosphère. Je vois une ombre de scepticisme traverser son visage alors qu'il range les compresses et qu'il réajuste son pull sur son ventre comme s'il avait fait ça toute sa vie : désinfecter ses plaies après avoir mis quelqu'un en lambeaux puis passer à autre chose, car c'est la seule chose à faire.

— Pourquoi ça t'intéresse ? T'as peur que ton prof préféré se barre de ton lycée préféré ?

— Vous prenez toujours tout à la rigolade ?

— Seulement quand il n'y a pas de raison de chialer.

Il passe de l'eau sur son visage pour nettoyer le sang qui a séché en insistant longuement sur certains endroits. Je ne peux m'empêcher de fixer les muscles de son bras qui se contractent à chaque impulsion, tout en me demandant ce qui explique cette sorte d'apathie dont je suis victime. Quand il a terminé, il éteint la lumière de la salle de bains et s'apprête à en sortir, mais j'obstrue le passage.

— June.

Il hausse un sourcil, comme s'il ne comprenait pas mon comportement, et j'avoue avoir du mal à me suivre. Une seule chose est sûre. Je préfère le voir comme ça, railleur et détendu, qu'en train de tabasser un homme à mort, avec cette haine qui le rendait inhumain.

Profitant de mon état de prostration, il saisit ma main avec nonchalance, inspecte mes doigts qui ont été écorchés par le goudron quand quelqu'un a marché dessus, et je me souviens tout juste de la douleur que j'ai ressentie.

Il pousse un soupir.

— Viens là.

Sans me laisser l'occasion de réagir, je le sens m'entraîner à l'intérieur de la salle de bains, dans cet espace à peine assez grand pour deux. Il appuie sur un second interrupteur et la lumière qui s'allume est plus douce cette fois.

— Assieds-toi là-dessus, m'ordonne-t-il en indiquant la vieille machine à laver coincée entre la douche et le placard, tout en se décalant déjà pour récupérer le désinfectant qu'il avait rangé après son utilisation.

Je m'exécute d'une main, comprenant que je ne pourrai pas y échapper. Mais ce serait mentir que de dire que je suis complètement indifférente à la situation. Je sens que nous franchissons un palier à chaque nouveau rapprochement physique.

Pourtant, il prend ma main avec tant de tranquillité que je suis certaine d'être la seule à sentir mon estomac tomber à mes pieds.

— J'ai l'impression que je dois toujours te réparer, marmonne-t-il en passant le coton humide entre mes jointures rougies, légèrement égratignées par endroits.

— Je ne vous ai pas demandé de le faire.

— On n'a pas toujours besoin de parler pour demander les choses.

Je croise son regard, le dévisageant intensément.

Alors, tu as vraiment décidé d'arrêter d'être aveugle ?

J'aimerais que papa en fasse autant.

Mais je crains qu'il comprenne mes questions silencieuses. Je préfère détourner l'attention de moi :

— Je pensais que vous continuiez les cambriolages.

— Tu pensais mal.

Je fixe sa bouche écorchée. Le sang a coagulé sur la lèvre supérieure, formant un début de lésion. Je me force à regarder ailleurs en me rendant compte que ça me perturbe plus que d'habitude.

— Vous aviez déjà été prof, avant ? À New York.

Il esquisse un début de sourire, qui s'efface avec la concentration. Sa main au-dessus de la mienne s'assure de désinfecter chaque recoin de mes jointures. Je ne le savais pas capable d'autant de délicatesse.

— À ton avis ?

Il relève les yeux et la lumière tamisée des appliques de la salle de bains ne parvient pas à rendre son regard moins difficile à soutenir. Mais je le fais, parce que j'en ai assez de me laisser intimider.

— J'imagine que non.

— Waouh, marmonne-t-il, pas du tout impressionné. Comment tu as deviné ?

— Alors c'est juste temporaire.

— C'est tout le principe d'un remplacement. Je peux remercier le mec qui me précédait de s'être barré sans prévenir et d'avoir mis Weber dans la merde.

— Il n'est pas parti, rectifié-je. M. Moore s'est suicidé.

— M. Moore, répète-t-il calmement, évaluant la sonorité de ce nom qu'il avait sans doute oublié. J'imagine que le malheur des uns fait le bonheur des autres.

Je me rembrunis.

— Ne dites pas ça. C'était quelqu'un de bien. Il était vraiment gentil.

— Moi, je ne suis pas gentil ?

Il continue le mouvement contre ma peau mais j'ai conscience qu'il n'y a plus rien à désinfecter et des picotements se propagent dans toute ma main. Ce constat me rend nerveuse.

— Vous avez parlé d'une fille, hier.

Il s'immobilise, le coton entre les doigts, son corps presque calé entre mes jambes. La tendance s'est inversée.

— Qu'est-ce qui lui est arrivé ? je lui demande sans me soucier du manque de tact.

— Elle est tombée.

Il accentue la pression sur mes doigts, m'incitant à me taire.

— Ne pose pas plus de questions. T'en sais déjà trop.

— Elle est tombée ou elle s'est jetée ?

C'était indélicat. Il pousse un soupir, presque amusé que j'insiste sur un sujet qui, de toute évidence, ne me concerne pas.

— Si je réponds à ta question, alors tu répondras à la mienne.

— D'accord, dis-je simplement, même si je n'ai aucune intention de me prêter à son jeu.

Il aspire l'intérieur de sa joue, juste assez pour que je le remarque. Je fixe ses lèvres charnues, elles semblent vouloir repousser le moment fatidique.

— Disons… Disons juste que j'ai fait comme toi, que j'ai volé la meuf de quelqu'un. Que ce quelqu'un l'a appris et qu'il n'a pas trop apprécié.

J'ai un genre de pincement au cœur très désagréable.

— Et donc ?

— Ça s'est mal terminé.

Son regard se perd dans le vide et il arrête de me désinfecter. Quand ses jambes frôlent les miennes parce qu'il s'est légèrement laissé aller en avant, il secoue la tête.

— Enfin bref, c'était il y a longtemps.

— Vous l'aimiez ?

Au lieu de s'énerver parce que je me montre toujours plus indiscrète, il plante de nouveau son regard dans le mien, et j'y décèle du regret. C'est sûrement le sentiment le plus honnête que j'ai pu voir dans ses yeux jusqu'à aujourd'hui.

— Non. C'est sans doute ça, le pire.

Mes questions l'ont distrait. Il laisse tomber le morceau de coton au pied de la machine à laver et se penche pour le ramasser. Pendant un instant, il est à la hauteur de mes genoux, et je sais qu'il a une vue directe sur mes jambes nues. Sa main prend appui sur le rebord de l'appareil, effleurant le tissu de ma jupe. J'ai des frissons.

— Il faut croire que j'aime ça. Prendre ce que je n'ai pas le droit de prendre.

Il se redresse sans me quitter des yeux, alors qu'une pulsion lente et douloureuse a pris place dans mon bas-ventre.

— À moi maintenant, décide-t-il sans se laisser distraire plus longtemps par l'ambiance suffocante qui s'est installée entre nous.

Son regard s'assombrit.

— Est-ce que tu vas me dire qui est le connard qui te frappe ?

Je me fige et, décontenancée par sa question directe, je reste un trop long moment à le regarder comme une personne s'étant laissé rattraper par ses mensonges. Mon instinct me crie de faire quelque chose pour me tirer de cette situation dangereuse, mais je sais que c'est peine perdue, et que nier ou avouer reviendrait au même.

Alors, je ne sais pas pourquoi, ni comment l'idée se fraie un chemin dans mon esprit, mais ma main se retrouve sur sa nuque et, la seconde d'après, j'ai avancé mon visage près du sien. Je ne réfléchis plus, profitant du fait qu'il ne recule pas, et j'écrase mes lèvres sur les siennes après une profonde inspiration.

Je le sens se tendre, ses mains de part et d'autre de mes cuisses, et je me demande combien de temps va durer ce baiser au goût de sang, mais vide de sens, avant qu'il explose de colère.

Ça ne tarde pas. Il me repousse et la machine à laver pourtant bien ancrée au sol crisse sous mon poids. L'air circule lentement dans la pièce. J'ai encore la sensation interdite de ses lèvres pressées contre les miennes. Il me scrute, la mâchoire crispée, et me demande :

— Tu sais ce que t'es, June ?

Ses yeux noirs sont si froids et excédés que je regrette aussitôt mon geste désespéré.

— T'es une sacrée fouteuse de merde.

Il passe une main derrière ma nuque pour me tirer vers lui et je sens son souffle mentholé contre mes lèvres. Trop lentement, comme pour me faire regretter mon audace, il scelle nos bouches pour prendre le contrôle. Et le baiser est différent. Maîtrisé. Ses lèvres sont si douces qu'elles me donnent le tournis, et je pince les miennes pour l'empêcher d'aller plus loin, mais sa main sur mon cou me fait frissonner, et celle qui prend appui sur la machine à laver s'accroche à ma jupe. Il s'invite entre mes jambes ouvertes par le choc et le désir, franchissant définitivement la maigre distance qui nous séparait. C'est si agréable qu'après un instant de lutte contre moi-même je le laisse approfondir le baiser.

Lorsque nos langues s'effleurent pour la première fois, ma tête se vide.

J'ai l'estomac retourné.

La peau à vif.

Mais je garde mes mains sur mes cuisses en me convaincant que ce sera moins grave si je ne le touche pas.

Oui, ce sera moins grave d'embrasser mon professeur.

Pas vrai ?

26

« Les plus belles créatures te tendent les pièges les plus dangereux. »

Shayn

Je ne sais pas exactement quand ça a merdé.

Mais ça a bien merdé.

La main accrochée à sa jupe, je lutte contre moi-même pour ne pas la faire passer sous ses vêtements. Elle ne me touche pas, je commence à la connaître ; elle a conscience que ce que nous faisons est mal. La priver de sa respiration pour lui faire payer de nous avoir entraînés là-dedans semble alors la seule solution envisageable.

J'ignorais qu'embrasser quelqu'un pouvait être aussi bon.

Je craque et ma main s'invite sous sa chemise pour caresser son flan, alors que je la colle contre moi. Lorsque j'effleure les baleines de son soutien-gorge, sa colonne vertébrale se contracte et je regrette de ne pas voir son expression. Mais je n'arrive pas à m'arrêter de l'embrasser pour m'accorder ce plaisir ; l'attraction est trop forte. Et quand on se sépare pour reprendre notre souffle, je suis toujours attiré dans la même direction. Elle aussi, à en croire sa bouche qui en redemande, ou son corps qui s'empêche d'onduler contre mon bassin pour se délester de son rôle dans cette perte de contrôle. Peut-être que ça dure deux minutes. Ou huit. C'est difficile de calculer quoi que ce soit en sa présence.

Alors qu'elle se perd dans mes baisers et qu'un désir irrépressible m'arrache un râle de plaisir, j'ai un instant de lucidité.

On ne devrait pas.

Non, putain, on ne devrait pas.

Mais c'est difficile de la laisser s'en aller lorsqu'elle est aussi près. Et c'est aussi effrayant.

Je sais qu'il ne découlera rien de bon d'une histoire entre elle et moi.

Et, comme si elle pouvait lire dans mes pensées, elle met brusquement fin à notre dérapage. Je reste un instant contre ses lèvres, sans la relâcher, à écouter sa respiration haletante, à sentir la friction de mon pantalon contre ses jambes nues.

J'éloigne mon visage du sien et, en voyant son expression, toute la colère qui s'était diluée dans notre baiser ressurgit. Je fais un pas en arrière, et mes jambes entre ses jambes ne sont déjà plus qu'un lointain souvenir.

— Tu me prends pour un con ?

Ma question a tranché l'air, la température est brusquement redescendue. Je ne lui laisse pas l'occasion de formuler un mensonge.

— Je sais pourquoi tu m'as embrassé.

Elle me laisse voir sa surprise avant de se raviser, sur ses gardes :

— Alors pourquoi vous m'avez embrassée en retour ?

— Parce que t'as de belles lèvres, Grey.

Je les fixe pour la décontenancer, mais je m'en veux d'être tombé dans son piège. Elle aurait tout fait pour se dépêtrer de ma question, parce qu'elle ne pouvait pas y répondre sans que ça engendre de graves conséquences.

J'ai compris en la retrouvant effondrée après mon accrochage avec Chase.

Accroupie sur le béton, les genoux et les mains éraflés, elle ne m'entendait même plus l'appeler par son prénom. Ses yeux effrayés quand je l'ai aidée à se relever, comme si je lui réservais le même sort qu'à Chase, m'ont mis la puce à l'oreille. Mais c'est autre chose qui a confirmé mes soupçons. À notre arrivée à l'appartement, alors que la plupart des filles auraient pleuré à cause de la douleur, elle a fait abstraction de ses jointures ensanglantées pour s'intéresser aux miennes, me laissant penser qu'elle avait l'habitude de ce genre de sévices.

J'ai une petite idée de la personne qu'elle protège si obstinément.

Et cette réalité allume quelque chose en moi que je croyais éteint depuis longtemps. J'ai la haine, putain. Je n'ai rien vu venir, malgré tous les signaux que j'avais sous les yeux. Ces sales pestes du lycée ne servaient qu'à occulter le vrai problème.

Ce que j'ai vu à Sherborn n'incluait pas la partie immergée de l'iceberg.

— Alors vous êtes un profiteur, finit-elle par souffler d'un ton qui me semble presque déçu.

J'y vois une occasion de me tirer d'affaire.

— Ouais, je suis un profiteur et tu es une sale menteuse.

Elle se rassoit correctement sur la machine à laver, tirant sur les manches de son pull, au-dessus de sa chemise, dans le seul but de couvrir ses jointures écorchées.

— Descends de là et réponds à ma question cette fois.

Son regard sonde frénétiquement le mien, puis elle s'exécute en m'adressant un sourire gêné.

— Je ne vois pas de quoi vous parlez.

Ce foutu vouvoiement. Il paraît bien surfait, maintenant que nos lèvres se sont goûtées et qu'elles y ont pris du plaisir, à en juger par les gémissements étouffés que je lui volais.

Elle se racle la gorge, fuyant mon regard.

— J'étais juste un peu… confuse à cause de tout ce qui s'est passé. Je suis vraiment désolée. Je vais juste dormir ici cette nuit et demain j'aurai trouvé une solution.

Je me sens idiot, et toute cette stupidité pèse dans mon corps. Une merdeuse me ment sous mon propre toit et je n'ai aucun moyen de lui extorquer des réponses. Pour ne rien arranger, je lui ai rendu son baiser. J'ai vraiment échoué à tous les niveaux.

— Ah bon ? demandé-je, amer. Tu étais juste confuse.

— Vous n'arrêtez pas d'être gentil avec moi… sur le toit et maintenant, vous m'avez aidée alors que je n'avais nulle part où dormir. Il y a eu cette dispute… Il y avait… du sang partout. Je… Je n'ai pas réfléchi. J'ai juste mal à la tête.

Son ton obséquieux me met hors de moi.

— Mais bordel, pour une fois, arrête un peu avec tes mensonges !

Mon éclat de voix la décontenance. Elle est collée à la machine à laver, les yeux écarquillés de surprise, et je peux presque entendre son cœur tambouriner au même rythme que mon sang dans mes tempes.

— Quelqu'un te frappe chez toi ? Pas vrai ? C'est ton père ?

À ma suggestion, son visage se ferme, comme soudain privé de lumière.

L'ambiance n'est plus au beau fixe.

— Vous dites n'importe quoi, dément-elle froidement.

— Alors comment tu expliques tes putain de réactions ?

Elle m'adresse un regard de profonde souffrance, méditant une réponse qui ne vient pas tout de suite. Je sens qu'elle retient ses émotions pour éviter qu'elles ne débordent et que la conversation ne devienne gênante. J'ai compris que June ne faisait pas dans le pathos. Elle déteste ça, comme moi.

Sa voix affleure alors sous la colère :

— Vous ne savez pas ce que ça fait d'être harcelée. Vous m'avez vue ce jour-là, à la sortie des toilettes. Elles m'ont frappée. Coupé les cheveux. Hier, c'était mon carnet. Qu'est-ce que ce sera demain, et le jour d'après ?

J'ai l'impression que ma salive s'est transformée en acide. Sa justification est crédible, mais je sens une faille quelque part.

— Tu me dis que ce sont les filles de ton lycée, le problème.

— Ça a toujours été elles.

Elle triture sa manche, tirant frénétiquement sur une couture qui dépasse.

— Je ne voulais pas en parler. Mais en ce qui concerne la forêt… vous aviez raison, monsieur Scott.

Monsieur Scott…

Elle ne m'a pas appelé comme ça depuis le jour où je le lui ai ordonné.

— Je ne suis pas tombée dans le fossé par accident.

Je pousse un soupir, agacé de constater que j'avais raison. Ses coéquipières étaient dans le coup. Peut-être même qu'il s'agit d'autres filles de sa classe, ces mêmes connes qui n'ont pas cru bon de prendre part aux recherches le jour où elle avait le plus besoin d'aide.

— C'est dur, vous savez. Je ne dis rien, mais c'est dur.

Quelque chose ne passe pas. Est-ce qu'elle me fait du cinéma ? Ce serait bien son genre ; tisser les mailles de ses mensonges en espérant vous entourlouper et, dans le fond, user de son charme pour que vous cessiez de lui poser des questions. Mais elle se pince les lèvres, et je remarque que ses yeux se sont ternis sous le poids du chagrin.

Comme si, en effet, toutes ces histoires étaient juste devenues trop difficiles à gérer.

Sa situation au lycée me revient alors en plein visage, et mes petites théories concernant le fait qu'elle soit battue chez elle vacillent à cause de ces nouvelles confidences. Est-ce que je vais trop loin dans mes interprétations ? Elle ne serait pas la première à vouloir s'ôter la vie pour du harcèlement scolaire. Surtout quand ce dernier a pris une telle ampleur.

— Je ne sais pas ce que vous êtes allé imaginer... mais je préfère être claire, ne mêlez pas ma famille à des rumeurs bizarres. Mon père est déjà assez désespéré par moi et mes notes dernièrement.

— On s'en fout de ton père ou de ta moyenne, là. Je te demande juste d'être honnête avec moi.

De Shayn à June. Tu te souviens ?

— Et je le suis, insiste-t-elle.

Est-ce qu'elle me ment ?

Putain, j'aimerais que ce ne soit pas le cas. Ça rendrait les choses bien plus faciles, pour tout le monde. On peut régler un problème scolaire, mais c'est plus difficile lorsque ça se passe entre les murs d'un foyer, à l'abri des regards.

— T'es sûre de ce que tu me dis, June ?

Elle marque un silence, son regard plongé dans le mien, et répond doucement :

— Oui.

Oui.

Trois maudites lettres ne m'ont jamais rendu aussi confus.

Je la fixe, cherchant un indice au fond de ses yeux où je ne vois que du brouillard. Elle a mis une telle distance entre nous. Sa froideur me fait douter de ce que j'aurais pu lui faire sur cette machine à laver il y a peine cinq minutes, si je m'étais écouté.

— Bien, marmonné-je avec rancœur. Si c'est ton dernier mot, Grey.

Elle tord les lèvres dans ce demi-sourire que j'ai découvert ce soir et qui ne me plaît pas du tout. Il sème le doute sur toute cette situation.

Je n'arrive pas à maîtriser mon expression, et je sens que je vais vriller si je ne sors pas de cette pièce immédiatement. Sa version sonne comme la vérité et je n'ai pas de raisons de ne pas la croire, mais je n'arrive pas à le faire. Pas complètement.

— J'imagine que tu veux prendre une douche, dis-je sans la regarder.

— Euh, oui…

— Je vais te filer quelques trucs. Ne bouge pas.

Sans écouter son gémissement de protestation, je sors de la salle de bains et rejoins ma chambre, à côté, avant de fouiller dans mes tiroirs à la recherche de vêtements qui ne fassent pas trois fois sa taille. Mais, après quelques instants à retourner ma penderie, je dois me résigner au fait que je ne trouverai rien de cet ordre-là, hormis le top échancré oublié par un coup d'un soir il y a quelques mois et que j'ai oublié de jeter.

Alors j'opte pour un de mes survêtements gris, le logo Nike s'est décoloré avec le temps, et il est bien trop large pour elle, mais ça fera l'affaire.

Je retourne dans la salle de bains et je le lui tends, sans m'attarder sur son visage, mais j'entrevois quand même les restes de rouge à lèvres sur ses lèvres et cette expression qui admet qu'elle a commis une grosse erreur.

— Vous n'étiez pas obligé, murmure-t-elle en évitant soigneusement mon regard.

Mon absence lui a certainement laissé le temps de se repasser en boucle la façon dont nos langues apprenaient à se connaître avec un peu trop d'enthousiasme.

— Le chauffage est à chier ici, ce n'est pas ton uniforme qui te tiendra chaud.

Elle serre alors mon survêtement contre elle, se rappelant sans doute qu'elle est désormais dans une HLM à Croydon, et plus dans sa jolie villa de la banlieue londonienne.

— Il y a des serviettes dans ce tiroir, dis-je en désignant d'un signe de tête le meuble du lavabo.

Elle acquiesce, et je sors en fermant la porte derrière moi.

Je reste un instant sur le seuil, à ressasser notre conversation en essayant de démêler le vrai du faux. Quand j'entends l'écoulement de la douche de l'autre côté de la paroi, je me décide à retourner dans la cuisine. Sur la gazinière, je fais bouillir de l'eau pour y faire des pâtes et je dresse une assiette et des couverts en bout de table. Lorsqu'elles se sont cuites, je me rends compte que j'en ai fait trop pour une seule personne. Ça fait une éternité que je n'avais pas préparé quelque chose pour quelqu'un d'autre que moi. Il n'y avait que Sarah qui bénéficiait de mes talents culinaires limités, dans mes bons jours, lorsqu'elle me rendait visite pour fuir les incapables qui nous servent de parents.

Une quinzaine de minutes plus tard, Grey réapparaît dans le salon. Je me suis assis sur le canapé et j'ai allumé la télévision mais coupé le son en l'attendant – une sale habitude, acquise dans une maison où j'essayais d'entendre les disputes de ma mère et de Dean, au cas où elles dégénéreraient.

Je lève les yeux vers elle et suis troublé de la voir porter mes vêtements. Enfin, porter n'est pas le terme – elle flotte dedans. Ses cheveux mouillés gouttent sur le parquet, laissant de minuscules perles d'eau qui, une fois séchées, seront la seule preuve de son passage ici.

Je me réintéresse à la télévision.

— Il y a à manger sur la table, lui indiqué-je sans détourner les yeux du documentaire animalier qui passe à l'écran.

— Vous ne dînez pas ? demande-t-elle trop poliment, constatant qu'il n'y a qu'une assiette.

Pour qu'on se regarde dans le blanc des yeux pendant une demi-heure ? Certainement pas.

— J'ai des trucs à faire.

Je me lève déjà du canapé et j'hésite à éteindre la télé, mais je me ravise en songeant qu'elle aura besoin de compagnie, dans un appartement qu'elle ne connaît pas, en l'absence d'un type qu'elle connaît encore moins.

— Les draps sont prêts. Tu n'as qu'à les mettre quand tu auras sommeil.

Elle avance lentement jusqu'à la table du salon, fixant le linge de lit que j'ai posé en équilibre sur le dossier du canapé. Ce serait sûrement plus galant de lui laisser ma chambre pour la nuit, mais j'ai conscience de notre situation déjà ambiguë.

Malgré tout, c'est encore mon élève et la laisser se rouler entre mes draps après la trique qu'elle m'a refilée ferait de moi un sale détraqué.

Après un dernier regard, je disparais par la porte d'entrée, la laissant seule dans mon appartement.

Plus tard, je marche en direction de Thornton Heath, naviguant à travers les avenues vides depuis une demi-heure. Je suis passé à la salle pour retarder mon retour à l'appart mais il n'est que 22 heures et je me demande si elle a trouvé le sommeil. Je l'imagine se tourner encore et encore sur le canapé rigide pour trouver une position confortable, fixant le plafond, tout en se demandant comment elle a pu se retrouver seule chez moi, un soir d'automne.

Je m'assois sur un banc. Mon tee-shirt est moite de sueur mais je meurs de chaud, malgré l'air froid qui tranche avec mon état d'ébullition intérieur.

— *Waouh, tu as embrassé ton élève. C'est quoi, la prochaine étape ? Tu vas lui avouer que tu te prends pour Melinda Gordon*[1] *?*

Je crois remarquer Lucy du coin de l'œil mais, lorsque je tourne la tête pour la voir entièrement, je m'aperçois qu'elle n'est pas là. Blasé, j'allume une cigarette en espérant que l'humidité ne l'éteindra pas dans une seconde.

— *En tout cas, bravo, Shayn*, murmure-t-elle. *Maintenant, elle pourra marquer dans son journal que vous avez partagé quelque chose de spécial. Et, qui sait, lorsqu'elle se suicidera quand tu ne seras pas là pour la surveiller…*

1. Melinda Gordon est un personnage de fiction dans la série télévisée *Ghost Whisperer*. Elle possède le don de communiquer avec les esprits des personnes décédées.

Je tourne la tête en m'attendant à la voir assise sur le dossier du banc, mais je me rends compte qu'elle ne me fait toujours pas grâce de sa présence. Un réverbère blanchâtre et une poubelle qui déborde de canettes de soda, mais pas de Lucy. Il n'y a que… sa voix.

Un peu confus, je ferme les yeux, attendant nerveusement la suite de sa leçon de morale.

— *Ils le retrouveront. Avec toutes les jolies choses qui y sont écrites à ton sujet. Et tu seras tenu responsable de son harcèlement, du cambriolage et de… je ne sais quoi d'autre. De complicité de meurtre dans un cambriolage à main armée ? Tu sais combien tu pourrais prendre pour ça ? On parle de huit ans de prison, au moins.*

— N'en rajoute pas.

— *Elle en sait trop.*

— Je sais.

— *Et tu ne lui seras d'aucune aide.*

— Je sais, répété-je.

— *Alors pourquoi est-ce que tu as accepté de l'héberger ? Tu veux lui donner de faux espoirs ? Tu te prends pour un gentil, maintenant ?*

Je pince la cigarette entre mes doigts jusqu'à faire tomber le tabac encore brûlant à mes pieds. Les étincelles s'éteignent aussitôt sur le sol imprégné d'eau.

— Ton discours n'a aucun putain de sens ! je lui crache, décontenancé. Hier encore, tu me disais de ne pas la laisser tomber. Et maintenant… tu…

— *Peut-être que c'est toi qui n'as aucun sens.*

Je desserre la prise sur ma cigarette et l'écrase violemment sur le béton en réalisant que fumer ne parvient pas à dissiper mon mal de crâne.

— *Tu n'es pas un héros... tu n'es pas comme Adam...* insiste-t-elle, toujours sans se montrer.

Je penche la tête en arrière, la suppliant de la fermer. Je veux juste qu'elle arrête. J'en ai assez d'entendre sa voix médisante chaque fois que je fais quelque chose de travers.

J'ai le droit d'avancer.

Tout le monde a avancé depuis le drame.

Même Adam l'a fait, alors qu'il ne le méritait pas.

— Ce n'est pas un héros... susurré-je si bas que ça me fait mal à la gorge. Il t'a tuée, putain...

— *À cause de toi.*

À cause de moi.

— *Tu as déjà oublié, Shayn ? Ce qui arrive aux gens que tu côtoies... Cette pauvre fille est déjà assez mal en point comme ça. Arrête d'en rajouter.*

Une femme passe à côté du banc et me lance un regard furtif avant de rapidement fixer la route droit devant elle.

Je ne dois pas être le premier connard qui parle seul qu'elle croise sur son chemin – le quartier n'est pas particulièrement bien fréquenté, sauf que je n'ai pas de bouteilles d'alcool autour de moi pour expliquer mes divagations. Elle accélère le pas pour éviter de finir à la une des journaux demain matin et disparaît au bout de l'avenue sombre.

Mon téléphone vibre contre ma cuisse, je le sors paresseusement. Je me rends compte que, dans la précipitation, j'ai pris le mauvais. Le prépayé que j'utilisais pour les cambriolages.

C'est Marlon. J'ai oublié de bloquer son numéro. Je décroche en me doutant qu'il n'a pas de bonnes nouvelles à m'annoncer.

— T'as vraiment déconné, là.

Je ne réponds rien, même s'il cherche à me bousculer avec ses paroles.

— Il est à l'hôpital. Hors de danger mais défiguré. Et je peux t'assurer qu'il n'a pas trop apprécié en se réveillant.

— Il a mon adresse ? demandé-je en m'affalant sur le banc avec un peu trop de nonchalance pour quelqu'un en danger de mort.

Mais je préfère entendre la voix de Marlon m'annonçant que je serai bientôt sur la touche plutôt que les reproches de Lucy.

Je préfère tout aux reproches de Lucy.

— Pas encore. Mais Chase a raison. Londres, c'est petit. Ne parlons pas de Croydon.

— Alors, il me reste quoi ? ricané-je. Un mois avant qu'il retrouve l'usage de ses deux jambes ?

— Je te conseille de faire très attention. Chase est un petit fils de pute qui règle ses problèmes avec autre chose qu'un couteau. Et il connaît du monde.

Je suis au courant de ses méthodes peu fair-play, malheureusement. Il a bien essayé de me planter tout à l'heure. Une chance qu'il ait opté pour un couteau et pas une machette ou de l'acide, comme c'est fréquent en Angleterre. De toute évidence, j'aurais rejoint l'autre côté si je n'avais pas retourné sa barre en fer contre lui.

— Merci, Marlon, lui dis-je sobrement mais sincèrement, sur le point de raccrocher.

— Et la fille..., commence-t-il, captant de nouveau mon attention. Je ne pense pas qu'il ait reconnu son uniforme. C'est celui d'un lycée privé, non ?

Je refuse de répondre. Si Marlon a prêté attention à ce détail, je me doute que d'autres pourraient l'avoir remarqué aussi.

— Tu devrais aussi faire attention à elle… on ne sait jamais avec Chase. Il est tellement… imprévisible.

Je me sens bouillir à cette éventualité.

— Il cherchait juste un prétexte pour que vous en veniez aux mains, et tu es quand même tombé dedans.

— Dans tous les cas, il voulait mon cul, non ? Je l'ai au moins envoyé à l'hôpital.

Il y a un silence.

— La semaine dernière, ils ont retrouvé Dan et l'ont défoncé pour qu'il ne parle pas. Tu vois où je veux en venir ? On est tous coincés avec lui. Mikey se chie dessus.

— Je vois…

J'ai essayé de minimiser les faits devant Grey pour ne pas la faire flipper, mais c'est encore pire que ce que je pensais.

— Les choses ont changé depuis ton départ. Ici on galère. Prends soin de toi, vieux, me dit-il avant de raccrocher.

Après cette conversation, je reste un instant affalé sur le banc tagué à la craie blanche, à me demander ce que j'ai bien pu encore rater pour en arriver là.

***

Le lendemain matin, je me gare à quinze minutes à pied du lycée, sur le parking d'un supermarché encore vide à cette heure matinale. L'employé occupé à déplacer des chariots dans le range-caddies est la seule âme qui vive. Grey est assise côté passager, son sac sur les genoux, des cernes sous les yeux. Mon survêtement a été remplacé par son habituel uniforme vert sapin, si bien assorti à la végétation environnante. Elle dormait quand je suis rentré à l'appartement hier soir. Enfin, du moins, c'est ce qu'elle a laissé croire lorsque je me suis penché au-dessus de son visage pour vérifier qu'elle respirait encore.

Cette crétine va m'empêcher de dormir la nuit, si elle continue de se comporter aussi inconsciemment.

Le silence règne entre nous, engloutit tous les mots que nous ne parvenons pas à nous dire. Mais je décide de le briser en comprenant qu'elle sortira bientôt de la voiture sans que j'aie pu mettre les choses à plat :

— On ferait mieux d'en rester là.

— En rester là ?

Je tapote mon volant en ignorant le mélange d'électricité et de malaise qui règne entre nous, concentré sur le sifflement du vent audible malgré les vitres fermées.

— Nos cours particuliers.

Elle ne répond rien mais ses yeux s'élargissent et elle tripote un énième fil qui dépasse de sa jupe. Je comprends que ce n'est encore qu'un moyen de concentrer son attention ailleurs.

— Pourquoi ? demande-t-elle simplement, en dépit de la curiosité qui la gagne sans aucun doute.

Elle m'a embrassé pour détourner mon attention, et je l'ai embrassée parce que j'en avais envie.

Et puis, Chase me colle au cul. Mais elle sera assez perspicace pour déduire les choses d'elle-même, si ce n'est pas déjà fait.

— Je n'ai plus le temps. J'ai trouvé autre chose qui sera plus rentable pour moi.

— Autre chose…, susurre-t-elle.

— Quelque chose de légal, je te rassure.

Je lui adresse un petit sourire qu'elle ne me rend pas et j'ai l'impression de lui avoir annoncé qu'elle va devoir cohabiter avec ses harceleuses jusqu'à la fin de l'année. Je m'en veux aussitôt, même si j'ai conscience de ne rien pouvoir changer à la situation. Sur le moment, ça me semble la décision la plus responsable.

— Tu devrais demander à… tu sais, cette fille… Ama quelque chose.

— Amara.

Elle semble déçue.

Quoi, Grey ? Tu avais pris goût à nos entrevues à la dérobée ?

Je serre le volant plus fort en pensant à ma langue cherchant la sienne, à sa respiration qu'elle bloquait alors que je ne la caressais même pas. Elle m'a peut-être embrassé pour détourner mon attention, mais son corps ne mentait pas. Et j'aurais pu lui faire toutes sortes de choses si nous n'avions pas été rattrapés par la réalité.

Ouais, c'était définitivement dangereux.

J'ai provoqué sa sortie de route et je dois prendre mes distances avant qu'on y laisse notre peau tous les deux. Notre relation prend une direction compromettante, autant pour moi que pour elle. Et personne de sensé ne veut se foutre la tête sous la merde sous prétexte de ressentir un plaisir éphémère.

— Si c'est tout ce que vous avez à me dire, alors je vais descendre.

— Attends. Je…

— Je ne dirai rien, si c'est ce qui vous inquiète.

Dire quoi, et à qui, à propos duquel de mes méfaits ? Il y a tellement de zones d'ombre entre nous.

— Non, rétorqué-je d'un ton distant. Je voulais savoir si tu avais trouvé une solution pour cette nuit.

— Ce n'est plus votre problème, je crois.

Je sens que tout a changé entre elle et moi. Il aura suffi d'une nuit.

— Mais non, dit-elle en se levant du siège, pour mettre fin à ce silence dramatique, je ne dormirai pas dehors, si c'est ce que vous voulez savoir.

Je me demande si elle maquille encore la vérité.

Elle reste debout, portière ouverte, cheveux dans le vent. Je laisse mon regard traîner sur ses jambes qui s'étaient écartées pour moi hier, avant de se refermer pour éloigner la tentation, de crainte qu'elle ne se transforme en luxure.

— Oublions juste ce qui s'est passé.

— Je suis d'accord, approuve-t-elle en s'humidifiant les lèvres.

Depuis le début.

— Et arrête d'arriver en retard à l'avenir, je lui recommande.

— Vous commencez à vous prendre pour un vrai prof ?

— Non. Je suis juste à court d'idées pour tes putain d'heures de colle.

Je sens qu'un sourire veut naître à la commissure de ses lèvres mais elle le retient, et ses yeux se remplissent à nouveau de froideur.

— Ah, et… ne te tiens plus au bord du vide. Il n'y aura pas toujours quelqu'un pour t'empêcher de sauter.

— Mmm.

— Je suis sérieux, Grey.

Sans rien laisser transparaître, elle hoche la tête d'un air entendu et finit par claquer la portière. Elle s'éloigne sur le parking grisâtre. Ses cheveux auburn, à la nuance presque aussi fausse que ses mensonges, sont soulevés par le vent.

Je me renfonce dans mon siège, observant mon reflet dans le miroir de courtoisie que j'abaisse dans un soupir.

Je me sens comme une fillette fuyant ses responsabilités après avoir fait une bêtise. Mais embrasser Grey n'est pas une petite erreur sans importance. Embrasser Grey n'est pas comme baiser une inconnue et la jeter ensuite. C'est ouvrir la porte à d'autres inconséquences.

C'est aussi la mettre en danger.

Après tout, Lucy a raison…

Je détruis tout ce que je touche.

She leaves me emotional bruises

27

« Certains mènent des guerres sans savoir ce qu'ils veulent gagner. »

June

— June, pousse-moi !

Gaby tourne la tête dans ma direction, assis sur la balançoire voisine, alors que ses jambes remuent désespérément dans le vide. Je me rends compte que j'ai oublié sa présence, trop absorbée par mes Converse depuis que nous nous sommes là. Il a insisté pour que je l'emmène dans le square à côté de la maison, apparemment, il avait fini ses devoirs. Je n'ai pas cherché à savoir si c'était vrai.

— Allez, June !

Je me lève lentement de ma balançoire, lui adressant un sourire qui se forme avec difficulté. Et, alors qu'il racle ses baskets sur le gravier blanchâtre pour prendre de l'élan, je pose une main sur son dos. Le son de son corps qui fend l'air s'ajoute à celui des cris d'enfants, dans une maison environnante, et je me laisse distraire par les mauvaises herbes hautes tout en le poussant.

Scott et moi ne nous sommes pas adressé la parole depuis maintenant un mois.

Je me sens idiote car je l'ai laissé se servir de moi quand il avait besoin d'argent et que je l'ai regardé fuir après notre dérapage. Mais je me sens encore plus idiote de me sentir trahie. Je ne devrais pas. C'est moi qui ai pris la mauvaise décision ce soir-là, qui nous ai mis dans cette situation inconfortable. Au fond, je le sais. C'est plus sage qu'on ne se fréquente plus.

Mais alors pourquoi tout est devenu plus dur depuis que j'ai repris le cours de mon existence ?

Il y a deux semaines, Watson a fait un point sur le harcèlement, alors que ça ne l'avait jamais dérangée avant, et quelques filles de la classe dont Holly, Aubrey et Emilia ont été rappelées à l'ordre. Cette initiative n'a pas été très appréciée par les intéressées, hormis Holly, qui fait toujours profil bas. Elles veillent désormais à ne pas me harceler devant les professeurs et s'abstiennent de faire des remarques déplacées à mon sujet en classe.

Ça continue, pourtant, à l'abri des regards. Mes affaires ont disparu pendant le cours de sport, et je les ai retrouvées trempées dans les douches des vestiaires. Les insultes sur les portes des toilettes se sont multipliées. C'est écrit que je suis une « sale pute pleurnicheuse » et quelqu'un a fait fuiter mon numéro. Je reçois des messages dont je me passerais bien.

Mais je ne peux m'en prendre qu'à moi-même. J'ai ouvert la boîte de Pandore en laissant mon journal à leur portée, ce jour maudit.

— Plus vite, June ! À ce rythme-là, je peux le faire moi-même !

Mon regard se recentre sur le dos de Gaby. Ses cheveux blonds ne tarderont pas à être raccourcis par le coiffeur, quand

Suzan en aura assez de son allure trop négligée pour ses standards.

— Allez, plus vite !

Sa voix criarde m'en dit long sur son état d'euphorie. Alors je le pousse avec plus d'enthousiasme et son rire monte dans les airs, comme le mien quand maman jouait avec moi. Je le regarde se balancer d'avant en arrière, ses jambes se pliant sous l'effet de la vitesse.

C'est pour toi que je subis.

Tu es mon temps de pause dans cet orage interminable.

Alors que je prends du recul car je lui ai donné assez d'élan, il chute du haut de la balançoire. Il pousse un cri perçant en retombant genoux à terre. Je me précipite vers lui. La balançoire heurte mon dos lorsque je m'accroupis dans l'aire de jeux, puis finit par s'arrêter dans un grincement métallique.

— Gaby ? Gaby ! Je suis désolée !

Il s'est déjà redressé, mais ses genoux saignent et les coulées rougeâtres atteignent ses mollets, puis imbibent ses chaussettes blanches. Il grimace pour s'empêcher de pleurer, pendant que je le tâte frénétiquement.

— Je n'ai pas fait exprès, lui assuré-je en entendant la panique dans ma voix.

J'ai l'impression de me justifier et je sens qu'il en a conscience.

— C'est moi qui t'ai demandé de me pousser, June.

Il serre les dents et, pendant une seconde, au sérieux de son regard, j'oublie qu'il n'a que six ans. Je reste accroupie à ses genoux, redoutant l'instant où nous rentrerons à la maison, car Suzan sera revenue du travail. Et je me doute bien de ce qui m'arrivera pour me faire payer d'avoir abîmé la chair de sa chair.

— Je le dirai à maman…

L'air froid du mois de décembre s'insinue dans nos poumons et forme une nuée tiède à chaque expiration. J'observe sa peau ensanglantée en tressaillant. Elle serait capable d'exagérer et de l'envoyer à l'hôpital avec le prétexte qu'on voit ses rotules.

— … Que je me suis fait ça tout seul, insiste-t-il, posant une main réconfortante sur mon épaule. Fais pas cette tête, June.

Je me redresse en pinçant les lèvres, consciente que mon anxiété déteint sur lui. Je m'en veux un peu d'être aussi transparente, ce n'est pas dans mes habitudes. Mais, une fois la frayeur de sa chute passée, je dois admettre que ce n'est plus pour lui que je m'inquiète.

— Viens, on va te désinfecter à la maison.

Je me relève en lui tendant ma main, qu'il saisit d'un air grave. L'hiver approche et a complètement déshabillé les arbres, ce qui rend l'aire de jeux encore plus déprimante. Aujourd'hui, aucun autre enfant n'a eu envie de s'amuser dehors. Nous quittons le square dans un silence pesant, je me sens désolée pour nous.

Parfois, on dirait qu'il sait.

Et je n'arrive pas à déterminer si c'est une bonne ou une mauvaise chose.

— Comment il s'est fait ça ?

Après un regard désapprobateur en direction de ses égratignures, Suzan continue de ranger les courses dans le placard, comme si ni sa question ni notre réponse n'allaient déterminer la suite des événements. Je me tiens sur le seuil de la cuisine, Gaby devant moi ; un misérable bouclier.

— Je suis tombé dans le parc, maman.

Son affirmation lui arrache un demi-sourire en coin ainsi qu'un « hmm » plus qu'ironique.

— C'est vrai, insiste-t-il d'un ton persuasif. June me disait d'arrêter avec la balançoire, mais je ne l'ai pas écoutée, et…

— Pourquoi tu te justifies, Gab ? Je n'ai rien dit.

Sa voix est souple et légère. Elle extirpe du sac en carton une boîte des céréales préférées de Gaby :

— Tiens, d'ailleurs, je t'ai acheté des Shreddies. Tu sais, celles que tu manges toujours chez ta grand-mère…

Dans une famille lambda, ce geste paraît sans doute banal, mais pas chez nous, où le moindre écart est interdit. Il la remercie d'une voix qui ne veut pas trahir son enthousiasme, mais je sais qu'il est heureux. Elle referme calmement la porte du placard et nous adresse un sourire crédible.

— Tu l'as désinfecté, c'est ça ?

Sa question rhétorique rebondit sur moi et je comprends ce qu'elle sous-entend. Je n'étais pas assez attentive. Je l'ai laissé jouer et se blesser.

Je suis une mauvaise sœur.

— Oui. Ce sont des égratignures.

— Très bien, accepte-t-elle prestement. Gab, viens ici.

Hésitant, Gaby me lance un regard pour me demander ma permission, ce qui, je le sais, agace Suzan au plus point. Lorsqu'il se rapproche enfin d'elle, un malaise palpable s'est installé dans notre cuisine. Sans un mot, elle l'attire à lui et lui dépose un baiser sur chaque joue. Une onde de chaleur s'étend de ma poitrine jusqu'à mon cou, que je frotte nerveusement.

Je déteste qu'elle le manipule et passe pour une sainte à ses yeux.

— Tu veux toucher ta petite sœur ? lui demande-t-elle en posant la main de Gaby sur son ventre énorme. Elle a presque neuf mois.

Il lui sourit, se met à rire en sentant les coups donnés par le bébé.

Je renifle, vraisemblablement de trop dans cette pièce. Mais, alors que je suis sur le point d'en profiter pour m'éclipser, elle me rappelle à l'ordre :

— Reste ici, June. J'avais à te parler.

Elle se redresse et le sourire de Gaby s'est déjà volatilisé.

— Monte dans ta chambre, mon ange. Tu as le droit de mettre de la musique. Mais pas trop fort.

Elle lui tape sur l'épaule d'un air encourageant et nous comprenons pertinemment qu'elle ne lui laisse pas le choix. Je sais déjà ce qui va se passer, alors je me redresse pour me donner un peu plus de contenance.

Gaby évite mon regard et sort de la cuisine. Il a perdu une bataille qu'il n'est plus sûr de vouloir gagner. Pas quand sa gentille mère le couvre de baisers.

Elle ne peut pas être aussi horrible que ça, pas vrai, « Gab » ?

— Ferme la porte, me demande-t-elle en restant à sa place.

Je m'exécute en tentant de maîtriser mes tremblements de colère.

— Je n'ai rien dit à propos de cette clé, la devancé-je en l'entendant ouvrir *le* tiroir, celui où elle range ses instruments. Mais je peux toujours le faire. Tu m'as laissée passer la nuit dehors.

— De quoi tu parles ? feint-elle dans mon dos.

— Tu le sais très bien.

Jusque-là, nous n'en avions jamais reparlé. Ma clé est réapparue sur un coin de mon bureau à leur retour de Madrid et je m'en suis contentée, car mes accusations seraient tombées dans l'oreille d'un sourd.

— Je ne comprends pas, June. Qu'est-ce que tu vas dire à ton père ? Que tu es une idiote négligente ? Que tu avais perdu tes clés alors qu'on était en voyage et qu'il doit toujours réparer tes erreurs ?

Je me tourne et mon regard trahit la rage qui me consume. Elle esquisse un sourire fier, satisfaite d'avoir réussi à me mettre hors de moi.

— Où tu as dormi, d'ailleurs ?

Je ne réponds rien. Après avoir été éconduite par Scott, j'ai mis ma fierté de côté et j'ai demandé à Amara si je pouvais passer la nuit chez elle au premier intercours. Elle n'a pas insisté quand je lui ai dit que j'avais oublié mes clés et que ma famille était en voyage. Que je le veuille ou non, cet imprévu nous a un peu rapprochées. On mange désormais ensemble de temps à autre à la cafétéria. Et elle me donne aussi des cours à la bibliothèque.

Au moins, nous ne sommes pas obligées de nous cacher, car personne ne commet de crime.

— Si tu veux être une traînée, ne fais pas de bêtise, June. Tu partiras bientôt pour l'université et ton père va être occupé avec notre enfant. Il n'aurait pas le temps pour…

Elle s'arrête avant d'avoir terminé sa phrase. Je n'ai droit qu'à une vague allusion au fait que je ne devrais pas coucher à droite et à gauche et tomber enceinte, comme si c'était mon genre.

— Va te faire foutre, Suzan.

Les mots sont sortis tout seuls. Son expression se mue en un parfait mélange de stupéfaction et de perversité. Ça doit être plaisant de m'entendre dire le fond de ma pensée, moi qui enrobe toujours mes réactions pour me préserver.

Toute la chaleur qu'elle réservait à Gaby s'est évaporée dans l'air. Elle s'approche de moi et fait claquer le premier coup avec la grande cuillère de service en acier. Je serre les dents, ravalant l'humiliation ainsi que la douleur.

— Tu n'aurais pas dû le laisser se blesser, me réprimande-t-elle en m'observant protéger mon estomac.

Les coups pleuvent.

Comme toujours, je me convaincs que ce n'est pas vraiment en train d'arriver. J'essaye de m'échapper par une fenêtre que j'ai inventée, je veux imaginer des trombes de pluie qui s'écrasent sur les pavés du jardin, et les doux ricochets qui les accompagnent. Mais aujourd'hui je n'arrive pas à m'enfuir, même dans mes pensées. La fenêtre s'est refermée et le store empêche toute entrée de lumière. Je suis toujours dans cette cuisine, coincée dans ma réalité exiguë : celle d'une fille qu'on bat pour se soulager.

Celle d'un sac de frappe humain ayant pour interdiction de ressentir ou de se plaindre.

— Tu n'es pas une bonne sœur.

J'explose, incapable d'en entendre davantage :

— C'était juste une foutue égratignure !

— Il avait mal. Il n'a rien dit pour ne pas te mettre mal à l'aise.

Je sais que c'est inutile de débattre avec quelqu'un qui se moque de la véracité de ses propos, mais c'est tellement injuste que je n'arrive pas à me taire.

— Bon sang, c'était juste un peu de sang ! Je l'ai désinfecté ! J'ai déjà eu bien pire que lui et personne n'en a fait toute une histoire !

Elle me frappe encore. Je devine la plaque rougeâtre qui se forme au-dessus de mon nombril et qui s'étendra jusqu'à ma poitrine.

— Toi et Gaby, ce n'est pas la même chose. Tu ne vaux rien, June.

Un jour, Suzan a compris que ses coups ne suffisaient plus à me faire vaciller. Elle a opté pour plus durable. Les bleus partent, les mots restent. Mais je crois qu'à force ils ne me font plus rien non plus. Je les ai entendus trop de fois, tant de fois qu'ils ont fini par s'implanter en moi pour devenir un pan distinct de mon identité.

— Ton père ne te défend jamais. Il y a bien une raison, non ? glapit-elle. Et ta mère a une autre famille loin de toi. Personne ne te choisit, June. Tu dois te faire à cette idée.

— Tu es juste jalouse ! m'écrié-je en réprimant un rire incrédule. Tu es folle !

C'est la première fois que j'ose lui dire.

Elle ne supporte pas d'entendre la vérité, j'ai droit à un violent coup dans la hanche. Je pousse un gémissant étouffé dans la paume de ma main, me repliant sur moi-même.

— Ne redis plus une chose pareille, m'ordonne-t-elle, les yeux presque hors de leurs orbites.

— Mais c'est vrai, lui craché-je sans me laisser impressionner, à moitié étranglée par la douleur. Tu ne supportes pas que je puisse avoir leur attention. Tu penses que je veux détruire votre famille !

— Tais-toi !

— Tu es un monstre ! N'essaye pas de te convaincre du contraire ! Gaby ne sera pas toujours aveugle !

Gagnée par un accès de fureur, elle vise d'abord ma poitrine, puis s'attarde encore sur mon ventre, dans les zones peu osseuses pour s'assurer de ne rien me casser – j'ai retiré mon attelle récemment. Je protège ma tête, mais je sais qu'elle ne s'y risquerait pas.

Trop dangereux.

Trop voyant.

Quand tout cela devient trop douloureux, je m'écroule sur le sol. Un faible bourdonnement résonne dans mes oreilles, une bordure noire envahit ma vision. Elle cesse enfin et s'accroupit pour être à ma hauteur. Je croise son regard. Sous la faible lumière de la cuisine, elle semble possédée. Elle est dans cet état d'euphorie implacable ; celui où elle se prend pour un demi-dieu.

Je marmonne, la bouche pâteuse :

— Que tu me frappes à mon âge… ça devient ridicule… c'est juste… ridicule…

Son visage est flou, mais son parfum capiteux flotte jusqu'à moi dans un relent qui me donne la nausée.

— J'essaye juste de t'aider, June.

M'aider… ?

— Le monde n'est pas aussi clément dehors. Quand tu partiras de cette maison, tu t'en rendras compte.

La joue contre le carrelage froid, je la regarde se relever et rouvrir le tiroir pour ranger l'objet de torture. Et, alors qu'elle est dos à moi, je m'imagine le lui voler des mains pour la frapper à l'arrière du crâne.

Pour qu'elle comprenne combien ça fait mal.

Pour que ça s'arrête enfin.

Peut-être qu'elle a raison de me traiter de moins que rien. J'en suis une, et c'est la raison pour laquelle je laisse les gens faire ce qu'ils veulent de moi.

Seulement capable d'imaginer une issue différente dans ma tête.

— Ah, ajoute-t-elle d'une voix redevenue sereine, déchargée de toute frustration. Gabriel est un enfant. Arrête de le manipuler pour qu'il t'aime. Quand il grandira, qui tu penses qu'il choisira ? *Moi.* Je suis sa mère.

Choisir.

Choisir.

Choisir… !

C'est le mot qu'elle préfère, car il n'y a pas de place pour nous deux sous ce toit.

— Maintenant, relève-toi et monte dans ta chambre. Ton père rentrera tard. Je ne veux pas te voir au dîner.

Sur ces dernières recommandations, elle quitte la pièce en refermant doucement la porte derrière elle.

I wish I knew
how to stop caring

28

« L'absence la plus à craindre est celle qui est ressentie. »

June

Je suis encore en retard. C'est plus fort que moi.

Je ne sais pas comment je me débrouille mais je me laisse toujours dépasser par le temps, surtout quand je n'ai aucune motivation. Comme ce matin. Je me suis encore réveillée l'estomac vide et le corps courbaturé. J'ai raté le bus alors que j'ai quitté la maison la première. Gaby n'est pas venu me dire bonjour, je l'ai pourtant entendu se brosser les dents dans la salle de bains. Ça m'a fait un pincement au cœur. Je commence à me dire qu'il a tout entendu à cause de nos cris, et je me demande si c'est la première fois.

Je traîne les pieds jusqu'à la salle 309. Mon premier cours de la journée est celui de Scott. À cause de mon emploi du temps, je commence ou finis souvent ma journée avec lui. Ce sera encore la même rengaine, un bref regard dans ma direction pour m'indiquer que je suis acceptée en classe, mais pas une seule pique ni un quelconque signe d'intérêt pour moi.

Il faut croire que je suis redevenue transparente aux yeux de tout le monde.

Sur ce constat étrangement déprimant, je toque puis j'entre sans attendre de réponse. Je pense m'en sortir avec un faible « désolée » et suis prête à me faufiler à travers les rangées pour regagner ma place au fond, lorsque Emilia fait cette remarque :

— Elle est toujours en retard. Pourquoi elle n'est pas collée ? Moi, j'ai été collée par M. Allan alors que j'étais coincée dans les bouchons.

— C'est vrai, ça, renchérit Aubrey avant de lever les mains en l'air pour se dédouaner de son commentaire.

— Mais je dis juste ça comme ça, hein, précise Emilia sur le ton de l'ironie. Je ne voudrais pas qu'on m'accuse *encore* de harcèlement.

J'ai droit à un regard de soutien d'Amara depuis son siège. Je n'ose rien dire, je ne suis pas défendable. J'abuse des retards et, si Scott ne voulait pas à tout prix éviter les interactions avec moi, j'en aurais certainement payé le prix depuis un moment.

— T'as raison, Emilia. Je crois que cette fois, mon seuil de tolérance a été dépassé.

Je me tourne vers Scott, qui est apparemment occupé à noter quelque chose sur son ordinateur. Ses yeux se détachent de l'écran pour s'intéresser vaguement à moi. Il me regarde comme il le ferait avec n'importe laquelle de mes camardes.

— Je transmettrai ta colle à un surveillant. Va le voir pendant l'intercours.

Les premiers mots qu'il m'adresse en un mois. C'est ironique. Nous sommes revenus au point de départ. Non, avant le point de départ. Parce qu'il n'y a plus aucun lien entre nous, aucun prétexte, bon ou mauvais, pour se parler.

Je suis juste une élève et il est mon professeur, quoi qui ait pu se passer.

Personne ne croirait que j'ai dormi dans son salon, à ressasser notre baiser à l'arrière-goût du risque.

Irritée par l'indifférence avec laquelle il me traite, je hoche à peine la tête, acceptant mon sort, et vais m'asseoir à ma place. J'étale mes affaires devant moi et je tente par tous les moyens de me concentrer sur les formules marquées sur le polycopié mais, entre les conversations de mes voisines de table concernant le voyage à New York, qui est dans deux jours, et la douleur qui irradie dans mon ventre, les lignes se brouillent. Je m'aperçois que je suis en train de pleurer. De nervosité, de tristesse, je ne sais plus. Je plaque ma langue sur mon palais avant d'attirer les regards curieux, mais ça ne marche pas.

Putain, je suis tellement épuisée que mes larmes ne se tarissent pas.

Je mets ma tête entre mes bras, faisant semblant de dormir. Je préfère qu'on condamne mon insolence plutôt qu'être vue au plus bas. Plongée dans l'obscurité que j'ai créée, je me laisse aller silencieusement, espérant qu'ils seront assez intelligents pour me laisser tranquille.

Si je ne tremble pas, personne ne remarquera rien.

Et c'est le cas. Personne ne remarque rien.

Et je redeviens cette fille qui dort en classe au lieu d'écouter.

***

En fin d'après-midi, je me retrouve de corvée de ménage dans l'ancienne salle de musique, devenue un entrepôt où ont été entassés tous les instruments désaccordés depuis la rénovation du lycée. Elle est située au troisième étage. Le plus désert du lycée, même si les labos du rez-de-chaussée lui font concurrence. Mon travail d'intérêt général consiste à trier des vieux carnets de partition : les parutions éditées avant 1998 doivent être mises de côté car les professeurs ne les utilisent plus.

Mais il y a peu à faire et j'ai déjà terminé. Il me reste encore une demi-heure avant que je puisse retourner voir le surveillant et rentrer chez moi. J'observe la lumière poussiéreuse qui filtre par la lucarne du toit sans savoir comment m'occuper. Mme Carr ne nous a donné aucun projet sur lequel je pourrais avancer depuis qu'elle m'a rendu mon devoir de rattrapage. J'ai eu 85 %. Elle a apparemment apprécié ma représentation du cerveau humain, avec la distinction des différents lobes et l'explosion de couleurs que j'ai intégrée à mon esquisse pour suivre ses consignes. À la place des noms scientifiques, j'ai mis tous les mots qui me passaient par la tête.

Au début, j'avais hésité à représenter un cœur, mais je me suis dit que ce serait donner trop d'importance à celui qui m'a inspiré ce projet. Il ne m'a pas brisé le cœur. Mais son comportement m'a mis le cerveau en lambeaux et je m'en veux de me demander ce qui aurait pu se passer entre nous si je ne l'avais pas embrassé.

Sauf que c'est idiot de se poser continuellement les mauvaises questions.

Puisque personne ne me surveille, je referme la porte de la salle et vais prendre place au piano pour me changer les idées. Je n'ai pas joué depuis que ma mère est partie de la maison. Ce n'est pas une grande perte, vu comme j'étais mauvaise. Ça doit avoir empiré avec les années. Je tente de rejouer les premières notes d'un morceau, *La valse d'Amélie*, que je répétais tout le temps car elle l'adorait à cause de ce film français étrange, mais je bloque au troisième phrasé. Je recommence mais j'oublie toujours l'enchaînement au même moment et je finis par appuyer sur plusieurs touches simultanément, créant une véritable cacophonie.

Alors j'abandonne.

Je n'ai jamais été douée au piano. Je voulais juste faire plaisir à ma mère, qui n'avait pas eu l'occasion de l'apprendre, mais petite déjà je préférais largement utiliser mes doigts pour tenir des fusains.

Décidée à attendre la fin de l'heure, je laisse ma joue retomber sur le clavier, me délectant de cette odeur rassurante, de la froideur des touches sur mon visage. Au moins, quand je suis en retenue, je passe moins de temps à la maison.

C'est presque une bonne affaire… Je m'en rends compte maintenant que ça s'est raréfié.

— C'était pas fameux.

Je me redresse comme si j'avais été surprise en train de commettre un délit. Adossé à la porte de la salle, il m'observe avec cette nonchalance agaçante. Je suis aussitôt frappée par la force de sa présence.

— Qu'est-ce que vous faites ici ? lui demandé-je froidement, désarçonnée par le ton familier avec lequel il s'adresse à moi.

— Je suis venu signer la colle.

Son indifférence apparente me prouve que je suis la seule à éprouver de la rancœur. Et ce constat m'agace au point de sentir une pointe me perforer l'estomac. Je m'humidifie les lèvres, fixe les blanches et les noires en espérant qu'il comprendra le message et s'en ira sans plus tarder.

— Tu joues d'un instrument ? demande-t-il en s'avançant dans la salle.

— Non, dis-je d'un ton qui ne laisse pas de place à la discussion.

Il se penche au-dessus de la table où se trouve ma feuille de présence, laissée par un surveillant et qui mentionne que je dois « remettre le matériel en ordre », et signe avant de se rapprocher du piano. Je me tends sur le tabouret après un coup d'œil en direction de la porte, qui s'est refermée derrière lui.

— Tu vas me dire qu'on ne t'a jamais payé de cours de musique ?

— Qu'est-ce qu'il y a d'étonnant à ça ? m'agacé-je, fixant son reflet déformé dans l'abattant du piano.

— Tes camarades jouent probablement toutes d'un instrument. C'est un truc de bourge. C'est comme apprendre l'alphabet pour vous. Tu vois ce que je veux dire ?

— Dans tous les cas, je ne vois pas en quoi ça vous regarde.

— C'était juste une question.

C'est vrai.

Je ne devrais pas lui montrer combien sa prise de distance m'atteint.

— Tu m'en veux parce que je t'ai collée ? T'avais sûrement des choses plus intéressantes à faire chez toi.

— Oui. Finir ma valise, par exemple.

Mon honnêteté lui arrache un sourire en coin. Il reste encore une seconde à côté de moi, à fixer mes doigts toujours posés sur le clavier, sans dire un mot. Je me félicite intérieurement de ne pas avoir cédé à l'anxiété en me rongeant les ongles jusqu'au sang, comme ça arrive parfois.

Cette saleté de curiosité me gagne. Je me demande s'il a eu des problèmes avec les types de Croydon. Mais lui demander serait prendre le risque de me faire rejeter, c'est déjà arrivé une fois. Ce ne sont pas mes affaires. Il a dit que j'en savais déjà trop sur lui. L'autre soir, on a agi comme de vraies personnes, libérées du carcan qui nous enferme, mais ce n'était qu'une illusion temporaire.

J'appuie sur une touche au hasard. Elle résonne entre nous de façon discordante.

— En fait, admets-je en essayant de paraître aussi détachée que lui. Je faisais du piano il y a longtemps. Mais je suis mauvaise. Je manque de…

— De discipline ? m'interrompt-il.

Sa voix a baissé d'une octave.

— Ça doit être ça.

— Pousse-toi.

Sans me laisser le choix, il s'invite sur le tabouret du piano à peine assez large pour une personne. Nos cuisses se touchent et j'essaye de ne pas penser à la sensation trop familière que ce contact me procure.

— Ressaye, m'ordonne-t-il.

Étonnée qu'il se comporte de façon normale avec moi après autant de froideur, je le fixe avec une irritation croissante.

— Je vous demande pardon ?

Il plante son regard dans le mien d'un air de défi. Je comprends alors que c'est Shayn qui se trouve devant moi, et j'ignore si mon appréhension s'estompe ou si elle s'accentue.

— Joue, c'est tout. Prouve-moi que tu n'es pas aussi mauvaise qu'en maths. Ça ne devrait pas être trop difficile.

Mon ego piqué au vif, je recommence le morceau depuis le début mais mes mouvements sont encore plus incertains que lorsque je jouais seule. Sentir son regard critique sur moi me déconcentre et j'enchaîne les fausses notes.

— Arrondis la paume de ta main. Ton mouvement de poignet est trop rigide.

— J'essaye, dis-je alors que ses mots font écho à ceux que me répétait déjà ma professeure de l'époque.

— Essaye mieux.

Son ton est tranchant, si naturellement autoritaire.

— Et tes ongles sont longs, tu glisses.

— C'est ce que vous faites désormais de votre temps libre ? ironisé-je avec amertume. Vous donnez des cours de piano ? Ça paye bien ?

Il ignore ma question en m'adressant un sourire goguenard et se réintéresse à ma main, qui pianote avec grande difficulté.

— Toujours pas.

Il pose sa main sur la mienne pour la repositionner correctement, pousse un soupir en constatant que je me suis crispée comme s'il venait de défaire l'attache de mon soutien-gorge. Mais il n'abandonne pas et m'attrape le poignet avec délicatesse :

— Relâche ton poignet.

— C'est ce que je fais déjà ! je m'exaspère, troublée par son comportement lunatique.

— Nan, pas du tout. On dirait un cadavre.

Je tourne mon visage vers lui, faisant abstraction de notre proximité qui semble s'être accentuée depuis qu'il s'est assis. Ses yeux sont comme deux lacs noirs. J'avais oublié à quel point ils étaient sombres, vus d'aussi près.

— Rien n'est jamais assez bien pour vous ?

Mais je me rends compte que je ne parle plus seulement de piano. La tension retombe entre nous, l'air s'appesantit et je sens mes doigts devenir moites sur les touches.

— T'es énervée, Grey ?

— Énervée ? ricané-je en répétant obstinément l'enchaînement de notes, mais en finissant toujours par me tromper.

— T'as l'air énervée.

— Peut-être que je suis énervée parce que vous m'avez lâchée en pleine période d'examen, alors que vous aviez promis de m'aider !

Ce n'est que la moitié de la vérité.

Je m'en veux car malgré son coup de traître, je n'arrive à refréner ni ce foutu désir qui s'invite en moi à chaque rapprochement, ni mon envie de lui parler. Je pensais que ça finirait par me passer. J'avais tort.

Je reprends mon souffle, détourne mon visage du sien en imaginant qu'un livre de partition est ouvert sur le pupitre en face de moi, et ça marche pendant une seconde.

— Mais c'est ma faute. Je vous ai surestimé. Je vous pensais plus solide que ça.

— Ah…, dit-il à voix basse. Tu m'as surestimé.

Il passe soudain un bras autour de ma taille afin d'accéder à un ensemble de notes à ma droite pour jouer les mêmes que moi, en plus aigu. C'est la première fois qu'il contribue au morceau. Le poids de son corps contre le mien envoie une décharge électrique dans mon bas-ventre et je sens ma respiration s'accentuer.

— Je t'ai dit d'arrondir ta main.

Je le fais par automatisme, mais je ne suis pas assez concentrée pour maintenir ma paume dans cette position peu naturelle chez moi.

— Amara n'enseigne pas aussi bien que moi ?

Sa question anodine éveille mes sens. Une ligne de chaleur parcourt ma colonne vertébrale, m'alourdit tout entière, si bien que j'ai l'impression de peser le double de mon poids.

— J'ai de meilleures notes avec elle, rétorqué-je après un instant, d'un ton factuel.

— Tu dois mieux réussir à te concentrer.

Je sens qu'il se fout de moi. Je déteste qu'il sache l'effet qu'il a sur mon corps alors qu'il me touche à peine. C'est humiliant.

— C'était votre idée, le discours de M. Watson sur le harcèlement ? je lui demande pour garder la tête froide.

Il resserre sa prise sur ma taille, feignant devoir atteindre une note aiguë au bout du clavier, et la chaleur de son corps m'envahit dans une étreinte aussi grisante que déraisonnable.

— Vous n'auriez pas dû. Je n'avais rien demandé.

D'un côté, je suis heureuse qu'il ait cru que ça suffirait à calmer les choses. Ça veut dire que mon mensonge a pris.

Mais je suis presque déçue que mon mensonge ait *encore* pris, même avec la personne qui semblait la plus perspicace de toutes.

— C'est ce que tu voulais, non ? répond-il calmement. Tu as dit que ça devenait trop dur.

Ma stratégie d'évitement a eu son lot d'inconvénients, mais c'est toujours moins pire que s'il apprenait la vérité. Une vérité qui se cache sous mes vêtements. Une vérité bleue, aussi froide que mes mensonges.

Il retire son bras de ma taille, me souriant méchamment pour me faire payer mon silence.

— J'ai une autre question pour toi. Ça t'arrive souvent d'embrasser les gens quand tu ne veux pas répondre à leur question ?

Je me fige, étonnée qu'il aborde le sujet si soudainement. Il s'est montré si indifférent que je me suis demandé si je n'avais pas tout imaginé.

— Et vous ? Est-ce que ça vous arrive souvent d'embrasser vos élèves ?

— Je sais pas. Ça dépend lesquelles.

Il fixe mes lèvres assez longtemps pour que je me demande s'il va m'embrasser à nouveau et mes jambes deviennent cotonneuses. Je me rends compte que je le laisserais probablement faire. Je n'ai jamais rien ressenti de semblable.

— Tu arrives toujours en retard, dernièrement, dévie-t-il pourtant. Tu voulais absolument que je te colle ?

Je reviens à moi, m'intéressant au relief des touches dièse sous la pulpe de mes doigts crispés.

— Vous êtes un peu trop mégalo.

— Redresse ton dos quand tu joues.

Il passe une main sur ma colonne vertébrale pour m'aider à me repositionner, toujours avec ce professionnalisme débordant de zèle, mais je sens qu'il appuie ses doigts sur chaque parcelle de mon dos. Il m'a de nouveau déconcentrée.

Un enchaînement de fausses notes résonne.

— Tu te trompes encore. T'es vraiment nulle, putain. Je plains tes parents qui ont jeté leur argent par les fenêtres.

— J'ignorais que cette heure de colle allait se transformer en leçon de piano, craché-je en me sentant submergée par des sensations contradictoires.

— Tu ignores tout un tas de choses parce que t'es une sacrée idiote, June Grey.

Avant de se lever, il me souffle à l'oreille :

— Au fait, je sais à peine jouer et un aveugle pourrait s'en rendre compte. Mais tu te plies facilement à mes ordres… c'est intéressant.

Je sens mes joues me brûler.

Est-ce qu'il dit la vérité ?

J'étais tellement concentrée sur ses indications que je n'ai pas du tout prêté attention à sa propre posture.

Il se lève. Le vieux plancher craque sous ses pas. Avant de sortir, il me conseille :

— Et arrête d'arriver en retard. Tu pourrais vraiment le regretter.

New York

I felt his knees against mine and now I can't forget the sensation

29

« Il existe plusieurs types de voleurs, mais tous sont malhonnêtes. »

June

Je déteste New York autant que dans mes souvenirs.

C'est toujours aussi noir de monde, bruyant et sale. Nous sommes si nombreux dans la rame de métro que de la buée s'est formée sur les vitres, preuve de ce condensé de chaleur. J'observe un gosse qui s'amuse à y tracer des cercles tordus, vautré sur les genoux de sa mère occupée par son téléphone. Debout sur la plate-forme tournante, je tiens mollement ma valise du bout de l'index alors qu'Amara colle son épaule contre la mienne, retenant des soupirs exaspérés à chaque virage. Les filles ont toutes pris place dans les sièges disponibles et se réchauffent les mains avec les boissons Starbucks qu'elles ont supplié Mme Watson de les laisser acheter en sortant de l'aéroport. J'ai déjà terminé la mienne.

— J'ai les oreilles bouchées à cause de l'avion et je n'ai pas pu dormir, se plaint Amara d'une voix pâteuse. En plus, j'ai entendu qu'on doit aller au musée juste après avoir posé nos affaires à l'auberge…

Il n'est que 9 heures du matin, nous arrivons de l'aéroport J. F. Kennedy et traversons Brooklyn en métro pour regagner notre auberge de jeunesse à Manhattan, située près de Central Park. La bruine s'écrase sur le métal lorsque nous passons sur les rames extérieures de la ligne B, à la hauteur du pont mythique. Je l'observe d'un œil morne. C'est joli, je l'admets, mais ce n'est qu'un énième amalgame de pierres et de ferraille. Et puis, quelque chose m'agace à propos de cette ville, au point que je n'arrive pas à apprécier sa beauté.

Le métro s'engouffre de nouveau dans les conduits noirs, des gens descendent, d'autres montent, dans un mouvement continu, infini. Lorsque le wagon se vide un peu, j'ose un coup d'œil en direction de Scott.

Nonchalamment appuyé contre un strapontin fermé, il fixe le vide ; loin de lui l'idée de se tenir à la barre. Ce sale rat est dans son habitat naturel. Je n'ai toujours pas digéré son numéro d'il y a deux jours. Depuis, il m'ignore, me traitant comme une élève banale, et j'en fais autant de mon côté. Même si je questionne chacun des mots qu'il a prononcés dans cette salle de musique, chacun de ses gestes délibérément déplacés.

« Tu ignores tout un tas de choses parce que t'es une sacrée idiote, June Grey. »

Dans sa combinaison de ville kaki, Watson se rapproche de son oreille pour se faire entendre, soi-disant, et lui indique l'itinéraire pour arriver à l'auberge de jeunesse. Je détourne le regard avant qu'il ne devienne trop insistant. M. Allan s'est isolé sur un siège plus loin, à son air tanné, je déduis qu'il regrette d'avoir accepté d'être accompagnateur pour ce voyage.

Lorsque nous arrivons finalement à l'auberge de jeunesse, tout le monde s'empresse de regagner les chambres attitrées pour poser ses affaires. Nous sommes six par dortoirs. Heureusement, je ne suis pas avec Holly, mais Amara et moi devons nous coltiner Emilia et Aubrey, ainsi que deux filles à qui je n'ai jamais adressé la parole mais qui ne semblent pas hostiles à mon égard, juste silencieuses. Aubrey me foudroie du regard en passant près de mon lit à l'entrée.

La chambre est constituée de minuscules compartiments dénués de portes et reliés par un couloir séparant chaque binôme. Les locaux sont plutôt modestes. J'espère simplement qu'elles ne profiteront pas de mes heures de sommeil pour tenter quelque chose contre moi. J'ai l'impression que je vais avoir du mal à dormir.

— Au moins, on n'est pas exactement dans la même pièce, marmonne Amara en ouvrant sa valise sur son lit pour y chercher une veste plus épaisse. Putain, qu'est-ce que cette ville est humide. C'est encore pire que Londres.

Mes cheveux en témoignent, ils ont gonflé et mes ondulations se cassent par endroits.

— On vous attend dans le hall ! s'écrie Watson depuis le couloir. Dépêchez-vous, je vous rappelle qu'on doit aller au musée !

Aubrey et Emilia nous devancent en marmonnant quelque chose à son encontre. La porte claque. Amara enfile sa veste et réajuste ses boucles d'oreilles, puis lance :

— Je ne sais pas toi, mais je sens que ce séjour va être long.

Avec une visite par demi-journée, je n'en doute pas. Mais je ne serai pas à la maison pendant cinq jours. Cela représente cent vingt heures éloignée de Suzan, et c'est ma seule motivation. J'ai recommandé à Gaby de bien nourrir Pato en se chargeant de remplir ses gamelles, car l'idée même que notre père s'en soucie était absurde.

Amara se questionne sur nos plages horaires libres tandis que nous rejoignons le reste du groupe dans le hall du rez-de-chaussée. Il y a du passage. D'autres classes sont présentes dans l'auberge, mais à des étages différents. Les garçons, si rares à Sherborn, deviennent soudain plus intéressants que les consignes de sécurité de Watson.

— Certaines d'entre vous sont peut-être majeures, nous sermonne-t-elle en élevant la voix pour se faire entendre, mais je vous rappelle qu'on est aux États-Unis. La majorité ici est fixée à vingt et un ans. Que je ne voie *personne* essayer d'acheter de l'alcool et nous attirer des problèmes.

— Elle parle beaucoup de règles pour quelqu'un qui se fait baiser par M. Scott, souffle quelqu'un derrière nous, provoquant le rire de la rangée entière, dont celui d'Amara.

Je me demande s'ils couchent encore ensemble. Et ça m'agace de me poser la question, et qu'elle réussisse à susciter un peu de jalousie chez moi.

Notre professeure de biologie nous rappelle le planning de la semaine – que je connaissais déjà mais qui, une fois sur place, me semble encore plus lourd. Les bavardages se font plus intenses autour de moi. Au côté de sa collègue, Scott arbore une expression distante qui laisse penser qu'il n'écoute pas non plus un mot de ce qu'elle raconte.

Comprenant qu'elle ne tirera plus rien de nous, Watson décide qu'il est l'heure de partir. Nous quittons l'auberge. Alors que tout le monde s'étonne de la hauteur des gratte-ciel, j'essaye de voir le bon côté des choses.

Être ici, c'est toujours un peu mieux qu'à la maison…

***

En fin de journée, sur le trajet du retour, nous apprenons par une Watson paniquée que le repas de fin de séjour a été décalé à ce soir. « Le problème des réservations en ligne ! » peste-t-elle furieusement. Des soupirs de déception traversent notre groupe : tout le monde aspirait à retourner à l'auberge de jeunesse pour se doucher, manger et se coucher en vue de la journée qui nous attend demain. Nous sommes donc forcées de changer d'itinéraire pour aller à Little Italy.

Sur le quai, dans l'attente d'un énième métro, je risque un coup d'œil en direction de Scott, même si je me suis promis de ne pas me faire surprendre, et constate qu'il est encore entouré par mes camarades les plus bavardes.

Elles jacassent autour de lui, se disputant son attention avec une énergie remarquable pour des filles qui ont parcouru des kilomètres à pied. Si je n'étais pas si remontée contre lui à cause de son comportement, je trouverais son expression désespérée hilarante. Mais j'en ai assez d'être encore la seule à regarder dans sa direction, pendant que toutes ces filles lui mangent dans la main et que nos regards ne se sont pas croisés une seule fois de la journée. Alors je me réintéresse à Amara. Elle n'a pas cessé de parler de la visite au musée de l'Évolution géologique de cette après-midi.

Même si je n'ai pas vraiment d'intérêt pour ça, c'est amusant de la voir aussi passionnée à propos de quelque chose.

Lorsque nous arrivons à Little Italy, il est près de 19 heures, la nuit commence lentement à tomber. Il ne vente plus mais le froid est humide et semble atteindre directement mes os.

Lors de nos rares conversations, ma mère s'était plainte du manque d'entre-deux dans les saisons à New York : toujours trop froid ou trop chaud.

Je lève les yeux vers l'écriture mythique marquant le début du quartier, « Bienvenue à Little Italy », et remarque du coin de l'œil que certaines ont dégainé leur portable pour la prendre en photo. Les décorations de Noël sont particulièrement abondantes, mais ce n'est pas si différent de Londres à cette période.

Mon regard se porte alors sur les bâtiments rougeâtres de Mulberry Street, rue principale du quartier, puis sur le ciel. C'est l'un des seuls endroits à New York où on peut le voir sans devoir se dévisser la nuque. Les rues sont étroites et déjà gorgées de monde. Notre groupe se fraye un chemin jusqu'à l'entrée d'une pizzeria qui ressemble à toutes les autres, dans un quartier où elles ont le monopole. En voyant ma classe stationner sur le trottoir pour s'engouffrer à l'intérieur, tout en bouchant le passage des piétons, je me tiens à distance pour entrer la dernière, car toute cette agitation me donne mal à la tête. Mon regard est happé par la ruelle où sont entreposées les ordures débordantes du restaurant.

Après avoir patiemment attendu, je finis par entrer à mon tour.

La chaleur de la pizzeria contraste tellement avec le froid au-dehors que j'ai l'impression de suffoquer. Le local à la décoration italienne traditionnelle est un peu vétuste, et les murs en brique rouge semblent accroître la température. Je jette un regard par-dessus les trois tables contiguës réservées pour les élèves, à la recherche d'Amara, et finis par l'apercevoir. Toutes les chaises à côté d'elle sont occupées.

Elle me remarque et me hèle :

— Où tu étais ? J'ai essayé de te garder une place !

Je secoue la tête, m'intéresse au groupe dans l'espoir de trouver une chaise libre, mais je m'aperçois rapidement que tous les emplacements sont pris. En plus, les allées entre les tables sont si serrées qu'il est difficile de s'y frayer un passage. En me voyant ainsi tourner en rond, M. Allan m'interpelle d'un signe de main depuis la table des professeurs.

— June ? Vous cherchez les toilettes ?

Appuyé contre le mur, en train de consulter la carte d'un air blasé, Scott lève les yeux. En me voyant, il demeure impassible.

— Il n'y a plus de place, marmonné-je, gênée par le silence qui s'est abattu sur les tables depuis qu'on me voit errer comme une âme en peine.

— Plus de place ? s'étonne Watson, assise à côté de Scott, haussant exagérément ses sourcils crayonnés.

— Je n'ai nulle part où m'asseoir.

J'évite soigneusement de croiser le regard de Scott, même si je me demande bien ce qu'il pense de cette scène légèrement pitoyable. Watson souffle, me laissant savoir que je suis un problème qu'elle n'avait pas envie de gérer alors qu'elle était en train d'hésiter entre une *burrata* et une *mozzarella di Bufala*, puis interpelle le premier serveur qui passe.

Elle lui explique la situation et l'homme, luisant sous les lampes du restaurant, jette un regard circulaire aux tables pour constater le problème. Après un soupir et un regard en direction des clients qui s'agglutinent dans le hall d'entrée, il coupe court :

— *Scusate, scusate, non possiamo metterla lì. Vabbè*, regardez, madame, il reste une place à votre table.

Il désigne l'espace vide en face de Scott, côté mur, et j'aimerais soudain creuser un trou pour y disparaître.

— Vous ne pouvez pas dresser un couvert à la table des *élèves* ? insiste-t-elle en mettant l'accent sur le mot.

Il lui adresse un sourire forcé, agite les mains en direction des tables déjà saturées.

— Pas de place, *che cazzo non capisci*, vous voyez bien, madame.

Il s'éloigne, laissant les protestations de Watson mourir sur ses lèvres. M. Allan se décale alors pour me libérer davantage d'espace, résigné à me laisser prendre part à ce nouveau quatuor. Scott ne dit rien et ne bouge pas d'un millimètre, mais je remarque son sourire en coin.

Un sourire qui me nargue parce que je suis encore le vilain petit canard, toujours délaissé, toujours source de problèmes.

Le serveur revient rapidement pour poser mes couverts et me tendre un menu plastifié constellé de traces de doigts. L'espace sous la table est si étroit que je sens les genoux de Scott effleurer les miens, mais aucun de nous n'a de place pour reculer. Alors que tout le monde est occupé à lire la carte dans un silence plus que gênant, je tourne la tête en direction d'Amara, en guise d'appel au secours, et remarque que beaucoup d'élèves ont le regard rivé sur notre table. Ma situation est source de commentaires. Le volume sonore a également baissé, pour le plaisir de toutes les oreilles.

Amara articule en silence : « C'est quoi ce bordel ? »

Je hausse les épaules. Je n'en ai pas la moindre idée, mais c'est affreusement embarrassant. J'essaye de me concentrer sur les pizzas proposées mais la friction constante de nos genoux me déconcentre et je deviens excessivement consciente de chacun de mes mouvements. Personne n'a encore osé dire un mot pour rompre ce silence interminable. Pas même Scott, qui paraît s'en réjouir ; ça l'amuse de me voir dans le pétrin.

— Bon, je vais opter pour une quatre fromages, finit par soupirer Allan d'un air peu convaincu.

Il me semble bien moins sévère que sur une estrade.

Watson lui adresse un sourire ourlé et s'intéresse poliment à moi :

— Tu as passé une bonne journée, June ? Qu'est-ce que tu as pensé de la visite ?

— C'était intéressant, dis-je à mi-voix.

Scott, qui n'a toujours pas décroché un mot, continue de me fixer avec un sourire à peine perceptible. Je comprends que je n'en ai pas dit assez et que j'ai l'air de me moquer de ses efforts pour m'inclure dans la conversation, mais elle me devance avant que j'aie l'occasion d'ajouter quelque chose :

— Honnêtement, cette situation est un peu embarrassante pour nous tous. Alors…

— Oh Ivy, c'est toi qui rends les choses encore plus gênantes en lui disant ça, la sermonne M. Allan. Je doute que June ait eu envie de s'asseoir à la table des profs. C'est elle la plus à plaindre dans cette histoire.

Je baisse les yeux sur mon assiette, sauvée par le serveur qui revient pour prendre nos commandes. Scott et moi nous en tenons au plus simple, une margherita, Watson finit par nous suivre. En attendant nos plats, je les laisse discuter du programme de demain, feignant d'être occupée par mon téléphone. Mais je n'ai reçu aucun message et mon aller-retour constant entre les applications va finir par se remarquer, alors je le repose. Je regrette les choix qui m'ont conduite à cette table, où les conversations sont refrénées par ma simple présence. Même si je doute que Scott soit plus bavard avec ses collègues en temps normal.

Nos plats arrivent enfin. Leur chaleur produit des volutes de vapeur. Je mange silencieusement, le contact entre nos genoux n'est devenu qu'un détail parmi tant d'autres, si je m'en convaincs assez fort.

Décidant que j'ai été assez mise à l'écart, Watson me fixe avec une expression surfaite et m'adresse un énième sourire dégoulinant de gentillesse.

— Alors, tu t'en sors avec tes cours de maths ? Amara a pu t'aider, c'est ça ?

— Oui, dis-je sobrement. Amara fait les choses bien. Elle est sérieuse dans son travail.

— Mmm, ça fait plaisir à entendre.

Pensant que le sujet est clos, elle tourne déjà la tête en direction de Scott pour lancer une autre conversation mais je la devance :

— En fait, avant que je me fasse aider par Amara, quelqu'un d'autre me donnait des cours. Ça craignait vraiment, pour être honnête.

Scott lève les yeux dans ma direction, dans l'attente de la suite, mais je refuse de croiser son regard.

— Ah bon ? s'enquiert Watson, qui ne semble intéressée que lorsqu'il y a matière à commérer. Ça ne s'est pas bien passé ?

— Non. C'était un type qui en avait après mon argent. Il ne cherchait pas vraiment à m'aider.

— Après ton argent ? Rien que ça ? ironise Scott en saisissant sa pinte de bière, qu'il caresse distraitement du bout des doigts.

Je lui accorde enfin un regard.

— Oh… les voleurs courent les rues, vous savez, monsieur Scott.

Mon sous-entendu lui fait resserrer sa main autour de son verre. Je fixe ses jointures blanchies par la crispation qui dure une seconde de trop.

— Où tu l'avais trouvé ? s'intéresse de nouveau Watson en grignotant sa part de pizza.

— Un peu par hasard.

— Pas sur Internet, j'espère. C'est du grand n'importe quoi là-dessus, commente M. Allan en essuyant sa bouche avec sa serviette. C'est plein d'attardés. Il faut préférer les petites annonces dans les bibliothèques. Vous le saurez pour la prochaine fois, mademoiselle Grey.

Scott se redresse sur sa chaise et ses genoux s'entrechoquent soudain aux miens. Je prends une part de pizza, essayant de faire abstraction de ce contact plus que brutal, mais il force l'accès entre mes jambes avec la sienne afin qu'elles se croisent, et je suis si surprise que je me mets à tousser dans une vaine tentative de masquer mon trouble.

Son genou calé entre mes cuisses, il propose :

— Tu veux de l'eau, June ?

Je décline d'un signe de tête mais il s'empare quand même de la carafe.

— Prends-en. Ce serait vraiment dommage que tu t'étouffes avec ta pizza.

Il retire son genou et me verse de l'eau avec un naturel déconcertant. Heureusement que les nappes à carreaux sont si longues qu'elles rasent le sol. Je saisis le verre en cherchant à maîtriser les mouvements de mon corps, irritée qu'il ait réussi à reprendre le dessus.

Mme Watson m'observe sans rien dire, pensive, puis se rapproche subtilement de Scott pour qu'il lui en serve aussi.

— D'ailleurs, Shayn. Tu as de la famille ici, c'est ça ? lui demande-t-elle en aparté.

Il acquiesce brièvement, sans lui donner plus de précisions. Elle balaye ce manque de réactivité en fourrant un minuscule bout de pizza dans sa bouche et m'adresse ce sourire crispé devenu sa signature. Je me demande à quoi elle pense. J'ai encore la peau brûlante et l'impression que le corps de Scott a laissé une marque sur le mien.

Le repas se termine sans encombre. Watson et Allan échangent des banalités auxquelles ni moi ni Scott ne prenons part, et j'essaye d'éviter son regard autant que possible, même si notre proximité rend la chose difficile.

Je recommence à respirer seulement au moment où je me lève de ma chaise et que les enseignants se chargent d'aller régler l'addition.

Why did you have to take it so far Holly

I hate my mouth for not restringing herself

30

« Une histoire doit se terminer pour qu'une autre puisse voir le jour. »

June

— Je vais me coucher, marmonne Amara en s'enfonçant sous sa couette. En espérant que ces connasses la ferment avant le lever du soleil, insiste-t-elle par-dessus les rire hystériques d'Emilia et d'Aubrey dans le compartiment du fond.

Je la vois qui se tourne côté mur en enfilant ses écouteurs et je sors de la chambre. Je dois remplir ma bouteille d'eau. Le couloir marron est silencieux, hormis les rires étouffés que nous pouvons encore entendre à travers les parois. Le couvre-feu est à 23 heures mais ça ne m'étonnerait pas que des filles circulent encore entre les chambres, profitant du fait que nos professeurs dorment à l'étage du dessus.

Dans les lavabos des toilettes, je remplis mollement ma bouteille en espérant ne pas me laisser trop réveiller par la lumière jaunâtre lorsque j'entends un reniflement dans la cabine d'un W.-C.

— C'est qui ? questionne une voix enrouée derrière la porte des toilettes.

Je reconnais celle de Holly.

— Pas Watson, dis-je d'un ton blasé avant de marcher vers la sortie pour éviter de la croiser.

Mais j'entends la porte s'ouvrir, et Holly sort, un joint à la main. Elle s'appuie contre le chambranle, les yeux rougis, visiblement dans un état second. La blancheur du carrelage mural contraste avec son état débraillé. Son eye-liner a bavé tout autour de ses yeux. Elle ne porte qu'un pantalon de pyjama à carreaux rouges et un tee-shirt à manches longues. Ça fait une éternité que je ne l'ai pas vue sans son uniforme de fille bien rangée, celui d'une fille qu'elle n'est pas.

J'ai l'impression de faire face à la Holly du collège, avec qui je riais jusqu'à en avoir mal de ventre lors de nos soirées pyjama.

— C'est juste toi, constate-t-elle d'un ton dénué d'hostilité mais légèrement plus lent que d'habitude. J'ai cru qu'elle n'allait jamais se coucher.

— Tu vas te faire prendre, la préviens-je en fixant la porte de sortie, pour lui montrer que je ne compte pas m'éterniser. Ça empeste ici.

— J'ai rompu avec Heize.

L'annonce sortie de nulle part m'étonne, mais je prends sur moi pour ne pas surréagir. Elle a finalement fait ce qu'elle aurait dû faire il y a des mois, mais elle a laissé traîner, et nous sommes devenues des étrangères.

— Tu ne sautes pas de joie ? ironise-t-elle en tirant une autre taffe.

— Je n'en ai plus grand-chose à faire, Holly, mais c'est une bonne chose pour toi. Tu t'en rendras compte plus tard.

Elle renifle, ricane bêtement puis renifle de nouveau. Ses yeux sont rougis par la drogue et les larmes. La lumière s'éteint car le détecteur de mouvement nous a oubliées. Dans la pénombre de la cabine des W.-C., je l'entends ingurgiter un liquide avant de sortir son téléphone pour nous éclairer.

Je remarque alors la flasque d'alcool qu'elle cache entre ses mains. Cette vision me fait de la peine, je ne sais pas comment elle a réussi à s'en procurer alors que nous sommes arrivées ce matin seulement, mais rien ne m'étonne venant de Holly. Quand elle s'y met, c'est l'incarnation de la dépravation.

— Tu en veux un peu ?

— Je vais me coucher.

— Allez, June, reste deux minutes !

Elle est déjà complètement à l'ouest, sinon elle ne s'adresserait pas à moi avec ce ton suppliant. Je me pince les lèvres pour ne pas lui dire quelque chose de désagréable et je m'éloigne.

— Tu n'as qu'à fermer la porte à clé, me suggère-t-elle comme si le risque de nous faire surprendre était la seule raison de mon refus.

Sans attendre de réponse, elle se laisse retomber par terre, s'adosse à un radiateur poussiéreux et tire sur son joint avec tellement de désespoir que je pourrais croire qu'il s'agit du dernier.

— S'il te plaît, reste. Tu ne veux pas entendre ce que j'ai à te dire ?

Je ne sais pas si c'est dû au mélange de fatigue et de pénombre, au fait qu'elle s'adresse à moi de façon cordiale après des mois de haine violente ou si c'est juste parce que je suis une idiote trop miséricordieuse, mais je tourne le loquet des toilettes et je la rejoins en me promettant de rester seulement cinq minutes.

Je m'assois en laissant entre nous autant de distance que la surface du radiateur nous le permet. Alors qu'elle porte le joint à ses lèvres, j'ai un souvenir de ses mains délicates saisissant une mèche de mes cheveux pour me la couper.

Mais ce n'est pas cette Holly-là qui se trouve devant moi. L'alcool a laissé émerger son ancienne version. Ça ne m'empêche pas de la détester tout autant.

— Une fille m'a envoyé des vidéos d'eux en train de baiser, lâche-t-elle après une quinte de toux due à la fumée. Heize avait l'air plus que consentant, tu vois. Et j'ai repensé à ce que tu m'as dit l'autre fois. Et je me suis dit qu'il y en avait sûrement d'autres. Des filles, j'entends.

— Tu as préféré croire une inconnue que ta meilleure amie ? je lui demande platement.

Elle cligne des yeux et répond après un moment qui me paraît interminable.

— On dirait bien, oui.

J'ai été violée et la seule personne à qui j'ai voulu me confier ne m'a pas prise au sérieux.

Cette pensée m'entraîne vers le fond. Sans attendre qu'elle me le propose, je lui arrache la bouteille des mains pour en boire une longue gorgée. L'alcool de mauvaise qualité me brûle la trachée, mais je réagis à peine.

— Je me déteste un peu, June, m'avoue-t-elle d'une voix dénuée d'émotion.

— Pourquoi tu me dis ça ?

— Parce que je suis défoncée. Alors c'est pas grave. On n'aura qu'à s'ignorer à nouveau demain. Mais tu es la seule personne avec qui je peux parler. Vraiment… parler.

— Peut-être que je n'ai pas envie de t'écouter. Est-ce que toi tu m'as écoutée quand je voulais te parler ?

J'ai droit à un silence révélateur.

— Tu m'as traitée comme de la merde, Holly.

— Je sais.

Elle prend une nouvelle goulée d'alcool.

— Je sais, répète-t-elle dans un soupir. Je regrette vraiment ce qui s'est passé dans cette forêt.

— Moi aussi.

Parce qu'elle a définitivement tout gâché.

Et que, même si je voulais lui pardonner, je ne le pourrais pas.

— Est-ce que tu connais la sensation de devoir aller au bout de quelque chose, même quand tu n'en as plus envie ? me demande-t-elle.

Une image de Gaby s'impose à moi et je murmure :

— Un peu trop.

Je saisis la bouteille restée entre nous et bois trois nouvelles gorgées du liquide ambré pour anesthésier mes pensées. La première m'a déjà un peu ralentie, et celles-ci cherchent à me convaincre que je serai moins triste si je me saoule. Peut-être que les émanations de son shit sont aussi en train de me monter à la tête, raison pour laquelle je lui tiens encore compagnie au lieu de retourner sagement dans mon dortoir.

Nous restons silencieuses pendant quinze minutes, une demi-heure peut-être, toutes deux réconfortées par la chaleur du radiateur dans notre dos. Mes jambes commencent à s'alourdir. Le joint de Holly est presque entièrement consumé, seule la lumière de son téléphone posé sur ses cuisses nous éclaire, projetant des ombres fantomatiques sur nos visages.

— Je peux te dire quelque chose ?

Elle n'attend pas mon approbation.

— Tu me rends jalouse.

— Jalouse ? répété-je, incrédule.

J'ai la sensation que ma langue pèse une tonne dans ma bouche. Elle acquiesce et rabat des mèches de cheveux pour dégager son visage qui a récemment perdu les rondeurs de l'enfance. J'ai un petit rire las avant de me rembrunir.

— Tu ne devrais pas être jalouse de moi.

Tu ne devrais pas être jalouse de quelqu'un qui a des bleus sur le corps.

— Est-ce que ça te manque, cette époque où tout ne tournait pas autour des garçons ?

Drôle de question, venant d'elle. Mais j'entends à sa voix qu'elle pleure. Elle a fait remonter des souvenirs d'une époque révolue. Celle où il n'y avait pas de Heize entre nous.

— Bien sûr, que ça me manque, dis-je en tentant de maîtriser mon intonation.

Mais nous sommes devenues des adultes et nous ne serons plus jamais amies, car le poids de nos erreurs est devenu trop lourd à porter. C'est la première fois que j'en prends conscience.

— Tu vas me manquer, June, admet-elle dans un instant de lucidité.

— Toi aussi, Holly, tu vas me manquer.

Nous restons encore un instant adossées au radiateur, à contempler les restes de notre amitié partie en fumée, jusqu'à ce que je me décide à me lever. La démarche appesantie par l'alcool, je sors des toilettes. Je n'ai même pas envie de pleurer.

Je me sens vide.

Je traverse le couloir dans une sorte d'hébétude. Les rires se sont calmés, à présent, et il règne un silence nocturne dans tout l'étage. J'avance encore un moment et finis par atterrir dans la cage d'escalier avant de me rendre compte que je ne me dirige pas vers mon dortoir. Ma vision est légèrement distordue. Je ne pense qu'à l'indication que nous a donnée Watson en début de journée concernant les numéros de chambre des professeurs et au fait que celle de Scott est la 426.

Elle nous a demandé de ne les solliciter qu'en cas d'urgence. Et, tout de suite, ma seule urgence est de le rejoindre.

Je me retrouve donc devant sa chambre quelques instants plus tard, à fixer le numéro inscrit après avoir toqué. J'entends un faible bruissement de l'autre côté de la paroi. Je tente de rester droite en attendant qu'il se décide à ouvrir tout en me demandant si j'ai retenu le bon numéro et si je ne suis pas en train de l'interrompre durant une partie de jambes en l'air avec Watson ou une inconnue. Cette éventualité me rend nauséeuse mais je lève tout de même le poing pour frapper une nouvelle fois.

La porte s'ouvre sur lui avant que j'aie pu essayer. Les prémices de son agacement se transforment en une panique tout juste maîtrisée en m'apercevant.

— June ? marmonne-t-il.

Je le fixe, soudain muette.

Il porte un survêtement gris, vient d'enfiler un tee-shirt, à en juger par la façon dont il le repositionne sur son pantalon. Ses cheveux humides me révèlent qu'il sort de la douche. Derrière lui, j'aperçois une serviette qui pend sur la chaise du bureau.

— Qu'est-ce que tu fous ici à 1 heure du matin ? s'enquiert-il. Retourne d'où tu viens avant qu'on ait des problèmes.

Il a parlé entre ses dents par crainte que le couloir vide résonne.

— Je suis triste, avoué-je sans baisser la voix.

Ma réponse le prend de court mais il a le réflexe de me faire entrer dans sa chambre et de fermer la porte derrière lui car j'ai été trop bruyante.

C'est plus spacieux que mon dortoir, sans être du grand standing. Il a droit à un lit double, quelques meubles de plus et une salle de bains privative, contrairement aux élèves qui doivent se coltiner les douches communes.

Le visage fermé, il me tient l'avant-bras et je comprends vite que ma petite visite improvisée lui déplaît fortement.

— Tu ne peux pas venir me voir juste parce que tu es triste.

— Pourquoi ?

Avec l'alcool, cette règle me paraît idiote.

— Parce que t'es mon élève, June.

J'ai un sourire rancunier.

— Seulement quand tu le décides… non ?

Il lève les yeux au ciel, mais je marque un point. Son regard se durcit en remarquant ma gestuelle quelque peu incertaine.

— Tu as bu ?

Comprenant que c'est le cas, il relâche mon poignet avec un manque de délicatesse blessant.

— Parle moins fort. Ivy dort à côté.

— Et alors ?

— Et alors ferme-la, parce que tu n'assumeras pas ta visite nocturne une fois que tu auras dessaoulé.

Mes yeux se posent sur la fenêtre de sa chambre, derrière lui. Elle donne sur Central Park, les arbres bruissent dans la pénombre. La nôtre est côté rue. Je suis un peu jalouse. C'est la seule pensée qui me vient à l'esprit dans cet état d'ébriété.

— Tu attendais peut-être quelqu'un, dis-je sans me laisser impressionner par son ton cassant. C'est pour ça que tu es aussi désagréable ?

— Si j'attendais vraiment quelqu'un, est-ce que tu penses que ça te concernerait ?

Sa raideur me renvoie à une réalité frustrante.

— Je te repose ma question. Qu'est-ce que tu viens faire dans ma chambre à 1 heure du matin, June ?

— Je suis triste, répété-je en me détestant intérieurement, parce que je n'ai plus aucun contrôle sur les mots qui sortent de ma bouche.

Un peu comme durant la soirée où tout a dérapé.

Il me saisit de nouveau l'avant-bras, ferme les paupières pendant une seconde pour se tempérer et me contraint à m'asseoir sur le rebord du lit tout en restant debout face à moi.

— Tu vas finir par me rendre fou, là, souffle-t-il alors que ses yeux balaient mon visage. Et pas dans le bon sens du terme.

Je baisse le regard sur le tapis au pied du lit, me demandant ce que je fais ici, et pourquoi cela me semblait être l'endroit le plus logique à l'instant où j'ai décidé de ne pas retourner dans mon dortoir.

— Qu'est-ce qui te rend triste, Grey ?

Sa voix s'est radoucie, juste un peu. Je dois lui faire pitié.

Je m'en moque.

— Je suis fatiguée.

— Fatiguée ?

— De devoir toujours faire comme si ça allait.

Je capte une nouvelle nuance sur son visage. Alors je m'entends poursuivre :

— Mais par-dessus tout… je me déteste d'avoir cru pendant une seconde que tu pourrais me sauver, alors que tu m'as laissée tomber quand j'avais le plus besoin d'aide.

Il absorbe mes paroles puis s'accroupit en face de moi avec tellement de sérieux que je pourrais dégriser dans l'instant. Enfoncée sur le rebord de son lit, j'ai les mains accrochées à la couette pour me rappeler que je ne peux pas céder au poids de mon corps qui faiblit sous l'ivresse.

— Qu'est-ce que tu viens de dire ? demande-t-il d'un ton inquiétant.

Je cligne des yeux, réalisant ce que je suis en train de faire. Je cherche son attention. Je suis à deux doigts de tout révéler. C'est si imprudent. Qu'est-ce qu'il me prend, merde ?

Je me relève d'un coup sec, vacillant à cause de l'alcool qui irrigue mon cerveau, affectant le moindre de mes faits et gestes. Mais il me force à me rasseoir sur le lit et l'expression de son visage est si sévère qu'elle en devient effrayante.

— Non, tu ne vas pas recommencer. Tu vas aller au bout de tes propos cette fois.

Il rapproche son visage du mien, comme pour me faire savoir que je ne peux plus reculer. Une migraine lancinante bat sourdement dans mon crâne.

— Je ne te laisserai pas me prendre pour un con une troisième fois.

— On s'est… mal compris…, balbutié-je en tentant de formuler une phrase cohérente, mais je sens bien que ça ne prend pas.

— Écoute, June. T'es douée dans l'art de raconter de la merde, mais ma patience a des putain de limites. C'est toi qui m'as dit que je me trompais ce jour-là, et maintenant tu viens me reprocher de t'avoir laissée tomber ? Tu te fous de moi ?

Ses accusations plus que méritées ricochent contre mon front.

— Quand je te pose une question, réponds. Réponds-moi honnêtement. Sinon, ne viens pas te plaindre au beau milieu de la nuit !

— Ce n'est pas aussi simple que ça !

— Et c'est censé l'être pour moi ?! Je ne suis pas dans ta putain de tête !

Cet éclat de voix me sonne. Plus nos langues se délient et plus mes pensées s'emballent.

Je ferme les paupières, nauséeuse. J'ai l'impression de m'enfoncer dans le matelas.

— Je vais juste retourner dans ma chambre… je suis désolée de t'avoir… de vous avoir… dérangé.

Je prends alors conscience de la familiarité avec laquelle je m'adressais à lui.

— Tu ne bouges pas d'ici, rétorque-t-il, et l'intensité de son regard me rend groggy. Arrête un peu d'être lâche.

Il me bloque sur le lit et tâte mes avant-bras par-dessus mon haut de pyjama à manches longues. Mon cœur s'accélère en comprenant ce qu'il est en train de faire. Je reste statique alors qu'il appuie sur chaque parcelle de ma peau.

Non, non, non…

Il plonge son regard goudron dans le mien et ses mains glissent sur mes cuisses, leur chaleur irradie dans mon corps, accentuant mon état de nervosité. Mais il n'obtient aucun gémissement de douleur, Suzan s'en est pris à mon estomac et à ma poitrine, la dernière fois qu'elle m'a battue.

Je dois résister encore un peu, jusqu'à ce qu'il laisse tomber.

— Regarde ce que tu me fais faire, putain…, jure-t-il en brisant le silence devenu insoutenable.

Il atteint finalement mon ventre, qui se creuse à son contact. L'intimité de notre position me frappe tout à coup. Ses longs doigts qui effleurent sans le savoir mes hématomes me font frissonner. Je ferme les yeux pour me convaincre que tout ça n'est qu'un cauchemar qui sera sans conséquences à mon réveil.

Mais mes paupières se plissent par réflexe en le sentant appuyer sur mon estomac. Je serre les dents. Voyant qu'il a touché une zone sensible, il recommence. Ma respiration s'emballe, une goutte de sueur se forme sur mes tempes. Je ne suis pas certaine de pouvoir repousser la douleur encore longtemps.

— Remonte ton haut, m'ordonne-t-il en comprenant.

Son visage est si près du mien que j'ai l'impression qu'il me vole de l'oxygène. Je secoue la tête, dans le déni.

— Ne m'oblige pas à le faire.

Puisque je refuse d'obtempérer, il tente de soulever l'ourlet de mon pyjama. Mais je plonge en arrière sur le matelas, coinçant le tissu contre moi, les yeux brouillés de larmes.

— June, bordel de merde, s'exaspère-t-il d'une voix rauque. Laisse-toi faire.

Il n'a qu'à revenir à la charge pour parvenir à me faire lâcher prise. Alors j'arrête de lutter, rattrapée par les mauvais souvenirs du corps de Heize me paralysant sur le matelas. Il remonte le tissu de mon pyjama pour observer ma peau violacée.

De lourds sanglots secouent tout mon corps quand je comprends que c'est terminé.

— Qui t'a fait ça ?

Sa voix est tellement dure que je crains qu'il soit en colère contre moi.

Un sentiment de culpabilité m'envahit soudainement.

Je n'ai pas réussi à protéger Gaby.

— June, insiste-t-il d'une voix chargée de tension. S'il te plaît.

Quelqu'un toque à la porte et il se fige au-dessus de moi. Nos respirations nerveuses se mêlent.

— Shayn ? lui demande la voix familière. Tu es debout ?

31

« La première impression est souvent la bonne. »

Shayn

Sa peau est bleue.

Bleue comme un océan trop froid.

Pas comme devrait l'être la peau d'une fille.

Pas comme devrait l'être sa peau à elle.

J'ai vu des choses bien pires qu'un corps tuméfié. Le sang de ce type étendu contre l'îlot de sa cuisine perturbe encore mon sommeil. Et le visage écrasé de Lucy s'invite souvent dans le reflet du miroir. J'ai encore en tête l'expression inoubliable de dégoût de ma mère le jour où Adam a été condamné à dix ans de réclusion criminelle par ma faute.

Alors pourquoi le corps roué de coups de June Grey me donne-t-il l'impression de tomber dans le vide ?

Je rabats le tissu sur son ventre, conscient que ces nuances de bleu resteront à jamais gravées dans mon esprit. Quand je me penche vers elle pour lui demander qui lui a fait ça, je n'ai droit qu'à un torrent de larmes. Allongée sur mon lit, le visage défait par la douleur, ses émotions se déversent, incontrôlables.

Avec ma question, j'ai rompu le barrage déjà fendillé par l'alcool.

— June, s'il te plaît.

C'est toujours pour elle que je supplie. Putain, mais qu'est-ce qu'elle me fait ?

— Shayn ? Tu es réveillé ?

La voix lointaine d'Ivy résonne à travers la porte. Elle toque. Je me fige au-dessus de June, pas certain qu'elle ait prêté attention à notre visiteuse. Ses sanglots résonnent dans toute la pièce et j'ignore ce que vaut l'insonorisation de cette auberge minable.

— Arrête de pleurer, je lui demande brusquement, paniqué à l'idée qu'Ivy puisse l'entendre.

Mais elle ne m'écoute pas. Pire, ma requête aggrave la situation. Je regarde de nouveau en direction de la porte, alors que mon silence se prolonge, et j'imagine Ivy qui attend impatiemment sur le palier en entendant des sortes de gémissements étouffés. Une vague de panique enserre mes entrailles.

Je me rapproche de son visage pour lui susurrer :

— Si tu continues, toi et moi, on va avoir de gros, gros problèmes.

Elle semble comprendre, sans pour autant avoir la force de s'exécuter. Je ne vois plus qu'une seule solution. Je plaque ma main contre sa bouche pour étouffer ses protestations et je sais, à ses yeux écarquillés, que j'ai commis une erreur.

— T'es saoule. Si je t'embrasse maintenant, ça ne fera que rajouter de la merde à cette situation. Alors..., s'il te plaît, arrête de pleurer.

Mes murmures dans son oreille ont l'effet escompté. Elle refrène ses larmes dans un effort victorieux, et je sens sa respiration se calmer contre ma paume.

— Shayn ? insiste Ivy derrière la porte.

Je me tais, le regard accroché à celui de Grey, bien décidé à ne pas lui ouvrir. Ses pleurs sont devenus silencieux. Ma main contre sa bouche l'a dégrisée et sa poitrine se soulève dans des tremblements irréguliers. Elle me dévisage, les yeux rougis et les cheveux éparpillés sur le matelas.

En la voyant aussi vulnérable, j'ai un instant de révélation.

Son père la bat et je l'ai convoqué pour son comportement. Voilà pourquoi elle m'a supplié avec autant de désespoir dans les yeux, ce jour-là.

Toutes ces fois où je l'ai enfoncée… Sans savoir ce qu'elle endurait chez elle.

Le silence s'étire et Ivy semble se lasser. Finalement, elle cesse de m'appeler. Elle est sans doute retournée dans sa chambre, mais les murs m'empêchent d'en avoir la certitude.

Nous restons un instant de plus à nous détailler mutuellement.

June se demande comment revenir sur ses mots, en ajoutant sans doute un nouveau mensonge à la liste, et je songe aux coups qu'elle a reçus chez elle par ma faute. J'imagine son père qui la frappe, les violents crochets qu'il porte à son estomac. Une montée de haine remplit mes veines quand je repense à son visage serein lorsque je l'ai accueilli en classe pour notre réunion ; à cette sévérité dont il faisait preuve avec elle.

Finalement, elle met fin à ce moment charnière en retirant ma main de sa bouche.

— Je vais y aller.

Elle se redresse et renifle brièvement avant de s'essuyer les joues du revers de la main.

— Je ne crois pas, non.

Elle me lance un regard mauvais, bien visible à travers les larmes.

— Vous n'allez pas décider de ce que je dois faire ou non.

— Ivy était là il y a encore une seconde. Tu ne sortiras pas d'ici tout de suite.

Elle accepte avec une longue inspiration, consciente que j'ai raison. Cette visite improvisée semble l'avoir fait dessaouler, même si ce n'est qu'une impression. Elle a retrouvé un semblant de lucidité dû à la peur et au choc mais l'alcool coulera encore dans son sang durant quelques heures.

— Qui t'a fait ça ?

Je tente de maîtriser ma colère, pour ne pas la braquer, mais elle a un rictus désespéré et finit même par pincer les lèvres. Ce constat ne fait que décupler ma frustration.

— June ?

Elle demeure muette, debout face à moi. J'ai des flashs des bleus qu'elle cache sous ses vêtements. Elle a dupé tout le monde ; ces marques ne datent pas d'hier. Le fils de pute qui les lui inflige ne lui a jamais frappé le visage. Il sait ce qu'il fait.

— Tu ne peux pas le protéger, craqué-je face à son silence qui remplit la pièce. Même si c'est ton père, tu ne peux pas…

— Arrêtez d'accuser les gens alors que vous ne savez rien. Je n'ai jamais dit que c'était mon père.

Et voilà qu'elle recommence.

— Essaye de me mentir encore une fois. Et je te jure, Grey, que…

— Que quoi ? Qu'est-ce que vous allez me faire ? Me frapper aussi ?

J'accuse le coup. Je n'en reviens pas qu'elle ait suggéré un truc pareil.

— Vous allez me frapper ? insiste-t-elle sur un ton empreint d'une provocation à peine dissimulée.

— Arrête…

— Apparemment, c'est la seule chose qu'on sait faire avec moi !

J'attrape au vol son poignet qu'elle vient de lever.

— June. Baisse d'un ton.

Elle s'interrompt alors et plante son regard brouillé par l'animosité dans le mien.

— Je crois que tu ne te rends pas compte de la situation. Ce que j'ai vu sur ton corps…

— Ça ne vous regarde pas.

Sa froideur tranche l'air.

— Je suis… saoule… et vous en avez profité. Je ne vous aurais jamais laissé regarder si j'avais été dans mon état normal.

— Oh, arrête un peu tes conneries. Tu es venue me supplier de te venir en aide.

Je déteste la voir se refermer. C'est insensé de me rejeter au lieu de s'accrocher à la main que je suis en train de lui tendre. En fait, je crois que c'est autre chose qui m'emplit de colère. J'ai l'impression de me regarder dans un miroir.

Elle a les mêmes réflexes que moi.

Repousser tous ceux qui s'approchent d'un peu trop près.

— Ce sera bientôt terminé, m'assure-t-elle en évitant mon regard à tout prix.

Elle sait combien c'est dangereux.

— Je n'ai pas besoin que quelqu'un vienne se mêler de ma vie privée.

— June.

Elle relève les yeux. Son mascara a bavé, ses lèvres sont encore gonflées.

— Et n'essayez pas de faire quoi que ce soit en en parlant à la direction. Parce que je sais aussi certaines choses à votre sujet.

— Attends..., je siffle, au comble de l'indignation. Tu me menaces, là ?

— Si je n'ai plus rien à perdre... je n'hésiterai pas.

J'éclate d'un rire sans joie en comprenant ce qui est en train de se passer.

— Vous ne voulez pas que je révèle vos secrets ? Alors ne révélez pas les miens.

Avec tout ça, j'avais presque oublié.

Elle en sait trop sur moi.

Le cambriolage. Chase. La complicité de meurtre.

Je serre les mâchoires en comprenant dans quelle merde je me suis embarqué avec elle au moment où j'ai décidé d'oublier la menace que nous représentions l'un pour l'autre.

La réalité me heurte alors. La voie est sans issue. Pourquoi ce serait facile d'aider une personne qui s'est habituée à une situation qu'elle pense définitive ?

— Tu protèges pas les bonnes personnes, Grey.

— Qui je protège ne regarde que moi.

Ses yeux noisette me transpercent, de la rage s'y consume comme de la braise. J'ai presque du mal à la reconnaître.

— Tu veux jouer à ça ? ricané-je, conscient qu'elle continuera d'agir dans l'intérêt de sa famille. Très bien.

Elle lève le menton, faisant comme si mon changement de ton ne l'impressionnait pas et que, dans le fond, elle ne se pissait pas dessus à l'idée de rejeter la seule personne qui lui ait jamais proposé de l'aide.

— Tu ne veux pas en parler ? Très bien. Alors on n'en parlera pas. Tu n'as qu'à dormir.

— Pardon ?

— Tu ne sortiras pas de cette chambre avant un moment. Tes allers-retours dans les couloirs ne risquent pas de passer inaperçus et je n'ai pas envie d'avoir des problèmes à cause de toi.

— Je...

— Dors, lui ordonné-je sans lui laisser le choix. Je te réveillerai avant le lever du jour.

Je la plante devant le lit pour aller m'asseoir sur le fauteuil d'appoint. Elle reste immobile, réfléchissant sans doute aux possibles dérives de cette situation compromettante.

— On risque d'avoir des problèmes.

— Tu aurais dû y réfléchir avant de te ramener dans ma chambre à 1 heure du matin pour me demander de l'aide. Mais t'as déjà oublié, non ? Je ne t'en veux pas. Ça doit être l'amnésie sélective.

Je sens bien que ma réponse la rend folle de rage, qu'elle se déteste d'avoir été aussi idiote en venant ici volontairement.

— Ton nom est déjà assez traîné assez dans la boue. Évitons de faire croire aux autres qu'on couche ensemble. À moins que tu veuilles qu'on ajoute ça à ton palmarès ? Que tu te tapes M. Scott ?

— Merci pour votre prévenance, ironise-t-elle.

Mais nous savons tous les deux que l'atmosphère n'est pas à la plaisanterie et que mon honnêteté l'a déstabilisée.

Je reste assis sur le fauteuil, la fixant sans un mot, jusqu'à ce qu'elle se résigne à me donner raison. Elle est coincée ici, qu'elle le veuille ou non. Quant à moi, je ne suis qu'une victime collatérale de son impulsivité, obligé de céder mon lit à une idiote ensevelie sous les problèmes.

Elle s'allonge alors et me tourne le dos, n'osant d'abord pas se glisser sous les draps. Mais l'idée que j'aie une vue directe sur son cul doit la gêner, alors elle finit par s'y résoudre.

Je détourne le regard, m'intéresse au reflet flou de la chambre dans le double vitrage. Elle ne fait que se tortiller durant l'heure qui suit, preuve qu'elle a du mal à trouver le sommeil maintenant qu'elle recouvre peu à peu ses esprits.

Affalé sur le fauteuil, je recycle le même air vicié. Les questions affluent et je ne sais pas laquelle traiter en premier. Je n'ai jamais fait face à ce genre de violence. Je sais que ça arrive plus souvent qu'on ne le croit. Mais, maintenant que mes spéculations sont devenues réalité, je me pose mille putain de questions.

Depuis quand ?

Pourquoi ?

Qui est au courant, exactement ?

Toute sa famille bizarre doit être dans le coup.

Et personne ne dit rien, surtout pas une femme enceinte. Mais, en songeant aux sourires qu'elle affichait sur les photos, je ne peux m'empêcher de penser que cette situation lui convient très bien.

En entendant Grey bouger pour la énième fois, je lui demande :

— Où est-ce que tu as trouvé de l'alcool ?

— … C'est Holly, répond-elle après un instant, surprise que je lui adresse la parole.

Sacrée Holly. Je ne suis même pas étonné. Dernièrement, cette fille vient en cours complètement défoncée, mais elle arrive encore à me rendre des devoirs corrects. C'est à se demander si elle triche.

Pour ce que j'en ai à foutre.

— Et donc, tu t'es dit que c'était une bonne idée de boire avec la fille qui te harcèle ?

Ma question la déconcerte. J'ai droit à une inspiration qui m'indique qu'elle choisit ses mots avec minutie.

— Je voulais juste écouter ce qu'elle avait à me dire.

— Et qu'est-ce qu'elle avait à te dire ?

— … Des choses inespérées, j'imagine.

— Tu sais, June, les gens qui pardonnent tout se font toujours baiser.

— Je n'ai jamais dit que je lui avais pardonné.

— Alors…

— On va continuer à discuter encore longtemps ou je peux dormir ? me coupe-t-elle. On se lève tôt, demain.

— Je te trouve bien ingrate pour quelqu'un qui pionce dans mon lit.

Décidé à lui faire payer son audace, je me lève. Le matelas s'enfonce sous mon poids. Elle se fige en comprenant que je l'ai rejointe. Après plusieurs secondes, elle s'enquiert d'une voix apeurée :

— Qu'est-ce que vous faites ?

— J'essaye de dormir.

— Mais…

— Si ça te gêne tant que ça, tu n'as qu'à prendre le fauteuil. Fais-moi signe quand il ne fera plus mal au cul.

Elle ne trouve rien à me répondre. Je ferme les yeux pour essayer de trouver le sommeil mais je la sens qui gigote encore à côté de moi, faisant bouger le matelas premier prix. Alors je fixe péniblement le plafond en espérant qu'elle trouvera le sommeil sans plus tarder. Je ne dors pas beaucoup en temps normal, mais j'admets être crevé par cette journée interminable.

C'est elle qui rompt le silence.

— Est-ce que… c'est horrible à regarder ?

Sa question spontanée est enveloppée par la pénombre, ce qui lui donne peut-être la force de la poser. Je pousse un soupir en comprenant à quoi elle fait allusion. Ses ecchymoses s'imposent à moi comme un violent rappel de la gravité de la situation.

— Il n'y a que la personne qui t'a fait ça qui est horrible.

— Je trouve quand même ça horrible à regarder, marmonne-t-elle après avoir médité ma réponse, qui n'est apparemment qu'une maigre consolation.

Je jette un coup d'œil vers elle. Dos à moi, la couette rabattue sur sa poitrine, elle ne laisse que le haut de son buste et son visage dépasser du tissu molletonné. Sa cascade de cheveux auburn s'étale sur un coin de mon oreiller.

— Les bleus ne te définissent pas. Ils sont temporaires.

J'imagine son visage affaissé sous le poids de l'humiliation. La fierté l'empêche de se confier quand l'alcool n'est plus là pour la désinhiber.

J'aimerais qu'elle parle plus ouvertement. Mais est-ce que je pourrais l'aider comme je le voudrais ? Je ne peux pas casser la gueule de ce type.

Pas quand sa fille est mon élève.

— … Merci, souffle-t-elle enfin d'une voix appesantie par la douleur.

Je repense à la façon dont je l'ai poussée contre le lit pour appuyer sur ses bleus. Elle ne me laissait pas d'autre choix, mais c'était indélicat.

— Tout à l'heure, marmonné-je. Je t'ai fait mal ?

— Ça va.

— Laisse-moi voir. Tu devrais mettre quelque chose.

— Non. C'est déjà passé. Ça ne sert plus à rien.

Je me tourne vers elle. Je me rapproche en ne laissant qu'un centimètre entre nous et je fais lentement glisser ma main au-dessus de la couette, au niveau de son ventre. Tout son corps se raidit à mon contact.

— Je n'ai pas envie qu'on voie ça…, murmure-t-elle, plus vulnérable que jamais. C'est vraiment… hideux.

— Ma vision de toi n'a pas changé, si c'est ce que tu te demandes.

— Menteur.

— Ce ne sont pas quelques bleus qui te rendront moins attirante.

Et c'est bien le putain de problème.

Je laisse ma main progresser jusqu'à ses cuisses, distrait par ses cheveux qui effleurent mon avant-bras.

Penché au-dessus d'elle, sous le rai de lumière qui traverse la fenêtre dépourvue de rideaux, je la vois qui ferme les paupières en retenant son souffle. Par-dessus le drap, je me risque à passer ma main le long de sa hanche et, à en croire la contraction nerveuse de ses paupières, cette caresse ne la laisse pas indifférente.

Je remonte plus haut sur son aine et j'ai l'impression que ma paume répand du feu sur son épiderme, malgré le drap qui la protège. Elle a toujours les yeux fermés mais ses lèvres s'entrouvrent légèrement chaque fois que mes doigts frôlent les contours de son corps. Comme si elle menait un combat intérieur.

— Dis-moi si je dois continuer.

Je cesse de la caresser, sans complètement rompre le contact. Elle rouvre les paupières et s'apprête à dire quelque chose, mais seul son silence résonne. Elle ignore la question et se défile, comme souvent. Mais je préfère avoir la certitude qu'elle le veut aussi avant d'entreprendre quoi que ce soit. Lorsque je m'apprête à retirer ma main, la sienne me retient.

Sans utiliser de mots, elle a réussi à me faire passer un message assez clair. Nous voilà en zone démilitarisée. Nos conflits persistent en arrière-plan, mais il y a peut-être moyen de trouver un terrain d'entente.

Sa respiration s'accélère et ses doigts desserrent leur prise sur ma main. J'inverse les rôles pour lui montrer la direction à prendre et nos mains se décalent sur son ventre, qui se creuse à mon contact. Est-ce qu'on l'a déjà touchée ? Sa façon d'appréhender chacun de mes gestes semble me donner la réponse.

De mon autre main, je dégage une mèche de ses cheveux pour découvrir son oreille et une partie de sa nuque. J'ai envie d'y poser mes lèvres mais je me contente d'observer ses réactions, de peur de ne plus pouvoir respecter mes limites. Nos mains descendent à l'intérieur de ses cuisses et je sens que j'arrive en terrain dangereux.

J'imagine ses gémissements si je la touchais, si je la touchais vraiment. J'imagine ses doigts qui s'enfonceraient dans le matelas et son bassin qui s'arc-bouterait contre le mien en me sentant à l'intérieur.

J'ai l'impression que l'air est devenu irrespirable et que mes pensées ont nourri son imaginaire. Ça devient difficile de résister à l'envie d'aller plus loin, et de regoûter à ses lèvres pour commencer. Alors je me contente d'accentuer la pression sur sa cuisse, me jurant que ça s'arrêtera là parce que je ne vais pas coucher avec une fille effondrée pour la réconcilier avec son corps, même si l'idée de le faire avec Grey est plus qu'entêtante.

Mais mon désir pour elle devient imprudent et elle pourrait bien se laisser corrompre dans un moment de faiblesse.

Ce n'est pas le moment de faire des conneries.

— T'as déjà oublié ce que tu as fait ? je lui rappelle alors.

Elle réfléchit à ses agissements récents, mais ma main sur ses cuisses perturbe le cours de ses pensées. Confuse, elle secoue la tête.

Je me penche vers son oreille.

— Une fille qui menace de me dénoncer à la police ne mérite que de se demander si sa nuit aurait pu être différente.

Je romps sèchement le contact entre nos corps et me repositionne de mon côté du matelas en la laissant à ses tergiversations. Certainement revenue à elle-même et se rendant compte de la tournure que s'apprêtait à prendre cette soirée, elle n'ose plus faire le moindre geste pendant un long moment.

Je suis content de l'avoir privée de sommeil alors qu'elle joue avec le mien depuis quelque temps déjà.

Plus tard, en entendant sa respiration régulière à côté de moi, je comprends que le chagrin et la fatigue ont eu raison d'elle. Alors je me redresse et je m'assois au bord du lit en me massant les tempes. Il est près de 3 heures du matin. Il lui reste quelques heures de répit avant que je la réveille.

Je n'aurais jamais prédit qu'elle serait une de ces filles dormant entre mes draps pendant que je suis éveillé.

Les pieds au sol, je ressasse notre altercation et ma colère refait surface. J'ai finalement la preuve qu'on la frappe, mais je me sens comme un idiot qui a découvert un coffre-fort sans connaître le code d'accès.

Une silhouette se dessine là où j'étais assis plus tôt dans la soirée. Je devine que c'est Lucy avant même d'avoir essayé de la distinguer dans la pénombre.

— *Tu m'as déjà oubliée.*

Je regarde par-dessus mon épaule pour vérifier que June dort encore, comme si elle pouvait l'entendre.

— *Tu me laisses tomber aujourd'hui ?* me demande-t-elle d'un ton lourd de reproches.

Aujourd'hui...

Je regarde l'heure indiquée en rouge sur le réveil électronique de la table de chevet.

3 h 6 et 31 secondes.

5 décembre.

— *C'est mon jour. Mais tu as fini par me remplacer.*

Je m'humidifie les lèvres, pensif.

Lucy aurait eu 30 ans aujourd'hui. Mais il y a six ans et demi, elle mourait d'un crime passionnel. C'était en tout cas ce que révélait la presse locale. Ils lui ont accordé trois minutes dans un reportage et l'affaire était réglée.

Le monde continue de tourner.

Tout le monde a oublié Lucy ; moi, je n'ai pas réussi.

Je me demande si c'est aussi le cas d'Adam.

— *J'ai enfin compris, Shayn.*

Elle décroise les jambes et son collant nacré scintille dans l'obscurité.

— *Ce n'est pas de l'amour, c'est de la culpabilité.*

Elle disparaît sur cette réalité déprimante.

Je fixe le fauteuil redevenu vide en me sentant plus fautif que d'habitude.

32

« Il n'y a pas de méchants en amour, seulement des incompatibilités. »

Shayn

Manhattan, 2010

J'ignorais pourquoi Lucy m'avait appelé aussi tard, mais je devais avouer que ça me cassait les couilles.

J'avais lâché des gars avec qui j'allais sortir vendre à Williamsburg pour me retrouver dans un métro direction l'Upper East Side. Sa voix pressante au téléphone m'avait donné l'alerte et j'avais décidé que me faire cent dollars pouvait attendre. La rame était bondée, comme chaque jour de la semaine, mais les heures de pointe du vendredi soir étaient particulièrement impressionnantes. Je n'avais pas encore assez d'argent pour m'acheter une caisse et je n'étais de tout façon pas certain de vouloir conduire dans les artères bouchonnées de New York.

Le gardien m'a laissé entrer, de la suspicion dans le regard. Il se demandait ce que le frère du fiancé foutait ici en l'absence du fiancé. La nuit tombée n'aidait pas à redorer l'histoire que notre entrevue pouvait laisser supposer.

Je suis sorti de l'ascenseur. Le couloir desservant deux appartements était séparé par une large grille dorée, au milieu de laquelle une porte en verre délimitait les habitations. La moitié du quarante-troisième étage était à eux, enfin c'est ce qu'il se plaisait à dire à notre mère. Mais j'étais à peu près certain que les papiers portaient le nom de Lucy et pas le sien, au moins jusqu'à leur mariage.

Je me suis engagé dans le hall avant de constater que leur porte était entrouverte.

— Lucy ? ai-je appelé depuis le palier.

Personne ne m'a répondu. J'ai repensé à sa supplication, au téléphone. Je n'étais pas sûr de comprendre. Peut-être que j'avais raté tous les signaux et qu'elle avait des tendances suicidaires. Peut-être que j'allais la retrouver les veines ouvertes dans la baignoire de leur salle de bains, ou pendue et rigide au milieu de la salle de réception, à côté du lustre en cristal.

Ça faisait bien une heure qu'elle m'avait appelé, et j'avais perdu un peu de temps dans les correspondances entre Hampstead et leur quartier de millionnaires que plus rien n'impressionnait.

Alors je suis entré en refermant la porte derrière moi. Mon dernier passage remontait à la soirée d'Adam deux mois auparavant, mais j'avais mémorisé la disposition de leur *condo* trop grand pour deux personnes. Je détestais l'endroit. Il y habitait, et c'était une raison suffisante. Ce connard m'avait balancé à notre mère en lui disant qu'il me soupçonnait de dealer, parce que je sortais de l'argent de nulle part. Pendant que j'étais au lycée, elle avait trouvé l'endroit où je planquais mes économies.

J'avais beau être majeur, elle n'avait pas apprécié et les avait fait disparaître. Près de mille dollars. J'avais eu droit à une leçon de morale qui se finissait en versets de la Bible, suivie des menaces habituelles : si je continuais ainsi, elle me jetterait dehors une bonne fois pour toutes.

— Lucy… ? ai-je de nouveau tenté tout en m'engouffrant dans le couloir long de plusieurs mètres.

J'ai inspecté les pièces principales, les appliques s'allumaient d'elles-mêmes, et je n'aimais pas trop ça. Le silence persistait. J'ignorais ce que j'allais trouver dans cet appartement, mais le fait qu'elle avait pu se foutre en l'air commençait à se graver dans mon esprit. Son père était mort. Adam la trompait probablement. Et les études de médecine étaient intenses. Tous ces facteurs cumulés venaient exposer une réalité angoissante. Finalement, j'ai aperçu de la lumière par l'interstice d'une des portes du couloir.

J'ai ouvert sans me poser de question, agacé de faire durer l'attente. Et je l'ai trouvée assise au pied de son lit, en face d'un miroir mural dans lequel elle se reflétait. Au milieu des fenêtres en baies, seuls trônaient leur lit et deux commodes de chevet, offrant une décoration minimaliste et impersonnelle.

Il n'y avait que les riches pour être capables de posséder tout ce qui était possiblement imaginable et de vivre pourtant dans des maisons aussi froides.

— Tu t'es coupée ? ai-je constaté en la voyant se tenir la main.

Elle a poussé un soupir qui ressemblait plutôt à un reste de pleurs. Sa paume était déjà enserrée dans une compresse devenue écarlate. Je me suis dit que les écoulements de sang sur les extrémités du corps étaient toujours plus impressionnants que dangereux.

— Je crois que tu t'es trompé de frère quand t'as appelé. Je sais pas recoudre les gens.

Elle a souri, mais ses lèvres m'ont donné l'impression de se tordre dans le mauvais sens. C'était évident que quelque chose n'allait pas. Mais j'ignorais en quoi je pouvais lui être utile. Enfin, dans la mesure de ce qui était moralement acceptable.

— C'est nos deux ans aujourd'hui. Je voulais… lui faire une surprise puisqu'il ne m'a pas proposé de sortir. J'ai essayé de cuisiner. Mais…

Je me suis approché, les mains dans les poches.

— Il n'est pas venu.

— Il m'a dit qu'il était d'astreinte. J'ai regardé sur son planning. Ce n'est pas vrai.

J'ai roulé les épaules. Adam était un connard. Je blâmais ma mère. C'était ça de couvrir un enfant de cadeaux toute sa vie, de le persuader qu'il était une création divine. Il vivait ensuite dans un monde où il pensait que tout lui était dû.

— Il sait que je peux vérifier. Mais je crois que ça lui fait plaisir de se foutre de moi.

— Tu m'as appelé pour me dire ce que je sais déjà.

— Désolée, Shayn. Je t'ai dérangé ?

— Un peu.

Pas assez pour que je me casse directement en comprenant qu'il n'y avait rien d'aussi grave que ce qu'elle avait bien voulu faire croire. Elle m'avait empêché de récolter quelques billets et de baiser avec une élève de Townsend Harris – l'un des plus prestigieux lycées de New York. Mais l'occasion se représenterait. Même si Adam avait lâché le morceau à notre mère et qu'elle attendait sans doute de moi que je me calme avec les soirées déviantes. Ça n'allait certainement pas arriver.

Je me suis assis sur au bord du lit pour laisser de la distance entre nous alors qu'elle restait recroquevillée sur le parquet. La chambre était tellement grande que notre reflet dans le miroir semblait lointain et irréel.

Elle a relevé les yeux vers moi. Je la dominais par ma position. J'ai remarqué ses seins qui pointaient, sous le tissu de son peignoir en satin noir, et je me suis dit que, peut-être, ce que j'avais raté en soirée allait se réaliser ici. Sa main a glissé sur mon genou, et elle l'a saisi avant de faire remonter ses doigts de plus en plus haut sur les coutures de mon pantalon.

Il n'y avait plus aucun doute sur la préméditation de son acte.

— J'aurais aimé t'avoir rencontré avant, Shayn.

Avant ? J'aurais sans doute été trop jeune pour qu'elle pose les yeux sur moi. Mais je me suis abstenu de lui faire remarquer cette réalité dérangeante. Maintenant, j'étais légalement un adulte avec un corps et des pensées qui me rendraient tout autant responsables de nos agissements.

— Avant ou après, ça n'a pas d'importance. Il y a des choses qui peuvent arriver maintenant.

Je me suis un peu détesté d'avoir dit ça. Ça lui a donné le signal pour commettre cette erreur avec moi.

Elle s'est relevée pour se glisser entre mes jambes. Son visage s'est peu à peu rapproché du mien. J'ai hésité à faire marche arrière. Si seulement Adam avait fermé sa grande gueule auprès de notre mère. Mais il avait craché le morceau parce qu'il trouvait jouissif de lui donner encore plus de raisons de me déprécier.

Nous nous adonnions à une compétition silencieuse, même s'il était trop fier pour admettre qu'il y participait.

J'ai fermé les yeux pour ne pas voir ce que je m'apprêtais à faire.

Coucher avec la fiancée de son frère, c'était un coup à faire exploser la famille. Mais le mot « famille » était trop fort pour nous définir. Ils faisaient bande à part, je n'étais que du foutre non désiré.

Je n'ai rien ressenti de particulièrement entêtant quand elle a commencé à m'embrasser. Parfois, j'avais fantasmé ce moment juste parce que c'était interdit. Mais maintenant que nous y étions, l'évidence s'érigeait entre nous. J'aimais bien Lucy, mais ce n'était pas ma bouche qui aurait dû être contre la sienne.

Je n'allais pas pouvoir combler ce vide qui l'animait. Mais je pouvais coucher avec elle.

La faire se sentir désirable.

Atteindre Adam. Le blesser.

Et ça me suffisait.

33

« Sous-estimer les regards attentifs est une première erreur. »

Shayn

Le lendemain après-midi, nous nous arrêtons dans un parc après la visite interminable d'une exposition sur les atomes, dans le sud de Brooklyn. Les élèves se dispersent sur des bancs pour se reposer de leur randonnée citadine. Grey est plus loin, genoux repliés sur l'assise en bois, à côté de cette fille qui passe son temps à se remaquiller. C'est la seule personne qui fixe Grey autant que moi.

Au point que, parfois, nos regards se croisent et se détournent aussi vite, gênés d'avoir été surpris à regarder dans la même direction.

Je dois rester sur mes gardes. Ici June est une élève. Je ne devrais pas m'adonner à une bataille de regards avec sa camarade de classe, même si ça m'intrigue.

On ne reluque pas une amie comme ça.

Si toutes les filles se regardaient comme ça entre elles, ça expliquerait peut-être pourquoi elles se déplacent en bande aux toilettes.

En tout cas, Grey a passé la journée avec une expression hagarde et distante.

Je n'ai pas réussi à accorder plus de pensées à Lucy, et ce constat est énervant.

À côté de moi, adossés à la rambarde d'une fontaine dépourvue d'eau, Ivy et Allan discutent météorologie ; il semblerait que l'existence de ma collègue tourne autour du fait que je lui adresse la parole ou non. Quand ce n'est pas le cas, elle tire la gueule et répond à Allan du bout des lèvres.

Depuis ce matin, 6 heures, Sarah m'a envoyé cinq messages. Notamment : « Ça va ? » ou « J'aurais aimé que tu sois là. L'ambiance est mauvaise à la maison ». Je ne lui ai pas encore dit que j'étais à New York. C'est salaud, mais je ne suis pas sûr de vouloir la voir en sachant que je pourrais le croiser, et encore moins le jour de l'anniversaire de Lucy. Aux dernières nouvelles, Adam n'avait pas prévu de se trouver un appartement de sitôt… faute de moyens.

Ouais, il n'est plus le chirurgien en devenir, mais un ex-taulard retourné vivre chez sa mère. Et elle dit que j'ai ruiné son avenir le jour où j'ai décidé de toucher à ce qui lui appartenait.

— Monsieur Scott, m'interrompt une voix à l'accent à couper au couteau, et je m'aperçois que c'est celle de Tillie, accompagnée de Tiffany, ou l'inverse.

J'ai remarqué que tous leurs noms se terminent par « i ».

Être rentré au bercail me fait oublier que les élèves sont anglaises. Sans leurs uniformes pour les distinguer de la masse humaine, ce ne sont que des lycéennes banales, quoique trop guindées pour être d'ici.

J'adresse un regard à la blonde pour lui indiquer de poursuivre.

Sa camarade retient un sourire et je remarque que toutes ces pisseuses ont concentré leur attention sur nous, depuis un banc où elles pullulent. Même Grey s'autorise un regard dans ma direction, alors qu'elle l'a volontairement évité depuis que je l'ai réveillée à 5 heures pour qu'elle rejoigne son dortoir.

Je me demande si quelqu'un a remarqué son absence. J'imagine que non. La rumeur se serait déjà propagée et la merde ne nous aurait heurtés que trop justement.

— On se demandait..., hésite-t-elle en ne pouvant retenir une grimace d'embarras, après un coup d'œil lancé au groupe attendant impatiemment derrière elles, ... si vous pouviez...

Ivy lève les yeux au ciel, comme si cette parenthèse venait interrompre une merveilleuse discussion entre elle et Allan.

— Enfin, on a vu sur l'emploi du temps que votre... prénom..., balbutie-t-elle.

Tout à coup, quelqu'un s'écrie, derrière elle : « Arrête de te dégonfler, pétasse ! » provoquant un éclat de rire général.

— ... Que votre prénom commençait par S...

Sa voix s'étrangle et je lis dans ses yeux qu'elle a envie de s'enterrer vivante.

Encore un pari qui a mal tourné. C'est tombé sur celle qui avait le moins envie de me demander.

— Elles veulent connaître ton prénom, précise Ivy comme si ce n'était pas assez clair, non sans une once de condescendance.

Je balaye les environs des yeux pour ne pas rendre trop évident le fait que je veux juste savoir si Grey nous observe, ou si elle est déjà passée à autre chose. Je remarque que j'ai son attention.

— C'est Shayn.

Les deux filles paraissent surprises que j'ai lâché le morceau aussi facilement.

— Maintenant que tu le sais, tu peux retourner t'asseoir. Courage, hein ?

Mon ironie lui fait piquer un fard, sa copine ne cache plus son fou rire derrière sa main. Elles retrouvent leur public qui s'extasie à l'idée de savoir si elles se sont fait rembarrer, alors que je me désintéresse déjà de la rumeur que j'ai créée.

— Tu leur as dit ? s'étonne Ivy, complètement abasourdie. Elles ne vont plus te lâcher. Tu es au courant ?

— C'est donc ça d'être jeune et beau, commente Allan, perplexe. Elles ne sont jamais venues me…

— Il y a un Cinnabon à cinq minutes, l'interrompt la déléguée de classe, profitant de mon accès de bonté inhabituel. On se demandait si on pouvait y aller.

— Vous mangerez en rentrant à l'auberge, l'éconduit fermement Ivy. Le dîner sera servi dans moins de deux heures.

— Le club sandwich de ce midi était franchement dégueulasse, vous pourriez au moins nous accorder ça.

— Allez, s'il vous plaît, madame Watson ! plaide son assemblée derrière elle.

Ivy me lance un coup d'œil désemparé, souhaitant connaître mon avis sur la question. Cinnabon. J'ai déjà vu Grey manger les roulés de cette enseigne à plusieurs reprises et je me suis demandé pourquoi elle en raffolait autant. Le goût de la cannelle m'a toujours écœuré. D'ailleurs, l'intéressée s'est levée du banc avec Amara, sûrement dans l'attente de notre réponse. Sa nouvelle meilleure amie passe ses doigts dans ses cheveux pour l'aider à se recoiffer et tient sa pince tandis qu'elle rassemble ses ondulations en un chignon banane. C'est rare de la voir les cheveux attachés.

C'est la première fois que je remarque à quel point ça lui va bien.

— Laisse-les y aller, finis-je par dire à Ivy, qui attend une réponse.

Elle pousse un soupir dépité alors que des cris de victoire retentissent.

— Eh bien, super. Il faut que quelqu'un les accompagne. On ne peut pas les laisser seules en ville en dehors des temps libres ou on aura des problèmes en cas d'accident. Mais j'ai mal aux pieds, me fait-elle savoir.

— Et je dois fumer.

Je hausse les épaules, alors que nous jetons un coup d'œil à Allan. Comprenant qu'il n'a pas le choix, il se décolle de la rambarde et nous assure :

— De toute façon, j'avais envie de me dégourdir les jambes.

Le cinquantenaire fait alors signe aux lycéennes de le suivre, même si je suis à peu près certain qu'il ne sait pas où il doit se rendre et qu'il s'empressera de le leur demander dès qu'il échappera à notre regard. Le petit groupe s'éloigne par le portillon du parc. Il ne reste alors plus que quatre élèves assises sur l'herbe givrée, dont Holly – elles boudent probablement la cannelle.

Je profite de cet instant de répit pour sortir ma cigarette.

— Tu parlais à quelqu'un, hier ? me demande Ivy après m'avoir observé tirer une première taffe.

J'attends que mon silence la gêne et qu'elle m'en dise plus d'elle-même.

— J'ai entendu des voix dans ta chambre, précise-t-elle.

Un passant marche à côté de nous, faisant couiner les feuilles mortes durcies par le froid.

— Tu étais avec la réceptionniste ?

Je lui adresse un sourire qui veut tout et rien dire. S'il attise sa jalousie, c'est mieux. Je ne peux pas me permettre qu'elle ait des doutes à propos de Grey.

— Tu ne devrais pas écouter aux portes, Ivy.

Elle comprend qu'elle ne tirera rien de plus de son interrogatoire et me fait le plaisir de se taire durant le reste de ma pause cigarette. Mais la nicotine ne parvient pas à me détendre. Je suis sur les nerfs. On n'a pas baisé depuis quelque temps maintenant, et son impatience se transforme en curiosité désagréable.

Les dernières semaines ont été mouvementées et Ivy était ma dernière préoccupation. Pour éviter les représailles de Chase, je me suis incrusté chez Caleb. Mais le voir sur un petit nuage chaque seconde de la journée à l'idée de son futur mariage me donnait envie de crever, et je résistais à l'envie constante de retourner dans mon appartement à Croydon. J'ai commencé à regarder des annonces immobilières mais trouver un loyer aussi bas que celui-là relève du miracle, surtout lorsqu'on approche de Noël.

Une vingtaine de minutes plus tard, alors que le soleil commence à se voiler, le groupe revient. La plupart d'entre elles ont mangé en chemin, si j'en crois leur besoin urgent de se précipiter vers une fontaine pour laver leurs mains poisseuses. J'observe le défilé qui a lieu quelques mètres plus loin dans le parc, constatant que June est parmi les dernières à faire la queue, comme d'habitude. Amara l'a enfin lâchée pour s'asseoir sur un banc en attendant qu'on reparte.

Profitant de la cohue ambiante, j'attends que toutes les filles soient passées et qu'il ne reste plus qu'elle devant la fontaine pour m'approcher. Mon ombre se dresse par-dessus la sienne. La tension s'abat sur nous. Un peu à l'écart, c'est presque comme si nous nous retrouvions de nouveau seuls dans ma chambre d'hôtel.

— Félicitations, marmonne-t-elle en admettant enfin ma présence, tout en se rinçant les mains. Maintenant, il y aura votre nom entier sur la porte des toilettes.

— Ça me touche. J'espère que tu y as contribué aussi.

Elle lève ses yeux de renard vers moi.

— Pas comme vous l'espéreriez.

Je comprends facilement le sous-entendu.

— Mais entre nous, Grey, un cœur ou un « connard », c'est presque pareil.

Une rougeur inhabituelle envahit ses joues et je me demande depuis quand je réussis à l'embarrasser à ce point. Peut-être depuis que je l'ai vue au plus bas. Ou peut-être parce que mes mains se sont aventurées dans des endroits prohibés, et que c'est plus difficile de m'affronter à la lumière du jour.

Je repense à ses bleus, et mon sourire ironique s'affaisse. Penchée au-dessus de la fontaine à eau, hormis ses cheveux attachés, elle ressemble à la June de tous les jours.

Une façade créée de toutes pièces pour cacher aux autres ce qu'elle vit chez elle.

Ça me rend curieux de savoir ce qu'elle dissimule d'autre, et qui lui a appris à être une si bonne menteuse.

— Je préfère quand vous êtes comme ça, me dit-elle en essuyant ses mains sur son cargo beige, une fois qu'elle a fini de les rincer. Je déteste la pitié.

Je fais semblant de me laver aussi les mains au cas où quelqu'un questionnerait notre promiscuité momentanée, et j'admets sans la regarder :

— Alors on est sur la même longueur d'onde.

Continuons de faire comme si nous n'en savions pas trop l'un sur l'autre.

Comme si tu n'étais pas déçue de savoir que je n'irais pas plus loin, la nuit dernière.

Mais si tu penses sérieusement que je vais prendre tes menaces au sérieux, tu peux aller te faire foutre.

Je réactive l'eau pour faire durer notre conversation plus longtemps.

— Tu feras attention, lui indiqué-je. Tu t'en es mis partout sur les lèvres.

Elle écarquille les yeux, mais sans miroir elle ne peut faire confiance qu'à ses propres doigts pour s'essuyer. Après quoi elle humidifie ses lèvres carmin en détournant le regard.

— Ce sera quoi, la prochaine étape ? demande-t-elle pour changer de sujet, s'intéressant au gravier humide et brillant. Entre deux équations, vous révélerez à vos fans la signification de votre tatouage ?

Je retiens un sourire. J'oublie souvent l'existence de cette inscription dans ma nuque, mais les gens peuvent la voir.

— Pourquoi, ça t'inquiète ?

— Pas du tout, dément-elle d'un ton crédible.

Je me redresse, secoue mes mains pour les sécher, et lui lance en m'éloignant :

— Ne t'en fais pas trop, Grey. Tu restes ma fouteuse de merde préférée.

Why is he always the one helping me?

I know it shouldn't be this way

34

« Il y a des bleus qui se font sans coups de poing. »

June

— C'est annulé, finalement, m'annonce Amara en revenant du centre du hall, où se sont rassemblées quelques élèves en attendant d'avoir plus d'informations.

Le regard fixé au-dehors, j'observe la pluie qui tournoie par la fenêtre, s'écrase sur les piétons qui se hâtent vers les bouches de métro ou qui se réfugient sous les auvents des boutiques. La météo fait des siennes depuis ce matin. Les averses s'arrêtent momentanément puis reprennent, plus fort, ce qui a le don d'irriter Watson.

Nous étions censés aller à une exposition sur l'univers pour notre dernier jour à New York mais, la structure étant en extérieur, la sortie est annulée.

— Temps libre jusqu'au départ, du coup. Les filles ont prévu de regarder *Le diable s'habille en Prada*, m'informe-t-elle en venant se caler à côté de moi devant la grande baie vitrée en arc de cercle. Je crois que je vais rester, mais juste pour Anne Hathaway.

J'ai un léger sourire.

— Tu as terminé ta valise ? je m'enquiers.

— Presque. Je vais la boucler en remontant. Et toi ?

— Elle est prête.

— L'avion est à quelle heure, déjà ?

— À 21 heures, non ?

— Ah oui, c'est vrai… (Puis elle tripote ses ongles manucurés au vernis semi-permanent.) Tu vas regarder le film avec nous ?

Je fixe une passante qui traverse le passage piéton au rouge et qui se fait longuement klaxonner par des conducteurs furieux, avant de répondre :

— Je vais peut-être essayer de… voir ma mère. Avant qu'on parte…

Ça me paraît étrange, dit à voix haute.

— Par ce temps ?

Amara me sourit. Ses iris sombres sont happés par la lumière tamisée du hall d'entrée moderne. Le design est un mélange de bois et de verre aux reflets bleutés.

— C'est juste un peu de pluie. De toute façon, c'est maintenant ou jamais.

— T'as raison, approuve-t-elle. Tu devrais y aller. On attendait d'avoir du temps libre depuis notre arrivée…

Ça fait désormais trois jours que j'ai passé la nuit dans la chambre de Scott. Le temps a filé, et nous rentrons déjà à Londres. Une part de moi est soulagée de retrouver un endroit familier, où c'est moins facile de m'atteindre et de me décortiquer. L'autre est déçue de savoir que rien n'aura changé quand je poserai le pied à la maison.

— En tout cas, reviens avant 17 heures. Watson a insisté… tu sais, à cause de l'avion.

J'acquiesce. Elle remonte dans la chambre et je traverse le hall en jetant un regard aux élèves qui s'y sont agglutinées en attendant des consignes précises mais qui ont fini par se laisser aller aux bavardages. J'entends Tillie et Emilia discuter d'un centre commercial à proximité, car « de toute façon, la Cinquième Avenue sous cette putain de flotte, c'est hors de question », avant de sortir par les portes tournantes.

Dehors, les gouttes d'eau sont gelées mais ça ne me dérange pas. Je suis plus inquiète à cause du vent qui fait virevolter la jupe de mon uniforme. Je ne me souviens plus du trajet pour arriver à l'adresse de ma mère, alors je regarde plusieurs fois l'itinéraire sur mon téléphone. Mais la pluie battante ne cesse d'éclabousser mon écran et de rendre les instructions illisibles, si bien que je finis par m'abriter sous un auvent, à environ cinq cents mètres de l'hôtel. Quand j'ai enfin compris comment arriver à Soho, je marche jusqu'à la bouche de métro la plus proche en croisant les doigts pour ne pas me perdre en chemin.

Après un trajet de quarante minutes et quatre correspondances, je finis par arriver dans le quartier de mes souvenirs, une allée bordée d'immeubles d'allures très différentes au centre de Harlem. Je marche jusqu'à m'engouffrer dans la ruelle familière, une allée résidentielle, typique des familles heureuses. Rien n'a changé en deux ans. Les murs de béton engloutissent la lumière timide, des grilles en acier bordent l'immeuble d'une hauteur interminable afin d'en limiter l'accès et des voitures sortent régulièrement du parking privé.

Je reste un instant sur le porche, fixant le nouveau nom de ma mère sur l'interphone, incapable d'appuyer sur le bouton. « Thompson ».

Je ne sais pas à quoi je m'attendais en venant ici.

Je ne lui ai même pas envoyé de message.

J'ignore si elle est dans sa galerie, ou ailleurs. Je ne connais plus rien de ses horaires ou de ses habitudes.

J'observe la façade de l'immeuble, avec la soudaine impression qu'il est trop haut, trop différent de moi. J'ai encore la sensation du carré de lumière qui me brûle la peau alors que je lis dans leur salon et que le son de la télévision résonne en arrière-plan. Douglas discutant avec ma mère depuis la cuisine pour savoir ce qu'il doit préparer à dîner.

Ce n'était pas désagréable. Juste… différent.

Ça me blessait de savoir que la vie de ma mère était plus belle avec un homme qui n'était pas mon père et des enfants issus d'un nouveau mariage. Ça remuait quelque chose dans mon âme de fille jalouse et je n'arrivais pas à savourer cette paix inhabituelle. Peut-être que c'était puéril.

Je prends une longue inspiration. Un résident sort du bâtiment sans m'adresser un regard et je pourrais saisir cette occasion pour me faufiler dans l'entrée sans avoir à sonner, mais me retrouver sur leur palier alors que je ne les ai pas avertis au préalable rendrait cette situation encore plus étrange. Et puis, peut-être n'y a-t-il que Douglas chez eux.

Ou peut-être n'y a-t-il personne. Il n'est que 14 heures. Les gens travaillent.

Alors, déçue par moi-même, je rebrousse chemin jusqu'à l'avenue principale en me convainquant que je trouverai le courage de lui envoyer un message d'ici 17 heures, que c'est encore ma mère, après tout, et pas une inconnue.

Mais je n'en suis plus sûre du tout.

La pluie s'est calmée, laissant place à un ciel charbonneux et à des trottoirs encore inondés. J'enfile mes écouteurs tout en déambulant le long des magasins, repoussant le moment fatidique où je lui enverrai le message suivant : « Salut, maman. J'espère ne pas te déranger. Je suis à New York avec le lycée. On repart ce soir. Est-ce qu'on pourrait se voir avant 17 heures ? »

Mais je n'arrive pas à appuyer sur envoyer.

Je n'arrive jamais à rien, putain.

Plus tard, alors que j'ai arpenté Houston Street assez de fois pour avoir mal aux jambes, que j'ai acheté deux nouveaux carnets à dessin dans une papeterie ancienne et que j'ai relu mon message jusqu'à le trouver de plus en plus idiot, je décide que ça suffit. Je vais retourner à l'hôtel. Il est 15 heures. Quand Amara me demandera comment ça s'est passé, je lui mentirai en disant que c'était super. Je ne veux pas qu'on sache que je ne suis même pas capable d'envoyer un message à ma mère. Même s'il ne reste à l'heure actuelle que mon acte de naissance pour prouver notre lien de parenté.

Mais je me rends compte en descendant les escaliers de la bouche de métro que je n'ai presque plus de batterie, j'ai écouté de la musique durant ma balade. L'application d'itinéraire consomme beaucoup trop d'énergie et je n'ose plus la rouvrir de peur que mon téléphone s'éteigne définitivement. Je reste un instant figée sur les marches, gênant le passage, essayant de me remémorer le trajet emprunté à l'allée. D'abord le métro D, et puis le B… ou l'inverse ? Je n'ai pas retenu le nom des stations, avec toutes ces correspondances…

La panique me gagne : Je ne peux pas me permettre d'être en retard. Watson est inflexible sur la ponctualité, et cette fois elle a raison, notre vol ne m'attendra pas.

Mais je suis perdue dans une ville que je connais à peine. Je remonte la rue et cherche un endroit où m'asseoir. Je finis par trouver un banc, juste en face d'une supérette ouverte vingt-quatre heures sur vingt-quatre. Il me semble que ma mère y allait souvent pour faire ses courses de dernière minute.

À part elle, je ne vois qu'une seule personne qui connaisse bien la ville.

J'ouvre ma messagerie, me convainquant qu'envoyer le message sans réfléchir m'empêchera de me dégonfler.

« Comment on rentre à Harlem depuis Soho ? »

La réponse n'arrive pas. Je fixe mon écran noir, déjà assaillie par le regret. J'aurais dû ajouter une formule de politesse. Mais je ne sais plus comment agir. Il l'a dit lui-même : entre nous, un cœur ou « connard » ont la même signification.

C'est difficile de s'y retrouver.

J'attends encore, serrant le téléphone entre mes phalanges.

J'ai été idiote de lui envoyer un message. Il ne répondra pas. Pourquoi le ferait-il ? Depuis toujours, nous alternons entre chaud et froid. Après son numéro étrange de l'autre jour, près de la fontaine, il a recommencé à m'ignorer. Je devrais être contente, je l'ai bien menacé de tout révéler à la direction s'il parlait de mes problèmes, mais ce n'est pas le cas.

Ça me blesse de savoir que je suis si facilement oubliable.

Me voit-il comme un genre de bonus, une distraction quand sa journée devient ennuyeuse ?

Je me souviens soudain que personne ne l'a vu de la matinée. Il est sûrement allé rendre visite à sa famille.

Mon estomac se tord. Je n'aurais pas dû le déranger. Alors que je désespère, sa réponse arrive.

« ? »
« T'es pas avec les autres ? »

Je souris en constatant qu'il ne m'a pas ignorée, mais je reprends mes esprits en réalisant ce que je suis en train de faire.

« J'aimerais juste l'itinéraire pour rentrer avant que mon téléphone s'éteigne. »

La batterie descend à 1 %.
Je sens mes mains devenir moites.

« Vite. SVP. »
« Tu es où exactement ? »
« Sur Mulford Street devant un 7 -Eleven. »

« Je veux juste l'itinéraire », insisté-je, comme pour me dédouaner.
Malgré moi, je lui demande encore un service.

« Reste où t'es. »

Ma batterie me lâche sur cette recommandation.
Je reste interdite. Je ne suis pas certaine d'avoir compris où il voulait en venir. J'ai peur de m'abreuver de faux espoirs en imaginant qu'il va venir me chercher, mais je me souviens qu'il m'a souvent aidée dernièrement. Ça devient perturbant. Il me persécutait jusqu'à il y a peu.
Quand est-ce que ça s'est arrêté ?
Est-ce que ça pourrait reprendre ?

La dernière fois que j'ai fait confiance à quelqu'un, ça s'est mal terminé…

Je replie mes genoux sur l'assise du banc en l'attendant. Les rafales de vent rendent ma contemplation du paysage moins paisible qu'elle ne pourrait l'être. J'observe les passants déambuler, sachets en main – dont de nombreux achats de Noël – et je sors mon carnet à dessin pour patienter.

Il me semble qu'au moins une heure s'est écoulée depuis son dernier message. Le bout de mes doigts est gelé, si bien que j'ai du mal à tenir mon crayon, à maîtriser la précision de mes traits. Je scrute les groupes se dirigeant vers les cafés pour se réchauffer avec un pincement au cœur.

Je me sens seule.

Peu importe l'endroit, c'est comme si je n'étais jamais à ma place.

— Le sens de l'orientation, je vois que c'est toujours en option chez toi.

Je relève les yeux. Il porte un jogging gris, tacheté par la pluie. Ses cheveux humides retombent en arrière, rendant son blond un peu plus foncé. Je détourne le regard, gênée d'être la source d'un énième problème qu'il est venu régler même si, dans le fond, je suis heureuse qu'il soit là.

— J'ai oublié mon chargeur à l'hôtel, dis-je en guise de justification.

— Qu'est-ce que tu es venue foutre à Soho, de toute façon ?

Il n'a pas l'air de bonne humeur. Son regard est sombre et distant, comme lorsqu'il enseigne.

— Je…

Mon attention se porte sur mon dessin. Un croquis de l'avenue que j'ai sous les yeux, à la différence que tout est plus gris, les traits sont fumés et le type qui était installé sur le banc d'à côté se retrouve avec un visage bien plus creusé que l'original. Le dessous de mes doigts est noir à force d'avoir travaillé la matière.

— Je suis venue acheter du matériel.

Pour appuyer mes propos, j'entrouvre mon sac afin de lui montrer mes nouvelles acquisitions. Son regard reste un instant happé par les carnets puis remonte lentement jusqu'à mon visage. L'appréhension me serre l'estomac comme chaque fois que nous nous retrouvons seuls tous les deux.

Je ne veux pas qu'il me regarde seulement comme une fille qui se fait battre.

Je suis bien plus que ça.

— OK, Picasso, finit-il par répliquer avec un sourire railleur.

Soulagée qu'il se comporte de façon normale, je ferme mon carnet à croquis avant de me lever du banc. Je m'abstiens de lui dire que Picasso battait ses compagnes et que Mme Carr ne nous fait pas d'éloges sur lui lorsqu'il arrive dans la conversation.

Alors que je me rapproche de lui, j'ai un flash de son corps contre le mien dans le lit. Ses mains glissaient sur mes cuisses avec une intention à peine camouflée. Il a dit que je méritais de me demander si ma nuit aurait pu être différente.

Que mes bleus ne me rendaient pas moins désirable à ses yeux.

Est-ce que c'était simplement pour me consoler ?

J'ai du mal à croire que mes bleus ne dégoûtent pas les autres autant qu'ils m'écœurent moi.

— Merci d'être venu, susurré-je.

— Je ne fais que mon travail. Une élève s'est perdue et je suis venu la chercher, rétorque-t-il sans me regarder.

Sa conception des choses accentue le nœud dans mon estomac. Je n'arrive pas à savoir s'il l'a dit pour me blesser ou s'il le pense. Les lignes sont floues dernièrement. Je ne comprends pas ce qui nous relie vraiment.

Avant, c'était plus facile de le détester. Plus simple de ne pas se perdre dans ses phrases à double sens.

— Désolée, alors… j'espère que vous n'étiez pas trop loin.

— Un peu. J'étais dans le Queens.

C'est à l'opposé.

On doit approcher 16 heures maintenant. Je sens les regards des passants s'attarder sur nous pendant que nous marchons côte à côte. Je me demande ce qu'ils pensent. À quoi on ressemble. Je suis une lycéenne, vu mon uniforme… et lui est plus âgé, c'est évident. Mais jamais ils ne pourraient deviner que c'est mon enseignant.

— On devrait vraiment se dépêcher si on veut rentrer à l'heure, dis-je pour combler le silence.

Je ne comprends pas sa façon de garder ses distances alors qu'il n'y a personne pour nous voir. Pourquoi être venu me chercher, si ça l'ennuie autant ?

— Attends, fait-il en m'attrapant soudain l'avant-bras. Je vais passer m'acheter à boire.

Je ne rechigne pas, le laissant me tirer vers lui lorsque nous traversons le passage piéton qui mène au trottoir d'en face. Il se dirige vers le 7 -Eleven que j'avais indiqué comme repère. J'ai un regard en direction du bâtiment où habite ma mère, et nous entrons dans le petit magasin. Je le laisse aller choisir un soda dans les frigos à boissons tandis que je fais semblant de m'intéresser aux paquets de biscuits du rayon voisin.

Notre proximité et son silence me rendent de plus en plus nerveuse. Je ne sais pas si c'est à cause de mon estomac vide, mais j'ai presque le tournis. Il passe soudain derrière moi pour attraper un paquet de Hershey's au-dessus de ma tête, et je sens son torse contre mon dos durant une microseconde.

— Tu ne veux rien ?

Je lève les yeux vers lui et nos visages se superposent.

Parfois, je me dis que ses yeux sont si sombres que le monde semble s'éteindre quand il me regarde.

— À boire, explicite-t-il.

Je lui fais signe que non et il s'éloigne déjà, me laissant avec mes battements de cœur effrénés.

Sa canette de 7 Up émet un sifflement lorsqu'il la décapsule. Je le rattrape dans l'allée centrale déserte. Les joints du carrelage sont jaunis et il manque de nombreux produits sur les étalages, signe que nous sommes en fin de semaine.

— Normalement, on ouvre la canette après l'avoir achetée.

— Waouh, Grey. Tu penses qu'ils vont m'arrêter ?

Il m'adresse un regard tout en penchant la tête en arrière pour boire une première gorgée. J'ignore la sensation étrange qui se produit en moi. Elle me met en colère.

Nous passons à la caisse puis franchissons les portillons automatiques. Je le suis et m'interroge lorsqu'il prend place devant le comptoir réservé aux clients à l'entrée du magasin au lieu de sortir.

Il fait glisser le paquet de biscuits jusqu'à moi.

— Mange un truc. La bouffe de l'avion, c'est de la merde.

J'ouvre le sachet en me demandant si cette attention n'est pas encore une fois motivée par sa pitié. Sans plus de cérémonie, il s'intéresse au paysage à travers la vitre. La pluie a repris, aussi violente qu'en début d'après-midi. C'est apaisant. Nous n'entendons que les bips de la caisse enregistreuse plus loin derrière nous et cette eau s'écrasant sur les pavés avec la force de milliers de couteaux. Alors qu'il boit et que je mange en savourant cet instant de quiétude, il reçoit un message.

Il a laissé son téléphone sur le comptoir. Je ne peux pas m'empêcher de regarder. Une certaine Sarah lui demande s'il est bien rentré. « Tu m'avais vraiment manqué, enchaîne-t-elle. Ne t'en fais pas, on y arrivera. »

Puisque le téléphone n'arrête pas de vibrer, il soupire et le range dans sa poche sans même prendre la peine de lire ce qui est écrit.

Je me souviens d'avoir déjà lu le prénom de cette fille. Ça pourrait être sa copine. Cette possibilité me fait mal. Mais je ne devrais pas souffrir à l'idée qu'il ait quelqu'un dans sa vie.

Mais alors, pourquoi m'avoir dit toutes ces choses l'autre soir ? Pourquoi être la seule personne présente quand j'ai besoin d'aide ?

— Ce goût m'avait manqué, marmonne-t-il pour lui-même.

— Le 7 Up ?

Ça me laisse dubitative.

— Il y en a aussi en Angleterre, ajouté-je alors qu'il s'humidifie la lèvre inférieure pour rattraper une goutte de soda.

Il me regarde.

— Certaines choses ont meilleur goût chez toi, non ?

Je ne sais pas. Peut-être que je n'ai jamais vraiment réfléchi à la question, parce qu'il n'y a aucun endroit que j'arrive à considérer comme chez moi. Je triture mon emballage en repensant aux vibrations incessantes de son téléphone.

— D'autres choses vous manquent ici ?

— Ouais, non. Parfois il n'y a pas grand-chose qui peut te manquer.

Il m'adresse un sourire en coin légèrement nostalgique. J'ai l'impression que quelque chose ressemblant à de l'honnêteté émerge de ses yeux, mais son visage se referme la seconde suivante et il recommence à regarder à travers la vitre.

— Vous n'étiez pas là aujourd'hui.

Je me demande s'il m'en dira plus à son sujet. Mais je n'ai droit qu'un à « mmh » qui m'indique que je suis une nuisance. J'ai l'impression d'être reléguée au même rang que Watson, ou que n'importe quelle autre personne assez insignifiante pour mériter ce traitement.

— Qu'est-ce que vous faisiez ?

C'est injuste de constater qu'il en sait tellement sur moi, à mes dépens, alors que j'ignore presque tout de lui. Nous ne sommes pas sur un pied d'égalité.

— Je dois te raconter toute ma vie ?

Sa méchanceté me surprend, et la déception me submerge. Il a encore posé des limites.

— Alors, vous voyez, marmonné-je en priant pour ne pas avoir l'air blessée, c'est vraiment désagréable quand les gens se mêlent de nos affaires.

Je m'éloigne sèchement du comptoir pour m'intéresser au distributeur à côté. J'appuie sur les boutons après avoir inséré une pièce mais la canette ne tombe pas, et la machine a avalé mon argent. Je me baisse dans l'espoir de récupérer mes cents dans la cavité prévue à cet effet. Des jeunes de mon âge entrent dans la boutique et je les entends chahuter, mais je suis trop absorbée par cette foutue canette qui vient de rester coincée dans le ressort en acier.

— Bon sang, s'il te plaît ! je la supplie, déjà assez irritée par toute cette situation.

J'entends Scott jeter mon sachet de Hershey's vide à la poubelle. Il s'approche de moi et s'appuie contre le distributeur alors que je suis encore agenouillée.

— Sérieux, ne fais pas ça.

— Quoi ? m'exaspéré-je.

— Ne te baisse pas comme ça.

— Pourquoi ?

Je ne devrais même pas lui répondre.

— On voit tout avec cette putain de jupe. Ça a l'air d'intéresser quelques personnes.

Je tourne la tête et m'aperçois que les lycéens arrivés tout à l'heure ne se sont pas encore engouffrés dans le magasin. Depuis le hall, ils sont trop occupés à me reluquer, un sourire aux lèvres. J'imagine les messes basses. Gênée, je me redresse en époussetant ma jupe ; elle ne m'avait pas manqué. Watson a exigé qu'on les mette pour le voyage du retour afin de mieux nous distinguer dans les transports.

— Qu'est-ce que ça peut vous faire ? je rétorque en désignant ma canette de limonade coincée dans le distributeur.

Il m'adresse un rictus trahissant son agacement.

— Pas grand-chose. Tu peux aller les voir, il y en a forcément un qui te plaira. Après tout, ils ont ton âge.

Il ne cherche pas à camoufler le sous-entendu.

Troublée qu'il prenne les choses comme ça, je me reconcentre sur le distributeur.

— Elle s'est coincée.

— J'avais remarqué. Je ne sais pas comment tu te démerdes pour être un tel concentré de malchance.

Je me le demande souvent aussi.

Comme si mes pensées pouvaient se lire sur mon visage, il a un genre de sourire amer.

— Allez, on ne va pas y passer la nuit. Rachètes-en une ou bois dans la mienne.

Sans me laisser le temps de réfléchir, il place la canette à la hauteur de mes lèvres, visiblement amusé que sa proposition puisse me mettre mal à l'aise. Je suis dépassée par son revirement d'attitude.

— Ce n'est pas comme si on n'avait pas déjà échangé notre salive, me rappelle-t-il non sans une trace de raillerie.

Le groupe s'est éloigné, il ne reste plus que nous devant le distributeur. Sans savoir d'où me vient cet accès de confiance, je m'empare de sa canette pour la porter à mes lèvres. Mais, à l'instant où j'essaye d'en boire une gorgée sans le quitter des yeux, je me rends compte qu'elle est presque vide. Deux misérables gouttes imprègnent ma langue. Je la jette dans la poubelle en essuyant sa plaisanterie du revers de la main.

— Vous devriez m'en racheter une autre.

— Tu me donnes des ordres maintenant. Tu veux que je sois un gentleman pour toi, Grey ?

En dépit de son ton moqueur, ça ne semble pas lui poser problème. Il insère une pièce dans la fente de la machine et compose un assemblage de chiffres que je n'ai pas le temps de distinguer. Après un grincement, une bouteille en verre tombe dans le caisson métallique. Il se baisse légèrement pour la récupérer et la décapsule d'un mouvement habile avec son briquet. Je ne reconnais pas ce liquide ambré, ni l'étiquette vintage portant l'inscription « Manhattan Special ».

— Qu'est-ce que c'est ? De la bière ?

— Non, fait-il en me la tendant. Spécialité locale. Goûte.

Je lorgne le breuvage sans cacher ma méfiance, avant de lire sous le logo qu'il s'agit d'un soda au café. J'ai envie de lui rendre parce que je déteste tout ce qui est amer, mais ce serait comme me défiler, et j'ai l'impression que ce qui se joue est plus profond que ça.

Toujours sans le quitter des yeux, je happe le goulot et manque de recracher cette première gorgée, mais je me retiens une seconde par esprit de compétition. Un goût de pneu et de café synthétique, c'est la meilleure description que je puisse faire de cette boisson légèrement gazeuse. Je lui redonne la bouteille, qu'il saisit en réprimant un rire amusé, fier de m'avoir fait marcher une seconde fois.

— C'est dégueulasse ! Vous buvez vraiment ça ?

— Pas vraiment. Mais t'aimes les trucs bourrés de sucre. Il faut bien un équilibre.

Je grimace en tentant de faire passer l'amertume mais rien n'y fait, ce goût s'est imprégné sur mon palais.

— Un équilibre avec quoi ?

Il me fixe et son regard change, allant de mes yeux à mes lèvres. J'y vois le même désir que j'ai aperçu chez lui quand j'étais assise sur sa machine à laver, et ce constat m'étourdit. Je me mets à penser que, s'il m'embrassait, je le laisserais faire.

Je n'ai jamais eu autant envie d'embrasser quelqu'un.

— T'es trop insouciante, commente-t-il à voix basse.

C'est lui qui avale la maigre distance entre nous pour se rapprocher, prenant appui contre la machine. Mon estomac se liquéfie. Les néons du distributeur projettent une lueur bleutée sur son visage, qui s'avance un peu plus chaque seconde. C'est un supplice d'attendre que nos lèvres se touchent, si bien que je frôle son sweat-shirt du bout des doigts, comme pour combler l'absence de contact entre nous. En raison de notre proximité, je sens l'odeur du sucre acidulé sur ses lèvres.

J'ai soudain envie de trouver cet équilibre dont il parlait.

Des voix d'enfants percent le calme qui régnait dans l'entrée de la supérette et je tourne la tête par automatisme. Mes bras retombent le long de mon corps en les apercevant. Ils ont grandi, mais c'est bien Noah et Taylor, accompagnés de notre mère.

— Maman, est-ce que je peux tenir le chariot aujourd'hui ? demande Taylor de sa voix haut perchée.

Mon cœur se tord de douleur en me revoyant à sa place.

Notre position doit attirer l'attention, car le regard de ma mère s'attarde sur moi. Je blâme ma nuance de roux, trop rare pour passer inaperçue. Le doute la gagne, elle plisse les yeux en dépit de la faible distance. Elle ne s'attend pas à me voir ici, à New York. Encore moins à seulement une rue de chez elle alors que nous n'avons jamais discuté de ma venue.

Statique, je maintiens le contact visuel avec elle sans me soucier de Scott, qui est toujours penché au-dessus de moi.

— June ? me demande-t-elle, incertaine.

Scott tourne alors la tête dans sa direction et s'éloigne lentement de moi en se doutant de notre lien de parenté. Elle s'approche, laissant les faux jumeaux s'interroger à l'entrée.

Elle a à peine changé, hormis une nouvelle coupe plus structurée que ses cheveux longs d'il y a quelques étés. Ses ondulations sont bien plus claires que les miennes, sa peau laiteuse est éclaboussée de taches de rousseur. Je les avais oubliées.

— C'est vraiment toi, souffle-t-elle, incrédule. Qu'est-ce que tu fais ici ? Tu es venue seule ?

J'ai soudain la voix enrouée.

— On est ici… avec le lycée.

— Oh, je vois, commente-t-elle, repositionnant l'anse de son sac sur son épaule. Vous restez longtemps ?

— L'avion de retour est ce soir.

Elle semble déçue. Je suis énervée par cette idée, je la trouve hypocrite. Elle ne peut pas prétendre être triste que je retourne sur un autre continent alors qu'elle riait aux éclats avec sa nouvelle famille à peine une seconde avant. Pas plus qu'elle ne peut faire semblant de s'intéresser encore à moi quand c'est elle qui a décidé de détruire notre famille en allant voir ailleurs.

— J'imagine que tu étais occupée. Il y a toujours beaucoup à faire durant un voyage scolaire… mais au point que tu ne m'aies même pas dit… que tu étais là…

— C'est ça, marmonné-je, priant pour que mes yeux brillants ne se remarquent pas sous cette lumière artificielle. Le planning était assez serré.

— Noah et Taylor auraient été heureux de te voir, tu sais. Je suis passée les chercher à l'école en sortant de la galerie, et on allait prendre un goûter à la maison. On habite juste à côté, tu te souviens ?

Je leur jette un regard mais je n'arrive pas à refréner la jalousie qui me bouffe de l'intérieur. Pour eux, je ne suis qu'une étrangère qu'on leur a imposée un été, il y a deux ans.

Une étrangère au goût de passé qui jetait un malaise dans la maison.

— Tu as bien grandi, susurre-t-elle en m'inspectant. Tu ne m'envoies jamais de photos, et tu… Tu n'es plus sur les réseaux, non ? En tout cas… avec tout ça, j'avais du mal à m'en rendre compte.

Elle se tripote nerveusement les doigts, attendant que je fasse la conversation pour nous sauver de ce constat alarmant :

nous n'échangeons que des banalités. J'aimerais parler mais je sens que j'éclaterais en sanglots à l'instant où je prononcerais le moindre mot.

Alors je me contente de la fixer, rassemblant tout mon courage pour réussir à la saluer sans fondre en larmes. Je me demande si elle se doute de quoi que ce soit. Pourquoi j'aurais atterri ici, à cent mètres de son immeuble ? De tous les quartiers qui existent à New York ?

— Et tu es avec… ? demande-t-elle en s'intéressant enfin à Scott, qui attend la fin de cette conversation, appuyé contre le distributeur.

Je saisis l'occasion pour mettre fin à ce supplice.

— Il se fait tard, je ne peux pas me permettre de traîner. Je vais y aller.

Le nœud dans ma gorge est si serré que je dois m'éclaircir la voix à deux reprises pour être audible.

— Ça m'a fait plaisir de te voir, de *vous* voir, rectifié-je en souriant brièvement aux faux-jumeaux ; mon demi-frère et ma demi-sœur.

Ils me sourient d'un air crispé, visiblement plongés dans l'incompréhension.

— Moi aussi, June, mais c'était trop bref…

Je lui lance un dernier regard et la frôle pour quitter la supérette au pas de course. Une fois dehors, je marche jusqu'à être certaine qu'on ne peut pas me voir à travers la fenêtre du magasin puis j'explose en pleine rue.

Je couvre mon visage, honteuse de me laisser aller en public, même si tout le monde est trop occupé à faire du lèche-vitrines pour se soucier de moi.

Quelqu'un m'attrape par l'avant-bras et je me retrouve face à Scott.

— Je déteste cette putain de ville…, dis-je, la voix entrecoupée par les sanglots.

Elle me rappelle que nous sommes des étrangères même quand il n'y a plus aucune distance entre nous.

Je dois faire peine à voir car il m'attire soudain à lui pour nous emmener dans un coin tranquille, afin que je ne sois pas au milieu du trottoir. En nous calant contre une porte dans une allée, il me laisse poser mon visage contre son épaule. Je respire son odeur rassurante, tellement dévastée que je me fiche bien d'avoir l'air pitoyable.

— C'est OK si tu la détestes…, marmonne-t-il patiemment, avec cette décontraction qui le caractérise.

Rien ne s'est passé comme je l'aurais voulu.

Pour la première fois depuis une éternité, je voulais vraiment discuter avec elle. Je lui aurais parlé de l'université que j'ai choisie et de mes notes lamentables en maths, plus que dans toutes les autres matières. J'aurais abordé mon appréhension à l'idée de quitter la maison, et de l'excitation que ce nouveau départ représente pour moi.

Mais j'ai laissé ma rancœur prendre le dessus et maintenant, la version idéalisée de notre rencontre se heurte incessamment à la réalité.

— Je voulais vraiment lui envoyer un message cet après-midi, et je n'ai pas réussi. Je n'ai juste… pas réussi… c'est tellement idiot, mais…

— Tu auras d'autres occasions de la voir. C'était juste pas le bon moment, Grey.

Je ferme les yeux, apaisée par le point de contact entre nos deux corps. Il n'a pas besoin d'être trop tactile pour réussir à me réconforter. Savoir que je peux m'appuyer contre lui afin qu'on ne voie pas mon visage inondé de larmes est suffisant.

Peut-être qu'il a raison. Ce n'est pas seulement un adage de la sagesse populaire.

Parfois, et *surtout* avec les gens qu'on aime, ce n'est juste pas le bon moment.

I wish my body
and my mind could forget

35

« La pourriture continue à se propager si on ne jette pas le fruit qui en est responsable. »

June

— Mets tes chaussures, bon sang ! On va finir par arriver en retard !

Mon père en a après Gaby, qui traîne dans le couloir. À côté d'eux, j'attrape ma veste sur le portemanteau et je l'enfile en vérifiant d'avoir bien pris mes clés pendant que Gaby se plie pour nouer ses lacets. Il fait encore noir, dehors, à un peu plus de 7 heures du matin. La nuit est visible à travers la petite fenêtre au-dessus de la porte d'entrée et la lueur jaunâtre du luminaire en cristal n'aide pas à sortir de notre somnolence matinale.

— Gaby ! tonne mon père, vérifiant sans cesse l'heure sur sa montre. On va se taper tous les bouchons, là, et j'ai une réunion !

Il souffle bruyamment, abaisse ses épaules dans une vaine tentative de se décontracter.

— Ta maîtresse va encore me faire une réflexion. Tu ne veux pas faire concurrence à ta sœur. Si ?

Il me lance un bref regard, sous-entendant que je suis une cause perdue car je devrais déjà être partie à cette heure-ci. La noirceur pré-hivernale est déprimante quand on n'est pas bien réveillé. J'enfile mes écouteurs sans lui prêter attention, accentuant sûrement le mépris qu'il ressent pour moi.

— Tu fais chier. Je t'attends dans la voiture ! crie-t-il à l'intention de Gaby, qui n'a toujours pas relevé les yeux de ses chaussures.

Notre père disparaît alors par la porte d'entrée, nous laissant seuls tous les deux. La tension est à son comble à la maison, ces derniers jours. Gaby n'arrête pas de se battre. Pendant que j'étais à New York, la directrice de son école a menacé de l'exclure temporairement à cause de son comportement.

Son dernier accrochage a été le plus violent. Il a écopé d'une coupure sur la joue et de bleus sur les genoux, qui accentuent son air sombre. C'est toujours lui qui attaque, « sans raison ».

Moi j'ai ma petite idée, mais Suzan ne dit rien.

Son accouchement est imminent, elle a arrêté le travail. Elle reste ici toute la journée et j'évite la maison, quitte à traîner à la bibliothèque ou au centre commercial jusqu'à ce qu'il soit assez tard pour que tout le monde soit rentré. Voir son visage suffit à gâcher ma journée, alors je me tiens aussi loin que possible d'elle.

— Dépêche-toi, je lui lance gentiment, me dirigeant moi aussi vers la porte d'entrée après avoir caressé Pato, qui nous observe. Papa est hors de lui.

— Je m'en fous, grogne-t-il en me dépassant.

Je ferme la porte derrière nous, surprise par sa dureté. Il n'a jamais été aussi froid avec moi. C'est comme s'il était en colère contre le monde entier.

Alors qu'il monte dans la voiture, je passe le portail pour rejoindre l'arrêt de bus en m'enfonçant dans mon col roulé. Un courant d'air froid me happe le visage. Papa me dépasse – loin de lui l'idée de me proposer de m'accompagner un bout du chemin pour m'aider à rattraper mon retard. Il a dit qu'il me surveillerait mais il a menti. Il se fiche bien de mes notes ou de mon problème de ponctualité, tant qu'il n'est pas reconvoqué à Sherborn. L'hypocrisie est comme toujours le mot d'ordre de notre relation.

De toute façon, personne ne sera étonné quand j'arriverai quinze minutes après tout le monde.

Surtout pas Scott.

Plus tard, comme c'était prévisible, je toque à la salle 309 alors que l'heure est déjà bien entamée. Après un bref coup d'œil dans ma direction, les filles se désintéressent de moi, elles ont fini par comprendre que je n'arrivais pas en retard pour me faire remarquer. Scott, occupé à inscrire quelque chose au tableau, demande sans même me regarder :

— C'est à cause de quoi, cette fois ? Ton train a été annulé ?

— J'ai dormi chez de la famille. C'est plus loin que chez moi.

Tout le monde ici sait que je me paie sa tête, lui inclus.

— La famille, c'est important, ajouté-je avec une ironie que lui seul peut capter, cette fois.

Face au tableau, j'entrevois son sourire en coin et je me demande s'il va me mettre une heure de colle. Mais il se contente de m'adresser un vague signe de tête pour me dire d'aller m'asseoir. Les autres en déduisent sans doute qu'il est blasé par mon insolence, et que je ne vaux pas la peine qu'il s'énerve.

Notre capacité à faire comme si certaines choses n'avaient jamais existé entre nous est étonnante.

Il connaît presque toutes mes failles depuis New York.

Cette idée me gênait jusqu'à ce que je comprenne qu'il ne comptait pas me traiter si différemment que ça. Après que j'ai eu épuisé toutes mes larmes sur son épaule, nous sommes retournés à l'auberge avant l'heure du rassemblement. J'ai eu le temps d'aller chercher ma valise, d'écouter Amara me raconter le visionnage du *Diable s'habille en Prada* qui avait tourné au vinaigre car « Aubrey et Emilia ne parvenaient pas à fermer leur gueule ». Quand je me suis assise dans l'avion, j'ai décidé de laisser cette mauvaise expérience avec ma mère derrière moi.

Je n'avais pas trop le choix. Et juste comme ça, la vie à Sherborn a repris son cours.

Je m'assois à ma place. Amara me sourit, deux rangées plus loin. Je remarque que Holly est une fois de plus absente, elle avait déjà commencé à sécher avant notre voyage aux États-Unis. Je me demande comment ça peut passer auprès de l'administration, de ces gens qui se disent si à cheval sur les règles, puis je me souviens qu'un chèque réglera le problème.

À la fin de la journée, Amara et moi traversons les couloirs, pressées de sortir du lycée. Nous allons réviser pour les tests de la semaine prochaine, qui clôtureront le premier semestre et marqueront le début des vacances de Noël. L'idée de devoir passer du temps chez moi me décourage d'avance. Si Gaby ne retrouve pas sa bonne humeur d'ici là, je devrais peut-être songer à me trouver un nouveau job saisonnier. Histoire de ne pas pourrir dans cette maison qui implose sous les non-dits.

— C'est déprimant, ce manque de lumière, grogne Amara lorsque nous passons les portes principales.

Une fille nous tient poliment le battant. Il reste encore une petite cour avant d'atteindre les grilles du lycée. Il est à peine 16 heures et l'obscurité engloutit déjà tout autour d'elle. Nous comptons sur les luminaires extérieurs pour nous éclairer.

— Un peu, dis-je. Mais c'est aussi reposant, non ?

J'adorais l'arrivée de l'hiver quand j'étais plus jeune. C'était rassurant de retrouver tout le monde à la maison alors qu'il faisait noir et froid dehors.

Ma mère venait me chercher avec un sachet de biscuits aux épices qu'elle avait acheté sur le chemin et nous écoutions de la musique à la mode sur la radio de sa Honda. En arrivant à la maison, elle se changeait et lançait un téléfilm de Noël idiot pour se détendre de sa journée de boulot pendant que je dessinais sur la table du salon. Quand papa rentrait, il râlait parce qu'elle n'avait rien cuisiné, mais ils finissaient par en rire. Il disait alors qu'elle l'ensorcelait.

En y repensant, je n'arrive pas à comprendre quand ça a cessé de fonctionner entre eux. J'avais l'impression qu'ils étaient heureux, mais c'était peut-être ma naïveté qui m'aveuglait. Il y avait sûrement des chuchotements et des regards qui m'échappaient quand je regardais dans la mauvaise direction.

— Tu as entendu ?

Amara me lance un regard inquisiteur.

Je me rends compte que nous avons dépassé les grilles et que nous sommes désormais sur l'espace bétonné qui précède le parking. Quelques groupes, filles et garçons confondus, fument en chahutant, insensibles au froid. J'aperçois même Scott qui se dirige vers sa voiture. Pour une raison ou pour une autre, il ne s'est pas garé du côté des professeurs aujourd'hui.

— La ligne est en travaux, répète-t-elle face à mon expression étonnée. Je me demande par où on va devoir passer pour arriver à…

Mais sa voix s'estompe, quelqu'un vient de me foncer dessus. La violence de l'impact n'est pas assez forte pour me faire basculer mais je reste un instant sonnée face à ce corps qui s'est dressé au milieu de mon chemin. Un parfum familier envahit alors mes narines et je pense directement à Scott, qui n'était pas loin, mais je comprends vite que l'odeur est différente sur cette peau.

Je relève les yeux, surprise de croiser le regard de Heize, partiellement recouvert par sa masse d'ondulations châtains.

J'ai aussitôt un mouvement de recul.

Il prend le dégoût qu'il m'inspire pour de la terreur et s'arme d'un sourire en coin bien trop répugnant. Ses yeux bleus brillent d'un éclat rageur, il me pousse de nouveau avec violence.

— Tu es contente ? me crache-t-il assez fort pour que tous les gens fumant devant la grille se tournent dans notre direction.

En inspirant trop vite, j'ai avalé de l'air froid. Mes poumons me brûlent.

— Mais… calme-toi, le reprend Amara, aussi surprise que moi par cet accès de violence.

Je prends une nouvelle goulée d'air. On ne s'était pas parlé directement depuis cette foutue soirée.

Être si proche de lui me donne des sueurs froides. J'ai l'impression de revivre la sensation de ses mains s'écrasant sur mon corps qui ne répondait pas à cause de mon état d'ivresse. Tous mes musclent se figent, et je me retrouve impuissante face à lui.

— C'est toi qui as commencé toute cette merde avec Holly ! Tu l'as rendue méfiante ! Qu'est-ce que t'es allée lui dire, putain ?!

Je le dévisage.

Comment ai-je cru ressentir quelque chose pour lui un jour ? Mon faible pour Heize n'était que le reflet de mon manque d'affection. Ça me paraît désormais si évident.

— La vérité, lancé-je après quelques secondes.

Ces mots suscitent sa rage. Son visage se tord, déformant ses traits angéliques, et j'arrive à le voir sous son vrai jour.

— Oh, ferme un peu ta gueule ! Tu t'es jetée sur moi et tu le sais très bien !

J'ai des flashs de son corps contre le mien, dans ce lit. De ses mains qui forçaient la barrière de mes vêtements alors que je le suppliais d'arrêter. Je crois que je le faisais, ou peut-être était-ce seulement dans ma tête. Je n'arrive plus à m'en souvenir précisément.

Mais son contact était comme un courant d'air froid qui me gelait à l'intérieur.

— Laisse-moi tranquille, dis-je dans un souffle, prête à le contourner car lui faire face devient trop difficile.

Mais il me suit le long du trottoir, un chien aux aguets, prêt à me déchiqueter en morceaux. J'ai soudain du mal à respirer. J'aimerais qu'on me vienne en aide. J'aimerais voir Shayn, mais il est sûrement déjà parti.

C'est dangereux de s'habituer à être sauvée.

— Pourquoi tu lui as montré mes messages ? Quel besoin tu avais de faire ça, putain ! Tu aurais juste pu les ignorer ! Depuis le début, tu attendais de briser notre couple ! T'as toujours été jalouse !

Les élèves nous observent, mi-intrigués mi-inquiets à cause de ses éclats de voix. Je tourne la tête et je ne vois plus Amara. Je tente de m'éloigner mais il me dépasse sur le trottoir et me saisit violemment l'avant-bras pour m'obliger à le confronter.

— Lâche-moi..., sifflé-je entre mes dents, afin qu'il soit le seul à m'entendre. Ou je diffuserai l'enregistrement...

— Quel enregistrement ? ricane-t-il sans me laisser le bénéfice du doute. Il n'existe pas, ou tu nous l'aurais déjà montré. T'as réussi à berner Holly, mais ça ne marchera pas avec moi.

Sa lucidité sur la situation me donne mal au ventre. Je prends sur moi pour ne pas avoir l'air d'être percée à jour. Et alors quelque chose me frappe. Ce n'est encore qu'un adolescent qui se prend pour un homme, mais qui est trahi par les aspérités de sa peau de gamin, son cou un peu trop fin et sa voix qui vrille au moindre sursaut de colère.

La nature lui a juste donné plus de force que moi.

— Je t'ai dit de me lâcher !

Il m'observe avec fureur, me rapproche de lui au point que notre proximité me rend mal à l'aise.

— Pourquoi tu ne m'as pas répondu ? insiste-t-il lourdement, d'une voix qui inspirerait presque la pitié. Je t'ai envoyé plein de messages.

Son double jeu me met hors de moi. Je lui rafraîchis la mémoire :

— Tu voulais les deux, et tu as fini par n'en avoir aucune. Tout ça, c'est ta faute.

Mes mots le contrarient et ses mains entourent mon poignet plus durement. Plus rien ne me plaît chez lui. Je suis même étonnée de l'avoir trouvé attirant un jour.

Alors qu'il s'apprête à me rétorquer quelque chose, il est contraint de me lâcher lorsqu'une femme du personnel débarque près de nous, suivie de près par Amara. Elle lui demande de se calmer et de s'éloigner de moi avant qu'elle appelle la sécurité.

Il m'adresse un dernier regard assassin et une énième pluie d'insultes, mais finit par s'éloigner sur le parking brumeux.

Tout le monde me regarde sans avoir levé le petit doigt. Ce n'était qu'un spectacle haletant qui suscitera de nouveaux commentaires, de nouvelles théories à mon sujet.

Amara me rejoint, le visage défait.

— Ça va ? Je ne sais même pas d'où il est sorti…

— Ça va, je réponds sans vouloir m'attarder. On devrait y aller.

— Mais quel connard ! s'indigne-t-elle, encore plus secouée que moi.

Je jette un regard en direction du parking, craignant que Heize nous suive, mais je remarque la voiture de Scott qui sort tout juste de sa place. Il passe près du trottoir et ralentit. Encore choquée, Amara ne s'en rend pas compte. À travers la vitre, Scott me lance un regard que j'ai du mal à interpréter avant de disparaître au coin de la rue.

Je me demande s'il a assisté à notre altercation, et j'espère que non.

J'en ai assez d'être associée à des problèmes.

Il a raison quand il dit que je ne suis qu'une fouteuse de merde.

Shayn, I think you're filling the void

When did you become so important?

36

« C'est en se rapprochant qu'on peut se brûler. »

June

Après le dîner, une fois que j'ai pris ma douche et que je me suis enfermée dans ma chambre pour être certaine de ne plus être dérangée, je m'allonge sur mon lit et je fixe le plafond. C'est l'un de ces soirs où le temps semble figé, l'ambiance à table était exécrable. Tout le monde était énervé, chacun par ses propres problèmes. Papa en voulait à Gaby de l'avoir fait arriver en retard à sa réunion, Suzan se plaignait de migraines liées à la grossesse et Gaby, lui, a gardé le nez plongé dans son assiette tout du long. J'ai bien tenté de lui faire la conversation en débarrassant la table mais il a filé dans sa chambre à la première occasion.

De toute façon, j'ai aussi l'esprit occupé ; je ressasse l'altercation en boucle. Je me demande si Heize est ensuite allé jouer la même comédie à Holly, et j'espère qu'elle n'est pas tombée dans son piège. Elle est tellement amoureuse de lui.

Je reçois un message.

« Ouvre ta fenêtre. »

Je le relis trois fois pour être certaine de ne pas avoir halluciné. Mais cette instruction de Shayn est toujours là, sur mon téléphone.

Sceptique, je me lève du lit et me place devant la fenêtre. Le contraste de température crée de la buée sur la vitre et, puisque je n'arrive pas à voir à travers, j'ouvre pour passer ma tête par-dessus l'appui. Alors que l'air froid s'immisce prestement dans ma chambre, je sursaute en constatant qu'une silhouette est en train d'escalader le mur en passant par la charpente du garage. Ses mains s'accrochent tout à coup au rebord de la fenêtre et il se hisse à l'intérieur en quelques mouvements.

Je recule jusqu'à buter contre mon lit, retenant un hoquet de surprise.

Il secoue nonchalamment les résidus de plâtre restés accrochés à son survêtement noir pendant que je le dévisage. Je finis par jeter un regard circulaire à la pièce, tout à coup très soucieuse du léger désordre qui y règne, maudissant le linge accumulé sur ma chaise de bureau.

— Les gens normaux passent par la porte, lui fais-je remarquer lorsque je retrouve l'usage de la parole, stupéfaite.

— T'as raison, Grey. Je devrais y retourner pour sonner et saluer ton père. Peut-être même lui rendre l'argenterie volée, qu'est-ce que t'en penses ?

Son ton pince-sans-rire ne parvient pas à me détendre, je crispe le bout de mes doigts sur le couvre-lit. Je ne m'attendais pas à sa visite, encore moins à une heure aussi tardive. J'imagine papa et Suzan somnolant devant la télévision, au rez-de-chaussée, sans se douter une seule seconde qu'un garçon, non, qu'un homme vient de faire irruption dans ma chambre en passant par la fenêtre.

— Dans tous les cas, qu'est-ce que…

Je n'arrive même pas à formuler la question. Je jette un coup d'œil paniqué à la porte, incapable de me souvenir si j'ai bien fermé à clé. Sans un mot, et pour m'éloigner de lui afin de rassembler mes pensées, je pars vérifier le verrou.

— Tu nous enfermes déjà ? T'es rapide en affaires.

Je sens mes joues devenir brûlantes à cause de sa remarque idiote. En voyant mon reflet dans le miroir au-dessus de la commode, je le déteste de ne pas m'avoir avertie. Je suis en pyjama et mes cheveux sont difficilement contenus par une pince en plastique violet, je ne me sens pas vraiment à mon avantage.

— Pourquoi tu es ici ?

Ça semble idiot de le vouvoyer maintenant qu'il s'est introduit dans ma chambre à la nuit tombée. Notre relation a irrémédiablement changé depuis le voyage, j'en ai bien conscience.

— Le gars de tout à l'heure… C'est bien celui pour lequel tu t'es battue avec Holly, non ?

— Je ne me suis pas « battue », le reprends-je à voix basse, m'assurant de ne pas être entendue par les autres.

Il ferme la fenêtre et s'approche de moi. Ses baskets sont silencieuses sur le parquet, comme s'il veillait à ne pas mettre tout son poids dans sa démarche. Dans sa tenue noire, il n'est pas différent du soir du cambriolage.

Je me demande ce qui a réellement changé entre ces deux versions de lui.

— Oui, enfin… tu lui as volé.

— Je ne lui ai pas volé !

Je baisse la voix en me rendant compte que j'ai parlé un peu trop fort. Mais je doute que Gaby m'entende depuis sa chambre au bout du couloir. Il doit probablement déjà dormir.

— Ce n'est pas ce que disent les rumeurs.

— Les rumeurs ? Sérieusement ?

— Les profs parlent, tu sais. Ils ont des bouches encore plus grandes que celles des élèves. Tu serais étonnée.

— Alors tu ne devrais pas écouter tout ce qui se dit.

— T'es sur la défensive. J'ai posé une question trop personnelle ?

Il se plante devant moi, dans l'attente d'une réponse qui ne viendra pas tant sa question me vexe. Son parfum embaume l'air d'une note cendrée envoûtante.

Tellement différente de celui de Heize, tout à l'heure.

— Il y a encore un truc entre vous ? insiste-t-il en faisant mine d'ignorer qu'il me coince contre la porte.

Ses iris noirs fouillent les miens et je sens qu'il veut repousser mes limites. Ma réponse ne l'intéresse peut-être pas réellement, au fond. C'est la façon dont je la lui délivrerai qu'il évaluera. Alors je joue au roi du silence, car lui donner ce qu'il attend serait admettre que je me soucie trop de son opinion.

— Si ce n'est pas le cas, tu devrais lui dire. Il n'a pas l'air au courant.

Je suis soulagée que le comportement troublant de Heize l'ait interpellé aussi. J'ai l'impression qu'on me traiterait de folle si je racontais aux gens la façon effrayante dont son regard change en ma présence. Pour une raison que j'ignore, je semble exacerber tout le mal en lui.

— J'ai vu qu'il t'avait poussée. Mais ça a l'air d'aller. T'as connu pire qu'une bousculade de merde, hein ?

Il me lance un regard méchant avant de fixer la porte derrière moi, comme s'il pouvait voir à travers. Je lis dans ses yeux des images violentes, dans lesquelles mon père est toujours le responsable. Il est à la fois si proche et si éloigné de la vérité que ça me frustre. Mais je n'ai pas le droit d'être frustrée, pas quand c'est moi qui tiens ma langue.

— Pourquoi tu as l'air énervé contre moi ?

— Je le suis pas, nie-t-il. C'est juste épuisant, tous ces gens qui essayent constamment de te blesser.

— Tu n'étais pas l'un d'entre eux il y a quelques mois ?

Je le renvoie ainsi à notre fâcheuse réalité.

Je le regarde en me demandant si j'ai eu tort de changer de sujet en utilisant le point sensible de notre relation, mais il lui en faut plus que ça pour lâcher l'affaire.

— Il t'a encore frappée ?

— Non. Personne ne m'a frappée.

— Tout le monde dort, j'imagine, marmonne-t-il en faisant lentement redescendre son regard sur moi.

— Ils sont en bas. Et tu devrais y aller, soufflé-je, car je n'aime pas la tournure que prend cette discussion.

C'est effrayant de constater à quel point nous nous sommes rapprochés à New York. Il connaît désormais mon plus grand secret et pourrait facilement s'immiscer dans ma vie pour rompre son équilibre précaire. En classe, il ne règne entre nous qu'une hypocrisie exacerbée par notre relation prof-élève. Ici, dans cette chambre, j'ai conscience qu'il s'agit seulement de lui et de moi.

Peut-être qu'en fin de compte il n'a toujours été question que de lui et de moi.

Shayn et June.

— J'en ai pas envie, avoue-t-il franchement, me sondant de cet air qui provoque des picotements sur tout mon épiderme.

Je me colle à la porte en le voyant s'approcher encore. Il a un effet sismique sur mon corps. Ça l'amuse de me rendre nerveuse. Voilà pourquoi il est toujours aussi indolent alors que le moindre rapprochement avec lui me fait perdre mes moyens.

— Tu dormais chez de la famille, hein ?

Dans sa bouche, le mensonge que je lui ai servi ce matin prend une dimension encore plus ridicule.

— Tu aimes vraiment me prendre pour un con devant toute la classe.

Mon sourire nerveux ne lui échappe pas, malgré ma tentative de le refréner. Il se penche à mon oreille :

— Puisque t'es aussi contente de toi, j'aimerais voir à quel point tu sais être silencieuse.

Avant que j'aie le temps de comprendre ce qu'il a en tête, il se penche sur mon cou et l'effleure de ses lèvres. Son souffle chaud caresse ma peau avec un calme déconcertant. J'appuie l'arrière de ma tête contre la porte en multipliant les efforts pour ne pas fermer les yeux et m'égarer dans ce jeu qu'il a instauré. Le supplice continue et le son de sa respiration maîtrisée résonne pleinement dans ma chambre. Je fais tout pour réguler la mienne. J'oscille sur mes talons, cherchant à les garder ancrés au parquet et à éviter tout grincement. Même s'il ne fait presque rien, j'ai les nerfs à vif et mes épaules frémissent : il me vole tout mon oxygène.

— Est-ce que tu sais combien c'est agaçant de toujours devoir garder un œil sur toi ?

Ses mains s'approprient mes hanches, qu'il caresse juste assez pour me donner envie de plus. Ça devient de plus en plus difficile de contrôler ma respiration sans lui accorder la victoire de me voir succomber. Alors il enfonce plus profondément ses doigts dans ma chair, m'incitant à me laisser aller. Je repense à l'autre soir, où, à travers le drap, il avait réussi à mettre tous mes sens en alerte. Quand sa main glisse sur le devant de ma cuisse pour tester ma résistance, un premier soupir m'échappe.

— Ah, putain. Stop les conneries.

Il s'écarte de ma gorge et fond impatiemment sur mes lèvres.

Collant nos corps, il agrippe ma nuque d'une main et de l'autre prend appui sur la porte. Elle émet un claquement dans mon dos mais je suis trop occupée à lui rendre ce baiser que j'attendais depuis si longtemps pour m'en soucier. J'ai soudain l'impression d'être sous l'emprise de l'alcool tant il me prive de toute capacité de réflexion.

Je le déteste de me faire ressentir ça.

Il me fait perdre le contrôle dans un monde qui s'effondre déjà sous mes pieds.

Je garde les yeux fermés, même quand il se presse contre moi et que je sens son érection. Sa langue qui cherche la mienne me donne l'impression de flotter. Personne ne m'a jamais touchée comme ça. C'est nouveau. Confus et chaotique. Mais au lieu de m'effrayer, cette intimité que je redoutais depuis cette nuit-là semble avoir pris une tout autre signification.

C'est différent quand ce sont ses mains qui se posent sur moi.

Il rompt le baiser et je rouvre les paupières à contrecœur. Le sérieux de son regard s'est dilué dans son désir. J'aimerais qu'il m'embrasse encore. Quand il le fait, mes pensées s'éteignent complètement. Et la porte de sortie est trop agréable pour ne pas l'emprunter.

Sans pouvoir m'en empêcher, j'initie un nouveau baiser, incapable d'attendre de savoir s'il va continuer ou s'arrêter pour soulager sa conscience. Il semble surpris par ma témérité, mais ce sentiment est vite balayé et il m'accule davantage contre la porte.

Sa main s'invite par-dessus mon pantalon de pyjama. Nos regards se croisent et se comprennent. Il dit à voix basse :

— Je suis pas sûr que tu puisses être silencieuse. Est-ce que je dois vérifier ?

Le caractère insidieux de sa question me rend muette mais je ne repousse pas sa main, dans l'attente de poursuivre ce qu'on a commencé il y a quelques jours. Une pointe de chaleur m'envahit en le sentant tracer un cercle sur ma sensibilité. Il prend du recul pour m'observer pendant qu'il me caresse par-dessus le tissu, m'extorquant un nouveau soupir de plaisir. Je pince les lèvres pour retenir le prochain, soucieuse de ma respiration qui pourrait bien devenir haletante et nous trahir.

Comment parvient-il à me faire autant de bien sans même être en contact direct avec ma peau ? Les fourmillements s'intensifient lorsqu'il se décide de nouveau à m'embrasser avec une lascivité s'accordant aux mouvements de ses doigts. J'en suis étourdie. Le plaisir devient si brûlant que je presse les paupières, craignant d'être entraînée vers le fond, dans un tourbillon de sensations inconnues.

— Je crois que t'en as assez eu pour cette nuit, Grey.

Il s'arrête brusquement, quand ça commençait à devenir vraiment agréable.

Prise de court, je reste un instant les yeux mi-clos, attendant la suite de ces prémices inachevées. C'est le bruit des pas de Suzan – que j'ai appris à reconnaître avec les années – qui me sort brusquement de ma transe. Elle traverse le couloir avec une lenteur angoissante.

Je reprends conscience de la réalité. Mes joues s'enflamment. Je crains le pire en l'entendant s'arrêter près de ma porte au lieu de continuer jusqu'à leur chambre, tout au bout du couloir. La poignée s'abaisse dans mon dos, j'échange un regard de détresse avec Shayn, qui n'esquisse plus un geste pour ne pas faire grincer le plancher. La moindre friction pourrait faire bouger la porte, et elle comprendrait que je suis réveillée.

La chaleur lénifiante qui régnait entre nous a été remplacée par de la glace.

— June ? me demande sa voix sévère. Qu'est-ce que je t'ai déjà dit à propos de la clé ?

Je ne réponds pas. Je n'arrive même pas à cligner des yeux ; une tension effrayante les maintient grands ouverts.

— Ce n'est pas ça qui te protégera, lance-t-elle méchamment avant de rester un instant de plus sur le seuil, comme si elle savait que je pouvais l'entendre.

Je me rends compte que ma lampe de chevet est restée allumée et qu'elle voit forcément un rai de lumière sous la porte. Le regard de Shayn devient plus dur en entendant ces mots menaçants, mais il ne bouge toujours pas.

L'air s'est raréfié dans la pièce.

Enfin, elle continue son chemin et nous entendons la porte de leur chambre se fermer dans un claquement sec.

Je m'autorise une nouvelle respiration.

Ses yeux couleur d'encre ont retrouvé leur éclat intimidant et j'ai l'impression que ce qui existait entre nous s'est déjà effacé. Il me lance un dernier regard avant de repartir par la fenêtre.

Je sais qu'il n'est pas en colère contre moi…

Et c'est peut-être ce qui est le plus terrifiant.

37

« Il existe des anges gardiens qu'on ne soupçonnerait pas. »

Shayn

— Tu as pu faire réparer les fuites dans ton appart ?

Avachi sur la banquette inconfortable, j'observe les gouttes d'eau qui font la course sur la vitre du pub. Elles s'écrasent, toujours plus fortes et plus rapides, dans un clapotis irritant. En les regardant de plus près, je me rends compte que ce sont des flocons de neige qui fondent directement au contact du verre. Dans la nuit, les éléments se confondent.

Caleb insiste :

— Non, parce que je te le dis direct, Lihn ne veut plus de toi chez moi.

Mon regard glisse sur lui. Il remue son thé au lait d'un geste du poignet délicat, le tissu fluide de son costume bleu suit ses mouvements. À nous voir comme ça, on croirait que je passe un entretien d'embauche et qu'il a été assez sympa pour m'accorder un peu de son précieux temps malgré mon air blasé et mon jogging du dimanche.

— Je vous empêchais de baiser à ce point ? marmonné-je.

— Non, mais…

— C'est réglé.

C'est faux. Le seau est toujours là, près du canapé, à récolter les gouttes d'eau de la douche du voisin du dessus. J'ai bien essayé de lui en parler l'autre jour mais ce connard m'a claqué la porte au nez au moment où j'ai prononcé le mot « réparations ». Ça m'a donné envie de lui *emprunter* l'écran plat que j'ai aperçu par l'entrebâillement de la porte. Ce serait un jeu d'enfant, mais je me suis promis de ne plus tremper dans ces conneries, alors j'ai abandonné l'idée.

Caleb pense encore que j'ai squatté chez lui pour un problème de tuyauterie. Je ne peux pas lui dire que j'ai disparu de la circulation pour éviter de me faire planter par mon ex-complice de cambriolage. Il a toujours eu un sens aigu de la justice. Je ne suis pas sûr que notre amitié l'empêcherait de me dénoncer aux forces de l'ordre.

— Et ce voyage scolaire ? me demande-t-il en remuant machinalement son atrocité lactée, que je désapprouve du coin de l'œil.

C'est déjà douteux de boire du thé au lait en journée, ça devient une provocation quand la nuit est tombée et que tout le monde autour de nous prend de l'alcool.

— C'était un voyage scolaire banal, je lui réponds en détournant le regard.

On va dire ça comme ça.

— Tu es allé les voir ? s'aventure-t-il alors.

— Non.

J'imagine le hall d'entrée de notre modeste appartement. Maman qui s'enferme dans sa chambre pour prier et Dean qui fait des allers-retours entre le bar et le bureau de tabac, ne se souvenant de rentrer que lorsque j'ai eu ma paye. Mais ça doit avoir changé maintenant, au moins un peu. Sarah m'a dit que maman avait retrouvé le sourire. Qu'Adam prenait tout l'espace de cette maison comme s'il ne l'avait jamais quittée.

Alors non, je n'y suis pas retourné. Je n'avais pas besoin de voir ça.

Derrière le comptoir du bar, une serveuse brune s'affaire à préparer des pintes de bière. Je la surprends à me lancer des coups d'œil appuyés chaque fois qu'elle passe entre les tables.

— Ça fait combien de temps, maintenant ? Que tu n'as pas vu Adam ?

— Depuis qu'il est entré en taule.

Ma voix s'est enrouée à force de parler trop bas. Je me racle la gorge.

— Donc… six ans, déduit-il.

Il y a un silence. La serveuse vient nettoyer la table à côté de nous et en profite pour me lancer un nouveau regard.

C'est presque triste.

Je n'ai envie de personne d'autre qu'une certaine fouteuse de merde.

Je déteste cette sensation. Avec Lucy, au moins, j'avais toujours besoin *d'autre chose*. Je soutiens le regard de la serveuse pour me prouver que je ne suis pas devenu une carpette et j'ai droit à un sourire embarrassé alors qu'elle retourne derrière le comptoir.

— Tu n'as… vraiment pas envie de lui parler ? De lui poser des questions ?

— Des questions…

Ce mot me laisse un goût de cendres dans la bouche. À quoi bon poser des questions, si le résultat reste immuable : Lucy est morte.

Et lui, en vie.

Libre comme l'air.

— Pourquoi il a fait ça ? croit-il bon de demander. Pourquoi est-ce qu'un mec qui avait un brillant avenir a décidé de tout foutre en l'air en tuant sa fiancée ? Dans un soudain accès de violence ? Et comment il se sent vis-à-vis de ça, aujourd'hui, *maintenant* ? Avec le recul ?

Je plonge le regard au fond de mon verre, remarquant tout juste qu'il est mal nettoyé. Je n'ai pas la tête à écouter Caleb jouer les avocats du diable. C'est son travail, mais j'aimerais qu'il évite de le faire quand il s'agit de mon frère et Lucy.

— Il y a des choses qui n'auront jamais de réponse, rétorqué-je en plantant mes yeux dans les siens. Si les bas-fonds de la psychologie humaine t'intéressent tant que ça, t'aurais dû être psychiatre.

Il s'éclaircit la gorge, se rappelant qu'il se trouve avec moi dans un pub moisi, et non dans son bureau à débattre d'un dossier pour lequel il est payé une blinde. J'imagine qu'il en a déjà rêvé des centaines de fois. Le cas Adam Scott en a titillé plus d'un ; c'est souvent ceux qu'on soupçonnerait le moins qui nous horrifient le plus.

— J'avais une question.

Il hausse un sourcil, dans l'attente de la suite.

— Qu'est-ce que risque quelqu'un qui bat ses enfants ?

Il boit la dernière goutte de son thé au lait, s'essuie les coins de la bouche avec sa serviette et je constate déjà un début d'expression critique.

— Ça dépend.

— Concrètement, insisté-je.

Pas ce qu'on lit sur internet, mais ce qui se passe dans les tribunaux.

— C'est toujours un peu compliqué. Je ne peux pas faire de généralités.

— Tu sais que je déteste ça. Les discours convenus.

— Ça dépend de beaucoup de facteurs, précise-t-il alors. Si ça concerne un parent ou les deux. Une fois les accusations portées et prouvées, on vérifie si des membres de la famille sont aptes ou non à accueillir les enfants et, si ce n'est pas le cas, on décide du placement temporaire des enfants en foyer d'accueil. Enfin… c'est Lihn qui est experte dans le domaine. Pourquoi tu me demandes ça ? Ça concerne une élève ?

— C'est ça, marmonné-je à contrecœur.

— Elle a quel âge ?

— Dix-huit.

— Alors c'est plus délicat.

Je m'en doutais, pourtant je suis quand même en colère.

— Il n'est plus question de garde. Elle peut porter plainte… et ses parents s'en tireront avec une sanction pénale, ou avec une amende, si le juge est d'humeur clémente. Je ne te cache pas que le système s'en fiche quand l'enfant battu est majeur.

— Elle a un frère. Un petit, demi-frère.

— Il est battu, lui aussi ? Tu sais qui les frappe ?

— Je ne crois pas. Sa belle-mère. Peut-être son père… Franchement, je n'en sais pas plus.

— Si c'est la belle-mère, elle pourrait perdre la garde du petit. Il y a ce côté… mère indigne, qui choque, tu vois. Mais… c'est difficile à dire comme ça. Ce genre d'affaires prend du temps. Comme je te l'ai dit, c'est compliqué.

Nous enfonçons des portes ouvertes. Grey ne veut sans doute pas parler pour protéger son frère, ce gosse blond que j'avais aperçu sur les photos. Elle a conscience de la complexité de son cas.

Ces histoires se terminent rarement bien, peu importe comment elles ont commencé.

— Le mieux, si son petit frère n'est pas en danger, c'est sûrement qu'elle attende de partir de chez elle. Ça lui évitera des procédures judiciaires interminables, qui sont souvent de grosses déceptions.

Sa réponse ne me convainc pas et il en a bien conscience, mais il connaît les enjeux juridiques mieux que moi.

— Je demanderai son avis à Lihn, si tu veux..., me propose-t-il en s'intéressant à mon verre vide tout en enfilant son manteau.

C'est jeudi soir et nous n'avons pas la tête à commander une autre tournée. Il m'a fait la faveur de venir quand je l'ai appelé, alors qu'il regardait probablement une série sur Netflix, le cul sur son canapé, comme tout mec en couple après 21 heures. Il doit retourner voir sa fiancée, et moi, je vais chercher un moyen d'évacuer la frustration qui me ronge quand je pense à la situation de Grey. Je ne sais pas encore comment.

Voyant que nous sommes sur le point de nous lever, la serveuse revient avec l'addition, qu'elle fait glisser jusqu'à moi. Elle m'adresse cette fois un sourire transpirant l'auto-suffisance. Je fais semblant de ne pas remarquer le numéro qu'elle a griffonné sur le ticket de caisse pendant que Caleb répond à un message et que je passe ma carte sur le lecteur. Finalement, elle récupère le boîtier en se penchant allègrement vers moi, son décolleté ne laisse pas place à l'imagination. Je prends le ticket de caisse mais je ne le froisse pas devant elle ; j'ai déjà blessé l'ego d'assez de femmes pour trois vies. Caleb laisse cinq livres de pourboire et nous sortons du pub.

Elle attendra un appel pendant toute la semaine. C'est sans doute cruel, mais je n'en ai rien à foutre.

***

À 22 heures le lendemain, je me retrouve garé sur le parking attenant au square à côté de chez elle. Un chat traverse les buissons et se roule sur les graviers blanchâtres devant ma voiture. Ses longs poils noirs ondulent à cause du vent. Je lance un regard au banc inoccupé du petit parc, surpris de constater que les camés sont aux abonnés absents. Il est sûrement encore trop tôt. Les balançoires oscillent dans le vide et les hautes herbes ondoient comme de l'eau dans la pénombre.

Je lui envoie un message.

« Sors. »

En attendant sa réponse, je fixe le chat à travers le pare-brise. Ce dernier me défie du regard, prêt à monter sur le capot, pesant encore le pour et le contre.

« Quoi ? »

« Prends des feuilles. »

« Mais pourquoi ? Il est tard. »

« Prends juste des feuilles et rejoins-moi sur le parking du square. »

Elle ne répond plus. J'imagine que c'est un « oui ». Aujourd'hui, en classe, elle m'a fait l'honneur d'arriver à l'heure, pour une fois, comme si elle avait bien retenu la leçon de l'autre jour. Mais elle a surtout passé la totalité du cours à éviter mon regard. Seules deux raisons pouvaient expliquer cette soudaine timidité : que je l'aie fait gémir contre la porte de sa chambre ou que j'aie entendu les menaces de sa belle-mère qui la croyait seule.

Dans tous les cas, c'est plus sage d'éviter de se chercher en classe. Des paires d'yeux nous observent et je ne voudrais pas que les miens trahissent mes pensées, les bonnes et les mauvaises.

J'allume la radio, puis l'éteins lorsque la première note d'une chanson populaire résonne. Je balaye les environs du regard, à la recherche d'une distraction. Le chat est parti. Il n'y a vraiment personne sur le petit parking, même pas un passant qui promènerait son chien. Ce quartier résidentiel est aussi animé qu'un cimetière.

Un nid douillet au premier abord.

Renfermant de sombres secrets si on s'y intéresse de plus près.

Quelques minutes plus tard, j'aperçois une silhouette du coin de l'œil et je tourne la tête. La portière côté passager s'ouvre sur Grey, qui reste debout sans oser rentrer dans la voiture. Elle est en tenue décontractée. Je l'ai forcée à enfiler une doudoune par-dessus son jogging gris pour me rejoindre dans la nuit noire.

— Tu attends quoi ? fais-je en sentant le froid glacial s'infiltrer à l'intérieur.

Elle hésite. Elle a bien des feuilles vierges entre les mains, mais ma requête nocturne pourrait être interprétée différemment, j'en ai conscience.

— Pourquoi tu m'as fait venir ? demande-t-elle avec un regard qui trahit son appréhension.

— Pourquoi, à ton avis ?

Je devrais cesser de laisser planer le doute mais je ne me lasse pas de cet air gêné sur son visage. Elle jette un coup d'œil furtif à l'intérieur et je me souviens du soir de notre rencontre. J'avais suggéré qu'elle attendait son mec pour qu'il tire son coup sur la banquette arrière.

Je n'étais que trop loin de la vérité.

— T'as des examens la semaine prochaine, lui rappelé-je en soutenant son regard, décidant que le suspens a trop duré.

Elle laisse échapper un petit soupir soulagé mais ne rentre toujours pas, et ce manque de confiance commence à me taper sur les nerfs.

— Entre. Je ne vais pas te manger.

Pas encore.

Je devrais me calmer. En ce moment, j'écoute trop la petite voix dans ma tête, celle qui me souffle de la toucher quand j'en ai envie, peu importent les complications que ça a déjà engendré. J'ai le souvenir de son corps qu'elle arc-boutait contre la porte pendant que je lui procurais du plaisir. Je réprime le sourire qui aimerait s'inviter sur mes lèvres pour ne pas l'effrayer plus que ça, alors qu'elle s'assoit finalement sur le siège passager.

La chaleur revient peu à peu dans le véhicule. Je ne peux même pas allumer le chauffage, le moteur est éteint.

— On aurait pu se voir ailleurs que… dans une voiture.

— T'as de meilleures options ?

— En journée, par exemple ? suggère-t-elle d'un ton ironique, feignant de s'intéresser à l'obscurité ambiante à travers la vitre.

— En journée tu as cours. Après, tu travailles avec Amara. Je n'y peux rien si tu as un emploi du temps de ministre.

Son silence laisse entendre que j'ai raison. Elle ne se tourne pas complètement, visiblement embarrassée par le fait d'être seule avec moi dans cette voiture.

— Je croyais que mes notes n'étaient plus ta priorité. En plus, je révise déjà assez avec Amara. Il est 22 heures… je n'ai pas envie de trava…

— Tu parles trop, la coupé-je.

Je me penche vers la boîte à gants pour en sortir les énoncés d'examens passés que j'ai trouvés en salle des profs. La proximité momentanée de nos corps la fait se tendre contre l'appuie-tête.

Après ce que nous avons fait hier soir, la possibilité qu'on recommence plane en permanence.

Je pose le petit tas sur ses genoux, avant de me renfoncer dans mon siège.

— Je n'ai pas pris d'argent, souffle-t-elle, paraissant déçue de la tournure que prend sa soirée.

Je l'ai sûrement empêchée de regarder une série.

Ou de se faire battre.

« June ? Qu'est-ce que je t'ai dit à propos de la clé ? »

« Ce n'est pas ça qui te protégera. »

— C'est bon, je ne t'ai rien demandé, me renfrogné-je.

Elle sourcille face à mon indulgence inhabituelle, puis passe une main dans ses cheveux en se résignant à s'atteler au travail.

Ils semblent presque bruns sous cette lumière. Je ne suis pas sûr qu'elle comprenne tout de l'énoncé mais elle ne se fatigue pas à me poser des questions. La motivation n'est pas au rendez-vous, et ce ne sera pas encore ce soir qu'elle comprendra les rudiments des mathématiques.

Pendant quelques minutes, nous n'entendons que le contact de son stylo bille glissant sur le papier et le bruissement qu'elle fait en se trémoussant sur son siège.

Je n'arrive pas à me laisser apaiser par le silence. Je repense sans cesse à la voix de sa belle-mère, derrière la porte. À cette soif d'autorité. J'aurais dû me fier à mon instinct du premier soir, en voyant leurs photos dégueulasses, seulement là pour cacher la laideur de cette maison. Une maison sans place pour Grey. Je déteste qu'elle protège ces pourritures par amour pour son petit frère.

Elle ne lui rend pas service, contrairement à ce qu'elle croit.

— J'ai terminé.

Elle me tend sa feuille raturée partout. Avant même d'y jeter un œil, je lui ordonne tout en reconcentrant mon regard sur le volant :

— Relis-toi.

— Je l'ai déjà fait.

— Fais-le encore.

— Je n'en ai pas envie, tranche-t-elle. Je suis fatiguée. Je vais me coucher.

Elle soupire et pose sa main sur la poignée pour sortir de la voiture, mais je verrouille la portière. J'ai droit à un autre soupir, plus profond, plus exaspéré.

— Je vais avoir des problèmes si on remarque que je suis sortie… je ne peux pas rester ici trop longtemps.

Mes doigts s'enfoncent dans le cuir du volant en songeant à la forme que sa punition pourrait prendre.

— Qu'elle vienne. Que cette salope vienne.

Un long silence suit ma réponse. Je tourne la tête pour constater qu'elle s'est décomposée. Les doigts encore agrippés au métal froid de la poignée, elle garde les yeux grands ouverts, aussi paralysée qu'hier soir.

J'ai ma réponse.

— Qu'est-ce que tu penses qu'elle me fera ? Elle voudra me frapper, aussi ?

Après avoir peiné à avaler sa salive, elle répond du bout des lèvres :

— Non. Mais elle se demandera pourquoi je suis dans la voiture de mon prof à 22 heures passées.

Au moins, elle ne nie pas. Il y a du progrès.

— Qu'est-ce que tu penses qu'on va te donner ? L'Oscar du courage, parce que tu ne dénonces pas cette salope ?

Elle secoue la tête, maintenant son regard dans le vide avec une gravité d'adulte.

— C'est plus compliqué que ça.

— Tu répètes toujours ça.

— Parce que c'est la réalité.

— Tu n'as pas à subir toute cette merde.

— Ce n'est pas si horrible que ça. Je ne suis pas morte.

Je ferme les paupières. C'est déjà assez exaspérant de l'entendre dire des conneries pareilles, je n'ai pas en plus besoin de la voir prononcer ces mots. Elle ne peut pas s'être persuadée que ce qu'elle vit n'a rien d'insurmontable. Tous ces bleus qu'elle avait sur le corps étaient à l'image des sévices qu'elle endure.

Récents. Douloureux.

Éphémères sur sa peau, mais pas dans son esprit.

— Est-ce que tu aimes ta famille ? me demande-t-elle.

J'ai un rire soufflé qui pourrait m'entailler la gorge.

— Moi..., murmure-t-elle sans se laisser décourager par mon cynisme. J'aime mon petit frère. Il est... la seule personne... qui me donne l'impression que je ne suis pas là pour rien.

— Tu veux qu'il te soit reconnaissant ?

— Je veux juste qu'il ait une belle vie, réplique-t-elle en ignorant l'évidente condescendance dans ma voix.

— Mais tu ne veux pas d'une belle vie pour toi ?

— C'est plus compliqué que ça. De toute façon, dans quelques mois, je serai à l'université. Je n'aurai plus aucune raison de la voir. Elle ne pourra plus me faire de mal.

Je rouvre les paupières sur ces paroles dégoulinantes de sagesse pour me rendre compte que le chat de tout à l'heure est réapparu et a finalement sauté sur le capot. Ses yeux, deux billes rondes et noires, nous observent à travers le pare-brise.

— Je le vois souvent traîner dans mon jardin, me confie-t-elle en esquissant un sourire. Il n'a pas de propriétaire.

— Tu n'as qu'à le prendre, suggéré-je.

Elle baisse la tête et son sourire se teinte de tristesse.

— Suzan ne voudrait pas. Elle déteste déjà Pato.

Le chat se roule sur le pare-brise, cherchant à attirer notre attention. Mais je suis certain que, si j'ouvrais la fenêtre pour le faire rentrer, il s'enfuirait avant même que je l'effleure.

— Il y a des gens qui doivent errer un peu avant de trouver leur chez-soi.

Elle relève le menton et nous échangeons un regard qui vaut bien plus que n'importe quels mots. Mais ça crève les yeux qu'elle est gênée d'être observée comme ça, dans cet espace étriqué, alors elle s'intéresse plutôt à l'intérieur de ma voiture.

Après quelques secondes d'inspection, son regard est attiré par un paquet de Tic Tac dans le compartiment central. Elle se penche pour l'attraper avant de déposer quelques dragées dans le creux de sa paume et de les fourrer dans sa bouche. Elle est du genre à déchirer l'emballage au lieu de l'ouvrir soigneusement pour se bâfrer plus vite de sucreries.

Je la prends par surprise en saisissant son visage en coupe. Le goût sucré des pastilles s'infiltre sur ma langue quand je coince ses lèvres entre les miennes, calant ma main derrière ses cheveux pour la ramener à moi. Et quand elle me rend mon baiser, je lui retire le paquet des mains pour le remettre à sa place.

Je l'embrasse pendant si longtemps que je nous sens à bout de souffle.

Lorsque je m'écarte de son visage, je lis une question muette dans ses yeux.

— Tu dois payer la taxe.

Je laisse mon regard redescendre sur elle.

— Tout ce qui est dans cette voiture est à moi.

D'une main, j'abaisse son siège en me penchant au-dessus d'elle pour avoir plus d'espace. J'entends la feuille d'exercices glisser à ses pieds, reléguée au rang du simple prétexte pour voir Grey qu'elle était.

June me regarde avec des yeux étonnamment fiévreux. Je dois résister à l'envie de la faire passer au-dessus de moi en sentant l'excitation monter. Je ne me fais plus confiance. L'embrasser est le seul moyen de calmer mon envie de la prendre, ici, dans cette voiture à l'atmosphère alourdie.

Je me rends tout juste compte de l'emprise qu'elle a sur moi.

— Je ne comprends plus... notre relation..., soupire-t-elle entre deux baisers, quand je la laisse enfin respirer. Qu'est-ce qu'on est ?

— On se fiche de ce qu'on est, June. Tant que ça fait du bien...

J'ai tort de dire ça. Mais quand elle est avec moi, je pense enfin à autre chose.

Il n'y a plus de Lucy.

Ni de problèmes s'accumulant à des milliers de kilomètres.

Il n'y a plus qu'elle.

J'ignore si ce constat me plaît ou s'il me fait peur. Je préfère étouffer mes pensées avant qu'elles ne deviennent trop encombrantes, alors je reviens à la charge.

J'interdis à mes mains de la toucher, ce qui ne fait que décupler ma frustration, mais elle ne l'entend pas de cette oreille et vient poser les siennes sur mon torse, par-dessus mon sweat-shirt. Son odeur séduisante ne m'aide pas vraiment à garder la tête froide.

Quand ce n'est pas moi qui déconne, c'est elle qui s'y met. Mais j'adore qu'elle aime ça, malgré elle. Que son corps soit attiré par le mien et qu'elle ne parvienne pas non plus à refréner cette attirance.

Putain, c'est dur de s'en tenir à des baisers alors que ce que j'aimerais lui faire nécessiterait de complètement baisser le siège ou de passer sur la banquette arrière.

J'ai besoin d'être dans son corps et plus seulement dans son esprit. Je ne me retiens jamais autant avec une fille.

Comme si mes pensées l'avaient atteinte et qu'elle craignait de se laisser emporter avec moi, elle finit par mettre fin à notre étreinte. Je recule et elle se redresse, les yeux recouverts d'un voile de timidité.

Elle a raison de faire preuve de lucidité. Dans la lumière tamisée de cette voiture, je commençais à en manquer.

— Tu devrais rentrer, dis-je pour mettre fin à ce silence qui doit lui sembler bien anxiogène.

Son visage est un canevas d'émotions qu'elle peine à maîtriser. Je sens que tout un tas de questions l'assaillent.

— Oui… Je crois que tout le monde dort.

Une sirène d'ambulance déchire alors le calme de la nuit, quelques rues plus loin. Mais elle ne sort pas de la voiture. C'est amusant de voir qu'elle cherche à faire durer le moment.

Il ne reste plus qu'une semaine de cours. Ensuite, elle sera coincée dans cette maison pour les fêtes de fin d'année. Cette situation m'énerve. C'est la première fois qu'on ne se verra pas pendant plusieurs semaines.

— Tu comptes faire quoi, pendant les vacances ?

— Je vais sûrement me trouver un travail, répond-elle, surprise que je m'y intéresse.

Elle lance un regard distrait au pare-brise, constatant que le chat est encore là, à nous observer.

— Est-ce que tu m'as fait venir juste pour m'embrasser ? ose-t-elle me demander.

— Je t'ai fait venir parce que tu es mieux à peu près partout ailleurs que dans cette maison.

J'ai droit à un sourire reconnaissant.

— Merci, alors.

Elle s'apprête à dire autre chose pour mettre fin à cette discussion mais son téléphone sonne. Elle regarde le nom qui s'affiche sur l'écran et je peux imaginer son estomac se tordre.

Suzan.

— Tu es où ? l'agresse sèchement sa belle-mère lorsqu'elle décroche.

Elle se pince les lèvres, m'adresse un coup d'œil coupable.

— Je suis en train de sortir les poubelles.

J'entends un soupir au bout de la ligne et la sorcière raccroche. Je repense à ma mère. Nos interactions ont toujours ressemblé à ça. Je l'agaçais constamment alors que je ne lui avais rien fait, si ce n'est naître.

Je déverrouille la portière pour laisser sortir June. La peur dans ses yeux s'est évanouie, laissant place à un calme étrange. Elle s'exécute et se tourne vers moi, le visage défait.

C'est fou comme une simple personne a le pouvoir de tout gâcher.

— Bonne nuit, Grey.

Elle sourit, engoncée dans sa doudoune légèrement trop large pour elle. Puis elle ferme la portière et caresse le chat, qui s'est alangui sur le capot froid, avant de quitter le parking du square.

Je pousse un soupir.

Putain de Grey…

Tu me fais faire des choses que je ne faisais jamais.

38

« Les plus grands maux viennent de ceux que l'on aime. »

June

Les examens de fin de semestre sont terminés.

J'ai passé la semaine dans le brouillard.

Je crois avoir écrit des choses sensées sur mes copies, grâce à mes séances de révisions poussées avec Amara, mais je le faisais par automatisme. Chaque fois que je regardais à travers la fenêtre de la salle d'examen, mon esprit s'enfuyait. Je n'ai pas vu Shayn depuis notre dernière entrevue nocturne. Il ne supervisait pas nos épreuves. Ces quelques jours sans lui m'ont forcée à me questionner sur le sens de notre relation, mais aussi sur la tournure qu'elle a prise.

Encore et encore.

Il m'a embrassée avec tellement de désir dans sa voiture… pour ensuite m'ignorer durant une semaine. Je me demande si c'est parce qu'il se sent coupable d'avoir entamé quelque chose avec moi, parce que j'ai des attentes et que lui n'a rien à m'offrir. Ça commence à me faire peur de ne presque rien savoir à son sujet. Je n'ai droit qu'à ce qu'il décide de me montrer. Mais il y a toujours cette façade.

Si je lui envoyais un message alors que je n'ai aucun prétexte, est-ce que je serais en tort ?

Merde.

J'en ai assez de me questionner parce qu'il souffle le chaud et le froid et qu'il prend tout à la dérision ; comme les autres. Je déteste qu'il fasse un pas vers moi pour ensuite reculer jusqu'à complètement disparaître du paysage. Avant, au moins, je ruminais des pensées entièrement négatives à son sujet. Là, je ne sais plus sur quel pied danser. Il sait vraiment jouer avec moi.

Je m'enfonce dans le vestibule de la maison en retenant un soupir éreinté. J'ai les épaules tendues, la tête lourde. Ma conscience est restée dans la salle de classe où j'ai passé le dernier examen du semestre. Je rêve de m'affaler devant la télévision pour me libérer l'esprit. En ce moment, je n'ai même pas envie de dessiner alors que ça a toujours été mon échappatoire.

Je me laisse lourdement retomber sur le canapé et j'allume la télé. Je porte encore mon uniforme, preuve de ma fatigue avancée, car la première chose que je fais normalement en rentrant est d'enfiler des vêtements plus confortables.

Je fixe mon téléphone sans prêter attention aux mots de la présentatrice. Malgré moi, j'attends une notification. Quelque chose qui dirait : « Je suis devant » ou encore « Ouvre ta fenêtre » sur ce ton nonchalant et affreusement séduisant.

Quand a-t-il commencé à empoisonner mes pensées ?

Sûrement à l'instant où il m'a donné l'impression d'avoir de la valeur.

Je délaisse mon téléphone avant de retomber dans le piège de l'attente. Pato vient me rejoindre en jappant allègrement. Je pose ma joue sur son pelage beige emmêlé. J'ai beau le brosser, le temps a eu raison de la brillance et de la souplesse de ses poils. L'étreindre est toujours aussi réconfortant, mais sentir ses os sous mes doigts me rappelle son âge avancé. Je presse tout à coup les paupières, retenant un sanglot en me rendant compte qu'il n'a plus sa vie devant lui.

Il m'observe de ses yeux noirs sans comprendre ce qu'il m'arrive, dodelinant lentement la tête au gré de mes caresses. Je lui embrasse le dessus du crâne en me promettant d'arrêter d'être triste.

C'est les vacances et je vais trouver de quoi m'occuper.

Les révisions sont derrière moi, ce qui est déjà un argument valable pour garder le sourire. Je ne laisserai personne me contrarier.

Pas même ce lunatique qui me fait croire qu'il a envie de me protéger dans le seul but de satisfaire ses pulsions nocturnes.

Je me redresse sur le canapé et je m'enfonce dans le dossier grisâtre en me promettant de ne plus lui accorder une seule pensée. Et pendant un moment j'arrive à me concentrer sur le programme. Mais ce havre de paix n'est que temporaire. Je me fige en entendant la clé tourner dans la serrure et j'éteins la télévision comme si j'avais fauté en restant dans le salon. Je n'attendais personne aussi tôt dans l'après-midi. Je pensais que Suzan avait utilisé ses dernières forces pour aller voir ses parents, même si son ventre est désormais si gros qu'il passe sans doute difficilement entre le volant et le siège de sa voiture.

Des cris éclatent soudain dans le couloir. Gaby débarque dans le salon, suivi de notre père.

— Cette fois, tu vas trop loin ! Tu te rends compte de ce que tu as fait ?! lui reproche-t-il, essoufflé d'avoir tant hurlé.

Gaby ne réplique rien, entêté dans ce profond mutisme qui nous rend tous fous depuis quelque temps. Il serre les lèvres, les yeux rivés sur le sol, son cartable encore enfoncé sur ses frêles épaules.

— Gaby ? je lui demande en ignorant la présence de papa, qui suinte l'agacement par tous les pores de sa peau. Qu'est-ce qui se passe ?

— Qu'est-ce qui se passe ?! rétorque mon père, la voix hargneuse. Il se passe que ton frère fait n'importe quoi ! Cette fois, il a cassé deux dents à son camarade de classe ! Juste comme ça !

Il agite les bras, dans une colère noire. Gaby ne relève pas les yeux, s'obstinant à les maintenir rivés sur le parquet. C'est terrifiant de le voir dans cet état de calme anormal.

On dirait un champ de mines.

Prêt à exploser au moindre faux pas.

— Ah, tu n'as rien à répondre pour ta défense, hein, Gabriel ! Bon sang, mais qu'est-ce qui te prend ?! Tu es dérangé, ou quoi ?

Suzan s'engage péniblement derrière eux, débouchant du couloir. Je vois son ventre en premier. C'est fou, cette excroissance qui a tout à coup poussé il y a quelques semaines. À présent, elle n'a clairement plus l'énergie de se montrer agressive envers moi, mais on dirait presque que le bébé tardait à pointer le bout de son nez pour qu'elle puisse me frapper un peu plus longtemps.

Nos regards se croisent. Elle est pâle comme un linge.

— Tu as dû prendre ta sœur comme exemple, je n'en doute pas, peste mon père en m'adressant un regard méprisant.

— Je n'ai rien à voir là-dedans ! protesté-je depuis le canapé. Arrête de m'accuser de tout ce qui ne va pas dans cette maison !

Face à ces cris incessants, Pato se recroqueville à côté de moi en baissant les oreilles.

— Arrête de te victimiser ! Si tu étais un peu plus *normale*, peut-être que ton frère agirait de façon plus raisonnable ! Vous êtes tous intenables dans cette famille !

— Je te demande pardon ?

— Tu m'as très bien entendu, madame « Je foire mes études et je sèche pour aller faire je ne sais quoi avec je ne sais qui » ! Tu es une je-m'en-foutiste de première catégorie ! Tu penses lui donner le bon exemple ?!

Je pousse un genre de cri étouffé par la stupeur.

Souvent, quand mon père me parle, j'ai une boule dans la gorge. Il y a tellement d'incompréhension entre nous. J'aimerais avoir une discussion à cœur ouvert, sans me sentir comme une moins que rien en face de lui. Si seulement il cessait de me prendre pour une idiote qui n'a d'autre ambition que celle d'échouer à l'école.

— Mais ce n'est pas le sujet, poursuit-il face à mon mutisme, qui pourrait bientôt se transformer en crise de panique si j'entends un mot de plus. Gabriel s'est fait virer, cette fois. Il a eu cinq avertissements ! Les parents d'élèves se sont plaints. Qu'est-ce que je vais faire pendant les vacances scolaires ? Lui chercher une nouvelle école ! Avec Suzan qui pourrait accoucher d'une seconde à l'autre ! Et tous mes problèmes au boulot ! Mais tu croyais vraiment que c'était le moment, Ga…

Gaby fonce sur la commode massive qui trône dans un coin de la pièce et saisit une statuette de décoration en forme d'éléphant avant de la briser en l'explosant contre le sol. Adossée contre le mur, Suzan sursaute. Nous restons un instant figés par cet éclat de violence.

Quand notre père a enfin digéré ce geste inattendu, il marmonne, incrédule :

— Mais enfin, Gabriel… qu'est-ce qui te pr…

— Ferme-la ! Ferme-la ! Ferme-la ! Je veux que tu la fermes ! lui hurle Gaby d'une voix stridente.

Je me lève du canapé alors que Pato s'enfuit du salon, les pattes glissant sur le parquet. Gaby continue de crier. Il s'empare d'un autre vase à sa portée et le lance au hasard. En retombant, les éclats de porcelaine s'éparpillent dans la pièce, si bien que Suzan recule prestement, craignant d'être touchée par les projectiles. Pour autant, Gaby ne cesse de brailler des reproches inintelligibles. Notre père reste immobile, trop sonné par cette crise brutale. Il a complètement perdu son autorité. Quand j'essaye d'approcher pour le calmer, Gaby me repousse en me plantant ses ongles dans les avant-bras et s'empare d'une énième babiole décorative pour la fracasser contre le mur. Cette fois, un fragment rebondit contre la paroi et vient m'inciser la joue.

Je hoquette de douleur en sentant la coupure de la porcelaine. Je porte ma main à mon visage et constate qu'un peu de sang tache la pulpe de mes doigts.

Voyant ce qu'il a fait, il s'immobilise et me fixe d'un air hagard avant de brusquement fondre en larmes. Tout son corps se relâche. Ses sanglots remplissent le silence, une symphonie terrifiante qui nous pétrifie tous. Je ne sais plus quoi faire. Je ne l'ai jamais entendu pleurer comme ça. Ses pleurs semblent arrachés du fond de sa trachée, il paraît sur le point de vomir tant il s'égosille. Je n'ai plus le réflexe de le prendre dans mes bras. Ma joue me lance. J'imagine ses poumons se comprimer dans sa cage thoracique, à la recherche d'un peu d'air.

— Je ne comprends pas…, geint-il de sa voix d'enfant, d'un ton qui me donne des sueurs froides.

Il se tourne vers sa mère, le visage baigné de larmes.

— Pourquoi tu es gentille avec moi mais pas avec elle ?

Sa question suppliante nous écrase. Suzan prend une grande bouffée d'air, se tenant le ventre. Son visage s'est figé dans une expression cataclysmique.

Pendant une microseconde, j'ai de l'espoir. Un espoir qui me fait presque honte. J'aimerais que Gaby aille au bout de sa phrase pour mettre fin à ce cauchemar dont je suis restée prisonnière durant des années.

Une fois qu'on dit les choses à voix haute, on ne peut plus les ignorer.

— Je ne comprends pas..., gémit encore Gaby. Pourquoi... tu es horrible avec elle... pourquoi tu la...

Il garde ses yeux rivés en direction de Suzan, incapable de dire le mot. Comme si ne pas le dire altérait la réalité. J'ai les bras ballants le long du corps.

— Gabriel, l'interrompt fermement mon père.

Je reçois un coup de poing dans l'estomac en comprenant ce que je refusais de m'avouer.

Il ne veut pas l'entendre.

Il ne veut pas le savoir.

Il le sait déjà.

— Pourquoi tu la frappes ! hurle quand même Gaby, se soustrayant à son autorité.

Suzan se décompose. Et c'est tout à coup à son tour de pleurer. Elle pleure comme quelqu'un lors de sa mise à mort. Ses mains rouges recouvrant son visage, elle se laisse glisser le long du mur. Ce son qui se déverse dans mes oreilles me débecte. Je sens la haine me traverser comme une longue aiguille.

Elle ne peut pas jouer la victime après tout ce qu'elle m'a fait.

Elle n'a pas le droit !

Gaby lui lance un regard de détresse, tiraillé entre son envie de me défendre et les exercices lacrymaux de Suzan. C'est toujours dur de voir sa mère pleurer, même quand il s'agit de me protéger. J'ai envie de le serrer dans mes bras pour le protéger à mon tour de ce sacrifice qu'il vient de faire pour moi. En parlant, il a trahi sa confiance.

Face à ce spectacle horrifique, mon père semble tout autant hésiter. Qui consoler ? Qui couvrir ? Son regard bascule vers Suzan, et je comprends avant même qu'il esquisse le moindre geste.

Elle est son futur.

Je ne suis que le reflet de son passé.

Il s'approche alors d'elle pour s'accroupir à ses côtés et je sens aussitôt une douleur m'irradier. Je reste debout mais je me sens m'effondrer à l'intérieur.

En réalité, son choix est fait depuis bien longtemps.

Je ne sais pas pourquoi je suis si déçue.

— Elle avait des bleus…, plaide Gaby, me désignant de l'index. Je les ai vus… quand elle lui faisait… quand elle lui faisait mal…

Il reste au milieu de la pièce, refusant de marquer son appartenance à un camp ou à un autre.

— Je suis désolée, Gab…, gémit-elle faiblement, d'un ton qu'elle module à dessein pour éveiller sa pitié.

Et moi… !

Et moi, dans tout ça ?

La question pourrait franchir mes lèvres si je n'étais pas aussi estomaquée de la voir à l'œuvre. Une fois de plus, je disparais. Je ne suis qu'une ombre dans cette famille, planant au-dessus de leurs problèmes même lorsqu'ils me concernent directement.

Je ne mérite pas de considération. Suzan a toujours eu raison.

— Je ne voulais pas te faire peur…, pleure-t-elle encore, effondrée contre le mur, avec mon père qui la berce lentement dans l'espoir de la calmer.

Il insiste : elle ne devrait pas se mettre dans cet état avec le bébé. « Le bébé ressent tout. » Un être qui n'est pas encore né souffre apparemment plus que moi. Est-ce qu'il a au moins entendu ce que lui a dit Gaby ? Pourquoi ne réagit-il pas, putain ? La nuque raide, je constate encore qu'il préfère ignorer la réalité parce qu'il n'a jamais eu le cran de voir les choses en face.

Finalement, il se redresse avec une précaution infinie pour épauler Suzan, qui tient à peine debout. Gaby est dans le même état que moi ; hébété, surpris. Il ne s'attendait pas à cette réaction. Il ne sait pas à quoi il s'attendait. Moi non plus.

— Gabriel, monte dans ta chambre. Je vais venir après avoir parlé avec maman, lui dit sobrement notre père.

Gaby se tourne vers moi comme pour me demander la permission, mais je n'arrive pas à lui donner de signal. Alors il enfonce sa tête dans ses épaules et disparaît dans la pénombre du couloir, puis gravit les marches de l'escalier. Ils sont sur le point de l'imiter. Suzan évite mon regard, encore perdue dans ses larmes de crocodile. Mon père se tourne vers moi.

— Reste ici, me lance-t-il avec une expression qui trahit son embarras. On va en discuter quand je redescendrai.

Une heure passe. Deux, peut-être.

Mes mains deviennent blanches à force de rester figées dans la même position, posées à plat sur mes cuisses. J'ai pleuré en fixant l'écran noir de la télévision et la pelouse ondoyante du jardin à travers les baies vitrées. Depuis, mes larmes ont séché sur mes joues, les rendant sans doute brillantes et poisseuses.

Je me suis mise sur pause.

J'aurais déjà dû m'enfuir, mais j'aimerais entendre ce qu'il a à me dire. J'ai l'infime espoir qu'il dise quelque chose qui pourra arranger la situation. C'est la seule motivation qui me pousse à rester assise ici, alors que j'ai encore été reléguée au dernier rang.

Finalement, les marches de l'escalier grincent sous son poids avec une lenteur inhabituelle, et il apparaît devant moi. Nous nous fixons en silence. L'air est irrespirable. La lumière commence à décliner derrière lui, les derniers rayons de soleil filtrent à travers les rideaux blancs, donnant à la pièce une teinte orange pâle. J'entends les piaillements des oiseaux au-dehors.

Si les mots lui manquent, j'aimerais au moins qu'il me prenne dans ses bras. Mais il ne le fait pas. Il reste debout en face de moi, de son air inquiet, mais pas pour moi.

— Alors…, commence-t-il, avec une prise de distance qui fracasse mes derniers espoirs.

Je le regarde droit dans les yeux. Mon visage satiné de larmes ne lui échappe pas mais ça ne fait qu'agrandir le gouffre entre nous. Il ne viendrait pas les essuyer. Tant mieux.

Je n'en ai plus à lui donner.

— Alors…, reprend-il, grimaçant car les mots lui manquent. Suzan a eu des problèmes pendant l'enfance.

Je l'écoute en battant lentement des paupières.

Quand a-t-il cessé de me considérer comme sa petite fille ?

Sûrement quand maman est partie. Il a décidé de me punir pour deux.

— Elle a connu une personne violente durant son enfance.

— Alors elle doit l'être avec moi ?

Mon calme accentue sa nervosité. Il baisse les yeux, évitant mon regard par tous les moyens ; il sait ce qu'il me demande implicitement. De fermer les yeux sur ce qu'elle m'a fait subir pour préserver notre famille.

C'est ce que j'ai toujours fait.

Pour Gaby.

Pour les autres.

Mais jamais pour moi.

Je n'ai jamais vécu pour moi.

— Ce que je veux dire, c'est qu'elle a fait ça malgré elle… Ce sont des mécanismes qui la dépassent.

Je cesse de l'écouter. C'est comme si j'évoluais dans un film muet : ses lèvres remuent mais je n'entends qu'un vague bourdonnement. Pas une seule fois, je peux y lire un « désolé ».

C'était tout ce que j'attendais.

— Ça ne se reproduira plus, si c'est ce qui t'inquiète. Tu n'as pas à t'en faire. C'est terminé.

Il a beau choisir ses mots avec soin, je peux sentir leur vacuité. Il est terrifié à l'idée que j'en parle à quelqu'un. Il se demande sûrement si ce n'est pas déjà fait.

— J'ai aussi discuté avec Gaby. Le transférer dans une nouvelle école lui fera le plus grand bien. C'est important pour lui de changer d'environnement.

Il plante son regard dans le mien de façon plus assurée. Il a conscience de me tenir quand il mentionne le bonheur de mon frère.

— Quant à toi, j'ai été un peu dur tout à l'heure.

Tout à l'heure ?

— Je suis désolé.

Son excuse n'est là que pour s'assurer que je resterai coopérative. Ces mots dépourvus de sincérité courent sur ma peau en y laissant un sillage destructeur. J'ai l'impression de me noyer. Dans un aquarium, tout le monde voit mon corps attiré par le fond mais personne ne fait rien pour me venir en aide.

Je suis un spectacle.

Une magicienne capable de transformer toute sa tristesse en indifférence.

Pourquoi on pense toujours que ça ne me fait pas vraiment mal ?

— On fera au mieux à partir de maintenant… et… à propos de cette école d'art où tu voulais aller…

Je reviens à moi. Mes yeux font le point sur sa cravate striée. Il n'a pas eu l'occasion de la retirer depuis qu'il est rentré du travail.

— Je te la paierai. Mais tu dois me promettre que tu ne parleras pas de cet incident autour de toi.

Cette annonce n'éveille rien en moi. Il attend mon approbation, il attend que je lui dise que tout est réglé et qu'il va pouvoir reprendre le cours de son existence. Mais cette approbation ne vient pas. Aujourd'hui, savoir que je pourrai enfin faire ce qui m'anime depuis toujours n'est pas réconfortant.

Parce que je connais désormais ma valeur, et elle s'élève à un montant avec quelques zéros dérisoires.

— Tu m'as entendu ? balbutie-t-il, effrayé par mon silence interminable. Suzan est dans tous ses états. Elle était au bord du malaise. J'ai vraiment eu peur. Je me sens un peu dépassé, pour être honnête.

Et moi, papa ?

Tu n'as pas peur pour moi ?

— Tu comprends, June, elle pourrait accoucher d'un instant à l'autre. On ne peut pas se permettre plus de stress pour le bébé…

Ça devient insoutenable de l'entendre ruminer ses molles excuses. Je me lève sans écouter la fin de sa phrase. Il ne cherche pas à me retenir quand j'attrape mon sac sur le meuble de l'entrée et quitte la maison sans claquer la porte.

Sans un bruit.

***

— June ?

Je craignais qu'il n'ouvre pas.

Je n'ai pas eu à utiliser l'interphone, le système de fermeture de la porte d'entrée était cassé, permettant les allées et venues dans le hall de l'immeuble. J'ai pris l'ascenseur, me retrouvant un instant seule entre ces quatre murs vert bouteille, sans questionner une seule fois ma légitimité à débarquer chez lui à l'improviste.

Il y avait le risque qu'il soit absent et que je me retrouve bêtement sur son palier, avant de devoir faire demi-tour sans savoir où j'irais.

Dans l'encadrement de la porte, il zieute mon uniforme. Je sais qu'il déteste ma présence sur son territoire, mais je me moque d'avoir l'air ridicule ou indésirable.

— Tu es venue ici comme ça, marmonne-t-il, les mâchoires serrées.

Je n'ai pas eu l'occasion de me regarder dans un miroir depuis que j'ai quitté la maison, il y a sûrement des traînées noires sous mes cils, et un peu de sang séché sur ma joue. Mais je me fichais bien d'avoir l'air désespérée dans les transports en commun. En fin de compte, je n'étais qu'une fille triste de plus dans une métropole bondée.

Son agacement se transforme en agitation lorsqu'il remarque l'entaille récente sur ma joue.

— Qu'est-ce que c'est, cette merde sur ton visage ?

Toute retenue annihilée, je l'enlace soudainement. Je peux sentir sa surprise, mais il ne me repousse pas. Je hume son parfum rassurant, la tête enfouie contre son torse.

— Mon père…, m'entends-je lui raconter. Il a dit que ce n'était pas si grave. Il a dit que je n'avais pas à m'inquiéter, qu'elle ne recommencerait plus jamais.

Je resserre ma prise autour de lui en m'accrochant à son tee-shirt. Ce n'est qu'au contact de son corps chaud que je constate combien j'étais transie de froid. La chair de poule a rendu ma peau granuleuse.

— Pourquoi il n'a pas demandé comment j'allais… Pourquoi… il ne m'a pas prise dans ses bras… Pourquoi est-ce qu'il est allé la voir *elle*… ?

Il me laisse parler en prenant des inspirations régulières.

— Il n'a même pas demandé à voir les bleus. Je voulais juste qu'il s'intéresse un peu à moi, susurré-je.

Ses mains caressent alors doucement mes cheveux. Je me colle un peu plus contre lui, me détestant d'être retombée dans mes travers. Je ne voulais plus faire le premier pas vers lui, mais avec ce mal de tête, je n'arrive pas à appliquer mes propres règles.

— Viens là, marmonne-t-il en m'entraînant à l'intérieur de l'appartement.

Il referme la porte derrière nous et pousse un long soupir. Je me demande s'il en a assez de devoir me « *réparer* » quand je lui impose mes blessures. Nous restons dans la même position durant quelques minutes. Je ferme les yeux, me fondant dans la pénombre de son salon.

C'est moins embarrassant s'il ne me voit pas.

Il ne fait rien d'autre que jouer avec mes mèches pendant que mes larmes coulent silencieusement. Il endigue ses émotions en se focalisant sur mes cheveux, et ça me va. Je préfère ça à de fausses promesses laissant miroiter que tout va s'arranger. Je ne veux pas devenir une de ces personnes misérables qui s'accrochent aux mots encourageants qu'on leur dit par pitié.

— Arrête de pleurer, m'ordonne-t-il après un instant, me contraignant à relever le visage. Plus tu le fais et plus j'ai envie d'aller le défoncer.

Je renifle en tentant de maîtriser ma respiration, secouant la tête pour lui indiquer que c'est inutile.

— Ça ne servira à rien… il la protégera toujours.

— Je sais. Mais j'ai quand même envie de lui remettre les idées en place.

Ses pupilles sont dilatées par la colère. Je me rappelle que j'étais censée lui en vouloir, mais, étrangement, ma rancœur s'est évaporée à l'instant où j'ai quitté la maison et que je n'avais plus que lui en tête.

— Où tu étais, cette semaine ? je lui demande en me défaisant de son étreinte.

J'ai l'impression d'avoir l'air d'une gamine en manque d'attention. Il m'a embrassée plusieurs fois mais pour lui, ça ne veut peut-être rien dire.

J'ai toujours compris qu'il enchaînait les filles.

— Je te laissais te concentrer, rétorque-t-il avec un sourire.

Mais ce sourire est faux. Je sens qu'il m'épargne la vérité, parce que j'étais effondrée dans ses bras il y a encore quelques secondes.

— Je t'ai manqué ? marmonne-t-il sur un ton railleur.

C'est difficile de savoir ce que je représente à ses yeux.

J'espère ne pas le regretter. Je me suis montrée si vulnérable avec lui.

Face à mon silence, il claque la langue et me confie :

— Il y a des problèmes chez moi en ce moment. Quelqu'un est malade.

— Quelqu'un ? rebondis-je, car c'est l'occasion de détourner l'attention de moi après ma crise de larmes.

— Mon beau-père.

Je hoche la tête, mordue par la curiosité. Il en parle avec une telle indifférence que j'en viens à me demander quels rapports il entretient avec sa famille. Il était pourtant allé les voir à New York.

— Il compte pour toi ?

— Pas vraiment. Mais il compte pour quelqu'un d'autre.

Ce ton évasif me dissuade de lui en demander davantage. Parfois, je sens que la corde se tend entre nous et qu'une distance s'installe.

Il ne semble pas s'en soucier. Ses yeux s'accrochent aux miens et il me dit d'une voix égale :

— Grey, souviens-toi. Ce sont toujours les gens que tu aimes le plus qui te feront le plus de mal.

He said It tasted bad

I think he implied that I should only smile to him?

39

« Ça a l'air doux, mais attention, ça pourrait être un nuage. »

June

— June, troisième fois ! Les décaféinés, c'est le bouton vert. Le prochain client qui me rapporte sa commande…

Je jette un regard embarrassé à Ruby, ma manageuse, tout en finissant de remplir un gobelet de chocolat chaud pour la fille qui attend au comptoir. Cela fait deux jours que je travaille en tant que barista dans un café du centre commercial de Southwark. J'ai réussi à avoir pas mal d'heures, un serveur les avait lâchés au dernier moment.

Personne n'a envie de travailler durant les vacances de Noël.

Ruby n'a qu'un an de plus que moi mais son statut d'étudiante ne nous rapproche pas du tout. Elle est désagréable au possible. Elle a dû oublier qu'elle aussi avait été nouvelle un jour. Elle pense qu'un cerveau humain devrait être capable de retenir des recettes qu'on ne lui a montrées qu'une seule fois.

— Voilà, bonne journée, dis-je en tendant son gobelet brûlant à la cliente.

La dame m'adresse un sourire compatissant puis disparaît dans la galerie encore déserte à cette heure matinale.

Je me tourne finalement vers Ruby, restée dans l'angle du bar en plexiglas ébène à me fixer d'un œil morne. Elle tripote son piercing nasal.

— Désolée, marmonné-je en nettoyant le comptoir, où des gouttes de café ont giclé.

Elle se contente de soupirer, levant les yeux au ciel avec dédain, puis retourne dans l'arrière-boutique. Je profite de l'absence de clients pour m'affaisser contre le bar, évitant de peu des guirlandes décoratives en forme de lutins de Noël. C'est reposant lorsqu'il n'y a personne. Je redoute les heures de pointe, quand les clients s'accumulent dans la file et que je dois enchaîner des préparations plus farfelues les unes que les autres.

Ce job est éprouvant. Mais c'est mieux comme ça.

Plus j'en fais et moins je réfléchis. Ici, je peux fuir l'atmosphère accablante de la maison.

Depuis l'autre soir, j'ai finalement accepté une réalité que je refusais d'admettre : peu importe combien j'essaye, je serai toujours une étrangère au sein de la famille Grey.

J'ai attendu l'amour de mon père pendant des années.

Mais ça n'arrivera jamais.

Alors je laisse tomber.

J'ai téléchargé les dossiers d'inscription aux universités qui me faisaient de l'œil depuis un moment, mais où je n'avais jamais envisagé de postuler. Au cas où mon père reviendrait sur sa parole concernant l'école d'art. Je ne vois pas pourquoi je serais acceptée dans ces facs ; mes résultats ne sont plus aussi terribles qu'avant mais ils restent médiocres. En attendant, j'ai envie d'aller plus loin. Plus loin que les frontières du Royaume-Uni. La seule chose qui me dissuade de les traverser est la distance qui me séparera de Gaby. Mais… ces derniers jours, j'en viens à me demander s'il ne vivrait pas mieux sans moi. J'empêche Suzan d'être une bonne mère pour lui.

Je suis un poids car je suis la seule qu'elle déteste. Dans le fond, c'est ce que tout le monde pense.

Suzan m'évite désormais comme la peste et a décidé de vivre exclusivement dans sa chambre depuis les révélations de Gaby. Je ne l'entends en sortir que pour aller dans la salle de bains. Autrement, elle se fait apporter ses repas au lit en mettant cette soudaine léthargie sur le compte de sa fin de grossesse.

Mon père a conscience de marcher sur des œufs avec moi, alors il ne me fait aucun reproche, comme s'il pouvait acheter mon silence. Face à ce constat, je préfère encore ne pas lui parler.

On est de toute évidence doués pour s'ignorer comme les étrangers que nous sommes.

***

Plus tard, aux alentours de 16 h 30, alors que la première heure de pointe de l'après-midi est passée et que je range le comptoir en relisant frénétiquement les recettes dans le carnet à boissons, j'ai droit à une visite surprise.

— Un café serré.

Je fais brusquement volte-face en entendant cette voix basse, croyant encore avoir halluciné, mais je constate que c'est bien Shayn qui se trouve de l'autre côté du comptoir. Mes hanches manquent de se cogner au bar.

J'avais oublié lui avoir dit pour mon nouveau travail.

Je ne pensais pas qu'il passerait… même si je l'espérais.

Je zieute alors les nombreux visages devenus flous à cause de la lumière tamisée, tout à coup inquiète de croiser quelqu'un de Sherborn. Le fait qu'on se retrouve tous les deux au même endroit déplairait à certains.

Derrière mon tablier noir, je me demande de quoi j'ai l'air avec mes cheveux mollement retenus par un élastique qui commence à fatiguer de sa journée. Comme moi. Je sens la transpiration qui s'est accumulée au niveau de mes tempes et je regrette de ne pas avoir de miroir pour pouvoir vérifier mon apparence.

— Tu veux que je le répète ? L'information n'a pas l'air d'être montée à ton cerveau.

Je sens mon estomac tomber à mes pieds.

J'ai du mal à contrôler mes émotions quand il s'agit de lui, dernièrement. Je regarde par-dessus son épaule, faisant mine d'observer les clients installés dans la salle pour me défaire de son regard insoutenable. La dernière fois qu'on s'est vus, la pénombre nous recouvrait, ma détresse et moi.

J'ai fondu dans ses bras sans savoir comment faire autrement. Mais une fois les émotions maîtrisées, c'est difficile de le confronter. Surtout dans la lumière du jour.

— T'es un peu lente aujourd'hui, constate-t-il sans rien laisser transparaître sur son visage régulier. J'ai changé d'avis pour ma commande.

Il laisse ses yeux me parcourir. Je m'humidifie les lèvres, repensant à la chaleur diffuse de son corps contre le mien alors qu'il me laissait l'enlacer.

Son regard se désintéresse de moi pour lire les inscriptions sur le panneau placardé au-dessus du bar, proposant toutes les boissons disponibles à la vente. Je profite de cet instant de répit pour le fixer à mon tour : il est habillé tout en noir. Avec le gris, ce sont ses couleurs favorites. Sa veste laisse entrevoir son corps athlétique.

— Je vais prendre…, réfléchit-il en découvrant les possibilités qui s'offrent à lui. Un *venti macchiato* avec un double espresso, un tiers de lait d'amande, un tiers de lait de noisette, une double dose de sirop de vanille, un coulis caramel à l'intérieur du gobelet, pas à l'extérieur, insiste-t-il en continuant de lire le panneau. Et…

Je suis encore en train d'essayer d'assimiler son charabia lorsque je comprends qu'il me fait marcher. J'ai du mal à le voir boire autre chose qu'un espresso, son côté terre à terre, sans doute. Je suis certaine qu'il n'aime même pas le sucre. Mais associer des ingrédients qu'il n'a probablement jamais consommés paraît être un jeu d'enfant pour lui.

— Le Starbucks, c'est un peu plus loin, lui rétorqué-je en lui indiquant la direction d'un signe de la main.

— Mais je ne veux pas un Starbucks, je veux un truc que tu as préparé, toi. Alors vas-y, Grey. J'attends ma commande.

Il affiche un demi-sourire que j'aimerais lui arracher.

Je m'apprête à lui conseiller d'aller voir ailleurs si j'y suis lorsque j'aperçois une ombre du coin de l'œil. Ruby me surveille, bras croisés entre les tables noires et lustrées, pour s'assurer que je ne sois pas en train de perdre du temps.

Saisissant un gobelet en carton, je retiens un juron entre mes lèvres et lui adresse un sourire commercial.

— Est-ce que vous pouvez me répéter votre commande, un peu plus lentement cette fois ? *S'il vous plaît.*

Il faut mettre les formes lorsque nous sommes observés.

— Waouh, raille-t-il d'un ton peu impressionné. Tu sais être polie, quand tu veux.

Je lui adresse un regard noir, tout en priant pour que Ruby ne l'ait pas entendu. Pour toute réponse, son sourire narquois s'élargit, il n'a pas l'intention de m'aider. Alors je me lance en m'accrochant aux bribes de notre conversation que j'oublie déjà.

Rendue nerveuse par son regard dans mon dos, j'improvise une mixture bien écœurante.

Des voix féminines résonnent derrière moi, d'autres clients ont rejoint la file. Lorsque je jette un coup d'œil par-dessus mon épaule, je constate que ce sont des filles du même âge que moi. Je leur adresse un sourire qu'elles ne me rendent pas et continue ma préparation, perplexe.

La boisson fumante terminée, je la pose sur le comptoir et m'approche de la caisse.

— Ça fera six livres et dix pence.

Il passe sa carte sur le lecteur en ignorant les bavardages trop forts des deux lycéennes qui le talonnent. Il semble avoir attiré leur attention, comme partout où il va, à en juger par les coups d'œil qu'elles lancent à sa nuque et par leurs messes basses plus ou moins discrètes.

— La paille, me fait-il remarquer en constatant que je l'ai oubliée.

Je ne peux m'empêcher de lever les yeux au ciel, même si c'est moi qui suis en tort. Je la lui tends du bout des doigts, comme si le frôler revenait à me contaminer.

— Bonne fille.

Je manque de m'étrangler à cette appellation plus que discutable. Il a perdu son sourire mais cet éclat joueur persiste dans son regard. Il sait très bien ce qu'il fait.

— Et arrête de rouler des yeux quand je te parle, me conseille-t-il en s'éloignant. Ils vont finir par tomber.

Il s'assoit dans un coin de la salle avant de poser la boisson devant lui et de s'en désintéresser. Encore troublée par cet échange, j'en oublie les deux prochaines clientes qui attendent. C'est le soupir prolongé de la brune à la chemise Burberry qui me sort de ma torpeur. Je note leur commande, mais je n'arrive pas à me le sortir de la tête.

C'est ce comportement que j'aime chez lui.

Il ne me traite jamais comme une misérable petite chose qui a besoin d'être sauvée. En dépit de ce qu'il sait de moi, je suis toujours « Grey », et il reste ce petit connard intransigeant quand l'heure n'est pas aux larmes.

Il m'a encore laissée dormir sur son canapé, l'autre soir. L'ambiance n'était à rien d'autre qu'au silence qui suit une tempête. Je n'étais pas d'humeur à dire quoi que ce soit d'autre à voix haute. J'avais un peu honte de m'être invitée chez lui, et d'avoir laissé les mots jaillir sous leur propre impulsion.

Le lendemain matin, lorsque je suis revenue à la maison, personne ne m'a posé de questions.

J'ai l'impression qu'on m'en posera de moins en moins.

Une fois servies, les deux filles vont s'asseoir à la table voisine de la sienne, et je me rends compte alors de ce qui se trame. Elles parlent fort pour attirer son attention, même s'il n'a d'yeux que pour son téléphone. Bien que ça m'agace un peu, je me dis qu'elles ressemblent juste aux filles de Sherborn et que, jusqu'à présent, je ne l'ai jamais vu leur accorder le moindre intérêt. Je continue donc mon service, lui jetant parfois des coups d'œil en me demandant quand est-ce qu'il s'en ira, et s'il m'attend. Je n'ai pas l'impression de l'avoir vu toucher à sa boisson.

Ruby, venue me filer un coup de main car les clients s'accumulent de nouveau dans la file, me lance un regard appuyé.

— C'est ton mec ?

Sans attendre de réponse, elle saupoudre la chantilly de cacao et me devance :

— Tu devrais faire attention. Il est, genre, vraiment très beau.

Elle s'éloigne le long du comptoir pour tendre sa commande au client, sans doute satisfaite d'avoir pu instiller le doute en moi. Mais je me contente de reprendre mon service sans me laisser démonter par sa pique. La demi-heure suivante s'écoule dans un flot continuel de clients.

— Je te trouve mignonne. T'as quel âge ?

Je marque un temps d'arrêt, alors que mes doigts tapent le montant sur la caisse. Le type à qui je viens de servir un thé matcha se tient poliment derrière le comptoir, dans l'attente d'une réponse.

Je n'avais même pas fait attention à lui. À force d'enchaîner les clients, j'imagine qu'on sort de son corps. C'est un brun à la peau laiteuse, avec des yeux d'un bleu fantomatique. Les points noirs de sa barbe parfaitement rasée sont encore visibles sous sa peau translucide, et ses cheveux bruns ondulent légèrement, ce qui s'accorde étrangement à son pull en maille bleu marine.

Je jette un œil en direction de Scott, m'apercevant alors qu'il nous observe. C'est la première fois que nos regards se croisent depuis qu'il est allé s'asseoir.

— Je…

Je n'ai même pas d'excuse pour écourter cette conversation gênante : Ruby est dans l'arrière-boutique et aucun autre client n'attend.

Je concentre mon regard sur sa tenue bon chic bon genre, me disant qu'il a l'air tout droit sorti d'un catalogue C&A. Et, avant que j'aie le temps de formuler un refus, il brandit son téléphone, ouvert sur la page contacts pour que j'y inscrive mon numéro.

— Je m'appelle Matthew. Tu es nouvelle, non ? Je ne t'ai jamais vue ici.

Consciente qu'il ne nous a pas quittés des yeux, j'ai le réflexe de regarder Shayn. Il nous observe avec une expression indéchiffrable. Je pense qu'il va rester à sa place, mais non, il se lève en emportant son café avec lui et traverse la pièce sans rompre notre contact visuel.

— Tu finis quand ? me demande-t-il en ignorant le type qui n'a toujours pas éloigné son téléphone de moi.

— Dans… vingt minutes, balbutié-je, prise de court.

— Je t'attendrai dans le parking ouest. Rangée C. Ne traîne pas.

Sur ces mots, il prend une gorgée de sa boisson, pince les lèvres dans une expression de dégoût et pose brusquement son gobelet sur le comptoir, avant de me lancer :

— Lâche pas les cours. Ça a vraiment un goût de merde.

Je ne sais pas ce qu'il a déduit de mon échange avec cet inconnu, de loin. Il m'adresse un sourire qui tranche avec la dureté de ses paroles et mon appréhension s'accentue en le voyant sortir du café.

Le client m'observe alors étrangement, mais s'abstient de tout commentaire en récupérant son plateau. Je peux presque entendre ses pensées et la vague de déception qui l'a envahi.

Lorsque la fin de mon service arrive, l'anxiété a eu le temps d'enfler dans ma poitrine. Dans les vestiaires, je retire mon uniforme, un tee-shirt noir et un pantalon de la même couleur avec un pins de l'enseigne. Je redoute notre confrontation alors que je n'ai rien fait, mais j'ignore si c'est du bon ou du mauvais stress.

Avec lui, c'est tout ou rien.

Je rejoins le parking souterrain en suivant le plan, un peu nerveuse car il n'y a plus grand monde à l'approche de la fermeture. Il reste encore quelques voitures, certaines rangées sont plus vides que d'autres. J'ai le loisir de constater que ce genre d'endroit n'a rien de rassurant, surtout quand la nuit est déjà tombée.

Je suis sur le point de l'appeler lorsque je l'aperçois au point de rendez-vous indiqué, appuyé contre sa voiture. Il tourne sa tête vers moi alors que l'écho de mes pas résonne. Je ralentis, essayant d'évaluer son expression, ou plutôt l'étendue de son agacement, mais son visage reste neutre.

— Salut…, marmonné-je pour briser le silence.

Il ne répond rien et ne me quitte pas des yeux. Intimidée par son comportement, je m'apprête à aller m'asseoir du côté passager mais il m'arrête d'un geste de la main. Son index et son majeur m'indiquent de venir vers lui.

Je m'exécute en me sentant étrange. Il ouvre la portière arrière, se décale pour me laisser de la place, et je comprends qu'il veut que je m'assoie sur la banquette. Encore debout, coincée entre l'espace de la portière et lui, lui-même bloqué par une voiture dans son dos, je lui adresse un regard curieux, mais il me répond avec des yeux qui me demandent si je lui fais confiance.

Alors je me glisse sur le siège sans rompre notre contact visuel, mais bientôt je n'ai plus qu'une vue sur le liseré de son haut noir et sur son pantalon. Avant que j'aie pu m'interroger davantage, il se penche à l'intérieur de la voiture.

— Pourquoi tu es venu aujourd'hui ? je lui demande, consciente de toute la tension qui règne entre nous.

Son regard se pose sur mes lèvres et je sens une nuée de papillons s'envoler dans mon bas-ventre. Répondant à ma demande muette, il écrase alors violemment ses lèvres sur les miennes, et je peux sentir toute sa colère me traverser et m'atteindre. Sa langue trouve la mienne pour une étreinte prolongée. Notre dernier baiser remonte à vendredi dernier et nous ne sommes que lundi, mais ça semble correspondre à une éternité, alors je ferme les yeux en espérant qu'il ne s'arrêtera jamais.

Mais j'ai l'impression que ce n'est jamais assez, que mon corps en redemande et cherche à l'atteindre par tous les moyens. Je tente de le toucher mais il retient fermement ma main lorsqu'elle atteint ses cheveux. Je rouvre les paupières, alors qu'il interrompt notre baiser :

— Parce que ça a quelque chose de satisfaisant de te tourmenter, rétorque-t-il finalement.

II a parlé près de mes lèvres encore humides.

— Tu n'es pas d'accord ?

Je hoche la tête, enivrée de sa présence. Je suis tellement shootée que je ne me soucie même pas du fait que quelqu'un pourrait nous voir.

— Pourquoi tu ne lui as pas dit d'aller se faire foutre ? s'enquiert-il en me maintenant sous son regard brûlant.

Je mets quelques secondes à comprendre qu'il m'a posé une question.

— Je n'ai pas eu le temps. Tu t'étais déjà levé.

— C'est vrai, admet-il, de bonne foi. Mais tu devrais arrêter de sourire aux gens. Ça leur donne de sales idées.

Il prend un peu de recul pour pouvoir m'observer et je sens toute la réalité de l'instant me percuter, mais ce n'est pas désagréable.

— Carrément ? Arrêter de leur sourire ?

— Ouais. Tu devrais réserver ton sourire aux personnes spéciales.

— Tu penses être spécial ?

— Je sais pas. À toi de me le dire.

Je réprime un sourire.

— J'ai cru que tu étais énervé.

— Pas contre toi. Il s'imaginait en train de te baiser. Ça se voyait sur son visage.

Il pose une main sur ma cuisse, la tapote du bout des doigts, et ce geste calculé fait courir un millier de frissons sur ma peau.

— Mais c'est pas grave, Grey. Ils peuvent venir te demander ton numéro, c'est moi qui te ferai certaines choses et tu le sais.

C'est soudain difficile de soutenir son regard face à ses sous-entendus. Dans le fond, j'en ai envie. Je me demande ce que je ressentirais si je le laissais posséder chaque parcelle de mon corps.

En le décidant.

C'est la première fois que je ressens ça pour quelqu'un.

— Tu es très sûr de toi, répliqué-je après quelques secondes de flottement, essayant de me convaincre que ses mots n'ont aucun effet sur moi.

— Je ne devrais pas ?

J'ai l'impression que sa main laissera une brûlure sur ma cuisse. Pourtant, je secoue la tête pour lui indiquer qu'il se fait des films. Ce petit jeu du chat et de la souris le divertit, il fait lentement remonter ses doigts plus haut, s'approchant de la couture de mon pantalon, sans la toucher pour autant.

Mes muscles se crispent. Le souvenir est encore frais.

Parfois, j'aimerais qu'il recommence.

— Alors pourquoi tu te tends comme ça quand je te touche ? me demande-t-il avec un flegme déstabilisant.

J'ai conscience de l'écart entre nous. Il est en haut de l'escalier alors que je suis encore en bas. Dans un sens, c'est terrifiant. Dans l'autre, je suis certaine de vouloir gravir ces marches pour l'atteindre.

Mais est-ce qu'il me poussera lorsque j'arriverai à sa hauteur ?

Il libère ma cuisse de sa main, et, malgré moi, un rictus de déception me traverse. J'ai envie de rester avec lui plus longtemps. Mais je préférerais encore qu'on me coupe la langue que de l'avouer à voix haute.

— Je te sens frustrée, là.

Je refuse de lui répondre.

— Fais pas cette tête. Tu rends les choses plus difficiles, alors que j'essaye d'y aller doucement avec toi.

Il se penche et frôle ma mâchoire avec la sienne, provoquant d'autres frissons jusque sur mon lobe d'oreille.

— Mais si tu veux vraiment le savoir, susurre-t-il. Je ne fais pas dans le romantisme. Tu pourras le supporter ?

Sa question rhétorique me coupe le souffle. Il se redresse complètement, prenant appui sur le toit de la voiture.

— Allez, passe devant. Je te raccompagne.

Je m'exécute sans demander mon reste, après une seconde à sentir absolument tous les nerfs de mon corps me brûler à vif. Il s'assoit à son tour alors que je me laisse aller contre la portière, prenant pour excuse la fatigue de cette longue journée passée debout.

Nous arrivons près de chez moi en une vingtaine de minutes, après avoir silencieusement roulé dans les rues dégagées du centre-ville. Mon cœur s'affaisse en voyant les lumières allumées à la maison. J'aimerais tellement ressentir de la chaleur en me disant que toute ma famille est là, à l'intérieur. Mais je ne ressens qu'un courant d'air froid face à ces carrés de lumière jaunâtre.

Il gare la voiture sur le parking du square et reporte son attention sur moi, tout en passant sa main à travers la fenêtre ouverte. Le temps est doux, ce soir.

— Je te l'ai déjà dit, mais ne reviens pas chez moi à l'improviste. L'autre fois… c'était exceptionnel.

Je repense à la violente dispute qui avait éclaté avec ce type au crâne rasé en bas de chez lui, il y a déjà deux mois. Son visage était en sang et il ne parvenait plus à se relever. Le béton autour d'eux était couvert de rouge, assombri par leur rage et leurs coups.

Shayn n'en a jamais reparlé. Je me demande ce qu'il est devenu.

Tout comme je me demande encore qui était cette fille mentionnée sur le toit. Plus nous passons de temps volé ensemble, plus ces mystères autour de lui commencent à me travailler.

— D'accord, acquiescé-je en me demandant si ce sont nos derniers mots de la soirée.

La sérénité nocturne enveloppe l'avenue. Je défais ma ceinture en luttant contre les questions qui me brûlent les lèvres.

Elles pourraient tout gâcher.

« Pourquoi tu fais ça pour moi ? »

Je croyais qu'on se détestait.

« Qui est cette fille qui te faisait penser à moi ? »

J'aimerais savoir ce qu'elle représentait pour toi.

« Si ton beau-père est malade, est-ce que ça veut dire que tu vas repartir à New York ? »

Mais j'ai peur de connaître les réponses, alors je ne les lui pose pas maintenant. Je veux profiter encore un peu de cette zone blanche.

C'est les vacances, et Sherborn n'existe plus.

En fait, rien n'existe plus, et il est le seul à être toujours là pour moi.

Mais j'ai peur de trop m'habituer à cette idée et de ne pas réussir à surmonter une nouvelle déception le jour où il cessera de s'intéresser à moi.

Je ne veux pas qu'il le fasse. J'ai enfin l'impression d'être vivante, alors que je ne pensais jamais pouvoir dire ça.

Je relâche doucement la ceinture, distraite par sa texture granuleuse sous la pulpe de mes doigts. Je m'apprête à descendre lorsque je remarque le point incandescent entre son majeur et son index. La fumée de sa cigarette s'échappe par la fenêtre et remonte dans les airs, rendant la nuit plus épaisse.

Resté de profil, il me lance d'un ton désinvolte :

— Les cheveux attachés, ça te va bien.

Un sourire reconnaissant me chatouille les lèvres.

Alors la prochaine fois, je les laisserai lâchés pour me convaincre que je ne suis pas en train de tomber amoureuse de toi.

40

« Tu peux t'endormir sur tes problèmes, ils se chargeront de te réveiller. »

Shayn

— Ferme-la, connasse, marmonné-je en saisissant la télécommande échouée à l'autre bout du canapé.

La brune n'a pas le temps d'enlacer ce qui semble être un prêtre que l'écran devient complètement noir. Je ne sais pas comment elle s'est retrouvée dans mon salon, à casser le quatrième mur toutes les trois secondes pour regarder fixement la caméra. J'étais au téléphone avec Sarah quand j'ai remarqué les images qui défilaient sur mon écran. Une série teintée d'humour anglais, j'imagine.

Je n'ai pas éteint tout de suite. J'étais trop occupé à l'écouter me parler de Dean, qui crève à petit feu dans la chambre de nos parents. Mais je ne ressens rien pour mon beau-père.

Même pas un peu de tristesse.

Ça craint pour Sarah, ouais, et je sais qu'elle aimerait m'entendre lui dire que tout ira bien. Mais je n'ai jamais été doué pour les mensonges. J'ai préféré coller mon oreille contre le téléphone et fixer les flocons de neige qui dansaient derrière la fenêtre du salon pendant qu'elle pleurait discrètement, alors que huit heures de vol nous séparent. Chez nous, l'humeur n'est pas aux festivités. Le foie de Dean est rongé par une cirrhose. Après des années à avoir ignoré les avertissements de ma mère, ça n'étonne personne. Depuis qu'il l'a épousée, quand j'avais dix-sept ans, je l'ai vu dangereusement flirter avec l'alcoolisme et les vapeurs de narguilé. Alors je me fous bien qu'il rende l'âme. Je ne le déteste pas. Il fait juste partie de ces gens que je méprise trop pour ne pas les ignorer.

Sarah dit que ses cernes lui arrivent désormais jusqu'au sillon nasal, que son teint a viré au gris. Qu'il a carrément arrêté de passer ses journées au bar, ce qui n'était jamais arrivé depuis qu'elle est née. Au moins, il n'a plus la force de se payer des putes dans le dos de ma mère, avec de l'argent qu'on a fini par lui donner, Sarah ou moi.

Mais maman n'a jamais été jalouse et ne lui a jamais reproché d'aller voir ailleurs. Ils se sont mis ensemble quand elle en a eu assez d'enchaîner les relations désastreuses avec des hommes qui la lâchaient une fois qu'elle était enceinte. Avec Dean, il n'y avait pas de sentiments. C'était juste un contrat officieux douteux lui apportant une stabilité familiale. Elle pourrait finalement se marier devant Dieu, son rêve de petite fille. Il a fini par l'engrosser aussi, pour respecter la tradition, sans doute.

Le dernier, Isaac, a maintenant sept ans. Je ne le vois presque jamais. Ma mère m'en empêche depuis ce qui s'est passé avec Adam. Si Sarah ne m'envoyait pas des photos de temps en temps, j'aurais oublié la couleur de ses yeux.

Mais je ne suis pas comme Grey, prête à se sacrifier pour ce frère qui ne partage que la moitié de son sang. Pour être franc, je ne me suis jamais vraiment battu pour le voir une fois que j'ai compris que c'était peine perdue. C'est aussi le fils de Dean. Qu'il le veuille ou non, il portera toujours en lui les traces de son ADN.

Et puis, même si elle ne l'adule pas autant qu'Adam, c'est le second protégé de ma mère.

Je serai toujours le moins aimé de la fratrie.

Je fixe la fenêtre embuée par le froid en me demandant ce qu'elle fait. C'est Noël. Je l'imagine assise dans un coin de la table dressée pour l'occasion, entourée de cette bande d'hypocrites, se demandant quand est-ce qu'on la sortira de là et pourquoi je ne lui ai pas encore envoyé de message. Je devrais, mais je n'arrive pas à m'y résoudre. Voilà deux jours que je suis allé la voir à son travail. Je ne devrais pas lui rendre ce genre de visite régulièrement. C'est cruel de l'habituer à ma compagnie. Parce que j'ai cette impression que je vais l'attirer au fond du trou malgré moi.

Du bout de l'index, je dessine sur la vitre ce qui ressemble vaguement à un renard, avant de tracer une croix dessus en me demandant ce que je suis en train de foutre. Je ne suis pas sûr de la direction qu'on prend, tous les deux. Mais… c'est plus fort que moi. J'ai envie de la voir.

Non.

J'ai envie de l'avoir.

Elle m'apaise.

Cette prise de conscience me vaut une remontée acide. Accepter cette réalité équivaut à tourner la page. Mais est-ce que j'en suis réellement capable ? Lucy a arrêté ses putain d'apparitions inopinées. Elles me rendaient fou et je priais la nuit pour qu'elles disparaissent, quand la sueur inondait mon front et que mes doigts s'accrochaient désespérément aux draps, jusqu'à y faire des trous.

Mais maintenant que c'est fait, j'ai du mal à me croire guéri.

Je renifle. Il n'y a rien à voir par la fenêtre. La place est morte, toutes les familles se sont rassemblées à l'intérieur pour festoyer autour de tablées grotesques. Je me suis contenté d'un McDo que j'ai récupéré au drive. L'employé avait l'œil morne, clairement dégoûté de passer ses fêtes à servir des frittes trop molles à des connards comme moi. Je lui ai souri comme je sais si bien le faire en emportant ma commande, après tout, c'est un jour comme un autre.

Mais alors pourquoi mes pensées reviennent-elles sans cesse vers June, qui se morfond sans doute dans cette foutue maison ?

Quelqu'un sonne à l'interphone.

Je décolle mon front de la vitre en me demandant qui peut bien venir me déranger en ce jour si spécial pour le commun des mortels. C'est avec un peu d'appréhension que je regarde à travers l'écran, mais je me détends en voyant des cheveux auburn dans la caméra.

— Qu'est-ce que tu fous en bas de chez moi ? je lui demande pour ne pas me laisser attendrir par sa visite.

Elle recule mais ne se doute pas que je peux la voir et je fixe ses cheveux qui retombent en cascade dans son dos. Elle porte une robe à carreaux marron lui arrivant au-dessus des genoux, visible sous sa parka volumineuse.

Elle est ridiculement attirante

— J'ai quelque chose à te donner.

Je laisse mon regard courir le long de ses mains pixélisées par la mauvaise qualité de l'image, mais je ne vois pas de paquet.

Perplexe, je m'appuie contre l'interphone.

— Tu aurais dû m'appeler. Je serais venu.

— Je n'avais pas envie de rester près de chez moi.

— Alors dépêche-toi de monter.

— J'ai besoin que tu descendes, plaide-t-elle en regardant dans le vide, toujours pas au courant que je l'observe à travers la caméra.

Je pousse un soupir et j'éteins l'interphone. Je lui ai déjà dit de ne pas venir ici. Qu'est-ce qui est si difficile à comprendre ?

Je sors pourtant de mon appartement sans penser à enfiler une veste malgré la neige qui nappe désormais le béton et les toitures des bâtiments. Elle a tenu sans se laisser engloutir par la pluie. Je traverse l'entrée de l'immeuble en m'attendant à la voir sous le porche mais je constate qu'elle a disparu. Perplexe, j'avance sur le sol poudreux en laissant une pointe de nervosité m'atteindre.

Où est-ce qu'elle est passée ?

Avant que je puisse me questionner plus longtemps, je reçois une boule de neige en plein visage. Puis un rire résonne sur la place déserte. Je plisse les yeux, retirant du revers de la main les résidus de glace coincés dans mes cheveux, avant de la voir qui se tient à quatre ou cinq mètres de moi, hilare.

Je ne crois pas l'avoir déjà vue rire. Pas comme ça.

De bon cœur.

Dans cette étendue de neige rendue bleuâtre par la lumière, elle ressemble à ces rêves qu'on ne fait qu'une fois. Je la dévisage en sentant une chaleur irriguer mes veines et j'en viens à la détester de me faire ressentir ça.

— J'ai passé l'âge pour ces conneries, je la remballe froidement.

Mais elle ne se laisse pas impressionner par mon austérité et se penche dans la neige pour former un nouveau tas, qu'elle presse ardemment entre ses mains délicates.

— Ça, c'est pour l'autre jour au café ! s'écrie-t-elle en tendant le bras dans ma direction. Sale con !

Je ne cherche pas à esquiver son projectile. Il émet un bruit sec en s'écrasant sur mon pantalon.

— Qu'est-ce que j'ai fait ?

À part détester tous les mecs qui posaient leur regard sur toi.

Cette crétine ne s'en rend même pas compte, mais je ne suis pas le seul à apprécier sa beauté. Elle était trop occupée à concocter ses cafés dégueulasses pour remarquer ces regards et, d'une certaine manière, je préfère ça. Un jour, elle pourrait voir qu'il existe des milliers de gars qui la méritent bien plus que moi.

— Tu le sais très bien. Ta commande était absolument…

— Ah, la coupé-je. Je pensais que tu m'en voulais pour autre chose.

Malgré les mètres qui nous séparent, je réussis à capter la gêne sur son visage. Elle m'envoie une nouvelle boule de neige en guise de réponse, mais je décide que c'en est assez et je laisse mes pas anéantir la distance entre nous. Cette soudaine proximité semble contrarier ses plans durant une seconde, mais elle reprend bien vite son air espiègle.

Je ne lui laisse pas le temps de m'attaquer que je l'entraîne avec moi dans la neige. Elle retient un cri en retombant sur mon torse, nos deux corps s'entrechoquant avec violence. Je grimace en sentant l'humidité imprégner mon tee-shirt, puis mon jean, sans pour autant lui rendre sa liberté. Après s'être vainement débattue durant quelques secondes, elle comprend qu'elle va devoir rester contre moi. Alors, elle tourne son visage et me confie très calmement :

— Mon père m'a offert une nouvelle tablette graphique.

Elle sourit pour dissimuler son abattement.

— Tu entends ? Ça faisait des années qu'il ne m'avait rien acheté de sa propre initiative.

Le fils de pute... Prêt à tout pour les étouffer, elle et la vérité sur sa saleté de famille.

Mes doigts se cramponnent à son anorak matelassé, qui contraste avec la légèreté de ma tenue. La fausse fourrure de sa capuche me chatouille les narines lorsqu'elle se redresse au-dessus de moi, prenant appui près de mon épaule. Je me rends compte que je suis encore vautré dans la neige et que c'est elle qui a pris l'ascendant dans ce jeu idiot.

Je me demande ce qui s'est passé.

Je n'étais pas un de ces gosses qui aiment patauger dans les flaques.

— Je vais vraiment le défoncer, marmonné-je en imaginant son visage se remplir de sang sous mes poings.

— Tu ne peux pas, me raisonne-t-elle d'un ton d'adulte.

— Je sais.

Mon regard bascule sur son visage et je prends conscience de l'éclat de sa peau sous cette lumière nacrée.

Des cris aigus s'élèvent dans le ciel assombri par la fin de journée. Je tourne la tête pour regarder derrière moi – sûrement des gosses ayant échappé à l'autorité parentale pour aller jouer sur le terrain du quartier. Je sens alors que quelque chose a attiré son attention, elle regarde fixement ma nuque.

— Ces lignes..., demande-t-elle, en faisant référence à mon tatouage. Qu'est-ce qu'elles veulent dire ?

Sans attendre de réponse, elle les effleure du bout des doigts. Ces trois lignes courbes, deux à l'horizontale, une à la verticale. Je me tends en me demandant si elle a une idée de ce qu'elle est en train de faire et, en croisant son regard noisette, je comprends que c'est le cas.

J'empêche les commissures de mes lèvres de se relever en un sourire qui refléterait autre chose que de la nonchalance et je pose ma main sur la sienne pour la coincer.

— Ça représente l'aveuglement.

— L'aveuglement ? répète-t-elle, décontenancée d'avoir été prise à son propre jeu.

Je repense à Adam, ce jour de malheur. Au vent chaud qui régnait dans leur chambre à cause de la fenêtre laissée ouverte. À Lucy, tremblante dans sa nuisette une fois prise sur le fait avec moi.

Il était là, le regard lourd de haine.

— Parfois, tu fais de la merde parce que tu es aveuglé.

Elle s'humidifie les lèvres, essayant sans doute de comprendre à quoi je fais référence.

— Ça ne t'est jamais arrivé ?

— Si, répond-elle après une seconde. Si, sûrement.

Je relâche sa main et elle la retire de ma nuque avec un regard pensif.

— Je crois que mon père est aveuglé. Sinon, il ne serait pas aussi méchant avec moi.

J'entrouvre les lèvres pour lui dire le fond de ma pensée, mais je devine qu'elle n'attend pas de réponse.

Aucune ne pourrait la consoler.

— On devrait rentrer, lâché-je en me redressant, ce qui la force à s'écarter de moi.

Je me remets debout. Elle reste par terre dans le froid, jouant du bout des doigts avec la matière cotonneuse, l'air nostalgique.

— Je n'aime pas qu'on traîne ici, insisté-je.

Je lui tends ma main pour l'aider à se relever mais elle ne la saisit qu'après un instant de réflexion. Elle se demande si je vais l'inviter à monter ou si je vais de nouveau l'éconduire pour un énième rendez-vous dans ma voiture. J'hésite encore. Je sais comment ça se terminera, cette fois, si je la laisse entrer dans mon appartement.

Je me décide quand elle s'empare de mes doigts et raffermit sa prise autour d'eux.

Debout face à moi, elle attend la suite, tout en l'appréhendant.

Je lâche sa main et désigne mon immeuble d'un signe de tête alors qu'elle me suit silencieusement. Je pousse la porte cassée pour retourner dans le hall mais la différence de température avec l'extérieur n'est que maigre consolation. Nous prenons l'ascenseur toujours sans échanger le moindre mot mais sans cesser de nous fixer, et je me demande ce qu'elle attend précisément de moi. Alors que le bloc de ferraille nous conduit au septième étage, je réalise que Grey est la seule fille que j'ai emmenée plusieurs fois chez moi sans avoir pour seul but de m'envoyer en l'air avec elle.

Quand on arrive devant ma porte d'entrée, j'hésite encore une seconde avant de tourner la clé dans la serrure. Elle le remarque mais ne dit rien, et m'emboîte le pas quand je finis par ouvrir.

Une lumière terne nous accueille. Je disparais dans la salle de bains pour m'emparer de deux serviettes et je lui en donne une en retournant dans le salon. Elle sèche les pointes humides de ses cheveux pendant que j'utilise la mienne pour me réchauffer. Mon tee-shirt est trempé et glacé, mais le retirer devant elle aurait trop de conséquences.

Elle brise le silence expectatif avec une question que je redoutais.

— Qu'est-ce qui t'a aveuglé, exactement ?

Je jette ma serviette sur la table, maintenant qu'elle est imbibée d'eau. Elle suit mon geste du regard.

— Tu risques d'être déçue.

— Dis-le quand même.

Non.

Je ne gâcherai pas ce moment.

Elle est douée, mais je ne la laisserai pas me mener à la baguette afin que je lui dise ce qu'elle veut entendre de moi.

Je me détourne d'elle pour m'affaler sur le canapé et je lui demande :

— Tu dois rentrer chez toi ce soir ?

Elle pose sa serviette à son tour, mesurant sa réponse et ses répercussions. J'observe son profil. Maintenant qu'elle n'a plus sa veste, sa robe lui moule les hanches et révèle des formes que j'avais déjà remarquées et appréciées.

Je détourne le regard pour ne pas me laisser distraire.

— T'as l'air triste, lui fais-je remarquer.

Elle vient se poster devant moi sans oser s'asseoir. Plongeant son regard dans le mien, elle murmure cette vérité qui semble lui peser plus qu'elle ne voudrait bien l'admettre :

— C'est juste que, maintenant, plus personne ne s'inquiète de mes disparitions.

— Alors viens là.

Pensant que je parle de la place à côté de moi, elle m'adresse un léger sourire d'assentiment. Mais je l'arrête en plein mouvement.

— J'ai dit là.

Ses yeux s'écarquillent en constatant que je tapote ma cuisse.

— Tu ne me fais pas confiance ?

— Si, répond-elle d'une voix pourtant hésitante.

Elle s'exécute sans rompre notre contact visuel mais je peux sentir sa nervosité grimper en flèche.

Putain, elle me rendrait presque nerveux aussi.

— Appuie-toi contre le dossier du canapé, la guidé-je lorsqu'elle monte enfin sur mes genoux, à califourchon, mais qu'elle hésite sur la posture à adopter.

Elle m'écoute et j'entends sa respiration devenir plus lourde alors que je n'ai encore rien fait. Notre position lui donne plus de hauteur sur moi mais je la sens minuscule entre mes bras, et je meurs d'envie de la détendre à ma manière.

— C'est bon pour toi ? je lui demande en tentant d'ignorer le point de contact entre nos corps.

— Qu'est-ce qui est bon ? hésite-t-elle.

— J'en ai marre de tourner autour du pot. J'ai envie de toi.

Mon honnêteté la fait m'observer comme si j'étais un de ces spécimens qu'on ne rencontre qu'une fois dans une vie.

— Je veux juste m'assurer que tu le veux aussi, précisé-je, amusé par ce regard qu'elle me lance.

Elle détourne les yeux, sans doute gênée d'admettre qu'elle ressent la même chose que moi quand c'est tellement plus facile d'agréer par le silence. Mais le silence n'est plus suffisant à présent. J'ai besoin de ses mots.

Je la fixe dans l'attente d'une réponse, mes mains toujours enroulées autour de ses hanches au cas où elle perdrait l'équilibre. Elle plante son regard dans le mien, malgré l'effort que ce geste semble lui demander :

— Je… J'en ai envie aussi.

Alors je plonge sur ses lèvres. Son corps se cambre naturellement contre le mien et bientôt les restes de sa gêne se dissipent dans nos baisers.

Je laisse glisser mes mains sur ses cuisses écartées au-dessus de mon bassin et je rabats l'ourlet de sa robe pour avoir accès à son collant et le lui retirer. Je constate qu'il s'est filé à l'intérieur de sa cuisse, sûrement quand je l'ai entraînée au sol avec moi. Je caresse cette déchirure, lui volant un premier soupir surpris. Sa culotte noire se voit par transparence.

— Putain, Grey…

Je dois me reconcentrer sur son visage pour ne pas avoir envie de brûler les étapes.

Je veux prendre mon temps avec elle.

Je défais la fermeture latérale de sa robe en veillant à ce que ses cheveux ne se coincent pas dedans, avant de la faire descendre jusqu'à ses hanches. Mon regard est happé par sa poitrine, petite mais pleine, retenue par son soutien-gorge bleu. Je me demande si ses sous-vêtements dépareillés sont choisis ou si elle s'en fichait réellement quand elle les a enfilés.

Mais peu importe ce qu'elle a sur le dos, la vue n'a jamais cessé de me plaire.

Juste en dessous de son sein encore recouvert, allant jusqu'à la naissance de son nombril, je peux apercevoir les restes d'un hématome. Je touche cette zone avec l'impression qu'il s'agit de braises. Elle pose alors sa main sur la mienne pour me demander d'arrêter, et je lis dans son regard qu'elle est blessée que je souligne ce qu'elle pense être des défauts.

Pour toute réponse, j'avance mes lèvres jusqu'à la zone concernée et je l'embrasse si lentement qu'elle se voit obligée de reprendre appui sur le dossier du canapé et de serrer ma main de l'autre.

— Shayn…, marmonne-t-elle en tentant de se maîtriser.

C'est si intime et inhabituel pour moi. Mais j'aime cette proximité entre nous, alors que je la considérerais comme de la vulnérabilité en temps normal.

Tout est différent avec June. Je crève de chaud rien qu'en la sentant assise sur mes cuisses. J'en ai oublié l'humidité de mon tee-shirt, qui me colle à la peau. Le sang pulse jusque dans mon sexe mais l'idée de me débarrasser rapidement de mon désir en la prenant face contre un coussin n'a rien d'attrayant.

Je veux qu'elle me regarde dans les yeux quand je serai en elle.

— Shayn…, continue-t-elle en sentant mes doigts la caresser plus bas, alors que mes lèvres sont remontées jusqu'à sa poitrine.

Elle frissonne. Ses soupirs se transforment peu à peu en gémissements dans mon oreille et l'attente devient difficile pour elle aussi, à en croire la moiteur de son sous-vêtement. Je décale le bout de tissu pour rendre le contact entre nos peaux direct, et je sens le dossier du canapé s'affaisser sous la pression de ses mains. Sa peau douce et humide m'accueille et, putain, je sens que je perds patience. Décidant que la torture a assez duré, j'insère un doigt en elle.

Comme si la sensation était trop nouvelle pour son corps, je la sens se tendre au-dessus de moi, cherchant à s'accommoder.

Mais elle ne dit rien, ressent les va-et-vient et les mouvements circulaires de mon pouce et de mon auriculaire sur son clitoris en s'agrippant un peu plus au dossier du canapé. L'alliance du plaisir et de la douleur la trouble sûrement.

— Désolé. Je veux pas te faire mal. Alors je dois te préparer un peu.

Elle reporte sa frustration sur l'arrière de ma nuque, où elle enfonce ses ongles. Son corps finit par s'habituer à ma présence, et ses hanches ondulent contre mes doigts en cherchant à m'atteindre toujours un peu plus. Les minutes s'égrènent en nous plongeant dans un état extatique. Son corps finit par se cambrer contre le mien, alors je cesse mes caresses avant qu'elle ne devienne trop sensible. Sa respiration saccadée résonne encore à mon oreille quand je tire un préservatif de ma poche et qu'un froissement révélateur résonne entre nous.

Je la fais basculer sous moi, posant l'arrière de sa tête sur l'accoudoir du canapé.

— C'est ta première fois ?

Je sais déjà ce qu'il en est. Ivy m'a dit qu'elle avait couché avec le mec de Holly, d'où leur soudaine dispute. Mais j'ai envie de l'entendre de la principale concernée, même si sa réponse risque plus ou moins de m'énerver. Je déteste l'idée que ce merdeux ait un jour pu poser les mains sur elle, ou que qui que ce soit d'autre que moi ait pu atteindre notre niveau d'intimité.

— Il y a eu quelque chose… avant, me confie-t-elle. Mais je n'étais pas d'accord.

J'attrape ma lèvre inférieure entre mes dents pour digérer ce qu'elle vient d'avouer.

— Il m'avait fait boire, admet-elle fixant un point derrière moi, visiblement honteuse.

— De qui tu parles ?

Une vive colère me traverse. La lourdeur de son annonce semble avoir tout englouti. Elle secoue la tête mais c'est inutile. J'ai ma petite idée sur l'identité du responsable.

— Ça n'a vraiment pas d'importance.

— Bien sûr que ça en a.

Mon affirmation est sortie trop sèchement. Elle cligne des paupières, se blâmant sans doute d'avoir tout gâché en parlant. Je ne supporte pas cette tristesse sur son visage alors que je devrais seulement y voir du plaisir. Je caresse le bas de son dos pour lui faire comprendre que ça va aller, mais des images brouillées tournent dans ma tête. Je tente de les refréner avant d'être entraîné dans leur spirale.

— J'ai quand même envie de le faire avec toi, Shayn.

Sa voix douce rompt le calme angoissant. Je recentre mon regard sur ses yeux. Ils sont dans l'expectative, tout comme ses lèvres encore luisantes de nos baisers. Une seconde passe et j'ai peur d'éteindre la lueur d'espoir dans son regard avec ma frustration. Je crève d'envie de lui ôter les mots de la bouche pour régler leur compte à toutes ces personnes qui l'ont blessée avant moi.

Mais je sais que je n'y arriverai pas.

J'ai appris à la connaître.

Quelques secondes s'écoulent encore. Elle me lance un regard de permission et m'approche. Nos bouches ne sont plus qu'à un centimètre et je sens sa respiration sur mes lèvres. Mais elle ne m'embrasse pas tout de suite. D'abord, elle pose une main sur mon torse. Elle ignore qu'elle a déjà le pouvoir de me faire bander sans me toucher, mais ça me plaît qu'elle s'essaye à des méthodes plus concrètes. Je la laisse faire en me demandant ce qu'elle a en tête.

Sans se soucier de mon regard intrigué, elle trace une ligne sur mon tee-shirt, partant du col rond jusqu'à mon nombril. Le tissu encore mouillé est transparent et se colle à certaines zones de ma peau. Elle les observe attentivement, sans cacher la curiosité qu'elle éprouve pour mon corps.

Lorsqu'elle a absorbé mon physique mais que son expression est restée neutre, elle explore mon cou, et je sens peu à peu mon amusement se fendiller. Ses doigts créent quelque chose de puissant sur ma peau. J'ignore quelles sont ses intentions exactes, mais ça marche. J'attrape son poignet au vol, me demandant si ça l'incitera à s'arrêter, mais elle n'échoue pas au test. Elle se rapproche et je sens de nouveau sa respiration sur mes lèvres, sauf que cette fois je saisis sa nuque sans lui laisser l'occasion de se défiler. Alors que nos langues se mêlent à nouveau et que je la refais basculer sur le dos, je lui fais sentir la bosse qu'elle a fait naître à force de me caresser.

— Je veux juste que ce soit différent cette fois, me demande-t-elle lorsque nos bouches se séparent.

— Alors on fera en sorte que ce soit la seule première fois qui compte.

Les commissures de ses lèvres se redressent doucement. Elle m'adresse un regard empli de gratitude.

J'ai tellement envie d'elle que je ne prends pas le temps de l'emmener jusqu'à ma chambre. Je m'allonge au-dessus d'elle, l'emprisonnant sur l'espace étroit du canapé, et je retire mon tee-shirt avant de défaire l'attache de son soutien-gorge. La chaleur de nos peaux se répand entre nous, plus réelle que jamais. Nos visages se retrouvent au même niveau. Au moment où nos lèvres s'effleurent, je constate que ses yeux me sondent frénétiquement. Comme s'ils me posaient des questions qu'elle n'ose pas prononcer à voix haute.

Comme s'ils essayaient d'évaluer les dangers qu'il y avait à m'accorder sa confiance.

Je sais que je finirai par la décevoir.

Je ne sais juste pas quand, ni comment. Mais ça arrivera.

Et ce jour-là, je me détesterai d'être moi.

Elle appuie sur ma nuque pour que je l'embrasse jusqu'à lui faire oublier nos préoccupations silencieuses. Et c'est ce que je fais. Avec urgence. Pour effacer toutes ces merdes qui subsistent entre nous, et qui existaient déjà avant nous.

Je soulève ses hanches pour me retrouver à la hauteur de son bassin et, après nous avoir débarrassés de nos dernières couches de vêtements, je me glisse entre ses cuisses, satisfaisant enfin mes pensées entêtantes.

Elle émet un gémissement étouffé en me sentant puis ferme les paupières pour canaliser la douleur irradiant sans doute son bas-ventre. Elle est si étroite, et ses parois s'agrippent à moi, provoquant sans le savoir une décharge électrique sur toute ma longueur. Je serre les dents. Même si je tente de m'adapter à son rythme, c'est évident que je lui fais mal.

— Ça va ? lui demandé-je.

Je ne l'avais encore jamais fait avec une fille inexpérimentée. J'essaye de me souvenir de la dernière fois que j'ai vraiment pris le temps avec ma partenaire, que j'ai fait autre chose que baiser par besoin primaire.

— Ça va.

Elle hoche péniblement la tête avant de m'adresser un sourire timide. Des gouttes de sueur perlent sur ses tempes et les pointes de ses cheveux m'effleurent le torse. Je suis heureux d'être le seul à la connaître dans cet état. Avec cette lueur dans le regard me disant qu'elle est à moi, et qu'il n'existe actuellement entre nous rien d'autre qu'une forme de confiance totale et d'abandon.

— Avec toi, ajoute-t-elle en tentant de maîtriser l'effort dans sa voix, ça va.

Je raffermis ma prise sur ses hanches et je la laisse poser son front contre le mien, alors qu'elle accueille le mouvement récurrent de mes hanches et qu'un fourmillement intense alourdit ma respiration. Elle enroule ses mains autour de ma nuque, le plaisir remplaçant progressivement l'inconfort.

Je me demande comment on en est arrivés là.

Je m'étais promis de ne jamais la laisser me distraire.

J'ai échoué, mais c'est la première fois que je me fiche autant d'une défaite.

Elle prend du recul et nos regards s'affrontent. Le sien est chaud et en demande. J'aime cette vulnérabilité ; qu'elle me laisse être celui capable de remplir ce vide en elle. Je me retire pour la pénétrer plus profondément et je fais glisser mes lèvres sur ses clavicules, avant de lui dire contre l'oreille :

— C'est pas grave s'ils ne te choisissent pas. Moi je te choisis, June.

***

On a fini dans mon lit.

J'avais besoin d'espace.

Elle en a la preuve maintenant, je ne suis pas très romantique.

Je fixe le plafond sombre de ma chambre en écoutant sa respiration régulière à côté de moi. Je me demande si elle dort vraiment ou si, depuis qu'on a terminé, elle n'a fait que le prétendre.

Je préfère ne pas le savoir.

Je me lève en enfilant le premier tee-shirt qui me tombe sous la main et je lui laisse la pièce en espérant qu'elle ne s'y sente pas comme une de ces filles passées par là avant elle. Maintenant que tout est retombé, c'est un peu étrange. Je ne sais pas comment on se comporte avec une fille avec qui on vient de coucher quand il y a plus que du sexe.

Je devrais y retourner et agir normalement. Elle est bien plus qu'un coup d'un soir.

Pourtant, je reste devant la porte de ma propre chambre, énervé d'avoir cédé à la tentation tout en ayant l'irrépressible envie de recommencer.

Mais la manière dont elle est en train de me changer me fait flipper. J'ai l'impression de recevoir un lent coup de couteau dans l'estomac. C'est vicieux : la pointe transperce ma peau avec malice, se délectant de ma peur de l'engagement.

C'est tellement plus facile de détester tout le monde et de ne rien promettre à personne. De n'avoir aucune responsabilité dans la douleur qu'on pourrait causer aux autres.

Je reçois un message. Sans même que je l'ouvre, le numéro me dit vaguement quelque chose. J'augmente la luminosité et clique sur la conversation sans réfléchir.

Mais ce que je vois me fige contre la porte.

C'est une photo de June et moi dans la neige.

Avant que je puisse digérer la première image, on m'en envoie une seconde.

Cette fois, il s'agit d'elle traversant le portail du lycée.

« Je vois que tu t'amuses bien, "Kurt". »

Je n'ai plus aucun doute sur l'expéditeur. Une nausée irrépressible me tord l'estomac en songeant à toute la merde à laquelle je l'ai désormais associée.

Pour la première fois depuis longtemps, je me sens coincé et dépassé par les événements.

J'ai un petit rire incrédule.

C'est arrivé plus vite que prévu.

Comment j'ai pu croire que je lui faisais du bien ?

Notre histoire commence à peine qu'elle s'écroule déjà à cause de mes erreurs.

41

« Quand on ignore ce qu'on veut gagner, on ne peut pas se réjouir d'une réussite. »

Shayn

Manhattan, 2010

1,

2,

3.

Lucy prenait toujours trois inspirations avant l'orgasme. Ses doigts se sont contractés sur le drap qu'elle agrippait comme une forcenée depuis le début de notre rapport. J'ai senti son corps vibrer contre mes hanches alors qu'elle se cambrait un peu plus sur le sommier pour contenir la vague de plaisir qui déferlait en elle. J'ai attendu un peu avant de me retirer, pour qu'elle me sente à l'intérieur et que sa jouissance n'en soit que plus mémorable.

Mon initiative a semblé lui plaire. À force, elle n'attendait plus mes baisers pour accentuer les effets du plaisir, se contenait de mes coups de reins et du fait que j'étais une oreille attentive si besoin. Quand j'ai décidé qu'elle en avait eu assez et que j'ai ressenti le même dégoût qu'à la fin de chaque rapport, je l'ai délaissée, à plat ventre sur le lit. J'ai arraché la capote usagée et je l'ai jetée dans la corbeille de leur chambre, au-dessus d'un amas de papiers déchiquetés.

Elle m'a aussitôt réprimandé, la voix encore gémissante de plaisir :

— Ne laisse pas ça là, bon sang. Il va le voir…

— Et donc ?

— Arrête un peu de faire le malin, Shayn. Tu ne veux pas qu'il découvre ce qu'on fait.

Elle s'est levée, encore nue, et a enfilé ses pantoufles pour enfoncer du pied la preuve plus profondément dans la corbeille. Cette vision d'elle a accentué l'acidité dans mon estomac. Il fallait qu'on arrête ces conneries, mais ça semblait plus facile à dire qu'à faire. Depuis trois mois, nous couchions régulièrement ensemble. Toujours chez eux. C'était plus insultant. Elle m'envoyait un message après une dispute avec Adam et j'accourais. Parfois c'était l'inverse : je l'appelais car il avait fait quelque chose qui me déplaisait. Mais l'issue était toujours la même.

Un adultère ayant commencé pour une raison précise, continuant pour quelque chose qui l'était moins.

— En ce moment, je le sens vraiment sur les nerfs.

J'ai ignoré cette confidence.

À peine avions-nous fini nos affaires que je ressentais le besoin d'être seul, sans personne pour me toucher.

Après avoir remis mes vêtements, je me suis calé contre la baie vitrée et j'ai observé les lumières des buildings de l'autre côté de la rue encore allumées dans la nuit. Je me suis demandé si, derrière ces milliers de fenêtres, d'autres personnes s'adonnaient à l'adultère et à la trahison, avant de me souvenir que je n'étais pas le seul être égoïste dans cette marée de merde qu'est l'espèce humaine.

Ça m'a vaguement réconforté.

— Tu vois quelqu'un ? m'a-t-elle demandé en me rejoignant, couverte de sa nuisette.

— Quelqu'un en dehors de toi, tu veux dire ?

Elle s'est mise à rire pour camoufler son embarras. C'était ingénu de poser la question, et le mot ingénuité était en totale dissonance avec Lucy. J'ai espéré qu'elle n'avait pas eu la bêtise de tomber amoureuse de moi.

Nous n'étions pas des amants. Nous n'étions que deux idiots baisant dans le dos d'une personne qui aurait dû nous aimer mais qui nous méprisait.

— Je me protège.

— Ce n'est pas ce que je te demandais.

— Dans ce cas-là, on va faire comme si je n'avais pas compris ta question.

Elle a croisé les bras sur sa poitrine menue, frissonnante. Je me suis demandé si c'était dû à la climatisation, ou si ma réponse l'avait froissée au point de lui voler cette réaction corporelle.

— Parfois, je me dis que j'ai peut-être choisi le mauvais frère, m'a-t-elle confié en riant.

Sa voix était teintée d'humour, mais le message ne l'était pas.

— Y avait pas de choix à faire. Je suis pas à toi, Lucy. On baise.

Elle a détourné le regard et ignoré ma froideur. Elle était glaciale aussi, en temps normal, et c'était la raison pour laquelle nous pouvions continuer nos coucheries immorales. Mais ces derniers temps, il me semblait que la glace fondait pour me laisser entrevoir sa vraie personnalité, celle d'une fille blessée par des choses qui m'échappaient, en dehors des tromperies répétées d'Adam et de la perte récente de son père.

On a tous nos fêlures.

Même si je l'appréciais, je n'avais pas envie d'apprendre à connaître les siennes. J'étais émotionnellement indisponible, seulement disposé à ce que nous éteignions nos pensées mutuelles par le biais de la chair, chaque fois que l'envie nous prenait.

— Adam m'a dit que tu avais été accepté à Cornwell. Il n'avait pas l'air enchanté. Félicitations. Qu'a dit ta mère ?

J'ai pincé les lèvres pour éviter d'avoir à répondre qu'elle n'en avait justement pas dit grand-chose.

— Franchement, je m'en fous. Et puis ça coûte une blinde. Il vaut mieux être réaliste.

J'avais perdu ma bourse à force de faire des conneries au lycée. C'était trop tard pour se repentir, les merdeux sans le sou comme moi n'avaient pas d'autre choix que de rester dans le rang s'ils voulaient éviter les déconvenues liées à leurs comportements, et j'avais échoué.

Maintenant, je me contenterais d'une université moins prestigieuse et je croiserais les doigts pour que la banque m'accorde un prêt d'ici la rentrée.

— Si c'est vraiment le problème, tu sais que je peux t'aider.

— Ouais, bien sûr. Et je suis ta pute aussi ?

— Arrête un peu de faire le fier, Shayn. On parle de ton avenir.

— Et qu'est-ce que tu diras à Adam pour justifier ta soudaine générosité ?

— Je…

— Que tu l'aimes tellement que le bonheur de son petit frère est aussi ta priorité ? Ou que je te baise si bien que ça a réveillé ton instinct maternel et que tu veux être ma bienfaitrice ?

J'ai senti son envie de rire, ou de remettre le couvert. Mais je n'en avais plus envie. J'allais prendre une douche et rejoindre mes gars à Long Island, traîner un peu pour retarder le retour à la maison. Depuis qu'il avait perdu une grosse somme d'argent au PMU, Dean était devenu la quintessence d'une carpette. Il passait ses journées affalé sur le canapé, ressassant la défaite en s'entourant de cadavres de bouteilles de bière.

Malgré leurs disputes bruyantes, ma mère continuait de le supporter. Elle acceptait car elle n'avait rien connu de mieux, et toute notre famille en pâtissait. L'argent manquait et les quelques virements parcimonieux d'Adam n'étaient pas suffisants pour qu'on remonte la pente. Consciente que son fils adoré ne lui rendrait pas tout ce qu'elle avait misé sur lui, elle s'en était remise à moi. Maintenant, elle encaissait mon argent sale sans remerciement, l'acceptait par obligation, paraît-il. Je lui avais demandé quel verset de son livre sacré amnistiait la délinquance. À ma question, elle avait brusquement refermé le zip de son porte-monnaie.

Bref. L'ambiance là-bas était moisie. Je n'avais pas envie de subir son hypocrisie au moment où je passerais le pas de la porte.

Lucy a ouvert la partie supérieure de la baie vitrée avant de me jeter un regard énigmatique. Lorsqu'elle s'est baissée pour décoincer la porte coulissante inférieure et que la vitre s'est complètement ouverte sur le vide, j'ai reculé par réflexe. Elle n'a pas semblé ébranlée par la distance affolante qui la séparait du sol, ni par l'absence de verre pour l'en protéger.

— Mais qu'est-ce que tu fous, bordel ? Éloigne-toi de ce rebord !

Elle a contemplé l'aura nébuleuse qui s'élevait à notre hauteur et qui nous empêchait de voir les rues et les voitures, en bas de l'immeuble. Seule une bordure métallique de quatre ou cinq centimètres empêchait qui l'aurait voulu de s'asseoir dans ce rectangle étroit.

— J'ai découvert ça l'autre fois. C'est un défaut de fabrication.

— Et tu n'as pas songé à le signaler ?

J'essayais de rester calme, même si son comportement me déroutait. Elle a osé s'accroupir devant le rebord et s'est maintenue d'une seule main contre la vitre adjacente. J'en avais le souffle coupé.

— J'aime bien me tenir ici de temps en temps. Ça me vide la tête. Tu ne te demandes jamais ce que ça ferait si tout s'arrêtait ?

— Pas vraiment, non. Tu vas te lever, putain ?

La vie avait beau être de la merde, quelque chose me disait que la mort n'aurait rien à m'offrir de plus avantageux.

— J'ai décidé que c'était terminé avec lui. J'ai déjà commencé à appeler les différents traiteurs pour annuler la cérémonie.

Étrangement, cette annonce ne m'a procuré aucune satisfaction. La situation avait changé en quelques mois. J'avais grandi, études supérieures ou non, je me casserais de la maison, et Lucy aurait sans doute fini par divorcer, avec ou sans l'aide de notre liaison. La tromperie n'était qu'un détail dans l'implosion de leur quasi-mariage. Ça aurait pu être moi ou un autre.

Je commençais à remettre en doute l'utilité de notre démarche.

— Je croyais que cette situation te convenait. C'était quoi, le déclic ?

— Je tourne en rond. J'en ai assez, Shayn.

— Eh. Tu n'as pas l'intention de sauter, hein ? lui ai-je demandé, troublé par cette lueur nostalgique dans son regard.

Elle a ri, avec légèreté cette fois.

C'est la dernière fois que j'ai vu son sourire.

— Non, vraiment pas. Je vais sans doute déménager. J'hésite encore entre Portland et Orlando. Je ne te demande pas de me suivre.

Je lui ai rendu un léger sourire. Je savais ce que ça signifiait. On arrivait au bout. Quelque part, ça m'a soulagé. J'ai eu l'impression qu'un poids dont j'ignorais jusqu'à présent l'existence venait de quitter mes épaules.

— Alors c'est vraiment vrai. Tu te casses d'ici.

Je n'étais pas triste à cette idée. Les événements suivaient leur cours. Je lui étais plutôt reconnaissant de prendre cette sage décision pour nous deux avant qu'on s'enfonce davantage dans nos travers.

— T'as raison, Lucy.

Dans un silence réconfortant, nous avons observé les lumières de l'immeuble d'en face qui s'allumaient et s'éteignaient au gré des allées et venues des habitants. Elle m'a finalement dit d'une voix très douce :

— Tu devrais y aller pour les énerver. À Cornwell. Il ne sera plus le seul frère intelligent. Tu devrais devenir la personne qu'ils ont voulu t'empêcher d'être pour leur prouver qu'ils ont eu tort.

J'ai réfléchi à ses mots.

Qu'est-ce que je voulais devenir ?

C'était une question que j'avais arrêté de me poser. Tout le monde me donnait l'impression qu'on ne choisissait pas ce genre de choses, que, même si on essayait, la situation était déterminée d'avance. Dans mon monde, celui qui réussissait était Adam. Statistiquement, tenter de changer l'ordre naturel faisait de moi un sacré con.

La seule personne dont j'aurais voulu l'attention ne m'en accorderait jamais.

Mais peut-être qu'il fallait savoir prendre le risque. Essayer malgré l'éventualité d'un échec.

— Tu veux bien fermer, maintenant ?

Le courant d'air chaud menaçait de nous avaler. Elle s'est montrée raisonnable et j'ai eu l'impression qu'elle allait tomber en se penchant pour attirer la vitre inférieure vers elle. Mais, à l'instant où elle s'apprêtait à l'atteindre, la porte de la chambre a claqué dans notre dos. Elle a relâché le battant par réflexe, reculant, encore accroupie, à l'intérieur de l'appartement.

Adam nous observait depuis le seuil.

Les veines de son cou menaçaient d'exploser, son visage était déformé par la fureur. Dans cette lumière blafarde, la blondeur de ses cheveux et la clarté de ses yeux disparaissaient. Je ne le reconnaissais presque pas.

Il ne ressemblait plus à l'ange que ma mère avait voulu faire de lui.

Il n'était que le diable forcé de révéler sa vraie nature à cause de mes erreurs.

— Espèce de salope…, a-t-il grondé d'une voix assurément haineuse. Je le savais. Putain, j'en étais sûr !

J'ignorais comment il l'avait appris. Si le gardien de l'immeuble nous avait balancés ou s'il avait fouillé dans son téléphone en soupçonnant son infidélité. Mais la façon dont il nous avait percés à jour n'avait pas d'importance. Ce qui comptait, c'était le Glock qu'il tenait dans sa main et qu'il pointait dans notre direction, prêt à appuyer sur la gâchette.

J'ai vu la scène se dérouler au ralenti. Les draps encore froissés et chauds, dans un coin de ma vision, sa robe de chambre entrouverte sur ses cuisses et mon tee-shirt enfilé à l'arrache. Nous étions des coupables. Dans la version d'Adam, j'étais peut-être même ce connard de serpent et sans doute que Lucy était une version revisitée de la pomme.

— Tu es sérieuse, putain ? a-t-il hurlé, les yeux exorbités, son regard allant d'elle à moi car il refusait d'y croire. Avec lui ?!

Il n'a pas dit un mot de plus, et ni elle ni moi n'avons eu le temps de nous expliquer. De toute façon, il n'y avait rien à dire, et dans son état il ne nous aurait pas écoutés. Il m'a visé en premier et j'ai entendu la détonation de la balle, puis senti le sang chaud giclant jusque dans mes lèvres. J'ai fermé les yeux par réflexe et les ai rouverts à cause du sifflement strident qui persistait dans mes oreilles. Lucy hurlait de douleur en se tenant l'épaule, mais la façon dont il visait son visage me laissait penser qu'il avait simplement raté sa cible.

Il n'a pas attendu pour récidiver. Une expression à la fois vide et terrifiante déformant ses traits, il a foncé sur Lucy et l'a violemment poussée en arrière, à travers la baie vitrée laissée ouverte.

Impuissant, j'ai vu son corps basculer par-dessus le rebord métallique.

Il a fallu une seconde pour qu'elle disparaisse de mon champ de vision.

Peut-être six pour qu'elle atterrisse en bas du building.

En état de choc, j'ai reculé pour m'éloigner de la fenêtre, devenue maintenant une scène de crime. Le flux poisseux de son sang s'accrochait encore à mon visage. Adam a fait un pas en arrière en comprenant son geste, et je n'ai pas eu la présence d'esprit de courir jusqu'à la porte. J'étais cloué au sol. Il était devenu fou et j'étais le prochain. Il utiliserait l'arme contre moi et, par lâcheté, il se suiciderait peut-être.

Mais lorsqu'il s'est tourné vers moi, son expression avait changé.

Il était terrorisé.

Comme le Adam de dix ans, qui s'était ouvert l'arcade sourcilière sur un coin de la table et dont le visage était inondé de sang. Mais cet Adam-là était innocent. J'ai eu envie de vomir en comprenant ce qui venait de se passer.

Il avait poussé Lucy du haut de l'immeuble.

Je n'ai pas eu besoin de vérifier ce que je savais déjà : elle était passée au travers des nuages et les passants en bas avaient entendu le claquement sourd de son corps qui heurtait le sol. À présent, elle n'était plus qu'une mare de sang et de chair désintégrée.

Il a jeté l'arme par terre et s'est écroulé, avant de fondre en larmes. J'ai entendu toute l'incompréhension dans ses sanglots, la haine, la terreur, et les regrets de ce geste qui venait de tout bouleverser. Mais pleurer ne nous permettrait pas de revenir en arrière.

Lucy était morte.

Je ne l'étais pas.

Pourtant, j'étais certain qu'il nous avait condamnés tous les deux.

Different?

You ended up being the worst type of pain

42

« Le remède est parfois plus douloureux que la maladie elle-même. »

June

— Il paraît qu'ils ont remis le couvert à la soirée de Saanvi.

Le regard rivé sur le fond de mon casier, j'entends à peine Amara qui relaye les ragots post-vacances. Je devrais me soucier de ce qu'elle vient de dire à propos de Holly et Heize. Oui, je devrais ressentir de la pitié pour Holly, qui a passé ses vacances de Noël à boire comme un trou avant de céder une nouvelle fois à ce charognard. C'est comme ça qu'on appelle les êtres qui rôdent autour des proies faciles.

Mais je n'y arrive pas.

Depuis une semaine, mes pensées tournent en boucle autour d'une seule et même personne. Une personne qui ne m'a toujours pas rappelée après m'avoir déposée chez moi au petit matin, sans aucun geste affectueux.

Au début, je mettais ce silence radio sur le compte du contrecoup. On est allés tellement loin que plus aucun retour en arrière n'est envisageable. Sur cet étroit canapé, il m'a fait l'amour. Dans son lit, plus tant que ça.

Je repense à ses hanches qui butaient inlassablement contre les miennes. À ses mains indélicates qui me ramenaient toujours vers lui pour me faire sentir que je lui appartenais. Parfois, sans même avoir à fermer les yeux, je peux encore le sentir.

Mais ça devient presque douloureux.

Parce que depuis j'ai attendu. Derrière le comptoir, j'ai épié l'entrée du café toute la journée dans l'espoir de le voir apparaître, mais ne se présentaient que des clients inconnus.

Je me demande pourquoi mon téléphone n'a pas fusionné avec la paume de ma main, à force de vérifier sans cesse si je n'avais pas manqué un de ses messages. Et j'ai passé trop de temps dans ma chambre, collée contre Pato, sans musique pour être sûre d'entendre quelqu'un qui essayerait d'escalader ma fenêtre.

Mon espoir s'est amoindri au fil des jours. J'ai passé les derniers instants de ces vacances de Noël avec la boule au ventre. Suzan a accouché d'Emma dans de parfaites conditions, et mon père a perdu cet air anxieux qui hantait son visage. Finalement, elle a eu ce qu'elle voulait : deux beaux enfants avec des prénoms classiques, bien plus raffinés que ce « June » qui l'horripile. Depuis, Gaby est en permanence penché sur le berceau de sa sœur. Son arrivée semble lui avoir fait oublier l'ouragan qui avait dévasté les Grey.

Je me sens un peu trahie.

Je n'arrive pas à partager leur joie, mais je n'y suis de toute évidence même pas conviée.

Leur famille est au complet et j'ai la sensation d'être sur un radeau qui m'éloigne d'eux peu à peu, avec la certitude, cette fois, que personne ne me ramènera sur le rivage.

— June ? s'enquiert Amara, me tirant délicatement par le bras pour m'indiquer la bonne direction. C'est de ce côté, la 309. On commence par les maths.

La fragrance de son parfum est partout dans ses cheveux de jais. Je me rends compte que nous ne sommes plus devant nos casiers, mais dans les couloirs de cette fourmilière qu'est Sherborn. J'ai tout fait par automatisme. Je lui adresse un sourire gêné quand elle cherche à déchiffrer mon expression, comme elle sait si bien le faire.

J'étais tellement occupée avec mon job qu'on ne s'est pas vues des vacances.

Quand nous arrivons devant la salle, mon cœur s'alourdit et j'ai l'impression d'avoir la gorge obstruée. Les élèves s'immiscent silencieusement dans la classe grisâtre – leurs visages blasés portent encore les traces de l'endormissement et des vacances passées trop vite. Je ralentis devant son bureau tout en évitant de regarder dans sa direction, par peur de lire une réponse à mes questions dans ses iris sombres.

Aujourd'hui, je n'arrive pas à me réjouir de retrouver les bancs du lycée, comme c'est d'habitude le cas après les vacances.

Les insultes des autres élèves sont toujours mieux que les coups de Suzan.

Mais maintenant je ne ressens qu'un affreux poids dans mon estomac, qui m'entraînerait sous ma chaise si je le laissais faire.

Sa voix s'élève depuis l'estrade et je dois lutter contre moi-même pour ne pas relever les yeux. J'ai peur qu'ils me trahissent. J'avais trop de fierté pour le recontacter – c'est lui qui aurait dû le faire, mais je refuse d'avoir l'air désespérée. J'observe les autres filles en me disant qu'elles ignorent tout de ce qui s'est passé entre nous.

Elles ne pourraient pas se douter que, pendant qu'elles déballaient leurs cadeaux, nos corps ne formaient plus qu'un. Peut-être que moi aussi, j'aurais dû rester à la maison et faire semblant que le cadeau empoisonné de mon père me faisait plaisir. Peut-être qu'observer Gaby jouer avec sa nouvelle console aurait été une meilleure idée que d'aller chez lui pour lui offrir tout ce que j'avais à lui donner.

Alors, je n'aurais pas connu la sensation de son poing s'accrochant à mes cheveux pour les tirer quand ça devenait trop intense. J'ignorerais le son de sa respiration qui s'accélère dans mon oreille lorsqu'il s'approche du plaisir et l'indolence de son regard pendant l'acte.

« Putain, June.

Ouais…

Juste comme ça. »

Une chaleur m'envahit et je sens mon cœur battre jusque dans mes oreilles en voyant où mes pensées s'en sont allées.

Je finis par craquer. Je lève les yeux, l'épiant depuis ma chaise. Et son visage composé pendant qu'il fait son cours est aussi douloureux qu'un coup de poignard.

Je te faisais confiance.

Alors pourquoi tu m'as ignorée une fois que tu as eu ce que tu voulais ?

Mais la force de mon regard ne suffit pas à ce qu'il m'accorde de l'attention. Dans cette salle de classe bercée par le froissement des feuilles de papier et la lumière d'un ciel terne, je ne suis qu'une silhouette qu'il s'efforce d'ignorer parce que c'est plus facile comme ça.

Je sors mon carnet, à la recherche de l'esquisse que j'avais faite de lui. Une fois que je l'ai observée en me demandant qui pouvait bien être cette personne et comment j'ai pu tomber dans ses filets, je tire une croix dessus. Mais je décide que ce n'est pas assez, alors je la raye jusqu'à ce que l'encre noire la rende indéchiffrable.

Et c'est ainsi que s'écoule le reste de l'heure.

Dans une attente décevante.

Tout le monde se lève à la sonnerie et la salle se vide peu à peu. Amara me demande ce que je fais depuis la porte en me voyant traîner, Watson déteste qu'on arrive en retard à son cours. Je secoue la tête et je lui indique de partir devant, faisant semblant de chercher quelque chose dans mon sac. Elle hausse les sourcils, jette un bref coup d'œil à Shayn, occupé par son ordinateur, puis à moi, et finit par acquiescer. Mais je sens qu'elle trouve ça étrange, et j'en viens à détester d'avoir une amie qui s'intéresse à moi.

Là tout de suite, je préférerais qu'on ne me porte aucune attention.

Enfin, la dernière élève quitte la salle après avoir rassemblé ses affaires et il ne reste plus que nous. Il a tout à fait conscience de ma présence mais son regard me traverse à plusieurs reprises comme si je n'étais qu'une affiche oubliée sur un mur. Sa facilité à faire comme si j'étais transparente est vraiment enrageante.

Ma chaise crisse lorsque je me lève et je marche jusqu'à son bureau en faisant volontairement abstraction de la porte restée ouverte.

— C'était juste un truc de vacances ?

— June.

Il relève ses yeux de l'écran, m'adressant un premier regard d'avertissement.

— C'est pas l'endroit.

— Ah, ironisé-je. Parce que maintenant il y a un endroit ? Ça ne te dérangeait pas quand tu me faisais la misère sous les yeux de tout le monde.

Il lance un regard de biais vers la porte. Elle donne sur le couloir. N'importe qui pourrait être resté devant la salle et nous écouter, mais à présent toute la colère que j'ai accumulée m'empêche de penser de façon rationnelle.

— Tu préfères quand je te fais la misère ? me demande-t-il si durement que j'en reste surprise.

J'ai l'impression de le revoir, quatre mois plus tôt.

— Je préfère quand tu n'es pas un sale con, réponds-je finalement, le cœur serré.

Je veux juste le Shayn qui riait avec moi dans la neige.

Celui qui a dit qu'il me choisissait.

Qui était toujours là pour moi quand j'en avais besoin, aussi irréel que cela pût paraître.

Où est-ce qu'il est passé ?

Est-ce que je me suis encore laissé avoir par un mirage ?

Son silence ne fait que confirmer cette effrayante théorie.

— Ma belle-mère a accouché, si ça t'intéresse, dis-je dans l'espoir de lui soutirer une réaction, quelle qu'elle soit. Ils sont tous très heureux. Et ma mère m'a appelée pour savoir comment j'allais, et cette fois notre appel a dépassé les deux minutes trente. Ça m'a fait plaisir, surtout que je n'avais pas de nouvelles de toi.

Assis derrière son bureau, il soutient longuement mon regard, les mâchoires serrées. Mon assurance n'est qu'une illusion, seulement due au fait que je sois debout et lui assis. Si je ne lui fais pas ces reproches mérités, je pourrais m'effondrer en larmes.

C'est bien la dernière chose que je souhaite. La situation est déjà assez humiliante comme ça.

— June, marmonne-t-il d'une voix trop basse. Cette putain de porte est ouverte. Contrôle-toi un peu.

Je tente de maîtriser mon expression pour ne pas lui montrer que sa retenue m'atteint. Mais il a raison. Ce n'est pas l'endroit pour venir pleurer parce qu'il a cessé de m'accorder son attention après avoir couché avec moi.

— Dans tous les cas, on ne devrait pas en discuter ici. Sors.

Il a encore parlé fermement. Entre ses dents. Mes pieds restent encastrés dans le sol.

— June, insiste-t-il d'un ton revêche.

Je déteste qu'il m'appelle par mon prénom, car ça pourrait atténuer la colère que je ressens à son égard. Et je refuse d'être une de ces filles qui rampent pitoyablement derrière le garçon qui les a repoussées.

Mais je mérite des explications.

— Je finis mon service à 19 heures, je lui rétorque alors, aussi froidement que possible.

Avant de m'en aller, je dépose sur son bureau le bout de papier que j'ai déchiré dans mon carnet. Il fixe son visage hachuré.

— Tu es vraiment un sale con.

Tant pis s'il trouve ça puéril. Si ça lui donne une raison de plus de me laisser tomber.

En passant la porte, j'essaie de me convaincre que je me suis déjà résignée à cette idée.

***

Appuyée contre le mur du parking extérieur et abritée de la pluie grâce à l'auvent, j'observe l'eau qui crée des cercles réguliers sur le béton crevassé du centre commercial. Elle dissout la neige sale qui s'est accumulée par endroits, en petits tas inégaux. Les derniers clients emportant leurs sachets s'empressent de regagner leurs voitures, dont les phares éclairent le sombre terrain vague. Les gouttières débordent au-dessus de moi. Celle qui longe le mur émet un sifflement tout juste perceptible sous cette averse torrentielle.

Je pourrais écouter le bruit de l'eau pendant des heures. Mais cette lourdeur dans ma poitrine m'empêche de savourer ce temps que j'ai toujours trouvé apaisant. Je porte encore mon uniforme de travail, un ensemble noir aussi sobre qu'ennuyeux, sur ma peau devenue poisseuse. Plus les secondes s'égrènent, me rapprochant du moment de vérité, plus je regrette de lui avoir demandé des explications.

Il fallait bien qu'elles arrivent à un moment ou à un autre, mais maintenant j'ai l'impression que c'est trop tôt et j'ai envie de reculer.

Je lui ai dit que je l'attendrais sur le parking nord.

Ça fait quinze minutes déjà qu'il me fait patienter dans la nuit froide. J'ai la chair de poule. Si son intention est de me laisser en plan pour que je le déteste davantage, il est sur la bonne voie. Je prends une inspiration tout en me nichant plus profondément sous l'auvent, après que des gouttes d'eau ont frôlé mon visage à cause d'une bourrasque. C'est alors que je le remarque près de sa voiture, il vient de se garer en travers sur des places vides.

Après avoir fait claquer sa portière, il me rejoint sous l'abri, sans un mot ni un regard.

Comme si j'étais une corvée dont il devait se débarrasser.

Il paraît si grand que j'en viens à me demander si c'est lui qui a gagné des centimètres ou moi qui me suis recroquevillée. Je relève fièrement le menton. Le silence nous consume, mais je n'arrive pas à me résoudre à parler. J'aimerais entendre ce qu'il a à me dire avant de le condamner avec de nouveaux reproches. Finalement, après avoir regardé la pluie s'écraser sur le goudron, c'est lui qui décide de prendre la parole :

— Je ne fais pas dans les relations.

C'était prévisible, mais prétendre que ça ne me blesse pas de l'entendre serait un mensonge.

À nos pieds, le cadavre de cette neige boueuse est en train de disparaître. Je repense à mes doigts qui effleuraient sa nuque sous la lumière déclinante. Cet instant de complicité me semble bien loin à présent. Tout est froid ici. Presque sans vie. Peut-être que j'ai tout imaginé.

— Tu es un lâche.

— Un lâche ? répète-t-il avec un dédain tout juste perceptible.

Il tourne la tête, m'adresse un regard dénué d'émotions. Ses yeux s'accordent à l'obscurité ambiante. Comment peut-on être si proches un jour et agir comme des étrangers le lendemain ? Ça n'a aucun sens.

— Tu as peur parce qu'on a couché ensemble.

Ses yeux me traversent et mon estomac a un soubresaut. Je me remémore chaque geste qu'il a eu pour moi.

Je l'ai laissé imprégner mon esprit et devenir une pensée récurrente avant même d'être certaine que nos sentiments étaient réciproques.

— Peur ? répète-t-il, et j'en viens à détester ce ton qu'il prend avec moi.

Le même qu'il y a quelques mois, quand il m'abhorrait encore. Je repense à ses mots attentionnés de l'autre jour. Ils dissonent cruellement avec la réalité actuelle.

« Alors on fera en sorte que ce soit la seule première fois qui compte. »

— Je crois que tu t'es fait une mauvaise idée de moi, Grey.

Il franchit la maigre distance qui nous sépare encore sous l'auvent et son regard plonge durement dans le mien pour me heurter.

— Tu penses me connaître ?

J'aimerais répondre que oui, mais je sais bien que ce n'est pas le cas. Je n'ai eu droit qu'à la surface de Shayn. Lui m'a eue tout entière.

Il a vu chacune de mes larmes. Effleuré toutes mes cicatrices. M'a arrachée à mes mensonges.

Pourquoi, si c'est pour me rejeter maintenant ?

Je refuse de croire que je n'étais qu'une distraction.

— Est-ce que tu sais pourquoi je suis venu ici ? s'enquiert-il. Pourquoi je suis parti de Long Island ?

Je reste interdite, surprise de l'entendre mettre ce sujet sur le tapis dans un moment aussi crucial.

— Je me suis cassé de cette ville de merde quand mon grand frère est sorti de prison.

Je n'arrive pas à refréner mon étonnement, mais il reste impassible. Rien n'entre ni ne sort de ses yeux noirs.

— De prison, ouais, confirme-t-il face à mon expression inquiète. Pour meurtre au premier degré.

Je fais un pas en arrière sur le trottoir, me heurtant au mur dans mon dos. Le crépi s'accroche à la maille de mon pull.

— Tu sais qui il a tué ?

Je l'ignore, mais envisager toutes les possibilités me fait frissonner. Il perçoit cet inconfort sur mon visage et, en s'appuyant au mur d'une main, réduit cette nouvelle distance que j'ai inconsciemment instaurée entre nous.

— Sa fiancée, me révèle-t-il durement.

Mon expression se décompose sans doute sous l'horreur.

— Maintenant, tu te demandes pourquoi il l'a tuée, devine-t-il sans effort.

Je bats des paupières, dans l'attente d'une suite que je redoute à présent.

Il est le frère d'un meurtrier.

— Il nous a surpris après avoir baisé. Dans leur propre lit. Ce n'était pas la première fois. Mais depuis le début j'attendais ce moment où il nous attraperait.

Comme si c'était moi qu'il avait trahie, j'ai la sensation qu'on vient de réduire mon estomac en cendres. Je le fixe mais j'ai l'impression d'avoir affaire à un parfait étranger.

— Il s'en doutait depuis un moment. Et ça m'amusait de savoir qu'il se retournait dans ce putain de lit où je la baisais en se posant des questions. Qu'il n'arrivait plus à dormir parce qu'il la sentait s'échapper à quelques mois de leur mariage.

Mon esprit est paralysé. Je secoue la tête, refusant de croire qu'il s'est un jour comporté aussi cruellement avec un membre de sa famille.

— Pourquoi… est-ce que tu ferais ça à ton propre frère…, marmonné-je d'une voix étranglée par l'incompréhension.

— Tu n'as toujours pas compris ? se moque-t-il, cinglant. Je te l'ai dit. J'ai toujours aimé prendre ce qui n'était pas à moi.

Je frissonne, mais ce n'est pas à cause de l'eau qui s'infiltre dans mes vêtements parce que j'ai le dos collé au mur ruisselant.

J'ai dit vouloir apprendre à le connaître, mais je n'étais pas préparée à ça. Je tente de calmer les battements effrénés de mon cœur, sans succès.

— Comment est-ce qu'il l'a…, commencé-je, incapable de terminer ma phrase.

Il esquisse un petit sourire mais je comprends vite qu'il le fait pour se convaincre que ce souvenir ne l'atteint pas.

— Il l'a poussée.

Poussée.

— J'étais là quand c'est arrivé.

À présent, son visage porte les traces de sa culpabilité. Ses sourcils s'affaissent, et je le sens prendre de la distance avec l'instant présent.

— Cette fille…, susurré-je en comprenant enfin. C'était cette fille.

Celle qu'il n'aimait même pas.

— Elle s'appelait Lucy.

Un mur invisible s'est dressé entre nous. J'essaye d'attraper sa main pour la ramener à moi mais il la retire brusquement.

— Tu as compris, maintenant ?

J'avale difficilement ma salive, acculée contre le mur. Je redoute sa conclusion sur notre situation, même si je l'ai déjà devinée.

Ses doigts viennent tout à coup effleurer le col de ma chemise pour le repositionner. Mais ce geste qui m'aurait rassurée il y a quelques jours à peine prend désormais des allures de menace.

— Tu ne voulais pas que ça arrive…, dis-je d'une voix traînante, encore sous le choc. C'était juste… un accident.

C'est juste Shayn.

C'est juste lui.

Je déteste constater qu'il a réussi à empoisonner mes pensées. Il y a quelques jours, il m'embrassait encore sur le parking de ce centre commercial pour me prouver qu'il tenait à moi.

Il s'assurait constamment que personne ne me fasse du mal.

Ce n'est pas une mauvaise personne.

Pas vrai ?

Il sourit méchamment pour me montrer que je ne suis qu'une idiote et rompt tout contact entre nous. Son parfum embaume l'air humide et je renoue momentanément avec le souvenir de la chaleur de son torse contre ma poitrine nue.

À la façon dont ses yeux m'observent pendant un millième de seconde, je me demande si c'est son cas aussi.

— Tu penses que ça a de l'importance ? me réveille-t-il brusquement. Le résultat est le même. Elle est six pieds sous terre, Grey.

Je le sais.

Je sais aussi qu'elle n'est qu'un prétexte pour m'éloigner.

— Pourquoi, lui demandé-je en retenant des larmes de frustration… tu me dis tout ça… maintenant ?

Je le repousse du plat de la main. On dirait que ma langue s'épaissit dans ma bouche.

— Pourquoi tu ne me donnes pas plus de contexte ? m'exaspéré-je. Pourquoi est-ce que tu dois tout gâcher en présentant les choses comme ça ?

Il bloque ma main en l'enserrant, descend jusqu'à mon poignet et m'annonce d'une voix affreusement distante :

— Tu ne me connais pas. Alors tu ferais mieux de digérer la pilule. Je ne vais pas t'aider.

Pourtant tu l'as déjà fait, à ta manière.

— Toi et moi, c'était pas aussi important que ça en avait l'air. Et puis, June, tu te reposes trop sur moi. Je t'évite juste une déception à l'avenir.

Mon visage brûle sous la morsure de la honte. Il le sait, je lui ai accordé ma confiance alors que je ne l'avais jamais donnée à quiconque.

J'ai pris l'habitude de me laisser aller en oubliant momentanément les risques que j'encourais.

Une douleur fulgurante me traverse. C'est bien plus violent que tous les coups que j'ai reçus. Ça atteint directement mes organes, et je me demande comment on peut rester debout alors que tout s'effondre à l'intérieur.

— Tu es un menteur, réfuté-je. Tu as dit que… que tu me choisissais.

— Quand j'étais en toi.

Il marque une pause. J'en viens à douter d'avoir bien entendu.

— Tu n'es pas au courant ? Les hommes disent un tas de conneries quand ils tirent leur coup.

Ma main retombe le long de ma hanche. J'aimerais avoir la force de le gifler pour le punir de l'horreur qui vient de sortir de sa bouche, mais je suis seulement capable de le dévisager en me demandant s'il le pense vraiment.

Peinant à y croire, je cligne des yeux pour chasser les larmes qui voudraient s'y inviter. Ils sont aussi sensibles que si je n'avais pas dormi depuis trois jours.

— Alors…, susurré-je, et j'en veux au son de la pluie de couvrir ma voix ténue, j'étais juste ça.

Il prend une profonde inspiration, démolissant mes derniers espoirs.

— Arrête de t'accrocher à moi. Ça devient ridicule.

Enfin, il recule et lance un regard à sa voiture qui l'attend, plus loin. Je ferme les paupières pour contenir ma douleur, même si ça me rend pitoyable. Je n'ai plus envie de le voir.

— Ne reste pas là, me lance-t-il par-dessus la pluie. Il n'y a personne.

Je rouvre brusquement les yeux, des sanglots dans la voix :

— Ne me dis plus ce que je dois faire !

— Ouais, t'as raison, approuve-t-il d'un ton odieux. En passant, tu devrais penser à changer de lycée.

— Tu n'as qu'à le faire, toi, si tu n'arrives pas à assumer.

Il reste un instant sous l'averse à me défier du regard, encore absorbé par notre conversation et ses non-dits. Ses cheveux trempés lui retombent sur le front. Je retiens mon souffle en me demandant si je le repousserais s'il tentait de m'embrasser. Il a rendu ce genre de pensées récurrentes.

— Tu n'as pas peur que je parle de nous à quelqu'un ?

À présent, je suis si blessée que je me fiche d'avoir l'air désespérée.

— Je m'inquiète pas, June. Tu sais très bien que ça ne t'apporterait que des problèmes.

Cette vérité qu'il m'a lancée comme un poignard me percute avant de retomber entre nous.

Finalement, il décide que je n'en vaux plus la peine et me tourne le dos.

J'observe sa silhouette qui disparaît dans la pénombre du parking en retenant les pleurs qui se sont accumulés dans ma poitrine.

Je pose une main sur ma bouche pour écraser mes sanglots avec l'espoir que personne ne passera par là.

J'aurais dû m'en douter.

Nous deux, ça n'aurait même jamais dû commencer.

Mais il m'a fait me sentir si bien que j'en ai oublié combien c'était douloureux.

Alors… pourquoi tu me repousses maintenant, Shayn ?

Je le déteste.

Je le déteste de m'avoir laissée penser que j'étais finalement importante pour quelqu'un.

Parce que j'ai eu la bêtise de finir par le croire.

À suivre…

REMERCIEMENTS

Ce qui m'a tout de suite plu dans l'écriture était de créer un monde où je tirais les ficelles et où je contrôlais chaque événement : une échappatoire plus amusante que la réalité, bien plus réconfortante.

Un grand merci à mes lecteurs, car aujourd'hui mon univers est devenu aussi le vôtre.

Merci pour chaque commentaire, message ou post témoignant votre enthousiasme pour Troublemaker. Vous me faites toujours sourire. Merci de me montrer que toutes ces heures passées devant un ordinateur en valent la peine.

J'ai une pensée pour Kay et Célia, qui sont les premières à avoir créé l'engouement autour de Troublemaker sur les réseaux sociaux. Vous êtes nombreux à avoir contribué au succès de ce roman en ligne mais il serait difficile de tous vous citer. Alors plus simplement : merci à tous ceux qui ont été présents depuis les débuts ou qui nous ont rejoints en cours de route, votre soutien est mon meilleur carburant !

Merci à mes proches pour leur soutien sans faille. À ma mère, de toujours m'écouter lui parler de mon travail, de m'avoir poussée dans ma passion dès le plus jeune âge, et à mon père, de m'avoir suggéré de retourner sur Wattpad malgré tout, en publiant Troublemaker. Enfin, merci à mon frère de m'encourager dans tout ce que j'entreprends, et ce depuis que j'écrivais en cachette sur Skyblog.

Merci à Maxandre pour son amitié et ses conseils avisés depuis toutes ces années. (J'espère que tu as apprécié cette nouvelle version de l'histoire que tu découvrais pour la première fois en 2018 ?)

Merci à Zélie, mon éditrice, non seulement pour avoir donné sa chance à Troublemaker, mais également pour sa gentillesse et son écoute. Tu contribues à rendre cette aventure encore plus agréable !

Merci à toute l'équipe de BMR d'avoir porté ce projet comme elle l'a fait. Je suis très heureuse de vous avoir confié Shayn et June !

On se retrouve prochainement pour le second tome de Troublemaker et j'espère que nous pourrons explorer de nombreux autres romans ensemble.

Love you always,

Laura

(En attendant la suite, vous pouvez me contacter sur mes réseaux sociaux : @lauraswan__ Je me ferai un plaisir de vous lire. ♡)

« Pour l'éditeur, le principe est d'utiliser des papiers composés de fibres naturelles, renouvelables, recyclables et fabriquées à partir de bois issus de forêts qui adoptent un système d'aménagement durable. En outre, l'éditeur attend de ses fournisseurs de papier qu'ils s'inscrivent dans une démarche de certification environnementale reconnue. »

Composition et mise en pages : Nord Compo

PAPIER À BASE DE FIBRES CERTIFIÉES

hachette s'engage pour l'environnement en réduisant l'empreinte carbone de ses livres. Celle de cet exemplaire est de : 550 g éq. CO_2 Rendez-vous sur www.hachette-durable.fr

Achevé d'imprimer en France par Brodard & Taupin
Dépôt légal 1re publication novembre 2023
10-5540-6 – ISBN : 978-2-01-720699-6
Édition : 04 – Dépôt légal : juillet 2024
N° d'impression : 3057827